U0938667

中国新闻奖作品选

中国新闻奖评选委员会办公室 编

2016年度·第二十七届

新华出版社

图书在版编目（CIP）数据

中国新闻奖作品选.2016年度·第二十七届 / 中国新闻奖评选委员会办公室编.
北京：新华出版社，2017.10
ISBN 978-7-5166-3545-2

Ⅰ.①中…　Ⅱ.①中…　Ⅲ.①新闻－作品集－中国－当代
Ⅳ.①I253

中国版本图书馆CIP数据核字（2017）第247240号

中国新闻奖作品选（2016年度·第二十七届）
编　　者：中国新闻奖评选委员会办公室

责任编辑：徐文贤　　**封面设计：**肖　东
责任印制：廖成华　　**责任校对：**刘保利

出版发行：新华出版社
地　　址：北京石景山区京原路8号　　**邮　　编：**100040
网　　址：http://www.xinhuapub.com
经　　销：新华书店、新华出版社天猫旗舰店、京东旗舰店及各大网店
购书热线：010－63077122　　**中国新闻书店购书热线：**010－63072012

照　　排：臻美书装
印　　刷：三河市君旺印务有限公司
成品尺寸：165mm×230mm
印　　张：33.5　　**字　　数：**560千字
版　　次：2017年11月第一版　　**印　　次：**2018年3月第二次印刷
书　　号：ISBN　978-7-5166-3545-2
定　　价：68.00元

新闻评奖审核工作不仅要坚持，而且要做得更好

张研农

和在座的多数同志一样，我是第一次参加中国新闻奖审核委员会的会议。第一次参与往往有新鲜感，是一次很好的学习。

参加今天的会议前，看了审核委员会前三次的工作报告，有一种感动油然而生。深感这项工作不易，心中充满敬意。三个报告，都很鲜明、很扎实，有正气、有锋芒，不回避问题，不含糊其词。

刚才听了12位同志的发言很受启发，里面有审核的经验、审核的体会，有审核所产生的作用，也有评选和审核需要研究解决的问题。比如奖项设置，为适应新闻实践的发展，需要进行扎实、认真的研究。

中国新闻奖评选是新闻界的一件大事，是中国记协的一项重要工作。中央领导同志和中宣部领导同志很关心。这些年，每逢评奖前后，中央领导同志和中宣部领导都会给予关注、关怀和指导。新闻界同志对中国新闻奖的评选也十分关关心和支持。

无论从哪个方面来说，新闻奖应当评得更好，由此审核工作也应当做得更好。下面，就为什么要建立审核委员会，审核工作怎样做得更好，讲些意见。

一、为什么要建立审核委员会

刚才几位同志的发言，都对审核委员会的工作做了充分肯定，说这是中国新闻奖评选工作中的一个重大改革，作用很大。中国记协为什么建立审核委员会，概括地说，是坚持问题导向，回应多方呼声；是中央的要求，是实践的需求。

建立审核委员会是贯彻落实中央领导同志指示的需要。这些年新闻界的工作和成绩有目共睹。新闻作品的数量年年增长，质量不断提高。但也要清醒看到，新闻媒体中还经常出现政治性或者文字性差错，造成不良的社会影

响。例如有不少报纸转载国际新闻时将美国总统奥巴马写成“奥马巴”；有媒体报道两会代表委员返回当地，“坐高铁返回，领导在机场迎接”；将开会“致辞”写成“辞职”。出现类似问题，不是一次两次，而是多次；也不是一家两家，而是多家；不是网络媒体搞直播或视频字幕上的错别字，而是严肃媒体在重要新闻版面上的差错。出现这些问题，不但有新兴媒体，也有传统媒体；不但有地市媒体，而且有中央新闻单位，这严重影响媒体的公信力和权威性。近年来，中央领导同志多次作出指示，要求新闻单位严格“三审制”，新闻工作者加强职业精神培养，新闻单位负责人提高责任意识，严格把好关。

中国新闻奖是新闻界的风向标，理应带头严起来、实起来。2013年，中央领导同志批示要求加强中国新闻奖的评前审核。中国记协评奖办公室结合工作实际开展调研，邀请新闻教学研究专家和地方记协、新闻单位代表进行座谈，结合评奖的实际情况提出了建立审核委员会、加强定评前审核的工作机制，有关审核的工作方案经中央领导同志和中宣部批准后施行。因此可以说，建立审核委员会，开展审核工作是根据中央领导同志指示和评选工作实践做出的一项重要改革。

建立审核委员会是提升中国新闻奖评奖公信力的需要。经过各地区各单位遴选，进入中国新闻奖定评的作品，理应能够代表和体现各地区各单位新闻采编业务的最高水平。但实事求是地说，以往，各报送单位向中国记协报送的参评材料，经评奖办公室进行资格审核后，就直接进入评委会定评环节，对作品文本的审核还是不够的，致使一部分带有硬伤的作品进入了定评会。这固然与新闻单位各环节把关不严格以及各报送单位把关出现问题有关，但也表明确实需要加强定评前的审核把关，审核委员会由此应运而生。通过审核委员会的工作，剔除那些不符合标准的参评作品，有效防止作品“带病入围”，从而保证中国新闻奖的获奖作品能够成为新闻作品的典范，增强中国新闻奖评奖的公信力。

建立审核委员会是适应新闻事业发展的需要。近年来，新闻战线取得了很大成绩，媒体融合发展深入推进。但应当看到，由于传播格局、舆论生态、媒体形态、传播技术发生剧烈而深刻的变化，主流媒体的舆论主导地位面临很多挑战。一些媒体和网站过度追求经济效益，将收视率、收听率、点击率、发行量等作为主要指标，有的记者为抢发新闻，无视新闻采访规则和审核程序的情况时有发生，导致虚假新闻时有出现；有的记者深入实际不够，习惯于跑机关、抄材料，或借助网络摘抄拼凑，导致报道失实；还有的记者作风浮躁，采编审核把关不严格，在报道中出现政治性或者文字差错，造成不良的社会影响。分析这些现象的原因，有人曾经作出这样的概括：求快不求准，对新闻真实性把关不到位；求新不求实，盲目追求社会热点；求便不求全，忽视对新闻专业性的追求。作为新闻人是这样，新闻媒体也存在有制度不执行的问题。中国记协在调研中发现，有些传统媒体过去建立了初审、复审、终审“三审”制，但是也存在有制度不执行或者执行不严格的情况，一些网络媒体等新媒体甚至未建立严格审核制度。这给中国新闻奖评奖工作敲响了警钟，要认识到新形势下加强对新闻作品审核工作的必要性、重要性，决不能因为媒体融合放松对包括新媒体在内的各种媒体准确及时传播新闻信息的基本要求；决不能因为在媒体竞争加剧的情况下为了时效而忽视对事实真实性、准确性的职业追求；决不能因为“人人都有话筒、个个皆办自媒体”的舆论生态而放弃新闻人对全面性客观性的专业要求。从近两年审核工作实际来看，有必要通过建立审核机制，使各报送单位切实严起来、实起来，捍卫中国新闻奖的权威性，营造风清气正的评选工作环境，促进新闻事业健康发展。

建立审核委员会是培育新闻人才的需要。中国新闻奖是中国新闻界的标杆，获奖作品是我国新闻作品的典范。优秀新闻奖的作品作为高校对未来新闻人培养的范本，是开展马克思主义新闻观教育的抓手。如果在评审中对文本要求不高，致使一部分虽有新闻价值但却带有文字硬伤等问题的作品最后进入获奖名单，必将损害中国新闻奖的权威性，影响党的新闻事业的权威性、公信力。唐绪军同志 2013 年发表《中国新闻奖也须“走转改”——改革中国新闻奖评选机制建言》文章中提到，“有的新闻院校老师不敢把中国新闻奖作品作为教学范文拿出来跟学生讨论，因为有的作品经不起推敲，这是件很令人担忧的事”。现在的新闻学子是未来的新闻工作者，今天的中国新闻奖获奖作品，应当努力成为新闻教学的范文。中国新闻奖的审核过程实际上就是一部活的新闻教材，每个审核案例都是一堂生动的课堂教学。我们审核委员会的工作，就是让那些存在差错的作品通过专家审核淘汰出去，使最终的获奖作品成为新闻学子和新闻工作者学习的榜样，发挥评奖工作的示范和引领作用。

去年下半年，中央对从事意识形态工作的单位进行了巡视。今年 2 月，中央巡视组在对中国记协党组反馈巡视意见时，专门对中国新闻奖评奖工作提出了要求。中国记协党组在巡视整改报告中提出，加强对新闻评奖工作的总揽和研究，评选工作重大事项必须经党组集体讨论和研究，严把评选关、审核关，努力提高中国新闻奖的权威性和公信力。中国记协党组对今年的评奖工作格外重视，党组5位成员将全部参加定评会。新闻评奖由中国记协党组总揽和研究，这是落实巡视整改的要求，也释放出严格审核、严格评选的信号。

审核委员会开展工作三年来，取得了很大成绩，中央领导有肯定，新闻界有好评。但也听到了一些意见，是不是过严了，是不是有点吹毛求疵？怎么看？至少有三点是大家认同的：一是因为有了审核，中国新闻奖更受关注了。二是因为有了审核，中国新闻人、新闻舆论工作更受人关注了。三是因为有了审核，新闻界对好新闻的共识也在增长。新闻报道创新，不能偏离基本要求；新闻离开真实性、准确性、全面性，就失去新闻的意义。对内容的把关、对质量的追求，不管什么时代都是新闻工作者不懈的、永恒的追求，而且越是竞争激烈，越是要体现新闻工作者的专业精神和主流力量；越是众声喧哗，越是要体现新闻媒体引导舆论的"主心骨""压舱石""定盘星"的作用。这些都越来越成为普遍的认识。

对审核委员会的工作，应当高度评价。实践证明，它为中国新闻奖权威性公信力的提升做出了独特贡献，为提高参评作品质量，引领新闻界严细深实作风，汇聚业界学界力量等方面发挥了重要作用。具体地说：

——有力提高了终评新闻作品的质量。这个判断既有统计数据的支持，也是参加过前三届审核工作的专家们共同的感受。据介绍，2014年第一届审核委员会发现338件作品存在各种明显瑕疵，占审核作品总数的45.6%。2015年，审核委员会发现323件作品存在663处各种差错，有差错的作品占审核作品总数的37.7%。2016年，发现381件作品存在928处各种差错，有差错的作品占参评作品总数的42.8%。

近几年一个明显的改进是参评作品中存在的常见字词的误用数量大幅减少，直接引语和间接引语混淆不清的情况也基本不见了。第一届反映最多的是"的""地""得"不分、一逗到底，网络作品没有错别字的很少；第二届反映最多的是顿号用法不规范、广电作品重新制作，现在这些问题少多了。这说明，审核工作以及审核后的情况通报对业界的指导效应是明显的。同时，审核委员会工作减少了获奖作品特别是获一等奖的作品中所存在的瑕疵，从而大大增强了中国新闻奖的权威性，同时也增强了推荐、报送这两个评选环节工作的认真程度和严肃性。这说明，审核工作倒逼参评作品的质量有了提升。

——有力引导了新闻从业者弘扬职业精神。三年中，经过全体审核委员的集体审议，2014年撤销了149件作品的参评资格，2015年撤销了

168件作品的参评资格，2016年撤销了217件作品的参评资格。审核中发现的问题有：文字作品的主要问题是文字差错，包括字词误用和表述不当等一些低级差错；广播作品的主要问题是字词误读、内容失当以及技术失范等；电视类作品存在的问题有，导向性偏差、内容的错误、画面的错误、解说词的错误、技术性错误、字幕文字的错误、插播广告的错误等；网络作品除了有文字类作品相同的错误、广播电视类作品相同的错误外，带有其本身特点的错误，例如随意的文字表达和图片使用等。国际传播作品的问题除了以上类别的问题外，还有导向问题等。这些问题说明我们有一些编辑记者乃至负责人，把关意识不强，工作不够“严”也不够“实”。

审核委员会的工作对编辑记者起到了警示作用。对于审核委员的意见，我们建立了报送单位、推荐单位、作者答疑的制度，创造大家共同讨论问题、共同面对错误、共同解决争议的机制。一次不行两次，两次不行三次，难以一时达成共识的，请国家语言文字工作委员会和国家有关部门提供权威解释。道理常常是摆在桌面上、个人受教育、社会得教益。中国记协评奖办公室通过印发《审核工作报告》以及在中国记协微信上发布审核差错百例等形式，及时把中国新闻奖评选中发现的参评作品差错情况转达到相关单位和编辑记者，发挥评奖对新闻业务的引导示范作用，推动新闻工作者着力增强政治敏锐性和政治鉴别力，提升新闻从业者的职业道德和专业水平。大家反映，审核工作是一项有意思、有意义的工作，对编辑记者培养深入严谨的采访作风、精益求精的写作态度，都起到了积极的促进作用，推动了他们秉持戒骄戒躁、初心不变的职业情怀，承继严细深实的工作作风。

——有力推动了新闻界形成严格把关的风气。应该说，大多数新闻单位和新闻工作者是重视新闻作品的审核把关的，但基本上是体内循环，是业界的专业审核。为了加强沟通，我们在审核委员结构上实行了三结合，学者、记者、管理者相结合，中央媒体、地方媒体、高校院所相结合，以更好地汇集力量，形成共识。这样有利于推动传统媒体、新兴媒体严格实施审核制度，倒逼新闻行业以制度规范新闻采编流程，推动许多新闻单位完善了三审制，严把发稿、审稿、终审环节，有的还建立“采编校印”四审机制，不少网络媒体参照传统媒体结合实际建立了严格审核的制度。同时有利于推动各推荐单位和报送单位做好把关审核，按照《评选办法》规定，认真审阅报送作品，从政治、导向、语言文字以及国家有关法律法规的具体要求等方面全面审核，避免审核工作流于形式、走过场。特别是由于差错作品也要公示推荐单位、初评单位，河北、福建、吉林、山西等省区市记协和专业初评委员会加强了审核把关。

以上三个方面发挥的作用是看得见、感受到、实实在在的。由此，完全可以说，评审工作不仅是关口、是防线，而且是导向，是引导，是动力。审核委员会的工作不仅要坚持，而且要做得更好。

二、今年审核委员会工作怎样做得更好

今年的审核委员会由41名审核专家组成，既有从前三年审核工作中遴选出的留任委员，也有从专家库中随机抽取的新任委员。委员们来自新闻教学研究机构和新闻媒体的专家学者，专业水准高、责任心强，同时，各位审核委员没有参评作品，比较超脱。希望大家坚持方向、坚持宗旨，坚持标准做好审核工作，把前三次的好传统发扬光大。

坚持“大处着眼，小处入手，为中国新闻奖评选当好参谋”。“大处着眼”，指的是审核委员会担负的使命，在政治方向上严守红线，保持政治敏锐性和政治鉴别力，保证中国新闻奖的权威性。“小处入手”，指的是审核委员会承担的主要职责，即找出参评作品中存在的各种各样的差错。“当好参谋”，指的是审核委员会扮演的角色，即重在提出意见。审核委员会在中国新闻奖评选的流程中处于承上启下的位置，就是在正式评选前对申报材料做一次筛选，把那些不符合“评选标准”、存在各种各样问题、不宜获奖的参评作品排除在评委会定评之前。虽然审核委员会无权决定哪件参评作品可以获奖，但是它有责任指出哪件作品存在硬伤而不宜参加评奖。所以要坚持好方向，把握角色定位，为评委会当好参谋，为定评会优中选优做好基础性工作。

坚持24字方针，即“一字一句，一分一秒；只辨是非，不论优劣；集体过堂，畅所欲言。”审核委员按照《中国新闻奖评选办法》规定的评选标准，对参评作品进行全面审视，包括政治问题、导向问题和专业技术性问题等。必须秉持严谨细致的工作作风，对每一件参评作品一字一句、一分一秒地认真看、认真听。由于审核委员会的职责不在于评选出优秀作品而在于给参评作品挑错，避免不符合要求的申报作品蒙混过关，因此认定对错是关键。可以说，一字一句一标点，看的是文字，改的是错误，引领的是新闻界的风气，展示的是采访、编辑、版面工作流程的严，体现的是写作文风的实。一分一秒一镜头，审的是画面，纠的是问题，引领的是新闻界的风尚，展示的是采编制作播报工作运作的细，体现的是思想挖掘的深。同时，每个委员都可以畅所欲言，讲审核意见和依据，包括对同一件作品、同一位参评者的不同意

见和依据，并如实提交评奖办公室。评奖办公室要本着既充分尊重审核委员会的意见，又充分尊重新闻工作者意见的原则，将参评作品、参评者的实际情况与《评选办法》的规定反复比对作判断，郑重地向定评委员会作出报告，供评委会参考。

坚持一把尺子量到底，即“一个标准、一个要求、一条底线”。不能有导向性错误，这是一条底线；不能有事实性错误，这是基本要求；不能有表达性错误，这是一般准则。共同讨论问题，集体“过堂”，最终的审核决定由全体审核委员会集体作出，以避免少数人的意见代替整个审核委员会的意见。通过集体“过堂”，大家畅所欲言，保证审核意见的客观准确全面把握。

审核委员会的工作是非常重要的，是非常郑重的，也是非常辛苦的。相信大家一定能够不忘初心，不辞辛劳，恪尽职守，细致工作，为推动新闻界弘扬坚持高标准、严要求、多奉献的精神，为助推新闻队伍践行“四向四做”的新要求，为实现中国新闻奖多出精品、多出人才的目标做出积极贡献。

（作者系中国记协主席，第二十七届中国新闻奖评选会主任。本文根据张研农同志在第二十七届中国新闻奖审核工作会上的讲话整理，有删节。）

目录

CONTENTS

特别奖（4 件）

一等奖（50 件）

（含新闻名专栏 10 件）

新闻名专栏（10件）

二等奖（90件）

·文字消息·

·文字评论·

·调查性报道·

·文字通讯·

·调查性报道·

2016 年度 · 第二十七届

特别奖（4件）

文字通讯

弄潮儿向涛头立

——习近平主席出席二十国集团领导人杭州峰会系列活动纪实

集　体

初秋九月，钱江潮起。世界的目光聚焦“G20 杭州时间”。

出席 13 场会议活动，发表 11 次演讲致辞，同 27 位外方领导人会晤……80 多小时密集日程以分钟计算，习近平主席为峰会顺利举行作出的贡献，赢得各方高度赞赏。

历史的时空中镌刻下清晰的“杭州坐标”，时代的大潮里澎湃着强劲的“中国动力”。

总揽风云、运筹经纬，中国主张世界回响，大国外交结下金秋硕果

最忆是杭州。

月色如水、波光潋滟。习近平主席邀请出席二十国集团领导人杭州峰会的贵宾们登上画舫，泛舟西湖。世界最具影响力的领导者们同船共渡，畅叙未来。

这如诗如画的短短航程，引领世界潮流的新方向。

一年之前，习近平主席用谚语“上有天堂、下有苏杭”，向二十国集团领导人发出邀约——2016 年 9 月，我将在西湖之畔欢迎各位。

习主席之邀，应者云集。

各国政要宣布出席杭州峰会的消息纷至沓来，世界主要经济体无一缺席。

今年 7 月就任英国首相的特雷莎·梅，专门派人向习近平主席递交亲笔信，表达对出席杭州峰会的热切期待。

9 月 2 日下午，巴西总统特梅尔上任伊始便赶来中国。见到习近平主席第一句话是：“选择中国作为首个出访国家，是我莫大的荣幸。”

西方媒体评论说，历史上，从未有过如此多的手握重权的政治家同时前往中国，中国也从未拥有如此大的世界政治构建空间。

G20为何选择中国？

有国外媒体揭秘：当初多个国家争办2016年G20领导人峰会。在征询成员广泛意见后，中国成为首选。

“这既体现了国际社会对中国的高度信任，也展示了中国愿为国际社会作出贡献的真诚愿望。”习近平主席说。

8年前，二十国集团峰会机制在国际金融危机最紧要的关头应运而生，各成员和世界各国共同努力，把正在滑向悬崖的世界经济拉回到稳定和复苏轨道。

当世界经济再次走到关键当口，风险挑战重重依旧。

国际社会普遍认为，从危机应对机制向长效治理机制转型，是二十国集团自身发展面临的重要任务。

中国，无疑在关键当口发挥着关键作用。

一张“全家福”，将杭州峰会的盛况定格在历史相册中。

4日下午3时，钱塘江畔的杭州国际博览中心，如扬帆待航的巨轮。习近平主席在这里迎接出席峰会的外方代表团团长，同他们一一握手，互致问候，集体合影留念。

与会成员、嘉宾国及国际组织的35面旗帜整齐排列。习近平主席居中站立。细心的人不难发现，照片中既有老朋友又有新面孔。

人们记得，2013年，习近平主席首次参加峰会时，对这一机制准确定位：“二十国集团是发达国家和发展中国家就国际经济事务进行充分协商的重要平台。”

老挝、乍得、塞内加尔、泰国、哈萨克斯坦、埃及，当中国成为G20主席国，峰会受邀嘉宾国中来了6个发展中国家。杭州峰会成为G20历史上发展中国家参与最多的一次盛会。

拉美社评论：“杭州峰会在中国的领导和经济智慧的指引下进行……致力于打造一个发达国家和发展中国家的命运共同体。”

往事历历。杭州峰会筹备时，习近平主席指出：“我们要树立人类命运共同体意识……使各国人民公平享有世界经济增长带来的利益。”

走进联合国，走进非盟总部，走进七十七国集团，走进世界各地的一些最不发达国家、内陆之国、大洋岛国……在习近平主席领导下，中国始终秉持开放、透明、包容的办会理念，同各成员保持密切沟通和协调，倾听各方利益诉求。

中国筹划，世界期盼。

当杭州峰会大幕开启时，国际舆论如是评价："G20 中国时刻"——世界经济走向的重要转折。

杭州国际博览中心四层会议厅古朴典雅，一桌一椅、一纸一笔都充满浓郁的中国韵味。4 日下午至 5 日傍晚，习近平主席连续主持 G20 峰会开幕式、第一至第五阶段会议及峰会闭幕式，在这一重要讲坛，阐述中国观点，提交中国方案。

中国声音，引领着杭州峰会进程。

德国《商报》撰文指出："中国曾经长期处于世界政治的外围，如今在 G20 这一平台上扮演起核心角色。"

建设以合作共赢为核心的新型国际关系，提出亲诚惠容、真实亲诚和正确义利观，倡导建立人类命运共同体……3 年多来，习近平主席高瞻远瞩、运筹帷幄，亲自推动和发展独立自主的和平外交政策，为中国外交注入新的活力。

从大国到周边，从国家到国际组织，从伙伴到兄弟……3 年多来，习近平主席出访 22 次，行程相当于环绕地球飞行 10 圈，在国内同 100 多位外国元首、政府首脑会谈会见，亲力亲为打造合作共赢的全球伙伴关系网络，将中国的"朋友圈"越做越大。

世界舞台的聚光灯频频投向习近平主席，中国抓住一切时机向外界传递携手共进、互利共赢的坚定决心。

"共赢发展"的中国主张得到越来越多国家的深刻理解和广泛认同。

"携手共进"的中国行动不断赢得国际社会的信任和赞誉。

G20 杭州峰会，散发出历史和现实交汇的独特韵味，折射出中国外交的时代印记。

峰会虽已落幕，影响深远持久。

与会政要不约而同祝贺中国成功举办本次峰会，高度赞赏习近平主席卓越的领导能力，向中国为世界繁荣发展作出的贡献致敬。

风雨同舟、兼济天下，中国主动作为践诺守信，彰显大国责任与担当

"今天我们见面，是我这次峰会期间最后一场外事活动，可以说叫'压轴戏'。"5 日晚 9 时 30 分许，习近平主席在西湖国宾馆会见法国总统奥朗德。

3 个多小时前，习近平主席主持的杭州峰会画上圆满句号，取得丰硕成果。

峰会期间，习近平主席和各方嘉宾就加强政策协调、创新增长方式，全球经济金融治理，国际贸易和投资，包容和联动式发展等议题，以及影响世界经济的其他突出问题，深入交换看法，达成许多重要共识。

闭幕式上，习近平主席总结致辞，用“五个决心”显示各国携手应对挑战的共同意志。创新增长蓝图、全球贸易增长战略、全球投资指导原则、支持非洲和最不发达国家工业化倡议、全球基础设施互联互通联盟倡议……一个个实实在在的成果、一份份沉甸甸的文件，无不凝聚着中国理念、中国倡议。

“我深信，这次会议将成为一个崭新起点，让二十国集团从杭州再出发。”习近平主席向世界郑重宣布。

出席峰会的外国领导人深有感触。“这次峰会非常成功，包括每个细节。二十国集团不应只清谈而无成果。这次我们取得诸多实质性成果，这也得益于您的亲自推动。”奥朗德对习近平主席说。

德国将是 2017 年二十国集团主席国。总理默克尔表示，筹备期间会与中方保持亲密伙伴关系。“中国担任轮值主席国期间，通过举办杭州峰会，推动了很多全球合作方面议题，取得了丰硕成果。感谢中国的热情招待，感谢杭州百姓。”

历史必将铭记——

杭州峰会第一次把发展问题置于全球宏观政策框架的突出位置，第一次就落实联合国 2030 年可持续发展议程制定行动计划，第一次集体支持非洲和最不发达国家工业化，这“三个第一次”，具有开创性意义。

“杭州峰会从开始筹备，就一直把非洲发展问题纳入议题，充分体现了中非紧密关系和中国的领导能力。”塞内加尔总统萨勒这样对习近平主席说。

“发展”二字浓墨重彩地写在二十国集团峰会的长卷上。

“国家不论大小、强弱、贫富，都应该平等相待，既把自己发展好，也帮助其他国家发展好。大家都好，世界才能更美好。”

这是和衷共济的大国担当，是兼济天下的世界情怀。

3 日下午 5 时 30 分，杭州西湖国宾馆如意厅，一个特殊仪式引人注目。

习近平主席起身向前，将气候变化《巴黎协定》批准文书正式递交给联合国秘书长潘基文。

二十国集团领导人杭州峰会前完成参加协定的国内法律程序，是中国作出的承诺。当天上午，全国人民代表大会常务委员会批准了加入《巴黎协定》的决定。

“中国倡议二十国集团发表了首份气候变化问题主席声明，率先签署了《巴黎协定》。中国向联合国交存批准文书是中国政府作出的新的庄严承诺。”习近平主席这样说。

胸怀世界，心系天下。从气候变化到联合国维和，从非洲十大合作计划到“一带一路”建设，在关乎人民福祉和人类未来的问题上，习近平主席提出的一系列倡议和行动为世界和平发展贡献中国智慧。

3日下午3时，杭州国际会议中心，习近平主席出席二十国集团工商峰会并发表主旨演讲。南非总统祖马、加拿大总理特鲁多以及1100余名工商界人士认真听讲，50分钟演讲中，掌声不断。

习近平主席提到一个细节：“中方把工商峰会安排在领导人峰会前夕举行，就是要充分汇集工商界的思想和智慧。”

“我们希望向国际社会传递这样一个信号：二十国集团不仅属于二十个成员，也属于全世界。我们的目标是让增长和发展惠及所有国家和人民，让各国人民特别是发展中国家人民的日子都一天天好起来！”

时代将会证明——

4日上午，习近平主席同印度总理莫迪、南非总统祖马、巴西总统特梅尔、俄罗斯总统普京面对镜头站成一排。

金砖国家是新兴市场国家和发展中国家的领头羊，但受全球经济影响各自经济发展均面临新的挑战。此时此刻，习近平主席再次提出发扬“金砖精神”，鼓实劲、出实招。

“相信只要我们秉持开放、包容、合作、共赢的金砖精神，不为风雨所动，不为杂音所扰，不为困难所阻，不断强化伙伴关系，金砖国家必将实现更大发展。”

未来正在招手——

出席杭州峰会之前，加拿大总理特鲁多来华访问，宣布了一个重大决定：加入亚洲基础设施投资银行。加拿大由此成为第一个申请加入亚投行的北美洲国家。

发起成立亚投行，倡导构建“一带一路”，出资设立丝路基金，成立金砖国家新开发银行……一系列具有中国特色的公共产品，凸显合作共赢、共同繁荣的东方智慧，逐渐呈现出无限魅力和吸引力。

2日，习近平主席与老朋友哈萨克斯坦总统纳扎尔巴耶夫会谈。纳扎尔巴耶夫提出支持“丝绸之路经济带”建设同“光明之路”新经济政策对接。

习近平主席密集的双边活动中，“一带一路”频频出现。俄罗斯、澳大利亚、意大利、土耳其、新加坡、老挝、沙特等各国政要纷纷表示出对接合作的强烈愿望。

真金不怕火炼，患难更见真情。伙伴的意义和价值，不仅在于顺境中共襄盛举，更在于逆境时携手前行。

5日下午，杭州国际博览中心二楼新闻发布厅，中外记者早已等候在这里，见证重要时刻。

下午6时40分，习近平主席和参会外国领导人道别后，来到大厅发表致辞。“峰会之后，我们将继续同各方一道，为落实和推进杭州峰会各项成果作出积极努力。”

铿锵有力的话语，体现中国的责任担当，昭示出世界和平发展的美好前景。

沉稳睿智、真诚亲和，中国领导人展现大国风范，赢得世界尊重

“山站在那儿，高入云中，水在他的脚下，随风飘荡，好像请求他似的，但他高傲地不动。”

4日晚，杭州西子宾馆漪园宴会厅，灯光熠熠生辉，宾朋谈笑晏晏。习近平主席致辞时，列举了泰戈尔游览西湖时写下的诗句。

从400多年前的意大利人利玛窦记述“上有天堂、下有苏杭”，到出生于杭州的美国前驻华大使司徒雷登骨灰安葬于此，再到上世纪90年代南非前总统曼德拉游览西湖后表示“愿意在这里住上一辈子”，习近平主席拉家常般地讲起外国友人在杭州的故事，拉近了同现场外国嘉宾的距离。

平易亲切、融通中外、人情味浓，既在习近平主席的致辞中一以贯之，也在待人接物中处处可见。

4日下午3时，钱塘江南岸，杭州国际博览中心二楼迎宾厅内，身着深色西装、系红色领带的习近平主席，在这里迎接八方嘉宾。

主人、主场、主持、主导、主张……随着习近平主席敲下木槌，峰会正式开幕。每阶段会议开始，习近平主席先介绍具体议程和中方考虑，接着邀请各方代表依次发言，衔接紧凑，过渡流畅。最后，习近平主席总结各方观点，结束讨论。

杭州峰会既是习近平主席与世界最重要经济体领导人共谋大计的多边舞台，也是习近平主席与新朋老友发展友谊的双边场合。

中美元首之间的一次握手，一句问候，从来都备受世界瞩目。

44年前，西湖国宾馆，见证了《上海公报》的谈判。

44年后，依然是西湖国宾馆。3日晚上，习近平主席和奥巴马总统在结束3个多小时的高强度会见后，在月光下散步。

尽管奥巴马即将卸任，但习近平主席为构建中美新型大国关系倾注的智慧与努力，独具匠心地与美国总统开创的会晤形式，将长久镌刻在中美交往史上，留在两国人民记忆中。

之江山水，同样见证中俄领导人友情历久弥深。

4 日上午，从符拉迪沃斯托克远道而来的俄罗斯总统普京，给习近平主席送来了一份特殊的礼物：一箱俄罗斯冰淇淋。

几天前普京接见外国企业家时，听中国企业家说，中国人很喜欢俄罗斯冰淇淋。得知这一消息，普京特意带来这份礼物。

小小礼物，正是中俄元首 3 年 18 次会晤，不断巩固信任、加深友情的体现。惟其如此，中俄领导人才能利用一次访问时机发表 3 份重要联合声明，签署近 30 个务实合作协议。

2 日上午至 5 日夜晚，习近平主席的行程繁忙紧张、环环相扣。尽管如此，他仍为发展中国家领导人做了特殊安排：同哈萨克斯坦总统纳扎尔巴耶夫会谈，同埃及总统塞西共进早餐……

真诚相待是习近平主席赢得国际社会信任和尊敬的一个重要原因。

峰会期间，会见意大利总理伦齐时，习近平主席提及意大利 8 月底发生的地震，提出“中国也是深受地震等灾难影响的国家。只要意方有需要，中方愿意随时以各种方式给予支持”。

会见阿根廷总统马克里时，习近平主席说“你是参会领导人里飞行行程最远的”。他还对阿根廷今年纪念独立 200 周年表示祝贺。

……

在全球注目下，中国走向世界舞台的中央。外国媒体评论：习近平主席展示了卓越的领导能力，稳健的外交风度，坦诚的处事方式，恰与中国日益提升的大国地位相契合。

两年前也是秋季，风翻白浪，雁点青天。雁栖湖畔，习近平主席主持亚太经合组织领导人非正式会议，为共建面向未来的亚太伙伴关系聚共识、绘蓝图。

一年前，也是 9 月，中国举行盛大阅兵，隆重纪念中国人民抗日战争暨世界反法西斯战争胜利 70 周年，奏响和平发展的时代最强音。

世界潮流浩浩荡荡，犹如钱江潮起，奔涌向前。

“弄潮儿向涛头立。”中国，站在了新的起点上……

（新华社杭州 2016 年 9 月 6 日电）

申报资料实录

作品简介：稿件全景式记录习近平主席在G20杭州峰会80多小时日程，生动展示习主席的大国领袖风范。稿件立意高远，意象独特，以“弄潮儿”寓意走到世界舞台中央的中国和中国领导人，紧扣“习主席的G20杭州时间”，翔实纪录习主席在杭州80多个小时里密集主持会议、发表演讲、会晤外宾中的精彩时刻，展现习主席为峰会做出的贡献，反映国际社会对峰会的肯定和对习主席的好评。

结构上，稿件以大国外交、峰会成果、领导人风采为逻辑线索组织材料，遴选习主席峰会期间的精妙引语、细节、场景，穿插过去三年多习主席重大外交活动和精辟观点，展示习主席在国际舞台倡导的中国理念、中国方案和中国贡献。

社会效果：此稿被国内外媒体广泛采用，充分发挥新华社引导舆论的作用。

1. 央视《新闻联播》栏目口播，《人民日报》《光明日报》《经济日报》《新华每日电讯》《工人日报》《中国青年报》等189家国内报纸在重要版面采用。

2. 新华网、人民网、网易、新浪、凤凰网、中国网等200多家网站在显要位置转载，在手机端形成“刷屏之效”。

推荐理由：这是新华社精心策划、独家采写的“习主席G20杭州时间”深度报道，稿件立意高远，大气磅礴，行文流畅，耐人寻味，成为占据中央和地方媒体头条的“镇版之作”，在新媒体舆论场形成“刷屏之效”。

以信仰之光照亮奋斗之路

——写在中国共产党成立95周年之际（上）

集　体

（一）

又一个7月来临，时间从未改变前行的脚步。

上海兴业路的一栋小楼，迎来更多朝圣者。95年前，一群年轻人聚集在这里，革命的星火，燃烧出一片崭新的天地。这一过程如此艰辛也如此辉煌，正如纪念馆展览结束处悬挂着的题词——“作始也简，将毕也钜”。

陕西延安杨家岭的中央大礼堂，有人展开党旗，重温入党誓词。1945年，党的七大在这里召开，建立一个新民主主义中国的脚步从这里启程。会场墙壁的旗座上，写着八个字——“坚持真理，修正错误”。

北京，天安门广场花团锦簇，大街小巷飘扬的党旗上，镰刀锤头格外醒目。从苦难中来，朝复兴而去，一个古老的民族向着百年梦想迈进。党的十八大之后，习近平总书记告诫全党——“勿忘人民，甘作奉献”。

95年，3句话。源于德国小镇特里尔的种子，在一代代中国共产党人的心灵中孕育成长。红色的激流汇入黄色的土层，掀起汹涌壮阔的狂澜，汇聚成光耀中华的绚丽日出，它让世界四分之一的人口选择了马克思主义，荡涤风雨如磐的暗夜，照亮民族复兴的征程，彻底改造了这个古老的国家，彻底改变了人民的命运，彻底改写了人类社会的政治版图。

从嘉兴南湖红船上寻找光明的摆渡人，到驾驭世界第二大经济体的领航者，中国共产党激励与召唤着亿万人民生死与共、始终相随，让这个曾经四分五裂、一穷二白的国度，于危难中振作，在绝望中重生，已然可见复兴的曙光。

有人说，了解中国，必须了解中国共产党；读懂中国共产党，才能读懂中国。95年过去，就让我们重新打开时间的闸门，踏上那条举世瞩目的中国道路，翻阅风雷激荡的红色篇章。

（二）

亿万万人家国，九十五年拼搏。为了民族独立、人民解放，国家富强、人民富裕，无数人汇聚在马克思主义的旗帜下。历史会记录下每一代人的奋斗与牺牲，也会给他们的选择一个肯定的回答。

“敌人只能砍下我们的头颅，决不能动摇我们的信仰！因为我们信仰的主义，乃是宇宙的真理！为着共产主义牺牲，为着苏维埃流血，那是我们十分情愿的啊！”1935 年 8 月，方志敏在就义之前慷慨陈词。这位赣东北苏区的创建者，过着“清贫，洁白朴素的生活”，却“生存一天就要为中国呼喊一天”，只因他是“马克思主义笃诚的信仰者”，坚信“苏维埃可以救中国，革命必能得最后的胜利”。

“为了抉择真理，我们应当回去；为了国家民族，我们应当回去；为了为人民服务，我们应当回去……为我们伟大祖国的建设和发展而奋斗！”1950 年 2 月，华罗庚在归国途中，写下这封《致中国全体留美学生的公开信》。那一年，华罗庚、朱光亚、邓稼先、叶笃正等 1000 多名留美学生不畏艰辛奔向新中国，很多人加入了中国共产党。他们相信，“新民主主义已经很明显地指出中国社会建设该取的道路”，“我们的民族将再也不是一个被人侮辱的民族了”。

“我们是有组织、有信仰、有觉悟的人。”2008 年 5 月，瞿永安的 11 位亲人在汶川地震中丧生。在满地瓦砾的家门口，这位北川县副县长泪流满面磕了三个头，随后起身投入抗灾一线。在那场特大地震之后，从 80 后女警察蒋敏、组织部长王理效，到参与援建的干部崔学选，定格下无数共产党员的奉献精神。在汶川震区考察救灾和重建的外国友人感慨：“有一条‘经’我们很难取走——你们有这么多勇于献身的中共党员。”

95 年来，无数仁人志士，汇聚于信仰的旗帜之下。在他们身上，有着这个群体的心灵密码，有着共产党人共同的精神基因——

他们相信，“只有在斗争中无所畏惧，才能在追求真理的过程中把自己雕塑成器”。在这真理里，凝聚着智慧与知识的结晶，也蕴藏着国家与民族发展的路径。沿着这条真理之路，沉沦的中国才能走向复兴，亿万中国人才能过上更好的生活。他们视追寻这样的真理为理想，他们以实践这样的真理为信仰。

他们秉承，“人生应该如蜡烛一样，从顶燃到底，一直都是光明的”。他们把国家、民族乃至人类的命运，扛在自己的肩膀上。走在这条道义之路，他们将小我消融于“大我”，成为无私的爱国者、无畏的革命者、无悔的牺牲者。他们视承担这样的责任为使命，他们以坚守这样的价值为意义。

水打山崖，风过林海。95年来，信仰在奋斗中淬火，一代又一代共产党人前行的足迹，构成了一个国家为强大而探索的思想史，也构成了一个民族为复兴而奋斗的心灵史。真理之光与道义之光交相辉映，让这一段历程群星闪耀，照亮着中华民族的天空。

（三）

并非每个共产党员，都是天生的马克思主义者。很多时候，信仰是选择的结果。回到他们思想的源头，才能理解共产党人95年来的选择，才能发现为什么马克思主义“占据着真理和道义的制高点”。

一百多年来，马克思主义一直是现代世界思想乐章中的一个重要主题。马克思是第一个把世界作为政治、经济、科学和哲学的整体来理解的人。这位“现代社会思想之父”，揭示了自然界、人类社会、人类思维发展的普遍规律。这是人类智慧一座令人仰止的高峰，正如曾获诺贝尔经济学奖的希克斯所言，“大多数希望弄清历史一般进程的人会使用马克思主义的范畴或者这些范畴的某种修正形式，因为几乎没有其他的范畴形式可用”。

对于有识之士，马克思提供了丰富的思想资源；对于有志之士，马克思更开掘出广阔的精神空间。坚持实现人民解放、维护人民利益的立场，以实现人的自由而全面的发展和全人类解放为己任，体现出马克思主义理论的价值基础。在马克思的历史批判、经济批判、政治批判中，“人的解放”是一以贯之的核心，也是他终生奋斗的使命。从为人类谋福利的道德信念，到对人的命运的客观探讨，再到人与世界关系的总体把握，直至追求“每个人的全面而自由的发展”，马克思主义开辟出一条个人和人类追求超越性价值的道路。

这位共产党人的精神导师，正是一个完美例证。他出身富裕家庭，23岁拿到博士学位，25岁娶了一位贵族小姐，还是《莱茵报》主编。但他却抛弃了这一切，选择了“最能为人类福利而劳动的职业”，为工作和革命颠沛流离40年，一贫如洗、儿女夭殇，直到1883年3月在办公桌前永远地睡去。德国哲学家康德曾说，人类最震撼的秉性，就在于为他人而工作，为后代而牺牲。马克思一生的际遇，正实现了对“人”的定义。

一部人类文明史，产生了科学主义与人文主义两大思潮，分别体现着人类对真与善、实然与应然、工具理性与价值理性的追求。马克思主义则努力在二者之间架起桥梁，把科学的真理性与价值的超越性，统一于共产主义理想之中。从这个意义上，习近平总书记指出，“无论时代如何变迁、科学如何进步，马克思主义依然显示出科学思想的伟力，依然占据着真理和道义的制高点”。

这正是马克思主义能在世界的东方，吸引如此众多信仰者的根本原因。

（四）

对于古老的中华文明，马克思主义无疑是一个截然不同的思想体系。中国人最早知道“共产主义”，是在江南制造局出版的《西国近事汇编》中。为什么这个国人并不熟悉的概念，能在此后的一百多年里，为中国的发展提供了源源不断的理论支持和精神支撑，奠定无数人信仰的基石?

一本中文初版《共产党宣言》，见证了马克思主义与中国深深的精神共鸣。1926 年，这本封面错印成“共党产宣言”的书辗转成为山东广饶刘集村党支部的学习材料，曾因国民党搜查、日伪军“扫荡”而被埋进锅灶、藏在粮囤、塞进鸟窝。然而，那位“大胡子”却让刘集村成为“红色堡垒”，190 人走上革命道路，有据可考的烈士就有 28 人。这些“以前没有听说过”的道理，在中国人的精神世界中开辟出一片新的天地，让人看到还有一条革命的道路、还有一种解放的理想、还有一种自由的力量。

伟大的思想，总能诉说时代深藏的心曲，总是属于人类永恒的历史。“阶级斗争”“无产者”“社会主义”这些概念，深刻地切中了当时中国的脉搏；为人类解放而奋斗的理想，更与沉沦日久渴望复兴的精神诉求相通。这个从遥远西方引来的火种，一经播撒便在中国大地形成燎原之势。以 95 年前的 7 月为起点，一代代共产党人汇入信仰的洪流，不屈不挠的奋斗、义无反顾的牺牲、改天换地的豪情，推动百年中国的浩荡前行。

面对革命战争的枪林弹雨，他们浴血奋战、视死如归；面对建设年代的艰难局面，他们激情燃烧、无私奉献；面对“文化大革命”十年浩劫，他们信念执着、从不消沉；面对改革开放的千钧重担，他们不畏艰险、勇敢担当。无数英雄儿女凝聚在信仰的旗帜下，勇往直前以赴之、断头流血以从之；无数志士仁人凝聚在真理的旗帜下，实事求是以谋之，殚精竭虑以成之，他们挺起了民族的脊梁，谱写了可歌可泣的壮丽篇章。

从人均国民收入仅 27 美元，到经济总量超过 10 万亿美元，成为世界第二大经济体；从新中国成立之初 4000 多万人流离失所，到让 6 亿多人口摆脱贫困，对全球减贫贡献率逾 70%；从一穷二白到成为世界第一大贸易国、全球最大外汇储备国；从铁钉、火柴都造不出来，到“两弹一星”横空出世，“嫦娥”奔月“蛟龙”入海……“共产党并不曾使用什么魔术，他们只不过知道人民所渴望的改变”，并用他们的意志唤起了难以想象的力量，在1946年出版的《中国的惊雷》中，美国记者白修德和贾安娜得出的结论，直到今天仍在被一次次验证。

迄今为止，还没有一种理论能像马克思主义这样，鼓舞数十亿人为改变自身命运而奋斗，指引人类社会向着伟大社会理想不断探索。晚年张学良回忆当年和红军作战，曾经这样追问：谁能在缺衣少食、围追堵截中把这样的队伍带出来，而且依旧保持着高昂的士气和强悍的战斗力？67年前，司徒雷登总结国民党失败原因时，曾经这样分析：“共产党之所以成功，在很多程度上是由于其成员对它的事业抱有无私的献身精神。”2012年党的十八大报告，曾经这样指出，“对马克思主义的信仰，对社会主义和共产主义的信念，是共产党人的政治灵魂，是共产党人经受住任何考验的精神支柱。”

从只有50多人的小党发展成拥有8700多万党员、世界最大的执政党，从积贫积弱的落后国家迈向社会主义强国，正是马克思主义信仰，催生了一种新的社会实践、一套新的政治制度、一条新的发展道路，让一个政党的成长与一个国家的重生融为一体，在动荡的百年历史中写下不朽的传奇。

（五）

习近平总书记指出，“一个政党，如一个人一样，最宝贵的是历尽沧桑，还怀有一颗赤子之心。”走过95年，时代场景几经转换，保持“赤子之心”，何其之难。

相比于战争年代的烽烟四起、血雨腥风，我们现在少了生与死的考验、血与火的洗礼，多了深水区的“改革阵痛”、转型期的“两难烦恼”。相比于建设年代的激情澎湃、质朴单纯，我们现在少了封闭与孤立的困境、匮乏与贫穷的难题，多了不同利益的纠结交汇、不同观念的激荡交锋。甚至，相比于三十多年前，我们现在也还需面对更多声音的鼓噪喧嚣，面对更为复杂的全球语境。共产党人的“赶考”远未结束。

一些人视马克思主义为雾里看花，以共产主义为空中楼阁，丢弃了理想与方向，忘记了信念和担当。一些人崇尚“实用主义”，热衷“及时行乐”，把权力变成谋私的工具，把私欲看作人生的目标。一些人对群众感情淡漠，习惯高高在上，淡忘了鱼水关系，割裂了血肉联系。翻阅贪官忏悔录，总能看到在权力、财富、美色的诱惑之下，信仰的城池如何失守、精神的旗帜如何变色。

如果说，信仰曾经体现在“砸碎旧世界”的革命之时、闪耀在“创造新世界”的建设之时、迸发在“追赶全世界”的改革之时，那么，今天的共产党人，更需把信仰写在全面小康之路、伟大复兴之路上。

正因此，党的十八大以来，习近平总书记不断重申信仰、强调理想，视理想信念为共产党人的“钙”，以人生观、世界观、价值观为共产党人的“总开关”，把对马克思主义的信仰、对社会主义和共产主义的信念，比作共产党人的“政治灵魂”“精神支柱”，告诫全党在新的时代条件下，共产党人唯有对马克思主义真正做到“虔诚而执着、至信而深厚”，才能“练就共产党人的钢筋铁骨，铸牢坚守信仰的铜墙铁壁”。

正因此，党的十八大以来，我们以不断线的思想教育反“四风”、改作风，严规矩、强纪律，打掉党和人民群众之间“无形的墙”；惩治腐败不手软，打虎拍蝇无禁区，彰显“共产党与腐败水火不容”的决心；修订廉洁自律准则、党纪处分条例等党内重要法规，扎牢制度治党的铁笼子……全面从严治党凝心聚力、扶正祛邪，不仅让党心一振，更试出了人心向背。

正因此，党的十八大以来，以习近平同志为总书记的党中央，坚守“人民”这一核心价值，以新理念新思想新战略开创治国理政新境界。从“五位一体”、“四个全面”、新发展理念，到深化改革、转型创新、脱贫攻坚，既有发展路径的选择，也有发展价值的坚守，蕴含着对马克思主义真理性的思考，也彰显着对马克思主义道义性的追求，在创造震撼人心的“中国奇迹”同时，也努力书写温暖人心的“中国故事”。

1925 年，在填写“少年中国学会”改组委员会征询意见调查表时，毛泽东写道：“本人信仰共产主义，主张无产阶级的社会革命。”一代人有一代人的使命。21 世纪的今天，走过 95 年的中国共产党，只有坚持“为绝大多数人奋斗”的信仰，坚定“为人民服务”的宗旨，才能始终得到人民群众的信任和拥护，始终成为引领中国社会发展进步的核心力量。

（六）

每一个国家民族，每一段历史时空，都有自己的精神指引。将近一个世纪过去了，那些令人心潮澎湃的信仰故事，那些光芒闪耀的信仰足印，要怎样化为我们继续前行的精神之源？

与中国的现代转型相伴随的，是一个民族精神世界的转型。当今中国，利益的正当性早已“去魅”。我们走出了“耻于言利”的时代，主张利益、保护利益，这是时代的进步。但毋庸讳言，我们的时代也出现了令人忧心的错位，在一些人那里，物质利益成为唯一“价值”，精神追求被彻底放逐。于是，责任能够淡漠、道德可以离席、灵魂容许出丑。放眼全球，这是一种颇具世界性的“现代病”，正如未来学家托夫勒在《第三次浪潮》中所说：“从来没有那么多国家里的人民，感到精神上如此空虚与沉沦。”

方此之时，回望我们党近百年为信仰而奋斗的光辉历程，更有现实意义。一代代共产党人以对真理与道义的不懈追求，以对国家与民族的勇敢担当，在成为“两个先锋队”的同时，也为中国构筑起一个崇高的精神世界。这是马克思主义留给我们的精神财富，是几代共产党人积累的精神基因。那种超越个体与小我、献身整个人类的理想和情怀，至今依然令人敬仰。

让我们从这样的信仰中得到净化。唯有把握这样的信仰，才能理解，为什么 95 年来，如此多人被吸引到马克思主义的旗帜之下，不求显达于世、不求暂得于己，为了理想与信念不惜抛头颅、洒热血。他们中有人放弃了“鸦飞不过的田产”，有人背离了“自小熟悉的阶级”，本应顺风顺水者偏向荆棘而行，本可锦衣玉食者不惜向死而生。埋骨雨花台的烈士，74% 受过高等教育；葬身渣滓洞的英灵，70% 出身富裕家庭。这些信仰的献身者、理想的殉道者，谱写了时代的慷慨悲歌，铸造了民族的血脉精魂，让亿万人呼吸到了“英雄的气息”。

让我们从这样的信仰中获得方向。唯有把握这样的信仰，才能理解，为什么 95 年来，如此多人薪火相传，舍生忘死、公而忘私，将国家民族带到更好的境界。焦裕禄忍着剧烈疼痛坚持工作，把藤椅都顶破；沈浩扎根小岗村，积劳成疾猝逝在工作一线；杨善洲放弃退休后悠闲的生活，用双手把荒山变成林海……永恒的丰碑上记录着这些时代的先锋，不是因为他们的权力或者财富，而是因为他们刻下了一个大写的“人”。岂曰无碑，山河为碑；何用留名，人心即名。这是共产党人的道德觉悟，也是一个集体的精神传承。

让我们从这样的信仰中汲取力量。唯有把握这样的信仰，才能理解，为什么 95 年来，如此多人风从影随，紧紧团结在我们党的周围，休戚与共、生死相随，共同书写下“中国奇迹”。农民的手推车，推出了淮海战役的胜利；林县的乡亲们，在悬崖上开凿出红旗渠；无数劳动者全力打拼，开创国家的未来。这是精神的巨大感召力，建设人民共和国的理想，实现“中国梦”的召唤，让人看到更广阔的天地、更高远的世界，绘就了一个国家、一个民族、一个时代的精神图谱。

“石在，火种是不会绝的。”回到马克思主义，回到共产党人的信仰，我们会发现，在物质之外、利益之上，个人还有责任，理想还有价值，生命还有担当。

（七）

回望历史，不只是采摘耀眼的花朵，更是去获取熔岩一般运行奔腾的地火。

有历史学家提出三种历史时间——“长时段”“中时段”和“短时段”，分别对应着历史中的“结构”“局势”和“事件”。“事件”只是“闪光的尘埃”，而“结构”才是历史上起决定性作用的因素。

95年风云激荡，坚守共产主义理想，坚持和发展马克思主义，共产党人为中国历史创造出一种全新的“结构”。这种“结构”，既是基本的制度体系，也是根本的思想体系，更是耀眼的信仰光芒。

95年来，这个成立时只有几十人的党，已经成为拥有8700多万党员的世界最大规模执政党；这个四分五裂、积贫积弱的国家，已经从低谷走向复兴，崛起于世界民族之林。

不忘初心，方得始终。今天，距离中华民族伟大复兴目标从未如此之近，这个国家和这片土地上的人民，比任何时候都更需要信仰的光芒和力量。潮平海阔，千帆竞发，我们的工作已经写入人类的历史，我们的工作还将继续改变人类的未来。

（《人民日报》2016年6月29日1—2版）

申报资料实录

作品简介：中国共产党成立95周年之际，人民日报推出两篇任仲平文章——《以信仰之光照亮奋斗之路》《以真理之光引领复兴征程》。上篇“深情写信仰”，下篇“大旨谈真理”。

《以信仰之光照亮奋斗之路》一文，充满了丰沛的正气，以大量密集的短句、工整的对句激荡情感的力量，文风激情澎湃，论述热烈酣畅。在回顾历史的基础上，还加入了许多有着现实针对性的内容：针对少数党员干部信仰动摇，提出要保持“赤子之心”；针对一些人思想道德滑坡，提出从共产党人的信仰中得到净化、获得方向、汲取力量。这篇任仲平文章，可说是理性与感性结合的范例，不仅在理性上说服读者，还能在情绪上感染读者，在头脑中、心灵中获得双重共鸣，最终起到“引领社会思想、激发大众热情、凝聚党心民心”的作用。

社会效果：任仲平的“信仰之光”，让读者感到强烈触动。资深媒体人赞赏，“有历史纵深，有全新视角，有真情实感，有飞扬文采，有宽广视野”；网友留言评论，“大气磅礴直抵人心，既有理论深度，又有文字魅力，读之肃然起敬，心潮澎湃”。两篇文章24小时内在微信平台被转载1527篇次，近180家网站进行了转载，共有《解放军报》《法制日报》《浙江日报》《南方日报》等国内报刊转载279篇次。

推荐理由：这篇任仲平文章围绕总书记提出的马克思主义至今依然占据“真理”和“道义”两个制高点来写，将我们党波澜壮阔的95年历史，放到找到马克思主义“信仰”、并以之改变百年中国命运的光辉历程中考量，证明马克思主义信仰“让一个政党的成长与一个国家的重生融为一体，在动荡的百年历史中写下不朽的传奇”。既有历史纵深，也有很强的现实针对性；既写出了理论的深度，也谈了成绩、谈了问题，带出实践的思考。

电视消息

习近平在青海考察时强调 尊重自然顺应自然保护自然 坚决筑牢国家生态安全屏障

集 体

（限于篇幅，文字稿略，获奖作品请看光盘。）

（中央电视台《新闻联播》2016 年 8 月 24 日 19 时）

申报资料实录

采编过程： 报道团队高度重视此次新闻报道任务，精心组织、重点策划、加强设计，取得了很好的传播效果。

一是加强设计，精准实施。此次调研报道，报道团队首先以大美青海为开篇，用一组航拍画面展示青海的自然景观，视觉震撼，观赏性强。其次，注重长镜头、运动镜头、纵深镜头合理使用，加强了新闻的叙事性，强调了人、新闻事件与环境的关系，准确把握了叙事的节奏，使整条新闻张弛有度。再次，注重展现氛围。加强新闻背景声、新闻细节画面的使用，将以声音传情和以画面传情有效结合，以情动人，以情感人，以情化人。新闻中，藏族群众扶老携幼，挥舞着哈达，高呼扎西德勒欢迎习近平总书记的到来，充分展现了藏族同胞衷心拥护总书记的真挚情感，此情此景无不让人动容。

二是深度挖掘，丰富背景。此次新闻报道，报道团队继续深度挖掘新闻背景，用画面说话，用事实说话。用唐家村 2004 年搬迁和当今生活两个时间维度的对比，直接、清楚地展现了少数民族生活状况的巨大变迁，突显了党和政府加强生态环境保护，着力改善民生的主题主线，强化了新闻的视觉表现，有力增强了新闻厚度。

全片真实客观的展现了总书记务实的作风、亲民的形象，让广大人民群众能够感受到总书记与大家心连心的真情实感。

社会效果：该新闻一经播出取得了巨大的社会反响和良好的传播效果，获得了有关方面、专家学者以及受众的广泛好评。央视一套、四套、新闻频道、外语频道均在重点时段播出，各大新闻网站、新媒体客户端也在第一时间转载该新闻，在广播电视端与新媒体端均取得良好的口碑。

推荐理由：该片精心组织、重点策划，取得了很好的传播效果。该片注重时政报道的创新，很好地塑造了领袖形象，获得学界、业界及受众的广泛好评。

新华社专栏

新华全媒头条

钱　彤　李柯勇　郝方甲　王清颖　郑晓奕　李　明

申报资料实录

专栏简介：“新华全媒头条”于2014年12月31日开栏，旨在整合新华社资源，围绕重大主题、话题、热点新闻确定选题，按照传统线路和新媒体终端的传播要求，在同一主题下进行的分类采写、适配制作、多元发布，形成全媒体合力，打造体现新华社品格力量、具有全媒体报道特点的多媒体报道。经过两年多的发展，影响力迅速上升，已成为新华社重大报道精品栏目，也成为其他媒体跟进报道的来源，形成波状传播之势。

一、栏目定位

“新华全媒头条”一方面着眼于传统报道打造“镇版之作”，一方面通过新语态、新形式，将内容优势向新兴媒体延伸，在新媒体终端形成“刷屏之效”，使新华社重点报道实现全覆盖。

二、栏目特点和做法

1. 做法

栏目由新华社全媒报道平台负责，每天播发一组。报道由一篇文字主打稿和多个融合文字、图片、视频及各类新媒体形式的产品组成，力求对内容进行精细加工和适配性分发。产品形态包括文字、图片、图表、视频以及小游戏、互动调查、手机轻应用、动效产品等各种报道形式。在传统通稿线路、新媒体专线，以及新华网、新华社客户端等我社自有新媒体终端、微信公号、微博平台等进行发布；《新华每日电讯》每日设专版予以刊登。

2. 特点

2016 年，在社领导直接组织指挥下，全媒报道平台与总社各部门、国内外各相关分社并肩作战，共开脑洞，联手完成了 389 组“新华全媒头条”和 219 个新媒体单项产品。

一是紧密围绕总书记活动展开热策划，运用全媒体手段组织报道，开创领导人报道的多类先河，获得上级机关肯定。如长篇通讯《风帆高扬，向着伟大复兴的光辉彼岸——党的十八大以来以习近平同志为总书记的党中央治国理政纪实》是“治国理政新实践”系列稿件的开篇之作，稿件主题宏大，深刻阐述十八大以来党中央治国理政的新实践和新成就，凸显了以习近平同志为总书记的党中央攻坚克难、坚持改革开放的坚强意志，统领全局的决策能力以及始终与人民心连心的民生情怀，既展示宏大现象又阐释深邃内涵。传统媒体当天采用 260 多家；总书记国内考察“回访记”系列，以及出访前瞻和综述系列已成为报道品牌。

二是紧紧围绕党中央和国家工作重点组织报道，致力于让党的声音成为时代最强音，传递出中国全面迈向小康社会、全面深化改革的坚定信念，将国家的发展优势转变为话语优势。如治国理政新理念新战略新实践系列报道已成为报道品牌，《击楫勇进在中流——以习近平同志为总书记的党中央深改关键之年工作述评》《民族复兴的中流砥柱——献给中国共产党成立 95 周年》等重要综述实现传统媒体采用均过百家。

三是围绕重大政策，注重以贴近百姓的视角并创新报道方式进行解读，并唱响主旋律，挖掘人物典型报道，传播正能量。如聚焦网约车新政、首都“拥堵病”、留守儿童、租房难等人民群众关心的热点问题，及时跟进、打点准确。《贺星龙：一名“80 后”村医的“逆行”》《一个牧羊人，一座活界碑》《一条天路，一个梦想——藏族“愚公”斯那定珠传奇》《郭川：听到请回答！》《当代县委书记的榜样——追记贵州晴隆县委书记姜仕坤》《大山深处“悬崖村”的“胶鞋书记”》，也都通过报道立起了一个个生动感人的人物形象。

四是破解重大主题宣传的新媒体传播难题，推出说唱动漫 MV《四个全面》、微电影《红色气质》、网络直播《红色追寻》等新形态“现象级”产品。这一系列“红色”全媒体产品推出后取得巨大反响，《四个全面》总点击量和阅读量过亿次，《红色气质》累计观看量超过 2 亿人次，《红色追寻》系列网络直播是中宣部唯一通过全网推送的红军长征胜利 80 周年新媒体产品，直播和沉淀视频全网播放量超过 1 亿次。

五是创新产生“孵化”效应，推出《国家相册》“新华社特约记者太空日记”“天马行空33天”等系列创新全媒体产品。“太空日记”报道因其独特的报道形式和易于互动的方式，受到海内外广大受众特别是新媒体受众的关注和喜欢，累计阅读量达1.6亿次。

六是以表达创新为抓手，强化“跨界叙事”能力，在日常报道中探索更多形态、手段和技术的全媒体产品。主要进行了七大探索，即一、语言清新、文图视频混版、内容一网打尽的融媒体页面模式；二、文本创新，辅以多媒体呈现；三、图片长卷、表情包照片、观念摄影、拼版照片、图片视频化等图片类创新；四、微纪录片、短视频、动新闻、MV等视频类产品；五、UGC与PGC结合的视频报道；六、发挥“中央厨房”作用，发动更大范围的国内外分社联动采集；七、VR、无人机、GIF图、手游、建模动画等新技术手段驱动的报道新尝试。

三、栏目的影响力

“新华全媒头条”经过两年多的发展，传统报道和新媒体报道基本实现双百目标，即传统媒体采用过百家，新媒体报道互联网点击阅读过百万，仅2016年，单条稿件最高采用364家，全年的总阅读浏览量6.7亿余次。部分单项新媒体产品，互联网阅读量过亿，成为现象级传播产品。

推荐理由：“新华全媒头条”实现了传统业务和新媒体业务从“相加”到“相融”，从“物理聚合”到“化学反应”，从“两张皮”到“一盘棋”，做到了组织指挥一体化、采集编辑集约化、产品制作全媒化、流程管理矩阵化，成为新华社融合报道的总枢纽、总平台、总出口。

初评评语：“新华全媒头条”围绕重大主题、重要事件和热点度高，以全媒体的形态进行全面呈现，大处着眼，立意高，站位高。特别是全面围绕十八大以来，党中央治国理政的新实践、新成就，深度挖掘、全面呈现，角度新内容实；同时，整个报道全方位体现传统媒体、新兴媒介的同步筹划、同步实施，整体发布，形成传播强势。

一等奖（50 件）

（含新闻名专栏 10 件）

文字消息

1445 种全新病毒科被发现

——“RNA 病毒圈”或被重新界定

金振娅

本报北京 11 月 24 日电 记者金振娅 23 日从中国疾病预防控制中心获悉，该中心传染病所研究员张永振的团队在病毒起源和进化的研究中取得重大突破——发现了 1445 种全新的病毒科，极大丰富了 RNA 病毒的多样性，并从遗传进化的角度揭示了 RNA 病毒发生和进化上的基本规律，其中一些病毒与现有已知病毒的差异性之大，以至于需要重新被定义为新的病毒科。

据张永振介绍，新发现的这些病毒填补了 RNA 病毒进化上的主要空缺，并揭示了一个以宿主转换和共进化为特征的病毒进化史。总的来说，这些数据呈现了一个比目前的分类系统所描绘的亲缘进化关系更复杂且基因组多样性更丰富的病毒圈，从而为病毒的生态和进化研究提供了更坚实的基础。同时，这项突破也改变了病毒学的传统观念，为认识生命的起源进化提供了新的基础。

RNA 病毒是生物病毒的一种。常见的 RNA 病毒中就有公众很熟悉又避之不及的，诸如艾滋病病毒、“非典”病毒、埃博拉病毒、禽流感病毒等。其在病毒复制过程中变异很快，所以很难研制出相应的疫苗。据介绍，全新病毒的发现也揭示病毒基因组具有极其巨大的灵活性，包括频繁的重组、病毒和宿主间的水平基因转移、基因的获得和丢失以及复杂的基因组重排。

“进一步解析新发现病毒与已知病原体间的关系，揭示其传播规律及其对人的致病性将有助于我国新发突发传染病的防控做到‘早识别、早预警、精准防控’。未知病毒的检测与筛查体系也有助于提高我国由不明原因引起的传染病临床诊断能力，确认病原体，从而做到针对性治疗。”张永振介绍。

在长达数年的科研攻关中，该团队针对 9 个动物门、超过 220 种无脊椎动物标本进行了宏转录组测序，这种测序是以特定样品中微生物群落的全部 RNA 为研究对象，从转录水平上分析微生物群落中活跃菌种的组成及其相关情况。

据悉，研究成果即将在国际顶尖科学杂志《自然》上发表。鉴于该研究成果的重大生物学意义，《自然》总部决定在论文上线前，于美国东部时间23日13时召开新闻发布会，向全球介绍这一重大成果。

（《光明日报》2016年11月24日06版）

申报资料实录

作品简介：记者在中国疾病预防控制中心采访时获悉，该中心传染病研究所研究员张永振科研团队在病毒起源和进化的研究中取得重大突破——发现了1445种全新的病毒科，并从遗传进化的角度揭示了RNA病毒发生和进化的基本规律。这项突破不仅改变了科学界对病毒学的传统认知，也为认识生命的起源进化提供了新的基础。国际顶尖科学杂志《自然》鉴于该研究成果的重大生物学意义，为此专门召开新闻发布会向全球介绍这一重大科研成果。

记者及时和报社科技部值班主任邢宇皓以及总编室教科版编辑联系，沟通采写角度和内容，采访张永振教授及其团队，并于当晚赶写出稿件。

社会效果：因为该研究成果意义重大，我报的报道在国内中文媒体中又属首发，和《自然》总部召开新闻发布会的时间几乎是同步，比央视《新闻联播》播出时间早了近一天，被多家传统媒体和网站以及微信公众号转载，以最快的速度向世界传播我国科学家取得的重大科研成果，社会效果很好。

推荐理由：在国内多家媒体共同采访的情况下，记者和编辑以最快的速度采写报道，并于次日在报纸教科版编辑刊发，在国际上引起了较大反响，并得到了中国疾病预防控制中心的高度认可。

在传统媒体传播速度与新媒体竞争处于相对弱势的现状下，该消息能在中文媒体中做到首发实属不易。

折翼海天，用生命为航母事业铺路

没有留下豪言壮语，只有拼尽全力的执著，海军某舰载航空兵部队一级飞行员张超——

徐双喜　陈国全

4.4 秒，生死一瞬，他毅然选择“推杆”挽救飞机，放弃了第一时间跳伞。2016 年 4 月 27 日，海军歼 –15 舰载机飞行员张超因飞机机械故障，在陆基模拟着舰训练中壮烈牺牲。没有留下豪言壮语，只有拼尽全力的执著，他最终倒在离梦想咫尺之遥的地方——只剩下最后 7 个飞行架次，他就能飞“上”航母辽宁舰。这一天，年仅 29 岁的他，来不及给年迈的父母、亲爱的妻子、2 岁的女儿留下一句话，便匆匆走了。

“他是我选来的，也是我送走的，他是个天生的优秀飞行员。”海军某舰载航空兵部队部队长戴明盟动情地说。张超，海军少校，一级飞行员，飞过 8 个机型。他驾驶歼 –8 巡逻西沙，驾驶歼 –11B 在南海战备值班。从陆基转为舰基，他的飞行技能有口皆碑。着舰指挥官王亮说：“他最后一个飞行架次表现依旧出色，面对特情，他的处置冷静而准确。”

国之利器，以命铸之。舰载机上舰飞行，被喻为“刀尖上的舞蹈”，是航母形成战斗力的关键。为国担当，他到舰载航空兵部队报到时与妻子张亚约定：“未来一年别来探亲，等我驾战机从航母上凯旋，再与你相聚！”凭着拼命三郎的劲头，张超和战友克服前所未有的风险和挑战，在一年之内完成歼教 –9、歼 –15 两型战机改装。“他用自身的实践，为海军舰载战斗机飞行员快速成长探索出了一条路。”海军某舰载航空兵部队参谋长张叶说。

“无论何时，他的脸上都挂着灿烂的微笑。”这是张超留给战友最深刻的记忆。篮球场上，满场飞奔、笑声爽朗的是他；饭桌上，讲笑话逗大家乐的是他；训练中，面对风险笑容依旧的是他。最后一次飞行，他还是微笑着登上战机……张超走了，战友们才意识到：这微笑的背后，是如山的坚强。海军某舰载航空兵部队政委赵云峰说：“他用自己的牺牲换来战友们的飞行安全，用年轻的生命为航母事业铺路。”

暴雨如泣，英雄回家。他的老师不愿相信“那个品质淳朴、学习认真的阳光男孩”就这样走了；他的同学不愿相信“那个英俊帅气、有情有义的哥们”就这样走了。妻子张亚喃喃道：“超，醒一醒，你给我买的新裙子，我还没穿给你看呢。”女儿的哭声，让送行的人们泪流满面，却没能唤醒“睡着了的爸爸”。看完飞行事故视频，老父亲抹干眼泪：“崽，你尽力了，跟爸回家吧。”

（《解放军报》2016 年 8 月 1 日要闻 1 版）

申报资料实录

作品简介：海军歼 –15 舰载机飞行员张超烈士是中宣部确定的全国重大典型。接到采访任务后，记者马不停蹄地奔赴他曾服役的部队和从小长大的家乡，在与他的领导、战友和家人的零距离沟通中，得以走近英雄，认识英雄，并还原英雄。这是心灵震撼之旅，更是思想洗礼之旅。编辑与记者反复沟通后一致认为，用平凡人的视角，刻画英雄的伟大。于是决定开篇以消息《折翼海天，用生命为航母事业铺路》为英雄画像，后续三篇通讯《平凡英雄》《真心英雄》《无名英雄》从不同角度呈现英雄的平凡与伟大。

社会效果：消息一经推出后，便以其独家细节、独特视角、独具一格的表达方式，受到了读者和媒体同行的广泛好评。浏览各媒体平台的网友评论，很多跟帖让我们感动。其中一名网友写道：“这篇消息让我第一次意识到，英雄原来离我如此之近，如此伸手可触。曾经的张超，平凡如我。他的成长，让我感到，有一天，我也能完成属于我的英雄壮举。”

推荐理由：消息以一种近乎白描的手法，既聚焦时代近景，写出了英雄的音容笑貌，又放大时代景深，写出了英雄用生命为航母事业铺路的悲憾。文尾更是抓住英雄骨灰回家的诸多现场细节，读来催人泪下，那个“国为重、己为轻”的英雄形象让人久久留驻心间。

供给侧改革需加减法并举

梁发芾

中共十八届五中全会提出："在适度扩大总需求的同时，着力加强供给侧结构性改革，着力提高供给体系质量和效率，增强经济持续增长动力，推动我国社会生产力水平实现整体跃升"，2015年底召开的中央经济工作会议对供给侧结构性改革作出重点部署。供给侧改革将是2016年极为重要的改革内容。

供给与需求是经济的两个侧翼，应该协调健康发展。现在强调供给侧结构性改革，是因为供给出现了结构性问题。某些国内产品，虽然数量可观，却在质量上和结构上与市场需求不匹配。以钢铁为例，目前我国钢铁产量虽然位居世界第一，却质量不高，严重过剩，我国是圆珠笔的生产大国，但生产圆珠笔的核心部件圆珠的钢材却需要从日本进口。这就是说，我国产品供给侧出现了问题，必须调节结构，提高质量，压缩过剩产能，减少无效和低端供给，扩大有效和中高端供给，使供给能够满足市场的需求。

供给侧改革必须遵循市场化和法治化原则，让市场在资源配置中发挥决定性作用，让政府发挥更好的调控作用，为此必须既作加法，也作减法。供给侧改革作加法，是因为有些工作政府没有做好，存在缺位，需要加强，需要补短板；作减法，是因为有些工作交给市场反而会有更好的效果，也是因为政府向企业提取的税费太高影响到企业的生产能力，必须减负。

供给侧结构失衡，落后产能过剩，产品质量不高，竞争力不强，非常重要的原因是企业创新能力不足。因此，国家必须营造有利于创新的良好社会氛围和社会环境，制定和执行有利于创新的法律制度，维护好有利于创新的市场秩序，让有创新能力的企业在市场竞争中脱颖而出，真正从创新中获得收益。

首先要形成崇尚创新的宽松环境。无论科学技术、文学艺术，还是生产管理、社会治理，都需要不断创新，推陈出新。创新者生，不创新者死，这种优胜劣汰的自然法则也是严酷的市场法则。人类的所有创新活动，都离不开自由的心灵和宽松的环境。创新中要允许探索，允许差异，允许个性，允许出错。政府应积极制定政策，表彰和奖励有突出创新成果的组织和个人，对于有突出创新的企业，在宏观政策上予以优惠。这样就可以在全社会形成崇尚创新的良好氛围和环境，形成以创新为荣的价值观念。

其次，国家尤其要通过立法和执法，建立起保护创新的法治环境和市场秩序，尤其要加强对知识产权的保护。对于经济活动来说，创新往往意味着巨额的研发投入，如果创新的成果不被保护，研发者不能从创新中得到最大化的收益，一个新的项目和产品的推出立即引发大量的盗版和假冒，那么，企业花巨资投入的研发费用就得不到补偿，这样就不可能有创新和发明。所以，必须加强对知识产权的保护力度，必须加大对假冒伪劣产品的打击力度。当创新确确实实能够给企业和个人带来效益的时候，企业和个人的创新积极性主动性才会被真正激发起来。

政府除了必须作加法，还必须作减法。产能过剩问题，结构失衡问题，产品质量不高问题，往往与税费太高，管制太多有关，也与不当的扶持与财政补贴有关，必须通过减法将这些方面的问题减下去。

减法之一是减税。沉重的税负，不合理的收费，过高的社会保障费率，都成为企业沉重的负担，影响了企业发展后劲和活力。所以，必须减税清费，减轻企业负担。今年的减税措施主要是“营改增”和对制造业的增值税税率下调。降税的同时，还应该切实考虑降低企业背负的各种收费，包括社会保障的费率，尤其应该防止前些年影响恶劣的“三乱”的死灰复燃。乱收费、乱罚款和乱集资摊派，在经济下行财政收入紧缩的情况下，很容易重新被激活，防止“三乱”发生，是政府减法的应有之意。

减法之二是减少行政审批，简政放权，降低行业准入的门槛。近些年，通过行政审批制度的改革，各级政府已经精简、下放和取消了一大批行政审批事项，但影响企业发展的各种有形无形的管制仍然不少，政府应进一步简政放权，还权企业和社会，让企业轻装上阵，让创业者更方便地进入市场。

减法之三，是停止对于产能严重过剩的国有企业的财政补贴和扶持政策。财政补贴低水平的产能过剩的国有企业，扭曲了市场配置资源的作用，使落后产能不能够被市场淘汰；也形成错误的激励机制，造成国有企业的道德风险和机会主义行为；同时，补贴落后产能也花掉大量应该用于民生的宝贵财政资金。停止对过剩的落后产能的保护，取消对落后产能的补贴，让无法在市场竞争中生存的“僵尸企业”退出市场，是极其痛苦的选择，但也是必须作出的选择，只有如此才能真正淘汰落后产能。

总之，在供给侧改革中，政府做好加法，是为了更好地发挥政府的作用；做好减法，则是为了让市场发挥决定性的作用。政府更好地发挥自己的作用，同时把本该应由市场发挥作用的交给市场，供给侧的改革，就能够顺利推进。

（《甘肃日报》2016 年 1 月 27 日 6 版）

申报资料实录

作品简介：2015 年 10 月召开的中共中央十八届五中全会和当年年底召开的中央经济工作会议上，提出加强供给侧结构性改革。作为党报评论员，作者以其职业敏感，认识到供给侧结构性改革将是未来中国经济改革的重心，于是深入学习、研究我国经济在供给侧存在的各种问题和短板，形成供给侧结构性改革必须加减法并举的观点，撰写评论，刊发于 2016 年 1 月 27 日甘肃日报评论版。作者提出，在加法部分，要形成崇尚创新的宽松环境，要建立保护创新的法治环境和市场环境，尤其要保护知识产权；在减法部分，要减税减费，简政放权，去产能等。事实证明，这些都很有问题针对性和显示迫切性，是供给侧结构性改革中的重点和难点。

社会效果：文章发表于 2016 年 1 月 27 日出版的甘肃日报评论版，是关于供给侧结构性改革较早较深入的评论。

文章发表后，不少网站予以转载，如求是理论网（http：//www.qstheory.cn/zhuanqu/bkjx/2016-01/27/m_1117912673.htm），产生很好的社会影响。

推荐理由：作者敏锐把握供给侧结构性改革这一重大题材，提出富有针对性、创建性的观点，有较大现实意义；文章发表时供给侧改革刚刚提出来，具有很强的时效性；文章从加法减法两方面展开论述，有理有据，有强烈说服力。

走向经济治理现代化的中国探索

——深入学习习近平总书记经济思想述评

齐东向

从“中国梦”到“四个全面”的战略布局，从“三期叠加”到“经济发展新常态”的重大判断，从“实现我国社会生产力水平总体跃升”到“牢固树立五大发展理念”的深入思考，从“使市场在资源配置中起决定性作用、更好发挥政府作用”到“适度扩大总需求的同时着力加强供给侧结构性改革”的认识深化……党的十八大以来，以习近平同志为总书记的党中央立足深刻变化的世情、国情，集中全党和全国人民智慧，从理论到实践不懈探索，续写了中国特色社会主义的新篇章。

习近平总书记关于经济工作的重要论述，有针对性地回答了新常态下经济治理“怎么看”“怎么干”的问题，形成的一系列新理念、新主张，为通往经济治理现代化的道路打下一块块理论基石，也为实现马克思主义同中国实际相结合的历史性飞跃、开辟治国理政新境界奠定了坚实基础。

与时俱进的战略筹谋
实事求是的理论精髓

2012年11月29日，在参观国家博物馆《复兴之路》展览时，习近平总书记郑重阐释了“中国梦”——“实现中华民族伟大复兴，就是中华民族近代以来最伟大的梦想”的重大命题。2013年全国两会期间，习近平总书记进一步阐释了“中国梦”的深刻内涵——“就是要实现国家富强、民族振兴、人民幸福”。

“中国梦”昭示了未来的愿景、共同的追求，更指明了施政的方向、肩负的责任。习近平总书记的话语掷地有声：“我们的责任，就是要团结带领全党全国各族人民，继续解放思想，坚持改革开放，不断解放和发展社会生产力，努力解决群众的生产生活困难，坚定不移走共同富裕的道路。”

经过1840年以来、特别是新中国成立60多年和改革开放30多年的浴血奋斗、筚路蓝缕，此时的中国，距离民族伟大复兴梦想从未如此接近，正以昂扬的姿态全面进入全球化的坐标体系，而国内外环境正在发生极为广泛、深刻、复杂的变化。

受国际金融危机持续影响，世界经济艰难复苏，增长动力陷入低迷，发展前景充满风险和变数。新一轮科技革命和产业变革蓄势待发，国际经济规则主导权之争更趋激烈。

经过30多年的发展积累，我国形成了强大的经济实力和较强的综合国力，展现出大国经济特有的韧性、潜力和巨大回旋余地，具备进一步推动发展的良好条件和雄厚基础；与此同时，经过长期高速发展之后，也进入旧动力日益弱化、新动力逐步生成的调整期，面临增速放缓和转型升级双重压力，跨越“中等收入陷阱”任务艰巨，化解各种矛盾风险迫在眉睫。

增长速度换挡期、结构调整阵痛期、前期政策消化期“三期叠加”，迫切需要从现实发展理清发展思路，调整发展战略。2014年5月10日，习近平总书记在河南考察工作时，第一次明确指出：“我国发展仍处于重要战略机遇期，我们要增强信心，从当前我国经济发展的阶段性特征出发，适应新常态，保持战略上的平常心态。”在2014年中央经济工作会议上，习近平总书记全面分析国际国内大势和我国经济发展面临的形势，深刻总结了新常态下经济发展的九大趋势性变化，鲜明指出“认识新常态，适应新常态，引领新常态，是当前和今后一个时期我国经济发展的大逻辑”。

以“新常态”描述当前中国经济的总特征，并将之上升到战略高度，表明了我们党对中国经济发展规律的深刻洞察，表现出对国际发展趋势和中国经济发展态势清醒把握的战略定力，为制定国家经济发展新战略、应对国际国内新挑战提供了科学依据。

习近平总书记强调：

——新常态下要有新思路，必须是遵循经济规律的科学发展、遵循自然规律的可持续发展、遵循社会规律的包容性发展。

——新常态下要有新理念，必须崇尚创新、注重协调、倡导绿色、厚植开放、推进共享，破除“唯GDP论英雄”，摆脱高速增长的“纠结”，实现保持中高速、迈向中高端的健康增长。

——新常态下要有新的精神状态，必须坚持发展、主动作为，增强加快转变经济发展方式的自觉性和主动性，强化体制动力和内生活力，把经济增长巨大潜力转变为现实。

与时俱进的战略筹谋形成了一系列新理念新思想新战略，规划出实现梦想的宏伟蓝图。新常态下的中国经济，正在向形态更高级、分工更复杂、结构更合理的阶段逐步演化。

把握平衡完善经济治理
知行合一推动全面改革

2013 年 11 月 12 日，党的十八届三中全会通过《中共中央关于全面深化改革若干重大问题的决定》，明确了全面深化改革的总目标，即“完善和发展中国特色社会主义制度，推进国家治理体系和治理能力现代化”。

2014 年 10 月 23 日，党的十八届四中全会通过《中共中央关于全面推进依法治国若干重大问题的决定》，强调“法律是治国之重器”，必须更好发挥法治的引领和规范作用，促进国家治理体系和治理能力现代化。

两个《决定》，是有着紧密内在逻辑的姐妹篇，是一个总体战略部署在时间轴上的顺序展开。对这一具有历史意义的改革擘画、当代中国最重要的顶层设计，国内外高度评价，认为是观察中国今后 30 年变革的重大历史线索。

“治”，在于把握重大平衡；“理”，在于规范发展秩序。其指向都是确保人民安居乐业、社会安定有序、国家长治久安。感知一个国家的治理，经济是最直观的维度。生产力决定生产关系，经济基础决定上层建筑，以经济体制改革为重点、推动经济治理现代化，无疑将对全面深化改革、实现国家治理现代化发挥牵引作用。

重大平衡之一，是处理好政府和市场的关系。经济活动的最关键环节，就是资源配置方式。使市场在资源配置中起决定性作用和更好发挥政府作用，是我们党提出的一个重大理论观点，也是生产力能否解放好发展好、改革能否取得成效的一个重大原则。健全社会主义市场经济体制，必须遵循市场决定资源配置的一般规律，重点解决市场体系不完善、法治建设不适应、政府干预过多和监管不到位的问题。更好发挥政府作用，既要“放手”，保证市场发挥决定性作用，又绝非“甩手”，必须保障公平竞争、弥补市场失灵，管好市场管不了、管不好的事情。

重大平衡之二，是处理好供给与需求的关系。供给需求是经济活动的逻辑起点，二者互为条件、相互转化。新常态下，两者都是制约我国经济发展的因素，但在当前和今后一个时期，矛盾的主要方面在供给侧。为此，习近平总书记在中央财经领导小组第十一次会议上强调“在适度扩大总需求的同时，着力加强供给侧结构性改革、着力提高供给体系质量和效率”，清晰指明了“十三五”时期经济治理思路的方向，下一步经济改革的关键和重点。把改善供给作为主攻方向，是正确认识经济形势后选择的经济治理药方，是实现由低水平供需平衡向高水平供需平衡跃升的必由之路。

重大平衡之三，是处理好公平与效率的关系。2012 年 11 月 29 日，在十八届中共中央政治局第一次集体学习时，习近平总书记就指出，解放和发展社会生产力是中国特色社会主义的根本任务；公平正义是中国特色社会主义的内在要求；共同富裕是中国特色社会主义的根本原则。只有坚持共享发展，通过有效制度安排，补上全面建成小康社会的“短板”，使全体人民在共建共享中有更多获得感，才能团结一切可以团结的力量，最大限度增加和谐因素，增强创新创造的发展活力，朝着共同富裕方向稳步前进。

重大平衡之四，是处理好经济发展与生态保护的关系。习近平总书记在 APEC 欢迎宴会致辞中说：“蓝天常在，青山常在，绿水常在，让孩子们都生活在良好的生态环境之中，这也是中国梦中很重要的内容。”他多次强调，要牢固树立保护生态环境就是保护生产力、改善生态环境就是发展生产力的理念。“绿水青山就是金山银山”，这是对马克思主义关于人与自然和谐发展思想的重大发展，不仅深刻阐明了生态环境与生产力之间的关系，也是人类发展理念和文明发展价值观的重大创新。

重大平衡之五，是处理好国内发展与对外开放的关系。世界繁荣稳定是中国的机遇，中国发展也是世界的机遇。习近平总书记以开阔的眼界、思路和胸襟，在多个外交场合强调，中国要以更加积极的姿态参与国际事务，共同应对全球性挑战，推动构建新型国际关系，建设人类命运共同体，在与世界各国的良性互动、互利共赢中促进人类的持久和平和共同繁荣。这些论述，充分表明中国进行国际交往、处理国际事务、构建国际新秩序的基本主张，体现了中国坚决走和平发展道路、促进人类文明进步的坚定决心。

推进经济治理现代化，需要理念上的认知到位，还要靠知行合一的实践积累。几年来，政府改革加快推进，简政放权、放管结合成效明显；财政金融改革蹄疾步稳，营改增全面推行，存贷款利率相继放开；扶贫攻坚稳扎稳打；《大气十条》《水十条》等污染防治行动计划颁布实施；“一带一路”打造互利共赢的利益共同体……

思路决定出路。各项改革在顶层设计的蓝图指导下，日日夯基垒台，搭起“四梁八柱”。抓住经济体制改革这个“牛鼻子”，引来全面深化改革的新突破、全方位开放的新格局。经济体制的创新与政治体制、文化体制、社会体制、生态文明体制的创新相互交织、相互支撑，推动着“中国号”巨轮驶向更辽远、更壮阔的海面。

理顺思维强化执行
全面提升治理能力

治理体系和治理能力相辅相成，两者相得益彰、相携而用。制度体系在治理中起根本性、全局性、长远性作用，然而如果没有有效的治理能力，再好的制度也难以发挥作用。

2014 年 2 月 17 日，习近平总书记在中央党校发表重要讲话，要求“必须适应国家现代化总进程，提高党科学执政、民主执政、依法执政水平，提高国家机构履职能力，提高人民群众依法管理国家事务、经济社会文化事务、自身事务的能力，实现党、国家、社会各项事务治理制度化、规范化、程序化，不断提高运用中国特色社会主义制度有效治理国家的能力”。

相应而言，面对现代经济这样一个复杂、巨大、精巧的运行系统，实现治理现代化，不仅要求健全与完善经济制度，也要求不断提高运用各项经济制度管理经济事务的水平与能力。2014 年中央经济工作会议上，习近平总书记提出，“经济发展进入新常态，党领导经济工作的观念、体制、方式方法也要与时俱进”。我们党要一如既往履行好领导经济工作的职能，进一步强化科学决策能力，主动适应新常态、把握新常态、引领新常态，促进新旧增长动力转换接替、防范各类隐性风险，努力实现经济“调速不减势、量增质更优”。

提升经济治理能力，要学会辩证思维。

习近平总书记多次强调理论学习的重要性，明确要求党的各级领导干部特别是高级干部，要原原本本学习和研读马克思主义经典著作，努力把马克思主义哲学作为自己的看家本领，不断提高运用正确方法分析解决问题的本领。尤其要善于运用辩证唯物主义世界观和方法论，学会尊重规律的历史思维、化解矛盾的辩证思维、面向未来的创新思维、于法有据的法治思维、应对风险的底线思维，处理好治国理政中各种复杂利益关系，处理好局部和全局、当前和长远、重点和非重点的关系，在权衡利弊中趋利避害，作出最为有利的战略抉择。

习近平总书记还列举了错误思想方法的“负面清单”：反对形而上学思想方法；打破不合时宜的思维定式；摒弃盲人摸象、坐井观天、揠苗助长、削足适履、画蛇添足的主观主义。同时，要加强调查研究，坚持发展地而不是静止地、全面地而不是片面地、系统地而不是零散地、普遍联系地而不是单一孤立地观察事物，准确把握客观实际，真正掌握事物发展规律，妥善处理各种重大关系。

提升经济治理能力，还要靠强化执行能力。

实现经济治理现代化，需要把握有利的发展机遇、构建更好的体制机制、勇敢地革除自身弊病、自信地迎接风险挑战，这是一个长期积累过程，也是一个持续奋斗过程。机遇稍纵即逝，改革不进则退。真抓实干是共产党人的政治本色。“不干，半点马克思主义都没有”。

时代呼唤只争朝夕、开拓创新的行动者。2014 年 8 月 18 日，中央全面深化改革领导小组第四次会议通过了《党的十八届三中全会重要改革举措实施规划（2014—2020 年）》，是指导未来 7 年改革的总施工图和总台账。习近平总书记在会议上强调，要做好实施方案、实施行动、督促检查、改革成果、宣传引导的“五个到位”，力争把改革各项任务做实。要做到抓铁有痕、刻石留印，不真抓，再好的蓝图只能是一纸空文；不实干，再近的目标只能是镜花水月。“空谈误国，实干兴邦”，习近平总书记的讲话语重心长，是对全党和各级领导干部的号召，也是警示和要求。

“人民对美好生活的向往，就是我们的奋斗目标”，这是《习近平谈治国理政》一书的开篇之作，也充分表明党和国家领导人对祖国、对人民的情怀和担当。秉持人民至上的坚定信念，追寻民族复兴的伟大梦想，以习近平同志为总书记的党中央团结带领亿万人民，在中国特色社会主义道路上共同奋斗，一个富强、民主、文明、和谐、美丽的中国，就在我们每一个人的脚下。

（《经济日报》2016 年 2 月 15 日要闻 1 版转 2 版）

申报资料实录

作品简介: 2016 年年初，经济日报编委会以“学习习近平总书记经济思想”为主题，策划安排相关重头报道。经过多次讨论梳理，由齐东向同志执笔写成此文。

总书记的经济思想博大精深，选取“经济治理现代化”这一角度阐述，具有独特的意义。文章围绕新常态下中国如何走向经济治理现代化这个论题，以“怎么看”“怎么干”为视角，从“与时俱进的战略筹谋、实事求是的理论精髓”“把握平衡完善经济治理、知行合一推动全面改革”“理顺思维强化执行、全面提升治理能力”三个方面系统地阐述了总书记的经济思想。文章尤其可贵之处是对经济工作方法论的论述，例如辩证处理政府和市场的关系、供给与需要的关系、公平与效率的关系、经济发展与生态保护的关系、国内发展与对外开放的关系等等，突出显示了总书记经济思想的独到之处。

文章结构严谨，逻辑清晰，论据充分，说理透彻，有助于人们加深对总书记经济思想的全面领会和把握，体现了经济日报高端权威性和指导性。

社会效果：文章于2016年2月15日经济日报的一版头条重磅推出，在读者中引发较大反响。不少读者发来微信，认为这篇文章总结得好，而且脉络清楚，对深入理解和把握习近平总书记经济思想起到了很大的帮助作用。人民网、新华网、求是网、中国经济网，新浪、搜狐、网易等门户网站以及许多地方网站都给予全文转载转发，在广大网民中产生了良好的反馈和影响。

推荐理由：面对经济新常态，如何贯彻落实习近平总书记治国理政新理念新思想新战略，将人们的思想和行动统一到党中央的决策部署上来，这篇述评发挥了应有作用，文章立意高远，具有很强的理论和思辨色彩，同时又深入浅出，思路清晰，文风朴实，体现了中央党报在统一思想方面的重要引领作用。

老郭脱贫记

——政府兜了底　致富靠自己

马跃峰

贫困户吃低保，别人争得面红耳赤，老郭却总想让出去：“脱贫靠劳动，不能躺在‘政策温床’上！”

老郭叫郭祖彬，今年 56 岁，是河南封丘县王村乡小城村农民。年轻时的老郭并不穷，开四轮，拉红砖，日子过得去。没承想，儿子 3 岁患病，摘除脾脏，手术费花了 1 万元。老郭把积蓄拿出来，勉强渡过难关。10 年后，儿子再次病发，做心脏搭桥手术花了 6 万多元。这回，老郭借遍“村里一条街”，才凑够医药费。为了还钱，他到天津打工六七年，窟窿没补上，还落下脑梗病。乡邻们忧心地说：“老郭脱贫——猴年马月的事！”

封丘是国家级扶贫开发重点县，建档立卡贫困户 1.86 万户，5.8 万人。该县对因病、因残等 7 种致贫原因分门别类，采取“1+2+N”帮扶模式，即每户 1 名帮扶责任人，2 项以上扶持政策，家庭成员每人 1 条帮扶措施。拿老郭来说，安排公益岗位，每月挣 400 元；孙子享受教育补助，每年 1000 元；儿媳转移就业卖手机，每月工资 1500 元。全家享受人身意外险、医疗补充险，阻断“因病致贫”。

政府“兜了底”，致富靠自己。封丘县实施产业扶贫项目 81 个，户均可享产业扶贫资金 8000 元。村支书郭祖良选定种植中药材，请来中医药大学教授，测土、配方。老郭一听，第一个报名。

4 月，是种地黄的最佳季节。可这时麦子已长到腿窝，首批报名的 50 户农民看不到效益，谁也舍不得铲麦子。

老郭的老伴儿着急了：“万一出不来苗，地黄收不着，麦子也毁了。”

“村支书一心为咱，能把你带到沟里？”老郭坚持已见，并辞去公益岗，专心种药。

第一批 10 户，种了 50 亩，老郭种 4.5 亩。半月后，地黄没出芽。村民议论，老伴数落。老郭一天到地头转几遍，悉心照料。40天，地黄出齐，一地绿色。老郭长出一口气："心里石头落了地，我瘦了18斤。"

村支书郭祖良压力更大："万一种不成，咋有脸见乡亲？"他请专家"把脉"指导，成立种植合作社，与安徽企业达成协议，以优惠价回收药材，让农民吃上定心丸。

12月，地黄叶枯，眼看就到收获的季节。为解销路之忧，村党支部组织贫困户到安徽找市场。见中药材需求旺盛，更多贫困户以土地入股，加入合作社。如今，合作社种3种药材，共计400多亩，明年将扩至1000亩。依托中药材产业，村里将建中药材展馆，开设中医疗养一条街，发展"养生小城"特色游。

挖出一根弯弯的地黄，老郭算了笔账：4.5亩药材，纯收入1.8万元。自己在合作社干工，月工资1500元；老伴在合作社除草、浇地，可挣500元；儿子开车耕地，也能收入3600元。加上养猪，全家年收入5.6万多元，家里6口人年人均纯收入9300多元。

（《人民日报》2016年12月25日要闻1版）

申报资料实录

作品简介：记者在国家扶贫开发工作重点县——河南省封丘县采访时，走进贫困户郭祖彬的家里、地里、猪棚里，同他一起算"政策账""产业账"，发现老郭"与众不同"：吃低保、安排公益岗位，按说是他该得的，可他总想让出去，不躺在"政策温床"上。发现这一体现脱贫内生动力的典型，记者不回避矛盾和冲突，写出老郭"年轻时不穷——因儿子生病致贫——自己打工落下脑梗病——享受到扶贫政策——带头种药材致富"的曲折故事，凸显其脱贫之路的真实可信。

社会效果：此稿在"2016，我们脱贫了"专栏刊发后，中共中央政治局常委、中央书记处书记刘云山同志在当日人民日报上批示肯定，鼓励记者多写些这样的新闻。中宣部"新春走基层"活动中，此稿获广泛好评。稿件被评为人民日报社2016年度精品奖。

推荐理由：稿件以老郭脱贫故事贯穿，不仅写出了政策扶持、支部引导、合作社引领和因地制宜的产业支撑，更写出了主人公踏实肯干、自强不息的精气神。千字文主题鲜明、文笔洗练、内容生动鲜活，有很强的说服力、感染力，是精准扶贫、脱贫题材中的佳作。

别了，白家庄矿

——两对父子矿工的煤炭情

张临山　冷　雪

12月21日凌晨4时，太原白家庄矿的祁彬茂从睡梦中醒来。他已不用早早起身赶往煤矿，但多年养成的习惯他一时还改不了。

上午8时，在白家庄矿300公里之外，柳林赵家庄矿的张彦和同事们陆续升井，换衣吃饭。当天是冬至，母亲专门给他捎来了饺子。

上午10时，天上飘起了雪花。祁彬茂走出白家庄矿二号井副井旁的检身房透透气。煤矿关闭后，53岁的他留下来看护停产的二号井。

白家庄矿的矿工，有的留下，像祁彬茂一样站最后一班岗，为工友们守护曾经相依为命的老矿井；有的转岗，像张彦一样奔赴新的工作岗位，融入中国煤炭火热的事业当中。

张彦和祁彬茂们都在以自己的方式告别白家庄矿，告别负重前行的过去，迎接充满希望的未来。

别了，白家庄矿。

今年10月，山西焦煤西山煤电白家庄矿，这座拥有82年历史的老矿，在全国煤炭去产能的大潮中第一批关闭，退出产能100万吨，圆满谢幕。2016年，在山西，像白家庄矿这样关闭的煤矿共有25座，退出产能2325万吨，居全国第一。

白家庄矿共有两口挖煤的井，一个叫南坑，一个叫二号井。

南坑是白家庄矿的主力井口，始建于1953年1月。坑口上方红色的“五角星”“红旗”带有鲜明的时代特征，至今依然熠熠生辉，记录着时代的荣光。如今，南坑的5层办公大楼已人去楼空。南坑副井入口已用砖和水泥封死，墙面上张贴着告示：“井筒名称：南坑副斜井；关闭时间：2016年10月。”

在二号井副井处，青灰色的墙体、巷道口两旁的说明牌、井口右侧的检身房……每一处缝隙里都嵌着黑色的煤屑，无声地诉说着这些年的辛劳和付出。

“以前，这里坐人的小车一辆接着一辆。现在，拆得就剩下这一个铁杆了。”

站在井口，顺着老矿工祁彬茂手指着的方向望去，是黑黢黢的巷道，深不见底。巷道宽 7 米多，上有钢梁，下有轨道。曾经，采煤工人坐车沿着巷道斜面向下 700 多米，再步行前往各个作业面，那里纵横交错，是黑色的煤的世界。

站在坑口，有风从巷道深处劲烈吹来，带着历史的呼啸，涌向外面的广阔天地。

别了，白家庄矿。

时间回到 1962 年，张彦的父亲张保艾 19 岁来到白家庄矿，当起一名采煤工人。

“那时候是人工采煤，打眼放炮挖煤全靠一双手，工人下井一黑夜，眼都不能眯一下。”回忆当年，张保艾老人感慨万千，“上世纪 70 年代提倡高采高产，目标是‘突破百万吨’。本来是 3 班倒，经常是一个班延长四五个小时，我们义务加班，家属也跟着下井帮忙。采出来的煤日夜不停地运出去，支援国家建设。”

今年 73 岁的张保艾，身材高大，精神矍铄，靠挖煤艰难地养大了张彦兄弟 4 人。张彦和父亲同为一线采煤工人。父一辈、子一辈，这样的情形在白家庄矿并不少见。“儿子当采煤队长，干活可拼命了，我们老两口心疼他。”张保艾老人对大儿子的工作非常支持。他知道，干活拼命是煤矿工人的一贯作风。

今年 3 月 23 日，在下井 27 个年头之后，张彦转岗到赵家庄矿上班。“离开生活工作了几十年的地方，真是舍不得啊。我们那帮老兄弟各奔东西，说分就分了，有去马兰矿的、有去斜沟矿的、有去官地矿的，我们 105 人转到了赵家庄矿。出发前，领导嘱咐我们注意安全，继续好好采煤。”张彦觉得除了离家远点、生活有些单调外，工作环境和收入变化不大，“这是大势所趋，有国家号召，有政策支持，我们没有一个人下岗，都端上了新饭碗。”

截至 12 月底，白家庄矿已经分流安置职工 1500 余人，大部分人以对外劳务输出的方式，奔向新的工作岗位。山西有 106 万煤矿职工，2016 年分流的共有 20166 人。未来，在供给侧结构性改革和煤炭去产能的进程中，分流的煤矿职工人数将达到 11.8 万人。

张保艾在白家庄矿干了 31 年，一说到煤矿关闭，他就很激动，眼含泪花：“我离开的时候，矿还在；到儿子张彦离开的时候，矿已经没了。和人一样，矿也有个生，有个死啊。现在，矿也关了，老张、小张也都走了。”

别了，白家庄矿。

“头顶的那盏矿灯哟，在漆黑的巷道中，像太阳一样神圣；脚下的那片乌金哟，通过他们的劳动，让人们感受到温暖的冬；像黑色的煤一样，投入祖国的熔炉中，发光发热，让人看到你心的火红。”

歌谣唱不尽煤矿工人对煤炭的热爱，唱不尽煤矿工人对家乡的深情，也唱不尽山西煤炭对全国发展的贡献。

新中国成立以来，山西共挖了 140 亿吨煤炭，其中外调出省占到 70%。在中国 1/60 的土地上，山西生产了全国 1/4 的煤炭。晋煤外运，山西为全国提供了源源不断的能源。地上，运煤火车开向四面八方；地下，同一时间山西 40 万矿工正在挖煤。

“我们父子三代都在白家庄矿上班。我父亲在井下挖了 40 多年煤，我干了 37 年，我儿子刚刚工作 3 年。”祁彬茂个子不高，脸庞黝黑，笑容朴实，他指指坐在身边的小祁——祁杰。父子俩笑眯眯的，话都不多。

因为煤矿关闭，祁杰已经从井下的通风岗转到机关的劳资科工作。“以后可能还要转到新岗位，但我还年轻，我相信未来，我相信会越来越好！”祁杰说。

白家庄矿从历史中走来，历经 82 年风雨洗礼，又转身走进历史的记忆深处。

别了，白家庄矿！但是，它永远不会被忘记，它的离开正是为了中国更美好的未来。

祁彬茂还有两年退休，年纪大了，他受到企业照顾，并没有转岗到其他单位。他尽心守护着完成历史使命的矿井，因为“二号井主井关闭了，副井规划为‘第二批国家矿山公园’，以后人们可以来参观、游玩，了解井下的煤炭世界。”祁师傅充满希望地说，“道路拓宽，绿化造林，拆迁改造……以后这里一定会大变样。”

（《山西日报》2016 年 12 月 28 日要闻 3 版）

申报资料实录

作品简介：2016 年，我国全面推动供给侧结构性改革，当年重点是推进煤炭、钢铁行业“去产能”。山西在全国率先启动供给侧结构性改革，全年关闭 25 座煤矿，退出煤炭产能 2325 万吨，居全国第一。关闭煤矿是一个痛苦的过程，“人往哪里去”是其中的核心问题。在与煤矿工人采访接触的过程中，记者有感于几代人的付出和贡献，敏锐地捕捉到一座 80 年老矿中两对矿工父子这样的“典型煤矿的典型代表”。

写作中，记者通过小切口反映大事件，小人物诠释大情感，以“煤矿的告别”和“人的告别”为新闻的主副线，以“矿的新生”和“人的新生”为内核，将中国“去产能”的重大意义灌注于两对父子的故事中，饱含希望，寓意深远，反映现实，打动读者。

社会效果：本文在山西日报重大题材报道方面是一次较为新颖的写作尝试。文章一经刊出，便被新华网、人民网、搜狐、腾讯等数十家门户网站、行业网站转载，有的媒体转发同时还专门配发了编者按或是编后语。文章在山西日报微信客户端获得重点推送，在手机微信朋友圈广泛转发，引起社会高度关注和较为热烈的舆论反响。

推荐理由：该文以供给侧结构性改革为大背景，从全国煤炭“去产能”大潮中第一批关闭的白家庄矿的两对父子矿工切入，以“告别”为契机，以“新生”为内核，历史与现实交织呼应，将“去产能”的重大意义灌注于两对父子的感人故事中，以小见大，以人见事，以情动人，有亮度、有温度、有深度，是一篇难得的讲述中国故事的优秀作品。

文字系列

铁纪·铁流

丁宗皓　张小龙　王　研　高　爽　张　昕　张晓丽

（限于篇幅，本书仅选录系列报道中的三篇代表作。）

代表作一：

小小控告箱挂遍苏区　控告箱的作用有多大

江西省瑞金市有一条苏维埃大道，著名的红色景区叶坪革命旧址群就坐落在这条大道旁。本报特别报道组到叶坪革命旧址群采访是在3月5日，当天是周末，参观的人络绎不绝。

“一苏大”会址位于叶坪革命旧址群的核心地带，因为会址内每天有历史情景剧演出，因而总是聚集着很多游客。会址内的中间区域是主席台和座椅，两侧则是由木板隔开的一间间办公室。其中一间比较特别，因为门板上挂着一个控告箱。控告箱右上方的木牌标明了这间办公室的名称——工农检察人民委员部。设立工农检察机构，是苏区为杜绝官僚腐化，构建清正廉洁的执政风气所做出的重要举措。

那么，工农检察人民委员部究竟是怎样一个机构，又是如何勠力反腐的呢？就从那个小小的控告箱说起——

在党的纪律发展史上，“苏区控告箱”是一个重要名词。透过它，我们可以了解到许多有关苏区反腐的细节。

说到控告箱的特别之处，首先要提一提写在箱子上的文字，记者抄录如下：

正面：控告箱，中华苏维埃共和国临时中央政府工农检察部控告局制。

顶部：各位工农群众，凡是一切什么事情都可以来这里控告。所写的控告意见书，必须盖好私章才能作效，没有私章的概作废纸，而且还要用信套密封好，并且要注明送某机关工农检察部控告局收，完了。

左侧：控告人向控告局投递控告书，必须署本人的真实姓名而且要写明控告人的住址，同时要将被控告人的事实叙述清楚，无名的控告书一概不作处理。

右侧：苏维埃政府机关和经济机关，有违反苏维埃政纲、政策及目前任务，离开工农利益发生贪污、浪费、官僚腐化和消极怠工的现象，苏维埃公民无论任何人都有权向控告局控告！

由上述文字可见，控告箱是由工农检察部下设的控告局设立的。瑞金红土地文化研究会会长严帆说："中华苏维埃共和国临时中央政府在 1932 年 9 月颁发了《工农检察部控告局的组织和纲要》，其中第四条指出，在工农集中的地方，控告局可设立控告箱，以便工农群众投递控告书，还可以指定不脱离生产的可靠工农分子，代替控告局接收各种控告。"

控告箱的作用有多大？ 1933 年轰动苏区的"左祥云贪污公款案"就是根据控告箱收到的举报材料展开调查的。严帆说，像这样的控告箱，当时挂遍了整个苏区，有效遏制了党员干部的腐化堕落。

严帆透露，1934 年红军长征离开苏区后，国民党军队大肆破坏苏维埃政权的物品，控告箱难以存世。但因为苏区百姓对红军有极深的感情，有人冒着掉脑袋的危险将一个控告箱藏了起来，并一直保存到解放。目前，这个控告箱就收藏在中国国家博物馆中，成为历史的生动见证。

从小事件查大问题

设立控告箱是工农检察部大力打贪反腐的具体体现之一。事实上，工农检察部一直非常重视通过检举来发现贪污腐化行为。

1933 年年底，工农检察部发出《怎样检举贪污浪费》的指示，进一步对怎样检举贪污浪费提出了六项具体要求，分别为：

一、要提高对于贪污浪费的警觉性。检查贪污浪费现象，要从小处着眼，往往能从小的事件查出大的问题来。瑞金的大贪污案就是从灯油浪费这样一件小事着手查出来的。

二、贪污浪费常常不能分开。浪费多的地方往往藏着贪污分子在内，不制裁贪污分子就不能完全消灭浪费。

三、发动群众反对贪污浪费。一个贪污案件如果不发动那个机关的全体群众，就不能彻底调查清楚，就不能杜绝以后再产生贪污事件。

四、要注意许多机关里的贪污浪费。一切经手收钱用钱的机关，都有贪污浪费的可能。

五、要根据中央政府新颁布的惩治贪污浪费法令从严治罪。要求每一次检举都要有结论，都要采取必要的处置。

六、要组织审查委员会审查贪污浪费。

该指示还指出，反贪斗争是执行苏维埃一切战斗任务不可分离的部分。

由此可以看出，中央苏区对一个“贪”字始终高度警惕，打贪反腐可谓不遗余力。

充分发动群众

为了挖掘更多有关工农检察部的历史，记者又前往距离叶坪革命旧址群约 7 公里路程的沙洲坝革命旧址群采访。1934 年，工农检察部改称工农检察委员会，由项英担任主席。工农检察委员会的旧址就在沙洲坝革命旧址群内。

透过工农检察委员会的旧址平面图，大致可以了解其机构设置情况，包括控告局、总务科、通讯局、中央工作团等，还配备有巡视员。特别值得一提的是，工农检察委员会建立了突击队、轻骑队、工农通讯员等群众性组织。严帆说，此类群众性组织接受工农检察委员会的管辖和指导，扮演了“助手”的角色。

这个“助手”要干些什么？武汉中共五大会址纪念馆内收藏了两份文件，分别是《轻骑队的组织与工作大纲》《突击队的组织和工作》。从文件来看，突击队主要是以突然检查的形式来发现隐藏在国家机关或企业内的官僚腐化问题。而轻骑队则设立在共青团组织中，由青年工人、农民和劳动者组成，是“与官僚主义消极怠工，和贪污、浪费、腐化现象作斗争的一个重要武器……轻骑队是一种最好的方式吸收广大青年工人、农民以及一切劳动者，为了正确地实现党和政府的政策，不受官僚主义的曲解和阻碍，轻骑队就是一种群众监督”。

凭借工农检察机构所发挥的积极作用，党在苏区执政期间，做到了“干部清正、政府清廉、政治清明”，为今天党的治国理政提供了许多有益经验。

（《辽宁日报》2016 年 7 月 1 日特刊 T01—T16）

代表作二：

须公买公卖　不得损坏设备

国酒茅台世界闻名，80 多年前红军保护茅台酒的故事也随茅台飘香至今。

而这只是长征中红军纪律严明的无数故事之一……

遵义会议纪念馆里有一个展区，陈列着馆里从民间收集的大量门板、床板、石板，上面都用大字写着红军的标语。正是通过这些标语，党和红军的政策主张和纪律要求家喻户晓，而红军守纪守规的形象也随着红军总政治部的一道道布告、文件、训令而树立起来。

群众利益受损
可到政治部控告

4月24日，从遵义乘车前往习水县土城镇四渡赤水战场遗址。路过茅台镇，天下大雨，却依然无法挡住浓浓的酒香源源不断地飘进车里。

81年前，1935年3月16日，攻占茅台镇的红军战士同样闻到了这样的酒香。为了保护茅台酒生产作坊不受损失，在生产茅台酒最多的成义、荣和、恒兴三家酒坊门口，红军总政治部张贴了《关于保护茅台酒的通知》。

至今，这份布告的复印件还在遵义的多个纪念馆里展出着。布告全文如下：

民族工商业应该鼓励发展，属于我军保护范围。私营企业酿制的茅台老酒，酒好质佳，一举夺得国际巴拿马金奖，为国人争光。我军只能在酒厂公买公卖，对酒灶、酒窖、酒坛、酒甑、酒瓶等一切设备，均应加以保护，不得损坏。望我军将士切切遵照。

主任：王稼祥　副主任：李富春。与保护茅台酒相类似，在两年的长征过程中，红军总政治部和各军政治部发布的严守纪律的命令还有很多。比如，1935年1月中央红军长征经过遵义时，总政治部在城内主要街路上广泛张贴的《中国工农红军总政治部布告》中写道："红军所到之处，绝对保护工农群众的利益……红军是有严格的纪律的部队，不拿群众一点东西，借群众的东西要送还，买卖按照市价，如有侵犯群众利益的行为，每个群众都可到政治部来控告。"

政治工作人员
积极宣传与鼓动

1930年8月，为了加强党对军队的政治工作的领导，中央成立了红军总政治部。同年10月，中共中央颁布了《中国工农红军总政治部工作暂行条例（草案）》，这是我军政治工作的第一部基本法规。

除了做好群众纪律的对外宣传和对内管理之外，阅读长征时期总政治部发布的一道道命令，可以清楚地看到它们所提出的纪律要求之严格，也可以看出它们在无比艰难的环境中对激励士气、鼓舞战士勇往直前起到的巨大作用：

1934 年 11 月 25 日，湘江战役前夕，红军已经到了生死存亡的关头。中共中央及总政治部下发《关于野战军进行突破敌人第四道封锁线渡过湘江的政治命令》：“此战役须经过粮食较缺乏之两个大山脉，并要克服二条（河）道与开阔地带及部分的敌人堡垒。野战军应粉碎前进路上敌人之抵抗与击溃向我翼侧进攻及尾追之敌，任务是复杂与艰巨的。但由于敌我部队质量之悬殊，我工农红军之顽强坚决、忍苦耐劳，可断言胜利是属于我们的。……为着胜利的进行这次战役，要求野战军全部人员最英勇坚决而不顾一切的行动。进攻部队应最坚决果断的粉碎前进路上之一切抵抗，并征服一切天然的和敌人设置的障碍，掩护部队应不顾一切阻止及部分的扑灭尾追之敌……政治工作人员应不倦的政治宣传与鼓动及个人的模范，克服战斗员中的疲劳、落伍与各种动摇……最高限度的提高全体红色军人的战斗精神、顽强抗战及其坚定性。”

1935 年 2 月 18 日，四渡赤水战斗正酣，长途奔袭之下的战士们疲惫至极，红军总政治部适时发出《关于由川南回师东向对政治工作的指示》：“要以最大的力量，在最短时间建立连队中支部工作，向支部工作最薄弱的连队进行突击，建立模范支部，发展党团员，加强党团员教育，最高度的发扬好党团员的积极性与领导作用。”

伴随着道道军令，还有各级政工干部的身体力行。长征初期，针对部队离开根据地进行战略转移、斗争环境日益严酷的特点，政工干部们利用行军、作战的间隙，开展艰苦细致的思想政治工作，激励了广大红军指战员浴血奋战。

（《辽宁日报》2016 年 7 月 12 日特刊 T01—T16）

代表作三：

红岩先烈为何在牺牲前夕仍要向党谏言

主持人的话：

本报特别报道组在重庆期间，有幸采访到著名党史研究专家厉华教授。

厉华研究红岩历史文化长达 30 余年，不仅遍览相关史料，更亲身接触过不少历史当事人，掌握了大量历史细节。更为重要的是，多年来，厉华奔走于全国各地，大力宣讲红岩故事，其特有的生动细腻、激情澎湃的宣讲方式，给广大听众留下了深刻印象。

2011 年，厉华受邀在央视《百家讲坛》讲红岩，进一步扩大了红岩历史文化的传播范围与影响力，他本人亦成为家喻户晓的名人。虽然名气越来越大、社会活动越来越多，但厉华未改初衷，始终坚持把弘扬红岩精神作为自己最大的责任与使命。因此，当他接到本报特别报道组的采访邀请后，第一时间欣然应允。

为了更深入地呈现相关内容，报道组把讲坛搬上纸面，请厉华在辽宁日报开讲。这一次，厉华将纪律作为回溯红岩历史的线索，详细讲述了那些守纪与违纪的人物和事件，并且还深入剖析了红岩先烈在牺牲前夕向党谏言、提出八条意见的根本原因。

第一节　“狱中八条意见”源自接连的叛变

旁白：

红岩先烈总结地下党工作的经验教训，为党留下最后的嘱托。1949 年 12 月 25 日，罗广斌向党组织上交了《关于重庆组织破坏经过和狱中情形的报告》。报告第七部分“狱中意见”中列举了八条意见，分别是：一、防止领导成员腐化；二、加强党内教育和实际斗争的锻炼；三、不要理想主义，对上级也不要迷信；四、注意路线问题，不要从右跳到“左”；五、切勿轻视敌人；六、重视党员特别是领导干部的经济、恋爱和生活作风问题；七、严格进行整党整风；八、惩办叛徒、特务。

叛徒冉益智说过这样一句话：“我们在群众面前展现模范带头作用，那是做给群众看的。”这种口是心非、表里不一的作风，正是导致他最终叛变的关键。

为什么川东地下党组织会遭到重大破坏，为什么大批同志被捕？不是因为敌人多么高明，而是因为川东地下党组织的领导成员出了问题。狱中同志在牺牲前总结地下工作的教训，提出“狱中八条意见”，为的就是不让我们的党再犯同样的错误。他们用生命向党谏言，用生命来表达对党的忠诚，更加映衬出叛徒丧失信仰、丧失坚守、丧失党性原则的可鄙与可耻。

从地下党重庆市工委书记刘国定到副书记冉益智，此二人叛变的肇因都是无视党的纪律。我们回顾红岩历史时会发现，凡是不执行纪律的时候，党组织就会出问题；凡是执行纪律的时候，党组织就是坚不可破的。先说刘国定，面对全国即将解放的形势，他开始盘算个人前途，计划革命胜利后让自己生活得更加体面，为此，他挪用党费搞投资，犯了以权谋私的大忌。被捕后，敌人用官衔诱惑他，他真的上了钩，不仅出卖了重庆地下党组织的情况，甚至把上海地下党组织的情况也供述给了敌人。再看冉益智，他给别人讲起革命道理来是义正词严、头头是道，很有号召力、凝聚力，但道理放在自己身上就变成了另外一回事。一次，冉益智在当时的万县领导学生运动，特务一镇压，他先落荒而逃。后来有学生问冉益智为什么跑了。冉益智狡辩说，见势不好，立刻就跑，是斗争策略。他的做法在学生中产生了很坏的影响。站在今天来看，刘国定和冉益智是典型的知行相悖、两面派，不严于律己导致利己主义、官僚主义的滋生。

还有一个例子值得一说，就是红岩的第一个叛徒任达哉。任达哉是党的交通联络员，肩负的任务是上传下达，然而他违反纪律，越权擅自决定考察党员，结果中了敌人的圈套，被捕入狱。整个链条的坍塌就是从这里开始的。试想，如果任达哉严格执行纪律，不做责任范围之外的事，而是将有关情况向上级汇报，那么，后来一系列的被捕和牺牲事件或许就不会发生。任达哉被捕后，也非常懊丧，本打定主意决不招供。甚至敌人打断了他的锁骨，他也没有吐露半句党的秘密。但敌人发现他过去曾在军统工作过并填写了一份登记表，威胁说要公开，任达哉的防线一下子被攻破了，因为他没有如实向党汇报，以为自己不说便没人知道，所以，当敌人以此作要挟时，他害怕党误解，没有坚持对党忠诚，选择了叛变。不过，要说明的是，任达哉在狱中没有继续叛变，他几乎不说话，最后走向刑场时也没有懦弱的表现。但尽管如此，他出卖同志的罪行也难以弥补。因此，在重庆解放后，他仍被定为叛徒。从这一人物的命运可以看出，违反纪律，对党不忠诚，不实事求是，结局就是自己毁了自己。

1949 年 1 月，党中央在香港召开会议，分析总结川东地下党组织为什么接连出现叛徒。会议认为，根本原因在于领导层的思想腐化，生活堕落，只求名利，不做具体工作。中共中央南方局在训练党员时要求党员须做到党性人性的高度统一。党性人性如何实现统一，要修身律己，要有使命感和精英意识，要能够做到先天下之忧而忧。党员必须有精英意识，有强大的使命感，唯有如此，才能做到将党的利益置于个人利益之上，不惜抛弃一切来维护党的利益。一名党员，若是没有“我来栽树后人乘凉”的使命感，是不可能做到杀身成仁的。

第二节　教育训练党员干部是关键

旁白：

红岩先烈身陷牢狱，在生命的最后一刻，他们表现出凛然大义。在那些关于牺牲的故事里，我们没有看到惊慌、恐惧或是哭泣，反而感受到一股强大的为国捐躯、为党献身的热血激情。在迈向刑场的途中，他们内心所想的不是个人的得失，而是党的事业、祖国的未来。正因为如此，今天的党员干部更加不能辜负这份饱蘸着鲜血的重托。

对于今天的党员干部来说，考验依旧存在。“狱中八条意见”不仅没有过时，甚至更有现实意义。如何做到不辜负革命先烈的重托，首要的一点就是要时刻警惕腐化意识的侵袭。抵御腐化意识侵袭的方法是不断加强党员干部的教育和训练。

知道中共中央南方局如何教育训练党员干部吗？南方局给党员干部出了一道题：在战场上遭遇枪口炮口，能做到临危不惧，但面对敌人长期的监禁折磨，乃至于死亡的威胁，如何做到不变节、不投降？每个人都要围绕该题目写一篇文章，少则3000字，多则5000字。上级领导不仅要看文章，还要找谈话。你说你不怕死，家里有没有父母，有没有妻儿，你死了，父母妻儿怎么办？你说你为了革命可以什么都不顾，一切服从党的安排。但革命的目的是什么？是为了不要家庭，不管家人吗？当然不是。你要学会保全自己，要学会应付复杂的斗争局面，这才是这道题目的关键。

南方局深挖党员干部的思想，从根子上教育训练党员干部，真正做到使他们脱胎换骨。现在，对于党员干部的教育训练也要力争做到这么深入细致，对于党员干部思想深处存在的问题也要做到刺刀见红。

今天，党要获得群众信任，要巩固执政基础，必须抓好党员干部的教育训练，这个问题不抓好，其他问题都难以处理。做好做实党员干部的教育训练，首先要避免形式化。教育培训党员干部，关键在方法，要强调实践和学习的内容，要紧跟思想变化，要加强批评与自我批评。我们常常讲党员干部要有正能量，如何获取正能量？多读书，特别是读经典，就能获得正能量。同时，正能量也是在批评与自我批评的过程中，于内心形成的一种价值判断。只有真正在心底坚定“我是党的人”这样一种价值判断和价值取向，才会真正成为一名合格的党员干部。

另外，党员干部不能不懂历史，要“学史爱党、知史爱国”。要对党有感情，必须要学党的历史呀！我在全国各地讲党史，听众常常提这样那样的问题，有的人还会提出质疑，有些错误的认识明显是因为不了解党的历史造成的。坦白说，现在有很多人不知道党史国史，当中也包括部分党员干部。有时我给党员干部讲课，讲到一些我认为应当是他们熟知的历史的时候，他们却表现出非常陌生的表情。如果现在在党员干部群体中做个问卷，调查一下大家读过几本党史、国史的书，我想结果不会太乐观。

生活态度、价值取向，决定着一个人在政治上的忠诚与背叛。树立健康的生活态度，构建正确的价值取向，需要依靠不断地学习。这是当下党对党员干部展开教育训练的一个关键节点。

（《辽宁日报》2016 年 7 月 29 日特刊 T01—T16）

申报资料实录

作品简介：2016 年是中国共产党成立 95 周年暨中国工农红军长征胜利 80 周年，辽宁日报组织精干力量，经过长达半年的论证、调研和采访，足迹遍布全国 19 个省区市，于 6 月至 7 月间推出了大型新闻策划《铁纪 · 铁流》。

该策划创新视角，在全国媒体中率先以“纪律”为主题，对中国共产党 28 年艰苦卓绝的斗争历程中的纪律建设的重大举措与重要事件进行了全景式呈现。策划共 80 块专版，60 余万字，分为五个主题：铸信仰、建制度、炼忠诚、讲原则与立规矩。

社会效果：策划推出后，社会反响强烈。报道成果在辽宁省档案馆公开展出，成为“两学一做”学习教育活动的生动教材。报道内容于 10 月底结集出版，获中国三大干部学院收藏，同时，报道团队也获邀赴辽宁多地的学校、社区、机关事业单位宣讲采访故事。报道组成员高爽同志作为团队代表参加 2016 年全国“好记者讲好故事”比赛讲述《铁纪 · 铁流》的采访经历，荣获最佳选手称号，并随中国记协进行了全国巡讲，受到媒体同行及各地读者的高度肯定。

推荐理由：该策划以新闻媒体人的全新视野，对 1921 年中国共产党诞生至 1949 年中华人民共和国成立这 28 年间党规党纪的形成史进行了系统梳理和全景展示。报道内容既有厚重的历史感，也不乏鲜活的时代气息，具有很强的现实针对性。

安徽宿州宋庙小学“要求受助贫困生出钱请吃饭事件”调查

黄　辉　戴　南　周根山

（限于篇幅，本书仅选录系列报道中的三篇代表作。）

代表作一：

因一顿“工作餐”20 人被处理

——安徽宿州宋庙小学“要求受助贫困生出钱请吃饭事件”调查（上）

宋庙小学位于安徽省 303 省道旁，距宿州市朱仙庄镇约 8 公里。这所乡村小学从去年 11 月起卷入一场舆论漩涡。事件缘于一顿人均消费不足 33 元的“工作餐”，就餐地点就在距学校不足 200 米的省道另一侧，宋庙村党总支书记宋军的儿子开的“农家小灶饭店”里。

“谁受益谁掏钱”

2015 年 11 月 12 日 12 时左右，某银行合肥分行与宋庙小学贫困学生结对捐资仪式在宋庙小学举行，仪式上 30 名受捐学生每人接受了 1200 元的捐助。仪式不到 1 小时结束。

随后，32 名银行员工、所有受捐助学生、镇中心校工作人员、宋庙村“两委”成员、宋庙小学教职工以及镇党委宣传委员，一行共计 86 人前往“农家小灶饭店”就餐，这顿饭共消费 2765 元。结账时，该银行工会汪副主席提出要付款被婉拒后，并没有坚持，一行人随后离开。

就餐的捐助者并不知道，还没等受捐助的孩子们拿到捐助款，为了筹集这笔餐费，宋庙小学已经提前向 30 名受捐助学生家长每人收取了 200 元，共计 6000 元备用。

早在活动前期准备时，汪副主席向宋庙小学校长马计杰表示，活动结束可能需要在当地吃“工作餐”，马计杰说可以安排。此后，马计杰找到宋军，说学校拿不出这笔钱。宋军面露难色，说村里也没有招待经费，提议“谁受益谁掏钱”，并让马计杰安排接受捐助的每位学生家长拿出 200 元作为接待餐费。截至 11 月 11 日，这笔钱终于收齐。

“如果出事就把钱退给学生家长”

11 月 12 日就餐完毕并没有马上结账，原因是校长马计杰担心动用受捐助学生的钱结账有风险，让学校报账员给“农家小灶饭店”写了欠条，打算观望一段时间，如果不出事就用这笔钱支付餐费，如果出事就把钱退还学生家长。

怕什么来什么。

2015 年 12 月 14 日，学生家长告诉宋庙小学老师，曾有记者给受捐助学生家长打电话询问 11 月 12 日的情况。马计杰闻听，深感事态严重，立刻通知校报账员，让他抓紧时间联系家长退钱。于是，12 月 14 日、15 日两天，学生家长一一签字领回了当初交的钱。

事情终于没能瞒住。新闻报道见报第二天，即 2015 年 12 月 25 日，安徽省宿州市埇桥区委召开新闻发布会，由区教体局纪委书记杜玉侯通报事件整体情况和对马计杰等人的处理意见。随后安徽省、宿州市组成省市调查组调查“11・12 事件”，并同时审查埇桥区委的前期处理意见，开展延伸调查。

围绕“11・12 事件”有了新发现

对于媒体报道的“如果不掏钱就换捐助对象”一说，省市调查组事后核实，这名受访家长也只是听到有人议论“不交钱就要取消受捐助资格”，其他家长均表示没有听到学校此类表态。

调查组表示，这顿饭除受捐助学生外，费用均应由就餐者自付。

记者采访时，宋庙小学校长马计杰已被撤职。埇桥区教体局对此事的处理不可谓不及时，在新闻曝光的第二天就拿出了处理结果；回应社会关切不可谓不迅速，马上召开新闻发布会向公众交代事件整个过程及相关责任人党纪政纪处理情况。但事实果真如此吗？在省市调查组随后展开的调查中，调查组抓住不经意暴露出来的问题线索，抽丝剥茧，以至于最终因为这一事件被处理的人员达 20 人，追责对象从厅级到普通党员干部。围绕着这桩情节简单、事实清楚的事件，各方到底有过怎样的角力与妥协？

（《中国纪检监察报》2016 年 1 月 29 日）

代表作二：

因一顿“工作餐”20人被处理

——安徽宿州宋庙小学“要求受助贫困生出钱请吃饭事件”调查（中）

安徽省宿州市埇桥区宋庙小学要求受助贫困生出钱请吃饭事件（又称“11·12事件”）首次曝光，是在《安徽商报》一篇发表于2015年12月24日的报道中。在1500多字的篇幅里，受访者或是以化名出现，或是以“马校长”“朱局长”“杜书记”“相关负责人”笼统称呼，就连作者署名，都只是一个含糊的“本报记者”。这个“本报记者”到底是谁，不署实名难道有什么隐情？

第一个记者被“摆平”

最早获知这一新闻线索的，是安徽《市场星报》驻宿州记者站站长徐善文。几乎在捐助仪式进行的同时，他就获知了这一新闻线索，但徐善文并没有立即采访。

2015年12月6日，与徐善文同一报社的记者贾丽（化名）向徐善文打听新闻线索，听到“11·12事件”，贾丽当即表示很感兴趣。

12月15日，徐善文、贾丽到宋庙村采访。两人现场采访了6名受捐助学生家长和一名宋庙小学老师，并电话采访了校长马计杰。就在采访期间，徐善文接到一个熟人电话，是《新安晚报》驻宿州记者站站长王源（化名）打来的，他受宿州市埇桥区“有关部门”之托，想来协调关系，让“11·12事件”别见报。王源提出可以让“有关部门”帮助徐善文解决报纸征订任务。

当晚，埇桥区“有关部门”的领导就和徐善文、王源等人坐到了同一张饭桌旁。推杯换盏间，众人的距离拉近了。

几天后，徐善文来到这个“有关部门”，找到席间认识的那位领导想让其帮忙订100份《市场星报》，总定价为1.8万元。该领导称订报不合适，但可以帮忙联系宋庙小学的主管单位朱仙庄镇中心校，让其付钱在《市场星报》上做广告宣传。

12月23日晚，徐善文和朱仙庄镇中心校校长陈勤勇几番讨价还价后，签订了1万元的广告宣传合同，后来随着事件的曝光，这一合同被中止。

第二个记者“不甘心”

徐善文这边在“有关部门”牵线搭桥下，与镇中心校签下了合同，但他却忽略了另一个人的感受，那就是与他一同采访的贾丽。

2015 年 12 月 15 日现场采访结束后不久，徐善文与贾丽联系，说有人在中间说情，可以用订报纸的方式换取“11・12 事件”不见报，贾丽没有同意。12 月 16 日，徐善文又跟贾丽说，“有关部门”想在《市场星报》上做 2 万元左右的广告，并称可以通过报社外包广告的提成方式，按高比例返还广告提成，以弥补贾丽不能发稿的损失。据记者事后了解，《市场星报》的独家报道一篇稿酬约 1500 元，而 2 万元的广告按高比例返还提成可达 4000 元至 1 万元。

贾丽没有表示反对。但一波三折，12 月 17 日，徐善文称广告投放又减为 1 万元了，贾丽表示肯定不行。此间，两人短信来往，贾丽强调“最低两万”“如果他们不同意，我就发稿”“你签合同前一定要跟我说”。

尽管贾丽一再坚持，但 12 月 23 日晚，徐善文将合同照片通过彩信发给贾丽，显示广告宣传仍为 1 万元。贾丽对调查人员说，觉得自己被骗了，“没搭理他”。当晚，贾丽将稿件上交报社。

第三个记者“无心插柳柳成荫”

就在贾丽得知广告宣传合同签成了“自己不满意的 1 万元”的同一天，《安徽商报》记者赵康（化名）与贾丽闲谈中聊起自己在关注“11・12 事件”。据贾丽讲，看到自己做不了独家报道了，就决定做个顺水人情。12 月 23 日，贾丽将大量采访内容提供给了赵康。赵康向调查组坦承，见报稿件的绝大部分信息来自贾丽。

那么，为什么 12 月 24 日首发的新闻报道来自《安徽商报》，贾丽发给《市场星报》的稿件却没能见报呢？

其实，在埇桥区“有关部门”运用资源，找关系托人“灭火”的同时，另一股力量也在发力。

宋庙小学马校长在发现记者采访后，立即打电话给捐资助学方代表、某银行合肥分行工会汪副主席。汪副主席十分紧张。他明白，一旦事件曝光，他们精心组织的这场捐助活动一定会引发公众质疑，势必会给银行带来负面影响。汪副主席马上开始了人脉搜索。他找到银行一业务部门的总经理，该总经理给与《市场星报》同属一家出版集团的某国际经贸公司副总经理打电话，请这名副总经理出面说情，让《市场星报》不要报道。该副总经理随即打电话给《市场星报》总编辑，称某银行是公司重要合作伙伴，希望不要报道。于是，12 月 23 日晚，在《市场星报》的选题会上，当讨论到贾丽的报道时，该总编辑以种种原因为由，决定不见报。

《市场星报》这边看似一切都搞定了，但令所有“舆论公关”者猝不及防的是，2015 年 12 月 24 日，《安徽商报》刊出了《学校要求受助贫困生出钱请吃饭》的报道，迅速引发媒体跟进，舆论一片哗然。赵康出于个人原因考虑，选择了只署“本报记者”，而不出现真名。

行文至此，人们不禁会问，一篇普普通通的监督报道，为什么有那么多人从中嗅出了可利用的价值，又是什么样的人会付出比处理事件本身多得多的努力，想要“摆平”舆论监督呢?

（《中国纪检监察报》2016 年 1 月 30 日）

代表作三：

因一顿“工作餐”20 人被处理

——安徽宿州宋庙小学“要求受助贫困生出钱请吃饭事件”调查（下）

安徽省宿州市埇桥区教体局纪委书记杜玉侯最早出现在公众视野，是 2015 年 12 月 25 日在埇桥区委宣传部召开的新闻发布会上，他通报了“11·12 事件”整个过程及人员处理情况。其实在此之前，杜书记做了很多“工作”，是公众看不到的。

局长要纪委书记去“协调”媒体

2015 年 12 月 15 日上午，《市场星报》的记者给埇桥区教体局局长朱勇打电话，询问“11·12 事件”情况，朱勇此时对事件还不知情，称如果情况属实一定严肃处理。

放下电话，朱勇随即安排纪委书记杜玉侯尽快核实，并要求其找新闻媒体“做好协调”。至于局长为什么会安排纪委书记去“协调”媒体，朱勇称杜玉侯也分管“维稳”工作。

调查显示，从 12 月 15 日知情至 12 月 21 日，杜玉侯一直未就事件展开调查，反而试图以有偿新闻的方式阻止媒体曝光。

杜玉侯打电话询问朱仙庄镇中心校校长陈勤勇，得知确有此事，便马上找到《新安晚报》驻宿州记者站站长王源（化名），请其帮忙联系《市场星报》驻宿州记者站站长徐善文。

当晚，在征得朱勇同意后，杜玉侯、徐善文和“中间人”王源以及区教体局其他干部共 9 人在酒店聚首。席间，大家对不再报道“11·12 事件”达成了默契。

在纪委书记杜玉侯看来，局长让“协调”的意思很明确，就是希望媒体不要炒作这种负面新闻。领导安排了他马上就办，并且效率很高，12 月 15 日一天之内，“协调”媒体的工作就取得了明显成效。

此后，徐善文来找杜玉侯订报，杜玉侯称区教体局和下属学校订《市场星报》不合适，徐善文又提出可以让朱仙庄镇中心校在报上做广告宣传。徐善文一走，杜玉侯就给镇中心校校长陈勤勇打电话，称“不能得罪”徐，让陈勤勇和徐善文联系。

12 月 23 日，镇中心校和徐善文签订了广告宣传合同。当天，陈勤勇就告诉杜玉侯，已与徐善文“协调好”，报道不会见报。

撒了的谎要怎么圆?

与迅速和主动“协调”媒体相比，埇桥区教体局对“11・12 事件”的调查则显得严重滞后且被动。

杜玉侯从 12 月 15 日起被要求核实事实，直到一周后，也就是 12 月 22 日，又有其他记者直接联系杜玉侯问及这一事件，杜玉侯这才安排区教体局监察室负责人到宋庙小学了解情况。而这位监察室负责人，曾和杜玉侯一起参加了 12 月 15 日“协调”媒体的饭局。

监察室负责人的调查浮皮潦草。他只是在调查的第二天向杜玉侯口头汇报了事件经过，没有形成任何笔录材料和书面报告。

就在区教体局认为媒体已经放弃报道后，很突然地，12 月 24 日，《安徽商报》报道了“11・12 事件”。杜玉侯这才让监察室负责人抓紧写报告。该负责人于是带着镇中心校工作人员再次来到学校找人谈话，形成笔录。

伴随着调查的深入，更多的线索被暴露出来，朱勇和杜玉侯很快由调查者变成了被调查者。

12 月 29 日，省市调查组在找朱勇谈话时，朱勇担心承担消极调查的责任，将记者第一次给自己打电话告知“11・12 事件”的时间说成是“12 月 21 日”，这样，也能回避掉中间找媒体“协调”这一事实。

据杜玉侯讲，朱勇跟调查组谈完话，在电梯间碰到了正在等候他的杜玉侯。朱勇提示杜玉侯，组织调查时自己将第一次得知“11・12 事件”的时间说成了“12 月 21 日”。此后，在调查组要杜玉侯说明情况时，杜玉侯也将请徐善文吃饭说成是“12 月 21 日”；杜玉侯同样交代之后谈话的陈勤勇要将这次饭局的时间说成是“12 月 21 日”，以保证口径一致。

这套说辞在调查组要求提供吃饭的相关书证时露出了马脚。

在朱勇授意下，杜玉侯安排陈勤勇到12月15日吃饭的酒店，开出了一张12月21日消费的假账单，后来在对账时被调查组识破。

区纪委书记不知道区教体局纪委书记“在忙什么”

区教体局从局长到纪委书记忙着“协调”各种关系，难道区纪委书记毫不知情吗？

埇桥区是一个拥有近200万人口的大区。这个区的党风廉政建设和反腐败工作压力非常大。现任区纪委书记主政反腐败工作几年来，立案数量一年一个台阶，就在刚刚过去的2015年，达到了史无前例的506件。对他来说，“11·12事件”就像平地一声惊雷，一说起自己没能及时了解和阻止事态向更糟的方向发展，仍是懊恼不已。

2015年12月15日，区教体局纪委书记杜玉侯开始按照局长的要求“协调”媒体，但直到12月23日杜玉侯认为事情已经“协调”好了，才将事件情况向区纪委书记口头做了简要汇报，对于自己“协调”媒体的事，也只是以一句“可能有记者要采访”一带而过。区纪委书记做了原则性的表态，要杜玉侯尽快处理责任人。

12月24日媒体曝光该事件后，区纪委书记再次督促杜玉侯查清事实。事后，该区纪委书记对本报记者表示，如果当初不仅仅是口头表态，不仅仅是一次次督促，如果自己能够对情况了解得更多更透一些，也可能不会是现在这样……

据区纪委书记说，自己平时在工作上与杜玉侯的联系仅止于每年区里的全会和每季度一次的季会，平时有什么情况除非杜玉侯主动汇报他才知道。他说，其实很多时候并不知道杜到底“在忙什么”。

2016年1月20日，安徽省纪委作出对“11·12事件”责任人的处理决定。其中，朱勇被撤销党内职务、行政撤职，杜玉侯被留党察看两年、行政撤职，陈勤勇被撤销党内职务、行政撤职，区纪委书记也被党内警告……其余10多名责任人均受到不同程度的处理。

（《中国纪检监察报》2016年1月31日）

申报资料实录

作品简介：安徽省宿州市宋庙小学接受某银行捐助后却“要求受助贫困

生出钱请吃饭事件”，最初于2015年12月被曝光。人们原本以为这只是一桩情节简单、事实清楚的基层“吃拿卡要”违纪案件。2016年1月，在中央纪委和省纪委的大力支持下，中国纪检监察报社记者深入一线调查采访，在村、小学、镇、区教体局、市纪委与数十位采访对象深入交流，获取了大量此前不为人知的第一手素材，抽丝剥茧，为读者呈现出该事件背后演绎的多方角力、欲盖弥彰的隐情，从一则已知新闻里，挖出了独家深度报道。

事件发生在基层，涉及面较广、涉及人员较多。在有限的篇幅里，记者试图以解剖“麻雀”的方式，完整、准确地呈现整个事件暴露出的当地基层政治生态：“雁过拔毛”的“潜规则”、村支书和小学校长动的“歪脑筋”、教育主管部门怕“家丑外扬”的“小心思”、少数媒体摒弃公义的利益“倒戈”、基层纪委开展监督的能力不足，等等。该系列最后以评论《谨防“雁过拔毛”导致“地动山摇”》深化报道主旨。

社会效果：这组报道自2016年1月29日至31日连续3天在《中国纪检监察报》头版重要位置刊发。一经刊发，即引发人民网、新华网、中国网和澎湃、今日头条、新浪、搜狐、网易等网媒连续3天在首页显著位置转发。中央纪委监察部网站及各省区市纪委网站重点转发。人民网等微信公众号转发后累积阅读量超过10万人次。《人民日报》《中国之声》《工人日报》《羊城晚报》等500多个官方微博转发。网民伴随着事件隐情逐步披露展开热议，舆论反响强烈。该事件最终导致市、区、镇、村20名相关责任人被处理。

2月2日起，《人民日报》、新华社等中央主流媒体均刊发评论文章。《人民日报》刊文《“让贫困生请吃饭”应多角度反思》。新华社发稿《捐助贫困生为何捐出了“系列丑闻”》。据人民网舆情监测室监测数据显示，5天内，有2014篇网络新闻、398篇报刊评论、近千篇微信订阅号文章与此相关。《传媒大观察》《新闻传播研究》等将该组报道作为舆论监督报道案例进行分析。

推荐理由：这是一组精彩的系列报道，具有很强现实针对性，真实客观反映了当前需要修复的基层政治生态。报道集中体现了真、深、精、活的特点，挖掘深入，由浅入深，将原本普通的案件背后的复杂性和少数人在面对利益、面对腐败、面对问题时的种种错误行为，用文字清晰呈现，公众得以全面知晓这一事件的前因后果，发挥了舆论监督的作用。

该系列报道逻辑严谨、文字精当。三篇报道既是连续报道，又可独立成篇。在报纸头版重要位置刊发，编辑意图明确；同时配发评论，批评锋芒尖锐，主题得以升华，引发舆论持续关注，达到了最佳传播及社会效果，为全面从严治党向基层延伸、厚植党的执政基础提供了一个生动样本。

2016年8月7日《宁夏日报》2—3版

张　靖　何亚男　刘建华

赴约

点燃奥运火炬台的为何是他

开幕式旗手哪项强 还是田径地位高

奥运开幕式，里约大反击

开幕式风情万种
你真的看懂了吗

必看孙杨和宁泽涛
期待吴敏霞创历史

申报资料实录

作品简介： 奥运会开幕式恢宏上演，全球共同聚焦这一体育盛事。当天，编辑将新华社数十篇稿件拆分、整合、重组，通过解读、聚焦、花絮、数读、评论、看点等栏目，详解了开幕式的诸多细节，让读者读懂了画面背后的文化和新闻，可读性强。该版面版式新颖、大气，图片精美，与文字相得益彰，抓人眼球。

推荐理由： 8月7日，同城媒体均用了不小的篇幅报道里约奥运会开幕式，但无论从稿件选取、整合，还是版式设计，宁夏日报的版面都显示出了高人一筹的水准，赢得了同行和读者们的一致好评。

初评评语： 版面聚焦奥运会开幕式，通过数十篇新闻稿件的整合重组，采用持续、聚焦、花絮、数读、评论、看点等栏目，配以多幅冲击力较强的图片，对开幕式进行全景式呈现。版面图文并茂，冲击力强。

巡视组长

——追记李泉新

江仲俞　宋海峰　游　静

● 一棵枝繁叶茂的大树，一定有庞大的根系，根深才能树高，根深才能叶茂。学习就是生命的一种“光合作用”，人的精神世界会因为学习而变得蓬勃葱茏、气象万千。

● 亲情、友情再深，也要有一个“界”，这个界限就是公权不能私用。作为党的领导干部，我们最深沉的爱、最博大的爱、最真切的爱，是爱国家、爱人民。

● 我们不是一般的人，我们是党的人。党的领导干部，是有规矩的人，是不能为所欲为的人。

● 自古以来，没有几个做官的死于饥寒，但是死于敛财的，历朝历代，大有人在。人不可能把金钱带进坟墓，但是金钱能将人带进坟墓。金钱没有牙齿，却可以吞没人的灵魂。

● 党纪政纪是设在悬崖边的一道道护栏，保护我们不要掉到悬崖下面去。遵守纪律，就是善待自己。我认为，清廉才能轻松，越清廉就越轻松。

——李泉新

一场较量

2015年3月，江西省委第三巡视组巡视南昌市西湖区。

在此之前，第三巡视组组长李泉新反复研究了省委巡视工作领导小组办公室移交给三组的相关材料。在2014年第一轮对南昌市的巡视中，西湖区委书记周某，已被列入进一步关注的对象。

出征前夕，李泉新重申：“我们一定要努力工作，团结协作，依纪依法，严格保密，自觉接受监督，落实中央八项规定精神。”

他解释说：“我们是监督别人的，决不能有特权思想，要知道干部群众也在监督我们。如果不落实八项规定精神，说不定人还没回去，告状信已经到省委了。”

说到做到。西湖区挑选星级酒店给巡视组办公，被否定；海鲜上了餐桌，被撤走；水果拿进房间，被退回。区联络员看到李泉新喜欢穿布鞋，就买了一双北京布鞋，要送给他。李泉新严厉制止，并提出严肃批评。几天后，联络员又将童装、儿童书籍、玩具等，放到巡视组驾驶员的房间里，说是送给李泉新的孙子的，请驾驶员转交给组长。李泉新立即让司机把东西退了。联络员又将东西邮寄到李泉新家，但邮件被拒收，原封不动退了回去。

西湖区委办公室负责人多次联系巡视组，说周某希望与李泉新见上一面。李泉新回复：“可以，但不单独见面。”见面后，周某说：“听说你们在查我？我什么事也没有！”李泉新当着巡视组所有人的面正告他：“有没有问题你心里最清楚，最好早点向组织说明你的问题！”

在巡视组面前碰了钉子，周某与他人订立攻守同盟，转移隐匿相关证据。三组组员收到了“低头不见抬头见，事不要做绝了”的匿名恐吓短信。

关键时刻，李泉新对组员们说：“你们大胆工作，有什么问题都往我身上推！”有他这份担当，三组及时了解到周某插手干预工程项目建设、违规提拔使用干部、生活作风不正等问题，并移交省纪委。

巡视结束不久，周某接受组织调查。那天，李泉新一夜未眠。

三组有组数据：2014 年 1 月就任巡视组长，2016 年 3 月查出肝癌，李泉新在省委第三巡视组工作 800 多个日夜。第三巡视组完成了 8 轮巡视，巡视 26 个单位，发现问题线索 934 条，其中涉及厅级干部问题线索 89 条、县处级干部问题线索 333 条。

一大收获

2014 年 5 月的一个周末，第三巡视组成员李思远一早接到李泉新的电话：“今天不休息了，你跟我出去一趟。”

第一站是温圳监狱。

按照有关规定和程序，他们提审了一名服刑人员。这个人曾在三组巡视的某区做过主要领导，李泉新希望能从他口中获得巡视单位的线索。这也是李泉新常用的巡视方法——“挖老矿”。

“他做了非常多的功课，一项项问得很细。但我觉得并没有挖到什么。”李思远回忆道。

离开温圳监狱，他们又到了另两座监狱。天气炎热，李思远真担心 56 岁的李泉新吃不消。

回南昌的路上，李思远想，忙了一整天，跑了三个监狱，却没挖到“矿石”，未免沮丧。

“思远，你觉得今天有收获吗？”李泉新似乎猜到了李思远的心思。

李思远说：“要说收获，就是看了以后很感慨，我告诉自己：一定要廉洁从政，不能犯错误。”

李泉新问：“还有呢？”

他想了想，说：“没有了。”

李泉新说：“我觉得还是有收获的。我们巡视工作，发现问题是一大收获。今天的情况有所不同：我们跑了一天，却没有发现什么问题，那么，原来的怀疑就可以排除了，我们也就放心了。所以，没有发现问题，同样是一大收获。”

一次小聚

2015年11月28日，星期六。寒风呼啸。萍乡市审计局副调研员钟杰兰来南昌办事。傍晚，她给李泉新打了一个电话，说请组长出来吃个便饭。前一轮巡视，钟杰兰被抽调到三组，是李泉新的组员。

一听是钟杰兰来了，李泉新非常高兴：“你远来是客，我请你！”

小餐馆很简陋，四面透着寒风。除了李泉新和钟杰兰，还有两个人：李泉新的爱人和孙子。

刚入座，李泉新就单刀直入：“最近忙不忙？新一轮巡视马上开始，三组需要你！”

钟杰兰听了这话，不免有些“得意”。因为她刚被抽调到三组时，李泉新可不是这样。她记得很清楚：那天李泉新看着组员的花名册，当看到钟杰兰的名字时，他问：“钟杰兰是哪一位？”台下的她站起来，应了一声。李泉新看了她一眼，问：“你这个副调研员是搞行政的，还是干业务的？”

钟杰兰是要强的人，组长这一问，刺激了她。第一次到景德镇巡视，她发现了一个700多万元的“小金库”，这一“大手笔”，让李泉新对她刮目相看。

寒风透过小餐馆的屏风吹到他们身上，不过，这丝毫不影响李泉新的求知欲望。

“我们马上就要巡视几个大单位了，你说怎样才能快速准确发现‘小金库’？”

钟杰兰说：“这些大单位，口子多。我想……”

李泉新打断她的话，向吧台招招手："服务员，请拿张纸、拿支笔来！"

服务员一时找不到白纸，就撕了一张空白菜单给他。他对钟杰兰说："快说来听听！"

钟杰兰说："一是到这些部门的下属单位去了解，比如招待所、后勤服务中心、食堂等；二是从管钱管物的人身上去了解……"

六个方面的"秘诀"传授完了，菜也上齐了，菜单上写满了字。

李泉新小心翼翼把菜单折叠成小方块，放进毛衣里面的贴身衬衣口袋里，开心地说："对付腐败分子，又多了一个法宝！"

钟杰兰发现，这顿饭，李泉新根本没吃几口菜。他买了单，告别时，他对钟杰兰说："我马上58岁了，还想再好好干两年，我们一起努力好不好？"

钟杰兰说："这段时间确实很忙，分不开身。"

李泉新不放弃："就算很忙，你也要先过来，哪怕一个星期也好，帮我炸开一个'口子'，你就回去。"

一次"说情"

有李泉新坐镇指挥，三组组员干劲十足。钟杰兰更有使不完的劲。

巡视某县时，钟杰兰突然找到李泉新，说话时有些底气不足。

"李组长，我有个事请您帮忙。"

平时都是李泉新"求"她帮忙，现在颠倒过来了，李泉新觉得奇怪。

"您说我这看人家的账吧，一路杀杀杀的，正干得起劲，碰到这个单位有个人是我亲戚。我这亲戚把我骂得要死。您能不能帮个忙？"

李泉新说："这个忙你也帮？他找你、骂你，你可以推到我身上来啊！我跟你说个例子，我亲嫂子有个亲戚，也因为犯了什么事给关起来了。我要是打个招呼，有关方面肯定给面子。但我怎么能帮这个忙呢？"

钟杰兰理解李泉新的话，不再说下去。

后来，钟杰兰的这个亲戚违纪问题被查实，被免职了。

李泉新在中国井冈山干部学院授课时，给学员讲过一个故事："宜春市袁州区原区委常委、公安局长被抓起来了。他的一个亲戚是我高中同学，我这同学跟我打电话，请我帮忙。我告诉她，没办法，我们有铁的纪律，不准说情。"

李泉新对学员们说："我们纪委有禁令，其中一条，就是严禁干预基层办案。"

一台收音机

2016年5月下旬，李泉新去世前几天。上海市第一人民医院。

省纪委干部谢良贵在重症监护室外穿好隔离服，准备进去看望李泉新。突然，他隐约听到监护室里传来收音机的声音。他眼睛湿了："没想到，都这样了，他还在听新闻。"

收音机，是李泉新最好的"伙伴"之一。散步，随身带着收音机；晚上，在收音机播送的新闻中入睡。省纪委驾驶员罗辉说，他的车载收音机，频率一直定格在"中国之声89.1"上。"组长就爱听新闻，所以现在我都喜欢听了。"

而病床上的这台收音机，是儿媳徐翠在上海照顾李泉新时网购的。她说，公公在监护室，一清醒过来就要听新闻、看书。应公公要求，她还网购了《一个革命的幸存者——曾志回忆录》，放在他枕边。

李国英对哥哥李泉新的记忆里，也有一台收音机。1979年，李泉新上大学后，第一个暑假回到丰城市老家，就忙着帮家里干活。他把收音机音量开得很大，放进裤袋，一边收听新闻，一边挑着米糠到城里去卖。

李泉新常说："不看书不看报，这不行。再忙，每天的《人民日报》、中央电视台《新闻联播》都要看，中央人民广播电台的《新闻和报纸摘要》都要听。只要每天坚持做到这一点，就等于天天进党校、天天进干部学院了。"

他卧室里堆满了书，《毛泽东选集》《邓小平文选》《习近平谈治国理政》《习近平关于严明党的纪律和规矩论述摘编》等著作放在最显眼的地方。去上海治病前夕，他还在翻阅《之江新语》。

省纪委干部汤长明回忆，他刚调整到财务部门工作时，李泉新跟他聊天："你现在到了财务上，天天和账目打交道，但政治理论学习还是不能丢。"第二天，李泉新就送来了一套书，小汤一看，是《朱镕基讲话实录》。

一声道歉

李泉新进入重症监护室后，他的7个兄弟姐妹陆续来上海探望。

大姐李凤英来到李泉新跟前。李泉新看着大姐，歉疚地说："大姐，我对不起你。"

看着虚弱的弟弟，李凤英哭了。

李泉新考上北京大学时，家里很苦，是大姐从微薄的工资里挤出钱来，资助他上学。后来，李凤英在丰城市河洲卫生院工作的女儿有个进城的机会：市中医院从基层选拔医务人员。大姐希望李泉新能够出面打个招呼，但李泉新没有答应。他对姐姐说："这事我帮不了。帮了你，别人就会被挤掉。这种妨碍公平的事，我不能做。"

"好石"，是丰城人对硬脾气人的称呼，也是老家人对李泉新的评价。

李泉新最小的弟弟李贵兴，有一好友在新余市开超市。超市被水淹了，朋友跟房东就超市租赁合同起了纠纷。朋友找到李贵兴，要他跟李泉新说一下，请李泉新跟有关方面疏通疏通关系。碍于情面，李贵兴硬着头皮，打通了哥哥的电话。李泉新对弟弟说："这事我不能掺和。我帮了你朋友，就损害了其他人的利益。再说，具体情况我不清楚，你也不一定全清楚，这样的经济纠纷我不能干预。"

李泉新向亲人解释："如果我因为办了不该办的事犯错误，你们心里好受吗？再说，我是监督别人的，自己怎么能犯错误呢？自己犯了错误，还怎么去监督别人呢？"

徐翠认识李泉新儿子之前，已经是省妇幼保健院的合同工。李国英说，哥哥去世以后，他们兄弟姐妹看电视，才知道哥哥的儿媳还不是"正式工"。

"他对自己儿媳都这么严格，我们更不能怪他了。"李国英说。

一块手表

李泉新去世快半年了，家里那块手表，还是原封不动放在盒子里。

这块手表，是徐翠在他住院期间，花了500元在南昌买的。年轻时他就养成了守时的习惯。但他戴的多为电子表，坏了就再买一块，最多都不超过200元。

儿子儿媳曾花1000元买过一块较体面的手表送给他。他非常珍惜，戴了数年后，也坏了，他又开始戴起便宜的电子表。

今年5月，在重症监护室里躺着的他，突然发现手表上的字码不显示了。爱人徐国香打电话给儿媳，让她在南昌买块新表，带到上海来。

徐翠立即来到南昌一家商场买了这块手表。当她带着手表去上海看望公公时，发现先前那块坏了的表又戴在了他手上。婆婆解释说，她上街找师傅看了看表，原来没有坏，只是没电了，换了新电池，又能用了。

李泉新走了，那块新买的手表，他还是没用上。

"他这人简单，物质上没有一点要求。"徐国香说。他的公文包是普通的材料袋，用了许多年，一个角磨破了。被巡视单位想给他换一个，他不允许，说这个包用习惯了，只要不掉东西就行。他办公室的水杯，是装罐头的玻璃瓶。他的布鞋，是他自己从地摊上“批发”来的，20元一双。他的皮鞋，永远只有一双——穿破了才肯买新的。他在家吃饭时喜欢喝上一杯，儿子儿媳就在网上买酒，一瓶不超过40元。李泉新戴的眼镜只值几十元，镜框褪色，镜身变形，一块镜片裂了一个小口子。儿子儿媳实在看不下去，一个周末，小两口去鹰潭办事，听说那里的眼镜价廉物美，就给他买了一副，也就200多元。

一门家风

“听说他在外面好严厉，但在家里不会。只要他回家，家里就有说有笑的。”徐翠说。

回到家中，他会把收音机开到最大声，一边炒菜一边收听新闻。吃饭时，他一边呷着小酒一边给家人讲历史故事，讲中共党史，讲反腐倡廉。

“我们都吃完了，他还一边喝酒一边跟我们聊天。”徐翠说。

李泉新的工资卡由徐国香保管。上班前，徐国香会从他口袋里掏出那个透明的塑料袋来看看，袋子里的钱看得一清二楚。

“他袋子里不会超过300块钱，少了我就会给他加一点，让他买烟。”徐国香说。

徐翠想给公公买个真皮钱包，李泉新不肯，说用塑料袋包钱，不占地方。

李泉新也有“土豪”的时候，那就是回老家过年。

每年春节回老家前，爱人和晚辈不等他开口，合起来给他两万元。儿子没买车时，一家人坐客车回丰城；有了私家车，就坐自家的车回老家。

李泉新母亲80多岁，身板硬朗。晚上，母亲回房休息了，李泉新就进到母亲房间，拿出那两万元，交到母亲手上。

母亲看着这么多钱，露出一丝不安，说身边儿女都很孝顺，她不愁没钱用。

李泉新看出了母亲的心思，说：“妈妈，这钱你放心大胆用，儿孙的钱是干净的！”

过年过节，李泉新习惯住在最小的弟弟李贵兴家。李贵兴说：“我们是怕他来，又盼他来。”

怕，是因为“每次都给我们上政治课，提醒我们做人一定要低调，不要张扬，不要打着他的招牌办事”。盼，是因为李泉新“墨水”多，记性好，家人团聚时，他有说不完的故事，特别是晚辈们，更喜欢听他说话。

有团聚就有离别，该回南昌了。母亲和兄弟姐妹出门相送，李泉新向母亲挥手告别，上车前不忘补上一句：“妈妈，儿子去赚钱给你用了！”

一次辞行

2016年3月12日，李泉新住进江西省人民医院。

13日，李泉新跟医生说："我要出院。"

医生说："急性肺炎还没控制住，不能出院。"

家人说："你一个人去那么远的地方，叫我们怎么放心？"

李泉新听不进去。他说四所大学的巡视刚刚开始，工作安排一环扣一环：13日晚上要开碰头会，14日统一行动。他是组长，必须到场。

医生拗不过，说一定要出院，病人必须签字。李泉新说："我签！"

他在责任书上写下12个字："身体出了任何问题个人负责！"然后让医生开了3天打点滴的药，坐了4个多小时的长途车，赶到被巡视单位——位于赣州市的江西理工大学。

到学校后，李泉新不停地咳嗽，胃口不好，吃了一点面条，来到医院，用南昌带来的药打起了点滴。

3月16日，药用完了，巡视前期工作也部署完毕。李泉新觉得病情没有好转，决定回南昌复诊。

江西理工大学党委书记罗嗣海前来送行。李泉新忽然想起了什么，对罗嗣海说："学校里的电子显示屏要滚动播放巡视信息，滚动间隔的时间不能太长。"

说完，他摇晃着走近车子，左脚先上车，坐下，再用双手"搬"起右脚"放"进车内。

一路上，驾驶员罗辉从后视镜上看到，4个多小时的车程，李泉新是蜷缩在后座上，苦撑到南昌的。

进入南昌市区，他并没有去医院，而是先到设在南昌的江西理工大学分校，检查已经开展的巡视工作。

中午，他陪组员吃了工作餐，就来到省人民医院复诊。次日，结果出来了：肝癌。

谁都没有想到，这次辞行成了永别。他，再也没有回到战友们身边。

一场送别

5月18日，李泉新来到上海复检和治疗。一切来得太突然。组员们为了不让他担心病情，用工作来分散他的注意力。

钟杰兰给李泉新发短信："我们这个星期天没回家，按照您的指示在加班加点。发现了不少问题，在这里已形成了很大震慑。请您放心养病，我们都很想念您、惦记着您，希望早日听到您康复的佳音！”

李泉新回复道：“钟杰兰好！很高兴你们发现了不少问题！我在上海。明天将做几项身体检查。谢谢你们关心！很希望跟你们一起战斗！”

但是，他的战友们没能听到他康复的佳音。5 月 31 日，李泉新永远离开了人世。

6 月 2 日，南昌大雨滂沱，全城内涝。

李泉新同志遗体告别仪式定于 8 时举行。

一大早，省纪委的同志赶来了，江西纪检监察系统认识李泉新的人赶来了，和李泉新并肩战斗过的省委第三巡视组的组员们赶来了，被巡视单位的同志也赶来了。

通往殡仪馆的路已被积水淹没，车辆无法通行。钟杰兰和她的同事刘霞、南昌县审计局干部黎凌凌都曾在三组工作过，姐妹三人在路边小店买了三双雨靴，小心翼翼涉水前进。但越往前，积水越深，情急之下，她们花钱雇了一位壮年男子，背着她们涉过了深水区。

遗体告别仪式推迟了两个小时。

人越聚越多，许多人都挽着裤腿，打着赤脚。10 时整，遗体告别仪式开始。

望着李泉新的遗像，钟杰兰和大家一起，饱含泪水，深深鞠躬。

一声绝唱

李泉新被查出肝癌前一星期，2016 年 3 月 9 日。中国井冈山干部学院。

李泉新为新疆维吾尔自治区部分厅局级领导干部讲课。他足足讲了 2 小时 40 分钟，最后，他用下面这段话，满怀深情地结束了这堂课——

人生好比一次远航，历经风雨与险滩。是沉舟折戟，还是乘风破浪，这个舵就掌握在自己手里；人生好比一部书，这部书是否精彩，全由书的主角决定，而书的主角就是自己。

参加革命是为了什么，现在当干部应该做什么，将来身后应该留点什么，这是我们每个领导干部在行使权力时，必须认真思考并严肃回答的三个重要问题。

希望每位同志以腐败分子为戒，珍惜自己的历史和荣誉，珍惜党和人民的培育和信任，坚持立党为公，执政为民，艰苦奋斗，廉洁从政，始终保持共产党人的蓬勃朝气、昂扬锐气、浩然正气。讲党性、重品行、做表率，自觉为党和人民掌好权、用好权，创造出无愧于时代、无愧于人民的业绩。

要努力成为人民群众拥护和爱戴的人，努力成为同事和部下敬佩信服的人，努力成为家属和子女引以为荣的人，努力成为回首人生问心无愧的人！

这是他一生的写照，更是他生命的绝唱。

（《江西日报》2016 年 12 月 16 日井冈山副刊 B2 版）

申报资料实录

作品简介：李泉新生前是江西省委第三巡视组组长，在 2016 年省委首轮巡视期间突发疾病，于 2016 年 5 月 31 日医治无效，不幸逝世，享年 58 岁。2016 年 10 月，江西省委决定追授李泉新同志“全省优秀共产党员”称号。

李泉新同志逝世后，中央和江西各大媒体都以新闻的形式，对他的事迹作了广泛报道。我们通过认真践行习近平总书记在会见中国记协第九届理事会全体代表和中国新闻奖、长江韬奋奖获奖者代表时勉励新闻工作者时提出“四向四做”的要求，认为李泉新事迹有待深入挖掘的必要，我们秉持正确的新闻志向，坚持正确工作取向，以优良、扎实的作风深入到李泉新工作过的单位、他的老家，用了 1 个多月的时间，采访了近 50 人次，采访到了许多第一手鲜活的感人事迹。本文展示的 11 个部分，基本上都是首次披露。

推荐理由：文章围绕王岐山同志赞扬李泉新“巡视工作很辛苦，巡视干部不仅要敢于担当，还要有奉献精神”的话，用白描手法，逼真地描绘出一位省委巡视组长的担当和奉献精神，11 个片段既单独成篇，又有内在的联系，写得一气呵成，读去如临其境，如晤其人，可信，可敬，可佩。

初评评语：这篇报告文学选材于当下反腐斗争逐步深入的情势中，人物有典型意义，故而也具备时代感和现实性，是一篇不可多得的好作品。

作品不仅内容好，写作上也有创新。在人物刻画上，虽不失写真，却用了诸多文学手法，从主人公的“动”与“静”上，选取了许多感人的细节，平实而深刻，使这个先进人物有血有肉，富于人性味，结尾也收得恰到好处，将李泉新的“绝唱”刻进了读者的心里。

新闻漫画

投桃报李

孙宝欣

贿选，警示的作用大于严惩

辽宁省人大选举产生的 45 名全国人大代表近日因拉票贿选被宣布无效。依纪依法严惩拉票贿选，实现“零容忍”，强化了选举纪律，捍卫了党纪国法，确保了选举的风清气正，彰显了全面从严治党、全面依法治国，坚决惩治腐败的坚定决心。拉票贿选，漠视的是党纪党规，破坏的是选举信用，影响恶劣。没有选举纪律的“高压线”，用金钱换来的“代表”势必成为金钱的附庸，无法为民谋福创利。严惩贿选，警醒的是教训，深思的是责任与担当。

（求是网《求是漫评》2016 年 9 月 19 日）

申报资料实录

作品简介：该作品刊发后，产生很大影响，《天津日报》等纸媒落地在版面上。网络媒体如南海网、搜狐网、中青在线、东方网等大型网站纷纷转载。在移动客户端，求是微博、求是漫评微信公号，网友的点赞和转发也热情洋溢。

推荐理由：辽宁省贿选案影响巨大，对政府的选举公信力产生破坏性影响。漫画家不站出来表达说不过去。这幅画最难得的是题材典型。票箱的开口和投票人变成攒钱罐的后背开口表达含义一目了然，令人深思。漫画构思巧妙、有趣，漫画传达的内容却令人回味无穷。

初评评语：贿选案对政府选举公信力产生巨大的破坏影响，漫画家用生动的漫画语言，巧妙有趣的传递出本案的灰色影响，令人回味无穷。

广播消息

惊心动魄 160 分钟——首次揭秘“长五”推迟发射

张棉棉　丁　飞　马　喆　吴媚苗

（限于篇幅，文字稿略，获奖作品请听光盘。）

（中央人民广播电台中国之声《央广新闻－晚高峰》
2016 年 11 月 4 日 16 时 37 分）

申报资料实录

作品简介：这则报道呈现了 2016 年乃至近年来我国航天史上最重大的事件之一——中国最大推力运载火箭“长征五号”发射前多次推迟、一波三折的全过程。报道中的现场音响由中央人民广播电台记者张棉棉在海南发射场发射大厅——也就是所有口令的汇聚点、能接触到最核心发射情况的地方独家录制，是全国广电系统的首发，更显得弥足珍贵。

由于“长五”火箭发射前，现场出现了多年罕见的几次延迟、濒临发射预定窗口的险峻情况并最终被成功化解，所以，拥有 8 年航天报道经验的记者张棉棉临时改变报道策略，将本应描述一次火箭升空、讲述意义和发射难点的常规录音报道，改为广播特写《惊心动魄 160 分钟——首次揭秘“长五”推迟发射》。

特写中，记者在发射当天上百个口令声中，选出标志性、阶段性的 20 多个口令声（录音原声）在报道中呈现，层层叠叠，为听众营造了真实而紧张的 160 分钟，也是一个火箭成功发射的背后故事。从 6 点到 6 点半，到 7 点、7 点半……随着发令员的一次次发令，带动听众的心跳一次次加快，让听众未到现场，却仿佛身临其境、亲“耳”见证。除了发令员的声音，专家离席、三三两两低声交谈、不断响起的电话声，这些都被有心的记者记录下来，共同构成了这个我国航天史上的重要时刻。

值得一提的是，在火箭发射成功后，正是记者张棉棉第一时间将两位直接参与发射的专家从指控大楼带到新闻发布厅中央人民广播电台的直播席上，也是由于她对新闻的准确把握和一再争取，才有了中央人民广播电台在发射当晚第一时间向全国听众解答“长五推迟发射真实原因”的可能。这份“答案”的及时发布，具有极强的时效性强，权威又解渴，将谣言扼杀在摇篮中。全国媒体均在第一时间转载，而两位专家的“回答”也呈现在次日播出的这则报道中。

社会效果：由于是第一时间独家观察后写出的稿件，角度独特、语言精当、录音珍贵、只有中央人民广播电台一家广播媒体在现场进行了录音，特别是采访的专家权威、独特，既达到了为听众答疑解惑、科普航天的作用，又回应了社会关切，斧正视听，避免了对“长五”推迟升天的不好的舆论影响，展现了我国航天工作者开放的胸怀和透明的态度，接受大众监督。因此第二天一直被各种媒体、网站转发，也被包括央视在内很多媒体模仿。同时，也得到中国共产党中央军事委员会装备发展部、国防科工局等多方高度评价。

推荐理由：重大选题中的小概率事件，用广播特写的方式充分发挥声音魅力。中国最大推力运载火箭“长征五号”推迟发射备受海内外关注。记者突破常规报道形式，改为用广播特写展现火箭推迟发射背后惊心动魄的全过程，挑选众多典型性音响为听众还原了当时现场160分钟的情景，让听众随着节目一起仿佛置身发射现场，脉搏随着“长五”发射的重要时间节点而跳动。

采访录音独家、专家权威、发挥中央媒体优势——引导舆论、斧正视听。

独家录制现场口令音响，独家采访权威专家获得有关火箭延迟发射的权威回应，并采用独家角度进行报道，既具有极强的新闻时效性，又厘清真相。体现了中央媒体在主题报道中不可或缺的地位，彰显了中国航天人在关键时刻挺得住、能力强的航天精神。

速度与激情："中国标准"动车组成功通过时速 420 公里高速交会试验

蒋凯香　马松林　殷　洁

（限于篇幅，文字稿略，获奖作品请听光盘。）

（中国国际广播电台华语环球广播中心《全景中国》2016 年 7 月 15 日 9 时）

申报资料实录

作品简介：2016 年 7 月 15 日，两列由中国自行设计研制、全面拥有自主知识产权的中国标准动车组实现了一次历史性的会车。以每小时 420 公里的交会速度刷新了该型列车高速实验记录，这也是世界上首次在实际运行轨道上进行的高速列车会车试验，标志着我国已掌握高速铁路核心技术，更向世界证明了中国具备设计制造满足世界各国不同需求动车组的能力。记者随车体验，采访深入全面，抓住了整个事件的新闻点。

社会效果：新闻报道后，郑州台及中央级新闻网站进行了二次传播。收到了良好的传播效果。

推荐理由：该篇新闻见证了中国标准动车组历史性的一刻，意义重大，其可听性较强、现场感十足，具备一定的代入感。以数据为基础，事实还原客观、准确，并对中国高速铁路的技术发展和演变做了逻辑性梳理，结构紧凑，内容扎实，经初评审议，同意推荐此稿。

以供给侧改革破解老工业基地“双重转型”之困

牟维宁　高　祥　张立波　任季玮

（限于篇幅，文字稿略，获奖作品请听光盘。）

（黑龙江广播电视台新闻广播《早餐前后》2016 年 12 月 28 日 7 时 24 分）

申报资料实录

作品简介：2016 年，中国供给侧改革进入深水区，去产能被列为改革首要任务。因产能过剩而陷入亏损的国企如何改革，则是中国经济当下面临的主要挑战。本篇评论作品通过对东北最大煤炭企业——黑龙江龙煤集团发展困局的透视分析，深入探讨了国企改革及老工业基地转型发展的焦点话题。

2016 年全国两会期间，龙煤集团职工讨薪事件引发全国舆论关注，资源型国企累积多年的深层矛盾已达临界点，改革到了真正啃“硬骨头”的关键期。面对生死大考，这家“集万千矛盾于一身”的老牌国企交出了一份全新答卷：企业全年关闭退出 10 座资源枯竭和亏损严重煤矿，组织化分流安置 3.8 万人，力争到 2018 年底扭亏为盈。记者对这则新闻没有点到为止，而是敏锐捕捉到了这一“转折点”的重大意义和实践价值。面对油、煤、粮、木集中负向拉动的严峻挑战，黑龙江以“供给侧改革”为主线，为国企改革与资源型地区转型探寻新的突破口。报道层层解析，建议中肯，体现了主流媒体的责任与担当。

数字显示，我国煤炭、钢铁等部分主要工业产品产能接近或超过全球总量一半。在产能严重过剩的大背景下，龙煤集团同全国多数资源型企业一样，陷入亏损困境。一方面，企业内部人员臃肿，包袱沉重；另一方面，作为当地支柱产业，龙煤集团又是地方财政与税收收入的主要来源。去产能，极易引发金融、就业、社会稳定等多重风险，地方政府难以承受。由此，地方经济发展陷入了一个怪圈：政府依赖产能过剩企业维持财税，产能过剩企业依赖政府补贴和银行贷款维持生计。在包括黑龙江在内的产业结构单一的东北地区，这种“困境闭环”现象尤为明显。更重要的是，在这种不良循环下，东北地区经济社会活力不断丧失。市场化主体缺失导致了社会思维僵化、高端人才外流等多重恶果，“新东北现象”日益凸显！

针对习近平总书记在黑龙江考察调研时“只有横下一条心，扎扎实实推进供给侧结构性改革”的重要指示，记者敏锐抓住国家供给侧改革最新动态与地方资源型企业去产能最新进展的时间节点，迅速对资源型国企、行业主管部门与权威专家进行了全面深入采访，叙事点面结合，评论透彻入理。报道紧紧扣住当下经济社会发展脉搏，理性记录了对改革发展进程的观察与思考。

社会效果：本篇评论剥茧抽丝，对老工业基地的“双重转型”之困层层深入剖析，并提出具有针对性、建设性和可操作性的意见、建议，为新一轮东北老工业基地振兴提供了有益借鉴和启示。评论播出后引发黑龙江省发改委、国资委等部门关注与思考。黑龙江省政府随后印发的《关于深化供给侧结构性改革促进钢铁煤炭水泥等行业转型升级的意见》提出，“十三五”期间，要全面完成610万吨炼钢产能、2522万吨煤炭产能压减任务，力争压减更多“僵尸企业”产能。2017年黑龙江省政府工作报告也提出，要增强供给侧市场主体竞争力，深入推进国有企业改革。把经济工作重心从需求侧转到供给侧，在更高层次上谋划长远发展，成为黑龙江这一老工业基地转型脱困的主旋律。

推荐理由：本篇作品以高度的社会责任感和敏锐的经济洞察力，对地方去产能过程中面临的主要难题给予了深切关注，透过龙煤集团脱困发展的具体实践，探索传统国企与资源型地区走出“双重转型”之困的有效路径。整篇评论主题重大、立意深远、分析透彻、发人深思。

内蒙古首例保护草原行政公益诉讼案

——开启我区草原保护新篇章

常俊青　王　莎　赵殿辉　梁　军　额尔德尼

（限于篇幅，文字稿略，获奖作品请听光盘。）

（内蒙古广播电视台新闻综合广播《法治直播间》2016年11月23日12时10分）

申报资料实录

作品简介：内蒙古自治区首例保护草原的行政公益诉讼案使检察机关、草原监督管理部门、政府三个权力机关对簿公堂，这在自治区司法界尚属首次。为此，内蒙古广播电视台《法治直播间》特别策划此次节目，不仅采访到自治区人民检察院行政公益诉讼负责人、自治区草原监督管理局负责人，就行政公益诉讼给环境保护、草原生态植被恢复带来的希望，对职能部门提出的高要求深度交流。同时，记者深入苏尼特草原，实地采访报道首例保护草原的行政公益诉讼案执行监督情况，倾听了苏尼特左旗生态保护局、非法采石采砂企业、苏尼特左旗人民检察院、苏尼特左旗人民法院、自治区人民检察院、自治区草原监督管理局等多方声音。从而使整期节目内容丰富，引人深思。

社会效果：美丽的草原我的家，草原儿女魂牵梦绕的草原伴随着肆意开发、超尺度开采，草原生态植被脆弱不堪。内蒙古自治区人民检察院提起的行政公益诉讼为环境保护支起了一把保护伞，《法治直播间》制作了特别节目“内蒙古首例保护草原行政公益诉讼案开启我区草原保护新篇章”，全面报道了行政公益诉讼对于环境保护、草原生态恢复的积极意义。采访报道全面，极具感染力和可听性，同时通过节目微信公众号刊播，社会各界反响强烈。

推荐理由：本文展示了十八届四中全会依法治国方略在保护环境方面取得的全新进展。主题重大，突出了行政公益诉讼在内蒙古自治区试点推行的积极作用和地方特色，社会影响深远，是一篇优秀的新闻专题作品。

“神舟”“天宫”完美对接背后的“吉林科技元素”

姜　新　于显志　张若鹏　张文汇　张昊鹏　李佳星

（限于篇幅，文字稿略，获奖作品请听光盘。）

（吉林人民广播电台长春地区 FM91.6《738 早新闻》
2016 年 11 月 6 日—2016 年 11 月 8 日）

申报资料实录

作品简介：2016 年 10 月 19 日，神舟十一号飞船与天宫二号成功实施自动交会对接。这两个重达 8 吨多的“大家伙”要在每秒 7.9 公里左右的飞行速度下完美对接在一起，就像是戴着超级庞大的手套把飞速前进的针和线串一块儿，难度可想而知。为了实现精准对接，它们身上分别安装了激光雷达和光学成像敏感器这对“火眼金睛”。其中，光学成像敏感器上的两个关键组件——光学成像敏感器匀化器和光学成像敏感器光学系统，是长春光机所历经多年，潜心研究的成果。

在神舟十一号飞船与天宫二号实现成功对接后，记者第一时间走近长春光机所的两个科研团队，揭秘研发背后的故事。

社会效果：稿件题材重大，语言通俗易懂，极具可听性。在传统广播播出后，各界反响热烈。这一系列报道还通过新媒体平台“吉林大喇叭”微信公众号进行了图文推出，广大网友纷纷点赞评论，认为这是一次生动的科普。报道从传统媒体到新媒体，都收到了很好的宣传效果。

推荐理由：从“两弹一星”到“载人航天工程”，多年来，拥有雄厚科教资源的吉林省，在国家发展航天事业中做出了突出贡献，彰显了吉林科技的力量。这组作品题材重大，记者采访深入细致，语言精练、鲜活，采访对象生动的表述极大地提升了作品的现场感和说服力，充分展示了广播“以声音还原画面”的媒体特质，极具感染力和可听性。

该作品获 2016 年度吉林新闻奖一等奖。

“新愚公”李保国

集　体

（限于篇幅，文字稿略，获奖作品请听光盘。）

（河北广播电视台新闻综合频率《新闻 1043》2016 年 12 月 31 日 16 时 30 分）

申报资料实录

作品简介：一、主题鲜明、结构完整。作品紧扣脱贫攻坚、社会主义核心价值观两大主题，展示了李保国在邢台前南峪、岗底村等帮扶基地带领村民脱贫致富的感人故事。

二、形式新颖、场景多样。按照访谈实际进程，作者从访谈对象的家里、车上、扶贫点三个不同空间对作品进行行进式编排。

三、内容翔实、素材丰富。访谈对象包括李保国的爱人郭素萍、内丘县岗底村党总支书记杨双牛、村委会副主任杨双奎。采访由浅入深，从生活到工作、从过去到现在、从细节到全貌，向大家展示了一个普通教授不平凡的人生。

四、构思巧妙、节奏得当。作者巧妙地把对李保国生前访谈音频融入其中，天然成为访谈的一部分。主持人提问转承自然，访谈节奏把握得当。

五、语言朴实、感情真挚。作品通篇没有煽情，只有访谈对象最朴实的语言和最普通的讲述。几段故事层层递进，触动人心，一些细节娓娓道来，饱含深情。

社会效果：本期访谈采用行进式，从保定李保国的家，到越野车上，再到帮扶基地，对李保国的爱人郭素萍、内丘县岗底村党总支书记杨双牛、岗底村村委会副主任杨双奎进行访谈，全面展现了“新愚公”李保国究竟是一个什么样的人，到底是什么力量支撑着他三十五年如一日扎根太行。节目播出后，在听众中产生强烈反响，上千名听众在微信、微博平台用文字和语音留言表达对李保国的怀念和对李保国精神的赞颂。河北省科技厅、河北农业大学、河北绿岭果业有限公司等单位主动为李保国科研团队的课题研究提供政策资金支持。

推荐理由：作品紧扣脱贫攻坚、社会主义核心价值观两大主题，主题突出，时代性强。策划到位，精心制作。突破了以往访谈节目大都是主持人与嘉宾在一个固定空间内对话的传统模式。主持人提问转承自然，访谈节奏把握得当。主人公数十年扎根农村，一心为民的崇高事迹，放进生活工作朴实的流动中娓娓讲述，让听者从细微处感受到李保国同志高风亮节的精神风貌。是一篇饱含深情，温度深度俱佳的优秀广播作品。

泰宁泥石流紧急救援

阮怡　冯媛媛　李泰曦　开　哲　宁水蓉　李宗涛　诸葛仲　吕昱洋

（限于篇幅，文字稿略，获奖作品请听光盘。）

（福建省广播影视集团广播新闻信息综合频率《1036新闻现场》2016年5月8日22时）

申报资料实录

作品简介：2016年5月8日凌晨5时许，三明市泰宁县开善乡发生山体滑坡，造成池潭水电厂1座办公楼被冲垮，1座项目工地住宿工棚被埋压。事发时大部分工友在熟睡，初步统计有35人失联。当天早上一得知消息，福建新闻广播一边派出记者奔赴现场，一边先联系地方台记者和消防救援力量及时报道救援情况，同时与腾讯大闽网携手合作，于9：40分启动持续两天的音视频全媒体特别直播，是福建省也是全国唯一一家对这一突发事件进行全媒体直播的广播媒体。

奔赴现场途中，记者遭遇多处山体塌方、交通受阻等困难，最后徒步3公里挺进灾区现场，第一时间发回现场报道，及时回应社会关切，向外界展现政府积极救援的强大行动力。本篇作品选取的是事发当天深夜半小时的直播节目片段。直播中贯穿“天灾无情人有情”的主线，通过记者深入的采访报道，将受灾工友现场的互助救援，救援部队和当地各部门的搜救抢险，医疗人员的尽力救护逐一呈现。无须浓墨重彩，就能让受众了解到政府救援工作的及时、有力、有序和有效。节目除了与一线记者、救援人员以及幸存工友的生动连线，还有与听友、网友的温暖互动，使得节目张弛有度，充分体现了广播全媒体直播的魅力，也为抢险救援工作营造了积极、正面的舆论氛围。

持续两天的直播节目报道了许多大灾大难中冲锋在前、勇挑重担、舍生忘死的基层“两学一做”典型，见证了许多感人时刻。比如泰宁县公安局全局民警连续几昼夜坚守各个危险路段，指挥交通；厦门特勤一中队的中士曹鸿，父母家就在泰宁县城，但他却不敢告诉父母他就在泰宁集结点准备赶往受灾核心区域救援等。

值得一提的是，此次突发事件通过与腾讯大闽网合作，实现了“主流广播媒体重大突发事件”通过门户网站进行视频直播，事发当晚的视频直播就吸引了超过33万受众观看。中国之声、人民日报、新京报、中国日报、中国新闻网等国内多家媒体都通过官方微信、微博等转发了福建新闻广播的报道和图片，在社会上引发较大反响。一些企业和个人纷纷致电本台新闻热线，希望捐款出力，为救援行动和受灾群众奉献爱心。本台也在第一时间联系指挥部，及时提供来自爱心企业和个人的爱心物资支援，为搜救及安抚工作提供了帮助。

总之，此次突发事件的直播，全方位展现了福建军民在省委省政府领导下团结一致，齐心协力抢险救援的高效和感人之处，极大地鼓舞了救援士气，向全社会彰显了救援信心，体现了福建新闻广播作为主流媒体在报道突发事件时的社会责任与媒体担当。

社会效果：重大事件发生后迅速介入是媒体责任以及媒体传播力和影响力的重要体现。泰宁发生泥石流灾害后，福建新闻广播快速反应，第一时间组织起融合新媒体的现场直播，实现了“主流广播媒体重大突发事件”通过门户网站进行视频直播，吸引了超过33万受众观看。中国之声、人民日报、中国日报、中国新闻网等多家国内媒体都通过官方微信、微博等新媒体转发福建新闻广播的报道和图片，在社会上引发较大反响。

直播中前方记者不畏艰险，徒步3公里挺进灾区现场，第一时间向外界展现政府积极救援的强大行动力；持续两天的直播中发掘了许多冲锋在前、舍生忘死的基层“两学一做”典型，见证了许多感人时刻；极大地鼓舞了救援士气，向全社会彰显了救援信心。

直播张弛有度，既有实时更新的救援进展，又能充分挖掘灾难中守望相助的感人细节，既有来自一线的生动连线，也有与听友、网友的温暖互动，充分体现了广播融媒体直播的魅力，展现了福建军民在省委省政府领导下团结一致，齐心协力抢险救援的高效和感人之处，为抢险救援工作营造了积极、正面的舆论氛围。有关泰宁泥石流救援的报道受到福建省委宣传部的肯定，本台奔赴受灾一线采访的两位记者还受到省宣表彰，荣获“泰宁泥石流报道先进个人”的称号。

推荐理由：1. 作品体现了媒体快速反应能力和媒体的责任感。实现了直播节目的速度。

2. 音响丰富，故事感人。直播中前方记者不畏艰险，徒步3公里挺进灾区现场，传递了大量的真实音响；同时，持续两天的直播中发掘了许多冲锋在前、舍生忘死的典型，见证了许多感人时刻，体现了直播节目的温度。

3. 直播张弛有度，既有来自一线的生动连线，也有与听友、网友的温暖互动，充分体现了广播融媒体直播的魅力，也展现了直播的广度。

2016年10月17日《东广早新闻》

集　体

（限于篇幅，文字稿略，获奖作品请听光盘。）

（上海广播电视台《东广新闻台》2016年10月17日7时）

申报资料实录

作品简介：这是一档精心策划的节目。神舟十一号载人飞船于2016年10月17日上午7点30分发射，东广新闻台《东广早新闻》节目打破常规的版面安排，以广播声音传播的特点，通过直播全景呈现神舟飞船发射前后动人心魄的现场声音实况，让人身临其境。同时，汇集各方面的相关资料，对此发射进行专业的深度解读，“高大上”的航天发射的专业内容在节目中变得很“接地气”，通俗而生动。该档早新闻中，除了直播报道神舟十一号发射相关内容外，还精编了本地、体育等方面的新闻，保证了节目的板块齐全、内容丰富。特别是纪念长征胜利80周年特别专题《一路长征一路歌》当期节目也完整播出，从而和神舟十一号发射成功的报道形成了呼应，诠释了“实现中华民族伟大复兴的长征永远在路上”的精神。

推荐理由：常规新闻播报与实时新闻直播的结合。这两者的结合秉承了中国大陆第一个滚动新闻台快速、充分、连续传播的新闻宗旨。特别是当天节目还播出了精心制作的短音频专题《一路长征一路歌》，彰显了新闻节目的思想内涵，让主旋律显得更加饱满动听。现场实况直播与深度解读评论的结合。在早新闻时段大段采用专家现场评论，这在上海新闻广播史上也是首例。新闻现场主线与新闻延伸副线的结合。该档节目在报道神舟十一号发射时视野开阔，将焦点从发射伸长投射到航天员的家乡等，多元组合，点面得当，具有丰富的人文意味。此外，记者对上海航天幕后工作的采访也拉近了上海听众与神舟发射的距离。传统广播播出与移动互联平台的结合。节目通过上海广播自主开发的阿基米德APP社区平台进行互动，让听众与节目产生共鸣。

初评评语：如何在一个小时的大板块新闻直播节目中，既遵循新闻传播规律、把握时度效，又生动讲好中国故事，坚定中国特色社会主义道路自信和文化自信，同时体现媒体融合特色？这个新闻编排作品提供了较好的诠释。

当天《东广早新闻》首先报道了习近平主席出席金砖国家领导人第八次会晤的重要时政新闻，及时传递出“中国为金砖国家共同应对挑战贡献中国方案”、“金砖各国坚定信心、共谋发展”的重要讯息，展示中国大国外交形象和国际话语权提升。而这正是实现中华民族伟大复兴“中国梦”的外交战略体现。如此编排体现了“政治家办报”的原则。

之后《东广早新闻》辟出大板块时间直播神舟十一号的发射过程，则是对中华儿女见证“航天梦”、“中国梦”实现历程的记录。这一部分直播一气呵成，融合了主播播报、记者连线、直播间专家解读以及央视伴音、发射现场信号等一系列声音形式，极大地丰富了可听性，让听众如同身临其境，使听众对神舟十一号、对中国航天事业实现自主创新发展有了更加清晰的了解，进一步坚定道路自信和文化自信。

一小时的《东广早新闻》内容以动态新闻为主，编排合理，自然流畅，在保证实时刷新重大消息的同时，确保新闻板块齐全、内容丰富。而编排中的内在逻辑因素——“中国梦”贯穿始终。在神舟十一号发射部分直播告一段落后，节目又精选一组上海本地、体育等方面的新闻。尤其值得一提的是，东广新闻台为纪念长征胜利80周年专门创作的专题节目《一路长征一路歌》也在当天的板面中顺利播出第一集，也和整个神舟十一号发射直播形成呼应，生动诠释了“实现中华民族伟大复兴的长征永远在路上”的主题。

电视消息

中国笔王贝发小笔尖大制造 杭州 G20 元首笔撬动高端市场

廖建斌 闫 全 董寅寅 陈 旭

（限于篇幅，文字稿略，获奖作品请看光盘。）

（宁波广电集团新闻综合频道《宁波新闻》2016 年 12 月 29 日 19 时 50 分）

申报资料实录

作品简介：从 2015 年 6 月开始，李克强总理在不同场合多次追问：什么时候中国也能做出像国外一样书写流畅的好笔？“贝发”作为我国最大的制笔企业，直面“总理之问”，加紧已经开始的高端笔芯和油墨研发，终于在杭州 G20 峰会前做出高端圆珠笔，高端圆珠笔成为杭州 G20 峰会元首指定礼品笔。“贝发”借力杭州 G20 峰会效应，顺势推出“中国好笔”系列，迅速撬动高端圆珠笔市场。记者获知“贝发”在短时间内销售 15 万只“中国好笔”的消息后，立即前往采访，创作出此消息。

社会效果：作品播出后，新华社、人民日报等国家级媒体跟进报道“中国好笔”，并以其为样本报道宁波制造。在 2017 年全国两会上，“中国好笔”及宁波制造成为代表委员关注的热点之一。

作品引爆“中国好笔”宣传热潮，提升了宁波高端制笔企业和宁波制造的知名度、美誉度，也为“中国制造 2025”和“振兴实体经济”提供了样板。

推荐理由：主题重大：现代制造业是兴国之器、强国之基。习近平总书记提出要“推动中国制造向中国创造转变、中国速度向中国质量转变、中国产品向中国品牌转变”。“贝发”造出“中国好笔”就是对总书记“三转变”要求的践行，题材重大。

角度新颖：杭州 G20 峰会是我国 2016 年的重要工作之一。在绝大多数新闻作品关注峰会本身的情况下，该作品独辟蹊径，关注峰会带来的效应，以

“贝发”借力峰会推出“中国好笔”为报道内容，在为中国制造鼓劲的同时，也彰显了峰会对我国的深远影响。

结构巧妙：作品以“中国好笔”热销这一“小事情”为线，串起“总理之问”“杭州 G20 峰会效应”等“大事情”，展现中国制造新路径，起到了“一滴水里看世界”的功效。

民企也是国家队

李 宁 杨 阳 霍 扬 刘雨轩

（限于篇幅，文字稿略，获奖作品请看光盘。）

（黑龙江广播电视台卫视频道《新闻联播》2016 年 11 月 7 日）

申报资料实录

作品简介：2016 年 5 月，习近平总书记在黑龙江省考察工作时，在安天科技股份有限公司说“你们也是国家队，虽然你们是民营企业”。这是对黑龙江省支持民营经济发展的肯定，也为安天公司这样的民营企业未来发展指明了道路。“民营经济偏弱”是黑龙江省经济发展的短板，也是黑龙江省在全面振兴东北老工业基地的进程中必须要解决的问题。记者长期关注这一问题，敏锐地捕捉到了“你们也是国家队”这句重要讲话的深刻含义。多次深入安天公司采访，全面报道了安天公司作为“民企国家队”的特征，深入挖掘了安天公司作为民营企业如何一步步成长为企业“国家队”的原因，从多个角度举证了民企也可以成为国家队，展现了民营经济的发展壮大既需要党和政府的支持，也需要民营经济主体不等不靠艰苦奋斗得来的主题。

社会效果：评论中所分析的民营经济发展的现象和问题，引起了政府相关部门的高度重视，评论播出一个多月后，黑龙江省出台了《中共黑龙江省委黑龙江省人民政府关于支持民营经济发展的若干意见》，大力促进民营经济发展。哈尔滨市政府相关部门也多次到安天公司调研，为企业进一步发展解决实际问题，并推广安天成功经验。

评论播出当天，恰逢十二届全国人大常委会第二十四次会议表决通过了《中华人民共和国网络安全法》，更增加了评论的意义和分量。

推荐理由：评论以“民企也是国家队”立题，分析了为什么说民企也是国家队？怎样的民企才能成为国家队？抽丝剥茧，层层深入，揭示了只有能承担国家责任的民企才有可能成为国家队，而国家对这样的民企理应给予高度重视。还通过分析民营企业进入世界级竞争后带来的新现象、新问题，引发观众思考，提出建设性的建议，起到了剖析先进经验、提振发展信心、引导行业进步的作用。评论播出当天，恰逢十二届全国人大常委会第二十四次会议表决通过了《中华人民共和国网络安全法》，更增加了评论的意义和分量。

永远在路上

集　体

（限于篇幅，文字稿略，获奖作品请看光盘。）

（中央电视台综合频道《黄金时段》2016 年 10 月 17 日 20 时）

申报资料实录

作品简介： 八集专题片《永远在路上》反映党的十八大以来，以习近平同志为核心的党中央把全面从严治党提升到“四个全面”战略布局高度，着力构建不敢腐、不能腐、不想腐的体制机制，反腐败斗争压倒性态势正在形成。摄制组先后赴 22 个省（区、市），拍摄 40 多个典型案例，采访 70 余位国内外专家学者、纪检干部，采访苏荣、白恩培、周本顺、李春城、蒋洁敏等 10 余位因严重违纪违法而落马的省部级以上官员，对多个典型案例进行剖析和反思，具有很强的警示和教育意义。本片一共八集，现选第一集《人心向背》作为评奖材料提交参评。

社会效果：《永远在路上》播出后，掀起收视热潮，并迅速引发广泛热议，形成近期热门话题。主流媒体、各门户网站、报纸杂志、社交媒体，乃至英国 BBC、新加坡《联合早报》等外媒都在关注和评论。不少媒体和公众对该片的舆论效果给予了高度正面评价，认为该片采访扎实、案例典型、故事生动，击中了反对腐败的社会心理，让公众感受到了党中央全面从严治党的决心，并因此对党风廉政建设和反腐败工作有了更多信心。

推荐理由：《永远在路上》用真实和坦诚打破了既有的路径依赖，是新时期党建和反腐工作的一项重大创新，在信息传播中剥离掉神秘元素，用更可感可触的人性和细节拉近和观众的距离，让人们更真切地感知反腐的惊心动魄和任重道远。

电视专题

“僵尸企业”重生记

陈 琛 伊 力 唐 虎 郑 欣 徐 奇

（限于篇幅，文字稿略，获奖作品请看光盘。）

（山东广播电视台公共频道《真相力量》2016 年 12 月 31 日 18 时 45 分）

申报资料实录

作品简介：2016 年是我国推进供给侧结构性改革的攻坚之年。作为供给侧结构性改革的重要任务之一，处置“僵尸企业”尤为迫切又十分棘手，是全国性的难题。面对全省最大的“僵尸企业”——肥矿集团，山东没有走“输血”和破产的老路子，而是创新性地采取改革重组的路径，对资产、债务、人员进行全面改革重组，使企业实现浴火重生，整个过程平稳无震荡。它的成功处置，对国有企业改革、“僵尸企业”处置和去产能、去杠杆等都有很强的借鉴意义，为全国提供了一个样板。记者敏锐地抓住这一重要线索，对企业、政府、银行、职工等各个方面进行了大量深入采访，对各种矛盾冲突和企业重生的过程进行了充分展示，制作出这篇独家深度经济报道。

社会效果：该作品在电视播出，同时在闪电新闻客户端、齐鲁网推送，以融媒体形式呈现，受到企业、银行、政府等各界广泛好评，在社会上引起强烈反响。报道被大量转发，在改革攻坚的关键时期，彰显了主流媒体的声音和正能量。

推荐理由：该作品题材重大。推进供给侧结构性改革，是以习近平同志为核心的党中央作出的重大理论创新和决策部署，是当下和今后一个时期我国经济治理的主线。作品紧紧抓住处置“僵尸企业”这一重大题材，以典型案例深入剖析，充分挖掘了各个方面、各个层次的利益诉求和矛盾冲突，深入展示了改革者通过大刀阔斧的改革推动企业重生的过程。

报道客观公正，层层递进，紧张曲折，细节生动，情节感人，采访真实，人物鲜活。作品以人物为轴线串联，谋篇布局巧妙，起承转合自然，镜头运用恰当，剪辑衔接流畅。

新华社特约记者太空日记

景海鹏　陈　冬　李柯勇　郑晓奕　饶力文　魏　骅　肖正强　陈　曦

（限于篇幅，文字稿略，获奖作品请看光盘。）

（中国新华新闻电视网中文台　《最新播报》《新华纵横》
2016 年 10 月 19 日—2016 年 11 月 18 日）

申报资料实录

作品简介：2016 年 11 月 18 日，天宫二号和神舟十一号载人飞行任务取得圆满成功，首次实现了我国航天员中期在轨驻留，标志着我国载人航天工程取得了新的重大进展。围绕这次历时两个多月的任务，新华社策划组织实施了以“新华社特约记者太空日记”为主打的全媒体融合报道。不仅有传统的文字、图片、音视频报道，还专门策划组织了适合网络新媒体“两微一端”的融合报道，创意新颖、内容独家、融合互动、全屏共振，全方位展示了我国载人航天事业的巨大成就，大力宣传了载人航天精神，形成正面舆论强势，引发广泛积极的社会反响。

这次报道呈现出立体多元的传播效果。在融合报道方面，开创“天地结合”的全新报道形式：两位航天员以“新华社太空特约记者”的全新称谓，首开世界新闻史上记者从地球之外发回报道的先河，有效吸引了受众的关注。总共 9 期的“天地结合”全媒体报道，新闻性与科普性、思想性与可读性、传播力与影响力兼具，在新媒体终端的阅读量累计超过 2 亿人次，成为 2016 年全国媒体融合报道的标志性作品之一。

一、创新性设置议题，用互联网思维构建新报道视角，独家首创“新华社特约记者太空日记”系列全媒体报道，在世界航天史和新闻史上开创先河。

“太空日记”系列以执行任务的航天员为出发点，两位航天员用自述的方式报道他们在太空的工作生活，新华社以“天宫二号”为电头，用文字、图片、音视频和新媒体互动的方式全媒体呈现，将报道领域首次延伸到外太空。

据统计，“太空日记”共推出9期，网络总阅读量累计达2亿次，期均2222万次，网民互动超过10万次。

海外网友CHEN说：“收看太空人的日记，太有意思了。新华社这个创意真绝妙。”BBC记者罗宾·布兰特在社交媒体通过个人认证账号发文评论称：“新华社太空特约记者报道比BBC的报道领先一步。”

二、采用“中央厨房”运作模式，集中采集制作、统一分发推送，内容独家、方式互动、全媒呈现，实现传统与新媒体全覆盖、电脑手机和户外大屏等多屏共振的传播效果。

前方报道团队常驻航天城，直接获得大量独家采访素材。“太空日记”系列的每一篇都捕捉到了独家首发新闻，如“中国人首次太空泡茶”“中国人首次太空当‘菜农’”“中国航天员首次接受‘天地采访’”等。其他媒体和自媒体报道跟进，形成连续传播效应。有媒体撰文《听说中国人太空泡茶吃中餐，欧美宇航员都气哭了！》，言语中充满中国人的自豪感。

这次报道注重人文关怀、突出人情味。新华社向海内外小朋友征集对景海鹏的生日祝福，并传送给天宫二号，随后景海鹏在日记里给予回应，鼓励小朋友们践行梦想。“太空日记”终结篇《史上第一堂“天地联讲科普课”开讲啦》采用天地航天员联手讲课的方式，由两名航天员与地面航天员王亚平一起客串“太空科普老师”，通过航天员在轨讲解及演示、地面航天员解说补充等元素的组合穿插，生动、直观、故事化地讲了一堂太空科普课，并在中国教育电视台、东方卫视、黑龙江卫视等同步播出，对中小学生和家长做了一次针对性强的航天科普宣传教育。

在形式上，这一系列报道均以文、图、视频、网络等多种方式立体式呈现，尽可能做到生动直观，从不同层面为受众提供有效信息。在运作上，采取“中央厨房”的媒体融合模式，由新华社全媒报道牵头负责集中采集制作，统一分发至有关编辑部，再由各新媒体终端按需推送呈现。

社会效果：系列报道取得了“现象级”成功，据统计，“太空日记”共推出9期，网络总阅读量累计达2亿次，期均2222万次，网民互动超过10万次。海外网友CHEN说：“收看太空人的日记，太有意思了。新华社这个创意真绝妙。”BBC记者罗宾·布兰特在社交媒体通过个人认证账号发文评论称：“新华社太空特约记者报道比BBC的报道领先一步。”

推荐理由：“新华社特约记者太空日记”系列报道，围绕重大主题进行突破性创新，用互联网思维构建新报道视角，内容独家，表达新颖，充分互动，全媒呈现，成为全国媒体融合报道的标志性作品之一。

为85岁爷爷拍照

林　娜　陈　玲　林子健　黄　宇　黄石惠　沈　静

（限于篇幅，文字稿略，获奖作品请看光盘。）

（厦门卫视《玲听两岸》2016年3月20日17时55分）

申报资料实录

作品简介：《玲听两岸》节目是厦门广电集团厦门卫视打造的一档大型人物互动访谈节目。节目通过关注两岸热点话题和新闻事件，邀请新闻人物和两岸优秀的企业家、文化人和名人明星担任节目嘉宾，挖掘及探讨新闻及文化事件背后的故事和深层社会意义，弘扬主旋律，关心社会进步力量，从而打造了一个优秀的节目平台。节目自2013年开办以来，采访报道了大量有新闻代表性和社会价值的典型人物和新闻事件。同时，作为关注两岸新闻事件和文化现象的优秀平台，《玲听两岸》的收视呈现稳定上升的态势，取得收视率2.65%，收视份额9.24%的良好成绩，在展现多元文化、推广优秀传统等方面取得良好的社会效益。

2016年3月，针对火爆网络媒体的“孙子为85岁爷爷拍照”的新闻事件，栏目编导及策划团队敏锐地捕捉到了其新闻价值和社会意义，立即对新闻当事人做了采访追踪及策划报道，最终制作播出了这样一档新闻访谈节目。

节目从一则热门网络新闻切入，引出火爆朋友圈并被全世界媒体争相报道的“孙子为85岁爷爷拍时尚大片”的热门新闻，讲述了一个走在时尚圈却又心存感恩的年轻人，怀着对生活在故乡的爷爷的深厚情感，通过镜头打造出一组和爷爷形象反差极大的时尚大片的故事。节目互动有趣，交流感性，思考深刻。爷爷虽然一辈子不离乡野，却对新鲜事物和时尚生活有着强大的包容，而摄影师小野杰西在亲情的回馈中，也升华了自我。现场关于爱、关于两代人之间的温情对话让观众为之动容。

“百善孝为先”是中华传统文化中最优秀的品质之一。本期节目面对的嘉宾是一位普通的摄影师，他用自己最独特的表达演绎着对长辈的孝与爱。而家庭是社会的最小细胞，也是社会稳定、国家兴旺的根本，所谓“家和万事兴”，通过访谈不仅讲述了新闻事件及照片背后的故事，展现出了爷孙两代人的温情，更探讨了现代社会两代人、三代人之间如何沟通相处的话题。关注的是留守空巢老人以及家庭情感主题，倡导对老人多些陪伴和关爱、多些超过物质层面的精神孝养，从而实现家庭和睦、社会和谐的美好愿景，是一档探讨当下社会现实，但又不局限于当下而有人文情怀的深度访谈节目。

节目一经播出，就赢得了同时段节目收视率历史新高。节目在线视频也在网络上获得了较高的点击率，并在自媒体上被大量转发，收获了来自观众以及社会各界的广泛好评。

初评评语：这是一档充满着温暖和正能量的新闻访谈节目。节目以新闻为线索，以电视访谈为主轴，通过穿插摄影作品及影像画面等丰富的声画方式娓娓道来。节奏紧凑，互动轻松，话题有趣，主题鲜明而有社会意义，结合了许多时下正在发生的社会新闻，谈的都是生活中真实发生的家长里短和细节故事，关注的是留守空巢老人以及两代人、三代人之间如何沟通相处的家庭情感话题，是一档探讨当下社会现实，但又不局限于当下而有人文情怀的深度新闻访谈节目。

推荐理由：本节目编导及策划团队敏锐抓住网络“孙子为85岁爷爷拍照”这一热点事件，把祖孙二人请到演播室进行生动活泼的访谈交流，不仅讲述了照片背后的故事，更探讨了如何有效进行代际沟通、更好关爱老人的社会话题，具有很强的社会意义和人文关怀精神。节目不仅在电视端收视效果良好，也在网络上得到了较高的点击率和转发，传播效果好。

电视直播

二十国集团领导人杭州峰会系列直播（时政）

集　体

（限于篇幅，文字稿略，获奖作品请看光盘。）

（中央电视台新闻频道《二十国集团领导人杭州峰会特别报道》
2016 年 9 月 3 日 19 时）

申报资料实录

作品简介：该节目为二十国集团领导人杭州峰会系列直播报道，包括：1. 二十国集团工商峰会：国家主席习近平发表主旨演讲；2. 金砖国家领导人非正式会晤；3. 二十国集团领导人杭州峰会即将开幕：与会领导人陆续抵达 G20 会场；4. 二十国集团领导人杭州峰会开幕：国家主席习近平致开幕词；5. 习近平主席夫妇举行欢迎晚宴；6. 二十国集团领导人杭州峰会特别报道：国家主席习近平会见中外记者。共 6 场直播活动。

我台很好实现全流程全景展示国家主席习近平参加的 G20 杭州峰会各项重要活动，展现我大国形象和领导人风采。

G20 峰会系列直播报道由台领导现场指挥，新闻中心时政新闻部牵头，全台各部门通力配合，协同作战。播出效果得到中央领导肯定以及各界一致好评。

初评评语：二十国集团领导人杭州峰会系列直播（时政）是 G20 杭州峰会特别报道中最重要的部分。直播团队精心谋划，设计大批创新镜头，充分发挥特种设备功能，首次动用先进夜视摄影设备，为峰会召开增添了浓重色彩，最终呈现的效果达到预期。

推荐理由：二十国集团领导人杭州峰会系列直播（时政）是 G20 杭州峰会特别报道中最重要的部分，直播团队精心谋划、设计大批创新镜头，很好地实现了全流程、全景展示国家主席习近平参加的 G20 杭州峰会各项重要活动，充分展现我大国形象和领导人风采。此外，报道团队积极发挥特种设备功能，首次动用先进夜视摄影设备，为峰会报道增添了浓重色彩，最终呈现效果非常好，受到中央领导及社会各界的一致肯定。

2016年11月16日《浙江新闻联播》

集　体

（限于篇幅，文字稿略，获奖作品请看光盘。）

（浙江广电集团公共·新闻频道2016年11月16日21时）

申报资料实录

作品简介：2016年11月16日，第三届世界互联网大会在浙江乌镇召开。当天的《浙江新闻联播》栏目创新编排，演播室多点连线，运用多种新闻形态，全方位、大容量报道大会盛况，传递世界互联网治理的“中国声音”、展示浙江信息经济发展的全新动能、讲好乌镇因网而变的“小镇故事”。

在内容上，当天节目分为大会现场、浙江亮点、小镇故事三个板块，充分发挥电视特色，多点连线新闻现场。通过连通乌镇演播室，全面播报大会各项议程；通过连线本台评论员，点评浙江承办世界互联网大会的实力和成就；通过连线乌镇老街，展现互联网给千年古镇带来的勃勃生机。各板块紧扣大会主题，结合会内会外，融汇新闻现场和新闻背景，层层递进，充分传递互联网大会给中国、给浙江、给乌镇带来的机遇。

在形式上，节目采用多种形态，除了动态播报外，还运用新闻观察、新闻链接、新闻特写、现场体验报道以及新闻人物专访等，对大会的亮点做全面的提炼和展示，并将目光拓展至会场外，深度阐释大会的深远影响。场景丰富、现场鲜活，增加了节目的可看性。节目还充分挖掘大会的嘉宾资源，对全球互联网大咖进行专访，拓宽了节目的国际化视野。

初评评语：这是一档主题重大、内容丰富、形式多样的新闻编排，节目充分发挥电视特色，通过主演播室的多点连线，在呈现互联网大会盛况的同时，将互联网给浙江、给乌镇带来的深远影响进行充分的展示和点评。节目播出后在与会嘉宾和观众中引起广泛关注，大家点赞“栏目格局大、视野宽，编排新颖、节奏明快，信息量大，可看性强”，为大会的召开营造了热烈的氛围。当天节目收视率也表现良好。

推荐理由：整档节目围绕第三届世界互联网大会开幕为主题来编排，主题突出，覆盖力强。在内容板块上，分为大会现场、浙江的互联网建设成就、会议召开地浙江乌镇的互联网生活三个板块，有现场、有纵深、有细节，使重大主题和重大活动报道获得较为丰富的依托和微观呈现。在形式上，运用了动态消息、新闻观察、链接、特写、专访等众多电视新闻表达手法，场景丰富，生动鲜活。大量三维动画、图表手法的运用，也为观众理解把握新闻内容提供了帮助。

每一名党员都要牢固树立“核心意识”

宗　国（姜赟）

“学好全会精神，继续新的长征！”“跟着共产党走，越走路越宽，越走越有信心”……27日，随着十八届六中全会胜利闭幕，“坚定不移推进全面从严治党”的冲锋号响彻云霄，在网络上以及社会各界激起热烈反响。尤其令人振奋的是，全会号召，全党同志紧密团结在以习近平同志为核心的党中央周围，坚定不移维护党中央权威和党中央集中统一领导，确保党团结带领人民不断开创中国特色社会主义事业新局面。

一个国家、一个政党，领导核心至关重要。党的十八大以来，习近平总书记团结带领全党全国各族人民同心协力、苦干实干，中国的国际声望与日俱增，中国的百姓获得感与日俱增。“一带一路”风生水起，多边外交、主场外交亮点频频，中国经济风景独好……在国际政治经济的舞台上，中国舞步绚丽多彩，令世人瞩目倾心；“五位一体”总体布局统筹推进，“四个全面”战略布局次第开花，国防和军队改革迈出重大步伐，脱贫攻坚战如火如荼……在国内政治经济社会发展中，党和国家各项工作取得新的重大进展，成就非凡，硕果累累，以习近平同志为核心的党中央居功至伟。

紧抓国家发展，不忘从严治党。习近平总书记身体力行、率先垂范，坚定推进全面从严治党，坚持思想建党和制度治党紧密结合，集中整饬党风，严厉惩治腐败，净化党内政治生态，党内政治生活展现新气象，赢得了党心民心，为开创党和国家事业新局面提供了重要保证。一手抓国家发展，一手抓从严治党，习近平总书记在新的伟大斗争实践中已经成为党中央的核心、全党的核心。

“习近平总书记有魄力，有想法；敢作为，敢担当！这核心，俺服！”网友的炽热心声，是最好的证明。明确“以习近平同志为核心的党中央”，反映了全党全军全国各族人民的共同心愿，是党和国家根本利益所在，是坚持和加强党的领导的根本保证，是进行具有许多新的历史特点的伟大斗争、坚持和发展中国特色社会主义伟大事业的迫切需要。明确习近平同志的核心地位，对维护党中央权威、维护党的团结和集中统一领导，对全党全军全国各族人民更好凝聚力量抓住机遇、战胜挑战，对全党团结一心、不忘初心、继续前进，对保证党和国家兴旺发达、长治久安，具有十分重大而深远的意义。

“一盘散沙，才是中华民族最大的敌人。”这是当年孙中山先生语重心长的告诫，今日听来依然振聋发聩。紧密团结在以习近平同志为核心的党中央周围，全体党员就必须牢固树立政治意识、大局意识、核心意识、看齐意识，坚定不移维护党中央权威和党中央集中统一领导，继续推进全面从严治党，共同营造风清气正的政治生态，确保党团结带领人民不断开创中国特色社会主义事业新局面。

今天，行进在新长征路上的中国，面临着经济利益的多元化、社会生活的多样化、组织形式的多态化，我们这样的大国、大党，要凝聚全党、团结人民、战胜挑战、破浪前进，每一名党员就必须牢固树立“核心意识”。服从谁、围绕谁、拥护谁，检验着每一名党员的“核心意识”。懂规矩、守纪律、讲服从，才能走好路、扛好旗、打赢仗。

（人民网 2016 年 10 月 28 日）

申报资料实录

作品简介：2016 年 10 月 24 日至 27 日，中共十八届六中全会在京举行。全会明确了习近平总书记的核心地位，正式提出“以习近平同志为核心的党中央”。六中全会闭幕后，人民网编辑第一时间与人民日报资深评论员沟通评论方向、行文风格，围绕党员要牢固树立“核心意识”展开评论写作。

这篇网评逻辑结构严密，行文笔法活泼，思想内涵深刻，准确把握了六中全会精神，一经刊发便获得中央网信办全网推荐转发，得以广泛传播。新华网、央视网、大众网、新浪、搜狐等数十家新闻网站和商业门户予以转载；江苏省纪委、陕西省委组织部、安徽师大、中南大学、山西农大等各地党政机关及高校官网对网评进行了转载推荐；不少基层党组织还将其作为学习六中全会精神、开展“两学一做”教育活动重要参考资料。

这篇网评也在论坛、微博、微信公号等引起转发和关注。有网友表示，要进一步增强核心意识，强化宗旨观念，勇于担当作为，在生产、工作、学习和生活中起先锋模范作用。

初评评语：这篇网评在创作编发过程中主要呈现了三个特点：

第一，阐释精准，紧扣中央精神又有媒体视角。该文用历史的逻辑、现实的逻辑、民意的逻辑，立体丰富地阐释了习近平同志何以成为党中央的核心，准确把握全会的鲜明主题，对统一思想、升华认识、凝聚力量产生重要影响，引发读者强烈共鸣。

第二，拿捏精当，为全党统一意志、统一行动标定刻度。作为人民日报资深评论员，作者对核心意识的准确阐述，展现出对党的方针政策的长期研究；对论述问题的准确把握，体现了对现实生活的深入思考。扎实的理论功底，丰富的实践经验和娴熟的驾驭文字能力，使得这篇评论笔下有准头、说服有效力。

第三，关于“核心意识”的第一篇网络评论，传播广泛。此文是六中全会闭幕后关于“核心意识”的第一篇网络评论，受到普遍关注和广泛传播，体现了网络评论的独特优势和人民网的权威地位。

推荐理由：作为六中全会闭幕后关于“核心意识”的第一篇网络评论，相当准确地阐释了牢固树立“核心意识”的深刻内涵。评论从“一个国家、一个政党，领导核心至关重要”，到“习总书记成为党中央的核心、全党的核心”，再到网友表示信服核心，最后号召“每一名党员就必须牢固树立‘核心意识’”，层层深入，画龙点睛，立意高远而又能落地，具有很强的说服力，体现出正确的舆论导向意识，也体现了网络评论的独特优势和人民网的权威地位。

中国一点都不能少

苗 苗 郑 琪 刘 冰 徐 丹 李志伟 叶 添

作品网址	http：//rmrbimg2.people.cn/html/items/wap-share-rmrb/#/index/home/0/normal/polymer/0_topic_99/topic	
代表作一	标题	中国一点都不能少
	网址	http：//rmrbimg2.people.cn/html/items/wap-share-rmrb/#/index/home/0/normal/polymer/0_topic_99/topic/detail/video/3909_cms_1745497701188608
代表作二	标题	南海仲裁案落幕，美国送给中国6个“大礼包”
	网址	http：//rmrbimg2.people.cn/html/items/wap-share-rmrb/#/index/home/0/normal/polymer/0_topic_99/topic/detail/video/3911_cms_1749045483897856
代表作三	标题	南海仲裁闹剧后咋收场？今天，中国给菲律宾指了条路
	网址	http：//rmrbimg2.people.cn/html/items/wap-share-rmrb/#/index/home/0/normal/polymer/0_topic_99/topic/detail/normal/3910_cms_1747115370726400

（人民日报客户端2016年7月12日）

申报资料实录

作品简介：7月12日“菲律宾南海仲裁案”公布，人民日报新媒体中心策划推出“中国一点都不能少”报道专题，以“中国一点都不能少”为报道主题词，策划推出图片、H5动图、海报、文章、视频、九宫格图解等形式，第一时间表达中国态度、中国立场，详细解读《中国坚持通过谈判解决中国与菲律宾在南海的有关争议》白皮书，普及相关背景知识，受到了刘奇葆同志的表扬，中宣部《新闻阅评》专门予以肯定。

推荐理由：整组策划以“中国一点都不能少”为报道主题词，重视传播节奏和时效度的结合，策划推出图片、H5 动图、海报、文章、视频、九宫格图解等形式，第一时间表达中国态度、中国立场，有力引导了广大网民理性表达爱国热情，传递中国声音，影响力远远突破了网络，也向传统媒体、外媒延展，形成 2016 年以来最大的社交媒体传播高峰。

初评评语：整组策划以“中国一点都不能少”为报道主题词，重视传播节奏和时效度的结合,有力引导了广大网民理性表达爱国热情,传递中国声音，影响力远远突破了网络，也向传统媒体、外媒延展，形成 2016 年以来最大的社交媒体传播高峰。

您好，马克思

集 体

参评作品网址	http：//agzy.youth.cn/zt/2016ws/nhmks/	
代表作一	标题	视频："您好，马克思！"拨开意识形态迷雾贴近青年
	网址	http：//news.youth.cn/wztt/201605/t20160506_7962673.htm
代表作二	标题	报道："多真诚少套路"将马克思 rap 进更多青年人的心
	网址	http：//news.youth.cn/wztt/201605/t20160503_7946198.htm
代表作三	标题	图表：青年眼中的马克思
	网址	http：//news.youth.cn/tbxw/201605/t20160506_7959503.htm

（中国青年网 2016 年 5 月 5 日）

申报资料实录

作品简介：2016 年 5 月 5 日，马克思诞辰 198 周年当日推出的"您好，马克思"专题分为四屏内容，包括主题鲜明的原创视频、原创报道，和交互性强、表现形式多样的图表、H5、公众号文章等，适合移动端阅读，并达到了形式、内容与主题思想的统一。

专题内容包括：一是视频部分，《您好，马克思》视频通过走访各高校，了解 80 后、90 后青年群体对马克思的理解，共同探讨重读马克思的重要意义。二是报道部分，深入高校调查了解学生马克思相关课程情况，采访知名学者、青年教师以及网络意见领袖，原创报道《胡鞍钢：中国发展实践已超越"洋本本"马克思主义是真法宝》《85 后美女思政教师　教你马克思主义的"正确打开方式"》等给了 80 后、90 后青年群体一把新的认识马克思、了解马克思的钥匙。三是延伸阅读部分，包括公众号文章、H5、图表等，并对马克思主义相关书籍进行列表展示，通过互动性强的多媒体报道，为青年网民再现了真实、炫酷的马克思。

初评评语：专题的原创报道《“多真诚少套路”将马克思 rap 进更多青年人的心》、图表新闻《青年眼中的马克思》等重燃了 80 后、90 后青年群体对马克思主义的热情，线上报道与线下活动相结合，进一步推动了专题影响力的持续扩大，是以接地气的方式进行理论报道的一次有意义的尝试。

专题中，视频获得点击量近 3 万次，公众号文章《马克思先生，生日快乐》点击量近 2 万次。不少网友评论：“这个大胡子马克思其实挺可爱，看了这个专题，很想去读一读老师在课堂上说过无数次的原著。”“社会主义有点潮，我喜欢。”

推荐理由：“您好，马克思”作为中国青年网报送的优秀网络专题，表现形式新颖而且多样化，别出心裁，整个专题符合青年人的阅读习惯，通过年轻人的说法来加深对马克思的印象，使得“青年”特色尤为鲜明。

网络访谈

一份延续了 68 年的忠诚

周　彪　王光煦　王　兴　罗　杰

见 http：//www.qstheory.cn/2016-06/30/c_1119143036.htm

（求是网 2016 年 6 月 28 日）

申报资料实录

作品简介：该访谈通过发掘新中国成立前夕的入党志愿书，并以此为线索，让当事人或亲历者重温红色记忆，以武正锦、张广科、傅平、侯一风等四位老人在解放战争期间视入党志愿书为珍宝的感人故事，表现了老一辈共产党人对党的无限热爱与忠诚，彰显了一代共产党人的理想之光、信仰之美。该系列微访谈在求是网首发后，央视网、新华网、共产党员网、腾讯视频等数十家中央媒体和商业网站都进行了转发，据不完全统计，各网络平台的总播放量超过 1000 万以上，获得了良好的传播效果和社会效益。

初评评语：《我的入党志愿书》系列微访谈是《求是》杂志纪念中国共产党建党 95 周年重大主题宣传的网上传播产品。该作品以“人物访谈 + 纪实”的方式并运用新媒体手段，再现了老一辈共产党员“革命理想高于天”的信仰力量。访谈选题立意有现实教育意义，把镜头对准基层老党员，表达富有感染力、亲和力，让朴实的红色志愿书，折射出共产党人沉甸甸的家国情怀。作品充分发挥了正面宣传鼓舞人、激励人的作用，由普通人讲述大道理，情真意切，有说服力，是说实话、动真情、有思想、有温度、有品质的好作品。

推荐理由：在中国共产党建党 95 周年之际，《我的入党志愿书》微访谈通过挖掘入党志愿书背后的故事，生动展示了老一辈共产党人的理想之光、信仰之美，是一部打动人心的好作品。

首先，人物选得准。就人物报道来说，选取典型人物是第一位的，人物选得好事半功倍，人物选不好白白受累。武正锦、张广科、傅平、侯一风四位老人历经战火考验，火线入党，人生暮年依然对党无限忠诚热爱。他们的故事真实感人。访谈人物选得准，让作品赢得先机。

其次，切入点选得巧。访谈选题有很强的现实教育意义，记者把镜头对准基层老党员，从入党志愿书切入，通过老党员真情讲述折射出共产党人沉甸甸的家国情怀。在这里，一张张泛黄的入党志愿书，既是系列访谈的主题，也是当事人或亲历者重温红色记忆的线索，让作品形散而神聚。

再次，细节抓得好。访谈视频用光考究，拍摄用心，场景丰富，剪辑到位，制作精美，特别是抓住了多处打动人心的细节。老党员武正锦参加过 1949 年新中国开国大典阅兵式，当你看着这位满头白发的老人踢着正步昂首从天安门前走过时，无法不为之动容。

理想因其远大而为理想，信念因其执着而为信念。《我的入党志愿书》系列访谈体量虽“微”，但主旨宏阔，意义重大，是重大主题报道的新探索、新实践，是有品质、有温度、有思想的优秀网络新闻作品。

网页设计

网上重走长征路之“征程”——红军长征全景交互地图

集 体

见 http：//fms.news.cn/swf/2016_sjxw/czqjdt/index.html

（新华网 2016 年 10 月 21 日）

申报资料实录

作品简介： 新华网通过对长征历史背景和整个历程的梳理，以及对往年长征相关报道的研究分析，以全景交互地图的融媒体形态进行差异化表达，创新推出《“征程”——红军长征全景交互地图》，让网民在网上身临其境地重走长征路，重温长征艰难，弘扬长征精神。这是迄今最具互联网特色的长征主题融媒体创新产品，成为极具“含金量”的纪念长征胜利 80 周年献礼作品。其具有以下特点：

该作品页面设计感强、融媒形态丰富。打开作品即可一目了然了解长征路线全貌，通过视频穿梭加三维模拟技术衔接进入长征沿途各点，以基于卫星遥感图像的虚拟景观地图，呈现出长征过程中不同地区的地形特点及天气特点。作品全程融入互动、问答、直播、VR、无人机、影视剪辑等，让网民产生代入感，跟随漫游路线，感受到长征强烈的历史感和红色精神。

该作品模块设计清晰、极具互动参与感。作品共分漫游长征路、全景看长征、重走长征路等 3 大模块。除了丰富的内容展示外，在漫游长征路模块中设置趣味问答环节，让受众在互动中追随红军长征的路线，了解红军在各地的动人故事，大大增强了长征精神的传播效果。作品中还纳入《红色追寻》系列互动直播，让网民从三个年轻人亲历的视角、亲身的经历，体验 80 多年前的艰苦历程。

该作品技术创新突出、增强沉浸体验感。团队通过 dem 数字高程模型地理数据渲染出不同的地表景观，最终呈现出长征沿途的崇山峻岭、激流险滩；

为增强网民的沉浸式体验，通过粒子系统的重力模拟出一整套天气系统，实现天气间的自然转化，增强网民阅读长征故事时的临场体验。

该作品多终端适配、多终端优化。PC端产品全面、详细，以最好的特效效果呈现，同时，根据移动端特点，对页面特别进行了优化处理，使得移动端阅读流畅。

初评评语：该作品被中央网信办确定为重点支持的纪念长征报道的新媒体项目，被国际在线、中国经济网、北方网、浙江在线、百度、网易等新闻网站、商业网站在首页头条、要闻等显著位置嵌入式转载。作品在社会各界引起强烈反响，全网总访问量超千万，传播覆盖数千万人次，取得了良好的传播效果，成为广大网民了解长征、回顾长征，缅怀先烈，学习和弘扬伟大长征精神的首选作品，赢得了传媒界人士和各级领导的高度评价。

数万网友在该作品中为长征精神点赞、为长征先烈献花，以表达对长征精神的感悟和对革命先烈的缅怀。有网友在评论区留言："伟大的长征精神永存！伟大的长征烈士永生！""不忘历史，不忘先烈，不忘初心，不忘根本、不谋私心"。

推荐理由：该作品页面设计感强，技术创新突出，是一个极具互联网特色的融媒体创新产品。用户可以通过视频穿梭进入长征沿途各点，通过虚拟景观地图感受不同地区的地形特点和天气特点。三维模拟技术、无人机、影视剪辑等综合运用带来较强的视觉冲击，而虚拟现实技术又带来身临其境之感。此外，作品还融入互动、问答等元素，较强的交互性使用户能更好地体验长征的历史厚重感，更好地领悟红色精神。

把握好政治家办报的时代要求

——深入学习贯彻习近平同志在党的新闻舆论工作座谈会上的重要讲话精神

杨振武

2月19日，习近平同志到人民日报社、新华社、中央电视台考察，主持召开党的新闻舆论工作座谈会并发表重要讲话。讲话从战略和全局的高度、历史和现实的角度，深刻阐述党的新闻舆论工作的地位作用、职责使命、原则要求等一系列重大理论和实践问题，彰显着强烈的创新意识、时代精神和实践指向，为我们做好新的时代条件下党的新闻舆论工作提供了强大思想武器。讲话的一个重要内容，就是对坚持政治家办报提出了新的时代要求。深入学习贯彻习近平同志重要讲话精神，必须准确把握坚持政治家办报的深刻内涵和时代要求，使党的新闻舆论工作勇立时代潮头、展现时代新貌，不负党和人民重托。

守好舆论这个阵地

习近平同志指出："做好党的新闻舆论工作，事关旗帜和道路，事关贯彻落实党的理论和路线方针政策，事关顺利推进党和国家各项事业，事关全党全国各族人民凝聚力和向心力，事关党和国家前途命运。"这"五个事关"，深刻阐明了新闻舆论对于党和国家事业发展与长治久安的极端重要性，深刻指出了新闻舆论工作在党的工作全局中的重要地位，是我们认识和把握、开展和做好党的新闻舆论工作的基本遵循。

历史和现实告诉我们，舆论与政权安危密不可分。任何政党要夺取和掌握政权，都要用好舆论这个武器；任何政权要实现长治久安，都要守好新闻舆论阵地。高度重视党的新闻舆论工作，是我们党的优良传统，也是党领导革命、建设、改革事业不断取得胜利的重要法宝。抓住和做好党的新闻舆论工作，是治国理政、定国安邦的大事，任何时候都不能含糊和动摇。一个政党的前途命运最终取决于人心向背，得民心者得天下。新闻舆论工作是在人的头脑里搞建设，通过信息传递影响人，说到底是为了凝聚人心；它处于意识形态斗争最前沿，通过价值判断引导人，实质上是为了赢得人心。可以说，舆论是左右人心的关键力量：好的舆论会鼓舞人心、汇聚力量，不好的舆论会涣散人心、瓦解斗志。今天，随着媒体技术的进步，新闻传播呈现人人传播、多向传播、海量传播的特征，线上与线下、虚拟与现实、国际与国内共同构成了一个日益复杂的大舆论场，人人都处于舆论场中，舆论的力量也与日俱增，守好舆论阵地的重要性更加凸显。如果做不好新闻舆论工作、守不好新闻舆论阵地，我们在思想上的防线就会崩溃，就可能犯颠覆性错误。坚持政治家办报，必须增强阵地意识，做好“人心”这篇大文章。

守好舆论阵地，不能天真。新闻舆论阵地，马克思主义不去占领，非马克思主义就会去占领；正确的东西不去占领，错误的东西就会去占领。这是一条铁律，也是事实。所谓天真，就是思想上糊涂麻痹，不清楚意识形态领域斗争的复杂性，不明白新闻舆论对人心向背的重要性，不知道巩固舆论阵地的艰巨性。天真就会目光短浅，就会把党的新闻舆论工作看成简单的“信息传播”、一般的事务性工作，看不到新闻舆论背后是思想的较量、人心的争夺。坚持政治家办报，需要我们始终保持清醒头脑，在“乱花渐欲迷人眼”时具有战略定力，真正明白守什么“土”，有什么责、负什么责、尽什么责。

守好舆论阵地，不能大意。“大意失荆州”，这是历史的教训。大意也可能失阵地。所谓大意，就是作风上不严不实，做事情马马虎虎、拖拖拉拉，抓工作敷衍塞责、松松垮垮，把不住关、把不好度。大意就会盲目乐观，就会对新闻舆论工作缺少应有的敬畏，不注意从政治上考量、从全局上衡量，该做的事情不去做，该抓的工作没有抓。“却是平流无石处，时时闻说有沉沦。”事实表明，新闻舆论工作中出现的一些问题，往往是由于大意所致，就发生在“想不到”之时、“没想到”之处。坚持政治家办报，需要我们始终坚持夙夜在公，永不自满、决不懈怠，把“三严三实”要求落到实处。

守好舆论阵地，不能退缩。所谓退缩，就是态度上软弱，搞爱惜羽毛那一套，总想当开明绅士，而不想当思想战士，面对大是大非问题不敢亮剑，任由一些错误观点肆虐泛滥、扰乱人心。天真要犯错误，大意要出问题，退缩要败下阵来。在纷繁复杂的舆论场中，挺不直腰杆，站不稳立场，发不出声音，就是不作为、不称职。坚持政治家办报，需要我们始终做到勇于担当、能征善战，敢于交锋、善于引导，澄清谬误、明辨是非，最大限度地消除杂音噪声，让党的主张成为时代最强音。

党的新闻舆论工作是党和人民群众联系的桥梁和纽带，也是全国安定团结的思想上的中心。有的领导干部对新闻舆论工作不想做、不愿做、不会做，对新闻舆论阵地不想守、不愿守、不会守，最终丧失的不只是话语权，更是我们党执政须臾不可丢掉的人心。我们要从这个高度认识新闻舆论工作与党的工作全局的关系，使新闻舆论工作能够汇聚人心、温润人心，进而团结人民、引导人民为实现自己的根本利益而不懈奋斗。人民日报作为新闻战线的“排头兵”，要始终牢记“人心是最大的政治”，发挥好“领航者”“定盘星”的作用，在深刻变化的媒体格局中守好党的新闻舆论阵地，不断巩固和壮大主流思想舆论。

坚持正确政治方向

讲话明确提出了新的时代条件下党的新闻舆论工作的职责和使命，就是要高举旗帜、引领导向，围绕中心、服务大局，团结人民、鼓舞士气，成风化人、凝心聚力，澄清谬误、明辨是非，联接中外、沟通世界。同时强调，要承担起这个职责和使命，必须把政治方向摆在第一位。

新闻舆论工作是政治性很强的业务工作，也是业务性很强的政治工作。当今中国的发展已成为世界关注的“热点”，也自然成为国际舆论的“焦点”；全面深化改革面临一个个“关口”，也必然处于各种舆论的“风口”。舆论环境越是纷繁复杂，新闻舆论工作越要把政治方向摆在第一位，增强政治定力，提高政治敏锐性和政治鉴别力，把旗帜高高地举起来。坚持政治家办报，就要在具体工作中做到“四个牢牢坚持”。

党性原则是根本，必须牢牢坚持。任何媒体都要表达立场、传递思想、影响人心，都或多或少带有意识形态属性。坚持党性原则，最根本的是坚持党对新闻舆论工作的领导。我国是中国共产党领导的社会主义国家，无论媒体的背景是什么、同党委和政府管理部门的关系是什么，党管媒体的原则和制度都不能变。党和政府主办的媒体是党和政府的宣传阵地，必须成为党和人民的喉舌，做到爱党、护党、为党。坚持党管媒体，把各级各类媒体都置于党的领导下，确保党对媒体的主导权、管理权，这是新时期加强和改善党对新闻舆论工作领导的必然要求，也是新闻舆论工作坚持正确政治方向的题中应有之义。

马克思主义新闻观是灵魂，必须牢牢坚持。马克思主义新闻观是科学真理，具有穿越时空的恒久魅力，不会因为媒体格局和传播手段的变化而过时。用马克思主义新闻观指导当今新闻实践，关键是做到学而信、学而用、学而行。

对于新闻舆论工作者来说，马克思主义新闻观就是精神之“钙”，就是精神脊梁，必须深深融入自己的世界观、人生观、价值观中，融入个人的新闻事业和新闻实践中，解决好“为了谁、依靠谁、我是谁”这个根本问题。心里有了马克思主义新闻观这一“准星”，新闻舆论工作者才能做好党的政策主张的传播者、时代风云的记录者、社会进步的推动者、公平正义的守望者。

正确舆论导向是生命，必须牢牢坚持。媒体报什么、不报什么、怎么报，都体现着鲜明的舆论导向。有人认为，党报党刊、电台电视台应该讲舆论导向，都市类报刊、新媒体等则可以“网开一面”。这种认识是错误的，也是有害的。新闻舆论工作的特殊重要性，决定了各种载体、各个方面、各个环节都要自觉坚持正确舆论导向。如果只有主流媒体讲导向，保持“大江大河水清涟”，放任其他媒体“小河支流乱排污”，整个舆论生态环境就不可能海晏河清。坚持正确舆论导向是对所有媒体的要求，也是所有媒体应尽的职责。不同媒体可以在主办单位、经营机制、技术手段等方面有不同，但不能在舆论导向上有差别，不能出现“舆论飞地”“舆论特区”。

正面宣传为主是基本方针，必须牢牢坚持。坚持正面宣传为主，从根本上说是因为我国社会积极正面始终是主流，社会的本质是健康向上的。新闻舆论工作就是要反映这个主流和本质。坚持正面宣传为主，不但没有背离新闻的客观性，而且是新闻舆论工作与社会主流相契合的体现，是在保证新闻事件微观真实的基础上追求社会全貌的宏观真实。新闻舆论工作需要直面社会丑恶现象，激浊扬清、针砭时弊，但不能以“点”代“面”，让社会丑恶现象充斥版面、荧屏、网页，更不能把恶性事件和灾难事故当作“狂欢的新闻盛宴”。新闻舆论工作要推动形成奋发向上的力量，就必须始终坚持以人民为中心的工作导向，始终坚持团结稳定鼓劲、正面宣传为主。

过好互联网这一关

过不了互联网这一关，就过不了长期执政这一关。互联网是我们面临的“最大变量”。这就是为什么习近平同志一再强调要把网上舆论工作作为宣传思想工作的重中之重来抓，一再要求新闻舆论工作者真正成为运用现代传媒新手段新方法的行家里手。坚持政治家办报，就要管好用好互联网，这是新形势下巩固新闻舆论阵地的关键。新闻舆论工作的对象是人。坚持政治家办报，必须正视我国网民规模已超 6.8 亿、手机网民规模已超 6.2 亿这样一个现实。以互联网为基础的各种媒体、各种终端不仅进行着新闻资讯的竞争，更有观点的交锋、价值观的较量。互联网以其共时性、共享性，构成复杂多变的舆论场。占领不了互联网信息传播的制高点，就站不稳新闻舆论工作的新高地，就掌握不了舆论引导的主动权。涉深水者得蛟龙。只有热情拥抱互联网，善于利用互联网，才能让这个“最大变量”变成“最大正能量”。

过好互联网这一关，必须能管互联网。当前，新媒体方兴未艾、后来居上，其受众数、影响力正逐步超越传统媒体，成为重要新闻舆论阵地。人在哪里，新闻舆论阵地就应该在哪里；新闻舆论阵地在哪里，党管媒体就应该落实到哪里。新媒体不能脱离党的领导，更不能成为“法外之地”。如果管不住新媒体，党管媒体的原则在互联网上就会被架空，我们就会犯下历史性错误。坚持政治家办报，就要从维护国家意识形态安全、政治安全的高度，把能管互联网作为党管媒体的关键，紧紧抓住、切实管好。

过好互联网这一关，必须会管互联网。会管互联网，重在管导向，使新媒体在导向上与传统媒体一个标准、一个要求、一条底线。新媒体不能迎合庸俗低俗的趣味，不能模糊是非善恶美丑的界限，这是导向上的底线。要加强内容监管，及时清理网络谣言和各类有害信息；引导新媒体加强行业自律，完善内容审核把关；教育引导广大网民依法上网、文明上网等等。只要坚持科学管理、依法管理、有效管理，加快形成法律规范、行政监管、行业自律、技术保障、公众监督、社会教育相结合的互联网管理体系，新媒体就一定能管好。

过好互联网这一关，必须用好互联网。对于互联网，我们不但要能管、会管，还要用好、办好。所谓用好，就是要参与进去、深入进去、运用起来，关键是推动传统媒体和新媒体融合发展，着力打造一批新型主流媒体。只有新型主流媒体发展起来，用户数不断增加、市场份额不断扩大、影响力不断增强，才能有效占领互联网舆论阵地，实现网上负能量与正能量的此消彼长。要研究和把握互联网传播规律，在网络舆论场这个新的舞台上，演得好新角色，吸引来新观众。这不是愿不愿意的问题，而是党的新闻舆论工作的责任使然。

能否让党的声音在互联网上更响亮、传得更远，是检验新闻舆论工作是否适应时代的重要方面。我们要坚持“互联网+”，而不是简单地“+互联网”；不是把传统媒体的内容直接搬到网上，而是把互联网作为平台，以互联网思维和互联网规律来谋划布局新闻舆论工作。近年来，人民日报社大力推进传统媒体和新媒体融合发展，已由过去的一份报纸转变为全媒体形态的“人民媒体方阵”，拥有报纸、杂志、网站、网络电视、网络广播、电子屏、手机报、微博、微信、客户端等10多种载体、数百个终端载体，覆盖用户总数达到3.5亿。在开拓新兴舆论阵地、以主流价值影响网络舆论生态的过程中，我们深切体会到，对于新闻舆论阵地，必须抢先占领、积极利用，掌握主动权、打好主动仗。

用好创新这个引擎

如果将党的新闻舆论工作喻为与时代同行的列车，创新就是它的引擎。习近平同志指出，做好党的新闻舆论工作，要遵循新闻传播规律，创新方法手段，不断提高能力和水平。提升政治家办报的能力和水平，关键要看新闻舆论工作的创新能力与传播实效。

新闻舆论工作是一项“苟日新，日日新，又日新”的事业，能否用好创新这个引擎，是对政治眼光、政治智慧的考验。在舆论环境、媒体格局、传播方式深刻变化的大势下，坚持创新不仅是技术要求，更是政治要求；不仅是业务素养，更是政治素养。传播力决定影响力，取决于创新力。坚持政治家办报，必须不断提升创新能力和水平，以增强传播效果之“的”导引改进创新之“矢”，以改进创新之“矢”射增强传播效果之“的”，在二者相辅相成中更好地体现党的意志、反映党的主张，更好地赢得受众、赢得人心。

强化受众意识，增强工作针对性。当年，穆青在写完《县委书记的榜样——焦裕禄》后，请人把稿子送到兰考征求意见。他说：“在发表前读给大家听一听，这样做的作用很多，其中很重要的一点是，听过的稿子，不会让老百姓在接受时有什么障碍。”正是这种强烈的受众意识，让这篇报道感人肺腑、震撼人心。今天的受众日益呈现分众化、差异化态势，不同的人有着不同的信息需求，阅读习惯和接受心理也发生了深刻变化。没有对受众需求的精准把握，就无法实现对舆论的精确引导。好的思想、观点、内容，需要通过生动的形式、多样的手段来表达；一个主题，可以根据不同受众选择不同的传播方法，这样才能形成全方位、多层次、多声部的主流舆论矩阵。

强化传播意识，提高议题设置能力。高明的议题设置，往往都是时机、技巧、方法的最佳运用。新闻舆论是社会舆论的风向标，要让我们设置的议题成为社会舆论关注的话题，而不是被社会舆论牵着鼻子走。随着我国经济发展进入新常态，面对一些“唱空”中国经济的论调，如何理性认识中国经济面临的机遇与挑战？随着思想观念日益多元多样，面对众说纷纭、众声嘈杂的情况，如何提升社会共识度？随着反腐败斗争持续深入，面对“反腐同群众利益无关”“反腐影响经济发展”等模糊认识和错误观点，如何辨析澄清？“失语就会失权”，不敢于设置议题，就是放弃话语权；不善于设置议题，不能让该热的热起来、该冷的冷下去、该说的说到位，就难以担起舆论引导的重任。

强化效果意识，把握好时度效。没有正确的立场，就不可能有正确的宣传。

但立场最终要贯穿到传播规律、传播艺术之中，体现到传播效果上，用效果来检验。传播学上有个“首发效应”，首发容易定调，先声往往夺人，这说明传播要注重时机与节奏。报道发与不发都是态度，问题讲多讲少效果可能迥然不同，必须掌握好传播的力度与分寸。群众感受不好，再多的报道也是自娱自乐；社会共识不强，再大的声音也是自说自话。遵循新闻传播规律，很重要的一条就是强化效果意识，把握好时度效，以效果来衡量新闻舆论工作水平，以效果来评价舆论引导能力，以效果意识倒逼新闻舆论工作改进创新。

强化基层意识，坚持转作风改文风。记者接地气才有灵气，报道贴近群众才有受众。这就要求我们不断强健脚力、眼力、脑力、笔力，会使“十八般兵器”，“练就拨云见日的功夫”；转作风改文风，多一些有思想、有温度、有品质的作品，多一些“沾泥土”“带露珠”“冒热气”的文章，让人民群众喜闻乐见、爱不释手。近年来，人民日报着力提升观点生产能力、议题设置能力、集成报道能力、话语创新能力，努力做到报道流程平台化、报道内容定制化、报道方式故事化、报道数据可视化；着力在思想内涵上做加法、在文章篇幅上做减法、在传播效果上做乘法、在思维定式上做除法，使新闻报道快起来、活起来、亮起来，让评论理论新起来、精起来、实起来，取得了良好效果。

讲述好中国故事

讲话强调，要下大气力加强国际传播能力建设，加快提升中国话语的国际影响力，让全世界都能听到并听清中国声音。这是站在统筹国内国际两个大局、统筹内宣外宣两大要素的角度，对坚持政治家办报提出的更高要求。

中国已经站在世界舞台的聚光灯下，我们的对外传播也迎来新的发展机遇，内容丰富前所未有、舞台广阔前所未有。从建设“一带一路”到构建人类命运共同体，中国理念需要媒体传播、中国道路需要媒体解读；面向世界、面向未来，讲好中国故事是新闻舆论工作的重要政治要求，也是国际传播的最佳方式。然而，现实情况是，我们在国际上还常常处于有理说不出、说了也传不开的境地，存在着信息流进流出的“逆差”、中国形象和西方主观印象的“反差”、软实力和硬实力的“落差”，“中国威胁论”“中国崩溃论”等奇谈怪论不时出现。我们有责任讲述好中国故事、传播好中国声音，让中国故事成为国际舆论关注的话题，让中国声音赢得国际社会理解和认同。

讲好中国故事，要处理好文与道的关系。“文者，贯道之器也。”在信息时代，谁的故事能打动人，谁就能得到更多听众、更好传播。对外传播不能为了讲故事而讲故事，而要把“道”贯通于故事之中。这既是中国传统文化之“道”，也是中国改革发展之“道”，还是中国参与世界治理、与各国携手打造命运共同体之“道”。为什么我们在“挨骂”时只有招架之功，没有还手之力？一个重要原因，就是我们的国际话语体系还没有建立起来，我们的发展优势和综合实力还没有转化为话语优势。通过引人入胜的方式启人入“道”，通过循循善诱的方式让人悟“道”，才能在国际舆论场上形成融通中外的新概念新范畴新表述，赢得更多话语权。

讲好中国故事，要统筹好国内国际两个大局。对内报道要有外宣意识，考虑国际影响；对外报道要有内宣意识，兼顾国内受众感受。现实表明，国外受众也希望了解一个真实、全面、立体的中国，希望在重大事件和关键节点上听到中国的声音。党的十八届五中全会召开前，人民日报的任仲平文章《向着第一个百年目标迈进》编译后向海外推送，获得100多万用户关注。当前，我们迫切需要从国家战略的层面，将对内传播与对外传播作为一个有机整体统筹运营，形成协同效应、实现协调发展。

讲好中国故事，要利用好新媒体平台和文化活动平台。新媒体时代提供了“弯道超车”的可能。目前，人民日报海外社交媒体账号的粉丝数超过1800万，在全球报纸类媒体中排名第一。这样的“新技术红利”，使我们有可能在全媒体时代的群雄逐鹿中打破长期以来西方媒体称霸全球的格局。同时，我们积极开展媒体外交，连续两年成功举办“一带一路”媒体合作论坛，去年邀请到来自61个国家和国际组织的122家主流媒体参会，使之成为我们对外传播的重要落地平台。“十三五”期间，我们将进一步优化整体布局、集中优势资源，着力加强国际传播能力建设，更好履行政治家办报的时代使命。

上述五个方面，体现了坚持政治家办报的鲜明时代要求。在党的新闻舆论工作中，对政治家办报也是有检验标尺的，这个标尺就是马克思主义、就是中国特色社会主义。正如习近平同志所指出的，是不是确立了马克思主义新闻观，是不是自觉在思想上政治上行动上与党中央保持高度一致，是不是忠实宣传党的理论和路线方针政策，是不是严格遵守党的政治纪律、宣传纪律和长期形成的规矩，是不是在大是大非面前具有政治定力？这些都是评判是否做到了政治家办报的重要依据。

人民日报作为党中央机关报，必须坚定不移地坚持政治家办报，始终把政治方向摆在第一位。要增强政治意识，绝对忠诚党中央；增强大局意识，自觉服务党中央；增强核心意识，坚决维护党中央；增强看齐意识，始终紧跟党中央。要把政治家办报要求贯穿到新闻舆论各项工作中，成为传播党的主张、反映人民心声的主力军，成为有效引领舆论、提升中国形象的主力军，为实现“两个一百年”奋斗目标和中华民族伟大复兴的中国梦贡献力量。

（《人民日报》2016 年 3 月 21 日理论版 07 版）

申报资料实录

作品简介：2016 年 2 月 19 日，习近平总书记到人民日报社、新华社、中央电视台考察，主持召开党的新闻舆论工作座谈会并发表重要讲话。讲话的一个重要内容，就是对坚持政治家办报提出了新的时代要求。人民日报社社长杨振武同志围绕这一主题撰写了这篇理论文章。文章从守好舆论这个阵地、坚持正确政治方向、过好互联网这一关、用好创新这个引擎、讲述好中国故事等五个方面，对习近平同志关于新形势下如何坚持政治家办报的思想进行了全面而深入的阐释。人民日报社理论部的责任编辑对文章进行了认真编辑，并精心选择发表时机，确保了文章的质量和社会影响最大化。

社会效果：该文在人民日报理论版首发，并在人民网和人民日报客户端首页显要位置转发，在国内外引起强烈社会反响：新华网、求是网、光明网、中国青年网、中国社会科学网等众多主流新闻网站和新浪网、腾讯网、凤凰网等大型商业网站全文转载，新加坡联合早报网等海外新闻网站撰文对文章内容进行了介绍和评论。许多读者通过网上评论和给编辑部来电、来信的方式对文章表示认同和赞赏，认为文章坚持问题导向，密切联系新形势下党的新闻舆论工作实际，对总书记“2·19”重要讲话进行了深入解读，具有很强的现实针对性和导向性。

推荐理由：该文深刻领会和全面体现习近平总书记在党的新闻舆论工作座谈会上的重要讲话精神，同时紧密联系人民日报社及整个党的新闻舆论工作的实际，既有深刻的理论内涵，又体现鲜明的问题导向和现实针对性。文章刊发及时、形成立体传播，社会反响强烈，对总书记的讲话精神进行了有效宣传、引导。

始终坚守军报姓党的政治灵魂

——学习贯彻习总书记在党的新闻舆论工作座谈会上重要讲话精神

李秀宝　孙继炼

新春伊始，习近平总书记来到人民日报社、新华社、中央电视台 3 家中央新闻单位进行实地调研，并在党的新闻舆论工作座谈会上发表重要讲话。这一重要讲话着眼党和国家的事业发展和长治久安，着眼党的工作全局，鲜明提出新的时代条件下党的新闻舆论工作职责使命，深刻阐述了新闻舆论工作的地位作用、目标任务和指导原则，就做好新闻舆论工作作出战略部署，是又一篇马克思主义的纲领性文献，为我们在新形势下做好新闻舆论工作提供了强大思想武器和根本遵循。作为党在军队的喉舌，我们要把习总书记这次重要讲话精神和去年底视察解放军报社时重要讲话精神结合起来学深悟透，始终坚守军报姓党的政治灵魂，努力做到政治上更强、传播上更强、影响力上更强，为实现中国梦强军梦提供强大思想舆论支持。

军报姓党，就是要牢记政治嘱托、坚定政治方向，在恪守党性原则上坚持最高标准、最严要求

习总书记在党的新闻舆论工作座谈会上的重要讲话中深刻指出，党和政府主办的媒体是党和政府的宣传阵地，“必须姓党”。在视察解放军报社时习主席强调，坚持军报姓党，“必须在恪守党性原则上坚持最高标准、最严要求”。这两个“姓党”，振聋发聩，明确了党的新闻舆论媒体的政治属性。我们要牢记习总书记的谆谆教诲，坚定不移地当好党中央和中央军委的喉舌，引导广大官兵毫不动摇地坚持党对军队的绝对领导，始终不渝从思想上政治上行动上同党中央保持高度一致，自觉维护党中央、中央军委和习主席权威。这是《解放军报》必须永远坚守的政治灵魂。

恪守党性原则，最根本的是坚持党对新闻舆论工作的领导。党管媒体，跟党领导军队一样，都是坚持党的领导不可动摇的基本原则。这是由新闻舆论工作的根本性质决定的。1905 年，列宁在《党的组织和党的出版物》一文中把“党性”概念具体化，鲜明提出，党的报刊是党的事业的一部分；党的报刊一分钟也不能站在党的队伍之外，不同党保持组织上的关系的党的报刊一律不得存在。毛泽东同志曾撰写《增强报刊宣传的党性》等重要文章，阐述和强调新闻工作的党性原则。1942 年 4 月《解放日报》改版，在《致读者》中总结了党报工作的四项原则，鲜明提出把党性放在第一位，做“党的喉舌”。这都深刻揭示了党的新闻舆论工作与生俱来的政治属性，决定了新闻舆论工作必须紧紧与党和人民站在一起，必须始终不渝地坚持党的领导。党对新闻舆论工作的领导权任何时候都不能旁落，否则就要犯历史性错误。党委要对新闻舆论工作负总责，履行好把握正确方向、部署指导工作、加强督促检查、抓好队伍建设和制度建设等责任，确保对新闻舆论工作的有效掌控。新闻舆论工作者要牢固树立马克思主义新闻观，增强拥护支持党的领导、严守宣传纪律和职业道德的自觉性坚定性，模范践行党管新闻舆论工作的制度规定。越是社会舆论复杂，越要高举旗帜不动摇；越是杂音噪音喧嚣，越要弘扬主旋律不变调。

恪守党性原则，最核心的是坚持正确的政治方向。习总书记强调：“如果在坚持党性这个根本问题上没有明确观点和立场，那就是政治上不合格，就没有做党的宣传思想工作最起码的资格。”要强化“与党同心同德”的价值取向。自觉把新闻舆论工作作为党的事业密不可分的一部分，以为党分忧、为党兴业的绝对忠诚，保证党的政治纲领、政治任务得到有效贯彻。强化“对党高度负责”的政治品格。自觉站在巩固党的执政地位，提高党的执政能力，确保党对军队绝对领导，维护党中央、中央军委和习主席权威的高度想问题，把是否有利于党的事业、是否有利于民族复兴、是否有利于改革强军等作为重要评判标准，始终把意志和力量凝聚在党的旗帜下。强化“为党立言发声”的使命担当。军队新闻舆论工作，肩负着为党的政治主张和先进理论鼓与呼，为强军兴军鼓与呼的特殊使命，必须围绕中心、服务大局。当前，我军建设发展改革步伐很快，我们要把握这个大势、适应这个大势，坚持以强军目标为引领，宣传强军思想，激发强军精神，汇聚强军力量，助推强军实践，推动党中央和中央军委各项决策部署在官兵头脑中扎根、在部队工作中落地，为同心共筑中国梦强军梦营造强大舆论势场。

恪守党性原则，最关键的是坚持政治家办报。习总书记指出，新闻舆论工作者要增强政治家办报意识。“政治家办报”，是老一辈无产阶级革命家根据具体的国情、舆情，结合宣传思想战线工作经验提出来的，是具有很强现实指导意义的著名思想论断。作为党的喉舌，新闻舆论媒体必须有严格的组织纪律性，必须接受和服从党的领导，凡是涉及重大政治性问题，必须统一于党中央的口径，保持步调一致。这也是新闻舆论工作者必须时刻绷紧的一根“生命弦”、不可触碰的一条“高压线”。检验政治家办报的标准，一看是不是确立马克思主义新闻观，二看是不是有坚定的政治意识、大局意识、阵地意识，三看是不是忠实宣传党的理论和路线方针政策，四看是不是把纪律挺在前面，五看是不是有很强的政治定力。新闻舆论工作者必须经常以此对照自己，牢记政治责任，更加自觉地听招呼、守纪律、强定力。政治家办报的观念，不仅领导干部要具备，每个编辑记者都要具备；不仅在关键时刻要坚定，日常宣传也要清醒；不仅在宣传指导思想上要突出，在具体新闻实践中也要体现。这些政治规矩不容置疑、不可动摇，任何时候都不能忘、不能丢。

军报姓党，就是要增强政治意识、履行政治使命，在维护党中央、中央军委和习主席权威上见行动树旗帜

习总书记强调，党的新闻舆论媒体的所有工作，都要体现党的意志、反映党的主张，维护党中央权威、维护党的团结，做到爱党、护党、为党。在视察解放军报社时，习主席指出，坚持军报姓党，就要爱党、护党、为党，为巩固和壮大主流思想舆论竭尽全力。为此，我们要增强政治意识、大局意识、核心意识、看齐意识，在维护党中央、中央军委和习主席权威上见行动树旗帜。

我们党领导开启了中国梦强军梦的伟大征程，国家进入了由大向强发展的关键阶段，国防和军队建设站在了新的起点上。“创业艰难百战多”。当前国际风云变幻，强国进程中遏制与反遏制、意识形态领域渗透与反渗透、国际话语权上争夺与反争夺，都非常复杂、尖锐和激烈。国内矛盾凸显，全面深化改革进入攻坚期深水区，经济下行压力增大，改革发展和社会稳定面临诸多挑战。我军正在经历一场整体性、革命性变革，部队官兵思想正处于活跃期。面对社会转型、发展转型、军队转型、传播转型的严峻考验和挑战，形势越是复杂，斗争越是尖锐，越需要我们坚守“历史的个性”，更为积极地把强化“四个意识”贯穿于新闻舆论工作的全部实践之中，言党之所言，道国之大道，谋军之所谋，践行强军使命，引领强军步伐，传递强军之声，用大视野审视大格局，用大思路宣传大方略，担负起“团结人民、鼓舞士气、成风化人、凝心聚力”的历史重任。

对党的基本政治路线、理论方针政策、战略决策部署、形势任务判断等，新闻舆论媒体必须有权威的解读、正确的观点、坚定的态度，尤其对支持什么、反对什么决不能有丝毫含糊。当前有少数单位和个人“四个意识”比较淡漠，党性原则不敢讲、讲得少了。有的当所谓的“开明绅士”，“爱惜羽毛”，对错误思想和言论视而不见，不抵制、不批驳；有的追求西方所谓的“新闻自由”，对党的政治纪律、宣传纪律置若罔闻，我行我素；有的专挑那些党已经明确规定的政治原则、已经作出结论的历史事件来说事，口无遮拦，颠倒是非，甚至对其受到敌对势力利用却不以为耻、反以为荣。作为党的新闻舆论媒体，必须坚决反对这些错误倾向，坚定自觉地同以习近平同志为总书记的党中央保持高度一致，坚定宣传党的理论和路线方针政策，坚定宣传中央重大工作部署，坚定宣传中央关于形势的重大分析判断，坚决站稳立场、坚决服从大局、坚决维护权威。特别是在关键时刻和关键问题上，要以对党、人民和军队高度负责的精神，拿出勇于发声、敢于亮剑的实际行动，理直气壮地批驳各种错误观点和倾向，使爱党、护党、为党的旗帜在思想舆论斗争的阵地上高高飘扬。

军报姓党，就是要站稳政治立场、强化政治责任，让党的主张成为时代最强音

习总书记在座谈会讲话中强调指出，新闻舆论工作各个方面、各个环节都要坚持正确舆论导向。在视察解放军报社时，习主席明确提出了“让党的主张成为时代最强音”的要求。“文者，贯道之器也。”正确的舆论导向，就是新闻舆论媒体必须坚持的“道”；只有坚持正确舆论导向，才能让党的主张成为时代最强音。历史和现实经验告诉我们，舆论的力量“可兴一国，可正其史”，不容小觑。在网络勃兴、信息海量的今天，正确的舆论可以成为发展的“推进器”、社会的“黏合剂”、道德的“风向标”。因此，牢牢把握正确舆论导向，弘扬主旋律、传播正能量，显得尤为重要。

要大力弘扬共产党好、社会主义好、改革开放好、伟大祖国好、各族人民好的时代主旋律，传播有利于振奋人民精神、凝聚民族力量、推动社会进步的正能量。先进的思想观念如果不用生动活泼的形式来表达，广大群众和官兵就会难以掌握；科学理论高地如果不能架起攀登的阶梯，广大群众和官兵就会望而生畏。要坚持紧跟热点引导、增进认知认同，围绕社会关心关注的热点、难点问题，找准思想认识共同点、化解矛盾切入点，引导群众多看主流、多看本质、多看光明；坚持用先进手段传播先进思想，用技术优势增强政治优势，使党的意志和主张转化为广大群众和官兵的自觉行动。

要在传播党的创新理论上跟上步伐、走在前列。当前，必须紧紧跟上党中央、习总书记思想步伐，时刻与党中央对表、向党中央看齐，准确理解把握党中央、习总书记的战略意图，理解把握党和国家的大政方针政策，切实把重大理论观点诠释准确，把重大战略思想解析透彻，把重大决策部署宣传全面。《解放军报》历来坚持以党的旗帜为旗帜，以党的方向为方向，以党的意志为意志。党的十八大以来，习总书记每次发表重要讲话、作出重要指示，军报都自觉当好“第一传播者”，从科学体系上阐发丰富内涵，从世界观、方法论上阐发精髓要义，从转化运用上阐发实践要求，推动理论武装不断深入，为打牢团结奋斗的共同思想基础积极作为。

要当好意识形态领域斗争的生力军，勇于举旗帜、打头阵、当先锋。“澄清谬误、明辨是非”，同形形色色的错误思想和言论进行斗争，是党的新闻舆论媒体的重要职责和使命。面对咄咄逼人的进攻和交锋，面对来势汹汹的恫吓和冲击，党的新闻舆论工作者决不能沉默和妥协，党的新闻舆论媒体决不能成为被动防守的“马奇诺防线”，而要保持鲜明的战斗风格，针锋相对进行斗争和批驳，不回避、不含糊、不失语，把谎言揭穿，把谬误驳倒，把似是而非的东西澄清，引导群众和官兵保持理论上的清醒，坚守信仰高地和精神家园。近年来，针对“普世价值”“宪政民主”“历史虚无主义”及“军队非党化、非政治化”和“军队国家化”等错误观点，针对歪曲历史事实、抹黑革命领袖、诋毁英雄人物等丑陋行径，《解放军报》旗帜鲜明地及时发声，传统媒体与新兴媒体形成强大合力，有效地驱散了试图影响广大官兵思想观念的各种毒霾，起到了激浊扬清、强基铸魂的作用。

军报姓党，就是要把握政治导向、发挥政治优势，坚持党性和人民性相统一

在座谈会讲话中，习总书记强调了坚持以人民为中心的工作导向，鼓励记者多深入基层、深入群众，要求新闻舆论媒体坚持党性和人民性相统一，把党的理论和路线方针政策变成人民群众的自觉行动，及时把人民群众创造的经验和面临的实际情况反映出来，丰富人民精神世界，增强人民精神力量。在视察解放军报社时，习主席把“为军队服务、为军人服务”概括为《解放军报》的最大特色和最大优势。我们要深刻认知、深入贯彻习主席这些重要论述的科学内涵，努力在新的历史时期、新的舆论格局、新的媒介生态中更好地体现党的主张、更好地反映人民心声、更好地为广大官兵服务。

马克思主义认为，无产阶级政党主办的报刊应该“生活在人民当中，它真诚地和人民共患难、同甘苦、齐爱憎”。从本质上说，党的新闻舆论媒体坚持党性就是坚持人民性，坚持人民性就是坚持党性，党性寓于人民性之中，没有脱离人民性的党性，也没有脱离党性的人民性。坚持了党性，新闻舆论工作就有了立场和指向。我们党是全心全意为人民服务的，牢记人民性就必须以人民为本。坚持了人民性，新闻舆论工作就获得了动力和源泉。在新闻舆论工作实践中，我们把党的政策、决策、发展思路和措施诠释给人民，形成上下思想上的合拍；把改革开放的发展成果惠及人民群众，形成理想愿望上的合心；把群众中蕴藏的巨大积极性和创造力释放出来，形成行动上的合力。新闻舆论工作是顶天立地的，一定要坚持党性和人民性相统一，既要服务党和国家工作大局，又要面向基层和广大群众，防止上不着天、下不着地。要坚持以人民为中心的工作导向，把服务群众同教育引导群众结合起来，把满足需求同提高素养结合起来。坚决克服有些宣传报道脱离生活、不接地气、同群众贴得不够不紧的问题，坚决克服一味迎合市场带来的低俗庸俗和媚俗的问题。

对《解放军报》来说，坚持以人民为中心的工作导向，就是要按照习主席指出的那样，“坚持面向部队、面向基层、面向官兵，坚持以广大官兵为中心，结合部队强军实践，讲好强军故事，发挥武装人、引导人、塑造人、鼓舞人的作用”。要当好“不见面的指导员”，办好“没有围墙的大学”，牢记官兵是军报的“服务对象”，也是办好军报的“主体力量”。既要做好上情下达，也要搞好下情上达；既要报人办报，更要依靠广大官兵办报；既要用富有时代气息的典型引领官兵，也要帮助和引导他们讲好自己的故事、身边的故事。切实帮助官兵拨开思想迷雾、增长人生本领，引导官兵把个人成长同实现强军梦紧密结合起来，争做“四有”新一代革命军人。

（《军事记者》2016 年 4 月 1 日特稿 4—6 页）

申报资料实录

作品简介：2016 年初，习近平总书记到人民日报社、新华社、中央电视台实地调研，并在党的新闻舆论工作座谈会上发表重要讲话，就做好新闻舆论工作作出战略部署。本文作者通过认真学习总书记这次重要讲话精神，并结合 2015 年底习总书记视察解放军报社发表的重要讲话，围绕军队媒体如何始终坚守军报姓党的政治灵魂，努力做到政治上更强、传播上更强、影响力上更强，为实现中国梦强军梦提供强大思想舆论支持进行了深入的思考，提出了独到的见解。

社会效果：论文刊发后在新闻界特别是军队新闻界反响强烈，许多媒体转载转发，不少读者来电或来信反映此文发表及时、理论价值高、指导性强，对新闻界尤其是军队新闻工作者深入学习贯彻习总书记重要讲话精神，推进改革强军目标下的军事新闻事业的发展，具有重要的指导意义。随后，《军事记者》杂志又连续多期刊发相关理论研讨文章，在军队系统掀起了一股学习讲话精神，促进新闻工作的热潮，并推动了《解放军报》的全面改版。

推荐理由：这篇论文主题鲜明、指导性强，逻辑严密、语言流畅，通俗易懂，具有较高理论价值。

Putin eyes closer partnership with China 普京接受新华社社长独家专访　表示期待打造更紧密俄中伙伴关系

（文字消息）

蔡名照

Russian President Vladimir Putin has said that his country and China are diversifying trade and exploring new cooperation areas in joint pursuit of a more productive partnership in a challenging global landscape.

“We see each other as close allies，so of course we always listen to each other，by this I mean we keep in mind each other's interests，” said Putin in an hour–long exclusive interview with Xinhua President Cai Mingzhao in St.Petersburg on June 17.

Recalling that the two countries established a strategic partnership two decades ago and signed a treaty of friendship and cooperation 15 years ago，Putin said mutual trust between the pair of neighbors has reached an unprecedented level and laid a solid foundation for bilateral cooperation.

Now leaders of the two countries meet regularly，and more than 20 intergovernmental mechanisms are in place，noted the Russian president，who is scheduled to pay a state visit to China on Saturday，his fourth trip to China since Chinese President Xi Jinping took office in 2013.

In a telling sign of the high frequency of bilateral top–level contact，Putin will meet Xi over the weekend for the second time in four days.Both are now in Tashkent for a summit of the Shanghai Cooperation Organization (SCO).They are also both poised to attend this year's Group of 20 summit in the Chinese city of Hangzhou in September.

Acknowledging that the two sides cannot always reach agreement on complicated issues quickly，Putin stressed that they can make them -- however complicated they are -- serve the common purpose of promoting bilateral cooperation.

"So we always find a solution," he told Cai.

Touching upon one of those complicated issues, the recent decline in bilateral trade value, Putin said it is merely a temporary downtick resulting from the current market prices of certain commodities and differences in exchange rates against the backdrop of global economic woes.

"The most important task in bilateral relations is bringing diversities and higher quality to trade relations, particularly boosting cooperation in high-tech areas," he said, noting that the two sides have taken concrete measures to optimize their trade structure.

While citing fruitful cooperation in aerospace and nuclear power, Putin said the Russian side is also closely following the construction of a high-speed railway between Moscow and Kazan.

The 770-km track, now under Russia-China joint construction, is designed for bullet trains capable of running at a speed up to400 kmper hour, and expected to cut the travel time between Moscow and Kazan from the current 12 hours to three and a half.

The project "may very well be only the beginning of our broad cooperation in infrastructure," said Putin.

Meanwhile, China-Russia cooperation is also gaining momentum and new dimension thanks to the Xi-proposed Belt and Road Initiative, which comprises the Silk Road Economic Belt and the 21st-CenturyMaritime Silk Roadand aims to pursue common development along the ancient trade routes linking Asia with Europe and Africa.

The Belt, which runs through Central Asia, is a "very well-timed and appealing" vision that "holds great potential," a cheerful Putin commented in the interview, which was conducted on the sidelines of theSt.PetersburgInternational Economic Forum.

In a recent meeting of the Eurasian Economic Union (EEU), all five members -- Armenia, Belarus, Kazakhstan, Kyrgyzstan and Russia -- expressed support for carrying out cooperation with China within the Belt framework, Putin recalled.

In the first phase of cooperation, the two sides can set up a free trade area, Putin proposed, stressing that with more and more countries in the region interested in joining the ranks, the bloc needs to be open and inclusive.

The proposal echoed Putin's announcement at the St.Petersburg forum that talks are to start this month with China on the creation of "a comprehensive trade and economic partnership in Eurasia" with the participation of the EEU and China.

As regards the SCO, another important stage for China–Russia cooperation, Putin pointed out that the organization "has become a popular and attractive organization in the region" with many countries around the world eager to join.

At the Tashkent summit, the six SCO members --China, Kazakhstan, Kyrgyzstan, Russia, Tajikistan and Uzbekistan-- are expected to take a crucial step toward granting membership to India and Pakistan, and also discuss the participation of other countries in the mechanism.

"The expansion of the SCO's functions and the increase in its member numbers, particularly the inclusion of those important countries mentioned above, have made it an authoritative and popular international organization in the region and the world at large," Putin said.

Against the backdrop of sluggish global economic recovery, regional instability, rampant terrorist activities and environmental degradation, Putin said, "coordination between Russia and China on the global stage is itself a stabilizing factor in international affairs."

Speaking of the upcomingChinavisit, Putin said, "I expect to have friendly meetings with President Xi on a broad range of topics, with mutual trust, as we have always had."

中文稿：

普京接受新华社社长独家专访
表示期待打造更紧密俄中伙伴关系

俄罗斯总统普京近日接受新华社专访时表示，俄中两国正在优化贸易结构，开拓合作领域，携手打造更富有成果的伙伴关系，共同应对全球挑战。

应中国国家主席习近平邀请，普京将于6月25日开始对中国进行国事访问。访问前夕，普京在出席圣彼得堡国际经济论坛期间接受了新华社社长蔡名照约1个小时的独家专访。

“我们彼此视对方为亲密盟友，因此理所当然始终倾听伙伴的声音，我指的是照顾彼此利益，”普京说。

普京回忆说，20年前，俄中宣布构建战略伙伴关系；15年前，两国签署了友好合作条约。如今，这两个邻国之间的互信达到了前所未有的高度，为双边合作奠定了坚实的基础。目前，两国领导人定期举行会晤，20多个政府间合作机制高效运行。

25日中国之行将是普京自习近平就任中国国家主席以来第四次访华。由于两位领导人现都在乌兹别克斯坦首都塔什干出席上海合作组织峰会，因此周末北京之约将是他们4天内第二次会面。频率之高，实属鲜见。

普京承认，俄中并不总能在复杂的问题上迅速达成一致。但他强调，双方能让这些问题服务于共同的目标，“即推动彼此之间的合作，所以我们总能找到解决之策”。

专访中，普京就谈到这样一个复杂问题，即两国贸易额下滑。对此，普京表示，这只是在世界经济不振大背景下的短暂现象，与个别商品当前的行情和汇率差异有关。

“最重要的方向当然是实现双边贸易往来多元化，赋予其更优秀的特质，我指的是提升对双边合作中高技术领域的关注”。他还注意到，双方已经开始采取实质性的举措改善双边贸易结构，而且已经开展航空航天、核能等领域合作。

普京还谈到俄中共建的“莫斯科—喀山”高铁项目。这条770公里长的高速铁路，最高时速可望达到400公里。建成后，从莫斯科到喀山的时间将从目前的 12 个小时大幅缩短至 3 个半小时。

“在著名的‘莫斯科—喀山’高铁项目上，工作进展非常顺利……我们密切关注这一项目的进展，这可能仅仅是两国基础设施大规模合作的开始，”他说。

此外，在习主席提出的“一带一路”倡议引领下，中俄合作正在获得新的动能和维度。“一带一路”是指“丝绸之路经济带”和“21 世纪海上丝绸之路”。这一倡议旨在推动古丝绸之路沿线国家共同发展。

穿越中亚地区的“丝绸之路经济带”倡议“非常及时，令人感兴趣，并拥有广阔前景”，普京饶有兴趣地说。

“就在不久前，我们欧亚经济联盟五国（亚美尼亚、白俄罗斯、哈萨克斯坦、吉尔吉斯斯坦、俄罗斯）在阿斯塔纳讨论过相关内容。大家都赞成在习近平主席提出的‘丝绸之路经济带’设想框架内发展我们与中国的合作，”他回顾说。

就此普京建议，在合作第一阶段，双方可以建立自贸区；考虑到本地区越来越多国家对这一合作感兴趣，“我们会努力避免建立封闭的经贸集团”。

这一建议与普京在圣彼得堡国际经济论坛上的表态一脉相承。他说，将在 6 月与中国正式启动对话，着眼在欧亚地区构建一个涵盖欧亚经济联盟和中国的全面经贸伙伴关系。

在谈到俄中合作另一个重要平台——上合组织时，普京表示，这一组织已经成为“本地区受欢迎的、富有吸引力的组织”，世界上很多国家已表示期望加入上海合作组织。

在塔什干峰会上，上合组织六个成员国（中国、哈萨克斯坦、吉尔吉斯斯坦、俄罗斯、塔吉克斯坦、乌兹别克斯坦）预计将在吸纳印度和巴基斯坦成为正式成员问题上迈出关键一步，并将讨论其他国家参与上合机制工作问题。

“上海合作组织职能范围的扩大、成员数量的增加，特别是上述重要国家的加入，使得这一组织成为一个不仅在本地区，而且在世界范围内都具有权威性的、受欢迎的国际组织，”普京说。

当今世界面临诸多重大挑战，全球经济复苏乏力，部分地区局势动荡，恐怖活动加剧，气候变化等环境问题突出。在这一大背景下，普京指出，“俄罗斯和中国目前在国际舞台上进行协作这件事本身就是国际事务中的稳定因素”。

谈到他即将对中国进行的访问，普京说：“我期待像往常那样与习近平主席在友好互信的气氛中举行内容丰富的会谈。”

（新华社圣彼得堡 2016 年 6 月 23 日电）

申报资料实录

作品简介：2016 年 6 月，新华社社长蔡名照在圣彼得堡独家专访俄罗斯总统普京。这是中国国家通讯社社长首次对话联合国安理会常任理事国元首，也是中国媒体首次对俄罗斯总统进行全媒独家专访，实现了中国在国际传播领域的关键突破。

在访谈过程中，采访者精准把控议题设置，抓住中俄利益交汇点、话语共同点和情感共鸣点，达到了巧妙引导对话者的目的。这条稿件以访谈内容为基础，精心选材加工，突出议题设置，实际上是通过普京之口，向全世界传播了中国立场，实现了传播内容的有效放大和传播效果的成倍增加，有力唱响了中俄全面战略协作伙伴关系光明论。

正如普京对蔡名照所说："您在这件事上帮助了我们。谢谢您，因为在当今世界，新闻报道的重要性不亚于外交官的实际工作。"

社会效果：稿件通过中英法西俄阿等多语种播发后，被国内外约 1000 家媒体转引采用，实现了极其丰厚的传播价值。英文稿件被法新社、彭博社、新加坡《海峡时报》等 10 余家国际主流媒体和众多海外新闻网站转引，其中东非第一大日报肯尼亚《民族报》、尼日利亚主要报纸《蓝图报》、南非主流报纸《独立报》等主流报纸全文刊登了这条消息。

在海外社交媒体上，相关报道浏览总量超过 1500 万次，并引发网友热烈回应。网友 Mohammad Hossain 评论说，"此事（打造更紧密俄中伙伴关系）宜早不宜迟。当今世界很混乱，搅局者太多，中俄应当联手应对。"

这次高端访谈还在媒体业内引发强烈反响。塔斯社社长米哈伊洛夫说，普京总统主动邀请外国媒体领袖对其专访十分罕见，体现了他对俄中关系的格外重视和对新华社全球传播能力的高度认可。

推荐理由：借嘴说话是国际传播的有效方式，高端访谈传播实效更为突出。此次专访普京报道不仅代表了中国国际传播能力建设进程中的一次重要突破，而且体现中国媒体对巩固中俄全面战略协作伙伴关系的舆论担当，堪称媒体外交和高端访谈双料典范。

我们的更路簿——三沙属于中国的历史证据

（电视专题）

孔德明　叶　明　杨　全　李柳青　杨昊霖　王文心

（限于篇幅，文字稿略，获奖作品请看光盘。）

（海南广播电视总台三沙卫视 2016 年 6 月 29 日 19 时 30 分）

申报资料实录

作品简介：该作品由海南广播电视总台采制。

此片通过解析《更路簿》，循着历史的遗迹，让老渔民们结合当年记忆，让观众了解中国的祖宗海，中国是最早发现、最早命名、最早经营、最早持续不断地行政管辖南海的事实。片子如何有效对冲海牙仲裁庭即将发布的所谓“南海仲裁案”裁决结果，记者前期用了 1 月的时间去研究相关南海问题，从电话连线出海在外的老船长，到实地采访《更路簿》的传承者。从深入研究海疆问题到大量阅读历史资料，记者积累了大量第一手素材，是第一部真正展示中国潭门渔民自古耕耘南海的专题片。编导在时间紧任务重的情况下，加班熬夜，精心制作片子，力争成为南海仲裁案的有效外宣电视作品。

社会效果：片子在海南广播电视台首播后，引起了观众广泛关注，也引发了社会各界的热议。得到中宣部、外交部、国家海权办等部委的认可，专题片于 7 月 11 日在央视一套播出，翻译成法、西、俄、阿、英 5 种语言，并在央视 9 个频道（央视综合频道、国际频道、纪录频道、科学教育频道、央视英语新闻频道、央视西班牙语、法语、阿拉伯语和俄语国际频道）累计播出 28 次，人民网 5 个电视频道播出。海南日报、南国都市报等多家纸媒持续宣传报道。央视网、新华网、人民网、凤凰网、南海网、搜狐、网易、新浪等网络媒体报道近 300 篇。各类新媒体客户端推广 50 多篇。诸多专家学者认为，《更路簿》是论证中国对南海诸岛及其附近海域拥有主权的强有力佐证，这次能够翻译成外语版本在世界范围播出，意义非常重大。

英语在 CCTV　NEWS　频道（周日）7 月 24 日 21：00–21：30，7 月

25 日 02：30–03：00，10：30–11：00 播出。

法语在央视法语频道　8 月 1 日首播 13：30 重播 17：30、19：30、1：30。

西班牙语在央视西班牙语频道　8 月 1 日首播 12：00 重播 20：30。

俄语在央视俄语频道　7 月 30 日 /7 月 31 日首播：10：30 重播：16：00，22：00　8 月 1 日首播：11：45 重播：19：45，23：30。

阿拉伯语在央视阿拉伯语频道　8 月 8 日首播 14：30 重播 20：30　8 月 9 日 02：00　08：30。

俄语国际频道通过中星 6B 和 EB–9A 两颗卫星播出发送，信号覆盖亚洲、太平洋、中东和欧洲地区。频道的主要服务对象为 12 个独联体国家、东欧地区和波罗的海 3 国，总人口约 3 亿。

阿语频道通过阿拉伯卫星和尼罗河卫星 (Nilesat) 传输电视信号覆盖中东和北非地区，通过中星 6B 卫星覆盖亚太地区。覆盖 22 个阿拉伯国家近 3 亿左右的观众。

英语新闻频道已在 110 个国家和地区落地，拥有 1 亿多用户，是央视对外传播的龙头频道，与西班牙语、法语、阿拉伯语和俄语四个国际频道构成了央视多语种的国际传播平台。

全球互联网用户都可以通过央视网的各个语种频道，收看到各频道节目。

英语 http：//english.cctv.com/

法语 http：//fr.cctv.com/

西语 http：//espanol.cctv.com/

俄语 http：//russian.cctv.com/

阿语 http：//arabic.cctv.com/

推荐理由：该片在此特殊时刻播出，具有正本清源的意义，翻译成多国语言播出，有利于进行对外宣传，以正视听。因为更路簿，它实际上是中国人民开发经营南海诸岛及其海域一个很重要的过程。这个片子很有意义，制作十分精细，传播效果好，是一个有影响的境外宣传作品。

锦绣记（海外版）

（纪录片）

集　体

（限于篇幅，文字稿略，获奖作品请看光盘。）

（中央电视台中文国际频道特别节目 2016 年 12 月 27 日 22 时）

申报资料实录

作品简介：该作品由苏州广播电视总台采制。

党的十八大以来，习近平总书记多次强调要弘扬中国优秀传统文化，新闻宣传工作尤其是对外传播工作中，要充分展现中国政府和人民的精神志气，提振中华民族的文化自信。

该节目是讲好中国故事，向世界推介中国优秀文化，展现中国文化自信和文化创新的一次成功实践。

节目通过在全国范围内选取具有代表性的丝织技艺和传承人，讲述他们的故事，展现了多姿多彩的蚕桑技艺和丝绸文化，突显当代中国人对自然的尊重、对传统技艺的传承和创新、对美好生活的向往和追求。创作团队用丝绸编织了一扇美丽而神奇的窗口，从而让世界从一个侧面了解了中国和中国文化的精深与博大、独特而多元。

创作过程中，创作团队深入民间，深入基层，聚焦于丰富生动的有精神追求的人物和有情感温度的故事，以微距拍摄等高品质影像展现蚕桑和丝织技艺的神奇，使该片具有了丰富的知识性和较高的观赏性，也有效提升了其国际传播的关注度和影响力。

社会效果：节目于 2016 年 12 月 27 日 22：00、22：50 分别在中央电视台中文国际频道欧洲版和美洲版播出。此外，节目还在上海东方卫视境外频道多次播出。

节目播出后反响热烈，在获得电视播出高收视率的同时，还得到了境内外网络收视群体的高度赞扬，引发了网友大面积的“围观”和讨论，渗透全年龄层观众。有网友认为："何为华夏？华乃章服之美，夏乃礼仪之大。"有网友激动地表示："厉害了我的国，此生不悔入华夏。"有人惊叹于古人的智慧，有人沉溺于精美的图案，有人震撼于华服之美，欲将画面一帧帧截图收藏，也有人看得热泪盈眶。对中国既古老又新鲜的丝绸文化和传统技艺的讲述经由现代媒介的传播，让无数人感受到了丝织的魅力。节目已被社会誉为近年来讲述非遗，特别是展示丝织艺术的不可多得的影视佳作。

节目荣获2016年度江苏省广播电视彩虹奖一等奖，节目完整版被国家新闻出版广电总局评为2016年第三批优秀国产纪录片，获得江苏省新闻出版广播影视产业发展专项资金和苏州市文化产业发展专项扶持资金。多家境内外播出机构正与制作方洽谈节目购销，在扩大社会效益的同时也将实现经济效益。

节目于（伦敦时间）2016年12月27日14：00；（美东时间）2016年12月27日09：50分别在中央电视台中文国际频道（CCTV-4）欧洲版和美洲版播出。此外，节目还在上海东方卫视境外频道多次播出。

推荐理由：该节目深入民间，深入基层，用讲故事的方式，展示了中国悠久灿烂的蚕桑技艺和丝绸文化，将这一优秀传统文化推上世界舞台。在拍摄手法上，运用了大量微距镜头展现神奇的蚕桑和丝织技艺，呈现出微观世界震撼人心的冲击力，可堪称道。节目播出后获得了广泛的社会赞誉，也完成了一次出色的国际传播，让世界看到了中国人对传统技艺的传承和创新，对美好生活的向往和追求，是展现中国文化自信和文化创新的一次成功实践。

东京审判

（纪录片）

朱晓茜　陈亦楠　敖　雪　王　硕　俞　洁

（限于篇幅，文字稿略，获奖作品请看光盘。）

（上海广播电视台外语频道特别节目 2016 年 12 月 13 日 20 时）

申报资料实录

作品简介： 东京审判开庭 70 周年之际，上海广播电视台融媒体中心承制中宣部重大外宣项目，推出新一系列纪录片《东京审判》。本系列以上海交通大学东京审判研究中心为学术依托，在采集国内外独家罕见影像资料的基础上，走访中美日德专家、亲历者及后人，以翔实的镜头语言力证东京审判是一场文明的、正义的、公正的审判。1. 展示了关于东京审判的最新历史发现和学术研究成果。节目首次披露了诸如日本律师团为南京大屠杀被告有计划地作大量伪证、关押战犯的日本巢鸭监狱地形图、巴丹死亡行军等一系列最新研究成果。摄制组联合 SMG 版权资产中心和上海交通大学，远赴美国国家档案馆采集东京审判的影像资料，首次发现了大批证人出庭作证的珍贵史料画面。2. 以独特的国际视角，采访了目前世界上研究东京审判最权威的专家学者，对 70 年前的这场审判进行解读和分析。3. 摄制组独家采访重量级嘉宾，包括日本前首相菅直人、鸠山由纪夫、日本前驻华大使宫本雄二等人，他们在片中谈及对东京审判的看法以及日本人应有的历史态度。4. 节目组远赴海外，挖掘第一手珍贵影像资料。摄制组前往日本远东国际军事法庭旧址、关押战犯的巢鸭监狱旧址、德国波茨坦会议召开地、纽伦堡法庭旧址、美国珍珠港纪念馆等重要的历史性地点进行海外实地采访拍摄。

社会效果： 1. 国家公祭日热播，引发社会、媒体、专家一致好评。《东京审判》英语版播出前一天和当天，包括新华社、人民网、《中国日报》等 40 多家电视、平面和新媒体，在重要版面和主要位置，播出和刊登了纪录片《东京审判》的首播预告。《上海发布》和《界面新闻》的点击量纷纷突破10万。节目在外语频道收视率排名前三。上海交通大学东京审判研究中心主任程兆奇对新一系列的《东京审判》赞不绝口，他评价说，纪录片在基调处理上理性平和，运用大量的庭审原始影像资料，在事实证据面前凸显当时审判的公平、公正性。中共上海市委宣传部新闻阅评督查组撰写第201期《新闻评点》，高度肯定纪录片《东京审判》。

2.《东京审判》海内外触及量达500万次。在节目播出前一周至节目播出结束，摄制组制作了20条《东京审判》精彩短视频在看看新闻APP、ShanghaiEye、秒拍、微博、Facebook、Twitter等新媒体上陆续推出，总触及量超过500多万次。

3. 海外平台播映及推广。该片播出的同时，日本NHK制作的同名纪录片《东京审判》在NHK综合频道播出，试图扭曲真实历史，否定东京审判。系列纪录片《东京审判》的播出，在第一时间正面回应了日本NHK的观点。SINOVISION美国纽约中文台自2016年12月28日到30日播出《东京审判》三集英语版；加拿大中文台于2017年3月22、29日和4月5日播中文版。另外，美国环球东方电视台于3月13日起连续三天播出《东京审判》中文版。

推荐理由：大型历史纪录片《东京审判》作为中宣部的重大外宣项目，在东京审判开庭70周年之际，用客观冷静的理性思考向国际社会力证东京审判是一场文明的、正义的、公正的审判。在此之前，该系列第一季荣获2016年亚洲电视奖最佳系列纪录片大奖。整个系列以上海交通大学东京审判研究中心为学术依托，围绕最新的学术研究、文献和证据，独家展现了海内外罕见影像资料，采访国际专家、亲历者及后人。一经播出，即在国内外引起强烈反响和取得很好口碑，是一部经得起考验的学术和电视作品。

外国漫画家手绘北京

（网络专题）

杨明星　许　颖　陈　源　李　嵩　路　松

作品网址	http：//comic.qianlong.com/ztj/wgmhjshbj/	
代表作一	标题	手绘京城？外国漫画家画北京活动开幕
	网址	http：//v.qianlong.com/2016/0428/573001.shtml
代表作二	标题	外国漫画家画北京《漫画手札》29 日篇
	网址	http：//comic.qianlong.com/2016/0429/576008.shtml
代表作三	标题	外国漫画家画北京《漫画手札》5 月 2 日篇
	网址	http：//comic.qianlong.com/2016/0502/577267.shtml

（千龙网 2016 年 4 月 28 日首发）

申报资料实录

作品简介：“1+1”手绘京城·外国漫画家画北京活动由北京市政府新闻办公室主办，邀请十位外国漫画师和十位中国漫画家“1+1”结对手绘京城。千龙网开设《外国漫画家手绘北京》专题，对本次活动进行了全方位跟踪报道，完整记录活动每日行程，专题页面包含所有中外漫画家介绍、作品展示、视频报道、微博话题以及英文版页面，从声音到画面再到影像捕捉漫画家的每一个灵感瞬间。相关内容在境外社交媒体广泛传播。

初评评语：该作品以富于网络漫画特色的新闻报道与页面语言，全面反映了中外漫画家漫游北京的“手绘之旅”。页面风格与漫画主题呼应，呈现出中外漫画家对中国传统文化的不同解构。作品依托知名外国漫画家在社交媒体上的影响力，在境外广泛传播，获得显著国际传播成果。相关漫画作品还在第十一届中国北京国际文化创意产业博览会（北京文博会）上展出。

推荐理由：网络专题《外国漫画家手绘北京》是众多参评外宣作品中让人眼前一亮的优秀作品。

打开专题，一股清新之风扑面而来。之所以产生这样好的效果，首先是策划够新奇。外国漫画家画北京活动，邀请十位外国漫画家和十位中国漫画家“1+1”结对手绘京城。这本身就是一个让人拍手叫绝的好策划，有趣味，有看点。其次是设计够新潮。专题对本次活动进行了全方位跟踪报道，完整记录活动每日行程。页面内容包含了中外漫画家介绍、作品展示、视频报道、微博话题以及英文版页面，从声音到画面再到影像捕捉漫画家的每一个灵感瞬间。页面风格设计简洁清新，并与漫画主题呼应，呈现出中外漫画家对中国传统文化的不同理解。

作品利用艺术家、艺术作品的影响力，打造融通中外的中国表述，是创新对外传播方式、探索对外话语体系的一次有益尝试。

从广东制造到广东智造

（广播专题）

郑 韵 Harry Harding 薛 晖

（限于篇幅，文字稿略，获奖作品请听光盘。）

（广东广播电视秒南粤之声 fm105.7《今日广东》2016 年 12 月 17 日 23 时 30 分）

申报资料实录

作品简介：广东制造早已名扬海外，广东智造也已走出国门，在国际舞台上崭露头角。为了说好这个中国故事，唱响广东创新，节目组精心策划了“从广东制造到广东智造——广东创新在澳大利亚”系列报道，派出团队赴澳大利亚采访，并与澳大利亚广播公司 ABC 合作，借力增强报道的国际传播力。

一、以小见大，精心选材

中国已成为澳大利亚第二大科技合作伙伴，广东与澳大利亚的科技创新领域合作涉及各个领域。企鹅岛是澳大利亚最知名的观光胜地之一，经过深入调查，安装在小企鹅身上的 GPS，正是在广东生产的。另一个选取的例子是用于海上救援的无人机，这台由深圳一家科技公司生产的无人机是中澳创新合作的结晶。

二、让使用者说话，让事实说话

选取的受访对象都是产品的使用者，受惠者，如企鹅岛的研究员、游客；无人机澳大利亚的客户、救生员等。由他们分享感受，而不是由制造者自卖自夸。用丰富的现场音效，让听众身临其境；以真实的对话，让听众聆听背后的故事。

三、微宏观结合，画龙点睛

除了两个具体事例之外，记者还采访了中国驻澳大利亚大使馆的科技参赞，由他从宏观的角度，总结中澳创新合作，特别是与广东之间创新合作的现状及展望未来前景，升华主题。

社会效果：除了在南粤之声播出之外，节目于 2016 年 12 月 17 日及 18

日通过在总部位于伦敦的世界广播网在《今日广东》栏目里面向欧洲、美洲、非洲、中东及亚太地区播出，同步推送微信《广东创造在澳大利亚原来这么牛，不看不知道！》，受到听众关注，收获普遍好评。

推荐理由：该报道在广东实施创新驱动发展战略的关键时期推出，为广东智造、广东创新“点赞”，为广东产品在国际市场营造良好舆论。角度新颖、制作精良、音响丰富、结构完整、主题鲜明，是一篇优秀的国际传播作品。

《人民日报》专栏

人民眼

张　忠　牛一兵　费伟伟　王斌来　禹伟良　孔祥武

申报资料实录

专栏简介：新的传播环境下，深度报道何去何从？为挖掘内容生产潜力、提升原创新闻品质、巩固传统媒体核心竞争力，人民日报于2015年1月创办记者调查版，统筹资源打造深度报道专栏——《人民眼》。该专栏以“顶天立地研究问题”“吃透两头讲好故事”为遵循，以推出有思想、有温度、有品质的重磅作品为旨归，是人民日报在新的媒体格局中推出的新闻报道“重武器”。

创刊两年多来，《新华文摘》《报刊文摘》《读者》杂志等报刊转载该专栏有关稿件。一些稿件经常登上各大网站首页，时常被澎湃新闻等新锐客户端推送，有的被其他媒体跟进报道，发挥了主动设置议题、有力引导舆论的作用。2015年至2016年，《人民眼》专栏稿件34次获人民日报好新闻一等奖，是该报获一等奖最多的专栏。

《人民眼》专栏由人民日报社地方部和31个国内分社集中优势资源采编。该专栏紧紧围绕习近平总书记系列重要讲话精神和治国理政新理念新思想新战略，深度观照“四个全面”战略布局在各地的落地生根情况，强调问题导向、突出实地调查、讲求文本精致、注重融合传播。

一、选题上强调问题导向。《人民眼》严把选题关，胸怀大局、把握大势、着眼大事，切准中央工作的重点、群众关心的热点、实际工作的难点，彰显党报观察的敏锐性、开放度和持正出新。《该下就下 刷新吏治》报道山西调整139名不胜任现职的领导干部，深度聚焦干部“能下”机制。《不给力 就召回》聚焦四川达州召回241名履职不力的贫困村党组织第一书记，敏锐捕捉基层实践，反映大众创业万众创新的全局性问题，小典型给人大启示。《就近入学，怎么“近”》《济南最大烂尾楼是如何收尾的》等报道，直击问题，客观报道，理性剖析，引人思考。《就近入学，怎么“近”》在新浪微博上被分享96.2万次。

二、采访上突出实地调查。《人民眼》创办伊始，人民日报编委会就强调记者要深入基层、深挖典型，把新闻写在大地上。有真调研、真发现，才有新闻同质化时代《人民眼》的“异质”突围。为采写《黄梅戏 走在窄窄的田埂上》一文，记者历时8个月，采访近百人，六易其稿，再现黄梅戏走向市场过程中的艰难困境和黄梅戏基层从业人员的热爱与坚守。为采写《广西识真贫：50万“疑似贫困户”被一票否决》一文，记者深入广西3个国家扶贫开发工作重点县，走村入户，探究“识别贫困户”的现实难题。稿件引发舆论场广泛关注，网络跟帖近万条。

三、写作上讲求文本精致。《人民眼》稿件追求“主题事件化、事件故事化、故事人物化、人物命运化”，创新表达，增强报道可读性、感染力。《关了家馄饨铺 打翻了“五味瓶”》关注上海一家馄饨铺引出的“混沌事”，以其独特视角、独到表达引发广泛关注。《中国梦的追梦人》通过马云反映一个时代，见人见事见精神，在多个微信公众号上的阅读量达到“10万+”。《雨入花心自成甘苦——致一位县扶贫办主任妻子的信》独辟蹊径，以致主人公妻子信的形式，烘云托月，被评价为“形式新颖，布局精巧，语言生动，细节真实，有看点，有泪点”，中央领导同志在报纸上作出长篇批示。

四、效果上注重融合传播。《人民眼》稿件大都在一版出标题导读，有的《人民眼》稿件简版上了一版头条；人民网将每一期《人民眼》放置在首页要闻区，有时上大头条，并为专栏开设了专题页面；人民日报客户端也时常首屏推送《人民眼》稿件。为纪念唐山大地震40周年而作的《唐山四十年》一文，被众多网站、微博客、微信公众号转发，单条微博阅读量突破230万次，微信文章阅读量18.68万次，人民日报客户端阅读量76万次，该文成为纪念唐山大地震40周年各种报道的重要转引来源。《90后，来了》一文聚焦刚走上社会前台的90后群体，被人民日报及多家微信公众号广泛转载，阅读量达“10万+”。

目前，人民日报社正在推进媒体深度融合，《人民眼》专栏乘势而上，成立了“人民日报中央厨房·人民眼工作室”，开通了“人民日报人民眼”微信公众号。工作室第一期产品《家门口建垃圾焚烧厂，3年后他们为啥同意了？》仅在人民日报客户端的阅读量就过百万。在全新的传播环境下，《人民眼》专栏将依托原创、深度优势，实现裂变式传播。

初评评语：《人民眼》专栏是人民日报重点培育的深度报道栏目，是国内分社记者加强调研、改进文风、创新表达、提升内容生产核心竞争力的重要载体。开设以来推出了一批以问题为导向、深采精编、叫得响传得开的佳作，也切实推动了有关实际工作。

推荐理由：《人民眼》报道主题选择准确，具有较强现实针对性；采访深入，写作扎实；文风清新，语言表达既有贴近性又富有逻辑性，形成栏目鲜明风格，具有比较高的识别度。

《北京日报》专栏

长安观察

毛晓刚　张　砥　汤华臻　胡宇齐　崔文佳　范　荣

申报资料实录

专栏简介：《长安观察》是北京日报新闻时事评论专栏，创办于2008年，固定在本报评论版“七日谈”头条位置刊发，围绕新近国内国际大事要事和社会热点焦点问题设置选题、阐发议论，篇幅一般在1500—2000字之间。《长安观察》紧跟热点，及时发声，观点鲜明，视角独到，文字大气，信息量大，引导力、传播力、公信力、影响力不断提升，已经成为北京日报的品牌产品，成为唱响主旋律、传递正能量的舆论高地。

从运行机制看，《长安观察》是日报集体劳动的结晶。专栏选题于“七日谈”选题会上策划而成，参会者为报社主要领导及评论部人员。作为头条，该专栏坚持讨论充分再落笔，努力体现思想性、新闻性与针对性的结合，不就事论事，力求见微知著、以小见大、举一反三、由表入里，从偶发的新闻事件中发现普遍性、趋势性问题。自创办以来，该专栏多次针对中西民主政治比较、社会心态与思潮、改革实践与探索、公民权利与价值、媒体理念与责任等重大领域新闻热点明确表态，通过富于建设性和客观专业的思考、分析，给人启迪、让人心头一亮，起到政治和社会引领与唤醒文化自觉的作用。

从实践成效看，读者普遍反映《长安观察》文章有味道、有内涵，生动、鲜活又不失朴实、严谨，展现出特有的理论深度、思想锐度、情感温度，对当今社会主流舆论起到了积极的引导作用。特别是在媒体融合的新的传播趋势下，专栏坚持“增量、提质、求新”，在传播上与评论部微信公众号等新媒体传播平台形成呼应，在写作上与新媒体传播形态与受众需求形成对接，以敏锐思考和锐利笔锋，推出了大量有分量、有针对性和权威性的优秀作品。

几年来，《长安观察》专栏刊发了不少好的评论作品，多次获得中宣部和北京市委领导以及各级新闻阅评组的肯定和表扬，得到了新闻同行的高度关注和社内外读者的好评，文章为重要时政理论网站和主要门户网站广泛转载。2016 年，该专栏中针对治国理政撰写的《在信息公开问题上政府的“说”就是“做”》《管好党内政治生活中国才能不出问题》，针对社会思潮撰写的《想强大就要敢于把自己“交给一个信仰”》《享受奥运与为国争光并不矛盾》，针对国际关系所撰写的《寄望 G20 以行动落实杭州峰会共识》《永远扎根自身的土地舒蔓伸藤》等文章，均获得了广泛的社会影响。

初评评语：多年来，《长安观察》以其严肃的态度和理性的精神，积极主动、旗帜鲜明地引导社会舆论，逐渐成为党报唱响主旋律、打好主动仗的重要平台。面对利益博弈、思潮勃兴的社会现实，面对多元嘈杂、瞬息万变的舆论生态，《长安观察》始终坚持站在意识形态斗争第一线，勇于发声、善于引导、敢于亮剑，体现了《北京日报》作为一张主流大报和市委机关报的特色、价值观和责任担当。

推荐理由：作为地方媒体的时事评论专栏，《长安观察》视野宏阔，捕捉国内外大事、要事和社会的热点、焦点，大胆发声，站位高、解析深、文字精，富有建设性，堪称有思想、有温度、有品质的优秀专栏。

《浙江日报》专栏

之江观察

谢正法　张永贵　王玉宝　杜　博

申报资料实录

专栏简介：一、专栏定位：政经大报的拳头评论产品。系统论述习近平总书记系列重要讲话精神以及新理念新思想新战略，深度阐释各级党委政府中心工作，及时评判重大新闻事件，提炼剖析社会现象，积极回应民生关切，弘扬主旋律，凝聚"公约数"，增强主流，引导舆论。

二、形式体裁：评论。刊发于《浙江日报》4版"时评"版头条位置（2016年12月19日后因浙报改版变为5版"观点"版）。形式有两种，一是围绕某一重大主题，以多篇评论进行组合式主题评论，二是以"时评"版头条形式单篇呈现。

三、作品评介与风格特点：注重文风的软、叙事的活、事件的新、观点的明、思想的深；注重顶天立地、姓党名报，既理直气壮弘扬主旋律、聚焦核心圈，又高度关注热点新闻事件。特别是，在重大热点新闻事件面前，横刀立马、勇于发声，立于舆论沸腾之潮头引领热点舆论，传播党媒声音。

1. 服务大局，高扬主旋律。对习近平总书记系列重要讲话精神、党委政府中心工作，浓墨重彩，做深做透。比如，7月5日开始，连续8篇演绎"读习近平总书记'七一'重要讲话有感"系列；10月17日开始，连续5篇演绎"接力长征"系列；11月8日开始，连续5篇聚焦"营造风清气正的政治生态"系列；5月11日开始，连续6篇谈"学习治国理政新理念新思想新战略"；5月23日《让思想的力量指引时代征程》；5月24日《为时代书写 为人民立言》，高举习近平总书记在全国哲学社会科学工作座谈会重要讲话精神；6月1日，以《壮哉少年志 筑梦向未来》为主题，4篇评论聚焦习近平总书记给浙江大陈岛老垦荒队员后代的回信。其他，诸如1月26日《追求均衡性 迈向高水平》、

3月22日《迎接G20人人讲文明》、4月13日《浙江治水迈向制度治理》、8月15日《以一座桥影响世界》等，聚焦党委政府中心工作。这些都充分彰显了党媒高举旗帜、引领导向、围绕中心、服务大局的职责使命。

2. 澄清谬误，引导热舆论。对省内外热点事件及时发声，为受众提供党报的分析视角和价值判断。比如，5月5日4篇组合式评论《魏则西事件：应怎样吸取教训》；6月2日，《法治阳光穿透雷洋案疑云》；8月26日《正视信息泄露的“公地灾难”》；9月26日《让电话那头从此天下无贼》，聚焦徐玉玉案背后的电信诈骗犯罪；10月12日，《将“三改一拆”进行到底》，整版聚焦温州房屋倒塌致人死亡事件；8月22日，以《一切辉煌，皆为序章》为主题，4篇聚焦中国女排奥运夺冠；9月19日，《煽动社会戾气牟利令人不齿》，批判自媒体公号以营销炒作为目的污名化杭州的，等等。这些热气腾腾的评论，或澄清谬误，或惩恶扬善，或娓娓道来，或战斗昂扬，让受众感受到既有情怀又有理性、耳目一新的党报锐评。

3. 观察地方，解析新潮流。《之江观察》栏目另一大特色，是开创调研式评论，在评论员深入调研基础上，提供对某一问题的独到解析。比如，1月6日，《乡村民宿发展需要精心呵护》；1月11日，《云上五天：美丽故事远未结束》；2月19日，《一次决策调研的大逻辑》，全景式展现习近平同志在浙江提出“两山论”的前后调研经过；2月22日，《如何做好“返乡观察”》；6月17日，《特色小镇“落榜生”的启示》；10月28日，《垃圾治理 永不止步》；12月13日，《河长制2.0时代，浙江怎么干》，等等。这些生动鲜活、吐露泥土芬芳的观察，既提供了外界看浙江的窗口，也为基层治理提供有益启示，体现了党报评论的深度、权威特征。

4. 成风化人，聚合同心圆。对社会热议现象、话题，比如住房、教育、道德等，保持润物无声、绵密细柔的评论姿态。比如，2月26日，《在“熊孩子”心底播下爱的种子》；3月25日，《让道德选择更有时代气质》；3月28日，《化解留守儿童亲情疏离之痛》；4月11日，《医患关系：让爱与感恩回归》；7月26日，《高温是一张民生考卷》；12月30日，《勤俭节约是最大的面子》，等等。这些充分体现了党报以人民为中心的宗旨，回应了民生关切，也彰显党报传承价值、凝心聚力的担当。

四、受众反应与社会效果。《用阅读涵养理性心态》《走出公共意识的沙漠》等文章受到《人民日报》转载，大多数文章均受到人民网、新华网、腾讯、搜狐、新浪、网易、凤凰等众多新闻网站转载。多篇文章受到浙江省以及浙江省委宣传部领导肯定表扬。《让权力进笼，还西湖于民》等获评浙江省好新闻奖。

多篇评论获评总编辑好作品，《侮辱英烈是卑鄙者的通行证》等获集团年度新闻奖。

五、媒体融合报道和应用新媒体情况：受益于浙江日报的报、网、端、微、视全媒体融合改革,《之江观察》文章得以在“浙江新闻”客户端“观点”频道、“浙江在线”观点频道、“弄潮号”和“学习有理”微信公众号等电子端同步推送，与受众互动。媒体融合大背景下，《之江观察》选题实现了一日三会制度，动态关注舆情。

初评评语：该专栏风格鲜明，定位精准，选题优良，论述深刻，着眼于引领热点舆论、弘扬主旋律，符合在新时期提升党媒舆论引导力、影响力、权威性的改革要求。同意报送。

推荐理由：栏目定位准确，有较鲜明的风格，紧扣热点，服务大局，文章有较强的舆论引导能力。

文字干净，文风朴实，观点较新颖。

《重庆日报》专栏

逐梦他乡重庆人

集 体

申报资料实录

专栏简介：全媒体大型人物故事寻访“逐梦他乡重庆人”，是本报2015年6月18日起在工作日持续推出的大型系列报道。该系列报道将持续两年，直到2017年6月18日，预计将采访报道520人。

自2016年3月10日起，重庆日报“逐梦他乡重庆人”数十批采访团分赴全国各大省市、港澳地区、五大洲国家等地深入寻找、采访在他乡逐梦的重庆老乡，不断深入挖掘出有温度、有深度的人物故事，以或细腻或深刻的手法生动展现在他乡逐梦的重庆人打拼的精彩故事。

其中，被报道的人物既有《李应红：当好中国空军战机的“心脏科医生”》《王鼎盛：不要抱“冲刺诺奖”的想法搞科研》《陈希垚：新西兰的重庆“天才移民”》等成功人士，也有《陈登群 靠重庆味道在香港闯出一片天地》《张师与：15岁成为世界上最年轻的记忆大师》《志愿者乐宏在新疆：赠人玫瑰，手留余香》等平民英雄。

初评评语：该报道组采访全面扎实、文风朴实生动、人物励志感人，揭示出了逐梦他乡的重庆人如何将个人梦想与伟大中国梦相结合的感人故事，展示出了他们坚守中华传统美德、为个人梦想及家乡发展和国家富强做出的精彩贡献。这是一组有高度、有思想、有温度的系列报道。稿件见报后，引起了国内外读者的广泛关注，新华网、人民网、新浪网等多家主流媒体原文转载。业界认为，“逐梦他乡重庆人”全媒体大型人物故事寻访报道生动再现了重庆人在异乡追梦、逐梦的精彩故事，反映了中国人自信、自强、和善友爱的精神，传递了社会正能量，是讲好中国故事的生动实践。

推荐理由：《逐梦他乡重庆人》是《重庆日报》一档近两年的大型、系列报道栏目。栏目定位于“他乡”有积极、榜样作用的“重庆人”，在报道追踪他们梦想践行的故事中，实际上展现了个人梦与国家梦的交汇。

栏目对被报道对象的选择有严格、明确的标准，正面、积极、有示范意义的重庆出生者。对本地读者而言，与同一座城市的某种“血缘”关系，联系起了他们与被报道者。由此望见一个美丽的新世界。

中央人民广播电台专栏

新闻和报纸摘要

集　体

申报资料实录

专栏简介：有着67年历史的《新闻和报纸摘要》栏目是中央人民广播电台旗帜性栏目，是国内历史最悠久、影响最大的广播时政新闻栏目，在全国新闻界享有较高的威望和巨大的号召力，固定听众数以亿计。

《新闻和报纸摘要》是党和政府的宣传阵地，必须姓党、始终姓党，坚持党性和人民性的统一，紧密围绕党和国家的中心工作组织和开展报道，努力把党和国家的方针政策给百姓讲透彻、说明白，把党的理论和路线方针政策变成人民群众的自觉行动，始终做党的政策主张的传播者。

《新闻和报纸摘要》宣传党和国家大政方针，报道国内外重大事件，呈现地方新鲜气象，反映社会普遍问题，在各个方面、各个环节都坚持正确的舆论导向。栏目以团结稳定鼓劲、正面宣传为主，既准确报道个别事实，又从宏观上把握和反映事件或事物的全貌。既唱主旋律，也不回避工作中存在的问题，激浊扬清，引导公共舆论走向，发挥喉舌作用，突显央广重要宣传阵地和舆论前哨的作用和价值。

牢记使命，不断前进。2016年《新闻和报纸摘要》围绕“创新”进行了科学的、大胆的、卓有成效的改革，让老品牌焕发了新风采。

一、做精“头条工程”，围绕习近平总书记和中央中心工作，履行中央媒体职责使命。

1. 2016年，《新闻和报纸摘要》结合习近平总书记系列重要讲话精神，紧紧围绕中央中心工作，把握中央媒体定位，以“头条”为统领，以时政新闻为主线，创新主题报道，推出了以《领航！习总书记改革方略》为代表的一系列专题报道，努力刻画好以习近平同志为核心的党中央带领全国人民实现“中国梦”征程上的一个个伟大图景。

2. 2016年，习近平主席5次走出国门，行程75000公里，出访16个国家，参加5场国际峰会，为世界安全、全球治理，阐述“中国方案”，贡献“中国智慧”。《新闻和报纸摘要》推出《习主席外交时刻》《随习近平主席出访》等固定专栏，全方位展现习近平主席作为大国领导人的自信、诚实、务实的外交风范。

3. 大量运用习近平总书记的同期声，真实、生动还原总书记的重要讲话，形成独特的听觉魅力和情感冲击，增强稿件的说服力和感染力，突出广播媒体的独特优势，放大了新闻传播效果。

4. 2016年是“十三五”开局之年，也是推进供给侧结构性改革的攻坚之年。《新闻和报纸摘要》连续开辟《发力供给侧，创造新动能》《改革调研行》《改革追踪看落实》《解码中国式创新》《寻找民营企业制造之星》等专栏，从小切口接入大主题，以小人物折射大使命，深度挖掘，连续报道，声势浩大，既充分展现当前供给侧改革已经取得的成绩，也客观反映供给侧结构性改革对我国经济发展的紧迫性，以及改革过程中存在的问题和亟需采取的应对措施。

5.《新闻和报纸摘要》头条还侧重整合报道，围绕一个主题整合多方内容，以增加头条分量，提高稿件质量。通常是以党和国家领导人的指示、讲话精神、活动等为整合线索，或是同一常委同一主题的整合报道，或是不同常委同一主题的整合报道。前者如《习近平总书记的春节足迹》，后者如《总书记、总理亲赴地方督阵供给侧结构性改革》。虽然都是旧素材，但我们寻找新视角，在新的背景条件下重新勾连、编辑，从而发掘新内涵，彰显新意。

二、新增“时政解读”，运用通俗语言，讲透时政报道中蕴含的丰富信息。

《新闻和报纸摘要》的领导人报道既注重声音记录，也注重内涵解读，为百姓“翻译”时政新闻，让百姓听清楚、看明白。解读从细节入手寻找角度，如《中央领导人新年首次考察寓深意？》《总书记为何奔波四个多小时到金寨？》《中国领导人为何一再督促美欧如期终止WTO第15条内容？》《中美元首关注的苏世民书院培养什么人才？》等，借助权威智库解读，生动运用百姓语言，使党中央的声音既让群众听得到，又让群众听得懂，既做好党的“传声筒”，更要做好“扬声器”。

三、评论回归，以理服人，担负起中央媒体引导舆论职责。

新闻评论是媒体的灵魂和旗帜。2015年中央台推出“央广评论”和“央广时评”，担负起中央媒体引导舆论的职责。2016年《新闻和报纸摘要》敏锐把握党情民意，推出了一系列评论，有关于党和国家大政方针的《管党治党十六讲》，关注社会热点问题的《化解戾气需要多管齐下》《是真爱国还是在给爱国抹黑》，以及必须立刻澄清谬误、明辨是非的《中国人民不信邪、不怕鬼》《阐明法律红线遏制“港独”势力》。这些评论政治站位高，叙事清晰，逻辑缜密，以理服人。这既是团结人民、鼓舞士气的需要，更是对“党媒姓党”这一党性原则的坚决践行。

四、在“报纸摘要”中引入“两微一端”，开放多元，新媒体融合初见效果。

2016年，《新闻和报纸摘要》改单纯“报纸摘要”为“全媒体扫描”，改变被动依赖报纸供稿的局面，将内容来源由平面媒体扩展到“两微一端一门户”，由行业媒体扩展到综合类媒体，由信息荟萃扩展到观点集纳，盘活了媒体资源，体现出《新闻和报纸摘要》与时俱进、开放多元的节目品质，是《新闻和报纸摘要》融合新媒体的一次有益尝试。

五、创新“新闻动车组”小板块，增大信息量，提高可听性。

由于夜间新闻少，而《新闻和报纸摘要》是每天早晨播出，在部分新闻的时效性上并不占优势，因此，栏目对前一天已经播出的部分录音新闻进行缩减，提炼精华，打包处理创办固定小板块“新闻动车组”。这种样式的新闻介于录音成品和简讯之间，既比“单发”精练，又比简讯生动，丰富了新闻作品的形态；其以组合形式出现，则节省了节目的时间资源，还使栏目架构更趋合理，有主有次，层次分明，改善了栏目节奏，增强了栏目可听性。

数据显示，《新闻和报纸摘要》2016年市场表现依然突出，在北京、上海、深圳、重庆、合肥、乌鲁木齐等六城市的收听市场中，市场占有率和收听率稳居前列。

初评评语：《新闻和报纸摘要》作为中央人民广播电台的名牌栏目，历史悠久，影响深远，具有较高的专业水准和社会美誉度。

《新闻和报纸摘要》始终姓党，以人民为中心，弘扬主旋律，传播正能量，坚定地发出国家声音。

2016年，栏目尊重新闻传播规律，创新方法手段，通过一系列改版，强化了中央媒体的职责与使命，收听率和市场占有率及社会反响均实现历史突破。该栏目符合名专栏要求，特此推荐。

推荐理由：《新闻和报纸摘要》作为一档有着六十七年历史的老牌名栏目，在全国拥有亿万听众，而如今，栏目不断与时俱进，做到了老品牌焕发新风采，体现在以下几个新：一、老题材新视角，头条更精彩。该栏目做到既注重声音记录，也注重内涵解读，使党中央的声音既让群众听得到，也让群众听得懂，做到党性和人民性完美统一。二、新媒体加入，融合之路天地宽。该栏目从

2016 年开始，一改单纯的“报纸摘要”为“全媒体扫描”，由过去的信息荟萃到现在的观点集纳，盘活了媒体资源，得到了听众的认可。三、创新小板块，提高可听性。对老品牌栏目来说，什么最难？毫无疑问就是创新，然而该栏目不仅做到了，而且做出了成效。新的栏目小板块“新闻动车组”，把前一天晚上的旧闻重新进行很好的浓缩、提炼、打包，形成一组带音响的短平快组合新闻，改善了栏目的节奏，使栏目显得更简洁、生动、精练，提高了收听效果。

中国国际广播电台专栏

Studio+ 脉动中国

集　体

申报资料实录

专栏简介：《Studio+》（《脉动中国》）是国际台英语广播一档海外落地直播栏目，至今播出已经10年有余。该栏目定位为新闻杂志类节目，主旨是向国外受众全面介绍中国社会和文化。栏目内容涵盖丰富，有很强的对外性，是外国受众了解中国社会非常好的窗口，同时该栏目也为对象国听众对他们本国的社会现象提供了中国视角。

《脉动中国》下设国内外社会文化资讯解读、录音报道、娱乐新闻播报、《聚焦中国》板块等，同时涵盖一定比例的中外流行音乐。其中，《聚焦中国》板块，电话连线国外资深媒体人士，与主持人互动点评外国媒体人士所关注的中国文化和社会新闻话题，进一步引入多个视角。经过10年的完善，该栏目已形成较为成熟的模式和品牌。

节目设置一中一外双主持人，以聊新闻的方式，确保节目为听众提供中外多样化的视角和解读方式。轻松、活泼、聊天式的主持风格，增强了主持人之间互动和节目现场感。节目同时强调与听众的互动性，通过官方微博、微信及第三方平台，努力让每一位听众成为节目的一分子。

2016年，该栏目紧跟年度热点，在日常常规节目的基础上，重点报道了该年度国内生活中的重大事件，如两会、建党95周年、唐山大地震40周年纪念、国家放开二孩政策、我国探测南沙海洋蓝洞、上海艺术节等，很好完成中国政治、社会生活和文化等领域的重大外宣任务，真正起到了把握时代脉搏，让世界同步了解中国社会和民众生活正在发生的变化的作用，在拉近中西方距离方面做出了努力。同时，针对对象国受众所关注的一些重大国际性事件，如英国脱欧的影响、欧洲难民问题、老外在中国的生活故事等也适度兼顾报道。

栏目播出落地方面：本栏目落地覆盖地区包括美国华盛顿、肯尼亚内罗毕、澳大利亚堪培拉、瓦努阿图、孟加拉、阿富汗的喀布尔等多个不同大洲的城市和地区，并同时在北京中波 AM846 英语资讯广播播出。

媒体融合报道方面：《脉动中国》积极推动融媒体传播，利用官方 APP、网站、微博、微信及第三方平台等对节目内容进行进一步扩散推广。该栏目所属官方 APP“ChinaPlus”上线半年，海外累计下载量已突破 12 万，所属媒体官方微博、微信公众号上的粉丝数量达 100 万人。该栏目在蜻蜓 FM、喜马拉雅电台等第三方平台上也累积了广泛的听众支持，其中，在中国最大的网络电台蜻蜓 FM 上的听众收藏人数为 160 万，日均收听人数 6 万多。

《脉动中国》已成为国际台英语广播的品牌栏目，并多次在国际性奖项评选中获奖。2014 年，《脉动中国》制作的特别节目《中国有个欧元区》获得亚太广播发展机构最佳广播节目奖；2015 年，《脉动中国》的特别节目《我与邓丽君的故事》获得亚洲太平洋广播联盟互动节目奖。亚太广播发展机构对《脉动中国》获奖节目的评价是：“专题音响丰富，现场感强，颇具中西方文化交流互鉴的意义。”

该栏目在传播对象国落地播出后收到了良好的评价。被中国国务院授予“友谊奖章”，也曾被英国女王授予“大英帝国勋章”的著名长城学家威廉·林赛（WilliamLindsay）2 次接受《脉动中国》的采访，探讨长城保护问题。美国著名华裔脱口秀大咖“BrotherSway”留言表示“《脉动中国》通过声音为各大洲之间架起一座相互了解的桥梁”。美国宾夕法尼亚州听众麦克·伯格（MichaelBerger）来信说，“我喜欢收听你们的新闻、评论以及国际范儿的音乐”。伦敦听众恩佐·俾斯托发邮件说他是通过当地落地的 SpectrumRadio 收听到节目，“《聚焦中国》板块里讨论了女性面临的工作歧视问题和人们对此的态度，主持人和嘉宾还讨论了哺乳假。节目后边的传统风格的音乐令人赏心悦目”。尼泊尔听众梅尔山姆·欧杰哈（MelsamOjha）在电子邮件中说：“中国共产党成立后，在推动中国经济、社会发展、带领人民克服发展中的困难方面，取得了令人赞叹的成就。在中国共产党成立 95 周年之际，我祝愿共产党通过国家的可持续发展，引领区域和平。”

《脉动中国》在国内听众群体中也广受欢迎。听众“Evablunt”在本节目在荔枝 FM 的官方公众号留言说：“英语只听你们家。”“Emmabeyond”也在荔枝上留言：“主播太给力了。”另一位听众“Hongsix”在收听完南海蓝洞等系列报道后在微信平台留言说，“为这两期南海节目点赞。南海是中国的。”听众“Lottydear”也在节目官微上留言说：“听得好海皮（高兴）。”听众“斯檀”在官微上留言：“我坚持每天都来听节目。”《脉动中国》栏目轻松活泼，潜移默化中赢得听众的好感，成为连接中国和世界的有声桥梁。

推荐理由：《脉动中国》对于中国社会及文化的呈现手法多样，载体丰富，个性鲜明，以小见大。该节目的一中一外主持人搭配让语言更加丰富，视角更加多元，通过潜移默化的方式，让听众产生共鸣。该节目有别于传统的外宣，更加注重国际传播，其传播效果明显，具有较好的国际社会影响力。

中央电视台专栏

海峡两岸

集 体

申报资料实录

专栏简介：

一、专栏定位

《海峡两岸》是中央电视台唯一一档涉台新闻评论类栏目，节目宗旨是“跟踪海峡热点，反映两岸民意”。

二、作品评介

节目分为“热点扫描”与“热点透视”两个部分。在“热点扫描”部分，全面报道两岸交流交往当中的重大事件、台湾政治动态以及社会民生等新闻；在“热点透视”部分，采用与台湾媒体卫星连线的演播室访谈方式，邀请两岸嘉宾就两岸民众关心的话题进行深入探讨。

三、体裁范围

从目前来看，《海峡两岸》选题范围大致可以分为四类：

1. 配合涉台宣传工作大局的新闻评论

自 2012 年以来，两岸关系和平发展不断推进，中央对台工作也有很多新的部署和思路，也出现了两岸交流一些具有里程碑意义的事件。习近平总书记指出，实现中华民族伟大复兴，需要两岸同胞共同努力。我们真诚希望台湾同大陆一道发展，两岸同胞共同来圆“中国梦”。《海峡两岸》积极落实习近平总书记对台讲话精神，及时向观众传达中央对台工作精神，配合涉台宣传工作大局，营造两岸关系和平发展舆论氛围。

2. 关注台海形势和民生重大事件

在每一次台湾时局发生重大事件时，如 2016 台湾地区领导人选举、2014 台湾地方选举、国民党主席补选等，《海峡两岸》都会按照宣传提示进行报道和评论，做好舆论引导工作。同时，对于台湾的一些民生事件如复兴空难、登革热疫情等也进行及时报道，既展现在灾害救援工作中两岸血浓于水的亲情，客观上也促进了两岸加深交流交往。

3. 与台海形势有关的国际问题

美国近年来不断推进所谓亚太再平衡战略，其中一个重要部署就是增强与台湾的互动，如对台军售、密切与台湾政界往来等，这些都对两岸关系造成了很大冲击。《海峡两岸》针对这些举动，邀请国际问题专家进行分析，揭露美国想借台海问题阻碍中国崛起的图谋。

4. 展现中国维护国家利益　促进和平统一决心的评论

长期以来，台湾岛内一些人不断抛出各种“台独”言论，试图分裂国家。为此，《海峡两岸》就中国军队发展取得的新成绩进行评论，展现中国军队和平之师、威武之师的形象，展现中国军人有能力捍卫国家主权，可以战胜任何分裂国家的行为。

四、风格特点

《海峡两岸》以中央对台大政方针为指导，紧紧围绕两岸关系发展与台海和平问题，形成了小切口、深解读的节目风格，为海内外观众提供了关于台湾问题的丰富资讯及专家点评。同时，采取两岸卫星连线的方式，视觉效果独特。

五、受众反映

很多热心观众经常来电来函，认为《海峡两岸》节目有锐度、有厚度，既有及时的新闻资讯，又有深刻的专家分析，全方位满足了观众关于两岸关系和台湾局势新闻的收视需求。

六、社会效果

《海峡两岸》很多节目在播出后，都被国内外一些知名网站进行转载，还有很多被一些知名的微博、微信公众账号进行转发，进一步提升了影响力和转播力，营造了两岸关系和平发展的舆论氛围，在海外受众当中起到对台海舆论的引领作用。

初评评语：《海峡两岸》是传播中央对台工作大政方针的重要平台，是中国大陆电视媒体对台宣传的重要窗口，也是中央电视台中文国际频道的骨干栏目。栏目第一时间真实记录标志性的台海事件，成为观众了解两岸时事发展的“第一渠道”。栏目精准分析台海事件的发展脉络，传递国家意志和声音，成为两岸舆论的“标杆口径”。栏目致力打造全球华人和两岸同胞表达爱国情怀的平台，成为深受全球华人关注的“舆论风向标”。

推荐理由：作为中央电视台唯一一档涉台评论栏目，节目始终“跟踪海峡热点，反映两岸民意”，发挥了中央对台工作宣传平台的重要作用，成为观众了解两岸时事发展的“第一渠道”。节目充分发挥了电视媒体的优势，采用了卫星连线、专家点评等方式，形式丰富、内容翔实；视觉效果独特。节目传播效果好，不仅在央视平台播出，还被网站、微信、微博等多渠道转发，社会影响深远而广泛。

湖南广播电视台专栏

新闻大求真

集　体

申报资料实录

专栏简介：湖南卫视《新闻大求真》是国内第一档科普类电视日播节目，创办于2012年7月，正值“十二五”《全民科学素质行动计划纲要》实施期间，开辟晚18点时段，面向青少年普及科学知识。节目关注新闻热点、聚焦网络传言、整合科学资源、以科学实验的方式进行求证，去伪存真，向青少年传播科学知识和理念。节目播出五年来，共传播科学知识2700余条，观众累计规模达5亿，多期节目收视排名全国同时段第一，现已成为全国青少年最喜爱的新闻科普节目。2015年《新闻大求真》荣获中科院“科星奖”，并受邀参加中科协在鸟巢举办的“国家科普日”活动。2015、2016、2017连续三年承办了教育部基础教育一司委托制作的全国中小学生安全教育日特别节目，为全国6000万青少年上了一堂堂安全教育课。此外，《新闻大求真》还与中科院、中科协、国防科工局、环保部等部委合作，制作大型全民科普传播节目，为国家部委与电视媒体联合打通公众传播途径进行全民科普做出探索，具有划时代的历史意义。

《新闻大求真》在众多电视栏目中特色鲜明，具有很强的标识感，作为传播科学知识的电视节目先锋，拥有自己不可替代的基因。第一，澄清谬误，建立权威的科普平台。节目创办之初的宗旨就是建立中国首家传言求证中心，这一路线具有前瞻性，栏目做出了积极努力的探索。现在《新闻大求真》专家资源库有专家2000多人，其中包括来自中科协科普部100多家学会的科学传播首席专家，来自100多个中科院研究所的院士、研究员，还有40多所高校、医院的教授和博导。专家团队涉及400多个研究领域和方向，包括物理、化学、医学、机械、航空航天等多个领域。第二，精准定位，向青少年传播科学知识。《新闻大求真》播出五年来，逐渐形成稳定的观众群，核心观众群为4—23岁青年，其中以6—16岁青少年最为显著，平均每期观众中约有1000万名青少年观看节目。第三，科学下乡记，践行“走转改”。《新闻大求真》将科普与公益完美结合，设置特别板块“科学下乡记”。从2012年10月开始，“科学下乡记”小组行程超过250000公里，相当于绕地球6圈多，将科学实验桌摆入课堂或是田间地头，用丰富多彩的“科学演示”代替冰冷的硬知识，燃起孩子们对科学的好奇心。五年来，节目记者和主持人已走过四川大凉山、新疆吐鲁番、贵州凯里、内蒙古乌海、青海果洛、湖北恩施、河北西柏坡、陕西延安等地的150多所村落小学，演示趣味实验300多个，将科学的小红旗插遍全中国。

初评评语：《新闻大求真》是湖南卫视于2012年7月创新季推出的一档新闻类传言求证节目，播出时间为每周三、四、五晚上18点，2014年11月11日调整为每周二、三、四、五播出，每期时长30分钟。《新闻大求真》是国内第一档传言求证类新闻科普节目，定位于向青少年普及科学知识，邀请国内外各个领域的专家，以科学实验求证传言，帮助观众去伪存真，形式寓教于乐，现已成为全国青少年最喜爱的新闻科普节目之一。

【收视持续走高多次获全国第一】作为国内唯一一档每周四天共120分钟传播科学知识的固定性栏目，《新闻大求真》收视稳定，多次排名全国第一。

【高层肯定屡获表扬】节目多次获得中宣部、中科院、中科协等单位的表彰。2016年6月，《新闻大求真》被评为全民科学素质行动实施工作先进单位。

【建立公共领域传播科学创新模式】《新闻大求真》陆续与教育部、中科院、中科协、广电总局、环保部、国防科工局进行合作，就儿童安全、科学普及、环境保护等内容制作大型节目，打通国家部委与公众传播的通道，在公共传播领域做出全新探索，建立全新模式，获得高度评价。

推荐理由：作为新闻类传言求证节目，《新闻大求真》体现了电视节目“以事实说话”“用新闻求真”的传播力和影响力。该节目在编排与制播中融入新闻元素，有效吸引大众积极参与，针对谣言、传言解疑释惑，不仅进行科普，还育化公众的媒介素养，体现公信力和创新力，探索了科学传播与电视新闻有机结合的节目形态，凸显电视节目的新意和特色。

新华网专栏

学习进行时

集　体

申报资料实录

专栏简介：大型融媒体专栏《学习进行时》是新华网宣传报道习近平总书记治国理政新理念新思想新战略的主要网上平台，上线至今两年多来，专栏持续推出原创权威解读，有效引领网上舆论，以“原创报道数量多、原创产品类型多、原创报道转发多、获得肯定表扬多”的佳绩，受到各界广泛赞誉。

一、主动设置议题，原创报道占领网上舆论高地

专栏以全面、权威、深入、生动地宣传解读习近平总书记的系列重要讲话精神为首要之务和立足之本，依靠常态化的生产、研究、策划机制，抓住重点、紧跟热点、梳理特点，主动设置议题，系统多元地解读总书记的最新讲话内涵，完整地展现习近平的治国理政思想，重磅打造全方位的系列报道矩阵，实现习近平总书记系列重要讲话网上宣传报道常态化。

专栏在2016年推出16组主题系列报道，318篇原创解读报道，平均每3天就有2篇角度新颖、观点深刻的文章出炉，做到了全年报道不断档、无“淡季”，持续掀起“学习”报道热潮，以极高的权威性、不可复制的专业性、行业领先的生产力，成为网上学习重要平台，树立了行业标杆。

二、锐意改革创新，产品矩阵强大形态丰富

专栏顺应新闻传播趋势和媒体融合发展布局，不断对产品进行内容创新和形式创新，形成颇具规模的产品矩阵，让创新成为栏目气质。以“第一头条”“讲习所”“近平日历”“近平STYLE”等栏目为统率，组成近10个产品矩阵，覆盖文、图、音、视、数据、访谈、游戏、交互等融媒体形态，最大化地满足不同受众群体的阅读需求。系列产品矩阵在PC端页面，以最前沿的媒体融合、平台聚合方式呈现，传统文图与可视化交互等新形式熔为一炉，在同类专栏页面中独树一帜。

三、传播效果良好，专栏影响力节节攀升

截至目前，专栏共推出567个原创产品，PC页面累积浏览量已达1亿2000万。2016年推出的原创解读产品，仅PC端平均转载量一项指标，就达到376家，单条文字稿件最高转载量为800余家。产品在移动端的累积阅读量突破8500万，影响力全面开花。

专栏受到网友广泛好评，认为专栏以文字、图片、视频等多媒体报道形式，深入浅出地阐述习近平总书记治国理政新理念新思想新战略，“做得很走心，看得很上心”；中央网信办一直以来对专栏予以充分肯定，专栏所有原创报道都被全网大力推送。

初评评语：《学习进行时》专栏是新华网举全网之力打造的品牌栏目。影响力的背后是强大而专业的采编、专家和技术团队。

极高的转发率和不断攀升的阅读量，使专栏成为广大网民学习习近平总书记系列重要讲话、理解以习近平同志为核心的党中央决策部署的便捷“课堂”，成为当前最具影响力的权威“学习”平台，得到上级有关部门的高度评价和用户、受众的广泛称赞。

特此慎重推荐新华网《学习进行时》专栏评选中国新闻奖名专栏。

推荐理由：该作品内容紧扣时局，充分利用文字、图片、视频等多种方式，顺应新闻传播趋势和媒体融合发展布局，且关注原创数量，注重原创作品品质，对习总书记的重要活动及讲话精神进行了高效务实的解读。表现形式多样化，且让受众一目了然，改变了人们对传统政治新闻的固有印象。

基于新华网的内容权威性，此专栏内容丰富，可以当成资料库进行查询，极大方便了受众。

红网专栏

问政湖南

舒 斌 肖 雄 李 洁 肖凤姿

申报资料实录

专栏简介：《问政湖南》栏目于2011年2月正式成立，是湖南第一个官民可以直接互动的网络问政平台，是湖南各级领导干部通过互联网践行党的群众路线的主平台、主阵地。栏目坚持正确的舆论导向和社会主义核心价值取向，真诚为人民群众办实事，在湖南的新闻媒体中创造了四个“最”：重视网民留言的领导干部层级最高；主动倾听网民留言的领导人数最多；主动“认领”网民留言的党政机关最多；主要领导对网民留言的批示数量最多。2014年5月，栏目荣获2013年度“中国互联网站品牌栏目（频道）”称号。

初评评语：《问政湖南》栏目以“互联网＋群众工作”的方式，为湖南老百姓解决了大量问题，成为湖南网上群众工作的主阵地，实现了党和政府与人民群众在互联网上的良性互动，让党的群众路线更贴近群众，传播了正能量。该栏目是贯彻落实习近平总书记“4·19讲话”中“群众在哪儿，我们的领导干部就要到哪儿去”重要指示的具体实践和生动样本，在湖南地区传播力广、影响力强、公信力高，是一座真正的“民心桥”，在全国范围内具有一定的示范效应。

推荐理由：“互联网＋”的创新成果深度融合于政府政务平台，打破官民信息结构的平行向流动，通过开放式官民互动，放大了群众议事、管事与政府处事的纬度，进一步提升了政府效率，增加了行政透明度，对助力“服务型政府”的转型，具有重要的实践意义，该作品形式与时俱进，时效性高，互动性强，体现了主流媒体的负责与担当。

2016 年度 · 第二十七届

二等奖（90 件）

文字消息

既拥有市民身份又保留农村“三权”

武城农民率先持证带“权”进城

杨学莹　张宇鸿　王　涛

“有了这两个本本，进城落户就再没有后顾之忧了。”10月18日，武城县李家户镇党庄村31岁农民郭子伟一天之内领到了两个证件：新户口本和《农村集体经济组织成员转移备案证》(下文简称《转移备案证》)。他一手一个，兴奋异常：“紫本本，我迁户进城，成市民啦；红本本，老家权益保留不变！在城里待不住的话，还可以把户口再迁回农村！”

早在5年前，郭子伟就在县城有了稳定的工作，买了房，但一家人的户口却始终没有“进城”。“老家有8亩承包地、1处宅基地，万一户口迁走，地被收上去，将来在城里待不下去咋办？”这样的担心让他决意把户口留在农村。

今年4月，女儿降生。是要县城户口，还是要地？思来想去，郭子伟还是把闺女的户口落到了农村老家。

作为全省唯一的“产城融合推进就地城镇化”试点，6月12日，武城县委办、政府办出台《农村集体经济组织成员进城落户转移备案实施办法》，对进城落户农民进行转移备案，村、镇、县三级登记在册，永久保存，承认其农村集体经济组织成员资格，保留土地承包经营权、宅基地使用权、集体资产收益权和这“三权”的合法继承权。

得知这一消息，郭子伟动心了。

随后，武城县公安局发文规定，农民转户来去自由，持有《转移备案证》，日后仍可把户口迁回农村。这让郭子伟一家吃了定心丸，他们立即申请了转户和转移备案。

农民持证进城后，享受市民、农民双重待遇。教育、医疗、就业创业服务、低保五保待遇比农民高；而计生家庭奖励扶助、农村妇女“两癌”筛查等农民专属优惠仍然保留，转户农民“哪头炕热坐哪头”。武城还规定，转户农民在县城购房，县财政每平方米补助100元。

今年9月，进城落户农民“转移备案证书”制度被写入了我省《关于加快推进农业转移人口市民化的实施意见》。

“6月颁发首证以来，全县共有1580户转户农民领到了《转移备案证》。”武城县长张磊说，“我们实行备案证书制度，目的是为了让自愿进城落户的农民没有后顾之忧。县政府对乡镇、部门不考核户籍城镇化率，只考核群众对政策的知晓率、对服务的满意率，严格遵守群众自愿原则，决不允许搞强迫命令。”

（《大众日报》2016年11月4日要闻1版）

申报资料实录

作品简介：新型城镇化是我国“四化同步”的载体和支撑，但长期以来，农民“人进城、户在乡”的“半拉子城镇化”现象，成为城镇化的“卡脖子”难题，其症结就在于农民担心进城后农村老家权益得不到保障。中央虽三令五申保留进城农民“三权”，但绝大多数地方都没有实质性破题。

2016年9月，山东出台《关于加快推进农业转移人口市民化的实施意见》，率先建立进城落户农民的“集体成员资格证”制度和“转移备案证书”制度，进城农民凭这两个证件继续保留农村“三权”，而武城做法正是山东创设“两证保三权”制度的实践样本和思想来源。记者敏锐意识到，武城的创新之举在全国具有重大新闻性和示范意义，遂赴武城多方采访成文。

社会效果：稿件在《大众日报》和“新锐大众”客户端同时刊发，新华社、工人日报等媒体跟进报道，齐鲁网等网站纷纷转载，多个县市政府派员到武城考察。目前，山东齐河等地已效法武城推广“转移备案制”，示范效应初步显现。2017年3月31日，山东省政府在武城召开全省推进农业转移人口市民化现场会，向全省推广武城经验。

推荐理由：这是一篇首创性新闻事件的报道，记录了山东乃至全国新型城镇化进程中一个破冰的历史瞬间。题材重，有创新性、典型意义和示范推广价值。稿件采访扎实，写法新颖，生动可感，引人共鸣。记者反复核实确认农民权益是否得到切实保护，体现了党报记者坚定的民本视角。稿件反映了改革进展，推动了新型城镇化工作，体现了党报新闻的建设性。

省财政在全国率先为科研经费“松绑”，但一年下来无人问津

4亿元科研“替代经费”无奈沉睡

刘天纵　张　茜　彭一苇

“政策出台一年多了，4亿元财政替代经费一分钱都没用出去。”昨日，在省财政厅科教文处，工作人员翻开一份2015年104号红头文件，无奈地摇摇头。《湖北省省属高校院所自然科学应用研发及成果转化财务管理暂行办法》印发于去年5月，旨在鼓励省属高校院所及其研发团队积极申报中央部委科研项目（纵向科研项目），支持科技成果转化。该《办法》在全国领先。

这名工作人员介绍，中央部委对纵向科研经费实行专款专用，课题开始前半年至一年，要先做预算，如果某项费用超出预算或不在预算内，需由科研人员自己承担。

而科研过程有一定的随机性，如临时购买某种实验用材、临时受邀参加学术会议等，若按国家科研经费管理细则报账就报不了。

为给科研经费“松绑”，省财政厅设立与中央部委项目经费等额的“替代经费”，总额4亿元。高校院所向省财政厅申请替代经费后，只需将中央部委拨付的纵向科研经费暂存在其单位账户，委托会计机构代理记账，便可自主灵活使用替代经费，经费怎么用，由研发团队成立的公司说了算。项目验收或结题后，高校院所再将替代经费还给省财政厅。“替代经费是好政策，但未与国家纵向科研经费审核办法衔接。国家相关部门验收项目时，如因使用替代经费不合规判定财务验收不合格，将影响学校声誉和新项目申报。”武汉纺织大学副校长黄运平说，纵向科研经费的管理模式类似于“三公经费”，非常严格，科研人员不敢碰高压线。

长江大学教授罗跃坦言，他们担心国家和省里相关部门审核标准不一，“秋后算账”面临经济和政治的双重风险。

省社科院经济研究所研究员匡绪辉分析，下面“松绑”了，上面没“松绑”，创新陷入尴尬境地。“替代经费”落地执行，需要国家相关部门联动支持，尽快在经费管理“松绑”与“收紧”间找到平衡点，免除科研人员的后顾之忧。

（《湖北日报》2016年6月2日经济纵横8版）

申报资料实录

作品简介：为化解科研经费使用难的问题，湖北省财政厅在全国率先出台科研“替代经费”政策，为科研经费“松绑”，但一年下来4亿元经费无人问津。得知线索后，湖北日报派出记者到全省十多所高校深入采访。随后，记者又采访财政厅、审计厅等相关部门跟进报道，推动社会讨论和问题的破题。

小切口，大主题。该作品以科研“替代经费”无人问津为切口，关注高校科研人员科研经费使用难问题，关注科研人员积极性、创造性被束缚、被挫伤的问题，深入探讨如何破解体制机制束缚，下放权限，尊重科研特点，激发科研人员创新的积极性，激发科技创新的活力。作品具有极强的现实意义。

直击问题，客观深刻。作品以问题为导向，层层剖析，高校教师对改革政策不确定性的担心、改革创新政策无法落地的尴尬、创新活力被制约的忧虑，跃然纸上，读来引人深思。

采写扎实，丰富生动。作品在大量实地采访的基础上成稿，细节生动，真实可信。

社会效果：报道在高校、科研机构中引起强烈反响。华中科技大学赵振宇教授用读者来信形式对此事予以呼吁，来信题目为《科研经费管理需要解放思想》。

报道引起了湖北省委领导和财政、审计等部门的关注。湖北省审计厅出台服务科技创新意见、湖北省财政厅出台8大措施助推科研经费“松绑”。6月21日，本报后续报道予以关注。

网易、搜狐、中国网等多家网站转载报道。

推荐理由：聚焦大时代中的改革主题，直面改革新问题，具有极强的针对性和建设性。

创新是一个国家和民族发展的重要力量。在从严治党的大背景下，如何既规范发展，又尊重科研规律、尊重知识分子脑力劳动，激发科研创新、创造的活力，是改革发展中面临的新问题，是事关国家创新活力能否充分迸发和释放的大问题，不解决将束缚创新活力。要改革和创新科研经费使用和管理方式，让经费为人的创造性活动服务，而不能让人的创造性活动为经费服务。

稿件以小切口直击这些大问题，不回避矛盾，提出了建设性意见，既促成相关单位进一步解放思想、出台新政，更给社会、给改革者带来深层思考。

佛山在全省率先出台政商交往守则及行为指引

“亲清八条”构建新型政商关系

黄碧云

公职人员上门服务时，什么情况能在企业就餐？企业举办年会、春茗会，公职人员是否一律不得参加？昨日，佛山正式发布《佛山市政商关系行为守则》（下称《守则》）和《佛山市政商交往若干具体问题行为指引（试行）》（下称《指引》），出炉“亲清八条”。

这也是佛山在全省各城市中率先出台政商交往守则及行为指引。其中，《守则》简明扼要地提出八条，在144个字里，分别对公职人员、企业人士列出正负面清单。既有正面倡导，又有反面禁止，旨在营造守法诚信、风清气正、交往有道、和谐高效的良好政商环境。

《指引》则着眼规范公职人员涉及企业的各类公务行为，从主动服务企业、鼓励正常交往、发挥纽带作用、明确纪律要求四方面，列出15条指引。特别在鼓励正常交往方面，重点对政商交往中参加活动、工作餐、收受礼品三类行为作出指引。

市纪委监察局新闻发言人、市预防腐败局副局长林进浪说，构建新型政商关系，旨在规范政商交往，加强政企沟通，助推佛山民营经济做大做强。民营经济是佛山的中流砥柱，佛山取得今天的成绩，很重要的原因是发挥市场对资源配置的决定性作用，营造良好营商环境，建立良性互动的政商关系。当前，民企进入一个困难期，更需要政府的支持服务。

“但在大力整治四风和惩治腐败的高压态势下，一些公职人员没有适应新的要求，对于政商交往界限把握不准，怕踩红线，不愿、不想、不敢跟企业打交道。”林进浪说，政商交往守则及行为指引的出炉，内容贯穿“亲”“清”两字，希望打开政商交往“心锁”，倡导“为官有为”。

为了对症下药，摸清政商交往中存在的问题，市纪委、市监察局去年成立调研组，先后深入全市18个镇街、30多个村居、90多家企业单位走访调研。听说《守则》和《指引》的出台，不少企业家拍手称快。“不能让官员怕进企业门。”广东东鹏集团董事长何新明说，政府支持政商沟通的导向是很正确的，双方互相知道需要，才能找出更好的对策发展。

考虑到构建新型政商关系是一项系统工程，市监察局表示，本次出台的《指引》只是第一个指引性文件，接下来佛山还会按照“1+N”的总体思路，以《守则》为“1”，根据新问题新情况，出台更多的具体行为指引。

（《佛山日报》2016 年 4 月 26 日要闻版 A01 版）

申报资料实录

作品简介：该报道是一篇体现地方政府贯彻落实习近平总书记系列重要讲话精神的新闻报道。2016 年 3 月全国两会期间，习近平总书记看望出席全国政协十二届四次会议的民建、工商联界委员并参加联组讨论时，首次用“亲”“清”两个字阐述新型政商关系。但如何在反腐倡廉、正风肃纪背景下，做到政商关系既“亲”又“清”？对于干部和企业来说仍缺乏具体指引。

获悉佛山政商交往守则及行为指引出台，记者敏锐地认识到这一举措在全省乃至全国的创新性和首创意义，以及其诠释法治社会为政、为商的纪律规矩，对构建新型政商关系的典型意义。为了实现“硬”政策报道的“软”落地，记者一方面查阅大量背景资料，消化吸收佛山推出这一政策与中央精神的深层次关系，另一方面深入基层，提前采访企业家、市纪委领导、负责招商的镇街干部，试图摸清佛山政商关系的现状和需要解决的困难。

在实际操作中，该作品语言凝练简洁，结构严谨，层层深入，具有很强的逻辑性和整体性。作品从“公职人员上门服务时，什么情况能在企业就餐；企业举办年会、春茗会，公职人员是否一律不得参加”等困扰佛山干部和企业的细节切入，生动地解读这一新政策。既给政商交往提出了“亲清八条”，也划清了纪律红线，贴近受众，又超越事件本身，传递企业家和政府声音，彰显了政府希望打开政商交往“心锁”，倡导“为官有为”的态度和决心。

社会效果：该作品见报后，被搜狐网、佛山市政府网、佛山在线等平台转载评论，报道还引起公务人员、企业界的点赞，社会反响热烈。在今年初中山大学廉政与治理研究中心、中山大学国家治理研究院联合发布的《2016 年度广东廉情评估蓝皮书》中，佛山的“反腐败满意指数”以及“廉洁感知指数”均为全省第一。

推荐理由：在中央号召构建新型政商关系的关键时刻，在以民营经济为中流砥柱的制造大市佛山，记者敏锐抓住新闻线索进行深入采访，反映了来自政商双方对“亲”“清”两字的渴盼，体现了地方政府贯彻落实中央精神的力度。这篇对中国制造业重镇最新改革动向的报道，为新时期的政商交往廓清了迷雾，为全省乃至全国各地正确处理政商关系提供了借鉴。作品从新闻现场到新闻背后，采访全面，层层递进，结构严谨，语言较为生动活泼，内涵丰富，具有较强的示范和引领意义。

一项研发将淘汰充电器

——长春一公司利用“互频”现象搭建的“无线供电技术应用平台”正在建设中

陈 璟（陈 景）

昨日，记者从长春中际互频科技有限公司获悉，该公司研发的一种新型供电方式在业界引起震动。研发团队经数万次实验，发现了物理学上的“互频”自然现象，并归纳概括了“互频非辐射原理”。运用这种原理，可以实现无线供电，意味着无论是手机、数码相机，还是笔记本电脑，都可以不用充电器就能完成充电。目前，该公司正在建设“无线供电技术应用平台”。

“互频”现象，即物体之间会通过固有频率相互影响。如果把电器比作可以接收信号的手机，那么“互频”就是可实现无线传输的信号，“无线供电技术应用平台”就相当于公用移动通信基站，可以在其覆盖范围内，与移动终端进行信号传递，从而为电器进行无线供电。这意味着，现在人们依赖的充电器面临被淘汰。

据研发团队相关负责人介绍，经过 8 年研发，长春中际互频科技有限公司形成了基于“互频”理论的稀土、石墨烯材料电感组谐振体配比制备的核心技术，拥有独立知识产权。

“无线供电技术应用平台”的建立，有望推动通信、电子、物联网、新能源等产业的突破和创新。

不久前，在中科院长春分院主办的“中科创客”创业创新大赛中，长春中际互频科技有限公司凭借其发现的“互频”自然现象和归纳的“互频非辐射原理”理论创新与产品化的技术应用平台模式创新斩获金奖。

目前，浪潮集团全球第一款无线供电特种装备计算机已经采用了长春中际互频公司的“技术应用方案”，使用了可为笔记本电脑提供不间断电能供给的无线供电装置。此外，德国 Sansun Deutschland 公司已经与长春中际互频公司签订合作协议，双方将联合成立销售公司；Ouzhou Changye 公司已签订订货合同。

（《长春日报》2016 年 9 月 27 日要闻 1 版）

申报资料实录

作品简介：本稿件是在创新驱动发展的新一轮改革浪潮中，记者坚持“走转改”，从基层挖掘出来的鲜活的科技类新闻报道。

记者在“双创走基层”活动中，偶然听一名创客说起有家长春企业正在建设无线充电技术平台项目时，敏锐地意识到其重大的新闻价值，辗转联系到企业负责人进行深入采访，后查阅大量行业资料，并请教多位科技领域的专家，反复核验该项新技术的科学支撑及应用前景，最终用通俗易懂的语言对晦涩深奥的科技新理论及其技术应用进行准确阐释后成稿。

社会效果：讲述科学好故事，传播基层好声音。本稿件从人们熟悉的充电器入手，深入浅出地报道了科学新发现的技术原理、现实基础、社会影响，以及科技成果的竞争优势和发展前景，引起科技主管部门和相关领域专业人士的高度重视，并给予相应支持。

新民网、光明网、头条新闻等多家媒体纷纷对本篇报道进行转载，社会反响强烈。

推荐理由：这篇短小精炼的科技新闻，蕴含着厚重的新闻价值，折射出记者敏锐的新闻视角和快速的新闻捕捉能力。

一项扎根基层的科研成果，却预示着一场革命性的科技产品更替。在简洁平实的消息叙述间，新闻的本意得以凸显，科技的力量得到升华和传播。

滨海新区出台“容错免责”“能上能下”两个实施办法

让干部放手放胆干事创业

孟　兴

近日，滨海新区区委正式出台《滨海新区激励干部改革开放创新勇于担当容错免责实施办法（试行）》（以下简称“容错免责办法”）和《滨海新区推进领导干部能上能下实施办法（试行）》（以下简称“能上能下办法”）两个文件，激发全区干事创业热情，支持先行先试、敢闯敢试的行为，保护敢作敢为、勇于担当的干部，掀起滨海新区开发开放新高潮。

滨海新区区委组织部相关负责人介绍，党的十八大以来，党中央在干部管理上，既提出容错免责要求，激励干部担当负责、大胆履职，又强调能上能下，激发干部队伍活力。出台这两个文件，是贯彻落实中央和市委要求的具体体现，也是结合滨海新区实际完善制度的创新举措。

新出台的“容错免责办法”中所称的“容错”，是指区委、区政府在法律法规框架下和职权范围内，对探索先行先试改革创新举措未能实现预期目标，或为抢抓重大发展机遇而作出临时性决策推进工作，或因历史原因、突发事件、特殊情况等不可抗力因素而采取应急性举措，未造成重大损失和负面影响且勤勉尽责、未谋取私利的单位和个人，不作负面评价，在各类考核、评先评优、表彰奖励、选拔任用时不受影响，不追究相关责任。同时，新区将成立滨海新区容错免责评审委员会，负责受理、评审容错免责事项。建立重大改革创新政策措施评估制度，通过专家论证、公众听证、人大审议、第三方评估等方式，及时发现、纠正决策和工作失误，必要时停止实施改革创新方案。对容错免责的干部，不求全责备，主动在政治上激励、工作上支持、待遇上保障、心理上关怀，让干部放手放胆干事创业。

新出台的“能上能下办法”，重点是解决干部“能下”的问题，干部“能上”按照中央、市委有关规定执行。该办法适用于新区区级机关工作部门、人民团体、功能区、街镇和国有企事业单位干部，主要是指对“批评教育不管用、纪律处分够不上、不贪不腐但不为”不适宜担任现职干部“下”的组织调整。“下”

的方式主要有：警示教育、诫勉谈话、离岗培训、转任岗位、改任非领导职务、免职、降职、辞退。新区还将建立干部状态指数，每季度对各级干部进行量化评价，组织人事部门汇总分析，经过考核评价认定、民意调查认定、部门联合认定等，据此提出“下”的干部初步名单。按照干部管理权限，组织人事部门对列入“下”的初步名单的干部，通过听取上级主管部门、单位领导、干部群众、工作对象意见等方式，有针对性地调查核实，提出建议宣布组织决定。

（《天津日报》2016 年 11 月 4 日要闻 2 版）

申报资料实录

作品简介：党的十八届六中全会指出，要建立容错纠错机制，宽容干部在工作中特别是改革创新中的失误。本文作者在了解到滨海新区将出台“容错免责”“能上能下”两个实施办法后，第一时间与相关部门联络，对时任滨海新区区委组织部部长、副部长，以及滨海新区发改委、规国局相关负责人进行专访，详细了解实施办法的细则和影响。

在稿件写作中，作者提炼两个实施办法中的精髓和创新点，针对“滨海新区对容错免责和能上能下进行破题”展开了详细解读，并将实施办法中“一手保护实干者，一手打压懈怠者”的中心思想和实施办法会带来什么影响展现在公众面前。

社会效果：稿件刊发后在社会上引起强烈反响，网友纷纷通过天津日报微信、微博和新闻客户端等新媒体，以及转载本文的北方网、人民网、新华网等相关网站对滨海新区在体制机制上的这种大胆创新进行评论和“点赞”。引发北京、河北及天津本市多家兄弟媒体跟踪报道。天津市市委组织部向全市发出了学习通知，天津市其他区先后组织相关干部赴滨海新区学习经验。在中组部召开的建立健全容错纠错机制征求意见座谈会上，滨海新区作为先进典型在大会上介绍了“容错免责”“能上能下”两个实施办法。

推荐理由：该篇消息以言简意赅的新闻语言报道了天津滨海新区出台《滨海新区激励干部改革开放创新勇于担当容错免责实施办法（试行）》和《滨海新区推进领导干部能上能下实施办法（试行）》。从文件中精准提炼出滨海新区开展从严执纪和“容错免责”的结合点，将滨海新区在从严治党的大背景下勇于先行先试，试行促进能者上、庸者下、劣者汰新机制的好做法向全社会进行宣传，促成了两个《办法》在天津全市以及全国进行推广。

环境执法“牙齿”越来越硬

——上半年各级环保部门“按日计罚”超2.6亿元

曹红艳

环保部今天发布的环境执法情况显示，上半年全国各级环保部门实施按日连续处罚案件307件，罚款数额达26447.62万元。截至7月底，全国32个省（区、市、兵团）共排查发现违法违规建设项目62.4万个，已完成清理整顿任务19.1万个，约占总数的31%。

目前，除西藏外，各省（区、市、兵团）均已按要求在省级环保部门网站公开了违法违规建设项目排查清理情况。下一步，环保部将继续按月调度各省（区、市、兵团）建设项目清理进展情况，并适时组织督查。

根据环保部环境监察局局长田为勇通报的各地在落实地方党委政府环境保护责任方面的进展，截至目前已有11个省份出台环境保护“党政同责”“一岗双责”制度，8个省出台“党政领导干部生态环境损害责任追究实施细则”。这些制度的落实，厘清了各级党委政府环保责任，明确了各部门任务分工。

在案件查处方面，环保部组织地方各级环保部门进一步加大工作力度。其中，环保部组织查处了污染源自动监控弄虚作假典型案例8起，私设暗管偷排偷放案件3起，机动车尾气排放弄虚作假案件2起，环境影响评价资质弄虚作假案件16起，共拘留22人。地方各级环保部门还先后查处、曝光了一批涉嫌偷排偷放、超标排放的典型违法案件，起到了以案释法、以案说法的作用及明显的震慑效果。

上半年，地方各级环保部门实施查封扣押案件2942件；实施限产停产案件1202件；移送行政拘留1291起；涉嫌犯罪移送公安机关案件840起。与2015年上半年相比，按日计罚案件数量上升6%，适用查封扣押案件数量上升62%，适用限产停产案件数量上升10%，移送拘留案件数量上升65%，移送涉嫌环境污染犯罪案件数量上升14%。

据介绍，为推动重点问题解决，同一问题既对企业又对地方政府实施挂牌督办，增强了影响力及效果。2016年上半年环保部直接挂牌督办案件19起，涉及14家企业、1个工业园区、1个饮用水源地、5个地市级人民政府；与此同时，环保部直查直办，树立了环境执法权威。自3月以来，环保部直接出动查办30起案件，涉及排污企业及环境问题53家（件）。对这些案件的直接查办，既树立了环境执法权威，也起到了查处一起、震慑一批的作用。

下半年，全国各级环保部门将继续加大环境监管执法力度，严格落实《环境保护法》的各项要求，严厉打击环境违法行为，切实保障人民群众的环境权益。

（《经济日报》2016年8月25日关注5版）

申报资料实录

作品简介：当前，人民群众对环境突出问题的解决愈益关切，对被称作“史上最严”的新环保法的实施寄予厚望。但由于历史等种种原因，环境执法弱一直是个突出问题。这篇报道通过对2016年上半年环境执法情况的梳理，以扎实的事实和数据报道了环保部门实施按日计罚等五类案件情况、排查清理整顿违法违规建设项目情况、地方党委政府落实环境保护“党政同责”“一岗双责”进展、典型环境案件处罚以及对重点环境问题挂牌督办的创新做法等，回应了社会公众的关切，增强了人们对环境改善的信心。

社会效果：这篇报道在报纸及新媒体平台推出后，被人民网、新华网、中国网、凤凰网、新浪等众多网站转载。环保部门的同志看到报道后表示既受鼓舞又倍感压力，提高环境执法能力责无旁贷，实施新环保法更需全社会的支持与行动。报道收到许多读者反馈信息，在互动中凝聚起为改善环境共同发力的共识。

推荐理由：这篇报道抓住了社会关注百姓关心的“热点”问题，善用事实凸显主题。报道文字凝练，层次分明，结构紧凑，行文流畅，篇幅不长但信息丰富，让读者清晰地了解了新环保法实施的最新进展，增强了改善环境的信心。特别是报道的标题生动形象，具有较强的表现力，抓住了读者，收到了很好的社会效果。

深夜挨户敲门寻找　救下昏迷夫妇

彭　放　杨　芳

“医生，我妻子晕倒了，快来！”前晚 10 时 54 分，长沙市第四医院急救站医生李良义，接到长沙市 120 急救中心转来的呼救信息：岳麓区王家湾桃花锦绣安置小区有患者出现意识障碍。可急救车赶到现场时，对方电话却无人接听。医生挨户敲门寻找，终于救下煤气中毒夫妇。

前晚，接到呼救信息后，李良义一边拨打呼救市民的电话，一边登车出发。对方手机信号不好，隐约听到一名男子说了两句话后，就挂断了。很快，急救车驶到小区楼下，李良义再次拨打对方电话时却无人接听。司机任艺拉响急救车警笛，也不见居民接应。

是有人故意骚扰 120，还是患者病情好转，暂时不需要急救车了？有 10 多年院前急救经验的李良义分析：患者和家属可能遇上突发情况，导致无法接听电话。

“我们挨家挨户找！”凡是窗口亮灯的房间，李良义和任艺一家一户敲门询问。深夜，隔着防盗门，李良义和任艺一一说明来意后，居民纷纷开门并互相打听，但都说没打过 120。

初冬的夜晚，下着雨，寒意逼人。李良义和任艺把整栋楼亮灯的房间问遍，仍没有消息。不愿放弃的两人在小区里商量对策，此时，他们突然发现西南角还有一个小房间亮着灯，走近后，隐约听到有电视传出的声响，敲门，无人应答。“莫非就是这一家？”李良义赶紧拨通那个呼救电话，屋里手机响了，却无人接听。

“没错，就是这一家！”李良义马上拨打 110 报警，民警迅速赶到现场。

门打开后，只见一男一女晕倒在床上，男子手里握着手机。急救车载上两人后，拉响警笛，直奔医院。昨日零时 10 分，急救车赶到医院急诊科。经医生检查，确诊杨军 (化名) 夫妻俩为一氧化碳中毒。

“幸亏医生没有放弃，挨家挨户寻找，否则后果难料！”杨军说。由于抢救及时，昨日下午，杨军和妻子均已脱离生命危险，转往该院中医科进行后续治疗。据了解，当晚杨军洗澡时没有开窗户，可能是煤气泄漏导致中毒。

对话李良义

记者：如果没找到患者，这么晚了，你们还会继续找吗？

李良义：一旦接报，决不言放弃，否则对不起自己的良心。

记者：院前急救工作很辛苦，有获得感吗？

李良义：我非常热爱这份工作，因为能够实实在在帮助到别人。每当有人在我手里获救，那种满足感是外人不能体会的。

（《长沙晚报》2016 年 11 月 17 日 A1 版）

申报资料实录

作品简介：2016 年 11 月 16 日，记者在长沙市第四医院采访一对煤气中毒夫妻时意外得知，他们的获救多亏了该院急救站医生李良义不言放弃的寻找。记者以高度的新闻敏感进行深入挖掘：15 日深夜，这对夫妻先后出现不适症状，拨打 120 急救电话求救后，两人都陷入昏迷。急救站医生李良义第一时间赶到求救者所住的楼栋，求救者电话却始终无人接听，他和司机不言放弃，挨家挨户敲门，一个多小时后在架空层找到因煤气中毒昏迷的夫妻。经抢救，这对夫妻脱离生命危险。在记者采写过程中，部门负责人深度介入，积极策划调度，对文本逐字逐句精心修改，夜班编辑精心编排，值班领导高度重视，正值省党代会期间版面紧张的情况下，在头版突出位置配图刊发。此后，还策划刊发了一系列后续报道，进一步扩大了作品的影响力。

社会效果：该报道在社会上引起强烈反响，入选长沙市 2016“十大年度新闻事件”，被众多网站转载。新闻主人公“仁心医生”李良义荣获全国五一劳动奖章和湖南省先进工作者荣誉称号，荣登 2017 年 1 月“中国好人榜”。

湖南省委常委、长沙市委书记易炼红在此报道上批示：事迹真实感人，体现了长沙医务人员情系病人，恪尽职守的风范，彰显了救死扶伤，永不言弃的精神，是对全市卫计系统开展“转作风、优服务”活动的最好诠释。要在全市范围内组织开展学习讨论，以此传递、弘扬正能量，使“两学一做”学习教育更富成效，更有可触感。

2016 年 11 月 29 日，李良义受邀参加市委办公厅第一党支部“两学一做”专题学习讨论，用自己的感人经历为大家上了生动一课。湖南省副省长向力力在长沙调研医改工作时，专程看望慰问了李良义。长沙市卫计委将学习李良义典型事迹作为系统深入开展“两学一做”学习教育的重要内容。

推荐理由：这是一篇“两学一做”学习教育的“活教材”。作者以高度的新闻敏感深入挖掘，以900字的消息，再现了急救医生李良义恪尽职守、救死扶伤、永不言弃的职业精神，树立了“两学一做”学习教育的先进典型。文本简短，现场感强；文字精练，细节感人；头版突出处理，图文并茂。在目前医患关系日趋紧张的背景下，传递了正能量，彰显了医生救死扶伤的高贵品格。同意参评中国新闻奖。

魏则西事件下的污名化狂欢要不得

张　杰

最近几天，一些网站、社交媒体、朋友圈等，被铺天盖地而来的魏则西事件所占据。以此事件为导火索，众多有关或者无关、有错抑或无辜的对象纷纷“躺枪”，无可奈何地被裹挟进几乎一边倒的舆论漩涡：先是涉事医院，继而莆田系，进而整个民营医院产业，时至今日矛头甚至已然指向了莆田人乃至福建人、乃至整个民营经济……

好一副“洪洞县里无好人”的架势。在此情势下，虽然明知可能会招来骂声一片，但笔者还是不得不说：即使是由一个年轻生命的伤逝所引出的悲情话题，这种逮谁骂谁过度情绪化的舆论宣泄，缺乏必要的理性和冷静，于事无补。魏则西事件下的污名化狂欢要不得。

生命诚可贵，何况陨落在人生花样年华的鲜活生命。21 岁大学生魏则西之死的确令人扼腕，向他致以深切的哀悼，对他的家人表示深切的同情，再多也不为过，这是对生命最起码的尊重。

然而，当舆论场开始过度“消费”这个已逝的生命之时，风向就开始转了，且与尊重生命毫无瓜葛：对一家医院的责任人痛骂或鞭挞也就罢了，毕竟事情发端于此，即使骂得有些激烈、偏颇，也基本都属于人之常情可以理解。

但由骂一家医院而起底医院的合作方，乃至整个莆田系、整个民营医院产业，甚至骂到和骂人者并无不同的莆田人甚至福建人，就不是一种可以理解的正常情绪宣泄了，而是一种以偏概全、一棍子打死、生拉硬扯找联系的污名化举动。在这种“奋臂一呼人尽墨”的非理性舆论狂欢背后，模糊的是事件本身，损害的只能是中国民营经济的形象和发展基础，最终毒化的是整个社会氛围，包括正在努力修复的医患关系——而这，同样关系到包括义愤填膺痛骂者自己的切身利益。

可能有人会问，你是不是在为民营医院辩护，你怎么证明民营医院不是骗子？实话实说，作为非医学专业人士，自然无法证明什么。不过，有权威部门提供了这样一组数字：截至 2014 年年底，我国拥有民营医院 1.22 万家，数量占全国医院总数的 47%，每年医疗产值保守估计在数千亿元乃至上万亿。所以我就纳闷了：如果民营医院真的都是有些人口中所谓的骗子，那恕我孤陋寡闻，还真没见过折腾出这么大动静、“骗”术如此高明的“骗子”。至于把矛头指向莆田人、福建人，面对如此低智商的伪命题我只能一笑了之：哪个省份的人没有被“黑”过？这些年，类似的事情还少见吗？

当然，话说回来，魏则西事件也以一个年轻生命为代价给我们提了个醒：民营医院行业乃至整个医院行业确实存在着害群之马。对于这样的害群之马，最好的解决办法就是交由相关部门依规依法处理（实际上，魏则西事件发生后，相关部门已经介入调查）。而对于时下正处在风口浪尖的民营医院来说，更应该抱着“有则改之，无则加勉”的态度，以魏则西事件为契机，为自己认真地号号脉，对照、检视自己可能存在的问题，找出病灶，去除沉疴顽疾。切实把患者的生命健康和切身利益放在第一位，这才是今后发展壮大的根本之道。

逝者已去，生活还将继续。不让悲剧重演，同胞间多些理解、多些关爱，将是对逝者最好的告慰。我们这个社会，经不起撕裂，经不起折腾，污名下的狂欢和舆论暴力，摧毁的正是你我不可或缺的爱的阳光与空气，是和谐与梦想。

（《福建日报》2016 年 5 月 8 日要闻 1 版）

申报资料实录

作品简介：2016 年 4 月中旬，21 岁大学生魏则西因病不幸去世。随后，其长达两年的求医过程被翻出并迅速通过网络、社交媒体等渠道发酵成为网络热点舆论事件。到 5 月初，网络、社交媒体出现了借此事大肆“讨伐”、全盘否定莆田系医院甚至整个福建、福建人的非理性声音。

面对一边倒的舆论，作者临危受命，从午夜 12 点开始加班到凌晨 1 点半，在不到一个半小时时间里写出了这篇评论。作品没有过多纠结于莆田系医院是否有错这一问题，而是着重论述了这种非理性的舆论狂欢对整个社会造成的撕裂、危害，立意巧妙、语言活泼老练，在集体非理性的舆论狂欢中发出了党报理性的声音，体现了作者的冷静思考和党报面对社会舆论热点时的主动作为与担当。

社会效果：作为全国首家就魏则西事件发声的主流媒体，此文章在《福建日报》刊登以后，福建省内主要新闻网站、微信公号以及人民网、新华网、凤凰网等都给予了转载，百度搜索网络转载数量超过20万次，取得了良好的传播效果和引导舆论的作用。

推荐理由：

1. 在魏则西事件非理性网络舆论一边倒的情况下，该文章在全国主流媒体当中首个发声，既彰显了党报面对舆论热点的不缺位、不失声以及作者的冷静思考和责任担当。

2. 文章在《福建日报》刊登以后，福建省内主要新闻网站、微信公号以及人民网、新华网、凤凰网等都给予了转载，百度搜索网络转载数量超过20万次，取得了良好的传播效果和引导舆论的作用。

3. 文章立意巧妙，语言老练活泼，不失为一篇时评佳作。

肆无忌惮的权钱“旋转门”

吴黎明

美国总统选举三轮电视辩论结束后，特朗普与希拉里两名总统候选人共同出席一场慈善晚宴，特朗普在发言中讽刺“这是希拉里首次对大型商界领导人聚会讲话不收费”，而希拉里则自嘲称不收费是“特殊优待”。

在美国权力圈中，高官卸任后演讲天价收费不过是个“小儿科”。透过现象看本质，西方制度冠冕堂皇的“画皮”后面，隐性权钱交易早已根深蒂固，利益输送如“旋转门”一样“自然、合法”。

在西方，只有极少数“愚蠢的”政客才会直接受贿拿钱，如上世纪70年代美国副总统斯皮罗·阿格纽因被控受贿而辞职，而绝大部分“聪明的”政客都采取间接方式获利。

其一是挥舞“白手套”，让权钱交易更加隐晦。媒体揭露，美前副总统切尼帮助他曾经担任总裁的世界第二大石油服务公司哈里伯顿在伊拉克拿到了订单；希拉里在任国务卿期间，美国国务院为克林顿基金会捐款者提供便利。

其二是采取类似“延期兑付”形式实现权钱交易。所谓“延期兑付”，就是在职时不收钱，但一旦离职则去公司等利益集团任职谋取好处。这种现象被欧美公众称之为“权力旋转门”。

在欧洲，近年来最典型的“旋转门”有两例：一是德国前总理施罗德卸任后仅数周就担任俄罗斯天然气公司高管，而施罗德在任期间曾极力推动俄向德输气项目；二是欧盟委员会前主席巴罗佐今年7月加入美国投资银行高盛集团，令欧洲舆论大哗。

在美国，“权力旋转门”现象更是屡见不鲜。许多官员们在仕途和从商之间不断转换，企业高薪便是对其当政期间“努力”工作的回报，或者干脆将自己人安插到政府部门。

还有的政客离职后“下海”开咨询公司，提供所谓“战略性建议”。前总统克林顿的国防部长科恩离职两天后就创立了咨询公司，前国家安全事务助理塞缪尔·伯杰、前白宫办公厅主任托马斯·麦克拉蒂等也步其后尘。《纽约时报》指出，他们“巧妙地”为华盛顿政府部门与利益集团牵线搭桥，出售“打通门路的本事”。

欧美不少媒体指出，退休或离职高官“旋转”后，很有可能利用自己的内部消息及在担任公职期间积累的各种人脉关系为新职业谋取利益。如果这些官员在位时就考虑以后的出路，则极可能会对其决策产生影响。

最触目惊心的利益输送乃是权力与院外游说集团的结盟，这已俨然打入美国政治大厦的地基之中。美国政治圈对这样的资本操纵与利益交换习以为常，甚至并不把这看作腐败。

地处白宫北面的K街是华盛顿的游说业中心，数万名说客云集，有美国“第四权力”中心之称。英国《观察家报》称其为“世界上最腐败的地方之一”。

以K街为代表的院外游说集团已经渗透到美国权力架构的所有层面，这些职业说客在企业与政客之间长袖善舞。说客们并不只是为各种利益集团叩响权力之门，事实上他们也为政客们服务，建立起“双通道”。

对于一个政客来说，竞选就是拼钱，没有企业与富人的金钱支持一切都无从谈起。在美国，新世纪以来总统候选人的竞选花费动辄都是数亿美元，一名参议员需要花费起码2000万美元才能保住自己的席位。

于是，权跟钱自然就走到了一起。有院外游说集团的牵线搭桥，议员们只要“正确投票”，他们的竞选账户便不会缺钱。一遇到选举，许多说客会摇身一变，成为议员竞选委员会会计或政治顾问，筹钱并指导现任议员谋求连任。事后说客们再重操旧业，这时就可以同得到他们帮助的议员进行交易。

美国最高法院2010年1月裁定，企业和工会有权无限制地在大选周期内向支持且独立于候选人竞选团队的组织，即“超级政治行动委员会”捐款。此举更为权钱交易打开法律方便之门，不受限制的政治献金成为左右总统、国会及地方选举的关键。

对此，美国前总统卡特叹息，美国正沦为一个“寡头统治国家”。天下没有免费的午餐，政治募捐往往暗含附加条件。英国《独立报》一针见血地指出，企业花微不足道的一点钱就可以控制美国的“民主政治”。

更让人震惊的是，说客与政客可以换位，形成又一道“旋转门”——当一些说客入主政府内部一些实权职位的同时，另一些政客则结束自己的从政生涯，担负起游说工作，为他们的政治关系人提供资金。

白宫的一些高级官员都曾经当过说客。小布什时代，有10多名说客在白宫任职，如时任总统办公厅主任安德鲁·卡德曾是一名为汽车行业服务的说客。另一方面，政府官员和政客则纷纷投奔K街。1998年到2006年间，共有2200多名前政府雇员成为说客，其中包括200多名前国会议员或政府部门首脑。

院外游说集团的独大引起公愤，但改革是光打雷不下雨。奥巴马总统曾出台举措予以限制，但沦为空文。媒体调查发现，被其提名为卫生与公众服务部副部长的威廉·科尔与国防部副部长的威廉·林恩都是说客出身。

冰冻三尺非一日之寒。权钱“旋转门”表明西方政治制度陷入系统性腐败，想要纠偏谈何容易。前国会议员、“反游说英雄”迪克·齐默的故事颇有“启发性”。齐默在上世纪90年代曾试图推动一项限制游说的“旋转门法案”，但遭到否决。后来，齐默离开政坛，自己也成了一名说客。K街赢了。

（新华社北京2016年10月31日电）

申报资料实录

作品简介：这是新华社根据中央领导指示精神主动设置议题的评论，也是贯彻配合十八届六中全会报道，以2016年美国大选“金钱政治”“民粹主义”等乱象为抓手，深入揭露西方政治弊端的“八问西方制度”的开篇力作。

在选题策划和撰写编辑过程中，着重把握三点：一是坚持正确导向，服务大局，在西强我弱的舆论环境下，在社会媒体对美国大选跟风式的报道中，超越美国大选事件本身反思西方制度缺陷，深入揭露权钱“旋转门”这一体制性“顽症”，发出了体现中国国家站位声音。二是深入调研和采访，并阅读了大量有关政治制度的书籍和文章，为评论立论提供了充分的理论基础，得以直击西式虚伪民主的根源与本质。三是精心策划，巧妙说理，由大选乱象的小切口例证切入，由小见大，借嘴说话，让人看到西方制度“千疮百孔”。

社会效果：在美国大选年，新华社系列揭露美国“金钱政治”和西方民主制度弊端的言论性稿件，获中宣部《新闻阅评》肯定。刘奇葆同志批示：“新华社对西式民主的针砭揭露很有力度”，“产生了很好的说理效果”。这篇评论对内被《新华每日电讯》《中国纪检监察报》等数十家传统媒体和主流网站采用，国防部官网、求是网等中央部委网站与理论阵地网站转载，在新华社客户端上点击量超过50万次。对外被法国《欧洲时报》等多家境外媒体采用。在海外社交媒体平台上引起美国民众共鸣，一些发展中国家粉丝纷纷转发并反思西式民主的弊病。

推荐理由：这篇评论通过鲜活事例和融通中外的表达方式，深刻揭露美国“金钱政治”和西式民主制度弊端，从立意到视野体现了眼力、脑力、笔力。文章深入浅出，可读性强，是美国大选评论中的一篇精品。

为敢担当的干部担当

刘建斌

今年是“十三五”开局之年，更是全面建成小康社会决胜阶段的开局之年，任务艰巨，时不我待。无论是抓发展，还是促改革，都要有敢于啃硬骨头的气魄、勇于涉激流险滩的胆略。当此之时，只有健全激励机制和容错机制，才能使各级干部积极发挥主观能动性，主动作为、奋发有为，进一步营造愿干事、想干事、干成事的浓厚氛围。集中到一点，就是要为敢于担当的干部担当，旗帜鲜明地为他们撑腰鼓劲。

当前倡导为敢于担当者担当，具有极强的现实针对性。在从严治党的新常态下，一些干部为了求平安，抱着宁可不干也不要出错的想法，担心一不留神惹下麻烦，做起事来总是心有余悸，放不开手脚。因为要干事，就难免会有这样那样的疏漏，产生各种各样的说法。根治这些富有进取心、不愿碌碌无为者的心病，最好的药方就是为他们打气壮胆。用允许试验、容忍错误的鲜明导向，消除他们害怕因“洗碗多可能失手打破碗而遭受指责”的顾虑，放下包袱，挺直腰杆，轻装上阵。

事业是干出来的。干事创业，离不开敢打头阵的开路先锋、少不了攻城拔寨的勇士。这些敢蹚“地雷阵”的人，因为专注于工作，势必会出现失误或差错，只要不违纪不违法、顾全大局一心为公，组织上就应当采取包容、宽厚的态度，勉励他们吸取教训，越走越稳；不惧艰辛的创业者，极有可能会因棱角太分明得罪人，并因此受到非议，组织上就应当毫不迟疑地竭力支持，让他们有底气，能够豁出去做事，而不必缩手缩脚；埋头苦干的人，往往不事张扬，甚至不懂人情世故，不会润滑关系，对他们更要高看一眼、厚爱一分。只要各级组织都能建立为敢于担当者担当的正确导向，用关爱为他们遮风挡雨，用行动为他们提供后援，就能使探路者专心谋事、开拓者奋勇前行，有助于形成争先创优的良好局面。

为敢于担当者做后盾，本身就是对敢于担当者的一种担当。做到并坚持这一点，就必须打破固有的思维模式，以宽阔的胸襟和坚定的态度鼓励大胆试、放开闯、安心干，不求全责备，多点赞喝彩，少横加干涉。最为关键的是在体制机制上取得新的突破，用超前意识着力健全完善容错机制，为敢于担当者兜住底线，大力弘扬敢想、敢干、敢担当的正能量，凝聚人人都要有担当、个个都是担当者的共识。还要健全完善考评机制，让敢于担当者吃得开、吃得香。奖勤罚懒，赏罚分明，让常挑重担、善解难题的同志充分感受到组织的关怀和温暖。更重要的是健全完善保护机制，让敢于担当者无牵无挂，既不提心吊胆，又不畏首畏尾。不但要大力褒奖担当者，还要把目光更多地投向苦干实干、无私奉献的干部，积极发现，主动关心，大胆使用。勇担当、敢负责的干部得到重用，就有利于形成想干事者有机会、能干事者有舞台、干成事者有地位的良好风尚。

习近平总书记指出："坚持原则、敢于担当是党的干部必须具备的基本素质，担当大小，体现着干部的胸怀、勇气、格调，有多大担当才能干多大事业。"敢于担当既是共产党人的优秀品格，又是真抓实干、大干快干的现实呼唤。勇于为一马当先者担当、乐于为率先发展者担当、敢于为推进改革者担当、善于为无私忘我者担当，就能最大限度地激发干部创新创造的无穷潜能，干出无愧于时代、无愧于人民的崭新业绩。

（《宝鸡日报》2016 年 3 月 14 日要闻 2 版）

申报资料实录

作品简介：作者在深入观察分析的基础上，针对当前社会上存在的一些现象，及时提出了为敢于担当者做后盾，本身就是对敢于担当者的一种担当的观点，有力地发出了警示，彰显了党报的引领功能。

社会效果：言论发表后，在干部群众中引起强烈反响，社会各界也表示言论极具针对性，导向明确，起到了激发激情干事，消除思想误区的作用。

推荐理由：初评认为此稿合时宜、富新意、导向好。紧扣当前一些干部中存在的"求平安"、"怕惹麻烦"、不敢主动作为等消极现象，用敏锐的洞察力提出了面对从严治党、从严治吏的全新政治生态，每个党员干部都要勇于为敢担当的干部担当，打消因害怕"洗碗多可能失手打破碗而遭受指责"的顾虑，放下包袱，挺直腰杆，轻装上阵，具有"靶向"治疗功效。随后，陕西省出台了"干部激励、容错纠错、能上能下"的"三项机制"，一个鲜明提法就是要为敢担当者担当，此稿不仅高度合拍，而且早了几个月，可谓有预见性。

“农改居”：农民的权益只能增不能减

何兰生

近日，北京市发布关于进一步推进户籍制度改革的实施意见，宣布将取消北京地区农业户口和非农业户口区分，统一登记为居民户口。作为特大型城市和首都，北京加入“农改居”行列，对于户籍制度改革而言，尤其具有里程碑意义。至此，全国31个省份均出台了以“农改居”为核心的户籍制度改革意见，全面取消了农业户口。这标志着自1958年实行以来的二元户籍制度退出历史舞台，也是推进国家治理现代化和“三农”改革发展的一件大事。

农业户口和非农业户口之分，是我国计划经济时代的产物，它在适应当时经济发展条件和社会管理水平的同时，也在城乡之间横亘起一道壁垒，造成了城乡经济社会的严重二元化，导致城乡差距的持续扩大和农民权利的巨大损害，其本身也成为经济社会发展的痼疾和瓶颈，一直以来广为诟病。随着经济社会的发展，加快推进户籍制度改革，不仅成为时代的呼声，也具备了实施的条件。

全面取消农业户口，实施“农改居”，其巨大的政治意义和深远的历史意义，不仅在于，我们党的执政宗旨是全心全意为人民服务，农民作为人民中的大多数，理应享有其应有的权利；也不仅在于，历史的欠账必须清还，农民为革命、建设、改革开放作出的巨大牺牲和贡献，必须得到合理合法和有尊严的补偿；还不仅在于，在推进城乡一体化的当下，农民当然应该平等参与现代化进程，共同分享现代化成果；而且还在于，建设富强民主文明和谐的现代化国家，实现中华民族伟大复兴的中国梦，绝不能有二元社会的存在，绝不能有“二等公民”的存在。农民，将历史性地回归其本来之义，它是一种职业，而不是身份！

全面取消农业户口，实施“农改居”，是城乡一体化进程的重大决策和关键节点。因此，对待“农改居”，就应从城乡一体化的视角来看待，从城乡居民权利同等化的要求来落实。实施“农改居”，关键就是要落实好“一体”和“同等”，就如人的身体各器官，虽然处于身体的位置不同、功能不一，但都是身体的一部分，都不可或缺，都要加以呵护，不仅营养要均衡送达，还要有针对性地固本扶弱。城乡之间亦然。面对城乡之间在基本公共服务方面的不平等和差距，如何让农民真正享受到城市居民同等的福利和保障，是“农改居”题中应有之义。因此，下一步还需要出台更有针对性的政策细则，加大对农村地区公共服务的延伸覆盖，逐步弭平城乡居民福利待遇方面的差距，创造条件不断改善农村居民在教育、医疗、就业、养老、卫生、文化等方面的弱势和不足，着力消除各种或显或隐的福利差距，让好政策真正落地，让农民有一种明显的获得感，如此方符合政策设计的初心。

取消农业户口，实施“农改居”，农民的权益只能增不能减。比如，土地承包经营权、宅基地使用权和集体收益分配权等是法律赋予农民的经济、政治权利，也是农民的基本权利和核心权利，是农民生存发展的“命根子”，任何人都不能侵害，任何人都不能打任何的“小算盘”！要坚决防止以“农改居”名义打农民土地权利的主意，更不得以各种理由改变农村土地集体所有的属性，严重侵害农民的土地财产权利。要坚决防止“农改居”后搞所谓的“以土地换社保”、强行要求农民退出承包地。农民的土地承包经营权是法赋权利，本质上是一种财产权，要不要退出，是他的自由，任何人都不能剥夺，就像任何人不能因为一个市民搬到乡下生活，就要求他退出城里的房产一样，任何人也无权要求一个进城农民必须退出他的承包地。当然，我们鼓励在城市有稳定就业生活的农民工有偿退出承包地，也相信只要我们保持历史耐心，会有更多的二代、三代农民工自动退出承包地。但请记住关键的两个词：有偿、耐心！任何退出都必须有偿，都要交换；任何退出都要有耐心，都要时间！令人欣慰的是，随着各地正在开展的土地确权登记颁证工作的全覆盖，农民的土地权利将会牢牢地攥在农民自己手中。

开弓没有回头箭。取消农业户口，实施“农改居”，是顺应时势、呼应民心之举，但宣布取消易，扎实实施难。而这不仅与政策意愿相关，还与经济实力相连，在经济新常态下这更是一个考验。因此，在政策确定之后，“落实”很重要，“扎实”更显功夫。不能脱离本地实际的好高骛远，不能不管经济水平的贪多求快，一定要量体裁衣，有多少米做多少饭，虽然不能一夜之间实现城乡居民权利福利真正一样，是很遗憾的事，但每天都有小进展，积小胜终能成大胜。

“任何时候都不能忽视农业、忘记农民、淡漠农村”，这是全党全社会高度重视“三农”的重锤响鼓。实施“农改居”，为增进农民福祉创造了新的契机，但农业弱质、农民弱势、农村发展滞后的总体态势没有改变，城乡之间的差距在短时期内也很难消除。因此，“农改居”之后，对“三农”的支持力度只能增强不能减弱，农民的权益只能增加不能减少。这应该成为一种共识并始终坚持。

（《农民日报》2016 年 9 月 23 日要闻 1 版）

申报资料实录

作品简介： 2016 年 9 月 19 日，北京市出台政策，取消农业户口和非农业户口的区分，统一登记为居民户口（农改居）。至此，全国 31 个省市的户籍制度改革方案全部出台，是我国打破城乡二元壁垒改革的标志性事件。

文件发布后，作者敏锐地意识到这一政策所具有的历史意义，第一时间撰写此文。文章提出了"农改居"的核心问题是保护好农民的权益不受损失，并对这一问题在"城乡一体化"和"权利均等化"两大背景下进行了分析阐述，旗帜鲜明地提出了"农改居"过程中"农民的权益只能增不能减"的农民心声、时代呼声。作者前瞻性地指出"农改居"过程中可能出现的"赶农民上楼""土地换社保""放弃宅基地"等问题，并给与了善意的政策提醒。

社会效果： 一、文章一经刊出，迅速被新华网、中国农业新闻网、北京农业信息网、农视网等多家网站转载，农民日报官方微博、微信也迅速予以推送。

二、文章在三农政界、学界和农村基层干部中产生良好反响，获得读者、网友广泛好评，对于凝聚改革共识、推动户籍制度改革健康发展、保护农民在改革中的合法权益有一定的指导意义。

三、文章产生了较好的社会效果，对于地方政府推进完善户籍改革有重要借鉴作用；有的农民来信来电反映，这篇文章说出了他们的一些担心和愿望，反映了他们对改革的诉求。

推荐理由： 户籍制度改革，关乎亿万农民的切身利益，作品选题重大，将历史纵深感与时代问题感紧密结合。

作品最大的闪光点在于将历史眼光与问题意识贯穿始终，见解深刻。在层层剖析的评论当中穿插着理性思考与人文关怀，既从理论高度阐明了"农改居"中维护农民权利的怎么看、怎么想、怎么办的问题，也充满了对农村农民的深厚情感，表达出了坚决维护"农改居"中农民合法权益的鲜明观点，既晓之以理，又动之以情，充满感染力。同时，作品运用比喻、举例等写作手法，通过鲜活生动的语言，深入浅出，具有较强的可读性。

调查性报道

大学女教师患癌被开除事件调查

章　正　马富春

58 岁的刘宏是一位父亲，也是一位癌症晚期患者。这两天，他整夜睁着眼，情不自禁地翻看女儿的手机。看到别人给女儿的微信发来的文章——《在兰州一所大学教英语的她，在患癌后就被开除了》，泪水止不住地往外涌。

女儿刘伶利正是这条微信的主人公，可惜她永远看不到朋友发来的微信了。8 月 14 日 8 时许，因为癌症并发心脏病，32 岁的她离开了人世。

大学女老师患癌症

1984 年出生的刘伶利一直是家人的骄傲。2012 年，她从兰州交通大学外语专业硕士毕业，来到兰州交大博文学院工作，成了一名大学教师。

“她爸爸有癌症，孩子特别懂事，除了上班，还给高三学生当家教补贴家用。”刘伶利的母亲刘淑琴告诉中国青年报・中青在线记者。

工作两年后，2014 年 6 月 1 日，上完家教课回到家，刘伶利突然感觉腰部剧烈疼痛。当晚，父亲就带她去了甘肃省第二人民医院，医生说需要进一步检查。

“第二天，感觉不怎么疼了，孩子就要去上班。”刘淑琴说，当时，女儿告诉她，如果不去上班，学校会扣钱，加上当时快期末考试了，怕耽误学生复习，就上班去了，直到学生放假后，7 月 23 日才住院接受治疗。

刘伶利家人提供的甘肃省人民医院冷冻切片诊断报告书显示，当时诊断为（双侧卵巢）增生性（交界性）浆液性肿瘤，高级别。

那个暑假，父母带着刘伶利到北京求医。中国医学科学院肿瘤医院 2014 年 10 月出具的一份病理报告显示：刘伶利“左附件区纤维脂肪组织及右侧卵巢、输卵管内仍可见大量高级别浆液性乳头状腺癌浸润”，“乙状结肠带结节、直肠窝肿物、大网膜、左侧结肠旁沟肿瘤内均可见浆液性乳头状腺癌浸润”。这意味着，刘伶利得了卵巢癌并且已经扩散。

刘淑琴向中国青年报·中青在线记者确认，在北京治疗期间，女儿已经向学校请假。病情确诊后，随之而来的是化疗、开腹手术、切除卵巢……手术前，身为独生子女的刘伶利，曾一度想把自己的卵子冷冻保存下来，但是最后因为费用太高而放弃。

2015 年 1 月 12 日，一家人从北京乘坐火车返回兰州。刘淑琴告诉记者，女儿在火车上接到了博文学院的电话："人事处的一位工作人员问她能不能来上班，让她 14 日去学校，女儿回复说身体不好，要和家人商量一下。"

拿着厚厚一叠病历，带着北京的医生补开的请假条，1 月 14 日，刘淑琴来到博文学院人事处为女儿请假。"学校原以为孩子得的是子宫肌瘤，病历上写得清清楚楚，学校才知道孩子得了癌症。"刘淑琴说。

当时，考虑到女儿不能上班，刘淑琴请求这位领导，希望单位能继续给孩子买医疗保险。

对方没有应允。刘淑琴当场哭了。据刘淑琴向记者描述，人事处处长当时告诉她，"不要给我哭，我见这样的事情挺多的，学校有规章制度，我也没有办法"。

生病期间遭学校开除

让刘淑琴万万没想到的是，仅仅 5 天之后，刘伶利的工作就没了。

"过了一周，学校让我女儿去一趟，当时她正在兰州治疗，就没去。事后，女儿确认自己被学校开除了。"刘淑琴说。

刘伶利的家属给记者提供的一份兰州交大博文学院《关于开除刘伶利等同志的决定》显示：经 2015 年 1 月 19 日院长办公会议研究决定，该两位同志（包括刘伶利——记者注）连续旷工已违反兰博人字（2009）6 号文件规定，违反了劳动协议的相关约定。为规范我院用工，决定开除刘伶利同志，解除与该同志的劳动关系。

记者注意到，这份文件由陈玲签发，陈玲是兰州交通大学博文学院院长。

事后，刘伶利在微信中与一位朋友说："过了没几天打电话让我去一趟，我说没时间，然后就把文件寄回来了。"刘淑琴说，当时，女儿的身体已经很虚弱，一直在兰州治疗。

在博文学院辛勤工作了 3 年，刘伶利收到学校寄来的开除文件，一时难以接受。她在微信聊天中向朋友抱怨："开始他们不知道我具体的病情，我请了一个学期假，期末还打电话问我下学期能不能去上班，我妈妈就去学院告诉他们我具体的病情，他们一知道我真实病情就把我开除了。"

开除，是职业生涯中不光彩的事。一时，身患重病的刘伶利有些绝望。其间，当朋友问及生病期间学校是否看望过她时，她在微信中回复："没有，我妈去的时候都说让他们给我交保险，我们出钱他们都不愿意。"

近些年，刘伶利的家庭频遭不幸。父亲下岗，也是癌症患者；母亲退休，还要照顾痴呆的老父亲。学校停止给她医保缴费，对于这个不幸的家庭来说负担更重了。

"2014 年 7 月刘伶利接受治疗，过了暑假，学校就没有给孩子发工资，我的钱加上我父亲的退休金，用来给女儿看病，孩子他爸在社区帮忙，每个月 1700 元的工资只能够他自己的医药费。"刘淑琴说完，站在一旁的父亲刘宏掀开衣服给记者看他身上的造瘘（用来排尿——记者注）。

"学校没人来看望过孩子，2014 年 10 月，学校提过一次来看，可是我们在北京治疗，以后再就没有说过。"说起学校如何对待重病的女儿，身患癌症的刘宏很伤心。

直至去世，学校仍未履行法院判决

面对学校突如其来的开除通知，刘伶利和家人都感到无法忍受，他们选择了诉诸法律。

2015 年 3 月 29 日，刘伶利向甘肃省榆中县劳动人事争议仲裁委员会提出仲裁请求，请求对学校作出的开除决定进行仲裁。2015 年 4 月 17 日，因证据不足，该委员会作出对刘伶利的仲裁请求不予受理的决定。5 月，刘伶利向学校所在地的榆中县人民法院提起诉讼。

2015 年 10 月 20 日，榆中县人民法院一审判决："被告兰州交通大学博文学院于 2015 年 1 月 19 日作出［兰博院发（2015）14 号］《关于开除刘伶利等同志的决定》无效，双方恢复劳动关系。"

至于刘伶利要求支付治疗期间的病休工资等福利待遇，因其未提供相关计算标准，法院不予支持；对用人单位未按时足额缴纳的社会保险费，判决由社会保险费征收机构责令其限期缴纳或补足；对原告要求被告补缴各项社会保险费用，判决表示不属于人民法院民事案件的受理范围，不作处理。

刘淑琴告诉中国青年报·中青在线记者，由于家人忙着给刘伶利治疗，都没有时间出庭。她回忆道，一审的官司打得并不好，由于博文学院没有继续给孩子买医保，当时看病的花销很大，家人只能给她买居民医保，报销的比例比较低。

博文学院不服一审判决，向兰州市中级人民法院提出上诉。

兰州中院二审判决维持了原判。二审判决书写道：“二审中，交大博文学院亦认可在刘伶利与交大博文学院电话通话中，刘伶利陈述其本人及家人都在外地就医，无法履行请假手续，等回来后补办请假手续……不属于《兰州交通大学博文学院教师聘用合同》第三条第八项第 3 款约定的擅自离岗、旷工的情况。”

判决载明：“交大博文学院以此为由开除刘伶利并解除与刘伶利的劳动关系无事实和法律依据，一审认定交大博文学院开除刘伶利决定无效，双方恢复劳动关系正确，本院予以确定。唯适法律不当，本院予以纠正，上诉人交大博文学院的上诉请求于法无据，应予以驳回。”

“判决下来不久，上上周电话说协商解决，昨天（学校）来电话又说开学再说。”刘伶利给朋友发微信说。此时，是她去世前的半个月。

律师：开除系违法 学校：开学后再说

在刘伶利二审代理律师蔡翔看来，开除是一种纪律处罚，学校的行为是非法解除劳动关系，也就是恶意解雇。

“这是一种逃避企业法定义务的行为，刘伶利的要求很低，就是医保别停，能够减少自己看病的经济负担，可是学校还是把她开除了。兰州中院采纳了我们的意见，认为解除刘伶利劳动合同违法。”蔡翔说，“学院没有对教师的人文关怀，没有依法办事，在明知刘伶利患病并电话请假的情况下，还依然认为刘伶利是旷工，缺乏对教师的必要关心。”

他告诉中国青年报·中青在线记者：“二审判决之后刘伶利的社保和医保还没有恢复，学校并没有主动执行法院的判决，由于她的病情恶化一直在治疗，我们也没有时间申请法院强制执行。判决下来后，学校方面还是没有到医院看望刘伶利。”

当被问及刘伶利去世之后，其经济损失是否能追回时，蔡翔表示：“孩子去世之后，父母有可能要求学校赔偿刘伶利的损失。劳动合同解除违法行为，造成了医药费能由医保报销的没有报销。挽回这个家庭的损失，我们还是会再提起一个诉讼，追讨学校停缴医疗保险造成的损失。”

从劳动仲裁到二审判决，用了超过 1 年的时间。其间，刘伶利的病情也在不断地恶化，治疗花费了三四十万元，家中已经没有积蓄，只能靠舅舅接济进行治疗。刘伶利考虑到家庭实际情况，最终选择了中医保守治疗，这样的选择只是想多省点钱。只有在病情恶化的时候，才断断续续选择住院治疗。

记者就此致电兰州交大博文学院办公室主任王世斌，他表示，对于此事，具体情况他不了解，也没有负责处理这个事情，学校正在放假还没有开学，等开学后再说。记者又多次电话联系兰州交大博文学院院长陈玲，但对方一直未接电话。

去世前曾摆摊卖衣服

据了解，刘伶利曾网购印度生产的抗癌药，因为价格更便宜。她加入过很多微信和QQ的抗癌群，与群友之间相互鼓励。住院期间，她还会自己涂上红色的指甲油，抹上口红，打开美颜相机自拍。

“她是个要强的孩子，去年9月至12月在兰州治疗期间，看见家里经济条件不好，非要在家附近摆摊卖衣服。”刘淑琴拗不过她，让刘伶利坐在轮椅上，推着她到兰州东部综合批发市场批发衣服，孩子负责挑选，母亲负责拿东西。

那些天，每到18时，母亲装上几包衣服，拉着小推车，拿着晾衣架，父亲推着刘伶利，一家三口去摆地摊。大多数时候，刘伶利坐在边上，母亲张罗卖衣服。

“有一次城管过来，让我们收摊，我和她父亲整理衣服，她坐在轮椅上，城管就质问她‘为什么坐着不动’，当时就把孩子吓哭了。”刘淑琴告诉记者。

刘宏含着泪说：“那天孩子回来心情就不好，不吭气，我知道她很委屈，放下了一个大学老师的尊严，摆地摊被城管追着，但是我也无能为力。”

“妈妈呀，太痛苦了，妈妈救救我呀！”由于癌细胞扩散，刘伶利时常全身剧痛，只能靠打杜冷丁缓解疼痛。去世前几天，她把母亲手机中自己的照片全部删去。

“真不想成为你故事中的主人公。”去世前几天，她给一个朋友发了一条微信，紧接着她又发了一条，“不好玩”。

（《中国青年报》2016年8月19日特别报道4版）

申报资料实录

作品简介：2016年8月中旬，一位患癌女教师的微博，引起了记者的注意。主人公是兰州交通大学博文学院教师刘伶利，在微博上，刘伶利表达了生命凋谢时的挣扎和对境遇不公的哀叹。

记者第一时间关注此事并得知，刘伶利在三天前已去世，遂两次前往家中采访其父母，经允许独家查看了刘伶利生前的微信、微博信息。进一步采访了解到，2014年，刘伶利患病期间，兰州交通大学博文学院停发了她的工资，后又停缴了医疗保险。2015 年 1 月，得知刘伶利身患癌症，该校决定以旷工为名开除刘伶利，这让这位重病中的女教师陷入绝境。

面对学校突如其来的开除通知，刘伶利和家人选择诉诸法律。记者从律师处查阅相关的法律文书得知，2015 年 3 月 29 日，刘伶利向甘肃省榆中县劳动人事争议仲裁委员会提出仲裁请求，5 月她向法院提起诉讼。2015 年 10 月 20 日，兰州市榆中县人民法院一审判决：兰州交大博文学院《关于开除刘伶利等同志的决定》无效，双方恢复劳动关系。兰州中院二审判决维持了原判。从劳动仲裁到二审判决，整个过程用时超过 1 年。尽管法院判决要求恢复劳动关系，但博文学院并没有执行。刘伶利去世后，关于她的遭遇，记者联系校方进行求证，该校校办主任表示不知情，多次联系校长无果。

记者查看其就医发票和采访得知，刘伶利治疗花费了三四十万元，患病期间学校停发工资及断缴医疗保险，让她的境况雪上加霜，只能靠舅舅接济进行治疗。2015 年 9 月至 12 月间，考虑到家里经济条件不好，刘伶利在家附近摆摊卖衣服。贫病交加中，这位年轻女孩离开了人世。在去世前，她在微博上哀叹“不好玩”。

记者在采访完之后，第一时间把相关报道发回后方，中国青年报官方网站即时刊出图文报道，第二天中青报特别报道版重磅推出，同时微信和微博也一并跟进报道，很快引发舆论关注。之后，记者采写《年轻人患病“丢饭碗”该如何维权》，就年轻人如何面对类似情况，采访了相关领域专家，进一步挖掘了此事件的社会效应。

社会效果：当下，关于青年因病被开除或遭解雇的现象频频出现，兰州交大博文学院女教师因患癌被开除是典型的案例，此报道一经刊出，引发了强烈的社会反响。

稿件首先在中国青年报官网中青在线即时发出，并配了图片，第二天中青报特别报道版大篇幅刊发其报道，当天中国青年报官方微信号同步发出。报道发出后，各大网站纷纷转载，同时，引发各大媒体竞相跟进报道。一些媒体还配发言论，对此事及相关现象进行点评，引发了舆论关注的高潮。

随着舆论的不断发酵，女教师刘伶利的遭遇得到了相关部门和学校的高度重视，兰州交通大学博文学院发出公开道歉，给予其父母 50 万元补偿，不久，该校校长陈玲辞职；同时，甘肃省教育厅也召开专门会议，进一步规范了该省民办院校办学，出台了相关政策和办法。

推荐理由：当下，关于青年因病被开除或遭解雇的现象频频出现，兰州交大博文学院女教师因患癌被开除是典型的案例。关注青年现状，反映青年问题，是中国青年报的特色与担当。稿件首先在中国青年报官网中青在线即时发出，第二天中青报特别报道版大篇幅刊发其报道，引发各大媒体竞相跟进报道，形成了舆论关注的高潮，触发了年轻人的共鸣，引发了全社会的反思。

值得提出的是，记者并没有把这条新闻当做单一的社会新闻来处理，而是立足于维护青年权益，从道德与法律层面进行探讨，引导青年了解面对类似境况如何维权，使其富有现实意义，也是中国青年报“推动社会进步、服务青年成长”办报宗旨的很好体现。

文字通讯

“网红”手术笔记，折射坚守40年的工匠精神

兰　天　王少君　吴志刚

手术室。无影灯下，一台胸外科手术正在紧张进行。

主刀医生、助理医生、麻醉师、器械护士、巡回护士……五六位医护人员搭台的手术能做到阒无人声，依靠的是熟练和默契。

突然，“叮当”一声“巨响”，打破了静谧，一把直角钳被主刀医生扔到了手术盘里。

精力全在患者胸腔的医生，甚至没有看一眼刚刚由见习护士递到手中的器械，仅凭手感，就知道不是此刻需要的肺叶钳，为节省时间，他下意识地扔掉了。

也就是一瞬间，带班护士长周颖迅速把肺叶钳递到了主刀医生还摊开的手掌上。角度、力度，一切刚好。

没有人注意到见习护士口罩下汗水涔涔的脸颊，还有泪水盈盈的杏眼。

这个梦魇曾纠缠南昌大学第二附属医院手术室护士王婷多时，哪怕她的“高颜值”手术笔记已爆红网络。

缘起·穿越40年的坚持

对于23岁的王婷来说，曾担任二附院护理部主任、74岁了仍在医院发挥余热的刘肇清，简直是大神一般的存在。

论渊源，王婷的“网红”笔记，其发轫可以追溯到40年前刘肇清的上台笔记。

1976年，刘肇清调入手术室担任护士。在这个没有硝烟但性命攸关的战场，与医生一样，护士也是不可或缺的主力军。

初入手术室，即使已有15年临床“护龄”，刘肇清心里还是有点打鼓。

据二附院护理部副主任张超介绍，一台手术，可能用到的各型号手术刀、手术剪、血管钳、手术镊、持针器、功能钳、牵引钩、吸引器达上百件。除

此之外，缝针、缝线、敷料的组合亦有数十种之多。而且，什么手术用什么器械，哪个步骤用哪样器械，有非常强的对应性。术前准备，不能漏放一件器械；术中，器械不能递错顺序，补液、引流、监测等辅助工作也必须有条不紊；术后，一针一线都要有明确去处，在患者体腔遗留一把镊子或一块敷料，都是不可设想的。一个合格的手术室护士，甚至要关注每一位医生的个性化习惯。

好记性不如烂笔头。刘肇清决定把参与的手术记录下来，以便时时翻阅，温故知新。

“记一次笔记，等于脑中放了一遍电影，心里就更踏实一点。”刘肇清说，“到 80 年代，我一共记了 5 本上台笔记，大伙管这叫‘百科全书’。”

由于年代久远，刘肇清的“百科全书”后来散失了 2 本，现在能查阅到的最早日期停留于 1977 年 10 月 5 日，是对一次阑尾炎手术的记录。上台笔记的基本元素都有了，除了纸质略显粗糙、示意图没有着色之外。

进入上世纪 90 年代，科室记笔记渐成风气，同事们在自我摸索中奠定了二附院“笔记文化”的基础。

传承·一座挖不尽的“富矿”

2014 年 11 月 23 日。夜。

南昌大学二附院手术室灯火通明。

这注定是一个不平静的夜晚。

中断八年之后，二附院重启肾移植手术。术前准备的氛围，既有开拓新局面的跃跃欲试，也有心中没底的忐忑不安，因为近几年科室新进人员较多，未配合过此类手术。

压力下，护士长周颖灵机一动：自己多年前曾参与医院肾移植手术，应该留下了上台笔记。她在一堆已泛黄的笔记本中，找到了那篇手术笔记，里面清晰地记载了肾移植的配合要点。精准的手术步骤，清晰明了的解剖图，深刻的个人手术总结，字字管用！

周颖及时将这份承载知识与经验的笔记上传到工作群。大家仔细研读后，几名配合手术的护士圆满完成了“11·23”战役的任务。

到这个时候，经历了 30 多年的探索、检验、定型之后，二附院手术室的上台笔记形成了自身的特色，达到了“始于细微，成于至善”的良性循环。

多年积累下来的一摞摞上台笔记，成为手术室的宝贵财富，一座可以不断挖掘的业务“富矿”。

发扬 · 工匠精神就在细微之处

2013 年 10 月，为统一科室笔记，三位护士长召集手术室骨干认真商讨，规范上台笔记基本格式，要求有手术的主要解剖图、用物准备、手术流程、医生习惯以及配合手术的体会。

在不断学习、不断评比、不断激励的氛围中，科室涌现出一批工作追求完美的护士。

翻看王婷的“高颜值”笔记，记录着每一场手术的细节、每一位主刀医生的特点。比如，带线是指带几号线，主刀医生使用的手套码数，传递器械的角度和力度等等。

“看了王婷的上台笔记，我也很惊讶。一台 10 多分钟就能完成的包块切除手术，她却图文并茂地写了两页纸。我想所有主刀医生都乐意和这样的护士搭台。”乳腺外科主任罗永辉说，“比如手术手套有 4 个号，我的手比较大，要戴 8 码的手套。看完笔记我明白了，为什么王婷递来的手套从没错过。”

王婷也曾是“菜鸟”。

2015 年 7 月，王婷从南昌大学医学院护理专业本科毕业。初入职场，面对事无巨细的护理工作，她一样惶惑过。第一次给患者注射，那位患者看她稚嫩，毫不客气地拒绝了，令她尴尬不已。

然而，二附院从细微处着手的工匠精神，很快就感染了王婷。

入职不久，王婷和带她的巡回护士熊洁老师，去准备间给一个小朋友打留置针，可两岁半的小家伙哭得歇斯底里，手舞足蹈不配合。熊洁没有贸然去抓孩子的小手，而是打开了手机。王婷有点纳闷，心说难道要录现场教学片？没想到，熊洁找出的是一部动画片：“宝宝不怕，我们一起看动画片啦。”真灵！刚刚还泪流满面的小朋友破涕为笑。趁这个机会，孩子打上了留置针，一直心疼地抚摸着宝宝的妈妈连声道谢。

这件小事对王婷影响很大，她记下过程和心得：“细处见功夫！护理工作必须精益求精。”

创新 · 上台笔记与时代一起进化

2016 年 8 月，王婷调入手术室担任护士。她面临全新的挑战，初做器械助手，也发生过递错器械的事。

迷惘中王婷发现，手术室护士辛安琪的上台笔记很有水平，解剖图刻画细致、着色鲜艳犹如工笔画，文字记录准确，手术细节丰富。比如她记录和中国医师奖获得者邹书兵主任配合的一台胆囊切除手术，特别提到“老爹”（大伙给邹书兵取的雅号）的个性化习惯：“老爹胆大艺更高，做手术飞快，一台腹腔镜胆囊切除术不到 8 分钟，病人出血很少。记得分离胆囊动脉时，他没有用分离钳，直接用手术剪就给做了。切记：我们也必须快速反应，跟上他的习惯和节奏。”

通过向辛安琪等优秀护士学习，以上台笔记为突破口，王婷迅速“入戏”。

与上两代护士相比，王婷、辛安琪们表现出了新一代的特征。比如辛安琪，怀揣艺术梦想，练就了深厚的工笔画功底，精细的解剖图是她的特色。她还设想，用一系列漫画来表现医护工作，做让受众喜闻乐见的健康教育。

而王婷也有从小学画的“童子功”，加上长相甜美，性格阳光，从内在到外表，她具备了成为“网红”的基本要素，“高颜值”上台笔记的爆红水到渠成。

王婷的大学同学、现在的室友熊芳婷是二附院神经内科护士，也是一位网红笔记作者，她用 5R 笔记法记录的医护笔记，在国内护理圈颇有名气。而她，是一位小众的尤克里里（四弦小吉他）发烧友，弹奏时那如痴如醉的感觉，完全不像一位理性的医护工作者。

熊芳婷把 5R 笔记法转用于医护笔记，有“不走寻常路”的意味，但护士长批阅她的笔记时，并没有简单判定格式不合，而是鼓励她继续创新。

若问王婷、熊芳婷“走红”的推手，“大 V”方亮功不可没。

身为二附院手术室副护士长的方亮，很难不让人注意到他的性别。他业余时间喜欢鼓捣电脑，并且颇有新媒体传播意识。以他为核心建立的微信公众号“护理公开课”现在拥有三万多同行粉丝，在国内医护界影响甚大，可谓上台笔记的新媒体升级版。王婷和熊芳婷的“高颜值”笔记，正是在这里首发后从业内红到业外的。

走红只是一瞬间，但他们背后一脉相承 40 年的工匠精神，更值得人们深思。

（《江西日报》2016 年 11 月 19 日要闻 1—2 版）

申报资料实录

作品简介：这篇通讯以 2016 年 11 月网上爆出的“高颜值手术笔记”为切入点，通过连续追踪采访、深入调查，最终挖掘出一个优秀的医护团队，并将支撑了他们 40 年的工匠精神带到读者面前。报道既有接地气的温度，又有透过现象看本质的深度，还有呼唤时代精神的思考力度。整篇文章犹如行云流水，令人渐入佳境；文笔清新隽永，读后余音绕梁。江西省委宣传部及报社领导对此稿极为重视，精心编辑后特别安排在一版刊出，并配发本文作者执笔的本报评论《工匠精神是实现中国梦的现实基础》，版面重、篇幅大、规格高、效果好！

社会效果：文章见报后，社会效果显著，人民日报、新华社、央广、央视等100余家中央及地方媒体转载，江西日报集团融媒体、江西手机报分别以微博、微信、新媒体封面等形式呈现。本文报道的医护团队坚持40年追求极致工作细节的行为，正与2016年两会期间李克强总理提出的“培育精益求精的工匠精神”相契合，本文因此获得高关注、引发深思考，可谓顺理成章。目前，南昌市委宣传部已将二附院手术医护团队作为重大典型向中央申报。

推荐理由：作者从年轻的“网红”，一路追踪到40年前的缘起、40年来的坚持，把医疗界乃至整个中国都需要的“工匠精神”，写得鲜活、写得传神，正能量满满，社会效果尤佳。

有逃必追　一追到底

——“百名红通人员”头号嫌犯杨秀珠追逃纪实

何　韬

11 月 16 日，下午 3 点 13 分，北京首都国际机场。

一位头发灰白、步履蹒跚的老人在两名女警的押解下，缓缓步下了飞机舷梯。在休息室内等待她的，并不是她的亲朋好友，而是一纸等候了她 13 年多的逮捕决定书。她用力提了一口气，颤巍巍地在逮捕证上摁下了手印。

“逃亡的日子不好过，总归是回家好。”在接受媒体采访时，她已然悔恨交织。

这是我国追逃追赃工作所收获的重大胜利，也是中美反腐败执法合作取得的重大成果——“百名红通人员”头号嫌犯杨秀珠，回国投案自首。

即使逃到天涯海角，也要追回来绳之以法

时间的指针拨回 13 年前。

2003 年 2 月，浙江省温州市人民检察院侦查发现，当地一经销商曾向杨秀珠的弟弟、温州铁路房地产开发公司副总经理杨光荣行贿。同年 3 月，浙江省人民检察院人员带走杨光荣。在调查过程中，发现了时任省建设厅副厅长的杨秀珠在任温州市副市长期间涉嫌犯罪的线索。

听闻风声的杨秀珠感到自身难保，开始计划出逃。她于 2003 年 4 月向所在工作单位谎称母亲有病要回温州探望，与其女儿、女婿、外孙女一行四人，在上海浦东机场登上了经由香港前往新加坡的航班，开始了她的逃亡之路。

2003 年 6 月，浙江省人民检察院以涉嫌贪污罪对杨秀珠立案侦查，同日决定逮捕杨秀珠。

当年 7 月，我国通过国际刑警组织，对杨秀珠发布国际红色通缉令。

在历时 13 年 7 个月的外逃过程中，杨秀珠先后窜逃至中国香港、新加坡、法国、荷兰、意大利和美国，并向法国、荷兰和美国申请“避难”。

“杨秀珠外逃时间长，涉及国家多，社会关注度高，追逃难度大，是近年来最复杂的追逃追赃案件之一。”中央纪委国际合作局有关负责人告诉记者，杨秀珠性格倔强、偏执，外逃前精心谋划提前转移财产和亲属，外逃后利用海外华人关系网负隅顽抗，穷尽了各种外逃手段和法律救济渠道。

然而，千算万算，杨秀珠也没有预想到党中央对外逃腐败分子一追到底的鲜明立场和坚定决心——即使腐败分子逃到天涯海角，也决不让其逍遥法外！

党的十八大以来，以习近平同志为核心的党中央高度重视追逃追赃工作，把追逃追赃纳入反腐败工作总体部署。习近平总书记强调："不能让外国成为一些腐败分子的'避罪天堂'，腐败分子即使逃到天涯海角，也要把他们追回来绳之以法，五年、十年、二十年都要追，要切断腐败分子的后路。"

习近平总书记率先垂范，亲自做工作。在华盛顿核安全峰会、杭州 G20 峰会等重大多双边外交活动中，总书记均向外国政要强调反腐败和追逃追赃工作，为追逃追赃工作奠定了政治基础。

中共中央政治局常委、中央纪委书记王岐山多次主持召开中央反腐败协调小组会议、中央纪委常委会议、中央纪委办公会，研究部署追逃追赃工作，并审定杨秀珠案追逃追赃工作方案，提出明确要求。

"党中央的坚强领导，是我们追逃追赃工作取得成功的坚强基础。"国家预防腐败局副局长、中央纪委国际合作局局长刘建超表示。

综合施策密织追逃"天网"，财尽援绝终陷"四面楚歌"

2014 年 5 月，在即将被荷兰遣返前夕，杨秀珠从荷兰非法移民中心逃跑。此前她一直被荷兰警方以涉嫌非法移民拘捕。

正是 2014 年，成为了杨秀珠案追逃历程中的关键一年。

当年 5 月 12 日，杨秀珠持伪造的荷兰护照，乘火车从加拿大多伦多逃往美国纽约。而此后不久，由中央反腐败协调小组直接指挥的中央追逃办正式成立，杨秀珠案被列为中美头号追逃案件进行集中突破。

"中央追逃办成立后，统筹协调外交、警务、检务、司法、安全、金融、侨务等资源，形成工作合力，改变了以往'九龙治水'、单打独斗局面，大大提高了追逃效率。"中央纪委国际合作局有关负责人表示。

中央追逃办组织协调成员单位、省追逃办以及驻外使领馆，统一开展"天网行动"。2015 年 4 月，中央追逃办集中曝光国际刑警组织已发布红色通缉令的 100 名涉嫌犯罪外逃国家工作人员、重要腐败案件涉案人员等，名列"百名红通人员"头号嫌犯的杨秀珠成为重中之重。

公安部境外"猎狐"、最高检职务犯罪国际追逃追赃、外交部驻外使领馆境外劝返、人民银行和公安部打击利用离岸公司和地下钱庄向境外转移赃款等专项行动同步发力、整体推进，对外逃腐败分子形成了有力震慑。

在追逃力量不断增强的同时，追逃策略也进一步得到明晰。

“中美两国尚未签署引渡条约，而非法移民遣返、异地追诉等方式程序繁琐、耗时较长，考虑到杨秀珠年龄已高且疾病缠身，逃亡期间主要靠海外亲属和家乡华侨接济，因而劝返工作具有一定基础。”中央纪委国际合作局有关负责人告诉记者，中央追逃办明确了“劝返、遣返、异地追诉三管齐下，以劝为主”的工作方向，并联合美方对其开展劝返。

在中央追逃办协调下，各部门分兵把守，在国内加大调查工作力度，在国外及时提出司法协助请求，逐步使杨秀珠成为无钱可花、无人可靠、无路可逃的“三无人员”。

通过分化瓦解，杨秀珠国内外亲属无一不规劝其回国，甚至主动断其律师费、生活费，协助我方开展劝返工作。

此外，劝返工作还得到了纽约温州同乡会会长、纽约江浙同乡会会长等一批爱国侨领的全力支持和配合，他们对杨秀珠及其亲属开展了规劝和引导，并督促美方早日遣返杨秀珠。

在多方努力下，杨秀珠最初“死也要死在美国”的顽固对抗心理逐渐瓦解，开始“有回国念头”。

中美双方携手并进，追逃工作圆满收官

当时逃至纽约的杨秀珠没有料到，自己刚在美国落脚一个多月，气还没喘匀，就被美国移民局拘捕并羁押。

这正是中美双方携手送给杨秀珠的“见面礼”——2014 年 5 月，中方向美方提供有关杨秀珠从加拿大逃往美国的线索并提出协助请求，经过中美联合调查，美方于 6 月 19 日将杨秀珠逮捕并长期羁押，同时聘请 2 名律师应对其“避难”申请诉讼。

记者了解到，早在 2005 年 6 月，双方就在中美执法合作联合联络小组（以下简称 JLG）框架内设立了反腐败工作组。工作组成立以来，推动两国司法执法部门密切协作，取得了一系列务实合作成果。

2014 年 12 月，中美双方在京举办 JLG 第 12 次会议，协调美方将杨秀珠案确定为中美头号追逃案件，双方专人专班，集中各种资源加以突破。在之后的时间里，中美双方就杨秀珠案件多次进行磋商并开展联合调查。

“近几年，中国政府以更大决心和力气反对腐败，包括开展反腐败国际合作，相信美方也会拿出同样的决心和力气，使合作更有成效。”美国司法部助理副部长布鲁斯·奥尔在中美JLG反腐败工作组第十次会议上郑重表态。

在中美双方共同努力下，追逃工作取得了重大进展——2015年9月18日，杨秀珠的弟弟杨进军被美国警方遣返，这也是美国首次向中国遣返公开曝光的“百名红通人员”。这对杨秀珠造成了强大的心理震慑。

中方追逃人员步步紧逼，美方执法人员铁面无私，连亲朋好友也“众叛亲离”，加之牢狱生活困苦不堪、“避难”请求丝毫无望，穷途末路的杨秀珠终于做出了外逃多年来最艰难也最正确的决定——“无条件回国接受法律惩处”。

今年7月11日，杨秀珠请求美方撤销“避难”申请，正式提出愿意回国自首。8月，美国移民法庭裁决同意杨秀珠撤销“避难”申请，并当庭判发遣返令。

9月，中美JLG反腐败工作组第十一次会议在美举行，中美双方就杨秀珠归案形成时间表和路线图。

11月16日，杨秀珠归案，追逃工作圆满收官。

中央纪委国际合作局有关负责人表示：“腐败分子不管跑到哪里，都像过街老鼠一样，不受欢迎、人人喊打。在逃的腐败分子必须认清形势，放弃幻想，早日投案自首，争取宽大处理。”

“我要劝一劝跟我一样逃出去的这些人，我们到底是中国人，我们的家在中国，我们的亲戚朋友也期待着我们回来团聚，请快快回来吧！”在接受记者采访时，杨秀珠向仍逃匿在外的腐败分子发出了呼声。

（《中国纪检监察报》2016年11月17日要闻2版）

申报资料实录

作品简介：2003年4月，时任浙江省建设厅副厅长的杨秀珠携女儿、女婿及外孙从上海出逃新加坡。2004年2月，浙江省检察机关通过国际刑警组织，发出了“红色通缉令”。2016年11月16日，外逃13年之久的“百名红通人员”头号嫌犯杨秀珠回国投案自首，这是我国追逃追赃工作收获的重大胜利。

为第一时间报道此事，记者在前期搜集整理了大量有关杨秀珠的案件资料，梳理了案发以来有关方面做的相关工作，陆续采访了中央纪委国际合作局、浙江省纪委、浙江省人民检察院等单位相关负责人，并于11月16日当天前往北京首都国际机场，对杨秀珠本人进行了采访。文章在第二天见报，第一时间发布了我国追逃追赃工作所收获的重大胜利，引起社会广泛关注。

记者掌握了第一手权威独家的新闻资源，在最短时间内向外界翔实报道了追逃杨秀珠全过程。文章反映了我们党和国家惩治腐败的坚定决心，也反映了国际社会对腐败行为“零容忍”的鲜明态度，向外界释放出“搞了腐败，无论跑多远都要追回来绳之以法的”强烈信号。

社会效果：这是一篇选题重大、内容独家的报道。党的十八大以来，党中央有腐必反、有贪必肃，持续保持惩治腐败的高压态势。在反腐败工作中，国内与国际两个战场“多点开花”、硕果累累。杨秀珠的回国投案自首，便是我们党反腐败成效的充分体现。

稿件刊发后，被人民网、新华网、新浪网、凤凰网等多家媒体转载，社会各界通过此篇稿件看到了我们党和国家在惩治腐败、追逃追赃上的坚定决心和鲜明态度，广大党员干部和人民群众感到信心倍增，增强了对我们党的信任和支持。同时，释放出“有逃必追，一追到底”的强烈信号，对外逃人员和准备外逃人员形成强大心理震慑，产生巨大政治效应和社会效益。文章刊发后，受到了中央纪委有关领导充分肯定。

推荐理由：该报道内容独家，通过协调有关部门和单位，独家采访到中央纪委国际合作局、浙江省纪委、浙江省人民检察院有关负责人以及杨秀珠本人，获得大量一手独家资料。追逃追赃工作，是党的十八大以来党中央、中央纪委高度重视的一项工作。杨秀珠回国投案自首，是我们党和国家反腐败工作的重大成果之一，展现了我们党和国家在追逃追赃工作上所取得的重大成效，体现了党中央对外逃腐败分子一追到底的鲜明立场和坚定决心。

李保国的最后 48 小时

王思达　周聪聪　朱艳冰

4 月 10 日凌晨 4 时，58 岁的河北农业大学教授李保国因心脏病突发，经抢救无效不幸去世。

就在 3 月 3 日，这位被誉为“太行新愚公”的博士生导师，还在石家庄接受了本报记者的面对面采访。

突然的噩耗震惊了爱着他的人们。

“如果知道他的生命已进入倒计时，我一定把他按在床上好好休息，不要四处奔波了。”亲人眼中的泪水诉说着生死永隔的悲伤。

“4 月 1 日，邢台—南和；4 月 2 日，邢台—前南峪；4 月 3 日，邢台—南和；4 月 4 日，邢台—保定……4 月 8 日，顺平—保定……”学生手中的日程表默默无言，却详细记录着他心系农民、情洒太行的赤子之心。

“李教授啥时来俺们村指导啊？”在他离去几个小时后，手机里又传出熟悉或不熟悉的乡音，那些不知噩耗的农民兄弟，还在期盼着他的帮助。

教学、科研、下乡指导，我们想知道，总是急匆匆走在路上的您啊，是不是也无法放下这一生的牵挂？

4 月 8 日：一天都在为科技项目奔波

4 月 8 日上午，您从顺平赶回保定。此时，58 岁的您已经一个多月没有好好休息了。

这个春天，您照例一直在路上。本来，这次省科技厅在顺平举行的山区开发会议，有同事劝您派别人去，您却说：“不行。”因为您牵挂着山区开发的整体科技规划，也牵挂着一个个具体的科研项目。

一个多小时的山路赶回来，您来不及休息，立刻召集课题组成员开会讨论，为第二天在石家庄召开的 2014—2015 年河北省科技支撑计划中的河北省山区苹果产业技术创新与示范体系建设、河北省山区核桃产业技术创新与示范体系建设、河北省山区特色杂果产业技术创新与示范体系建设 3 个项目的验收会作最后的准备。

讨论一直延续到饭桌上。您没有午休，下午3时讨论一结束，就自己开车，带着部分课题组成员奔赴石家庄。

以往您出差，身边总是有跟了您20年的助手、同为河北农业大学博士生导师的齐国辉教授，一路跟您换着开车。可这次因为工作另有需要，齐教授已经带队提前出发了，身边没有其他会开车的人。

知道您连日奔波，同事们都劝您别亲自开车了，从学校找个司机吧，您却笑答："没事儿，跑过多少山路了，去趟石家庄算什么。"

很多人不知道的是，考虑到您长期出差和下乡需要，河北农大在很早之前就要给您配专职司机，可您却婉拒了学校的好意。

"还是自己开车好，方便工作，说走就走。何况我天天上山下乡，铁打的司机也受不了。"您顾念着别人的辛苦和感受，却唯独没有考虑自己。

下午5时，一到石家庄，您立刻叮嘱课题组成员们为第二天的科技项目验收会作最后的准备，自己则见缝插针地忙活其他科研项目。

等您忙完，已经近晚上10时了。仍不放心的您一一敲开课题组成员的房门，一个环节一个环节确认——"明天的签到表做好了吗？""验收表做好了吗？""专家投影仪准备好了吗？"得到肯定的答复后，您才放心回房间休息。

您就是这样，马不停蹄，却又认真细致。您身边的同事和学生们都说"受益匪浅"，而您这样一个细节一个细节抠出来的富民技术，至今造福着太行。

4月9日：踏着夜色返回保定，途中已安排好下一周的行程

4月9日是周六，科技项目验收会接近中午才结束。同事们返回保定，您和同为农大教师的妻子郭素萍却留了下来。你们要去河北省农林科学院果树研究所，参加一个有关果树节水灌溉项目的会议。您一再说"这个项目很重要"，因为它关系着产业发展、农民增收，而这些，恰恰是您30多年来最关心的问题。

妻子心疼您，劝您饭后休息15分钟再出发，您却发火了："时间提前定好了，让人家等我吗？"

会一直开到傍晚，您却舍不得在石家庄住一晚，又一次迎着朦胧夜色踏上归途。

其实原来您还想去一趟平山的李家庄，因为那里有您负责的生态观光产业规划，果园新栽的果树刚刚剪枝、浇水、覆膜。虽然前不久妻子代您去看过，但您还是有些不放心。无奈下，多年来跟您一起摸爬滚打的妻子只好劝道："我干得虽然不如你好，但也干了这么多年了，放心吧。"

您罕见地被劝服了，同意先回保定。也许，毅力超常的您，也已经感觉到了悄悄来袭的病痛？

“周一、周二在校给本科生上课，周三去青龙，周四去滦县……”

回程路上，您仍像平常一样，一项一项交待妻子着手安排下一周的工作。

今年春节之后，虽然开始明显憔悴，可您仍坚持下乡20多次，赤城、平山、南和、临城、行唐、岗底、前南峪……您的同事们都说，这30多年，您干了比普通人70年还多的工作。

此时，已经踏上生命最后旅程的您，仍放不下牵挂了一辈子的大山和农民。

您说，现在大力推进精准扶贫工作，很多地方找来，能坚持多去一个地方，就不能少去一个。因为，也许多去一地就能改变很多老百姓的生活。

一路上，您的手机响个不停，妻子一直在帮您接听，为您传话。这是你们这对科研伉俪在路上的常态。

此前一天和您同车去石家庄的河北农大陆秀君教授，仍清楚记着当时您接到每一个电话时的情景。让他印象最深的，是一个普通农民的电话：这位素昧平生的农民慕名请您推荐树苗。您询问了具体情况后，马上把一位可靠的销售商联系方式告诉了他，还耐心地嘱咐了他若干注意事项。

熟悉您的人都知道，您的手机24小时开机，通讯录里超过三分之一的号码是普通农民的。无论何时何地，每位素不相识的农民打来电话，您都会耐心地接听解答。

4月10日凌晨：您突然走了，连一句话都没留下

从石家庄回到保定时，天已经黑了。晚上8时15分，你们才开始吃晚饭。郭老师告诉我们，“因为工作太忙，已经很久没有晚上8点以前吃过晚饭了”。

晚饭是杂豆粥、咸菜疙瘩，还摊了几张鸡蛋饼。可您吃不下，郭老师好说歹说，您才勉强吃了一张。

今年春节过后，您的饭量突然变小了。出差在外，午饭您也经常只吃半两米饭、几口咸菜。

只有最亲近的人才知道，您的病有多严重。

因为常年高强度工作，1998年您患上了重度糖尿病。2007年，重度疲劳性冠心病又缠上了您，经北京多家权威医院诊断为血管弥漫性堵塞，已无法进行常规支架或搭桥手术，只能多休息、保守治疗。

但您闲不下来。您甚至戏言：让我干下去吧，万一有一天我严重发病，缓得过来就缓，缓不过来就算了……

因为食欲减弱，春节后短短两个月时间，您的体重下降了十多斤。大家都劝您去医院看看，您却总推托说“没时间”，还戏称饭量减小是“低能耗高效率”。

可您的学生施丽丽清楚记得，以往，虽然疾病缠身，可只要一下村，您精神显得比谁都好，走得比谁都快，但3月9日跟您到滦平示范区实地勘测那次，因为山路通不了汽车，大家只好徒步爬坡时，您曾在路边轻声叹息：“你们先走，我慢一点——爬不动了。”

那时，您是不是已经感到了难以抑制的疲累？您是不是发出了无奈的叹息？

吃完晚饭，工作电话又从您的手机上一个个拨出接入。

已经是晚上9时了，您还在电话里跟南和县“中国树莓谷”产业园负责人周岱燕沟通建设树莓采摘园的事宜——这是最近两年您投入精力最多的项目之一。

这是您生前留给世界的最后话语。

我们再也无从得知，那一夜，您在办公电脑前忙碌了多久。

4月10日凌晨2时，妻子被您不顺畅的呼吸声吵醒——您已经双眼紧闭、呼吸困难，说不出话来。

呼啸而来的急救车把您送到了最近的解放军二五二医院。人工心肺复苏、电击……8分钟、半小时、一个小时……这一次，您再也没能缓过来，没能睁眼看看心爱的小孙子，没能给家人留下一句话。

您已无法听到，多少闻知噩耗的痛哭：

太行山的百姓，舍不得您！

您已无法知晓，多少情真意切的呼唤：

7300多万燕赵儿女，舍不得您！

（《河北日报》2016年4月12日新闻纵深5版）

申报资料实录

作品简介：本文是“太行新愚公”李保国教授逝世后，全国见报最早的文字通讯。本文作者之一周聪聪，也是在李保国生前最后一位采访他的记者。

2016年4月10日（周日）凌晨，李保国溘然长逝。当日下午2时，作者即赶到河北农大，使河北日报成为首家到访媒体。从李保国去世至稿件付梓，整个采编过程仅仅48小时。

李保国逝世后，采写他事迹的相关报道很多，这篇报道独辟蹊径，选择小角度切口，通过真实自然还原他人生最后时刻的日常生活，展现他始终如一的人生信念、做人原则与性格特质，48 小时中的点滴都印证了习近平总书记在批示中对他的肯定：“李保国同志堪称新时期共产党人的楷模，知识分子的优秀代表，太行山上的新愚公。”

本文使用常规新闻报道中较少使用的第二人称，在保证行文平实朴素的同时，方便了感情的层层推进。

社会效果：这篇独家报道见报后，立即引发了强烈社会反响，读者纷纷在网上及移动终端留言，感谢这篇专业及时又饱含深情的报道，让他们了解到一个真实、可敬的李保国。

稿件见报当天起数日内，全国各大新闻网站均在显著位置予以转载，全国各类新闻媒体客户端、微信公众号、网络论坛、贴吧，转发量巨大。见报次日，河北青年报以整版篇幅对全文进行了转载。

推荐理由：李保国是 2016 年全国推介的时代先锋，该报道是李保国去世后，全国媒体中首发的文字通讯作品，时效性强，采访细致，从紧张的日程和工作细节当中，体现了李保国教授对待工作的严肃认真与一丝不苟，从点点滴滴的“小事”当中，反映了不平凡的精神，塑造了一个一心为科技扶贫而忘我工作的知识分子的光辉形象。文字朴实无华，读来真实感人，叙事脉络清晰，结构合理，报道彰显了共产党员的优秀品格。

调查性报道

拿什么拯救你，一“号”难求

集　体

进入“深水区”的医改，“挂号难”宛如一块岿然不动的“礁石”横亘中央，亟待破除。

今年以来，北京卫生部门推出“非急诊全面预约”挂号改革“新政”，拉开“PK‘黄牛党’”的序幕。“打击号贩子、缓解‘挂号难’，最直接的办法是丰富挂号渠道、分流号源，极力压缩号贩子倒号空间，使其无利可图。”北京市医院管理局局长于鲁明介绍，今年以来，北京 22 家市属三甲医院推出“非急诊全面预约”挂号改革措施。患者可通过“京医通”微信、自助挂号机、电话等多渠道实名预约 7 天内号源。

然而，“魔高一丈的号贩子有啥新招数？”“眼花缭乱的挂号方式缘何让患者‘蒙圈’？”“患者对‘全面预约’与‘取消加号’存在哪些误区”“一张‘京医通’卡背后到底有几个‘婆婆’？”……挂号新政后的这一连串问题，仍然让一“号”难求的患者和累得要命的医者都被压得喘不过气来。

“与时俱进”的号贩子：转战网络、“倒号升级”

打开“京医通”微信记者看到，各医院出诊科室、医师职称、号源情况、就诊时段等一目了然，挂号耗时约 3 分钟，与以往现场挂号动辄几十分钟相比，节省了不少时间。此外，北京市属三甲医院已增设约 300 台自助终端挂号机。

据北京市医管局统计，当前北京市属医院总体预约挂号率已超 67%。“京医通”微信日均超一万人次使用。

“非急诊全面预约”看似断了号贩子财路，然而，“‘京医通’微信挂号咋刚一放专家号就没了？”“网上为啥有那么多专业‘黄牛党’高价兜售专家号？”“莫非真有传说中的‘抢号神器’？”记者调查发现，黄牛党们并没闲着：转战移动端疯狂抢号，玩起了“网络营销”。

10月的一个周末，记者刚走进北京同仁医院大厅，一中年女子主动凑上前问“挂谁的号？”“青光眼科专家号有吗？”记者问。该女子答：“有，1000块。”记者又问：“你咋能弄到？保真吗？”她信誓旦旦地说：“电话、微信、自助机、窗口，甭管哪个途径都有办法，绝对保真。”

当记者塞给号贩子一半预付款后，她放松警惕道出实情：由于医院丰富了挂号渠道，他们不得不“与时俱进”，增加倒号手段。“‘抢号神器’纯属瞎掰，我们就是‘人海战术’，‘主攻’自助机挂号和网上抢号，有时还得雇人干”。

《经济参考报》记者暗访发现，对于网络（移动端）实名预约挂号，“黄牛党”总有对策：医院放号时不间断网络预约抢号，一旦找到买主，先在网上退号，而后刷新挂号页面并立即用买主真实身份证信息重新预约抢号，屡试不爽。

更令人担忧的是，“非急诊全面预约”以来，形形色色的APP挂号平台应运而生。它们打着“互联网+”的幌子搞“炒号”生意，借势营销、牟取暴利，令患者防不胜防。

今年下半年以来，不少北京三甲医院均监测到号贩子新动向——对自助终端挂号机“光顾率”明显增加；“网络医托”层出不穷；借网络商铺兼顾挂号代理业务……

号贩子屡打不绝的背后，反衬出巨大的供需缺口：北京卫生部门数据显示，2015年，北京市医疗卫生机构总接诊人数达2.35亿人次。据一些三甲医院统计，就诊人员中，有近50%来自京外，而且相当一部分患者选择挂专家号。看病难，难在看“知名专家”，也使得打击号贩子成为一场旷日持久的“猫鼠游戏”，没有执法权的医院保安只能疲于奔命地“轰”，有限的安保力量除维持医院正常秩序外，还要投入导医、咨询、帮患者自助挂号等志愿服务，本已捉襟见肘，实在无暇应付拥有系统分工的“新型”号贩子。北京天坛医院党委书记宋茂民坦言，有的病人甚至把号贩子当成救世主，把身份证交托“黄牛”替他“实名挂号”，“我们更没辙”。

针对日益猖獗的“网络黄牛党”，北京市卫生部门正联合市网信办、公安局等7部门就互联网散布的“号贩子”“医托”等违法信息开展为期半年的专项整治行动。

中国中医科学院广安门医院副院长胡元会等受访者说，“非急诊全面预约”要打“组合拳”，特别是与“加强治安管理”“落实就诊实名制”“取消商业挂号”“实行特色挂号”等紧密结合，才能发挥更大实效。

“蒙圈”的中老年患者：
“学了几次还是搞不懂”

在北京多家三甲医院挂号现场记者发现，由于行动不便、接受新事物能力差等原因，一些中老年患者不会操作“高大上”的自助挂号系统，依然倾向传统窗口现场挂号。老年患者黄友忠向记者唠叨：“我记性、听力都不行，‘自助挂号’‘微信挂号’‘银行卡绑定’这些玩意儿学了几次还是搞不懂，特焦虑、急死人。”

记者在暗访时还发现，有的患者不知医院有除窗口排队以外的新挂号途径，有的不清楚挂哪个科室，还有的干脆被眼花缭乱的挂号方式整“蒙圈”（晕）了……

“当前大型三甲医院就诊患者中，中老年患者占比高达60%至70%。”北京市医管局副局长吕一平直言，“一些大爷大妈去医院看病时只带医保卡和零钱，不带手机和银行卡，因此对移动端挂号，其一没工具，其二接受有困难，反倒觉得窗口挂号更踏实。”

记者调研发现，由于医院导医标识不清、卡片设置混乱，面对眼花缭乱的挂号新方式，不止中老年人，就连一些年轻人也不知所措：有的患者每到一家医院就得办新卡，各医院不通用，以致兜里揣着一叠卡片；有的医院没有新挂号方式流程标识，导医人员或在服务台、或在挂号处、或在医院外，患者很难找。

于鲁明坦陈，“各自为政”让各医院成为信息孤岛，挂号系统与流程难以统一，“外地患者一辈子可能只来北京看一次病，不能让他们没快乐感、没方便感，只有麻烦、难题”。

北京市医管局在市属医院正陆续推行增设专供老年和残疾患者的综合服务窗口及自助机具、患者子女手机绑定微信院外挂号等“帮老助残”六项举措。

北京积水潭医院院长田伟介绍，为实现精准挂号，该院正开发就医导航系统和辅助分诊系统，既能通过病征提供挂号指导，也能通过疾病名称选择专科挂号。北京口腔医院院长白玉兴说，牙科划分很细，该院已出资设立免费初筛诊室，确保患者与专科医生有效对接。

挂号“供给侧”：
“京医通”卡背后的N个“婆婆”

“京医通”卡虽在微信环节实现了移动端挂号，但在配套的自助终端挂号机取号、缴费等技术环节，让患者遇到了不小麻烦。

记者近期在同仁医院自助挂号机尝试预约鼻过敏科室专家号，屏幕显示：剩余号1个，60元。但一旁的志愿者说，切忌点击“预约”，“这个专家号在‘京医通’不能预约，扣钱还不出号。”记者问其原因，被告知副主任医师以上的专家，只能到4楼科室排队挂号。

北京市医管局各级干部在暗访中还发现：患者首次开通“京医通”时，在自助机不能完成与医保卡绑定，仍需到窗口排队关联，否则无法报销；“京医通”卡在市属22家三甲医院间信息不共享，患者每到一家医院须重新排队关联后方可使用；京外患者预存费用需多次排队、退款时间长。

自助“京医通”卡竟沦为“半自助”甚至“不自助”。究其原因，系其背后牵扯卫生、社保、银行等多个“婆婆”间复杂的行政关系所致。

“‘京医通’卡和医保卡分属卫生、社保两个系统，没有交叉、不能共享；另外，‘京医通’卡由银行开发，院方和患者是使用端，医管局无法对卡片进行技术改造升级。”北京市医管局多位负责人无奈地表示。

其实，“京医通”卡与医保卡网络对接尚存诸多技术瓶颈：“带宽是否允许？”“安全性能否保障？”“国内各大银行能否开辟银联窗口对接各种缴费卡片？”

不少三甲医院负责人认为，“京医通”为患者提供了便利，但各医院在“互联网+”的制度设计中并未整齐划一，以共享挂号、共享资源为目标的“京医通”需要形成真正意义上的互通，患者在使用时才会得心应手。于鲁明说，解决这些问题并非易事，必须打破部门壁垒，协调更高层级处理。

“先把北京市属三甲医院打造成信息共享互通的连锁店，之后再探索推广到其他三级医院、二级医院、社区医院，以满足患者多元化需求。”于鲁明说，这实质是一次医疗领域的供给侧改革。

（《经济参考报》2016年11月14日头条5版）

申报资料实录

作品简介：记者历时7个半月调研，稿件中既有普通患者、医务工作者的“平民视角”，也有医院管理者、政策制定者的中观、宏观视角。将“挂号难”“看病难”折射出分级诊疗背后的医疗资源不平衡、供需矛盾尖锐、制度设计不完善等问题逐一生动揭示，并提出中肯的建议。

社会效果：稿件在保证“硬新闻”的同时，策划、制作服务性较强的微视频、图表、漫画及网络专题等，实现对调研资源的多重开发和利用最大化，人民网等 500 多家重点网站分别在重点位置进行突出展示。

推荐理由： 此稿件精心策划，采编协同组织报道，以建设性的视角深入探讨医改中的热点问题，回应民生关注，收到了良好的社会传播效果。

三十年回望塔元庄

杜飞进　耿建扩

河北正定塔元庄，冀中平原最普通的村庄之一。一个无言又长久的约定，却让它的名字有了沉甸甸的历史分量。

1982 年至 1985 年，习近平同志先后担任正定县委副书记和书记，经常骑自行车来这里下乡。那时，塔元庄正在向温饱跋涉。

2008 年 1 月 12 日，习近平同志刚担任中央政治局常委、中央书记处书记不久，就把第一次出京下基层的地点定在了这里。那时，塔元庄正在进行新农村建设。

2013 年 7 月 11 日，习近平总书记在调研指导河北省第一批党的群众路线教育实践活动时，再次来到这里考察。那时，塔元庄提出了提前奔小康的目标。

30 年弹指一挥间。历史不仅写在了纸面上，而且写在了中国广袤农村的沃野上。今天，塔元庄经济与民生共举、生态与人文同步，正在以细腻鲜活的方式，为农村改革发展立传、为当代中国农民立传，继续守护着这份美好的缘分、践行着这份长久的约定。

“盼着一年吃细粮，盖上新房娶新娘”

历史上的塔元庄，有点“先天不足”。

虽距县城 3 里多地，却犹如一块“飞地”，曾经没有一条好走的进城道路；全村土地虽不算少，但绝大部分是河滩地，人均耕地只有 3 分多。由于人多地少、交通不便，上个世纪 80 年代初，这里是全县有名的穷村。70 岁的村民章同兵当年还编了一句顺口溜：“盼着一年吃细粮，盖上新房娶新娘”，说出了老百姓的渴望。

正是这个村庄，让习近平同志久久牵挂。2008 年 1 月和 2013 年 7 月，习近平同志两次来到塔元庄考察。30 多年的跨越，他和这个小村庄，和这里干部群众的心始终紧紧连在一起。

“俺们村的发展也分三步走，每一步都跟听党的话、听老书记的话分不开。从 80 年代中期到 2008 年，走的是‘半城郊型’发展路子，算刚起步；2008

年至2013年，走的是新农村建设的路子，算一大步；2013年以后，瞅准的是提前奔小康的路子，我们两步并成一步走。”塔元庄村主任赵桂林，上个世纪80年代就任村干部，他对村里30多年的变化了如指掌。他说，2015年，村集体收入超1000万元，固定资产过3亿元，农民人均收入1.9万元。

与千万个村庄一样，从家庭联产承包的春潮涌起、改革开放的大潮掀起、到全面建成小康社会的高潮迭起，塔元庄华丽蝶变的轨迹，正是中国一步步走向繁荣富强的缩影。

30多年前，习近平同志任正定县委书记，在无数次骑自行车下乡中，提出了“正定适宜走‘半城郊型’经济发展的路子”。这一立足吃透上情、摸清下情的战略思考，很快成了打破封闭僵化思想桎梏的“开山斧”，劈出了正定改革开放的新局面，定格在了1984年《人民日报》所发《正定翻身记》的历史还原中。今天，我们仍可以在《知之深　爱之切》一书中，强烈感受到它的历史价值和强大生命力。

30多年来，塔元庄就是按照习近平同志指引的路子，扬长避短，开始种起了大棚蔬菜，建起了养鸡场、养猪场，农民粮袋子、钱袋子一天天鼓了起来。在全乡第一个通上了自来水、第一个搞了村庄规划。2002年，通往县城的“致富路”也修通了。

赵桂林说：“俺们村里的变化就是从那时候开始的。”

“有钱有车有楼房，一天更比一天强”

“希望你们再用三五年时间，又能开创出一个新的局面。”这是2008年，时任中央政治局常委、中央书记处书记的习近平同志到塔元庄时提出的新要求。他还和全村干部群众有了一个约定：“你们好好发展，我还会回来看看的”。塔元庄人牢记习近平同志嘱托，在省市县各级党委和政府的大力支持下，甩开膀子、埋头苦干，开创了生产发展、生活富裕、生态良好的社会主义新农村建设局面。

集体经济、民营经济、家庭经济齐头并进，承包、入股、引进项目和资金多种模式共同发展，人造板厂、家具厂建起来了，仓储、物流、餐饮等三产发展起来了。引进日本先进豆芽生产设备技术，合资建起了河北天一蔬菜加工公司，产品大都销往省会市场。杂草丛生的河滩地栽种了2000多亩经济林。

2009年，市里投资建设的滹沱河整治工程拉开序幕，塔元庄借势借力，同步启动了硬化、绿化、美化、亮化四大“扮靓工程”。如今的塔元庄，河堤内，滹沱河水微波荡漾，静静流淌；河岸边，杨柳婆娑，百花争艳。“车在林中走、人在花中游、家在河边住”的新农村风光，让人恍如进了公园。

村民收入越来越高，集体家底越来越厚。随着经济发展，村民对改善居住环境、过上“楼上楼下”生活的呼声愈发强烈。经过挨家挨户征求意见、外出参观见世面，村民绝大多数选择了“平改楼”。建楼房，地从哪里出？他们采取先易后难、拆旧盖新、滚动发展的办法，不仅没有占用一分耕地，反而余出了100多亩地。钱从哪里来？他们以土地入股，引进资金，联合开发，每户不仅没有出一分钱，反而还分到了一笔拆迁补偿费和安置过渡费。有的村民暂不想搬怎么办？他们尊重群众意愿，不搞一刀切，对“恋旧”的6户，每户预留了一套单元房，什么时候想搬就什么时候搬。

走进村民李彩芳家新搬进的楼房，李彩芳拿出习近平总书记和全家人的合影，激动地说：“总书记说要让老百姓过上好日子，俺老百姓这光景真是一天比一天好。”村党支部书记尹小平接过话茬：“我们的村民住宅楼规划，还是老书记亲自看过的呢，还要求我们征求村民意见，全面考虑，便于生活、方便生产。这些年，我们就是按照老书记要求的那样做的，2008年当年就盖了5栋，现在达到了35栋50多万平方米。”

章同兵高兴地又续了一句顺口溜：“有钱有车有楼房，一天更比一天强。”

“老书记来咱塔元庄，大家铆足劲奔小康”

2013年7月11日，时隔5年，习近平总书记兑现约定，又一次来到塔元庄村。“我一直惦记着大家”，一句开场白让干部群众感受到走亲戚般的温暖。一个上午，习近平总书记访农家、看超市、谈发展、议党建，那种轻车熟路，那份亲切自然，一如30多年前最寻常不过的一次下乡调研。“希望你们在全国率先建成小康。”离开时，习近平总书记对塔元庄提出了快发展、大发展的厚望。习近平总书记的殷切期望，成为塔元庄加快发展的新动力，全体干部群众，又像当年习近平同志在正定时一样，紧抓机遇，摁下了塔元庄村奔小康的“快进键”。

近3年来，村里成立了果蔬专业合作社，建起河北第一家冰雕馆，村民自愿入股，“农民”变成了“股民”。兴建了集农业生产、观光旅游于一体的现代科技示范园。大力发展农村电子商务，联合打造河北首家电子商务产业园，建成服务、展示、交易、孵化、创业、培训六大中心。利用“平改楼”节省下来的闲散地，建设特色饮食一条街。注册了“塔元庄牌”商标，将大米、面粉、牛蒡酒等绿色农产品销往全国各地……

集体经济的壮大，带动了当地农民致富，村民赵瑞明自豪地为我们算了一笔账：“我和爱人都在村里企业打工，每月合计收入8000多元，年底村里还分红。特别是，村里每月免费供给米、面、油，水费、取暖费、卫生费、物业费全免，有线电视收视费、农民合作医疗村里补贴一半。”章同兵则以一句新的顺口溜，为村民道出心声——“老书记来咱塔元庄，大家铆足劲奔小康”。

新的项目结出硕果，已有的工程则更加成熟。近年来，塔元庄村着力以新生活传承新文明，建起了村民文化广场、村民综合服务中心、卫生所、老年公寓、图书室，成立了战鼓队、腰鼓队、秧歌舞蹈队，每到华灯初放，村民文化广场就成了欢歌笑语的海洋。完成了排污管网铺设、垃圾分类清理，实现了集体供暖和恒压供水。村里60岁以上村民每人每月能领到200元养老金，每年还有免费体检。哪家的孩子考上重点大学，村里承担全部学费。每年开展“文明家庭”“善行好人”“好媳妇、好婆婆”“说说我的家风家训”“晒晒我的美丽庭院”等活动。每年大年初一，由村民自编自导自演的新春“团拜会”热闹开场，第一个节目就是党支部书记携全体村干部给村民们鞠躬拜年，这种独特的拜年形式已经持续了近10年。今天的塔元庄，已经成为全国文明村、国家环境卫生示范村、河北省文明生态先进村、农村新民居建设示范村。

发展背后是理念，成就背后有哲学。

“做好基层基础工作十分重要，只要每个基层党组织和每个共产党员都有强烈的宗旨意识和责任意识，都能发挥战斗堡垒作用、先锋模范作用，我们党就会很有力量，我们国家就会很有力量，我们人民就会很有力量，党的执政基础就能坚如磐石。”这是习近平总书记在与塔元庄干部群众座谈时说的一席话。塔元庄两委一班人把习近平总书记的话牢牢记在心上，在党的群众路线教育实践活动、“三严三实”专题教育、“两学一做”学习教育中，通过共产党员示范户、“我家有党员、乡亲向我看”、党员联系户、便民服务连心卡等，把党支部战斗堡垒作用和党员先锋模范作用落实到实际行动中。

“打铁还需自身硬”，村党支部书记尹小平对此有着自己的理解。他说，当干部就意味着奉献，只有吃苦在前、享受在后，才算得上“硬”。村里修路、改水、改厕，两委干部齐刷刷变成了泥瓦匠，下雪了、刮风了，又变成了清洁工，有时还要客串一把司机、搬运工、保安员、管道修理工等角色。新农村建设，旧房怎么抓、新房怎么分，是个老大难，村两委一班人拆房先从自家拆起，分房时打破“抓阄”惯例，按照先村民、后党员、最后是两委干部的顺序挑，400多户分完，没有引起任何纷争。

“须思官场吃喝一席宴，必耗民间劳苦半年粮”，他们将习近平总书记欣赏的这副对联一直挂在会议室显眼位置，时时警醒自己，从不到村民家里吃一顿饭、喝一次酒。干部称职与否，群众最有发言权。塔元庄村两委班子连续6届高票连选连任，在每年两次的民主测评中，干部的优秀率都是95%以上，还先后荣获“全国创先争优先进基层党组织”和数十项省市县各级先进称号。

李彦伟、刘朝、尹雪亮作为塔元庄村的“85后”，曾经也是“追星一族”，他们在两委干部的言传身教中，慢慢从“追星族”变成了“追党族”，先后向党支部递交入党申请书，经过几年努力，现都已光荣加入中国共产党。塔元庄村坚持发展优秀青年农民入党和坚持选育“农村好青年”，受到了中央领导同志的高度肯定。

今年“七一”，尹小平刚刚从北京捧回了沉甸甸的“全国先进基层党组织”奖牌和证书。他兴奋地托记者捎话：“我们提前奔小康的目标就要实现了，乡亲们都盼着老书记再回家看看呀！”

（《光明日报》2016年8月24日1版）

申报资料实录

作品简介：这是一篇体现“走转改”精神，散发着“泥土味”“清香味”的好报道。光明日报总编辑深入冀中农村塔元庄了解到，30多年来习近平总书记一直牵挂塔元庄的发展，多次到塔元庄考察，就该村经济、民生、生态、人文发展作出重要指示。这里的干部群众牢记总书记嘱托，沿着总书记提出的“半城郊型”的经济发展路子，开创了生产发展、生活富裕、生态文明的社会主义新农村建设局面。光明日报认为，塔元庄的发展经验在全国范围内具有重要的典型推广意义。8月24日，光明日报在一版头条推出深度调查通讯《三十年回望塔元庄》，为农村改革发展立传，为当代中国农民立传。

社会效果：作品发表后在全社会引起巨大反响。作品刊发当日，即有60多家中央主流网站和商业网站转载，全网点击量数百万次。光明日报官微阅读量3万余次，光明日报微信公号发布头条文章《习近平当年常骑车下乡的这个村发生了怎样的变化》，被网信办推荐全网转发，不到一天时间，阅读转发量数十万。各界读者和广大网友纷纷发声，认为光明日报这篇报道有导向、有特色、有温度、有情怀。新闻界专家学者对这篇作品的思想性和艺术性高度肯定。清华大学、天津师范大学、北京师范大学、中国人民大学、中国政法大学等高校专家撰文指出，这是一篇注重将党的意志与人民的呼声紧密结合、将历史记忆与时代召唤紧密结合、将时代重大主题与多元表现手法紧密结合的好文章。通讯始终围绕决胜全面小康社会的时代大主题做文章，神聚气凝，起笔高耸，落笔厚重。广大读者普遍热赞习近平总书记心系百姓、胸怀群众、一心为民；普遍认为塔元庄发展经验可作为向全国推广的范本；普遍评价这是一篇扎根泥土、叩问历史、反映当今时代主题的好作品。

推荐理由：通讯结构严谨，段落层次鲜明。全文文字精炼，对仗工整，大段落的每一个小标题，均以诗歌的句式体现，读来朗朗上口。专家认为，这是一篇选材精巧、谋篇布局精到，有理有据有温情有深度的优秀新闻作品。

从无技术、无人才、无产品，到9年投入10亿元，研发的8AT项目通过国家科技进步奖一等奖最终评审

“三无”民企离国家大奖有多远

集 体

8月22日，从科技部传来消息，由盛瑞传动股份有限公司研发的8AT项目，继通过国家科技进步奖一等奖公示后，又通过该奖的最终评审。这是今年山东唯一的一等奖项目，也是全国除高校、科研院所外唯一由地方获得的一等奖项目。

8AT，即汽车前置前驱8挡自动变速器；因为挡位多，所以提速快且省油。原机械工业部部长何光远评价说：“变速器技术是汽车核心技术之一，盛瑞8AT在这方面缩短了中国与世界50年的差距。”

位于潍坊高新区的盛瑞，2003年从潍柴剥离出来，并完成改制。身份转换之初，这家民营企业一度不知往哪里走，是无技术、无人才、无产品的“三无”企业。从2007年起，盛瑞发挥体制机制灵活的优势，9年投入10亿元搞研发，成功摘得国家大奖。

那一晚的果敢拍板

“一切源于9年前那一晚的果敢。”盛瑞自动变速器有限公司总经理王书翰，说起8AT像在讲一个传奇。

2007年4月，德国波鸿鲁尔大学教授谭伯格，来中国推销他的8AT概念和理论。业内人士都明白，虽然当时汽车业还处于4AT、5AT时代，但8AT是未来发展方向，而且谭伯格的8AT专门针对中国消费者设计，将有良好市场前景。

但几家大企业一如既往反应迟钝：“得研究一下”、“等上级批复”。

此前四次来中国，谭伯格得到的都是这样的回答。然而几个月甚至一两

年过去，“研究”仍没下文。

此时的盛瑞，经过早期的“三无”彷徨后，正生产柴油机配件，并考虑“多条腿走路”。闻听谭伯格来中国，董事长刘祥伍立即赶去拜会。

2007 年 4 月的一天晚上，北京航空航天大学徐向阳教授办公室，徐教授做翻译，谭伯格作介绍，刘祥伍做听众；4 个小时的话题只有一个——8AT。

忙完已是深夜两点半。刘祥伍辗转反侧，思考再思考，果敢拍板——7 个小时后的上午九点半，双方签订意向协议。

意向协议签订第二天，国内一家大企业经过层层审批，致电谭伯格希望合作，但为时已晚。

“我是盛瑞最大股东，又是董事长、总经理，多年来大家非常信任我，能拍这个板。”刘祥伍说。

民企的灵活决策机制，让盛瑞抢得先机。但接下来的 8AT 项目论证会，却着实考验了他们一把。一汽集团原总工程师徐兴尧在会上提醒：“8AT 有 99% 的失败率，投资得九位数以上。换成我，无论如何不敢干！”

盛瑞决策层明白，现在自动变速器技术是德国和日本的天下。国内车企用的变速器，要么是外资独资企业生产的，要么是由外方掌控技术的合资企业生产的。当时已是 5AT 时代，而国内连 3AT 都造不出来。国内一家车企负责采购的老总，登门拜访天津一家自动变速器合资公司，希望商讨合作事宜，人家连大门都不让进。

但盛瑞决策层更明白：国内不掌握自动变速器技术，恰恰说明这是一个巨大潜在市场。作为中国人要争这口气，敢于抢占技术制高点。他们信念如铁，就是倾家荡产也要干。

坚定意志来自对行业的熟稔把握。早在结识谭伯格之前，盛瑞就对 8AT 下了一番功夫：汽车是中国重要消费品，要由做柴油机配件，改做汽车配件；乘用车市场大，那就做乘用车配件，而且做别人不会做的部件；他们把目光投向 8AT。

山东大学管理学院副教授孟宪华，以专业眼光看这个决策：“盛瑞领导班子如果不懂行，没有基于懂行而产生的冒险精神，是不会一步步作出如此正确决策的。也正是因为懂行，对 8AT 了解得深，决心下得大，遇到困难时才会毫不动摇。”

事实的确如此。刘祥伍和盛瑞副董事长周立亭、常务副总经理张述海、副总经理董立军，都从潍柴最基层干起，分别干过分厂厂长、销售公司经理、财务部经理、分管技改的副总经理，从业都在 20 年以上，是一个对行业有深刻体认的团队。

“企业要赢得市场先机，不但要选真正懂行的人做领导，同时要给企业充分自主权，提高决策效率。”省国资委副巡视员王绪超的解读，具有普遍意义。

给科研人员设“考核特区”

2007年7月31日，青岛，盛瑞与谭伯格正式签订8AT项目合作协议。

签约仪式上，刘祥伍举着香槟酒，对谭伯格说了句令他终生难忘的话：“我的办公室在17层，8AT如果失败了，我从17楼跳下去！”谭伯格毫不犹豫：“到时我陪你跳下去！”

国内没有自动变速器成功技术，盛瑞走出一条“集世界资源为我所用”的创新路子。

2008年，盛瑞与谭伯格合作，在德国建立研究机构。同年与英国里卡多公司合作，开发8AT样品。赴英人员在领取生活费的同时，每人每月还另领500英镑的“咖啡费”，用途是与对方交朋友，多学点技术。“那几年有四五百人次往返德、英，光路费就上千万元。”盛瑞工程技术研究院常务副院长苏成云说。

2012年，里卡多开发的样品软件部分在装配汽车时出毛病。盛瑞要求修改，却被要求另外支付巨额费用。请一位以天价年薪聘请的韩国工程师修改，对方要价接近于其年薪。省科技厅副厅长李储林说，被人抓住自主创新的软肋，好比被吸血鬼缠上。盛瑞要摆脱吸血鬼！

青岛八大关，红瓦绿树，碧海蓝天，是著名风景区。盛瑞在此租下一栋楼，将8AT的核心部门软件开发中心设在这里。中心主任郭伟在青岛买不起房子，刘祥伍趁女儿出国，把女儿在青岛的房子低价卖给他。一位科研人员凑不够买房首付，公司借给他几十万元……在盛瑞的用人文化中，这被称为“以情留人”。

8AT项目8年没见效益。盛瑞给科研人员设立“考核特区”，考核不看利润，只看项目进度。每年只要完成研发进度，年薪和奖金一个都不少。8AT研发经费大部分由柴油机配件的利润供给，柴油机配件研发人员每年最高收入10万元左右，而8AT研发人员最高达50万元。2008年企业经营困难，管理层带头自降工资，每月只拿800元生活费。但8AT研发人员薪水不降反升，在原有基础上每月再补贴600元到2000元。

企业最长久的留人方法，是将个人和企业“捆”在一起。去年，盛瑞实施技术骨干持股计划，第一批 50 名技术人才拿到公司原始股，其中一半是 8AT 研发人员。在盛瑞的“十三五”规划中，占员工 20% 的技术骨干将全部持股。

“9 年投入 10 亿元，有 5 亿元投在人才培养上。”刘祥伍说。

人才培养的回报是丰厚的。2010 年，8AT 第一代样机在里卡多完成设计；半年后，第二代样机以盛瑞为主成功研制，第三代样机则完全由盛瑞研制。2015 年，在国外同行只做到 9AT 的情况下，盛瑞在 8AT 基础上成功研制 13AT，遥遥领先于国内外同行。

“既以情、以股留人，又科学考核，民企灵活的用人机制给人启发。”兖矿董事张胜东道出了同行的赞赏。

灵魂人物一直站在一线

7 月 28 日上午 8 点半，刘祥伍精神矍铄，思路敏捷，在办公室接受我们采访。谁能想到，这位 63 岁的老人，头天晚上刚从重庆飞回来，深夜两点多才睡下。

盛瑞人说，8AT 能够成功，关键是刘董事长这个灵魂人物一直站在一线。

研发资金不足一直困扰着盛瑞。刘祥伍到有关部门求助，被人家一拍桌子撵了出来。“造 8AT？你们不造航空母舰吗？”从社会上到企业内部，一片质疑声。

做一件事最大的痛苦是不被人理解。2012 年，刘祥伍 59 岁，自费到北京师范大学读哲学。“目的只有一个，提升人生境界，寻找人生答案。”他学习哲学毕业时，正是 8AT 产品上市时。

学哲学的刘祥伍，举动出人意料。为解决研发资金问题，他带头稀释近一半的个人股份，先后引进两家战略投资机构。去有关部门被撵出来一次，他就一次次又去，直到被对方接纳。

山东大学管理学院副院长陈志军，既为刘祥伍这种干事创业的毅力所感动，又以管理专家的眼光，读出了更深层含义：“刘祥伍 59 岁去读书，63 岁仍然奔波在一线，民企领导人任期、退休的灵活性带来的活力不可估量。”

省国资委规划发展处处长张莉同样看到这一点：“要探索一种制度，让有本事的企业家能干下去，让创新不因领导人的变更而中止。”

受金融危机持续影响，2012 年盛瑞利润跌为零。恰在这一年，8AT 出现重大问题。因为多年不分红，股东们的不满也爆发了：“企业做成这个样子，得有个说法！”

年底，刘祥伍带领大家到八达岭长城脚下开年会。会上，刘祥伍带头唱国歌，高呼盛瑞也“到了最危险的时候”，反复宣讲“为了研发掉点利润也值得”，大力号召“筑起盛瑞新的长城”。

让刘祥伍感动的是，决策层“没有一个落井下石的”，都拥护他的做法。会上会下，盛瑞决策层紧锣密鼓做大家的思想工作。成效是明显的，第二年企业出现亏损，但研发投入占销售收入比例飙升到9.5%。

回顾这一段，刘祥伍有点庆幸：“要是民企也对领导人严格考核利润，我还真过不了这一关。”他建议，对企业考核，不要局限于一时的利润，要看战略规划。利润只代表短期业绩，战略规划带来的是包括科研在内的长期发展。

新华制药董事长张代铭，对盛瑞创新出现问题也能被接受很是赞叹。他说，要在企业建立容错机制，让企业领导人敢于去创新，一时有错了也能继续创新。

艰苦卓绝，回报优渥。盛瑞8AT去年实现批量生产，装配到陆风等车型。因为盛瑞8AT上市，国外产品被逼降价50%以上，一年为中国汽车业节省41亿元。今年上半年，在经济形势低迷状态下，因为8AT的带动，盛瑞销售收入同比增长130%。据介绍，明年盛瑞8AT将实现年产20万台，装配奇瑞、江淮、力帆等七八个车型。

“只要按照创新规律、市场规律去做，就是‘三无’企业，离国家大奖也一点不远。”李储林深有感触地说。

（《大众日报》2016年8月23日要闻1版）

申报资料实录

作品简介：习近平总书记在2016年5月召开的全国科技创新大会上要求，必须坚持走中国特色自主创新道路。自主创新、对拥有自主知识产权的核心技术的研发，是我国创新的薄弱环节和最大难点。自主创新离不开民营企业，更离不开国有企业。稿件通过讲述一家民营企业成功进行自主创新的故事，对国企创新存在的体制不活、投入不足、激励机制呆板等弊端，有针对性地悬镜照影、明鉴得失，以促进国企和民企共同提高自主创新能力。所选故事典型性强：这家民企一度无技术、无人才、无产品，却在9年投入10亿元，自主创新技术通过国家科技进步奖一等奖最终评审。

社会效果：稿件在一版头条配发评论推出，同时配发一个整版的国企创新报道。丢大石头，起大波澜。山东省经信委、省国资委、省政府研究室等部门的领导对稿件给予肯定和表扬，称赞对国企创新很有启发。稿件在全省经济工作会议上引起热议。山东航空公司要求副处级以上干部学习稿件、写读后感，公司党委召开专门会议学习稿件、表彰读后感写得好的干部。企业所在地党报全文转载稿件。

推荐理由：加大自主研发力度，掌握更多拥有自主知识产权的核心技术，是我国创新迫切需要解决的核心问题，是实现习近平总书记要求的“做强做优做大国有企业”的根本路径。作品站位高，立意远，以民营企业的成功案例，鉴析国企创新的短板和方法。作品构思新颖，手法巧妙，打破惯常的叙事结构，以影响国企创新的几个主要问题为抓手组织结构，一明一暗两条线索交织，明线写民企，暗线写国企，针对性强，观点自明。作品讲故事生动凝练，讲道理言简意厚，深入浅出，文笔流畅，可读性强。

调查性报道

产粮大省何以出现“买粮难”

孙志平　李钧德　宋晓东

作为全国最重要的小麦主产区，2016年河南省小麦总产量达693.2亿斤，再获丰收。此前，河南省小麦已连续13年增产。然而，记者采访时了解到，虽然小麦连年丰收，部分地方出现卖粮难，不少加工企业却表示，难以买到符合要求的小麦。

一边是小麦连年丰收、农民卖难，另一边却是加工企业“买粮难”。作为产粮大省，河南应如何破解这种“两难”并存的尴尬局面？

“种粮不愁卖粮愁”粮食主产区又现卖粮难

秋粮都已经收获了，河南省漯河市临颍县孙庄村村民王守军家里，4亩多地的小麦还装在编织袋里，没卖出去。“往年一边收麦一边就卖了，今年小麦质量不好，价格也低，往年能卖一块一毛多钱一斤，今年一块零几分钱一斤都没有人收。”王守军说。

种粮不愁卖粮愁，对承包上千亩地的种粮大户们来说，压力更大。南阳市社旗县种粮大户唐道丽承包了近3000亩地，去年因小麦品质不好，不完善粒超标，亏损10多万元，没想到今年再次遭遇卖粮难。记者采访时，唐道丽只卖出不到三分之一的小麦，上百万斤的麦子堆积在粮仓里，每天都在发芽霉变，唐道丽心急如焚。“年年丰收年年卖难，再这样下去，种粮大户都干不下去了。”唐道丽说。

记者从中储粮河南分公司了解到，为了缓解农民卖粮难，河南省今年设置收购库点1676个，较去年增加242个。截至9月底托市收购结束，共计收购托市小麦121.4亿公斤，是2010年以来收购量最多的一年。

郑州粮食批发市场分析师申洪源认为，今年河南部分地区出现小麦卖难，表面上看是因为今年小麦质量偏低，根本原因还是小麦种植结构与市场需求不对称。“种出的小麦不是面粉加工企业需要的，小麦销售只能一边倒地依赖国家托市收购，一旦质量不达标，自然出现大面积卖难问题。”申洪源说。

“守着粮仓缺麦子”进口小麦需求持续攀升

在河南漯河石磨坊面业有限公司的仓库大院内，送小麦的大货车排成一条长龙，这是公司刚刚从山东买进的小麦。“今年缺麦子缺得厉害，刚去山东、河北跑了一趟，订了4万吨，还是差很多。”石磨坊面业公司副总经理薛旺志说。

漯河石磨坊面业公司是一家中型面粉加工企业，年加工小麦15万吨左右。公司负责人坦言，原料成本和质量是近几年企业面临的最大问题。“河南省乃至全国的小麦产量年年攀高，但大部分都是中筋麦，和我们的需求不一样。特别是这两年小麦不完善粒高，小麦质量根本达不到我们加工的标准，农民着急卖粮，我们缺粮也着急。”薛旺志说。

据薛旺志介绍，由于国内小麦质量不过关，他们这几年加大了使用进口小麦的力度。但受进口小麦配额的限制，公司每年进口小麦总量只有1000多吨，远远不能满足需要。薛旺志说，进口麦品质好，价格还比国内小麦低，如果不是配额限制，我们肯定全部都用进口麦子。

遂平县是全国粮食生产先进县和商品粮生产基地县，也是全国优质小麦标准化示范区。然而，位于遂平县这个大粮仓的河南一加一天然面粉有限公司的董事刘秋燕说，虽然他们公司所在的遂平县每年小麦种植面积达84万亩，但是，他们仍然经常为合格的原料发愁。

刘秋燕说，当地的小麦大都是分散种植的，同样的品种，同样的年份，生产出来的小麦品质可能都不一样。为了保证面粉质量，公司只好从贸易商那里高价购买进口小麦。

永城市是小麦生产大市，也是面粉加工大市，面粉年生产能力超过150万吨，号称“中国面粉城”。然而，这样一个因小麦而兴的面粉城，却越来越不再依赖国产小麦。

郑州粮食批发市场副总经理肖永成介绍，海关统计数据显示，2016年前半年，我国累计进口小麦177.535万吨，同比增长27.3%。作为小麦产量第一大省，河南今年上半年进口小麦近4万吨。“国产小麦成本高、品质不突出，不仅导致了价格倒挂，也难以满足面粉加工企业需求，导致出现小麦产量、进口量、库存量‘三量’齐增的怪象。”肖永成说。

破解“两难”并存现象　亟待加快供给侧改革

一边是连年丰收，小麦库存量不断增加，农民遭遇种得出却卖不掉的烦恼；

另一边却是面粉加工企业原料紧张，进口小麦大量流入。对此，相关专家分析表示，要解决小麦市场“两难”并存、“三量”齐增的尴尬，亟须加快对小麦种植进行供给侧改革。

中国人民大学农业与农村发展学院副院长郑风田认为，我国小麦进口量持续高位，直接反映出当前小麦种植结构不合理，高品质小麦供给不够。郑风田说，虽然近几年小麦总产连创新高，但优质小麦产量不足，特别是用在满足面包、糕点等新兴面食产业的小麦原材料缺口很大，还不能满足食品加工业和消费者快速增长的需求，品种、品质、品牌都还有巨大提升空间。

郑州粮食批发市场分析师刘正敏认为，当前“家庭种植—中介收购—国家储备”的小麦供销体系适合一般面食的需求，对强筋、弱筋小麦的结构性调整却失灵。“优质不一定优价，而且优质小麦的产量相对不稳定，市场风险大，这导致农民甚至种粮大户都不愿意冒风险调结构。”

刘正敏建议，国家应尽快建立优质小麦的收储体系，通过分级收储体系，建立不同等级的品质指标，确保优质优价，同时建立拓展优质强筋小麦种植基地，强化技术指导和市场保障。

农业部农村经济研究中心研究员彭超表示，过去一段时间里，我国更关注小麦的产量，而非品种、品质的提升，面临当前小麦市场愈发严峻的供销矛盾，应尽快进行小麦的供给侧结构性改革，带动小麦生产实现由量向质的转变，满足现代农业市场的需求。

（新华社郑州 2016 年 10 月 13 日电）

申报资料实录

作品简介： 作为全国最重要的小麦主产区，河南省 2016 年小麦再获丰收。此前，河南省小麦已连续十三年增产。然而，记者在基层采访时发现，虽然小麦连年丰收，部分地方却出现卖粮难，不少面粉加工企业表示，“守着粮仓缺麦子”，难以买到符合要求的小麦。小麦市场何以出现这种“两难”并存的奇怪现象？记者对此进行了深入采访，发现根本原因在于小麦种植结构和市场需求不对称甚至严重脱节，“种出的小麦不是面粉加工企业需要的”。

报道指出，一方面是农村粮堆高筑，另一方面却是企业“等粮开工”，小麦市场“卖难又见买难”的尴尬窘境，凸显了当前粮食生产面临的结构性矛盾。这种小麦产量、进口量、库存量“三量齐增”的怪现象，亟待引起有关部门重视，加快进行农业供给侧结构性改革。

稿件通篇以事实和数字说话，采访扎实，论据充分，具有较强的说服力和决策参考价值。

社会效果：稿件从农业供给侧结构性改革角度，第一次明确提出小麦生产领域出现的卖难和买难“两难并存”等新情况，揭开了一个关系我国粮食安全的重大问题。人民网等各大网站纷纷转载，新华社客户端评论点击量达200余万，中央电视台“焦点访谈”、河南日报、澎湃新闻等媒体纷纷跟进报道。河南省委农办一位负责人说，新华社记者用“产粮大省买粮难”七个字，抓住了当前粮食市场的最大矛盾，反映了进行农业供给侧结构性改革的必要性和紧迫性，可以说，这篇稿件对实际工作的推动作用，比政府的红头文件还大。

推荐理由：农业、农村和农民一直是党中央重点关注的对象，本文从“农民卖粮难，企业买粮难”这一问题出发，揭示了当前农业供给：2016年河南小麦再获丰收，但部分地区却出现的怪象。这是一个兼具异常性与重要性的选题，反映出农产品生产侧结构性改革的必要性与紧迫性，具有重大的社会价值。

本文条理清晰，逻辑清楚，从河南“卖粮难”这一社会问题出发，执果索因、层层递推，通过扎实采访和令人信服的数据揭示出当前粮食生产中所存在的结构性矛盾，体现出新闻作品关注现实、关注民生的品质，具有广泛而深远的社会影响。

文字通讯

深港通正式开通意味着沪深港三地证券市场成功联通——我国资本市场开放迈上新台阶

温济聪　杨阳腾

12 月 5 日，深圳证券交易所、香港联合交易所同时敲响开市钟和开市锣，深港通正式开通，深圳、上海、香港三地共同大市场正式形成，内地与香港资本市场互联互通再迈一步。深港通是一座沟通深圳、香港两地证券市场的桥梁，是促进资本市场双向开放、人民币国际化、香港金融中心繁荣稳定、深化粤港合作的重要举措。

深港通正式“通车”

12 月 5 日上午 9 时 30 分，深交所 8 楼上市大厅内，座无虚席。伴随着开市钟鸣响，深港通市场参与各方共同见证了深港通首列“班车”启程，深港两地资本市场双向开放大幕正式开启。

《经济日报》记者在开通仪式现场大屏幕上看到，深股通成交首单为深康佳 A，总成交股数 100 股，成交金额 481 元，买入方为招商证券（香港）；深港通下的港股通成交首单为汇丰控股，成交股数 400 股，成交金额 2.45 万元，买入方为东方证券。

在投资标的方面，深股通的股票范围是市值 60 亿元人民币及以上的深证成份指数和深证中小创新指数的成份股，以及深圳证券交易所上市的 A + H 股公司股票；深港通下的港股通的股票范围是恒生综合大型股指数的成份股、恒生综合中型股指数的成份股、市值 50 亿元港币及以上的恒生综合小型股指数的成份股，以及香港联合交易所上市的 A + H 股公司股票。

在投资额度方面，深港通不再设总额度限制。深港通每日额度与沪港通现行标准一致，即深股通每日额度为 130 亿元人民币，深港通下的港股通每日额度为 105 亿元人民币。双方可根据运营情况对投资额度进行调整。

中国证监会主席刘士余表示，在沪港通成功试点基础上开通深港通，是以习近平同志为核心的党中央坚定不移推进金融市场双向开放的重大决策，是2016年《政府工作报告》对全国人民的庄严承诺。他表示，中国资本市场发展的经验证明，只有坚定不移地扩大开放才能保持资本市场的市场化、法治化、国际化方向，才能提高资本市场对实体经济的服务能力，才能提升中国资本市场的国际竞争力。沪港通、深港通必将是两条川流不息的河流，汇集内地、香港和全球市场资本、技术、信息、智慧、文化，从而惠及内地、香港和全球的经济发展。

互联互通更进一步

深港通的开闸，将进一步促进境内、境外资本市场双向开放。中国社会科学院金融研究所所长助理杨涛在接受《经济日报》记者采访时表示，深港通正式开闸后，跨境投资资本流动效率将大幅提高，资本市场双向开放的力度和范围大大增加，提高了境内国际金融业一体化程度，是我国资本项目对外开放的阶段性措施和成果之一。

中国结算董事长周明表示，内地资本市场双向开放工作一直在积极稳步推进。本世纪以来，先后推出QFII、QDII、RQFII、RQDII及内地与香港市场基金互认等双向开放项目，2014年11月推出的沪港通开启了资本市场双向开放工作和境内境外市场互联互通的新模式。深港通是继沪港通之后，我国资本市场贯彻落实党的十八届三中全会精神、加快资本市场双向开放的又一重大举措，体现了党中央、国务院和中国证监会推进资本市场改革开放工作坚定不移的态度和决心。

香港特区行政长官梁振英认为，深港通开通，标志着内地和香港两地资本市场互联互通进入新阶段。继沪港通之后，两地资本市场进一步完善互联互通机制，在推进内地金融业双向开放以及人民币国际化方面都具有重要的作用和意义。

“深港通是内地与香港互联互通的新篇章，是香港国际金融中心发展的新里程碑，相信在‘一国两制’的优势下，香港能够继续为国家资本市场的双向开放作出突出贡献。”香港联交所主席周松岗表示。

港交所总裁李小加表示，深港通的推出将进一步强化香港作为离岸人民币资产管理中心的地位。深港通的重大意义就是把中国最具有创新精神的行业和企业，展示在世界投资者面前。

全面加强一线监管

据介绍，下一步，两地金融监管机构将进一步密切协作，加强两地市场监管，加大跨境执法力度，严厉打击跨境市场操纵等违法违规行为，保护两地投资者合法权益。

深交所理事长吴利军表示，深港通开通后，深交所将在新的发展起点，全面加强一线监管，全力推进“规则体系、产品体系、技术体系、管理体系”四个体系建设，为深港合作持续向纵深发展积累经验、奠定基础、创造条件。

“26年来，深交所各项事业取得了长足的发展。一线监管制度不断完善，核心技术系统不断优化，风险防控能力不断提升，改革创新开放的基础不断夯实。目前，深交所上市公司1848家，总市值超过23万亿元，主要市场指标位居国际前列。上市公司群体创新创业特征明显，国家高新技术企业占比超过70%，充分体现了资本市场服务实体经济的积极成果，体现了我国经济结构转型升级的显著成效，体现了我国新经济的巨大活力和潜力。”吴利军说。

“此外，深港通股票以人民币结算计价，有利于巩固人民币国际结算地位，有效促进人民币国际化进程；而资本市场的双向开放，可促进包括证券清算、结算体系在内的金融市场基础设施建设的国际化进程。”杨涛说。

（《经济日报》2016年12月6日关注5版）

申报资料实录

作品简介：深港通是去年政府工作报告实践的重大年度工作，也是当年资本市场的最重要事件。12月5日，深交所、港交所同时敲响开市钟和开市锣，深港通正式开通，深圳、上海、香港三地共同大市场正式形成，内地与香港资本市场互联互通再迈一步。深港通是一座沟通深圳、香港两地证券市场的桥梁，是促进资本市场双向开放、人民币国际化、香港金融中心繁荣稳定、深化粤港合作的重要举措。

社会效果：此文刊登后，被中国政府网、人民网、中国经济网等中央网站转载，也被搜狐、网易等市场化网媒转载，转载量较大；同时，在12月5日开通当日，第一时间在经济日报APP、微博等融媒体发送稿件和照片，转载量较大；此稿被深交所列为重点报道稿目，在财经领域获得较大认可，是一篇资本市场领域的重要作品。

推荐理由：该文的报道对象为深港通正式开通这一事件。深港通是 2016 年政府工作报告实践的重大年度工作，也是当年中国资本市场的最重要事件。该通讯稿主题明确，材料精当，逻辑清晰，行文流畅，刊登之后获得较好的社会影响，在网站、APP、微博上被多次转载，在财经领域获得较大认可。推荐该作品参评中国新闻奖。

金江路社区

“法律诊所”为民除“顽疾”

吉命土干　郑玉明　龙琼燕

在昆明市盘龙区联盟街道办事处金江路社区，有一个特别的“诊所”，这里没有传统意义上治病救人的医生，却有由法官、检察官、社区民警、律师、人民调解员等法律专业人士组成的“医生团队”，“把脉问诊”社区居民遇到的法律问题。今年4月，金江路社区在全省首创“法律诊所”工作模式，推出定期“坐诊”、出门“巡诊”、综合“会诊”和真情“复诊”服务。“法律诊所”为社区居民送去了各种法律服务，及时快捷地化解了居民遇到的法律问题，同时也把矛盾纠纷化解在基层，促进了社区的安定和谐，打通了法律服务群众的“最后一公里”。

统筹协调

“有了‘法律诊所’，我们的诉求解决得更快了。”金江路社区金康园居民张翠兰颇有感触地说。张翠兰今年70岁，从1998年开始在金康园居住，至今已有18个年头，是金江路社区的“老居民”。今年社区建成“法律诊所”后，张翠兰遇到的“烦心事”终于得到了解决，她也在事情解决的过程中，学到了很多法律知识。

张翠兰口中的“烦心事”，来自她居住的金康园小区。1年前，金康园小区物管把小区一个属于公共用地的小广场租给私人，承租人便在小广场上建起了一个超市，还摆起了烧烤摊。每天晚上，烧烤摊因烧烤食物散发出的气味和浓烟，严重影响了小区居民的生活。小区居民多次与物管协商无果后，又多次投诉到相关部门，但问题一直没有得到解决。今年4月，张翠兰抱着试试看的心理，和几位业主代表到刚建立的“法律诊所”反映情况，最终，在“法律诊所”的协调下，问题得到初步解决：执法部门规定店家只能在室内摆烧烤摊，不准占道经营。困扰张翠兰和小区居民1年的“烦心事”有了解决的途径，年迈的张翠兰向记者讲起时，仍然难掩激动之情。

“社区为我们居民搭建了一个学法的平台，把法律送到了我们身边，通过社区提供的法律服务，社区居民更加懂得运用法律手段维护自己的权益，很多矛盾纠纷在社区就能解决。小家好了，大家才会好。”“法律诊所”宣传法律知识的效果，在张翠兰简单的话语中得到了体现。

据介绍，金江路社区“法律诊所”是盘龙区委、区政府在推进平安盘龙、法治盘龙建设过程中的一项创新举措。“法律诊所”由和谐邻里调解工作室和“三官（法官、检察官、社区民警）一师（律师）”法律服务工作室共同组成，以充实的法律服务队伍、丰富的服务内容、完善的工作制度、规范的工作流程为载体，将多种法律力量统合一体，为社区居民提供更专业的法律指导，更便利的法律援助，更有效的矛盾纠纷调处方法，更深层次的法律服务，更生动的法治宣传。

便民利民

金江路社区“法律诊所”推出定期“坐诊”、出门“巡诊”、综合“会诊”、真情“复诊”“四诊式”服务，及时“医治”居民遇到的“疑难杂症”。

定期“坐诊”，采用普通门诊和专家门诊相结合的形式。“普通门诊”由街道、社区的两名法律工作者组成，主要以政策咨询、社会保障为主，重点解决低保、医保、廉租房申请、下岗职工再就业、家庭邻里纠纷等问题；“专家门诊”的法律服务团队主要由云南大韬律师事务所派出的社区法律顾问与律师助理组成，每个工作日由社区民警、驻社区的法官和检察官及派驻社区的执业律师定期轮流“坐诊”，为居民解决房屋继承、房屋产权、财产归属、家庭婚姻、经济纠纷、涉法涉诉等法律专业问题。此外，还定期组织社区民警、驻社区法官和检察官及派驻社区的执业律师、社区干部、网格员等人员，集中开展综治信访维稳专题宣传和法律咨询服务活动。

出门“巡诊”主要针对网格员在走访巡查中了解到的老弱病残、特定居民的法律诉求，及时组织“医生”上门巡诊。此外，社区还安排专人，对急需解决矛盾纠纷的居民提供“一对一”的法律服务。

对容易引发重大群体性事件的隐患纠纷，或其他复杂疑难纠纷，社区采取召集“法律诊所”相关人员共同商讨解决方案的方式，开展综合“会诊”。

此外，对已调处的案件，社区要求在一周之内通过查阅档案、电话回访或走访当事人等方式，进行真情“复诊”，确认调解是否成功，是否需要继续提供服务，让服务工作有了延续性。

公平公正

家住金江路社区同德广场的周某于2015年2月11日早上10时在大白庙村公交车站乘坐公交车时，因公交车司机起步太快摔倒在公交车上。经医院诊断，周某的伤情为“L2椎体性骨折”，手术治疗后，周某于2015年3月12日出院。住院期间，周某的医药费和治疗费大部分是公交公司支付的。

2015年6月2日周某经昆明医科大学司法鉴定中心鉴定为十级伤残，丧失劳动力20%，其家人多次和公交公司协商未果后，周某便来到“法律诊所”，向社区提出调解的申请。社区工作人员接到调解申请后，考虑到事件的复杂性，便协调“法律诊所”里的法官、律师、社区民警及人民调解员共同对事件进行调解。经过调解，按照公平公正的原则，公交公司答应赔偿周某从住院至出院期间及出院后的医疗费、误工费、护理费、交通费等相关费用，合计11万元。

“通过法律专业人士的介入，通过多方‘会诊’，居民的诉求得到了及时合理的解决，也避免了矛盾纠纷进一步升级。”金江路社区居委会主任、社区工作站站长李敏说。“‘法律诊所’面对面服务群众，‘问诊’群众遇到的法律问题，更直接、更贴心。”盘龙区检察院政治处主任王伟这样评价道。

（《云南法制报》2016年8月22日要闻1版）

申报资料实录

作品简介：城市社区作为城市的基本单元，承担着较重的社会治理任务。如何把矛盾纠纷化解在基层，如何为社区居民和城市流动人口送去法律服务，并及时快捷解决他们所遇到的法律问题，是推进平安法治云南建设的落脚点。

作者深入城市社区蹲点采访，从社区居民、社区工作人员、法律服务队伍、社区创新举措等入手，采写出本篇报道。作品围绕云南省昆明市盘龙区联盟街道办事处金江路社区通过汇聚优势资源，盘活辖区内多种法律服务力量，创建了社区法律服务新模式——“法律诊所”，建成了云南首家社区依法治理工作站，形成了10分钟法律服务圈等创新举措，全面展现基层社区创新社会治理的新模式，探索如何打通法律服务群众的“最后一公里”等社会治理中遇到的问题。

社会效果：作品围绕创新社会治理这一主题，从基层社区入手，展现基层探索社会创新治理的新举措，也为其他社区创新社会治理工作提供了一些可循、可借鉴之路。

报道一经推出，得到广泛关注，尤其是得到了来自政法系统和综治成员单位的关注。云南省委政法委常务副书记乔汉荣对此报道作出重要批示，认为报道深入、有亮点，社区经验值得在全省范围内广泛推广。

推荐理由：该作品围绕社会创新治理从基层社区入手，展现基层探索社会创新治理的新举措，也为其他社区创新社会治理工作提供了一些可借鉴之路。

三年发了两千多张推广证，收费两千多万元
一纸推广证　几多“生意经”

陈道龙

这原本只是一个专利产品被侵权的投诉，但随着记者调查深入，一条滥发科技成果推广证的利益链，逐渐浮出水面——

今年初，江苏宏厦门窗有限公司董事长裴效生向本报投诉：他们投入2000多万元研发的国家专利产品“节能型门窗附框及门窗安装方法”，2014年被省住建厅作为地方行业标准在全省推广。但目前市场上充斥大量仿造、低劣的附框产品，而且生产企业大多获得主管部门“建设科技成果推广项目认定书”即推广证，堂而皇之推销促销。为此，记者展开4个多月的明察暗访。

发明企业被仿造产品打垮

位于宜兴市的宏厦公司，2009年起，历时3年研制发明门窗附框及成品窗一次性后装法，将过去四五道装窗工序简化成两道：即先在土建预留的窗洞里安装附框，工程竣工前，再在室内一次性安装成品窗。该发明简便易行，节能环保，实现了外窗生产标准化、安装工业化的技术突破，获得两项国家发明专利。

2012年5月，省住建厅科技发展中心向宏厦公司发放我省首张附框推广证。由省住建厅审定发布、2014年1月起实施的《居住建筑标准化外窗系统应用技术规程》，采用了宏厦公司附框产品的技术指标。

“科技发展中心推广科开始对我们很支持。”裴效生回忆说，“科负责人曾要求我们确保全省附框供货，防止供应不足出大事。为此，我们投资1亿多元，在苏南苏北各办一个附框分厂，加快生产。可后来，推广科滥发推广证，造成附框生产企业鱼龙混杂，我们抵挡不住仿造、低劣产品的低价冲击，被迫停产，欠银行4000多万元贷款难以偿还……”

主管人员与“李鬼”企业不分家

记者先后到南京、泰州、南通、徐州等市15个使用仿造附框的楼盘暗访，发现材料和安装均不符合技术规程要求：如都没有使用定位压线——一种起固定和防渗漏作用的铝合金边框；13个楼盘采用螺钉固定窗框和附框的直接连接法，违反“应采用扣件连接”的规程要求；6个楼盘出现在下窗框打洞、用螺钉连接——一种因易渗漏而早已禁止的做法；都不是一次性安装成品窗。

这些楼盘用了6家企业的附框产品，其中5家企业获得省住建厅科技发展中心颁发的附框推广证。据了解，该中心继2012年向宏厦公司颁发附框推广证后，2014年以来，又向14家企业颁发了附框推广证，还有多家企业已拿到“附框产品申报资料已受理通过审查”证明，即将获证。

之后，记者选取获得推广证的6家企业的附框样品，分别送到省建筑工程质检中心和江苏森诺塑料科技公司实验室进行实际拧螺钉部位的“握螺钉力”检测。结果没有一家产品达到技术规程要求的大于或等于4000牛顿，也没有达到去年底省住建厅发布的《附框应用技术导则》中应不小于3000牛顿的要求，最低只有352牛顿，存在安装不牢固的风险。

不仅向仿造企业发放推广证，中心技术人员还直接参与“改头换面”低劣产品的研发和专利申报。记者暗访的15个楼盘中，5个用了获得附框推广证的常州某企业产品。该产品实用新型和外观设计两项国家专利的“第一发明人”，都是中心推广科负责门窗类技术的江姓高级工程师，而公司徐姓总经理则为“第二发明人”。徐总向记者解释：“江工对我们有技术指导，所以排第一。”

省知识产权研究与保护协会专利工程师张浩，在鉴别宏厦公司和常州公司的产品后告诉记者：“常州公司实用新型和外观设计专利产品，涉嫌侵犯宏厦公司专利权。”可以想见，如果没有归口管理部门技术人员参与研发、推广等“一条龙”服务，“李鬼”产品怎能行销全省？

滥发推广证为了多收费

随着调查深入，记者又有新发现：科技发展中心不仅违反专利保护和技术规程滥发附框推广证，而且违规扩大认定范围，滥发其他建设产品推广证，谋取部门和小团体利益。

“哪怕是组装普通节能窗，都要向中心交费，办理推广证。”泰州一家企业负责人向记者反映，“十多年前，由质监部门发门窗生产许可证，交

2000 元就办证。改归住建部门监管后，要我们先送 4 种窗户及材料样品到省建筑质检中心检测。拿到报告后，科技发展中心推广科人员带着专家，一行 10 人到厂考察评估。除给每人 1000 元劳务费外，厂里又交该中心 4 万元技术服务费，才拿到 4 张推广证。”

“巧立名目乱收费！”该负责人拿出推广证副本，不满地说，“既然认定我们是‘组装型’企业，那我们只要按标准组装合格产品就行了，又不是科技新产品，推什么推？”

科技成果推广必须是“先进、成熟、适用的新技术，有利于行业进步、产业技术升级”，这是住建部和省住建厅的明文规定。可该中心却将大量常规产品，强行纳入所谓科技成果认定推广范畴，并先后制定“墙体保温材料”“预制构件生产企业”等十多个收费认定项目，发证推广，降低了科技成果的认定门槛。

记者了解到，2013 年以来，该中心共发放各类建设产品推广证 2034 个，其中去年 689 个。而住建部科技发展促进中心近 3 年才发放“全国建设行业科技成果推广项目”证书 350 个，去年仅 90 个。也就是说，省住建厅科技发展中心 3 年来的发证数，是同期住建部促进中心发证数的 5 倍多。为何他们发证热情如此高涨？一家企业负责人笑道：“多发多收费呗。”

3 月 22 日，记者以企业人员名义咨询该中心如何交费办证。一名耿姓工程师回答：“系列产品办一个证，交 2 万元技术服务费；单项产品办证，交 1 万元。检测费，由企业按标准交给检测单位，专家评估费由企业直接给专家，具体给多少企业自己掌握，一般一次评估给一两万元。到期续证，还要再交技术服务费和抽检费。”

我省推广证的有效期只有两年，比全国性推广证有效期少 1 年。以每张证收 1 万元技术服务费计算，该中心 3 年来至少收了 2034 万元。

列入收费清单依然顶风收费

据了解，山东、安徽已分别于前年、去年取消了建设产品推广办证收费，上海办证则一直不收费。那么，我省这一科技发展中心办证收费有无依据？

省物价局有关负责人查询后答复记者：中心以前办过“咨询服务收费许可证”，但去年 4 月全国取消收费许可证制度后，中心这项收费没有列入省行政事业服务性收费目录清单。也就是说，至少从去年 4 月后，中心有关各种推广证的收费均不合法。

“他们只顾收费发证，不为企业维权！”裴效生告诉记者，去年 7 月，宏厦公司发现工程中大量使用仿造的附框产品，多次向中心推广科提出专利维权请求，科负责人却以“要鼓励万众创新”为由加以拒绝。

记者询问推广科是否帮助宏厦公司维权？罗科长回答：“是否收费让其他企业使用专利，是宏厦自己的事，我们不管。”

专利维权只是企业自己的事？“该中心有责任维护宏厦公司的专利权益。”省知识产权局法规处陈副处长说，按照《国家标准涉及专利的管理规定（暂行）》，归口部门要及时要求专利权人作出专利许可声明，公开许可收费标准。如用户多、涉及地域广，归口单位还应牵头协商，可代收许可费，统一交给专利权人。而归口部门，怎能只收费不维权？

在省里对行政审批中介服务收费清理后，该中心仍然我行我素，继续把发推广证当生意做，这种顶风收费的行为该管管了。

（《新华日报》2016 年 5 月 12 日经济 5 版）

申报资料实录

作品简介：这是一篇记者历时 4 个月明查暗访，揭露省级管理部门为了敛财滥发科技成果推广证，危害企业创新发展和真正科技成果推广、加重企业负担的问题调查。2016 年初，记者从调查一企业投入巨资研发的成果遭受侵权入手，了解到江苏省住建厅科技发展中心涉嫌为了敛财滥发“建设科技成果推广项目认定书”，即推广证的线索，随后辗转 4 个设区市的 15 个楼盘，发现均使用了不合格、存在安全质量隐患的附框产品，而其生产企业都在缴纳一两万元“技术服务费”后获得推广证。还查出省科技发展中心技术负责人直接参与有关企业“摹仿开发”，擅自颁发推广证牟利的证据。又暗访科技发展中心，取得该中心 3 年来发放 2000 多张推广证，收费 2000 多万元的关键证据。这期间，按部主任意见，两次调整采访思路、重新确立主题，并由主任两次删改编辑稿件。

社会效果：见报后，新华网、人民网、凤凰网等数十家网站转载。江苏省物价局组成专案组，进驻科技发展中心调查，责令其整改与清退乱收费，并作出罚款与没收共 104 万元的处罚。省住建厅组成 11 个小组全省专题调研，针对存在问题作出多项整改措施：撤销科技发展中心推广服务科，一名领导和一名技术负责人被调离关键岗位；在全省建设领域取消发放节能窗、保温材料等多项成熟定型产品的推广证；发布《改进完善建设科技成果推广认定工作的通知》，规范科技成果推广工作，停收多项费用，为企业减负。全省多家建设产品生产企业致谢本报。报道及震动还影响到邻近省市也改进建设科技成果推广工作，如浙江省住建部门出台改进建设领域技术推广工作的文件，从严管理科技成果推广工作，减轻企业负担。

被评为 2016 年度江苏省报纸优秀作品一等奖。

推荐理由：题材重大，有典型意义。在全国简政放权、加大行政管理体制改革的大背景下，江苏省住建厅科技发展中心利用向企业发放科技成果推广证违规收费敛财，且涉及面广、数额巨大，危害着企业创新发展和科技成果推广，暴露一些部门存在小团体利益至上的问题，已成为改革的中梗阻，警醒我们，深化行政改革任重道远。

敢于碰硬，扎实取证。监督一个省属实权部门难度大、风险高，特别是取证难。记者通过明查暗访，迂回获得零散证据，再通过多方求证，层层突破，获取真相。仅采访记录就有 20 余万字，录音 34 份，照片 70 多张，形成证据链条，确保事实准确。

社会效果显著，影响深远。从监督层级和效果看，在全国媒体间不多见。

求解邻避困境方法论

集　体

代表作一：

信息公开＋互动沟通：走出邻避难题的关键一步

【编者按】近年来，随着经济社会转型和城市化进程加速，重大项目建设引起的“邻避效应”问题日益突出。所谓邻避效应，是指一些群众因担心部分公共项目建设会对身体健康、周边环境等产生负面影响，从“不要建在我家后院”的心理出发，反对项目建设。

解决邻避问题，把矛盾化解在最基层，让群众理解、支持公共项目建设，成为经济建设和社会发展必须面对的课题。为此，南方报业传媒集团启动“1+X”报道机制，由南方日报牵头，南方杂志、南方农村报等联合成立采访组，多路记者深入垃圾焚烧发电厂、变电站、污水处理厂等重大民生项目一线，调查走访，就不同环节中存在的矛盾进行分析求解，归纳梳理解决邻避困境的成功经验。从今天起，推出“求解邻避困境方法论”系列报道，为相关重大项目建设的顺利推进提供参考借鉴，敬请垂注。

“越保密，问题越多，迟早要面对百姓，不是关起门来就可以建好的！”回顾博罗县生活垃圾焚烧发电厂项目——光大环保能源（博罗）有限公司的建设历程，博罗县环卫局局长黄国雄感慨：“如果没有信息公开和互动沟通，根本不可能建设起来。”

2012 年立项、2013 年动工、2015 年点火运行，当不少垃圾焚烧发电项目因邻避问题而停滞不前时，光大环保能源（博罗）有限公司的成功落地，成为重大民生项目建设领域的一大亮点。

从立项前全县干部深入各镇村宣传解释，到环评期成立 10 个工作组入村入户沟通，再到前后共组织 500 多人次参观考察……博罗县生活垃圾焚烧发电项目的顺利启动，离不开信息的充分公开和与公众的有效沟通。

公开、透明，是解决邻避问题的关键。梳理广东近年来发生的邻避事件不难发现，有的项目在选址、环评、建设等环节，就因信息不透明与沟通不足，而引发邻避冲突。

如何通过公开互动和有效沟通，解开邻避问题的关键环节？透过那些做得好的个案，我们试图寻找答案。

公示背后一系列扎实的工作

谁都知道垃圾处理厂必须建，但不少人就是不愿建在自家附近。“选址十分关键，涉及全县的垃圾处理，既不能太靠近群众生活区，又要交通方便，让 17 个镇的运输距离相对合理。”博罗一边要求各乡镇，积极组织各村提意见和建议；一边组织省环保厅、省住建厅及第三方科研机构的专家们，现场把脉论证，尽可能让各方都参与进来。博罗前期一系列扎实的工作，是后期项目顺利推进的基础。

今年 4 月 9 日上午 9 时许，在距博罗县湖镇镇新作塘村 1.1 公里的地方，一处山青水绿、矗立着几座岭南风格建筑的园林格外引人注目。

走进山里，亭子倒映在湖中，绿道在花木间穿梭，不时有家长带着小孩闲逛，拍照留念。如果不是石头上刻着“光大国际”四个字，很难想象，这里竟是垃圾焚烧发电厂。

“集资源综合利用、生态旅游、绿色植被和环保教育于一体，打造环保生态园。”黄国雄告诉记者，垃圾焚烧发电厂的定位与博罗县绿色发展理念一致。

时间回到 2012 年，从博罗公开垃圾焚烧发电厂选址起，就有群众产生恐慌和抵触情绪。“还未公示，就有少数村民聚集，拉横幅。”黄国雄说。

然而，垃圾焚烧发电项目的建设势在必行。“全县 17 个镇，每天共产生 700 多吨垃圾！”黄国雄说，随着城乡生活垃圾产量逐年上升，垃圾围城、垃圾围村现象日益突出，靠传统的填埋处理，已捉襟见肘。

博罗境内有罗浮山风景区，又是东江水保护区，生活垃圾焚烧发电项目被纳入《广东省生活垃圾无害化处理设施建设“十二五”规划》重点建设项目，是省 2013 年重点建设项目之一。根据规划，“十二五”期间，广东共规划建设生活垃圾焚烧发电厂 36 座。

谁都知道垃圾处理厂必须建，但不少人就是不愿建在自家附近。

如何将信息准确全面地传达给公众？并在群众质疑面前“站得住脚”？黄国雄透露，早在立项前，博罗县主要领导亲自带队，考察各地垃圾焚烧发电项目，“只有技术过硬和企业有责任心，才能从根本上消除顾虑”。

依托成熟的技术，博罗在立项阶段，就明确将建设生活垃圾焚烧发电厂的信息，通过会议等形式，传达到 17 个镇，筹备项目的选址。

“选址十分关键，涉及全县的垃圾处理，既不能太靠近群众生活区，又要交通方便，让 17 个镇的运输距离相对合理。”黄国雄说，博罗一边要求各乡镇，积极组织各村提意见和建议；一边组织省环保厅、省住建厅及第三方科研机构的专家们，现场把脉论证，尽可能让各方都参与进来。最后，综合多方意见，初拟了三个备选地址。

“公开透明，没有顾虑，摊开来说。”光大环保能源（博罗）有限公司总经理邱波认为，博罗前期一系列扎实的工作，是后期项目顺利推进的基础。

组织村民外出参观考察消疑虑

“不担心、不害怕是假的，起初难以讲道理，还是要事实说话。”新作塘村坪山头村民小组的汪永平坦言，他也曾带着不满的情绪去参观，“客观来说，什么国家标准、欧盟标准，我不懂，但确实没臭味，处理后的污水还可以养鱼”。政府在民生项目中，不能只立足于说服公众“无害、必须建”，还要引导群众认识到“安全、有何益”，同时，因为项目建成后，对周边群众的影响是客观存在的，因此，要通过沟通，把解决群众的民生问题和发展问题相结合。

备选地址甫一传出，就引发相关地区群众的热议。“担心污染的，趁机想反映诉求的，各种情况都有。”黄国雄说，群众较为担忧的，主要集中在：一是对垃圾焚烧技术缺乏信心，怕产生二噁英、炉渣、污水等有害物质，污染环境；二是担忧垃圾焚烧发电厂的选址太靠近水源和群众居住区；三是担忧项目运行后，后续监管难以到位。

为此，博罗专门成立项目领导小组，并成立 10 个工作小组，干部进村入户，根据不同的意见，细致地做好群众工作。

针对部分群众对垃圾焚烧发电项目了解不全面的情况，工作小组通过制作宣传册、宣传板等，组织科普活动，讲科学，讲道理，理性引导不少群众走出认知误区。

对小部分仍不理解，甚至聚集的群众，工作小组尽最大努力引导说服。“一旦环评不能通过，坚决不建！”黄国雄坦言，他和其他工作人员曾不止一次劝导群众，“还未公示，缺少了解，不应该盲目反对。”工作小组通过耐心沟通，又缓解了一部分群众的忧虑。

2013年10月，博罗县生活垃圾焚烧发电项目进入环评公示阶段。公告显示，项目拟选址博罗县湖镇镇新作塘村。该村有3000多村民，项目距群众居住区约1.1公里。尽管前期做了大量工作，但还是遭到了一些村民反对。

在重大项目建设过程中，有的项目刚进入环评阶段，就因遭到公众的反对，而止步不前。一些地方政府原本希望通过公示，取得公众信任，但由于执行不到位，成为公众质疑最多的环节。

如何应对环评阶段的批评反对声？“亲眼看最有说服力！”湖镇镇人大副主席黄畅森说，村民有情绪很正常，因为他们此前接触的，大部分是垃圾焚烧的负面信息。为了让村民客观了解，博罗分批组织村民到常州、江阴等已建成运行的垃圾焚烧发电厂参观考察。

黄畅森先后8次带村民外出参观。“你去，不一定要同意，只客观说看到的就好……”面对有抵触情绪的村民，他曾不厌其烦地劝导。最终，外出参观考察的村民共有500多人次。

村民汪志添就是其中之一。“说实话，开始缺乏了解，肯定是反对，毕竟全县的垃圾都运到这里。”汪志添说，他参观了两次，发现人家的垃圾焚烧发电厂距离居住区更近，又确实没臭味，他为此还建议自家兄弟也去参观。

“不担心、不害怕是假的，起初难以讲道理，还是要事实说话。”新作塘村坪山头村民小组的汪永平坦言，他也曾带着不满的情绪去参观，“客观来说，什么国家标准、欧盟标准，我不懂，但确实没臭味，处理后的污水还可以养鱼。”

这期间，环评单位通过惠州市政府网站、博罗县政府信息网等，对垃圾焚烧发电项目进行第二次环评公示，报告书简本还被放在评价范围内行政村村委处，给周边居民查阅。黄国雄还通过媒体，对公众关注的选址、建设单位、环境污染、二噁英等核心问题，进行公开回应。

此外，通过工作小组挨家挨户沟通，博罗全面掌握了村民的意见和其他诉求，并给予积极回应，切实部署解决全村饮用水安全、村民就业、垃圾焚烧发电厂日常监督等问题。

一系列的有效沟通举措和切实解决群众现实问题，使不少人的态度悄然发生转变，从恐惧到接受，从接受到支持。

“环评公示的过程，是沟通解决邻避问题的过程。”邱波认为，政府在民生项目中，不能只立足于说服公众“无害、必须建”，还要引导群众认识到“安全、有何益”，同时，因为项目建成后，对周边群众的影响是客观存在的，因此，要通过沟通，把解决群众的民生问题和发展问题相结合。

（《南方日报》2016 年 4 月 18 日时局观察 A04 版）

代表作二：

积极科普 + 规划先行：变电站建设不再陷入“邻避困局”

科普宣传结束八年“拉锯”

22 日下午，家住淘金家园的李姨接孙女放学时蓦地发现，先烈中路太和岗边上施工多年的“围蔽圈”不知何时已拆掉外墙，一幢崭新的“连体别墅”映入眼帘。“看来是要通电了”，对这幢新“别墅”，快 70 岁的李姨十分熟稔，“看着它被吵吵嚷嚷 10 多年，终于尘埃落定了”。

数公里外，广州供电局基建项目管理团队的一干工程师，也在电脑前加紧对这个变电站做 3D 模拟运行数据监测，为其即将投产送电做最后准备。

上世纪末，越秀区作为广州老中心城区，用电负荷保持平稳增长，但越秀电网建设严重滞后于负荷增长，导致变电容量难以满足供电需求。“尤其在区庄、淘金一带，房地产等开发项目密度高，造成供电负荷急骤增长。”冯庆燎回忆。

2000 年，广州供电局开始选址。按科学输送电要求，这个变电站站址需要选在太和岗两平方公里范围内，超出这一范围就无法满足负荷中心区域供电及电网规划要求。

2004 年，通过多方论证和协调，广州供电局选定先烈中路太和岗路段拟建永福变电站。

“事实上，从 2003 年开始就有附近居民对变电站的修建存在抵触情绪。”广州供电局计划部主任助理吴靖介绍。“初期主要存在三种误区，一是变电站造成电磁‘辐射’，二是变电站周围工频磁场致癌，三是选址过于靠近居民区。”

为消除误解，广州供电局成立了 10 多个工作小组，深入到周边各街道、小区，通过制作宣传册、宣传板、组织现场座谈会等，希望理性引导公众走出认知误区。然而，传统科普宣传收效甚微，2006 年，永福变电站的环评工作陷入了僵局。

“只能是亲眼看、亲手摸，才最有说服力。”吴靖说，2008 年，该局分批邀请公众代表、媒体记者、意见领袖、评估专家进入已建成的变电站参观，现场测量变电站相关数值；走进邻近变电站电网员工办公楼、宿舍，感受他们的工作和生活。

“看到测量表上的数字真的吓了一跳，”李姨的儿子就是代表之一，他回忆，“变电站内的工频才 50 赫兹，而我们的手机信号频率单位是兆兹，也就是说即使有‘辐射’也比我们使用的手机要小得多。”

以“眼见为实”的方式科普，加上媒体的二次传播，让不少居民的态度悄然发生转变，对变电站的建设从恐慌到接受。

2011 年，停滞多年的永福变电站项目完成批后公示，进入施工阶段。“这可见科普的威力。”冯庆燎说：“科学的理论、客观的数据比口说一百遍‘无害’都更有说服力。”

政企携手护航电网建设

从开始选址到最后建成、投产、送电，永福变电站历时超 15 年。“当中的原因，我们也一直在总结和借鉴。”吴靖表示，广州供电局从中吸取教训，把科普宣传从“事件化”转向了“常态化”。

首先，广州供电局通过搭建展览馆、制作宣传画册向市民免费派送、制作科普微电影在传统媒体和自媒体播发等科普电力知识。其次，该局近年来定期组织市民、专家、媒体、意见领袖走进变电站、临近变电站的办公楼、员工宿舍等地参观，用实地检测数据说话。再次，广州供电局主要负责人主动上线参与电台、电视台节目互动，线下则走进社区开展现场讲座，以消除公众对变电站的误解。

“民众不了解，只能说明科普不到位，或相关解释缺乏说服力，我们不能以此为借口漠视民众的意见表达。”吴靖说：“科学所能表达的只是问题的一个方面，比科学更重要的是让民众信服的治理规范。”

吴靖透露，人们对永福变电站的争议，到了后期，周边居民的声音已转向为“先有小区再建变电站的规划不合理”“变电站建成后影响房价”。

科普之余，怎样才能破解变电站“进城难”？广州市政府有关部门、广州供电局不断总结分析，提出了“规划先行”的法治理念。经多方努力，广州在 2010 年 2 月出台办法，在国内首次将变电站作为房地产配套项目进行建设。“如今，楼盘项目必须将变电站写进规划，业主购房时清楚明了，从而避免了冲突。”吴靖说，该办法实施后，该局下辖多个小区变电站顺利建成，居民区变电站建设所带来的许多“邻避问题”顺利化解。

此外，广州供电局会同广州市规划局编制 6 种 220 千伏和 110 千伏变电站的标准设计，并纳入到《广州市社区公共服务设施设置标准》中，市民一目了然。“近 6 年就修建了 100 座变电站，这个速度在过去是无法想象的。”冯庆燎说。

据了解，广州供电局所探索出来的这一套“积极科普 + 规划先行”应对由变电站建设引起的“邻避问题”的办法，已在南方电网公司内成为样本。广州供电局有关负责人表示，“今后不能完全排除‘闻电色变’，但我们仍然会坚持不懈地做好科普宣传，紧密联系政府，做好企业担当，不断探索应对‘邻避问题’的方式、方法。”

【后记】观察　除了科普教育更要有科学思维

变电站属于典型的“邻避问题”因子，它所带来的“邻避冲突”困扰着不少大中城市的发展，广州也不例外。

“十一五”期间，广州需建设 110 千伏及以上变电站 98 座，但因前期工作受阻，实际投产变电站仅为 69 座，电网规划实现率仅 70%。

事实上，从变电站建设所引发的“邻避冲突”可以发现，公众对邻避设施的反感，直接来源于对风险不确定性的担忧。信息公开不足、政企与民众互动缺失固然是重要原因，但是科学常识匮乏、科普工作不够也是重要背景。因此，广州供电局把过去灌输式、突击式的科普工作向贴近性、常态化方向转变，让人们从恐慌到认知，再到接受。

但实际上，造成邻避问题还不仅仅源于某个项目可能对社区、对公众产生安全损害。广州在处置包括永福变电站建设在内的几起争议时发现，由于前期规划和监督不明晰，公众把对房地产开发商的矛盾指向了项目建设，延长了变电站建设周期。而当立法“明确项目配套电力设施必须与开发项目主体同步规划、同步报建”后，30 多个小区变电站顺利建成。

可见，在邻避项目中，科学所能表达的只是问题的一个方面，而比科学更重要的是治理能力。这些项目的解决之道，不仅需要开展细水长流般的科普教育，还需要政府和企业具备科学思维，这样才能更具前瞻性和预见性，应对邻避挑战时就可以多一份从容。

中山大学政治与公共事务管理学院教授何艳玲长期关注邻避问题现象，

她认为，作为解决邻避问题辅助方法之一的“科普”，其内涵应该比较广泛：一方面要能普及“邻避项目”所涉及的专业知识，让公众对未来风险产生一个可测性；另一方面，对决策者来说，提高科学素养，锻炼科学思维，有利于提高决策水平。“通过这样的‘科普’，具备相应科学知识的决策者和民众，才能产生共同对话的基础”。

（《南方日报》2016 年 4 月 26 日时局观察 A03 版）

代表作三：

求解邻避难题　助力决胜全面小康

【编者按】五月初夏，广州市永福变电站正式投产送电，越秀区的众多街坊在今夏不必再经受错峰停电的苦恼。此时，距离变电站启动选址已过去 14 年，在此期间，广州市政府有关部门和广州供电局携手，逐渐摸索出一套应对变电站建设“邻避问题”的机制方法。在繁忙有序的城乡生活背后，一个个邻避类项目，维系着现代城市和美丽乡村的舒适与安宁。而不少邻避类项目的落地、建成和运转，都经历了一番曲折历程。随着经济社会转型和城市化进程加速，近些年因重大项目建设而引起的邻避问题日益突出，治理邻避冲突已成为政府和社会必须共同面对和解决的难题。在过去的三个月里，南方报业记者调研省内外特别是省内具有代表性的邻避类项目，并推出“求解邻避困境方法论”系列报道，总结和提炼出一些共通的建设经验，概括起来则是 4 组 8 个关键词：信息公开 + 互动沟通，生态补偿 + 利益共享，积极科普 + 规划先行，机制创新 + 政企立信。2016 年是“十三五”规划开局之年，推动全省重点项目、公共民生项目顺利上马，是广东“十三五”开好局起好步、决胜率先全面建成小康社会的重要支撑。政府与社会各界须协同治理、共建信任、共治共享，努力推进治理体系和治理能力现代化，方能最终突破邻避困境，为全省经济社会发展大局提供稳固支点。

邻避之困

事关发展大局民生福祉
应对得当方能化解风险

邻避之困固然源于项目本身可能带来的风险，但区域规划、科普教育等亦是影响邻避风险的重要因素。而社会各方的认知与行为误区，可能让邻避类项目陷入更为复杂的现实困局。

“前几年，村里有人上网发过帖，有人到镇里上过访。”即便如今火电项目已顺利开工，项目所在地、汕尾陆丰市湖东镇的党委书记郑少鸿忆起项目落地前的情形仍心生感慨，“群众沟通、征地补偿，哪一桩都不好做。”

陆丰火电项目是汕尾近年来引进的最大电力能源项目之一，亦是我省布局粤东地区的重点能源项目。在基层工作“不好做”的背后，邻避问题已成为国内外普遍面临的一道社会治理难题。

近年来，一些重点项目、公共民生项目因群众担心其对身体健康、周边环境等可能产生负面影响，而引发“邻避效应”。但在公共层面，相关项目不仅对区域发展有着重要带动作用，更事关全省经济社会发展大局。

省委书记胡春华多次强调，要把重点项目建设摆在突出重要位置来抓。要切实解决重点项目建设中的资金筹措、征地拆迁难等突出问题，敢于担当，善于攻坚，千方百计把重点项目落下来、建设好。

破解邻避困境，不仅关涉经济建设，也直接影响公共服务的进步、民生福祉的实效，乃至社会稳定的大局。

一组组现实困局，凸显出推进邻避类项目落地的紧迫性：从“垃圾围城”到“垃圾围村”，生活垃圾处理成为城乡共同面临的难题；变电站“难近”小区，电网建设滞后于负荷增长；推进殡葬改革，却面临殡仪馆难落地的尴尬……

一项项有序运转的邻避类项目，则带来公共利益的切实改进：惠州市博罗县生活垃圾焚烧发电厂日处理垃圾量达700吨，解决了全县的垃圾处理问题；广州市永福变电站投产后，极大缓解了中心城区用电紧张局面；汕头市潮南区创新利益调节机制，推进垃圾焚烧项目顺利落地，也让群众享受到项目落地带来的红利。

对比邻避类项目落地的正反两方面经验，可以发现，邻避之困固然源于项目本身可能带来的风险，但区域规划、科普教育等亦是影响邻避风险的重要因素。而社会各方的认知与行为误区，可能让邻避类项目陷入更为复杂的现实困局。

作为推动项目落地的主要责任方，有的地方政府部门在科学决策和良性引导等方面有所不足；基于对邻避类项目的模糊认知和复杂利益诉求，有的群众可能对邻避类项目产生抗拒和排斥心理；在缺乏有效利益调节机制的情形下，利益关联各方矛盾固化，成为邻避问题的深层症结。

新媒体传播环境放大了邻避风险的不确定性。日新月异的新媒体技术，促成信息传播的多样化和高效化，也带来了以假乱真的“谣言”，打破了舆论的地域边界，增加了邻避问题的处置难度。

从具体事件的应急处置，到风险防范的机制建设，从根本上讲，求解邻避难题正是要以各类问题为导向，建设与社会经济发展相适应的现代治理体系并提升治理能力。

求解之策

省内各地积极探索
破解困境有例可循

在邻避风险的预先防范上，如果城镇规划能够提前做好科学合理的功能区划分，并且保障规划的长期稳定性，则可以从源头上降低邻避风险。

近年来，按照中央和省委部署，省内各地各部门因地制宜，积极探索破解邻避困境的机制方法，推动了多个项目落地，实现了良好的经济效益和社会效益，并促进了治理能力的提升。已有的探索呈现出一些行之有效的共通经验。

充分的信息公开和有效的公众沟通，是破解邻避困境的出发点——

公共项目越是难被群众接受，就越需要政府部门开展深入细致的群众工作。只有以公开透明的信息发布来消除信息不对称，以充分互动的公众沟通来了解和回应群众诉求，才能保障群众的知情权、参与权、表达权和监督权，将矛盾化解在最基层。

总结博罗垃圾焚烧项目的落地经验时，该县环卫局局长黄国雄说，将公众沟通作为重要工作贯穿始终，是项目得以落地的基础。如今项目已运行一年，群众每天都可以通过垃圾焚烧厂门前的LED大荧幕，查看污染物排放的实时监测数据。

建立科学、合理的利益调节与平衡机制，是破解邻避困境的突破口——

求解邻避问题的核心，是平衡好经济发展与社会和谐、公共利益与局部利益的关系。在无法完全消除邻避类项目负面影响的情形下，化解群众抵触情绪的最有效措施，就是建立利益调节与平衡机制，在合法合理的前提下积极呼应群众的利益诉求，将多方的矛盾对立变为群体的利益共享。

以汕头市潮南区垃圾焚烧发电项目为例，其依照“谁受益、谁付费，谁受损、谁受偿”的原则，帮助项目所在地群众解决生产生活实际问题。在此过程中，政府部门提升了公共服务水平，企业实现“小投入、大发展”，当地群众也真正受益。合法合情合理的利益调节机制，使原先的矛盾对立方转而成为利益攸关方，最终达到经济效益与社会效益的共赢。

创新联动机制和健全决策机制，是破解邻避困境的制度保障——

陆丰市火电项目推进过程中，地方政府与投资企业紧密配合，形成市镇村三级联动的协作机制，在公众沟通、利益调节等环节开展了深入细致的群众工作，有效化解了邻避冲突。

破解邻避问题是一项系统工程，需要不同层级部门、不同责任主体协同合作，形成职责清晰、充分联动、有效监督的工作机制；同时需要健全决策机制、完善决策程序，坚持科学决策、民主决策、依法决策。只有通过机制创新，为邻避类项目推进的各环节建立制度保障，才能真正突破邻避困境。

加强规划的科学前瞻并保障其长期稳定，是预防邻避风险的关键——

在邻避风险的预先防范上，如果城镇规划能够提前做好科学合理的功能区划分，并且保障规划的长期稳定性，则可以从源头上降低邻避风险。

“邻避问题首先是一个科学规划的问题。规划需要做到前瞻性、系统性和全面性。”暨南大学公共管理学院教授胡刚认为，制定城镇规划应更加公开透明，通过科学规划避免邻避效应。

广州推进变电站建设坚持科学分析、规划先行，在国内率先将变电站作为房地产配套项目进行建设，有效避免了邻避冲突，最近6年建成100座变电站。

推动科普教育从事件化到常态化，是预防邻避风险的重要手段——

群众对邻避类项目的担忧主要源于风险的不确定性，一些非理性的抵制行为，也与其科学常识相对匮乏有关。打消群众疑虑，既需要在具体事件上探索科普宣传的有效形式，更需要各相关方面主动务实，加强全民科普、日常科普。

以广州市变电站建设为例，广州供电局深入社区开展科普宣传、邀请市民参观变电站，初步消除群众对变电站的认知误区；通过搭建展览馆、制作微电影和宣传册等，将科普教育引向“常态化”。

根本之道

多方协力共建信任
政府社会共治共享

在邻避治理上，需要政府和社会多方协力，共建更加完善的社会信任体系。破解邻避困境，政府、企业与群众既要利益共享，又要风险共担。

求解邻避困境是一门大课题：它既关乎政企行为，也关乎社会认知；既需要良善的社会治理，也需要积极的舆论引导。系统性的邻避治理有赖于政府与社会群策群力、共治共享。

省委、省政府高度重视“邻避治理”，并将其作为加快推进治理体系和治理能力现代化的重要课题。省市各部门从不同层面、不同领域积极探索，不断形成破解邻避困境的合力。

在近日南方报业传媒集团主办的“求解邻避困境”座谈会上，与会的省直部门代表纷纷表示，将通过制度规范来加强对邻避类项目的日常监管和技术指引。

省发展和改革委员会正在研究制定稳评实施细则，为项目投资方开展稳评提供更完善的规范依据；省住房和城乡建设厅等正在制定垃圾填埋场臭气处理的技术导则；省环境保护厅正在进一步优化环评信息第一时间网上全文公开的程序方法……

“政府要加强监管，企业也要加强自律。”光大环保能源（博罗）有限公司总经理邱波说，国内垃圾焚烧技术已很成熟，企业着重要在运营环节加强自身监管，与政府部门一起共建社会信任。

综观近年来国内邻避冲突案例，信任问题已成为邻避问题的深层次因素。在邻避治理上，需要政府和社会多方协力，共建更加完善的社会信任体系。“争取群众的理解支持，是邻避类项目成功的关键；而相互的信任和尊重，是理解与支持的前提。”经历过邻避冲突的基层干部这样说。

中山大学政治与公共事务管理学院教授郭巍青认为，破解邻避困境，政府、企业与群众既要利益共享，又要风险共担。

这是一个浅显而易被忽略的道理。无论是现代城市的便捷，还是乡村生活的安宁，都在一定程度上有赖于邻避类项目的支撑，它关乎每一个人的生活，也需要每一个人的理解与承担。

从更广阔的空间来看，人与自然、居所与城市、土地与乡村，本就是命运相连的共同体。是在“垃圾围城”下守护一家之地，还是在公共利益与局部利益之间寻求平衡之道？这需要与此相关的每一个个体、企业、政府和社会各界多方协力、良性互动，共同探寻共治共享的良方。

（《南方日报》2016 年 5 月 17 日时局观察 A05 版）

申报资料实录

作品简介：“邻避冲突”问题在我国高发多发。广东经济发展和社会转型走在全国前列，“邻避问题”更为突出。南方日报机动记者部派出调研小组，兵分几路对省内外邻避类项目进行实地调查，并启动“1+X”报道机制，联合集团各主要媒体推出“求解邻避困境方法论”系列报道，对如何突破邻避困境开展积极的舆论引导。

系列报道总结提炼了省内破解邻避困境的机制方法，将其总结为4组8个关键词。其中，4篇调查报道紧扣邻避问题的关键矛盾，在全系列的通盘视野下开展扎实的样本分析；在此基础上，南方报业传媒集团举办求解“邻避困境”座谈会，邀请各方代表共同探讨破解邻避难题的机制方法；最后，系列报道推出总结性深度报道《求解邻避难题　助力决胜全面小康》，全面回顾和总结省内破解邻避困境的机制方法，并提出新视野——政府与社会须协同治理、共建信任、共治共享。

社会效果：系列报道在南方报业各主要报刊、网络、客户端等多个渠道联动推出，其中南方网邻避报道总点击量超过70万次，南方＋客户端邻避专题总阅读量超过100万。相关报道被人民网、新华网、网易、新浪等主流门户网站广泛转载。一些地方政府认为报道对指导工作很有启发和帮助；一些地区专门组织相关部门学习报道内容，将其作为当地开展重大项目建设的重要参考。

该专题调研及报道活动获第二届中国报业新闻社会活动一等奖。

推荐理由：直面邻避困境，深入一线广泛调研，集思广益探析解困方法，可读悦读的文本与深度思考兼顾。无论是从篇目构思到文字锤炼，还是报道角度与分寸的拿捏，都体现了主创团队对热点难点问题开展积极引导的导向意识与精准把握。

脱贫攻坚日记

集　体

代表作一：

简办红白事　刹住攀比风

这两天，知道县里要推广小宋乡的经验，在全县提倡红白事简办，节约农民支出，助力精准扶贫，心里很欣慰。

我当过几年县扶贫办主任，心里始终有抹不去的“扶贫情结”。看到农村除因病、因学致贫外，还有一些因大操大办“红白事”致贫的，感到非常痛心。这几年，农民生活改善了，红白事大操大办之风越来越猛，没有条件的也跟着攀比。结婚待客时，最奢侈的是“三层楼”，婚宴开始先上 12 个凉菜，把桌子摆满，热菜再上 18 个，盘子摞起来有三层，菜太多根本吃不完，浪费惊人。烟和酒也是上三次，每个桌第一次上两盒 10 多元一盒的烟，第二次上两盒 20 多元一盒的烟，第三次就上两盒“软中华”；酒也是这样陆续上桌，从 30 多元的酒，升级到五粮液，最后是茅台。办一次普通酒席，得花 1.5 万元到 3 万元。钱不够，贷款、借钱也得硬撑，不然面子上过不去。

今年春上，乡党委、乡政府决定提倡红白事简办，在征求意见时，38 个村全部支持。乡政府下发红头文件，今年“五一”开始，全乡禁止婚丧嫁娶大操大办，办事待客不待街坊邻居，喜事每桌不超过 8 个菜；白事待客，特别是“热丧”，大锅菜每人一份，一周年、二周年不办，三周年简办；红白喜事，烟每盒不超过 15 元，酒每瓶不超过 30 元；禁止放烟火和进行低俗表演。

在充分做好前期宣传准备后，我们又派乡干部到村民办事现场宣讲，并不是主家小气，主要是乡里有规定。后来，有不少家庭暗中邀请乡里干部去现场宣讲。现在，全乡再也没有大操大办的事情。乡里算了一笔账，禁止大操大办之后，7 个月来为村民节约支出至少有 1200 万元。

为啥乡党委、乡政府唱“黑脸”，貌似管了“闲事”、得罪了群众，却得到群众的一致拥护？我想，关键是我们真正了解了群众心声，在决策中顺应了群众的要求。

（《河南日报》2016 年 12 月 3 日要闻 1 版）

代表作二：

跨越半个世纪的“对话”

夜里 10 点了，虽然明天还有一大堆活儿，但我怎么都睡不着。因为对于兰考人来说，今天是个不该忘记的日子。54 年前的今天，焦裕禄书记来到了兰考。

焦书记，我记得你刚来兰考没几天，就到灾情最重的公社和大队转了个遍。转了一圈回到县委，你对大家说：“兰考是灾区，穷，困难多，但灾区有个好处，它能锻炼人的革命意志，培养人的革命品格。革命者要在困难面前逞英雄。”

两年前，在老支书和村里百姓一再要求下，我一咬牙，撇下在郑州的生意，回到老家当了支书。回来就一个想法——让代庄 501 户百姓都致富！

头 3 个月，我投了 100 多万元，建了村两委办公楼，修了村里的主干道，老百姓有耍的地方了，外出也方便多了。我想，这下老百姓心里会满意些了吧。焦书记，您猜咋着？群众说我是“‘飞鸽牌’的，这样的干部我们不要！”

一听这话，我窝憋死了！憋了几天后，我认认真真比照了你，觉得差距还大得很——

你说，“我们对兰考一草一木都有深厚的感情。面对着当前严重的自然灾害，苦战三五年，改变兰考的面貌。不达目的，我们死不瞑目。”你这是啥？是真感情！是韧劲儿！

你说“吃别人嚼过的馍没味道”。那俺代庄的“馍”该是啥味道呢？我挨家挨户征求意见，最后大家一致同意，成立合作社，发展高效农业。现在，全村已有 400 多户加入了合作社，流转土地 1600 亩，世代只会种麦种豆的代庄人，学会了种植果树、养鱼种藕、栽培大棚水果。

一年时间，代庄百姓有了分红，代庄有了集体经济，代庄 31 户贫困户都脱了贫。

焦书记，52 年前，你留下的那篇没有写完的文章，正由 86 万兰考人民在集体完成——3 年前，县委向全县人民庄严承诺：3 年脱贫，7 年小康。今年，兰考就要在咱全省率先脱贫。

焦书记，52 年过去了，兰考真的变了。

（《河南日报》2016 年 12 月 7 日要闻 2 版）

代表作三：

重新看到生活的希望

快过元旦了，今天一大早我就来到寺庄村于凤琴家，打算给她送点食用油和方便面。没想到却扑了个空，邻居说她去村头嫂子家了。

“这么冷的天，你咋来了？快进家。”来到她嫂子家，于凤琴笑着和我打招呼，灰白的头发在脑后整齐地扎了个发髻，红光满面，“嫂子这儿人多，也暖和，一聊起来可热闹。”

回想起去年刚见她的样子，跟眼前这个笑容可掬的大娘，简直判若两人。

66 岁的于大娘老伴儿因病去世；儿子出了车祸，开颅手术花费巨大，而且留下了脑梗的后遗症，失去劳动能力；儿媳感觉生活无望，给她留下孙子孙女后离家而去。接二连三的打击让于大娘变得沉默寡言，生活的压力随之带来的是心理压力。去年 10 月我跟她结成“一对一”帮扶对子，最深刻的印象就是她的眼神不愿意跟别人交流，瞟上一眼就移开视线，走在村里基本不抬头，流露出深深的自卑感。

扶贫先扶志，利用做妇联主席的经验，我一次次跟于大娘掏心窝子：没有过不去的坎儿，事情既然已经发生了，咱们就得勇敢面对、往前看；这个家你再倒下了，谁来给儿子做饭？孙子孙女咋办？暖心的话渐渐打开了她的心扉。

根据县里的政策，我给大娘全家申办了低保。“六改一增”把她家院子里的地面都硬化了，整修了屋里的地面，粉刷了墙面，新盖了厨房，砌好了灶台，又改建了厕所。看着整洁有序的家，于大娘脸上开始有了笑容。

我三天两头给她送东西，尤其是入冬以来，担心大娘取暖，除了棉衣棉被，在给自己家人买毛衣的时候，也给她带了一件。鲜亮的颜色、柔软的质地，她一穿上就不想脱了。

现在，她的孙子在武汉打工；孙女读初三，县里一年给 1625 元教育扶贫资金，学费不用发愁；儿子生活基本可以自理。大娘腰挺直了，也愿意跟大家交流了。用她的话说就是，重新看到了生活的希望。

于大娘说，眼下她担心的是孙女学习成绩平平，不愿意上高中，非要去打工，问我咋办。这事儿刻不容缓，下一步我得去学校做做孩子的思想工作。

（《河南日报》2016 年 12 月 30 日要闻 4 版）

申报资料实录

作品简介：扶贫脱贫到了攻坚阶段，按中央和河南省委要求，兰考县和滑县 2016 年底前要摘掉贫困县的“帽子”。临近年底，河南日报回应党和人民的关切，精心策划了“脱贫攻坚日记”这组报道，由骨干记者组成两支报道组奔赴兰考和滑县，走访了兰考和滑县上百个村庄，采访了 460 多位干部群众，用日记体的形式，第一人称的视角，讲述兰考、滑县基层干部的扶贫经历、感受。从 12 月 2 日起，在河南日报要闻版连续刊发了这组报道。每日 1 组，每组 2 篇日记，这组报道重白描、重对话、重事实、重实效，每组配发 2 幅现场感很强的图片，突出了报道的张力。

社会效果：系列报道经报纸与客户端同步发布后，新颖的形式、朴实的语言彰显了丰富的表现力，令人耳目一新。一次次针尖式、下沉式的采访，让这组报道自然生动，54 篇来自方方面面人物的经历和感受，组成了一幅脱贫攻坚的“全景图”。中宣部和省委宣传部都印发专期新闻阅评，认为这组报道“接地气、沾露珠、冒热气”，令人耳目一新。中宣部新闻阅评认为，河南日报在兰考、滑县两地脱贫摘帽之际推出的这组报道，是“以实际行动深入践行走转改，用小切口展现大主题，用百姓语言描绘大战役”。

推荐理由：兰考县是焦裕禄精神的发源地，也是第二批党的群众路线教育实践活动习近平总书记的联系点。兰考等地的脱贫攻坚实践，在全国具有典型意义。这组报道通过兰考、滑县基层干部的扶贫经历和感受，表现脱贫攻坚这一宏大主题。策划到位，采访扎实，形式新颖，语言也具有表现力，是用小切口表现大主题的一次成功探索。

京城之大，能容得下小小的原子能楼吗？

陈　磊　刘亚东

代表作一：

是拆是改还是移，有着63年历史的这座建筑将面临怎样的命运——

京城之大，能容得下小小的原子能楼吗？

“偌大的中关村，竟然让见证自己历史的小小原子能楼都无法立足了吗？”在听说原子能楼要拆除的传闻后，中科院院史研究室原主任樊洪业心急如焚。

樊洪业所说的原子能楼，也是共和国科学第一楼。“中关村是中国科学院成立之后选定的‘永久院址’，1953年建成的原子能楼是中关村的第一座现代化科研设施。”他介绍。

这栋大楼是共和国“两弹”研究的发祥地，如今已度过63个春秋。等待它的命运是拆是改还是移？不得而知。

在北京市海淀区中关村北一条，这栋五层的灰色老楼，在杂草掩映中，显得分外寒酸而又格外突兀。台阶边沿大都已缺损，入口的门框倒落一旁，玻璃碴碎了一地，楼内窗户、暖气片已被拆除，物件凌乱不堪，遗留垃圾随处可见。

“去年10月就开始停电停水了，大家陆续搬走，现在已经人去楼空。”曾在此楼工作的中科院高能所离退休办的耿顺才告诉科技日报记者。

“我在原子能楼工作了20年，听说有人主张拆除该楼，我感到十分伤心。”91岁的叶铭汉院士腿脚不便，但只要是为保留这栋大楼的活动他都尽力参加。因为这里有他难以割舍的记忆和情怀。

叶铭汉回忆，上个世纪50年代，他的导师钱三强创建中科院近代物理研究所，并亲赴中关村测勘楼址。1958年，此所更名为“原子能研究所”，原子能楼由此得名。

“当时，科研人员一切从零开始，白手起家，研制仪器设备，为我国的原子能研究事业奠定了基础。”叶铭汉讲述此楼中人的往事时如数家珍、激动不已。比如建所前期，赵忠尧冒险从国外带核物理研究器材，一路坎坷终回国，建成我国第一台粒子加速器；杨承宗从法国带回放射性标准镭源，开创中国放射化学事业。还有邓稼先、王淦昌、王承书以身许国，隐姓埋名，献身核武器事业等。

当时，在苏联撤走在华专家的背景下，原子能所科研人员攻克了六氟化铀生产、点火中子源研制、核爆燃耗测定、氢核理论研究、核数据测量和验证等道道难关，为“两弹”成功研制作出重大贡献。

据不完全统计，1959 年至 1965 年，原子能所有关研究室、组，成建制地调出去，输送给外单位的科技人员就达 914 人。

从这座大楼里，走出了 6 位 " 两弹一星功勋奖章” 获得者，分别是钱三强、王淦昌、彭桓武、邓稼先、于敏和陈芳允；走出谢家麟、于敏两位国家最高科学技术奖获得者；走出了数十位科学院和工程院院士，如赵忠尧、张文裕、何泽慧、黄祖洽、叶铭汉等。

从这座大楼“裂变”出我国一批重要核科学和物理学研究机构，包括现在国防系统强大的核科学技术研发机构群，也包括今日中科院系统的高能物理所、理论物理所、上海原子核所、兰州近代物理所等高水平研究机构。

“可以说，中国原子能研究机构基本上都是从这里衍生出去的，相关研究的技术创始人也是从这栋楼走出去的。”中科院办公厅原副主任柳怀祖告诉科技日报记者，“钱三强先生形象地称之为‘老母鸡下蛋’，我想还有‘蛋变鸡后又生蛋’。”

“原子能楼具有重要而独特的历史地标意义和不可再生的历史文物价值，不能当作普通楼房对待，不能简单地以可否使用来衡量其价值。”樊洪业认为。

据了解，曾有人主张拆掉该楼。“有人说这栋楼是破楼、危楼，影响再盖新楼。”耿顺才告诉记者，虽然他已经搬离，但还是经常过来看看，有天下午来了几台挖掘机，听保安说，准备将这里夷为平地，但不知什么原因，上级领导又来电话制止了这一行动。

近期，这栋楼的命运又有转机，或许不会被拆除。据一些科学家了解，相关负责人正在研究改造方案，如造一高楼把这栋楼包在里面，或整体西移等。

“如果这栋楼拆除或者面目全非了，就没法唤醒记忆。”曾在此楼放射化学实验室工作的张志尧曾去法国参观过居里夫人实验室，他告诉记者，“实验室里，居里夫妇用过的仪器设备都有保留，并通过预约方式让公众参观。

可在中国，这些有历史意义的建筑拆得太狠、太快。我呼吁留住这栋楼，如果进行改造，也希望保留原始风貌，原汁原味地呈现，别弄得不伦不类。”

“我们应该重视这种物化的精神象征，别过了十年、几十年，老人都已驾鹤西去，楼房不复存在，年轻人都遗忘了这段历史。一个城市总要保留一点‘记忆’。”柳怀祖说。

“这栋楼见证了新中国高科技的起步和初期发展的历程，凝结着老一代科学家和革命家的心血。这其中蕴含着新中国初创时期的科学精神、传统、作风，是具有特殊意义的历史遗存。”一直为“保楼”奔走呼号的《民主与科学》杂志原主编孙伟林认为，近年来，在北京市城市建设中，由于急功近利，已留下了许多无法弥补的拆迁遗憾。作为科学殿堂的中关村，改造工程理应想得更深，看得更远，在科学史遗存保护方面做出榜样。

“请历史记住这栋楼。”樊洪业呼吁，根据《中华人民共和国文物保护法》中对“近代现代重要史迹和代表性建筑等不可移动文物”的有关规定，应当将此楼列入国家重点文物保护名单，或将其建成科技历史博物馆。

樊洪业说：“林徽因曾为保护北京古城未果而留下名言：‘有一天，你们后悔了，想再盖，也只能盖个假古董了！’希望历史不要再留下类似的遗憾。”

（《科技日报》2016 年 6 月 20 日）

代表作二：

共和国“科学第一楼”被拆据称拆除手续齐全　有保护方案

科技日报北京 6 月 21 日电　科技日报 20 日推出《京城之大，能容得下小小的原子能楼吗？》等报道，呼吁保护有可能被拆除的共和国科学第一楼。孰料 21 日早上，施工人员开始拆除此楼。

科技日报记者 21 日上午闻讯赶到现场发现，原子能楼的东面配楼已拆得所剩无几，整个大楼已拆近三分之一。大楼南面主体部分和西配楼还未拆除。几台黄色大型挖掘机正在施工。

大楼北面已被蓝色的隔离板围起来，外人不得入内。当记者前去探问此楼是否要拆时，门卫给出肯定答案后，将记者关在门外。通过栏杆缝隙，记者找到几个正在吃饭的施工人员了解情况。他们说，是 21 日早上接到通知来拆除此楼，预计半个月后将完成所有拆除工作。记者又从一小道混入大楼南面拍照，被一保安发现并制止。他表示不让外人进入，不允许拍照。

此楼的南面是国家纳米科学中心。“原子能楼拆除后我们将建设一个新的科研大楼，但领导讨论的方案是保留一面墙。”路过的纳米中心研究人员说。

下午17时，施工现场有人爆料，16时30分左右拆除工作因故被紧急叫停。现场拍摄照片显示，该楼北面主体部分已基本被拆除。

记者打通中科院相关领导电话询问此事，对方均称不分管或不了解此事，让联系中科院传播局。记者打通传播局电话，一位工作人员说不清楚情况，让记者走采访程序，会逐级请示。一位领导称，“此事很敏感”，下午院领导已就此事召开临时会议。纳米中心领导也一直未接电话。

1953年建成的原子能楼是中关村的第一座现代化科研设施，也称共和国科学第一楼。从这里走出两位国家最高科学技术奖获得者，6位“两弹一星功勋奖章”获得者，数十位泰斗级院士，“裂变”出一批重要的核科学和物理学研究机构。中科院院史研究室原主任樊洪业认为，该楼具有不可再生的历史文物价值。

近一年来，一些老科学家多方呼吁保留此楼。曾在此工作的叶铭汉院士说，中科院也就该楼的保护方案进行过多次论证，并征求过他意见。记者了解到，中科院曾讨论过原子能楼整体和部分保留的可行性。可若将原子能楼作为纪念设施改造或整体移动，申报难度大，审批许可周期也将非常长，影响纳米中心新建项目的进度。

一位不愿具名的中科院相关负责同志透露，该楼拆除手续齐全完整，但是该楼有独特的历史价值，院办也多次开会研究其保护方案。现在的方案是将老楼拆除，但将保留一面南墙并嵌入新楼，同时保留老楼中加速器这一重要设备。

（《科技日报》2016年6月22日）

代表作三：

原子能楼被彻底拆除 旧址设立“共和国第一台粒子加速器”纪念标志

科技日报北京9月3日电　3日，有“共和国科学第一楼”之称的中科院原子能楼被彻底拆除。楼内的250万电子伏特质子静电加速器被提前取出，“共和国第一台粒子加速器”纪念标志铭牌在一天前正式揭幕。

1953年建成的原子能楼是中关村的第一座现代化科研设施。从这里走出两位国家最高科学技术奖获得者，6位“两弹一星功勋奖章”获得者，数十位泰斗级院士，“裂变”出一批重要的核科学和物理学研究机构。这栋楼见证了中国科学院以及新中国高科技起步和初期发展的历程。

此楼西侧是静电加速器大厅，在此安装了250万电子伏特质子静电加速器。它是我国科学家自行设计研制的第一台原子能加速器，奠定了我国粒子物理研究的基础，培养出了许多优秀骨干人才。

该楼所在的国家纳米科学中心由于园区建设空间所限，经多次研究，确定在现有园区内拆除部分旧建筑，建设“纳米集成技术与纳米制造综合研究平台”，项目报批和推进依法经过申办和审批，于2015年底即达到施工阶段。但近一年来，一些老科学家提出异议，呼吁保留此楼。中科院也曾讨论过原子能楼整体和部分保留的可行性。但据记者了解，若将原子能楼作为纪念设施改造或整体移动，申报难度大，审批许可周期也将非常长，影响纳米中心新建项目的进度。今年6月21日，施工人员开始拆除此楼，后因故被紧急叫停。随后，国家纳米科学中心在其官网称，将原子能楼的南墙按原貌复制在新建实验楼南墙，同时在旧址设立纪念标志物，以达到保护和传承其历史价值的效果。

（《科技日报》2016年9月4日）

申报资料实录

作品简介：2016年初，记者从总编处得知，有着63年历史的“共和国科学第一楼”原子能楼将面临拆除的命运，随即循此线索深入采访，发现此楼岌岌可危，更有十多位老科学家、科技史专家等为留住此楼到处奔走呼号。记者多次察看此楼，采访了曾在此楼工作多年的叶铭汉院士等人，并在确认有关单位即将拆除此楼的决定后，及时推出首篇报道。不料，见报第二天，相关单位就动手拆除，日夜赶工。记者通过许多热心人帮助，打破重重阻挠，实地探访拆除现场，登高拍摄施工场景，及时跟进，发出第二篇报道，拆除工作后被迫暂停。最后该楼仍被拆除，但在旧址设立纪念标志。记者对此楼命运跟踪大半年，给予全程关注。

社会效果：此系列报道刊发后，引起舆论哗然，网络热议。相关报道在科技日报微信公众号破数万点击量，被人民网、澎湃、新浪、知识分子、凤凰网等网络媒体转发，网友留言及评论数以千计。记者每天都会收到媒体、科学家、建筑专家等来电，并有多家媒体约稿。该系列报道持续发酵，引发了社会公众对原子能楼尘封历史的关注和挖掘，并就如何保护科技历史遗存展开了热烈的讨论。

推荐理由：该作品报道了有着63年历史的“共和国科学第一楼”原子能楼被拆除的“前前后后”，引发了社会公众对原子能楼尘封历史的关注和挖掘。采访过程中，记者突破重重阻挠，实地探访拆除现场，并及时跟进，对此楼命运跟踪大半年，采写扎实。

近年来，关于历史文物古迹保护和拆迁的报道屡见不鲜，该作品就是其中一篇典型报道。难能可贵的是，该作品虽然是围绕一栋楼而形成的新闻热点，但并不纠结于此楼的存与废，而是挖掘出关注科技历史遗存保护这一新课题，探讨如何在保留历史遗存与推进城市建设中寻求平衡，体现了科技与人文的结合，立意高远。

文字组合

《家庭医生难聚人气 健康档案多成死档》组合报道

田科武 朱冬松 张小妹 董 鑫 李梦婷 张 颖 毛 羽

代表作一：

家庭医生难聚人气 健康档案多成死档：调查

【编者按等】 北京青年报记者调查显示：绑定式签约 居民不知情 叫法误读多 居民信任少 作为最早在全国提出“家庭医生”概念并推广“家庭医生”式服务的城市，北京从2010年起在东、西城试点，2011年起在全市推广“家庭医生”式服务。北京青年报记者近日就这项“民生工程”进行走访发现，六年的时间过去了，家庭医生签约率虽然报表上达到了33%，甚至超过国家卫计委提出的2017年覆盖率达到30%的要求，但是实际上，当下不少社区居民是在不知情的情况下“被签约”，致使很多“健康档案”随着居民的搬迁或者医生的调离成了“死档”，这与当初这项工作“充分告知、自愿签约、自由选择、规范服务”的顶层设计多少有些“走偏”。

调查
居民“被签约” 健康档案成“死档”

按照卫计部门的制度安排，2011年全市试点、推广的“家庭医生式”服务，即以社区卫生服务团队为核心，在充分告知、自愿签约、自由选择、规范服务的原则下与服务家庭签订协议，与居民建立稳定的服务关系，为居民提供主动、连续、综合的健康责任制管理服务。

稍一琢磨不难看出，这项“顶层设计”突出了两个重要含义：一是在居民与家庭医生的签约问题上，突出了居民的“知情权”；二是在所谓“家庭医生”的服务上，突出了“主动”“连续”“综合”的要求。

然而北青报记者在走访中发现，在居民不知情的情况下进行强制“绑定式”

签约，已成为当下很多社区的做法。6 月 21 日上午 10 点，北青报记者来到朝阳区三间房地区某社区卫生服务站。治疗室内有几位患者正在输液，走廊坐着三位候诊的老人。据该站的工作人员介绍说，该站的两名家庭医生就签约了附近上万户居民，在实际操作中，居民与家庭医生签约其实是与就诊建档绑定的："第一次来社区卫生服务站就诊开药的居民，会建一个健康档案，这个档案里就包含家庭医生服务，二者就这样挂上了钩。"也就是说，凡是前来就诊的居民，均被视为签约家庭医生服务的居民。

而对于这样"绑定式"签约，居民患者似乎并不知情。北青报记者询问当时正在该服务站候诊的三位老人，他们均对签约家庭医生的情况表示不了解。居民不知情造成的直接后果是：家庭医生与己无关，根本没有接受相关服务的意识，一旦搬走了，便永久"失联"，此前的签约自然成为一纸空文。

另外，即使有些居民知道了签约情况，甚至主动寻求服务，但由于家庭医生一方的服务缺失也导致"死档"的存在。居住在朝阳区某小区的胡先生就是这样的情况，当得知在社区就医就绑定了家庭医生之后，胡先生到社区卫生服务中心询问自己的家庭医生情况，才得知当年签约的家庭医生已经离职，而这期间从未有家庭医生主动与胡先生进行过联系，此后胡先生也没有新的家庭医生进行接管。这样的状况让社区居民哭笑不得。

24 小时电话为何成"摆设"？

按照最初项目设定，每个签约的家庭，都可自愿选择、签约并免费拥有一支 24 小时待命的社区家庭医生团队，可以 24 小时随时向家庭医生进行健康咨询。

北青报记者在多个社区走访发现，不同社区对于 24 小时咨询电话的设置区别很大：有些是社区卫生服务站的 24 小时电话兼家庭医生的 24 小时健康咨询电话，而有些则没有设置 24 小时电话。即使那些设置了服务电话的社区，也"不能保证随时接通"。

6 月 23 日晚上 9 点，北青报记者拨打某社区的 24 小时健康通医生电话，接电话的医生表示，自己就是该社区的值班家庭医生，这个健康通电话是 24 小时提供服务的，夜间也会安排医生值班，居民若身体不适可随时咨询，但是不能保证夜间电话可随时接通。"值班医生不可能整夜都不睡，深夜接电话有难度。"该医生说，居民若不是急症，建议还是白天来电。

6 月 24 日上午 11 点，北青报记者拨打了朝阳区豆各庄某卫生服务站的家庭医生电话，无人接听。随后拨打了该站的电话，工作人员介绍说："没有

24 小时电话，早上 8 点到下午 5 点电话有人接听，中午休息一小时。”

相比大医院家庭医生收入偏少

在采访中，北青报记者听得最多的还是对于收入的抱怨，致使不少家庭医生“动力不足”。在西城区某街道，北青报记者遇到了正在给居民看病的陈医生，据他介绍，除了给社区居民看病，他还承担一年至少四次面对面随访、为居民讲解日常的保健知识、65 岁以上老人的体检、帮助需要住院的病人转诊等多项工作，这些都是“家庭医生”式签约服务的延伸服务。“我每年的收入都是固定的，延伸服务都是一种‘义务劳动’。”陈医生表示。丰台区某社区卫生服务中心的一名工作近 20 年的全科主任医师也有同感：“没有绩效激励，免费的服务能走多远呢？”

曾任北京市卫生局副局长，目前在方庄社区卫生服务中心做家庭医生的邓小虹透露，社区医生的收入目前大概月薪 7000—8000 元之间，而大医院的专科医生的收入则是社区医生的 2 倍甚至 3 倍。

“家庭医生”=“私人医生”吗?

走访中北青报记者发现，不少居民把“家庭医生”等同于了提供上门就医服务的“私人医生”。在天泰苑社区卫生服务站长期就诊的王大妈说：“家庭医生请不起，我一个月就 2000 块钱的退休金。”

在海淀某社区卫生服务中心，关于“家庭医生”居民询问最多的一个问题，就是“家庭医生”与“上门看病”的区别。“很多居民以为，签约‘家庭医生’式服务后，打一个电话，医生就可以上门看病、开药、输液，但实际上，我们能够为签约居民做的，更多是随访、定期体检通知及接受电话咨询等。这个叫法带来了一定的误解。”社区卫生服务中心的一位负责人说。

而在海淀某社区卫生服务中心，北青报记者发现，尽管部分居民确实签约了“家庭医生”式服务，但不少居民并不明确服务实质内容，以为是可以上门提供医疗服务的“私人医生”。

家庭医生等于国外那种随叫随到的私人医生吗？从国内的制度设计看，答案显然是否定的。据北青报记者了解，按照签约内容，签约居民可以享受的内容仅仅是：“家庭医生”团队为个人建立健康档案并随时评估跟踪；发放健教材料；对慢性病患者提供主动健康咨询和分类指导服务；对空巢、行动不便并有需求的老年人提供上门健康咨询和指导服务等。

从上述不难看出，社会上对于“家庭医生”概念的误读也给这项工作的推进带来了“反作用力”。

“上门行医”是否可行?

“如果‘家庭医生’能够提供上门出诊服务，那么家里有行动不便的老人或孕妇，如果有个感冒发烧，直接能在家里进行治疗就好了。”在记者的调查中发现,不少有慢性病或瘫痪在床的老人家庭,对医生能够上门提供打针、输液、开药等服务存在着较大的需求。

然而业内人士指出，不要说目前不具备“上门行医”这个条件，即使有这个可能,这种行医方式也存在法律风险。“一旦家庭医生为患者在家中输液,患者出现对某种药物的不良反应，而由于患者家中没有任何抢救设备导致患者死亡，究竟属于医疗事故，还是非法行医?在这样的前提下，家庭医生多数不敢上门提供医疗服务，在患者的需求面前显得比较尴尬。”

北青报记者查阅了“家庭医生”式服务内容，相关规定显示，签约医生可为空巢、行动不便并有需求的老年人提供上门健康咨询和指导服务。上门服务内容仅包括：查体、康复、护理、中医适宜技术。而对于其中的具体服务项目，则没有相关的细则进行明确。由此可见，家庭医生的服务内涵和外延都还有待进一步细化和规范。

代表作二：

家庭医生难聚人气　健康档案多成死档：对话

对话
“家庭医生服务对象数量早已超出设计规模”

对话人：市卫计委基层卫生处负责人

北青报：“家庭医生”式服务项目在北京推行了近六年，现阶段全市的情况如何?

基层卫生处：按照国务院医改办、国家卫生计生委等七部门联合发布的《关于推进家庭医生签约服务的指导意见》，到2020年，力争将签约服务扩大到全人群，基本实现家庭医生签约服务制度的全覆盖。也就是说，作为每个家庭的“健康管家”，“家庭医生”式签约服务将在三年后彻底普及，成为人人都能享有的一种医疗服务模式。

截至去年年底，本市共有家庭医生服务团队3587个，签约服务总人次达到 356 万户、727 万人，总覆盖率达到 33%。按照最初的设定，为了保证服务质量，一个服务团队一般由 1 名全科医生、1 名社区护士、1 名防保人员 3 人组成，团队与服务家庭户数的比例为 1 ： 600。然而目前，从服务的比例上来看，平均每个服务团队要服务上千户，已经超过了最初的设计规模。

北青报：从目前看，家庭医生从居民知晓度和服务的质量上都很难有保障，导致这一现象的主要原因在哪儿？

基层卫生处：人手缺口还是最大问题。目前，在社区提供“家庭医生”式服务的人员本身就是社区卫生服务中心在岗的医护人员，而这个群体的数量始终存在一个较大的缺口，如果按照实际需求，全市应该差不多需要 1 万个左右的团队，但目前只有 3000 多个。

北青报：目前家庭医生薪酬问题比较突出，本市采取什么激励机制？

基层卫生处：从全市看，并无单独项目经费为医护人员进行补贴。从各区看，有些区里自行制订了一些绩效激励制度，有的区考核签约数量、提供服务的质量，有的区考核签约服务后开展的每一项工作落实情况。但总的来说，这个问题确实比较突出，影响到了工作的推进。我们也呼吁全市相关方面共同推进这个工作。

“三年来主动向我电话咨询的只有 4 个签约患者”

对话人：北京市卫生局原副局长、方庄社区卫生服务中心现家庭医生 邓小虹

北青报：您退休后为什么想到去做“家庭医生”？

邓小虹：我本身就是一名医生，此前在丹麦和日本分别学习过一年，这两个国家的家庭医生制度非常完善，我亲身体验后也很认可这种医疗体系。方庄社区卫生服务中心是全国首家社区卫生服务中心，也是北京家庭医生式服务的首批试点单位，而且就在我的家门口，因此退休后就来了。

北青报：官方统计数据显示，全市家庭医生签约率达 33%，这个签约现状对家庭医生来说，工作量如何？

邓小虹：实际工作中，有效的签约量并不高。甚至有些社区可能是把健康档案的签订作为家庭医生的签约率，而这些签约档案中，有很多都是“死档”，联系不上，也发挥不了作用。举个例子，退休后我到社区卫生服务中心去的时候，当时在社区卫生服务中心建立健康档案的妇女有 8000 多人，工作人员统一给这 8000 名妇女发了通知短信，告诉大家咱们社区来了个妇产大夫，这周会做一个中老年妇女保健方面的讲座，可以来听一听，现场可以和大夫签

约家庭医生。结果，当天只来了不到40个人。可见很多档案留存的联系方式都是无效的，已经成为“死档”。

北青报：您在做家庭医生期间签约了多少位居民？

邓小虹：前面说了，开讲座那天来了三十多人，这三十多人都与我签约了，我也给她们留了我的联系方式，并告诉她们有妇科方面的问题可以随时向我咨询。但三年多过去了，除了我们主动回访之外，真正给我打过电话咨询的只有4个人。说明居民对家庭医生的知晓度、信任度都存在问题。其中有一个人我印象很深刻，她在做妇科的“两癌筛查”时候，检查结果有异常，以为自己患了癌症，非常恐慌，跑了很多个大医院，都没有得到满意的解答。后来她给我打了个电话，我约她在社区医院见面，并让她带上所有的检查记录。我看完检查记录之后跟她聊了很长时间，告诉她检验报告里没有显示任何癌变信息，更没有癌症，两年后做一个复查即可。她也终于如释重负，她说在大医院排队挂了专家号，结果几分钟就说完，她心里总不踏实。这算是家庭医生真正起到作用了。

（邓小虹，北京市前卫生局副局长兼新闻发言人，同时也是一名妇产科专家。2012年退休之后，邓小虹来到家门口的方庄社区卫生服务中心当起了一名“家庭医生”，可以说既是“家庭医生”工作的推动者，也是实践者。）

代表作三：

家庭医生难聚人气　健康档案多成死档：编辑快评

编辑快评

制度设计还要和现实细密结合

当年马三立说过一段著名的《卖年糕》的相声：看见的年糕总是很大，但每每从柜台里取出来却很小。最后的“包袱”是：那柜台面是一个放大镜做的……家庭医生这项工作的推进，与此颇为“神似”：说起来是颇为“浩大”的民生工程，但是现实推进中看到的“成果”却不那么“浩浩汤汤”了。

“家庭医生”的顶层设计的初衷显然无可置疑，但一些设计和现实的结合恐不够细密：比如对家庭医生和私人医生的种种称谓误读，与其后来花费时间解释，当初的条文里一并明确岂不更好，以免老百姓“望文生义”之苦。又如没有经费和对家庭医生缺乏激励的问题，如果搞一刀切式地向老百姓收费有现实基础吗？如果答案是否定的，相关部门互相协调的机制又在哪里……

从采访中可以看到，当下，老百姓也好，诸多家庭医生也好，甚至是相关部门，都对这项工作存有这样那样的疑虑或不满。那么，那一根可以“纲举目张”的解决问题的制度红线到底在哪里呢？看来还需要更大力度地结合现实做出安排，否则马老“卖年糕”的笑话还会越演越大。

（《北京青年报》2016 年 6 月 26 日本市 · 焦点 5 版）

申报资料实录

作品简介：在北京这样一个医疗资源集中、全国各地患者聚集的地方，家庭医生既是推进分级诊疗的重要措施，也是市民基本医疗服务的重点内容。按照家庭医生服务体系的设定，居民在家门口就可以拥有一名固定的签约医生，完成基础的诊疗服务，并能够得到持续的随访。

早在 2010 年，北京就在核心城区试点家庭医生式服务，2011 年开始在全市推广。然而，6 年后（截至发稿），这样一个便民利民的服务项目，对很多居民来说却仍然很陌生，甚至对于自己已经“签约”都不知情。

北京青年报记者抓住这个民生问题的核心，通过走访丰台区、海淀区、西城区的多个社区，并采访签约居民，了解到很多居民“被签约”，健康档案成“死档”大量案例，而服务中提到的 24 小时电话，实际操作中也并没有真正推行。

在掌握大量事实的基础上，记者还与首个在北京推广家庭医生的卫生局前副局长邓小虹进行了专访对话，进一步深度揭示了家庭医生的现状。稿子的采访既有实地探访也有深度对话，发稿时编辑又配上了一段精悍的短评，使得文章更加完整且丰富。

社会效果：这篇作品是本报精心策划推出的民生监督作品。稿件刊发后，引发巨大社会反响。先后被网易、凤凰、腾讯、搜狐等大型门户网站以及政府网站、健康专业网站等转载上千次，并在市民中引发热议。

新闻报道的内容也引起了政府部门的重视。北京市卫计委在随后的半年中多次研究，改变大面积签约的粗放式推广模式，对家庭医生式服务进行了制度调整，市卫计委在 2016 年年底表示，从 2017 年起，将把老人、孕妇及儿童列为家庭医生签约的重点对象，注重家庭医生服务的真正落地。2017 年 3 月，市卫计委主任方来英在接受本报记者采访时表示，与签约量相比，将更重视家庭医生对居民的实际作用。

推荐理由：这是一组涉及民生问题的深度组合报道。设置家庭医生是深化医疗改革、造福人民群众的便民医改举措，但是在实际执行的过程中，由于相关政府机构没有对实际情况进行深入的调查研究，使得好事不能办好。《家庭医生难聚人气　健康档案多成死档》对这一问题进行了细致的报道研究，详尽地反映了造成“难聚人气”这一尴尬状况的原因并提出了改进措施。这是一篇媒体服务百姓民生、支招深化改革、彰显社会责任的组合报道。报道获得北京新闻奖一等奖。

2016 年 2 月 2 日《解放军报》头版 1 版

孙 阳 曾火伦 罗 辑

2016 年 2 月 2 日
星期二
乙未年十二月廿四

中国军网 http://www.81.cn 今日 12 版 第 21207 号

国内统一刊号：CN81-0001（J） 代号 1-26 解放军报社出版

中办国办印发《关于加大脱贫攻坚力度支持革命老区开发建设的指导意见》

中国人民解放军战区成立大会在北京举行

习近平向各战区授予军旗发布训令

宣布建立中国人民解放军东部战区南部战区西部战区北部战区中部战区

申报资料实录

作品简介：成立战区是此轮军改的重要标志性事件，举世瞩目。该版面充分体现了解放军报作为军委机关报的职能担当，以强势的版面语言，图文并茂记录了这一重大历史时刻。版面以可视化方式呈现，特色鲜明，大气舒朗，保证了重要信息的传递和版面视觉冲击力，突显了大报风范，整体效果好。

初评评语：报道题材重大，主题鲜明，条理清晰直观，主打元素突出，富有深度与视觉冲击力，突显了大报风范，取得了良好的传播效果。

推荐理由：军改是近年来一直热度不减的重大事件，成立战区更是此轮军改标志性的事件。本版主题突出，视觉冲击力强，尤其是政治性很强的新闻报道。能够完整、准确、立体报道军改中五大战区成立情况，凸显了军报特色、大报风范。

2016年9月5日《河南日报》特刊4—5版

集　体

04~05 | 特刊

G20 2016 CHINA

春江花月夜　最忆是杭州

习近平和彭丽媛欢迎出席二十国集团领导人杭州峰会的外方代表团团长及所有嘉宾

2016年峰会会标寓意

G20领导人峰会足迹

从“茉莉花”到“欢乐颂”

呵护“G20蓝”的河南匠心

G20运行机制

申报资料实录

作品简介：连版特刊的整体设计思路可以用“一二三四”四个数字来概括。“一”即一个中心，连版特刊以“春江花月夜，最忆是杭州”为题统领整个版面，体现宴会主题；“二”即两个板块，在特刊两边突出图表化设计，梳理了10次领导人峰会以及G20的运行机制，背景资料运用丰富；“三”即三条稿件，新华社稿件与自采稿件相结合；“四”即四幅照片，主图合影留念照片放在版心位置，点活了版面，另三张配图是当晚演出的精彩瞬间，配合主图形成强有力的视觉中心。

初评评语：针对 G20 杭州峰会这一重大新闻事件，连版特刊的设计匠心独运、韵味无穷。整个版面内容软硬结合，背景资料翔实，版式清新大方，色块搭配相得益彰。让极富视觉冲击力的大幅照片充当版面的主角，增加了连版的整体美感和可阅读性，视觉效果较强。

推荐理由：该版面内容围绕 G20 杭州峰会这一重大新闻题材展开，新闻性较强，内容软硬结合，背景资料翔实，可读性较好，版式设计清新大方，具有较强的视觉冲击力。总的来看，该版内容形式相得益彰，体现出较高的设计水准。

“狗不咬”乡长

刘克定

有一件事，使我好几年都难以忘怀。也就是“考研”最热的那年头，忽然从报纸上读到一则新闻：上海市有个区的副区长，分管民政工作，常常下基层，而基层单位大都是福利院、救助站、养老院……与聋哑人沟通时，就遇到了语言障碍。为了直接了解聋哑人的疾苦，更加贴近这些残疾人的心，他花了许多的时间向人请教哑语，并且很快“毕业”。下福利院、救助站，遇到聋哑人，他就直接用哑语和他们对话，不借助翻译。而聋哑人有什么问题，也直接去找他反映。虽然我未能记住这位区干部的姓名，但我很为他的实干好学精神所感动。虽然学哑语比“考研”难度小得多，对功名前程也无多大用处，尤其一个副区长级干部，也大可坐在办公室，听电话汇报，有时间去学点外语。但他没有这样做。他懂得作为主管民政工作的领导，不学好哑语，就等于没有掌握打开聋哑人心灵的钥匙，这把钥匙不掌握，当“衙斋卧听萧萧竹”时，就听不出“疑是民间疾苦声”，至少听得不很真切。

几乎在看到这则新闻的同时，我还听说一件事，某乡乡长去世，上级组织部门要物色一位新乡长，原有的两位副乡长均不理想，而乡长秘书年轻，论资历、经验，均赶不上两位副乡长，但这个秘书有个特点却为两个副乡长所不及：他走遍这个乡，十里不闻犬吠。因为他常下基层，和村民关系很亲近，常给村民读报、写信、写对联，村民有事都找他诉说诉说，连狗都熟悉他的身影脚步。经过考察摸底，上级把这个“狗不咬”的小秘书定为乡长人选。这个“不闻犬吠”很不简单，说明老百姓了解他，喜欢他，也说明他掌握了开启这个乡村民心灵的钥匙。

两件事似乎并没有什么必然的关联，但是给培养人才、发现人才和使用人才，提供了很好的范本。

现在一些地方用人，标准很高，看学历、看职称，还看资历、年龄、来头，就连一个从事糖果包装的街道小企业，用工也讲高学历，非本科以上不要，“贪大求洋”，而不是为了解决实际问题。

门槛太高，章程太旧，都不合乎中国的实情，中国的实情是：既需要制造火箭、卫星、高铁、潜艇的高端人才，也需要大量解决实际难题的专业人才。学校培养人才也应根据人才特点，因材施教，不要“一锅烩”。古代圣贤告诫要学以致用，并说学习有好几种类型：一种是用以充实自己，使自己成为一个有用于社会的人，这叫“君子之学”。而为自己的功名富贵而学，上不能报效国家，下不能为群众办实事，只会在平庸的人前背诵所学的平庸的教条，则不免为陋儒，叫“陋俗之学”。还有为炫耀自己而学，以所学得的一星半点东西来傲人，谓之“小人之学”。可见学亦有道，有胸襟，有方向，解决实际问题，哪怕是涓埃之学，都是值得鼓励、值得称道的“君子之学”。培养、考察、任用人才，以及人才自身的学习，都应从中国的实际出发，学以致用，切不可脱离实际，不接地气，甚至实际的知识和技能没学到，反而对养育自己的本土生分，“水土不服”。

发现和使用“狗不咬”乡长的组织部门，眼光是不凡的，他们熟悉农村，工作深入，是懂行的“伯乐”，从细微末节，找到有用之才，这大概就是“千里马常有，而伯乐不常有”的含义吧。如果单纯看资历、看文凭、看关系，那么这个人才就失之交臂，“不以千里称也”。可惜现在这样的“伯乐”仍然“不常有”，人才“市场化”，使本来意义上的“伯乐”更是越来越少，“狗不咬”乡长秘书和潜心学手语的副区长，不是绝无仅有，各地都有，可惜多被等闲视之。我也是从报章上见到的，可见现时还只是新闻而已。

（《新民晚报》2016 年 1 月 15 日夜光杯 A25 版）

申报资料实录

作品简介：本文列举两个生动的例子：主管民政工作的副区长，能用哑语跟聋哑人交流；年轻乡长经常下到乡里，连狗都不对他生分，与社会上流行的提拔干部看学历、看职称、看资历、看年龄等流弊相对比。又援引中国古代早已有之的“君子之学”“陋俗之学”“小人之学”的实质和区别，深刻指出，在培养、考察、任用人才以及人才自身的学习，都应从中国的实际出发，学以致用，切不可脱离实际，不接地气，甚至实际的知识和技能没学到，反而对养育自己的本土生分，“水土不服”。在人才“市场化”成为常态化的当下，尤其要注意不要使那些有真才实学的人才因为种种已经固化了的“不合提拔标准”而被边缘化。本文为“大河网”转载（2016 年 1 月 16 日，18:

03：38）。阅读人数：153810。网址：dahe.cn

初评评语：这篇杂文，观点鲜明，例证恰当，抓住当前干部选拔上的突出问题，给予较为准确的剖析，提出问题，并且开出解决问题的良方。

本文视角独特，它不是采用传统杂文讽刺、挖苦、调侃，由尖锐批评引出改革方略等方式，而是重在褒扬干部选拔上那些令人赏心悦目的新鲜事，从而推导出新时期干部选拔和使用上应有的价值取向，有理有节，苦口婆心，令读者如沐春风。

本文文笔老到，流畅，富有哲理，尤其善于打通古今，具有很强的逻辑力量和可读性，堪称新时期杂文的一种新的写作范式和表达方式。这是一篇既保持了杂文传统，又充满正能量、富有时代气息的好杂文。

推荐理由：“狗不咬”乡长，是一篇短小精悍、观点新颖的杂文。文章既例举了接地气、贴生活的生动事例，从鲜活的例子切入，又结合援引了中国古代早已有的“君子之学”“小人之学”的本质与区别；揭示的是当下干部选拔上存在的问题，反映的是一个重大尖锐的主题。

本文打通理论与事例，打通古代与当下，是一篇非常独特、非常漂亮老到的杂文。有正能量，富时代气息。故予以推荐。

田里的雕像

陈启文

这是国家杂交水稻工程技术中心的试验田。享誉世界的“杂交水稻之父”、一个奔九旬的人，依然保持着异乎寻常的精力和创造的激情，在忙碌着。他的世界其实就在稻田里。

袁隆平的故事其实就是一个农民和亿万个农民的故事。他有很多农民朋友，也有许多素昧平生的农民慕名而来找他，他的门永远是向他们敞开的。于是，这篇报告文学里便有了一个农民为袁隆平塑像的故事。但最值得关注的，并非农民与袁隆平为塑像本身展开的“拉锯”，而是一个农民这么多年来走过的路，那是从崇拜偶像到崇尚科学、靠科技致富的一条路，这也是袁隆平最希望看到的一条路，一条中国农村和农民的真正出路……

报告文学的最后，请听听袁隆平的心声：“我还想再活十年，十年后，一系法杂交稻肯定能搞成功，中国人完全有能力解决自己的吃饭问题！”他一向是不说满话的，但他说这话时，眼里闪烁出一种奇异的甚至是神奇的亮光。尽管，他向水稻高产的极限、向人生与生命的极限发起的挑战，还会阶段性地遭遇困难，但一个人和一粒种子的故事还将续写……

1

这条通往稻田的路，在长沙东郊马坡岭的树木与田野间转弯抹角，我用脚步反复量过，从头到尾最多也就一公里多吧，但每次往这路上一走，又感觉特别漫长，这与我追踪的一个身影有关，他在这条路上已经走了大半辈子了。“我不在家，就在试验田，不在试验田，就在去试验田的路上。”这是他常说的一句话，带着特有的袁隆平式幽默，却也透出一股倔强的认真劲儿。

天增岁月人增寿，2016 年，他老人家八十七岁了。“勿言牛老行苦迟，我今八十耕犹力。”仔细一想，他还真与陆放翁有某些相似之处，放达，乐观，老而弥坚。如果说陆游在反映生活的深度和广度上都达到了同代诗人难以企及的艺术高度，袁隆平在杂交水稻研究的深度和广度上无疑也达到了同代科学家难以企及的科学高度。他有放翁放达的一面，却没有放翁诗中的嗟老叹衰。

兴许是多年来训练有素，哪怕走在狭窄的田埂上，他的脚步也很有节奏感。

当我由衷赞叹他身体好时，他一点也不谦虚，“在这样稻田里工作，一定能长命百岁！”

一条路在他的脚下延伸着，仿佛一生都在抵达之中。我亦步亦趋地跟在他身后，一直在琢磨，那一直支撑着他的原动力到底是什么？你若问他，他便笑道：“这还真是很难说，我自己都不晓得，应该说是为了实现自己的梦想和抱负，可能也和我的性格有关吧，我就是这样的人，就是要挑战自己，想能有更多的突破，永远不会停下前进的脚步……”

此时，小暑已过，大暑将至，在火炉长沙，正值一年中气温最高且又潮湿、闷热的三伏天，这季节最好是“伏”在家中，静静地享受阴凉与清福。眼前这位老人不是没有这个福分，却没有这样的享受，那田里的稻禾像他的命根子一样让人牵肠挂肚啊。

2

偌大一片稻田，在一座省城已经十分鲜见了。这是国家杂交水稻工程技术中心的试验田。一位享誉世界的“杂交水稻之父”，他的世界其实就在稻田里，这是他生活的全部重心，甚至是世界的中心。

袁老弯着腰，把头长久地栽在禾丛里，那古铜色的脸上绿光摇曳，连汗珠子也是绿色的。一个老农与稻禾之间发生的轻微碰触声，忽然触动了我记忆中的一个暗设机关，他这模样让我蓦地想起了我最熟悉的一个老农，那是我那种了一辈子稻子的父亲。怎么看，眼前这位老人，就像是我那面朝黄土背朝天、在农田里耕耘了一辈子的农民父亲啊！

不是像，他老人家就是这样说的：“其实我就是一个在田里种了一辈子稻子的农民！”

诚然，他又绝非我父亲那样的普通农民，这样一位依然健在的人，早已提前进入了民间信仰，在无数吃饱了肚子的老百姓心中，他就是一个当代神农，一个活生生的“米菩萨”。这可让他犯难了，他一听这话就连连摆手说：“不敢当，实在不敢当啊，菩萨老百姓心中是能救苦救难的，我又何德何能，我不过是中国稻田里的一介农民而已。”可他越是这样低调地为人处世，那些对他感恩戴德的农民越是觉得这样委屈了他老人家。于是，便有了一个农民为袁隆平塑像的故事。那是一个被反复讲述、过度诠释的故事，但很多人都在突出强调事情的表面，却忽略了存在于事物背后的本质。

那个农民叫曹宏球，他生于斯长于斯的那一方水土我去看过，自古以来就是湘南的一个稻香村，但他在十五岁之前，一直过着“野菜野果当杂粮，红薯要当半年粮”的日子。到了 1975 年，他们村开始种植杂交稻，从此告别了半饥半饱的日子。过了几年，从大集体一变而为大包干，又加之袁隆平一直在不断推高杂交水稻产量，粮食亩产一次又一次飞跃，农家人日子越过越红火。一个丰衣足食的农民，一心想着怎么报答他心中的“米菩萨”，1996 年，他给袁隆平写了一封信，说出了一个农民心中最朴素的话语，“是邓小平给我们送来了好政策。您又给我们送来了好种子，使得我家如今不仅衣食无忧，住上了小楼，还有五六万元的存款”。他情真意切地表达了为袁隆平塑像的心愿，并请求袁隆平先生提供几张不同角度和不同姿势的照片，作为雕像的参照。他最担心的是，别把一个“米菩萨”的形象雕走样、雕走神了。

袁隆平的第一反应就是婉言谢绝。婉言，只怕伤害了那些淳朴善良的农民，而谢绝，他则相当坚决。他在回信中说：“你们的这份情意我领了，但我为国家和人民做了一点贡献那是应该的，不值得你们如此敬仰和崇拜。从你的来信看来，你家虽有一些积蓄，但尚不算很富有。因此，我建议你把钱用到扩大再生产上去，好进一步发家致富。倘若你一定要积德行善，社会上也还有很多公益事业可做。请你务必不要把钱浪费在为我塑什么石雕像上，我实在承受不起你的这般厚爱。请你尊重我的意见，并恕我不给你寄照片。”

袁隆平的态度很坚决，但曹宏球和乡亲们的态度也非常坚决，不管袁隆平本人答不答应，他们都要为他塑像。袁隆平的照片在当时也不难找到，很多报刊上都有袁隆平的照片。经人指点，他来到河北省曲阳县一家雕刻厂，经厂家测算报价，需要三十万元。这可让曹宏球犯难了，他满打满算，也就能拿出五万八。不过，这个满脸胡茬的农民还真是很有能耐，他找到厂长，把自己的心愿从头至尾诉说了一番。厂长听了，连眼圈儿都红了，他也是挨过饿的，只要挨过饿的人谁不打心眼里感激袁隆平啊。他当即表示：“为他老人家塑像，赔本我们也干，这样吧，你交四万八就成了，留下一万回家搞生产，别的你就不用操心了，我们一定把袁先生的像塑好！”

当袁隆平的雕像从河北千里迢迢运回曹宏球的家乡郴州华塘镇塔水村，为了找到一个长远的安放处，又有和曹宏球一同富裕起来的村民捐出了两亩稻田，建起了一个“稻仙园”。稻仙，意思跟“米菩萨”差不多。在接下来的日子里还有一些小插曲，一次是袁隆平听说曹宏球家遭灾，赶紧让人给他送去了两万块钱。还有一次，由于那尊雕像长时间日晒雨淋，曹宏球跑到长沙来找袁隆平，袁隆平一听他要钱是为了维护雕像，态度一下又变得坚决了，这钱，他一分钱也不能给。

又不能不说曹宏球还真是一个很有脑子的农民，那个稻仙园并没有像人们预料的那样难以为继，如今已从最初的两亩园扩大到了 80 亩，曹宏球以此为依托，还创办了产供销一条龙的“稻仙园养蜂场”，除了生产原生态的稻花蜜，还有价格不菲的花粉、蜂胶和蜂王浆。尽管种稻早已不是曹宏球的主业，但他一直守望着这片让他们吃饱了肚子的稻田，也守望着农民心中的“米菩萨”。而在星移斗转的时空变化之中，曹宏球那种作为农民的朴素感恩之情也在潜移默化，渐渐进入了一个更高的境界。他是这样说的：“我为袁隆平院士塑像是为了让社会更加崇尚科学，我雕刻出来的不仅仅是‘米菩萨’袁隆平的躯体，更是一面科学的旗帜！”

我一直觉得，最值得关注的并非一个农民为袁隆平塑像的故事，而是一个农民这么多年来走过的路，那是从崇拜偶像到崇尚科学、靠科技致富的一条路，这也是袁隆平最希望看到的一条路，一条中国农村和农民的真正出路。

3

袁隆平一直把自己当作亿万农民中的一员，他的故事其实就是一个农民和亿万个农民的故事。他有很多农民朋友，也有许多素昧平生的农民慕名而来找他。他的门永远是向农民敞开的，他也没有关门的习惯。可他实在太忙了，他身边的工作人员只能替他挡挡驾。有一次，几个来找他的农民在袁隆平办公楼的门口被挡住了，袁隆平听见楼下的动静，赶忙下楼，把那几个鞋子上直掉泥渣子的农民迎进自己的办公室，又是让座，又是倒茶。几个农民开始还有些紧张拘谨，一看袁隆平这样平易近人，模样也跟自己差不多，一个个都放开了手脚，有的还跷起二郎腿，就像在自己家里一样。

每次送走了这些农民朋友，他办公室的地板就会落下许多带着泥土的脚板印，袁隆平却笑着对那些脸色有些难看的工作人员说：“这就是接地气啊，我们这些搞农业科研的，不能关起门来搞试验，要多与农民打交道，农民比我们更清楚种子好不好，我们不但要按照农民的需求来培育种子，还要知道农村粮食生产方面最新、最真实的情况啊！”

由于长年累月与农民打交道，农民心里想啥，袁隆平心里很清楚，用农民的话说，“饿肚子的时候想吃饱，吃饱了肚子想发家。”心思对路了，才会聊到一块儿。农民说，杂交水稻可以吃饱肚子却挣不来票子，由于种粮食不挣钱，很多粮田都种上烟叶了，还有些好端端的田地都抛荒了。这也是袁隆平最大的担忧，一方面，谷贱伤农，如果粮食减产就是致命的问题，长了嘴的都是要吃饭的，饭碗里一粒米都不能少。另一方面呢，光靠种粮确实很难致富，为此，他多年来琢磨出了一个法子，就是让农民“曲线致富”，譬如说他发明的“种三产四”工程，三亩田的水稻就能打出四亩田的稻子，以前一亩田也养活不了一个人，如今三分地就能养活一个人。这样就可以把节省下来的田地和劳动力用来搞多种经营，种蔬菜、水果、茶叶等经济效益更高的作物，这样农民不就富起来了吗？这样的典型还真不少，为他塑像的曹宏球就是一个。

他多年来担任湖南省政协副主席、全国政协常委，一直在为农民的利益鼓与呼。尽管他在“2016 年‘两会’再次请假，已连续缺席三次”成为媒体关注的一个新闻，但他对农民的关心从未缺席。就在今年“两会”召开之际，他再次发声，呼吁要改变现行的“吃大锅饭”般发放粮食直补资金的做法，只有把钱补贴给那些真正种植粮食的农民，才更有利于调动那些真正种植粮食的农民的种粮积极性，只有保护粮农的利益，才能确保国家粮食安全。而在如何让农民增收的同时，他也一直为如何减轻农民的种子钱而精打细算。他所在单位研发出了一种高产优质新品种，原打算每斤稻种定价十二元，在征求袁隆平意见时，他一下发火了，“一斤十二元，为什么卖这么贵？这不是坑农吗？农民有这么多钱吗？”最后，减到了每斤九元钱的微利销售，他还问有没有降价空间。

一个心里装着农民的人，也被农民装在心中。2012 年秋收过后，几个农民从远在湘西溆浦县的乡下赶到长沙，他们就像进城里走亲戚一样，给袁隆平送来了土鸡和土鸡蛋。袁隆平待这些农民也像亲戚一样，他们这么远送来的东西，他也会收下，但都会折算成钱给他们，这不是买卖和交易，而是亲人间的人情往来。不过，这些农民还不止是给他来送土特产，他们是特意来给袁隆平颁奖的。原来，这年，袁隆平选择他们村为超级稻百亩示范片，平均亩产突破九百公斤大关。这次来送匾的唐老倌，惊喜地告诉袁隆平：“我活到六十四岁了，还从没见过这么好的稻子啊，别说我，我们村里一些八九十岁的老人，也都说从来没见过！”老乡们说，不但产量高，煮出来的饭也特别好呷，那个香啊！唐老倌乐得跟小孩似的，说到那大米饭时还连连咂着嘴，一忘形，连口水都流出来了，他还觉得有些不好意思，急忙用手遮住了嘴巴。几个老乡一下乐了，袁隆平也乐了。

那个大奖牌上写着“天降神农，造福人类”八个大字，对于前边那四个字他不大乐意，但后边那四个字正是他毕生的追求。他郑重地接受了这个由农民颁发的奖牌，笑呵呵地说：“我领到过很多奖，农民给我颁奖还是头一次，在我看来，这个奖比诺贝尔奖的价值更高，更荣耀！”

这是袁隆平的心里话，他一直打心眼里从农民的心愿上去理解他们，也是打心眼里感激他们，他培育出的每一粒种子，都必须通过农民辛勤的播种、耕耘，才能开花结果，聚沙成塔，如果说保障十三亿人的粮食安全是居于塔顶的国家政策，那么这亿万农民就是保障国家粮食安全的最坚实的底部。谁能养活中国？谁在养活中国？说到底就是这数以亿计的农民，只有依靠他们，中国人才能一直把饭碗牢牢地端在自己手里。

4

稻田里的太阳，蒸发出一股股炙人的水汽和热浪，但那个被耀眼的阳光照亮的身影在我眼前越来越清晰。

像他的身影一样清晰的，还有稻田里插着的一块“超优千号”的标志牌，这一强优势超级杂交稻组合，就是他最新研制出的“神秘核武器”，也是中国超级稻第五期攻关的首选品种。那优势一看就无与伦比，从立夏播种到现在，也就两个来月吧，这稻禾的剑叶已举得高高的。这家伙也确实挺神奇，在去年的多个百亩示范片试种，已达到了每公顷16吨的产量目标，但袁老的攻关目标是每公顷17吨，那是迄今无人登临的一个高峰。

当一位老农俯身观察稻子时，一个隆起的后背上透出几圈汗渍，像背着一幅地图。阳光照在他的脖子上，仿佛产生了光合作用，像光芒焕发的紫铜一样。一个姿态，就这样长久地保持着，感觉他正把那甜丝丝的清香深深地往肺腑里吸，他又微微闭着眼，像触摸婴儿一样深情地抚摸着，一个老农与稻禾之间发生的轻微碰触声，如同耳语般，迷人而神秘，仿佛存在某种呼应。我谛听到了一种声音，仿佛血液，正从一个生命静静地注入另一种生命。

当他转过身来，对着阳光察看稻花时，他宽阔的额头在阳光下闪烁着黑陶般的釉光。他那抚摸与呼吸的姿态，让我在瞬间发现，这才是一尊活生生的雕像，看上去比稻仙园里的那尊雕像更像一尊雕像，这不是用石头雕出来的供人仰望和膜拜的雕像，而是风雨日月雕塑出来的一尊采日月之精华、吸天地之灵气的雕像。

一个俯身扑在稻田里的身影，张开双手，拥抱着如尼亚加拉大瀑布般的稻穗，这双手，仿佛搂紧了人类的命根子。这副面孔，这个形象，被载入了《中国国家形象片——人物篇》，已经成为世界上传播率最高的中国形象之一。一个人，一辈子，该要吸收多少阳光，才会变成这样一个老而弥坚的形象，阳光不仅赋予了他伟大的头脑和灵魂，也塑造了一个农学家特有的形象，一副如同黑釉般透亮的脸孔，那犀利的眼神，依然透彻着内心的明亮。我感觉他的血液和骨骼都已被阳光深深地渗透了，那刚毅的、健康的色泽，不止是来自阳光的直射，他本身就是一个发光体，浑身都焕发出内在的光芒。

他曾说过："原来我只想搞到八十岁就告老还乡，但现在我要奋斗终身。"

他也曾说过，当他成为"90后"时，希望中国超级稻亩产突破1000公斤大关，这是中国超级稻的第四期攻关目标，结果比他的预期提前五年就实现了。从2015年开始，他又向第五期超级稻目标发起了攻关。他这一辈子都在攻关。我时常觉得他仿佛在生命与科学的两极中舞蹈。一方面，他在向人生或生命的极限挑战，一个奔九旬的人了，依然保持着异乎寻常的精力和创造的激情；一方面，他是向科学的极限挑战。这里且不说此前的三系法、两系法杂交水稻走过了多么艰苦卓绝的路，只说中国超级稻从第一期到第五期的连续攻关，从亩产700公斤到1000公斤，每一次攻关都是创纪录的巅峰之作，这也让中国杂交水稻一直保持领先世界的绝对优势。

而现在，请听听他的心声："我还想再活十年，十年后，一系法杂交稻肯定能搞成功，中国人完全有能力解决自己的吃饭问题！"

肯定！他一向是不说满话的，但这次他说的是肯定。我注意到，他说这话时，眼里闪烁出一种奇异的甚至是神奇的亮光。我也深信，随着他向水稻高产的极限、向人生与生命的极限发起挑战，一个人和一粒种子的故事还将续写，那不是传奇，更不是神话。事实上，他早已不是在向世界挑战，而是一直在向自己挑战，而对于他，没有最高，只有更高。我知道，世上从来没有永生之人，科学探索也永远没有极限，从不承认终极真理，但有永恒的追求。而我眼前这位老人，已经抵达或正在抵达的境界，或如卡尔维诺所谓，已进入了"时间的永恒存在或循环的本质"，那就是与天地同在的，辽阔而博大的爱与拯救……

（《解放日报》2016年10月13日朝花周刊头版09版）

申报资料实录

作品简介：这是国家杂交水稻工程技术中心的试验田。享誉世界的"杂交水稻之父"、一个奔九旬的人，依然保持着异乎寻常的精力和创造的激情，在忙碌着。他的世界其实就在稻田里。袁隆平的故事其实就是一个农民和亿万个农民的故事。他有很多农民朋友，也有许多素昧平生的农民慕名而来找他，他的门永远是向他们敞开的。于是，这篇报告文学里便有了一个农民为袁隆平塑像的故事。但最值得关注的，并非农民与袁隆平为塑像本身展开的"拉锯"，而是一个农民这么多年来走过的路，那是从崇拜偶像到崇尚科学、靠科技致富的一条路，这也是袁隆平最希望看到的一条路，一条中国农村和农民的真正出路……

也请听听袁隆平的心声："我还想再活十年，十年后，一系法杂交稻肯定能搞成功，中国人完全有能力解决自己的吃饭问题！"文中又说：他一向是不说满话的，但他说这话时，眼里闪烁出一种奇异的甚至是神奇的亮光。尽管，他向水稻高产的极限、向人生与生命的极限发起的挑战，还会阶段性地遭遇困难，但一个人和一粒种子的故事还将续写……

初评评语：此文是有担当的，敏感地抓住人类生存的难题——粮食，把粮食置于天、地、人、时的交织中，宏阔恢宏，又细致入微，富有文学追求。力量与罕见的朴素表述结合，构成了报告文学真正的诗意。

推荐理由：袁隆平的故事，其实已经一写再写了，但就是在这样一个重复了多次的选题中，本文作者不愧为名家，依靠细节、文笔以及独到的角度，成为众多同题作文的佼佼者。

真正的精品，是不畏第二，甚至第三落点的。优者自优，精品自有精致之处。

此外，此文主题也很有担当，抓住了人类生命的难题——粮食，把粮食于天、地、人、时的交织中，宏阔恢宏，细致入微，丝丝入扣。

无罪之后

谢匡时

2016年12月2日，最高人民法院第二巡回法庭对原审被告人聂树斌故意杀人、强奸妇女再审案公开宣判，宣告撤销原审判决，改判聂树斌无罪。2016年12月2日，河北省石家庄鹿泉区下聂庄村，在得知聂树斌被改判无罪的结果后，聂树斌父亲与聂树斌姐姐放声大哭。聂树斌父亲说，等了二十多年终于迎来了迟到的正义。

（澎湃新闻2016年12月2日）

申报资料实录

作品简介： 作品记录了最高法宣判聂树斌案无罪之后聂父和聂姐放声大哭那最关键的一帧，这关键的一瞬间也成为聂树斌案无罪的象征性照片，并在媒体和社交网络上被大量转载传播。

初评评语： 聂树斌案的平反在中国司法史上的意义不言而喻。这张照片准确地记录了聂案无罪之后聂家人的状态，照片抓住了决定性瞬间，展现了情绪最巅峰的状态，让迟到的正义和这个瞬间一起传达给世人，这就是这幅作品最直接也是最深刻的意义。

推荐理由： 照片主体所遭受的苦难是如此深重，绝不是一个镜头、一张照片所能够表达得尽的。说到底，摄影记者能够做的，仅仅是一个见证而已。率直的抓拍凝结了一个万众瞩目的焦点：经过艰苦而漫长的斗争与煎熬，公正终于来到。被摄对象的情感与记者的快门在瞬间同时爆发，瞬间画面的所形成的情感张力，引向深刻的思考和责问：谁之罪？谁让人民流血又流泪？

中国女排时隔 12 年再夺奥运冠军

集 体

图一：8 月 20 日，中国队球员惠若琪（上）在比赛中扣球。当日，在 2016 年里约奥运会女子排球决赛中，中国队对阵塞尔维亚队。

图二：8 月 20 日，中国队球员惠若琪（右）与队友拥抱庆祝。当日，在 2016 年里约奥运会女子排球决赛中，中国队以 3 比 1 战胜塞尔维亚队，夺得冠军。

图三：8 月 20 日，中国队球员庆祝夺冠。当日，在 2016 年里约奥运会女子排球决赛中，中国队以 3 比 1 战胜塞尔维亚队，夺得冠军。

图四：8 月 20 日，在 2016 年里约奥运会女子排球决赛中，中国队以 3 比 1 战胜塞尔维亚队，夺得冠军。

图五：8 月 20 日，中国队主教练郎平（右）与球员拥抱庆祝。当日，在 2016 年里约奥运会女子排球决赛中，中国队以 3 比 1 战胜塞尔维亚队，夺得冠军。

图六：8 月 20 日，中国队球员袁心玥在比赛中救球。当日，在 2016 年里约奥运会女子排球决赛中，中国队以 3 比 1 战胜塞尔维亚队，夺得冠军。

图七：8 月 20 日，在 2016 年里约奥运会女子排球决赛中，中国队以 3 比 1 战胜塞尔维亚队，夺得冠军。这是中国队主教练郎平在比赛中指挥。

图八：8 月 20 日，在 2016 年里约奥运会女子排球决赛中，中国队以 3 比 1 战胜塞尔维亚队，夺得冠军。这是中国队球员朱婷（右二）在比赛中进攻。

（新华社 2016 年 8 月 20 日电）

申报资料实录

作品简介：中国女排继洛杉矶、雅典奥运会夺冠后，再次夺得里约奥运会金牌，在全国引起强烈反响，同时也充分证明，被人质疑的中国女排的精神没有丢，而是得以发扬光大。为此，党中央也发来贺电予以表彰。本组作品，从方方面面反映了中国女排夺冠时刻，画面洋溢着激情，具有较强的冲击力，这在整个女排夺冠报道中，我社的相关图片具有较强的竞争力。

早在四分之一决赛时，前方摄影团队就派出重兵把守，决赛更不例外。决赛时，共有 11 名记者参战，按照事先分工，将整个赛场团团围住，以利不丢关键瞬间，确保报道质量。从事后的效果看，完全达到了预想的目标，囊括了所有重要瞬间，而且也保证了照片质量。

本组照片是从数百张发稿中精选出来的，被网络、报纸广泛采用，达 320 家。

初评评语：这八张照片记录下中国女排奥运夺冠的辉煌时刻，这些画面定格成为 2016 中国体坛最难以磨灭的印记。瞬间即永恒，这组有力度、有温度的组照精准诠释了中国“女排精神”。

推荐理由：这组组照涵盖了中国女排夺比赛精彩瞬间、夺冠赛场情景、队员教练激情流露瞬间特写，是一组精美、耐看、有感情、有内涵的片子。摄影者运用镜头语言娴熟，抢抓瞬间到位，每张独立的照片都很精美，组成一组又不重复，完整叙述了这样重大体育赛事新闻扣人心弦的过程，扣动了一代有女排情结的人们的心弦。

触目惊心！2万多吨垃圾跨省非法倾倒苏州太湖边

王小兵

今天（12月12日），记者来到“上海垃圾非法倾倒苏州太湖西山岛案”案发地——苏州市吴中区金庭镇蒋东村辖境的太湖强制隔离戒毒所废弃宕口，只见这里堆积如山的垃圾被清理一空，生态环境正逐步得到了恢复，景色迷人。今年6月15日以来，这里曾被不法分子明目张胆地倾倒了2万多吨垃圾，生态环境受到了严重破坏和污染，备受社会各界关注。

7月1日，太湖强制隔离戒毒所内码头停靠了8艘用篷布覆盖的船只，船主欲将垃圾倾倒至戒毒所内废弃宕口堤岸。接报后，金庭镇政府立即组织公安、海事、环保等有关部门赶赴现场处置，扣留船只，控制船主。据调查，这些垃圾来自上海市嘉定区、长宁区，主要为建筑垃圾和生活垃圾，由昆山市锦鹿建筑工程有限公司负责转运。6月15日以来，该公司已陆续在废弃宕口上倾倒垃圾2万多吨。

太湖不仅是苏州人的“大水缸”，也是江浙沪“两省一市”的重要水源地，倾倒垃圾的宕口风景优美，距离金庭镇取水口直线距离仅2公里，且又临近吴中区、工业园区的取水口，一旦发生水体污染扩散，将严重影响整个苏州大市的饮用水安全，后果不堪设想。

7月5日，苏州市公安局度假区分局就倾倒垃圾事件以涉嫌污染环境罪立案侦查，吴中区检察院同步侦查取证。7月6日，苏州警方对涉事企业负责人、中间介绍人、运输船主等18名涉案人员刑事传唤。7月7日，上海绿化部门宣称，该案中的垃圾消纳卸点未在上海绿化部门备案。7月9日，共装有4000吨未卸垃圾的8艘涉案船只被押驶移交给上海市有关部门处理。

紧接着，苏州市有关部门组织200人、54艘船舶、20台挖掘装载设备、20多台运输车辆，进行垃圾清运工作。经过82小时连续奋战，2.33万吨垃圾全部被清运完成，并统一运送到苏州市七子山垃圾填埋场进行无害化处理。垃圾清运结束后，吴中区金庭镇政府开始对事发宕口进行覆土，7月18日完成覆土工作，当地环境逐步恢复到被倾倒前的状况。

这起“上海垃圾非法倾倒苏州太湖西山岛案”不仅对周边生态环境造成了严重污染，而且造成了恶劣的社会影响和巨大的经济损失，被最高人民检察院、公安部、环境保护部联合挂牌督办，截至目前，江苏省检察机关已依法批捕涉嫌污染环境罪等犯罪嫌疑人3人，决定逮捕涉嫌渎职犯罪嫌疑人2人。涉案的上海6家码头法定代表人、负责人及工作人员中，有4人被苏州警方以涉嫌污染环境罪刑事拘留，有6人被采取取保候审强制措施，目前，相关违法犯罪行为还在进一步侦办中。

图一：7月6日，苏州太湖强制隔离戒毒所废弃宕口，被不法分子非法倾倒的2万多吨垃圾堆积如山，给生态环境造成了严重的破坏。

图二：7月6日，苏州太湖强制隔离戒毒所废弃宕口，从航拍的画面看，风景如画的宕口被不法分子非法倾倒了2万多吨垃圾，令人痛心。

事实上，此案并非上海垃圾倾倒在苏南地区的孤例。就在上海垃圾被曝倾倒苏州太湖西山案尚未了结之际，7 月 15 日，江苏南通海门市江心沙农场又被曝出疑似有上海垃圾倾倒。早在 2014 年 11 月，无锡市锡山区宛山荡倾倒的 1000 多吨生活垃圾也查实来自于上海。随着城市的建设、社会经济快速发展和人口的迅速增长，生活垃圾和建筑垃圾量快速增长，生活垃圾和建

图三：7 月 4 日，苏州太湖强制隔离戒毒所码头，被非法倾倒的垃圾给水质造成了不同程度的污染。

图四：7 月 16 日，苏州太湖强制隔离戒毒所废弃宕口，一名孩子在堆积如山的垃圾上飞奔而过。

筑垃圾处理压力越来越大，垃圾处理有了源头的危机，也成为城市病之一。看来，如何从源头上处理垃圾，不仅考量着垃圾处理者的良知，更考验着各方的智慧。

图五：7 月 4 日，苏州太湖强制隔离戒毒所码头，公安、城管等部门组成的调查组正在调查 8 艘被扣押的垃圾船。

图六：7 月 16 日，苏州太湖强制隔离戒毒所废弃宕口，工作人员正在用挖机清除非法倾倒的垃圾。

图七：7 月 16 日，苏州太湖强制隔离戒毒所码头，一名船员正在把垃圾装运到船上，然后运往当地七子山垃圾填埋场进行无害化处理。

图八：7 月 17 日，苏州胥江，在执法船的全程监管下，清运非法倾倒垃圾的船只途经这里，然后运往当地七子山垃圾填埋场进行无害化处理。

（苏州新闻网 2016 年 12 月 12 日）

申报资料实录

作品简介：2016 年 7 月 4 日，记者接到村民反映，有 8 艘大型船只欲把垃圾偷倒到苏州太湖西山岛。记者接到反映后第一时间赶到事发现场进行调查采访，发现一些不法分子为赚取“黑心钱”竟然把 2 万多吨垃圾从上海跨省运到江苏境内苏州太湖边倾倒，数量之多令人震惊。经过深入采访拍摄，记者拍摄到了这组极具震撼力的照片，经姑苏晚报、姑苏晚报官微和苏州新闻网第一时间报道后，被 20 多家网站转载，引起了全国广泛关注，人民日报、新华社、中央电视台、中国青年报、新华日报、扬子晚报、现代快报等中央和省市级媒体纷纷跟进报道，最终此案件引起了国务院的高度重视，最高人民检察院、公安部、环境保护部联合挂牌督办，15 名偷倒垃圾的犯罪嫌疑人受到不同程度的惩处，当地政府对事发地偷倒的垃圾进行了清运和无害化处理，事发地生态环境逐步得到恢复。

习近平总书记曾多次说过：“绿水青山就是金山银山，保护环境就是保护生产力，改善环境就是发展生产力。”这组作品正是关注了当下生态环境这一热门话题，以细致扎实的调查层层逼近事件真相，用令人震撼的画面并配文的形式第一时间强有力地揭发了不法分子破坏绿水青山的行为，更可贵的是作者连续进行了大量的采访拍摄和跟踪报道，直到问题最终得到妥善解决，促进环境的保护，彰显了民生媒体的责任感和公信力。

初评评语：太湖是我国长三角经济发达地区江浙沪“两省一市”的重要水源地和旅游风景区，2007 年无锡太湖蓝藻暴发后，国家就花重金整治太湖，关停太湖沿岸的排污企业。然而，就在全社会保护太湖之际，一些不法分子为了一己私利竟然把2万多吨垃圾从上海跨省运到江苏境内苏州太湖边倾倒，给周边生态环境造成了严重污染。作者以新闻工作者对国家、对人民、对历史负责的高度责任心，敏锐地判断出这起“上海垃圾非法跨省倾倒苏州太湖西山岛案”对我国环境保护工作的典型意义，于是冒着风险进行了长达半年的跟踪拍摄，客观、真实、完整地记录了从事发到垃圾最终得到清理，以及事发地生态环境逐步得到恢复的整个过程。

这组照片发表以后，在全国范围内引起了广泛关注，促使政府部门及时介入，使问题得到妥善解决，取得了良好的社会效果，体现出作者作为媒体人强烈的社会责任感和人文情怀。

本组照片故事叙述完整，镜头俯仰角恰当，作者充分运用画面的形象语言，将事件关键性的新闻要素给予了恰当的张扬，因而形成了强烈的视觉冲击力和传播穿透力，是新闻摄影界近年来少见的环保题材佳作。

推荐理由：一组触目惊心的现场照片，将读者领到案发现场，让读者与记者一起考察场景、捕捉细节，目击过程、挖掘背景。这组环境保护专题摄影报道，题材重大、影响面广；记者调查细致，采摄全面，画面严谨。整组报道见证性强，传播力大。

G20，华美天城待客来

集　体

图一：西湖三岛通过冷、暖色温的灯光调节，表现西湖四季变幻。

图二：夜幕下的杭州火车东站。

图三：古老的杭州拱宸桥在夜色中发出迷人金光。

图四：美丽动感酷炫的西湖音乐喷泉，被分享到了无数的朋友圈。

图五：上塘高架、中河高架、秋石高架、西兴互通……这一座座飞架在杭城上空的高架桥，就像一条条交通大动脉，不仅使人们的出行变得便捷，更象征着这座城市的经济腾飞和生活巨变。图为西兴互通。

图六：钟书阁内的环幕阅读大厅绚丽多姿。

图七：许多市民、游客站在钱江南岸，用相机、手机记录了这一幕幕美轮美奂的精彩景象。

图八：G20，华美天城待客来。

（《浙江日报》2016 年 5 月 2 日映像杭州 4 版）

申报资料实录

作品简介：2016 年，举世瞩目的 G20 峰会在杭州召开，从 5 月一直到峰会结束，浙报图片新闻中心重磅推出“映像杭州”大型系列报道。记者用手中的镜头，通过一张张精美的新闻图片，充分展示了杭州“精致和谐、大气开放”的城市气质。从西湖之夜到运河夜色，从大气恢宏的钱江新城到焕然一新的入城口，从酷炫的西湖音乐喷泉到梦幻的城市灯光秀，向中外嘉宾全面呈现了历史与现实交汇的独特韵味和别样精彩。

初评评语：200 多张美图、40 多个图片专版……通过可视化解读杭州的别样精彩，持续 5 个月的“映像杭州”大型图片报道圆满完成了峰会期间的报道任务，如此史无前例的报道规模获得了政府部门的高度肯定和读者的广泛赞誉，在全国范围内引起了强烈反响，成为全国 G20 杭州峰会新闻报道中一道不可或缺的风景。

推荐理由：绝美之城，惊艳非因光色颜值，而是在于它所承载的历史和文化，以及所昭示的未来。G20 使杭州成为举世焦点，文明古都就这样被全球的目光烧灼得发烫。记者的天空之眼全方位地展现了这个城市的华彩盛典。

我们村里的年轻人

邸天行

（《洛阳晚报》2016 年 12 月 15 日 C08 版）

申报资料实录

作品简介：在农村，多数年轻人都去城里打工了，留下白发苍苍的老人们下地种田，偶尔会有年轻人，也是丧失劳动力的。画面中，两代人眼神交汇，形成了鲜明对比，流露出太多的心酸、太多的无奈……

当今社会，许多农村的年轻人外出打拼，家中留下老小无人照料，出现了很多“空巢老人”“留守儿童”。漫画敏锐地捕捉到这一社会现象，用幽默的手法进行表现，构思新颖，新闻性强，发人深省。

初评评语：反映社会现实，主题突出，有思想深度，同意推荐。

推荐理由：当今社会，在农村许多年轻人外出打工，空巢老人、留守儿童问题突出。构思新颖，绘画技法娴熟，新闻性强，发人深省。

各忙各的

丁　安

（《宁波日报》2016 年 7 月 28 日 12 版）

申报资料实录

作品简介：作品敏锐抓住了当前城市建设中普遍存在的既要加大城市建设力度又要加强文物保护的“难点”问题，用新闻漫画的形式呈现给读者，令人深思。作者似乎没有直接阐明观点，而是让读者通过作品的表达来做出判断，在“读图”过程中产生自己的看法。

宁波日报刊登后，中国宁波网、“甬派”客户端进行了转发，人民网也做了转载，受到网友好评。

初评评语：作品笔法细腻，主题突出，角度新颖，具有很强的新闻性和现实性，有一图胜千言的艺术效果。

推荐理由：作品主题突出，笔法细腻，角度新颖，具有很强的新闻性和现实性，艺术效果明显。

广播消息

工业废料改良盐碱地技术施用获成功　新疆亿亩盐碱地有望变良田

宗晓莉　杨　柳

（限于篇幅，文字稿略，获奖作品请听光盘。）

（石河子人民广播电台经济广播《石河子新闻》2016 年 10 月 1 日 19 时 30 分）

申报资料实录

作品简介：电厂脱硫石膏作为工业废料，一直以来都是荒山填埋，破坏生态环境。天富能源股份有限公司与兵团绿洲生态农业重点实验室研发的“电厂脱硫石膏对新疆盐碱土壤改良效果及土壤肥料技术”变废为宝，让工业废料成为改良盐碱地的“宝贝”，这对于新疆农业发展和自然环境保护、企业和农户来说都是重要消息。

截止到 2015 年，新疆盐碱地有 1 亿亩，超过 8000 万亩的耕地面积。2016 年 4 月份国务院颁发《土壤污染行动治理计划》，决定从 2017 年开始运用这一技术在新疆建立脱硫石膏改良盐碱地示范点。

这一技术课题启动后，记者一直关注进展，大面积施用获成功后及时跟进采访、报道了这一重要新闻。

社会效果：新闻播出后引发社会广泛关注，各地农业技术部门和承包大户纷纷打来电话咨询脱硫石膏改良技术的实施、运用情况，大家都希望这项技术能尽快应用于农业生产，让盐碱地变良田。

推荐理由：“电厂脱硫石膏对新疆盐碱土壤改良效果及土壤肥料技术”变废为宝，让工业废料成为改良盐碱地的“宝贝”，记者在试验田采收当天采访了参与试种的农户和实验室负责人，及时报道了这一重要消息，在当地引起广泛关注，是一篇好新闻。同意推荐中国新闻奖。

钢铁侠创造新奇迹

王　越　李　静　陈志强　朱春媛

（限于篇幅，文字稿略，获奖作品请听光盘。）

（青海广播电视台经济广播《京广第一线》2016 年 12 月 16 日 8 时 12 分）

申报资料实录

作品简介：从制造大国向制造强国迈进，是中国梦的重要组成部分。青海康泰铸锻机械有限责任公司筹资 10 亿元研制成功的 6.8 万吨多功能压机，打破了国外的长期垄断，为提高国家机械装备制造业水平奠定了基础。记者经过多年的跟踪采访，较为细致地掌握了第一手资料，并在公司成功压制出第一个燃气涡轮盘的时间节点上采制播发了这篇报道。作品立意高远，选题厚重，主题鲜明、内涵深蕴、层次分明、节奏感强、具有很强的新闻性、可听性和广播特色。

社会效果：报道高度契合中央精神，不仅弘扬了中国工人在“寻梦、追梦、筑梦和圆梦”中不折不扣、创新创造、坚持不懈、脚踏实地、勤劳朴实的精神作风，同时展示了国之重器，体现了中国企业推动民族工业参与国际竞争的民族情怀和担当。

作品播出和在微信公共平台传播后，转发和阅读量不断增加，引发社会广泛关注，形成凝聚和激发民族精神的舆论新高地。

推荐理由：报道高度契合中央精神，采访扎实，主题鲜明，选题厚重，具有很强的新闻性、可听性和广播特色。

“中蒙俄国际道路货运试运行活动”在天津港启动

王潇颐

（限于篇幅，文字稿略，获奖作品请听光盘。）

（天津广播电视台交通广播FM106.8《新闻早班车》2016年8月19日7时6分）

申报资料实录

作品简介：8月18日，中蒙俄三国车队从天津港出发，沿亚洲公路网3号公路，一路向北经蒙古最终到达俄罗斯，全程2152公里。这一通道的打通也是“一带一路”倡议在交通运输领域的全新尝试。

稿件通过深入细致的采访，记录了发车现场的盛况，并阐述了这一货运通道打通之后对三国贸易的推动作用。

社会效果：中蒙俄国际道路货运通道，是中国“一带一路”倡议、蒙古“草原之路”计划和俄罗斯“大欧亚伙伴关系”战略在交通运输领域进行对接的有益尝试。记者在采访过程中，不仅第一时间从现场发回连线报道，还同步为天津广播和天津交通广播的双微平台提供从前方现场获取的最新信息和图片，听众高度关注，并积极转发、评论。有听众留言说：“这篇报道好听易懂，记者用通俗化的语言和深入浅出的实例，使我们对国家战略有了更具象的了解。”

推荐理由：稿件主题重大、突出，提炼得当，录音丰富、生动，现场感强，文字表述逻辑清晰。

广播评论

“罗尔捐款门”，到底谁更受伤

陈红艳　陈　凯

（限于篇幅，文字稿略，获奖作品请听光盘。）

（广东广播电视台广东新闻广播《今日观察》2016 年 12 月 5 日 7 时 30 分）

申报资料实录

作品简介：深圳“罗尔捐款门”算得上是 2016 年互联网领域公众影响力最大的事件。该事件从发生到发酵仅仅两天的时间，11 月 30 日，罗尔的公众号文章《罗一笑，你给我站住》创造了微信历史上单日打赏的记录，12 月 1 日舆论逆转，“罗尔在撒谎”的质疑和指责遍布网络，深圳儿童医院及时回应了罗一笑的病情及治疗费用情况，微信平台也官方宣布，将 260 余万元赞赏资金原路退回至网友。在 11 月 30 号，记者已经敏锐地发现这是一个新闻评论的好题材，并在 12 月 1 号早上及时推出了评论《白血病女童罗一笑事件持续发酵，刷屏和质疑背后的网络募捐能否“站住”》，然而事态并未停止，记者也在紧密地追踪和观察事件进展的脉络，直到 12 月 5 日，事件已经基本平息，但罗一笑小朋友还在医院的重症监护室接受治疗，记者认为此时应该回过头重新审视整个事件，并进行更为深层次的思考。

社会效果：稿件播出后起到了较好的传播效果。

推荐理由：这篇新闻述评回顾了整个事件的经过，分别从三个层面进行了反思，即“如果没有公开透明的信息支撑，没有专业的互联网募捐平台，没有对待慈善更加理性的态度，罗尔事件将不会画上句号”。整个述评观点清晰，逻辑结构严谨，说理论证充分有力。

脱贫攻坚摆不得半点“花架子”

康维佳

（限于篇幅，文字稿略，获奖作品请听光盘。）

（中央人民广播电台中国之声《新闻和报纸摘要》2016年6月22日6时54分）

申报资料实录

作品简介：这篇评论的主创常年在基层采访，记者依托新闻事实、扎根基层沃土。评论素材依据第一手所见、最基层所思。作者盯住这个题目想做点文章的冲动有一年多时间，经过积累，吃透了基层和中央精神“两头”，着眼于脱贫工作中问题导向，用一篇评论表达。

社会效果：评论刊播后引发了社会关注，多家主流媒体网站进行转载，通过新媒体传播后也引发了大量的转发和跟帖互动。专家认为，这是一篇“讲新闻业务、走泥土基层”的评论精品。受众认为，这是一篇“有主流媒体高度和气质”的佳作。

推荐理由：一、抓住了“脱贫攻坚”的大主题。三个例子均来自山西，但是大主题、小切口，站在全国的高度、角度和视角分析、评判这种现象。

二、引用的事例鲜活、生动。这“三个事例”均是记者下乡亲眼所见所闻，是“沾着露珠”的鲜活的事例，这也是“走基层”的成果。本篇评论最为出彩的就是这三件事情的“述”，“述”得生动，“评”和“论”才能使人信服。

三、体现广播的语言特点。语言干净利索，语句短小精干，没有多余的字和话，听起来俏皮生动；说白话不用形容词，并采用排比手法，听起来抑扬顿挫、韵味十足。

四、字数简练，但逻辑层次清晰。在“脱贫攻坚摆不得半点花架子”的论点下，叙述的几件事及存在于基层的各种“花架子”的表现是论据。分析了摆花架子的原因，摆花架子的危害，最后落脚于应该怎么办，一气呵成。

简单点、复杂点，一切当以群众利益为出发点

张　怡　孙向彤　孟诚洁

（限于篇幅，文字稿略，获奖作品请听光盘。）

（上海广播电视台新闻频率《新闻编辑室》2016 年 8 月 5 日 21 时 25 分）

申报资料实录

作品简介：2016 年是全面从严治党的重要一年。7 月至 8 月，上海电台开通“夏令热线”节目，16 位区长轮流坐镇直播室，现场指挥下属职能部门解决群众“急难愁”问题。然而其中，也不乏个别党员干部“假作为、真作秀”，只图表面文章做漂亮，不把群众利益放心上。通过深入调查，记者揭露了种种“套路”背后的“隐性不作为”现象，指出：不论是强调理由时的“简单问题复杂化”，还是制订方案时的“复杂问题简单化”，都是将简单留给自己，把复杂扔给群众，这是一种“非典型懒政”。

同时，评论并没有止于批评，而是建设性地提出：如何“把简单留给群众”？进一步给出正面范例，引发深入思考，弘扬清风正气。

社会效果：“夏令热线”年年有、各地有、不止一家媒体有；一些问题为何前年接、去年接、今年还在接？

媒体聚焦下的“夏令热线”，原本是党员干部作风建设的“考场”；一些人却把“考场”当“秀场”：处理问题简单点、复杂点，全凭“尺度”的拿捏；对此睁只眼、闭只眼，取决于微妙的“官场生态”；大家一同“轰轰烈烈走过场”，唯独忘了：群众利益才是一切工作的出发点！

评论剖析了历年“夏令热线”中的典型案例，指出了干部作风建设中存在的“谋事不实”弊病，揭穿了作秀者身上所披“皇帝的新衣”。评论播出时，正值“两学一做”教育全面铺开之际、备受瞩目的“夏令热线”收官之时，社会反响热烈：不但群众叫好，广大党员干部深受触动，一些党政机关也主动来电索取评论，结合基层工作，“照镜子、正衣冠”。

推荐理由：相较“先天”具备轰动效应的新闻事件，民生题材在立意上

容易老生常谈、在选材上容易陷入琐碎，因而对新闻人功底提出了更为苛刻的要求。但该评论却不落窠臼、不流于说教；初看取材平实，再读鞭辟入里，细品发人深省。

记者长期奋战于舆论监督第一线，积累了大量鲜活的民生案例；每一个案例都亲自调查、连续跟踪，一些案例跨度甚至长达数年。内容上，该评论品贴近实际、贴近生活、贴近群众；思想性上，透过现象看本质，具备较高的政策水平和新闻素养；艺术性上，文风清新、构思精巧、逻辑缜密、视角独到；擅长以细节刻画场景、用事实说明道理。

尤为可贵的是：在只需“网线＋键盘”、人人都是评论“快枪手”的时代，这是一篇真正用“脚”跑出来、用“时间”积淀而成的优秀评论，堪称民生舆论监督的典范之作。

广播专题

医改“手术刀”该动向哪里?

刘艳美　阮明湘　周　韵　滕　凌

（限于篇幅，文字稿略，获奖作品请听光盘。）

（邵阳广播电视台交通频道《新闻追问》2016 年 8 月 22 日 11 时 05 分）

申报资料实录

作品简介：医药卫生事业关系亿万人民的健康，关系千家万户的幸福，是重大民生问题。深化医药卫生体制改革是我国一项涉及面广、难度大的社会系统工程。国务院医改办专职副主任、国家卫计委体改司司长梁万年指出，新一轮医改一个非常重要的战略目标，即是到 2020 年实现人人享有基本医疗卫生服务。而真正要均等化的享有基本医疗卫生服务，最好的、最重要的提供场所是基层卫生医疗机构，主要包括农村地区的乡镇卫生院、村卫生室，城市地区的社区服务中心或者社区服务站。

记者持续跟踪报道湖南省邵阳市医改工作时发现，当地武冈市敢为人先，积极探索创新，克服“人多财政收入少”的困难，用市场化的方法建立起了家庭与医生签约制度，缓解农村群众就近看病难问题，成为医改的“排头兵”，趟出了一条基层医改之路。群众到底对医疗卫生体制改革持怎样的看法？记者在武冈集中采访近 10 天，深入到老百姓当中倾听他们的心声。众多老百姓说，乡村医生签约之后，头疼脑热，有签约的乡村医生专门开药；身体不舒服，想戒烟限酒，有签约的乡村医生给出意见；家中有卧床的老人，签约的乡村医生还能帮你申请“家庭病床”。

武冈地处湖南省西南部，东、西、南三面环山，总人口 80 多万，其中 71 万人都住在农村。在全国深化医药卫生体制改革中，武冈市把中央和省市关于医改、脱贫攻坚的决策部署与本地实际相结合，切实履行政府托底责任，从供给侧发力。为了更好地满足农村居民就近就医及多样化健康服务需要，进一步转变乡村医生服务模式，规范乡村医生服务行为，充分发挥乡村医生的健康守门人作用，促进基本公共卫生服务项目在农村的有效落实，切实为广大老百姓提供方便、价廉的基本医疗服务，武冈率先在全国启动乡村医生签约服务工作，按照“层次分明、种类合理、特色明显、内容丰富，适应不同人群”的原则，推出“健康咨询、健康保健、诊疗康复”3个类型7种个性化签约服务，签约村民可享受到量身订制的个性化医疗服务。同时，融通了村医服务的渠道，变“坐门候诊”为“上门巡诊”，打通了医卫服务的“最后一公里”。

乡村医生签约服务里“签”的是什么？就是让群众掏明白钱，享受乡村医生为他们提供的个性化基础医疗保障服务。在武冈多个乡村，几乎所有的留守村民都购买了乡村医生签约服务，这些签约服务涵盖高血压、糖尿病、肿瘤等7类病种，定价从50元、100元到600元不等。村民们看中的，正是乡村医生签约服务包下的免费体检、免费上门、还有基本药物的免费。武冈铜湾村的温老伯是村里第一批“吃螃蟹”的人，他签约购买了100元的高血压服务包，而在大医院，100元甚至还不够他做次检查。省下了看病钱，更解了“跑腿”苦。在武冈乡村卫生室，我们看到这里不再是记忆中的听诊器、血压计、温度计“老三样”打天下，取而代之的是宽敞明亮的诊断室、观察室，先进的全科诊断仪……村民们头疼脑热的小毛病在这里都能解决，卫生室没有条件看的病，可以通过远程医疗系统由大医院的专家在线会诊。“软硬件”同步提升之下，很多病人选择在基层首诊。目前，留在县级以下医院就诊的比例提高到了94%，在乡村卫生室的首诊率达到了48%。

湖南省武冈市用市场化的方法建立起了家庭与医生签约制度，改变就诊模式，预防“小病变大病”的情况发生；推行分级诊治，避免大医院人满为患。这应该会是中国医疗卫生事业未来发展的趋势。这种医改模式目前经过武冈等县（市）试点推行，今年计划在湖南省全面铺开，有望真正实现医疗投入“升”上来，优质资源“沉”下去，让“私人定制”式的医疗服务惠及更多百姓。

社会效果：该报道播出以后，本台官方微信、微博受众广泛参与互动，有一位“陌上花开”的受众反馈说：“这样假以时日，把医疗资源调配好，把政策用到位，我们国家的就医格局就是个有序的格局，医疗资源的分布就是个合理的分布，医保费用的支出就能够做到精打细算，用得恰到好处。家庭签约医生制度的广泛推行，为我国解决看病就医问题提供了新的思路。”

该报道经上级媒体转发后，引起了国务院深化医药卫生体制改革领导小组的关注，改革领导小组下发简报，对武冈“新医改”经验做了专题推介。简报指出，武冈市借助医疗卫生体制改革，解决了制约基层医疗卫生体制改革的瓶颈，走稳了分级诊疗第一步，缓解农村群众就近看病难问题，进一步增强了群众对改革的获得感。

推荐理由：改革开放在认识和实践上的每一次突破和发展，无不来自人民群众的实践和智慧。该专题报道紧紧抓住中国医疗体制改革这一时代课题，为全面深化改革提供了鲜活的基层首创案例，为推动改革顶层设计和基层探索良性互动营造了良好的舆论氛围。作品采访扎实、录音丰富、报道质量高，社会反响好。同意推荐参评中国新闻奖。

三进五台沟

那其灼　唐佳菲　房　磊　陈　曦

（限于篇幅，文字稿略，获奖作品请听光盘。）

（辽宁广播电视台辽宁之声　FM102.9《新闻大视野》
2016 年 12 月 31 日 7 时 5 分）

申报资料实录

作品简介：作品主题重大，紧扣习近平总书记对扶贫工作提出的“扶贫先扶志”、“扶贫必扶智”以及“精准扶贫”的重要论述，用质朴的语言、真实的细节，生动报道了驻村干部李红冈在五台沟村驻村扶贫的过程，以及这个东北山村所经历的蜕变。

这篇作品是贯彻“走、转、改”要求的精品力作。从 2015 年 1 月到 2016 年 12 月，几位作者三次到五台沟村实地采访，采访中与村民同吃同住，采访人物 100 多人次，积累了近 2 万分钟的访谈录音和原生态音响素材，大量使用伴随式采访，由记者唐佳菲第一人称讲述，创造性地运用“广播纪录片”的形式，大大提升了作品的吸引力和感染力。

社会效果：这篇作品播出后引发了很大的社会反响。听众们通过“阿基米德”等新媒体平台踊跃互动，表示这篇作品好听、动人又引人思考，既让人们看到问题也给人希望和方向，同时，让听众认识了一个可敬又可亲的扶贫干部李红冈。节目播出后李红冈当选“辽宁好人 2016 年度人物”。

推荐理由：这篇作品跳出传统典型报道的固有模式，不只报道这个贫困村的发展和变化，也直面这里的问题和不足，对于扶贫干部李红冈不只展现他高度的责任感、使命感和科学的扶贫思路，也客观记录他的困惑和忧虑。这篇作品没有给听众一个完美的“脱贫完成时”，而是报道了一个不断发现问题、解决问题的“扶贫进行时”，并在这个过程中揭示“懒惰散漫、不思进取、小富即安”的贫困内因，从而更加有力地呼应习近平总书记提出的“扶贫先扶志”、“扶贫必扶智”以及“精准扶贫”等论断。

作品创造性地使用“广播纪录片”的形式，结构精巧，音响生动，用富有乡土气息的语言讲述农村的故事，是深入贯彻“走、转、改”要求的精品。

“百鸟朝凤”，哀曲还是新生？

孙爽（播音名：大爽）

（限于篇幅，文字稿略，获奖作品请听光盘。）

（重庆广播电视集团（总台）都市广播《麻辣串串香》2016年6月3日13时06分）

申报资料实录

作品简介：电影《百鸟朝凤》由于制片人下跪事件为舆论所关注，由此引发了众多关于电影制作本身，以及“匠人精神”悖论问题的讨论。

创作者以此为切入点，在剖析事件的同时，层层推进到更深入的“非物质文化遗产传承”问题，结合重庆本地情况，分析了不同非遗文化传承所面临的现实处境，结合成功与失败的案例，提出新的观点与操作建议。从全国性文化事件引出本地案例，再延伸为更广泛的民族职业精神话题，点面结合，引人深思，也是创作者对于自身职业的勉励与鞭策。

作品大量使用采访录音及原声音响，其采访对象既有古琴名师、民间文化发起人，也有蜀绣、川江号子的非遗传承人，还特别关注了重庆首届非物质文化遗产博览会的情况，凸显了政府部门为文化保护所做的努力，提出传承手法也是一门“学问”的理念。作品编排上，以不同的唢呐曲作为段落的串联转折，呼应开篇的同时也增强了作品的美感与艺术性。创作者真情实感的主持语言、细腻流畅的编排手法为本作增色不少。

社会效果：本作探讨了文化的传承，文化遗产的保护，乃至每个专业从业者所面临的选择。匠人所面临的困扰，其实在各个行业均有体现，节目播出后引发更多的思辨与讨论。

推荐理由：这是一篇兼具情怀与美感，颇具前瞻性与实用性的广播社教佳作。创作者的双重叙事，点面结合手法，展示了广播创作的可塑性，凸显了音频作品的立体感。创作者以小我见行业，借文化传承之道探寻本行业迷途，将个人职业经历与非遗保护问题进行融合，之后再以抽丝剥茧层层递进的手法，以小见大的反映出当前文创行业的困惑，也道出未来奋斗的部分方向。作品呈现了创作者的责任心与使命感，提出了可行性建议，较充分全面的案例素材使用，也使全篇呈现出饱满、丰富的声音形象。

我的东北我的家

集　体

（限于篇幅，文字稿略，获奖作品请听光盘。）

（中央人民广播电台经济之声《天下财经》
2016 年 12 月 12 日—2016 年 12 月 26 日）

申报资料实录

作品简介：《我的东北我的家》是中央人民广播电台对重大问题性、焦点性宣传寻求突破、进行大胆创新的一次成功实践。

这组报道从普通人的视角讲述家国情怀，从感性的维度思考经济现象，温暖感人、以情动人，既直面问题，又传递希望，为国家振兴东北战略的实施营造了积极的舆论氛围，体现了主流媒体的担当。

该作品充分发挥声音优势，形成独特的听觉美感，并积极创新生产方式和传播手段，各界反响强烈，取得良好效果。

社会效果：2016 年 12 月，《我的东北我的家》11 篇系列报道在中央台经济之声播发，并通过微信公众号、微博、央广网等全媒体呈现，引起受众热烈反响和各方一致好评，微信、微博阅读量近 200 万，听众留言 4000 多条。同时，二十多家地方电台转播，凤凰网、网易等主流网站纷纷转发，取得了良好传播效果。

推荐理由：该系列报道是我台年度重点策划选题，并配发多篇内参，力图从新的角度观照“东北现象”。

执行团队在大量调研的基础上，进行了从生产方式到传播方式的全面创新尝试，并积累了值得高度重视的经验，是我台在媒体融合形势下不断探索创新的优秀节目。

节目在表现角度和手法方面推陈出新，将沉重、严肃、压抑的“东北现象”问题，转换成一个个有温度、有亲和力的话题，于款款道来中，凝聚人心，激发爱东北、振兴东北的正能量，达到了“成风化人，凝心聚力”的宣传效果。

“行政之手”拦下营业执照

梁 泰 王 达

（限于篇幅，文字稿略，获奖作品请听光盘。）

（广西人民广播电台综合广播《新闻时刻早高峰》
2016 年 5 月 31 日—2016 年 6 月 20 日）

申报资料实录

作品简介：在简化办事流程、鼓励大众创业的今天，一纸营业执照却成为广西田东县建材经营者的“拦路虎”。听众爆料反映每日有损失的情况，作者急群众所急，核实后发出了关注的声音。本着一定要现场深入采访的原则，在 37 摄氏度高温环境下，奔走在商贸场所、街道、居民区、政务大厅、工商局、法制办、政府办、纪委等地调查，访问各方，查阅国家、自治区有关法律法规和规章制度，调阅县政府过去 5 年政府规范性文件、人大会议报告和有关政府公开资料。对适用法律法规文件征询律师意见，一字一句有理有据，给足时间让当地责任部门处理，保障了报道权威性、引导力，及时反映出当前国内基层政府落实法律顾问制度、重大行政决策制度落实情况，为地方政府践行依法行政理念、构建新型政商关系提供了思考。

社会效果：解决问题。（1）广西区、市、县三级政府部门关注报道，县政府组织工作组重新审查通告，本着“有错必纠”的原则，废止了不合法的通告内容。政府态度，得到老百姓认可。（2）类似不规范文件在广西并非个案，广西法制部门明确对全区各地政府规章制定纳入统一编号、审查等监督。自治区党委政府要求 2017 年底前完成清理、废除妨碍市场统一和公平竞争的各种规定和做法，破除部门保护、地区封锁和行业垄断。影响广泛。记者调查有理有据。部分篇目稿件也在中央电台《新闻纵横》《全国新闻联播》等节目播出，中国经济网、扬子晚报网、网易、腾讯等网站转载，微信、今日头条等网民留言 “终于有媒体关注这事了”。作品是作者运用习近平 “2·19”重要讲话精神生动体现，树立了政府“依法行政”和“有错必纠”的形象。

推荐理由: 报道是对中央有关决策部署的一次“宣传与检验”。作者运用“行进式”报道的手法，推进广播与网络手段共同传播，形成了较大监督合力。作品音响生动、信息翔实，单件文稿播发做到弥补广播易逝性缺陷，不突兀，尊重用户收听。整组报道采访方式得当，报道策略有效，为地方和中央进一步深化改革提供了参考，实现了舆论监督和正面宣传的统一。

广播访谈

专访“陈满案”平反推动者程世蓉——一棵稻草的力量

李　锐

（限于篇幅，文字稿略，获奖作品请听光盘。）

（北京人民广播电台北京新闻广播 FM100.6；AM828《新闻天天谈》
2016 年 4 月 24 日 12 时 20 分）

申报资料实录

作品简介：2016 年，入狱 23 年的陈满冤案平反，引发社会广泛关注。陈满是目前我国已知被关押时间最长的蒙冤者。陈满冤案平反，成为中国法治进步的一座里程碑。本期节目，作者通过采访“陈满案”平反推动者程世蓉、陈满和他的家人，以及陈满案的律师，还原了案件平反的历程。节目歌颂了程世蓉这个既普通又伟大的老者坚持真理、古道热肠的优秀品格，也展现了党的十八大以来，人民法院以重大案件审判推进法治进步，全面依法治国、深化司法改革的成效。

初评评语：节目选题重大，紧扣热点。制作人员具有很强的新闻敏感，关注到“陈满案”这一当时的热点，及时采访到核心人物，深入挖掘细节，从诸多角度呈现热点事件背后的故事。从冤案到平反，折射出公民法律意识的提高和中国法治建设的进步，引发听众对推进依法治国理念的强烈共鸣。

推荐理由：题材较热，陈满平反案是2016的一个著名司法案件，影响广泛，关注度高；视角独特，访谈选取了一直关注此案参与此案的一个普通老人作为访谈对象，对了解此案更具有听众接受度高的效果；访谈有趣，有起伏，有悬念，有冲突，可听性强。

醍醐：让西藏艺术和藏式美学走出高海拔藏区

高广重　邬雨曈　罗　华　刘晓地　徐文珍

（限于篇幅，文字稿略，获奖作品请听光盘。）

（西藏人民广播电台《新闻下午茶》2016 年 9 月 23 日 17 时 30 分）

申报资料实录

作品简介：在大众创业万众创新的时代背景下，“醍醐”——西藏明室文化传播有限公司这个刚刚成立不久的新公司不仅有一系列吸引眼球新产品研发，又有了新的举动，在“藏博会”期间联合创立西藏第一个文化艺术产业基金管理平台——松禾醍醐基金管理平台，这一系列举动吸引了编辑主持人的眼球。节目谈及西藏文化内涵，进而谈到了文化衍生品，以西藏文化藏族美学走出高海拔地区为落脚点，以藏毯厂的落寞和复苏，以及藏毯背后承载的温度和文化价值展开讨论。

初评评语：该访谈结合第三届中国西藏国际博览会的专题论坛，以西藏艺术和藏族文化如何走出高海拔藏区为主题展开探讨。

推荐理由：西藏第一个文化艺术产业基金管理平台——松禾醍醐基金管理平台在第三届藏博会期间成立，主持人专访了该基金平台联合创始人，从西藏文化内涵谈到了文化衍生品，访谈结合藏博会的文化产业论坛，探讨西藏艺术及藏族文化如何走出高原的问题。该访谈以藏毯厂的落寞和复苏、以及藏毯背后承载的温度和文化价值展开讨论，切口具体，内容丰富，整个节目具有一定深度和新意。

好花为何这样红

侯　莹　李盼盼　王龙鑫

（限于篇幅，文字稿略，获奖作品请听光盘。）

（贵州广播电视台特别直播 2016 年 8 月 30 日 10 时 30 分）

申报资料实录

作品简介：这是一场对布依族传统成人礼的现场直播，通过布依族长老带领布依青年诵读古歌《刺梨花》、布依妇女为年满 18 岁的女儿包头帕等环节的直播，向受众展示了一个民族地区小山村里浓厚的少数民族文化氛围和惠水县长安布依人世代对“真、善、美”的质朴追求。

《好花红》是一首脍炙人口的民歌，歌中所唱的“刺梨花”也被誉为惠水县长安的民族之花，其花所代表的“向阳、向善”的精神正是当地人的真实写照。直播巧妙地将歌曲《好花红》、古歌《刺梨花》作为主线，带领大家见证了一个布依族小山村的发展变迁，展现了民间力量在保护民族文化过程中付出努力的动人故事。

初评评语：本作品选题新颖、音响典型、构思巧妙。直播不只是停留在对仪式的现场解说，还邀请专家作为嘉宾对每个环节进行点评，对布依族文化进行介绍。仪式结束后请布依族长老、专家、90 后布依族青年等对如何保护民族文化做交流分享。一个民族如何生存，一个民族如何发展，他们的凝聚力是什么，本场直播展示了传统民族文化对社会主义核心价值观另一种表达。

推荐理由：1. 创意好。《好花红》是一首脍炙人口的布依族民歌，歌中所唱的“刺梨花”也被誉为贵州省黔南州惠水县长安的民族之花，其花所代表的“向阳、向善”正是当地人的精神写照。直播巧妙地将歌曲《好花红》、古歌《刺梨花》作为主线，带领大家见证了一个布依族小山村的发展变迁，展现了民间力量在保护民族文化过程中付出努力的动人故事。由小见大，可谓创意精妙。

2. 形式活。直播不只是停留在对仪式的现场解说，还邀请贵州民族大学教授、贵州省布依族学会常务副会长白明政作为嘉宾，以观察员的方式对仪式进行了由表及里、由浅入深的讲解，从一场当地百姓自发组织的“布依族成人礼”挖掘出了“五家五合的布依精神”，是传统民族文化对社会主义核心价值观的另一种表达。

3. 融媒体表达。本场直播通过贵州广播电视台综合广播、手机 APP 收听软件、微电台等平台同步直播。同时互动性很强，网友为家乡的变化和具有“刺梨花”精神的布依儿女点赞、留言，极大地丰富了直播内容。甚至将《好花红》唱到天安门的罗秀英也设法联系到直播组，动情的回忆起当年从惠水唱到北京的难忘故事，使直播有了纵深感。

此组直播给我们的启示是，媒体需要倡导更多人关注民族文化，了解民族文化，传播弘扬民族文化。通过这样的方式讲好贵州故事、中国故事！

2016年12月20日《全国新闻联播》

集 体

（限于篇幅，文字稿略，获奖作品请听光盘。）

（中央人民广播电台中国之声2016年12月20日18时30分）

申报资料实录

作品简介：《全国新闻联播》是中央人民广播电台的一档重点新闻栏目，一直享有很高的收听率和美誉度。节目始创于1951年5月1日。节目定位是：权威、及时、准确，全视野汇总、梳理全天国内外新闻。本期节目具有较强代表性：

一、内容饱满，题材丰富。

本期节目的起始部分，由三条精编重大时政稿件组成，沉稳精炼。中间部分的选题，既有对当下热点、焦点话题的跟进——惩治网络诈骗、推进异地就医、空气污染治理、移动互联网走势，也有独家策划——打击非法广播，还有对国际突发事件的全方位播报——俄罗斯驻土耳其大使遭枪杀。简讯部分简明扼要，信息量大。

二、张弛有序，逻辑性强。

本期节目覆盖宏观、微观多个层次，宏观、微观有机串联，自然，流畅。在对录音精剪的基础上，以内容为统领，做详略有别的处理，使得节目整体有起有伏，张弛有序，具有较强的内在逻辑性。

“习近平会见天宫二号和神舟十一号载人飞行任务航天员及参研参试人员代表，并发表讲话”，体现了党和国家对航天事业的关怀、肯定和期望；随后由天到地，紧跟“中央农村工作会议召开”，据编辑组了解，这条稿件是全国媒体首发；随后，通过“十二届全国人大常委会第二十五次会议分组审议民法总则草案等”这条稿件实现起承转合，自然过渡到民生关注；来自部委的政策新闻，落脚点都在百姓民生，既是国家事，也是身边事；随后，“雾霾范围扩大，京津冀出现污染峰值”，既关注百姓生活受到影响，也陈述交通等部门的全力应对；然后是“打击非法广播”、“5G 在加速”，一抑一扬，有机串联，编排流畅。最后以国际突发事件收尾，音响丰富，干净利落。

三、简洁明快，引人入胜。

本期节目基调，振奋且务实，环环相扣，引人入胜。28 分钟 55 秒，出 18 条新闻。

三条时政稿件之后，一组国内要闻聚焦，提升节奏。民生之后，一组短只有 12 秒，长不过 20 秒的国内简讯扫描，更是干脆利落，关注到从“工信部惩戒新能源车骗补”、“民用直升机取得突破性发展”、“快递业突破 300 亿件大关”、突发事件“福建漳州海域商船渔船碰撞”、“香港确诊今冬首例外地传入 H7N9 个案”等方方面面的新闻，作为录音报道的强势补充。国际突发事件后，紧跟其他两国遭遇袭击事件的简讯，全球一夜遭遇三起袭击事件，集中编排引发对国际反恐形势关注。

初评评语：《全国新闻联播》是中央人民广播电台的晚间新闻节目，中国广播新闻节目的经典品牌。本期节目集中体现了《全国新闻联播》的编排理念和水平。

信息饱满，题材丰富。三条时政稿件提纲挈领，起势沉稳。中间主体部分厚重饱满。国际新闻选取突发事件，时效性强。国内简讯、国际简讯简明扼要。

张弛有序，逻辑性强。国内新闻选取紧跟当下热点，落脚点都在百姓民生。既是国家事，也是身边事。有机串联，编排流畅。

简洁明快，引人入胜。整期节目文字精致，录音精炼，有起有伏，环环相扣。节目基调既振奋，又务实，体现了国家电台风范。

推荐理由：这是一期重点突出、主题鲜明、信息量大、非常规范的新闻编排。

1. 这期节目重点突出，令人印象深刻。这期编排的重头新闻有：习近平会见天宫二号和神舟十一号载人飞行任务航天员及参研参试人员代表；中央农村工作会议召开。这两条新闻是国际国内社会都高度关注的，两条录音报道近 10 分钟，占了本期节目的三分之一。新闻足够重大，社会足够关注，在整个节目中的占比也足够份额，使得整期主题鲜明，重点突出，听后给人留下深刻记忆。

2. 整个节目清晰的板块结构符合听觉习惯。总长 30 分钟的节目，分内容提要、时政要闻、国内要闻、国内简讯、国际要闻、国际简讯六个板块，脉络清楚，详略得当。

3. 信息量丰富，社会关注点较多。如民法总则草案的审议、严惩网络电信诈骗的新规、异地就医费用的结算、京津冀雾霾严重影响出行、特朗普当选美国总统等。

4. 语言精当，条与条之间、板块与板块之间，过渡自然顺畅，符合听觉特点。

电视消息

“FAST之父”南仁东：22年坚持　铸就大国重器

郭裕娇　曾　明　黎露佳　时小千

（限于篇幅，文字稿略，获奖作品请看光盘。）

（贵州广播电视台贵州卫视《贵州新闻联播》2016年12月19日18时30分）

申报资料实录

作品简介：南仁东，是中国科学院国家天文台FAST工程的总工程师兼首席科学家，可以说，没有他就没有世界最大射电望远镜。从1993年开始，他就四处寻找适合建造“大射电望远镜”的区域。在历经10多年对上百个山凹、天坑的实地勘测后，2007年，FAST项目终于获得国家批准。2011年，当地村民搬迁完毕，FAST项目正式启动建设。2016年，世界最大的球面射电望远镜在贵州省平塘县建成投用。前后22年，南仁东把一生的心血和精力都放在了这件“大国重器”上。

但在项目建成之际，南仁东却因为身体原因已经无法接受采访，因此记者从过去采访FAST项目的素材和节目中选取了南仁东各个时期具有代表性的同期声，展现这位科学家对我国科学事业的忠诚与情怀。同时，记者采访了多位与南仁东有较多接触的工作人员，勾勒出南仁东执着、严谨的品格和作风，用较短的篇幅展现了“FAST之父”的形象。

这篇报道在主流媒体中第一个大胆使用了“FAST之父”这个称谓并作为标题。为此，编辑时也斟酌再三，并最终从国家天文台的官方刊物上获得求证后才确定使用。这个词恰当、独到，体现了作者的新闻敏感和对新闻价值的精准大胆判断。

社会效果：消息在电视上播出之后，因为素材的独有性和大射电望远镜受到的关注度较高，被腾讯视频等网络媒体转载转发，让南仁东认真严谨、无私奉献的科学信念和爱国精神被更多观众感知，收到良好的社会反响。

推荐理由：该报道制作精良，充分恰当地运用采访获得的资料素材，在新闻当事人无法接受采访的情况下，仍然很好地展现了人物形象和精神境界，弥补了我国的大射电望远镜项目建成使用之后，主要新闻人物无法“出场”的遗憾，是重大题材另辟蹊径的报道。

湖北实施退湖还湖“第一爆”梁子湖的牛山湖成功实施破垸分洪

集　体

（限于篇幅，文字稿略，获奖作品请看光盘。）

（湖北广播电视台湖北卫视《长江新闻号》2016年7月14日23时11分）

申报资料实录

作品简介：2016年7月，强降雨持续袭击荆楚大地，湖北五大湖泊汛情告急，尤其梁子湖水位高居不下，崩岸险情随时可能发生。7月12日，省委省政府做出了“退垸还湖”的重大决策，并决定7月14日对梁子湖最大的子湖——牛山湖实施隔堤爆破。

7月12日下午4点，接到牛山湖隔堤破垸还湖的消息，湖北广播电视台电视新闻中心调派出正在鄂州拍摄抗洪报道的5人团队赶往现场，并在晚上8点左右抵达现场。同时，第二批10人团队带高清卫星直播车赶赴牛山湖，晚上9点半左右到达现场。

经电视新闻中心中央厨房总调度，统一指挥，牛山湖报道分为后方直播团队，和前方多个采访组。一组记者拍摄不眠的寻堤夜；两组记者拍摄连夜转移安置群众；另外的记者寻找最佳拍摄点和航拍路径，制定拍摄方案。

7月13日晚6点，接到正式爆破时间为14日早上6点半的消息，现场记者立即重新分工。连夜，新闻中心又派出两个采访组，一组拍摄武警水电部队如何部署爆破任务机连夜开展施工的情况，另一组连夜前往鄂州、江夏等地了解拍摄连夜转移安置情况。在爆破现场，所有人一夜未眠，白天拍摄了一天新闻的记者正在连夜写稿、剪辑。武警官兵还在大堤上做最后的奋战，装填炸药，检查爆炸点，这些被我们的记者一　一纪录。武警官兵一夜不睡，我们的记者也跟着记录一夜。武警官兵的临时指挥部里，一组记者在指挥部蹲守，和武警官兵一同战斗。同时，负责航拍的小组选择最佳角度和拍摄地点，在保证设备和人员安全的前提下，力争呈现最完美的爆破画面。负责地面拍摄的一组记者，上房梁、爬陡坡，力争找到最好的记者出镜点。

凌晨3点，记者张晓薇带领着云豹救援队抵达了现场，正因为他们的到来，为全方位记录现场又增加了一路湖面上的拍摄角度。为了准确及时地传达指挥部下达的爆破命令，另一组记者凌晨3点赶往指挥部临时设置的爆破命令下达点，为第二天记录命令下达做好了充分的准备。出镜记者郭晓勇也是一夜未眠，先是在大堤上了解最新的武警工作进展，然后还要询问周围的群众安置情况，把现场的最新情况及时反馈，把中央厨房的最新决策贯彻落实。

所以，在这条短新闻中，凝聚的是凌晨布设最好机位、不畏生死的拍摄成果；是多组记者全方位的采访；体现的是融媒体中心前后方密切的配合。通过全方位的拍摄手段，记录下爆破的整个过程，将爆破的全貌完整地呈现给观众。作品的时效性、完整性、纪实性得到了充分的体现。

社会效果：该作品在当天的《湖北新闻》《长江新闻号》栏目和湖北公共新闻频道多次播出，作品中的爆破现场画面还被央视采用，在央视新闻中多次播出。同时，长江云、长江新闻号微信公众号也制作了新媒体产品，得到网易、新浪、今日头条等新媒体纷纷转载，引起社会广泛关注。

推荐理由：该新闻作品采取全方位、全过程、多角度、多视角的记录方法，第一时间记录下爆破的整个过程，将爆破的全貌完整地呈现给观众。电视作品的时效性、完整性、纪实性得到了充分的体现。

方家大院的中国年

谢永芳　付忆静　赵洪潭　程小刚

（限于篇幅，文字稿略，获奖作品请看光盘。）

（江西广播电视台江西卫视《江西新闻联播》2016 年 2 月 9 日 18 时 30 分）

申报资料实录

作品简介： 江西画坛有一个著名的书画世家，以方学晓、方学奇、方学良、方云四兄弟为代表，人称“四方”。记者在一个偶然的情况下了解到，四方之家现在已经发展壮大，走出了十二位画家；更有意思的是，方氏家族一直生活在同一个院落里，如今已是几代同堂。在人心浮躁、物质至上的现实世界，是什么神奇的力量让书香得以代代传承？在喧嚣的尘俗中，又是什么，将方家人和谐地凝聚在一个屋檐下？记者敏锐地捕捉到这一社会现象所蕴含的新闻价值，选择春节这一特殊的时间窗口，走近四方之家，独家解密“方家大院”。新春走基层作品《方家大院的中国年》便是这么诞生的。

记者以目击者的身份，以纪录的方式，走进南昌闹市里巷，走进斑驳门墙和蓊郁翠竹掩映下的方家大院。一走进院门，便仿佛穿越时空，走进了安静的旧时光。温情脉脉的方家人，一起写对联、贴对联，一起读书作画……真实呈现遵循文章节义、善隐厚重的方氏家族群像。这种独特的文化坚守，缘于家风，又植根于中华传统文化。优秀传统文化的浸淫和传承，让方家大院在浮华喧嚣中显得遗世独立。但与此同时，方家人还与时俱进地通过互联网，将中国智慧从这一方宅院传递到海内外，体现了传统和现代的结合。这岂不正是中华文化实现精华传承和时代创新的一个典型？

社会效果： 作品在江西卫视《江西新闻联播》播出后，在网络上被大量转发，官微公众号评论火爆，引发海内外社会各界，尤其是海峡两岸对于中国传统文化及家文化的热议。

报道播出后，南昌市东湖区做出决定，将处于折迁地段的方家大院列入文化保护单位，打造成文化地标，不予折迁。2016 年 5 月份，由方家兄弟创作策展的《星云禅话　方云禅画创作展》在台湾参加星云大师佛光山开山五十周年纪念画展，引起轰动。

2017年初，中共中央办公厅、国务院办公厅印发《关于实施中华优秀传统文化传承发展工程的意见》，在新中国历史上第一次以中央文件形式，专题阐述中华优秀传统文化传承发展工作，提出在尊重文化传统，注重社会实际，注重变通、创新、开放、多元基础上的传承。这从另一个侧面肯定了方家大院在文化传承上的典型意义。报道已获2016年江西广播电视新闻奖一等奖和江西新闻奖。

推荐理由：这是一篇优秀的电视新闻消息，其特点如下：

一、选材精当，主题深远。记者巧妙选择春节这个时间窗口，集中展现方家人的文化自信，洞见方家大院的根和血脉——中华优秀传统文化。作品润物无声地传达出这样一个信号：中华优秀传统文化，代表着中华民族独特的精神标识，是中国特色社会主义植根的文化沃土，是实现中华民族伟大复兴中国梦的持久力量，是当代中国发展的突出优势，意义重大、引人深思。

二、以小见大，以点见面。“一方之家，国之缩影”。记者以极强的新闻敏感发现并透过对联、斋名、读书会、公众号这几个小场景，生动展示了文化的传承、家风的延续，把社会主流价值观这一宏大的主题，浓缩在一方之家的几个学习、生活场景中。这是对中国社会主流价值观、普通百姓“家国情怀”和中华民族文脉的生动展示。

三、新闻鲜活、反响强烈。节目大量运用现场纪录和同期声采访，深入挖掘了方家人的艺术情感和创作原动力，展现了传统文化的现代价值和创新传承，故事性和感染力强，让传统文化、主流价值观“活”了起来。作品在网络世界和海内外引起强烈反响，体现了主流媒体的历史担当和文化引领。

电视评论

收粮商贩王力军的尴尬

任 杰 杨晓燕 刘 华 宋国峰 田长青

（限于篇幅，文字稿略，获奖作品请看光盘。）

（内蒙古广播电视台内蒙古卫视《新闻在观察》2016年8月3日21时40分）

申报资料实录

作品简介：2016年4月15号，巴彦淖尔市临河区农民王力军因无证收购玉米，被临河区法院以非法经营罪判处有期徒刑一年。记者第一时间找到王力军实地了解情况，当时王力军心里有一个疑惑，他认为他帮着农民卖玉米，本来做着一件好事儿，却想不通为何触犯了刑法。随后记者在王力军所在周边的村子走访调查，农民们都认为像王力军这样的个体收粮商贩给他们提供了方便，让他们足不出户就可以把粮食卖出去，而当地的一些粮食加工企业也都认为在粮食收购的过程中，这些走乡串户的收粮商贩的作用非常大。为什么都为之叫好的事情，却触碰了刑法呢？围绕着这个案件，节目把更多的注意力放在了和王力军身份类似的流通大户的身上，据了解，全国这一类群体数量上超过了百万，他们在粮食流通体系里起到了积极的作用？还是破坏了市场秩序？是该放还是该管？节目主线明确，先后采访了当地法院、工商局、粮食局等相关部门，一起探讨在粮食流通领域该如何做好“放、管、服”的问题，节目全方位、立体式地进行了客观实际的反映。

社会效果：王力军所做的营生，在农村是经常会见到的，他们走乡串户，奔波于田间地头和粮食加工企业之间，在粮食流通领域中，他们起着纽带的作用，而王力军被判刑，使得这个案件饱受争议。节目播出后，很多个体收粮商贩都打来热线，说出了他们的苦衷和无奈。在接下来的进展中，这个案件也出现了转折，2016年12月，最高人民法院通过对案件的监督审查作出再审决定，决定书上说，王力军没有办理粮食经营许可证和工商营业执照，虽然违反了国家粮食流通管理有关规定，但其行为尚不具备与刑法第二百二十五条规定的非法经营行为相当的社会危害性和刑事处罚必要性，指令巴彦淖尔市中院对这个案件进行再审。今年2月17号，巴彦淖尔市中院改判王力军无罪。

推荐理由：我们经常听到一个词，叫农产品卖难，造成农产品卖难很重要的一个原因就是农产品的流通环节不畅，而专门从事农产品流通的农民还有一个称谓叫“流通大户”，正是他们，靠着勤劳和智慧解决着农村的现实问题。时至今日，当我国的粮食生产实力稳步增强，农产品流通领域尚未健全的大背景下，从事粮食流通贸易的中间商仍然不可或缺，在全国同王力军身份类似的人数量超过百万，其实，说出这些收粮商贩们的心声，主要的目的是针对粮食流通体系的构建中该怎样放？怎样管？如何做好服务的问题。如何设计和运用好制度，依法规范市场行为，这是各个部门都必须认真考虑的现实问题，能放的放开，该管的管住，只有这样，农村的二道贩子才能真正成为解决农产品卖难的“二郎神”。

谁制造了“毒跑道”

李彬彬　于　浩　王亚丹　李　培　李　慧

（限于篇幅，文字稿略，获奖作品请看光盘。）

（中央电视台财经频道《经济半小时》2016年6月21日21时20分）

申报资料实录

作品简介：自2016年5月，全国多个城市校园跑道出现异味的现象，一时间引起社会的哗然。猜测、评论、质疑成为热议。为此，经济半小时栏目记者深入源头，对有毒跑道生产、销售、铺设、使用的来龙去脉进行了独家调查追踪采访，由此也揭开了国内塑胶跑道行业无序、无规、暴利、污染的内幕。记者在纷繁复杂、最热的舆情面前，面对公众的担心和质疑，独家对此事进行了调查。在记者的镜头下，人们看到废旧轮胎、废旧电缆，工业废料，是如何在未经处理的情况下，被打成塑胶颗粒，最终铺进了校园的事实真相。这也是在最热门的新闻面前，终结谣言、终结猜测，终结公众的担心的一次有力的媒体动作。不仅仅对事件正本清源，解答了公众的疑惑，同时也为国家制定法律、法规提供了强有力的事实和证据。

社会效果：节目播出当晚，国家质量监督检验检疫总局召开紧急会议，会同公安部门立即对非法生产企业进行了关停，取缔。国家教育部在当晚十一点通电全国，向全国的中小学校发出紧急通知，迅速做出对有毒跑道立即全部拆除的决定。至此，在国内沸腾了近两个月的毒跑道事件，得到了有效的终止。国家的行业主管部门、法律制定部门在媒体所报道的依据和证据情况下，做出了整改意见，有效地制止了毒跑道继续危害社会、危害孩子健康的问题。节目在央视财经新媒体上成了热点话题，《谁制造了“毒跑道”》节目播出后，数百万网友留言，称赞国家媒体的责任，同时也为党和国家面对问题、处理问题的勇气、决心、速度、力度给予了良好的评价，起到了引导舆论，澄清谬误、解决问题的良好社会作用。

推荐理由：《经济半小时》栏目记者王亚丹为完成本期调查节目，揭开校园跑道出现问题的内幕，在烈日的暴晒之下，忍受着废旧橡胶、劣质胶水散发的毒气，多次进入造假窝点，对有毒塑胶跑道的原料、生产、铺设展开了深入、细致、完整的调查。

电视专题

亲爱的

郭蓓蓓　李小白　张正蓉　包　俊

（限于篇幅，文字稿略，获奖作品请看光盘。）

（重庆广播电视集团（总台）重庆新闻频道《重庆发现》2016年8月18日20时）

申报资料实录

作品简介：2016年夏天，一位母亲写的文章被通讯员转发到了微信朋友圈上，这是一篇“反思死亡”的心得，而反思的对象是作者自己和她年仅十一岁，患有两种罕见病，去日无多的儿子。我们找到了这位母亲，跟随她从綦江到重庆，从重庆到成都，不仅记录下了这对母子相处的日常，也跟随她探访了有着相似遭遇的病友，真实地呈现出这对母子的心路历程和“向死而生”的生命态度。

社会效果：死亡其实是生命的参照物，不理解死亡，就难以找到生命的价值，是这期节目传导的价值。节目播出后，多家媒体及多个微信公众号给予转载，得到广泛好评，更多人开始关注罕见病，重庆社会救助基金会以及很多公益组织开始关注这对母子，并给他们送去慰问。节目中的儿子罗睿燊被纪实电影《草木一秋》选为主人公之一，参与电影拍摄。

推荐理由：以一位母亲带着自己十一岁的儿子，办理志愿捐献遗体申请登记手续为切入点，层层递进地讲述了他们不寻常的遭遇与心路历程。在与两种罕见病的博弈中，母子俩学习进取与退思、抵抗与开放、抗争与臣服。节目叙述流畅、生动真实、贴近观众、感人至深。节目中，母子俩一段关于死亡的对话，被真实记录，并以平实手法呈现，与观众产生了良好的情感共鸣。

船　长

集　体

（限于篇幅，文字稿略，获奖作品请看光盘。）

（青岛市广播电视台新闻综合频道《青岛纪事》2016年12月30日23时20分）

申报资料实录

作品简介：本片讲述的是中国职业航海家郭川的故事。2016年10月25日，郭川在挑战跨太平洋航行的过程中失联，引起社会广泛关注。作者以此为切入点，选取了郭川结缘航海、完成单人不间断环球航行、作为船长率领国际团队挑战北冰洋东北航线、率队完成两万多海里的海上丝绸之路交流航行等节点性事件，结合对郭川本人的专访，通过大量的郭川航海的原始视频和十二年来的跟踪采访素材，真实生动地再现了郭川的成长经历，立体化地诠释了一个富有航海精神、钟爱事业和家庭、充满责任感和使命感、为我国航海运动发展勇于探索的当代中国职业航海人的形象。作品细节生动、场面宏大，具有很强的冲击力和感染力，其中大量卫星回传视频的运用，让本片具备了极强的现场感。

社会效果：本片通过青岛电视台、青岛网络电视台网站、爱青岛手机客户端同步播出，蓝睛融媒体新闻客户端展播，得到社会各界的好评。通过讲述郭川多次创纪录航行，让观众从多个角度的了解一个为我国航海运动发展不断尝试挑战的中国职业航海人的真实故事，通过郭川的形象，展现了当代中国不忘初心，继续前行的时代精神。

推荐理由：作为长期关注郭川航海运动的媒体单位，十二年时间不断的跟踪采访，使本片史话式地记录了当代中国航海家郭川的航海经历，展示了郭川航海生涯中很多鲜为人知的心路历程。第一时间的现场采访、生动的细节捕捉、鲜活的卫星视频，作者运用电视的手段，充满感情地塑造了一个立体而感人的人物形象。作品情感饱满、思绪悠长，让观众对中国职业航海家郭川的了解和认识真实、丰满，感人至深。

人间世——救命

秦　博　周　全　李振宇　潘德祥　董路翔　黄伊罕　范士广

（限于篇幅，文字稿略，获奖作品请看光盘。）

（上海广播电视台新闻综合频道特别版面 2016 年 6 月 11 日 20 时 35 分）

申报资料实录

作品简介：《人间世》拍摄历时两年，上海广播电视台和市卫计委达成战略合作协议，摄制组进驻上海将近 20 家医院，蹲点拍摄。《救命》是系列纪录片的第一集，记者花了 8 个月的时间蹲守在瑞金医院的心脏外科和急诊室，每天和科室医生一样上下班。摄制组成员在学习了医学规范、急救常识以及手术室无菌规范后，逐步深入重症监护室、手术室等抢救核心，在病人及家属同意拍摄的前提下，记录了大量一线抢救的案例。成片最终选择了 5 个重症抢救案例，其中有 3 个是抢救失败案例，淋漓尽致地呈现了面对生死考验时，人性底层的善良、勇气和怜悯，直面了“医学的可为与不可为”这一具有现实意义的主题。

社会效果：《人间世——救命》是系列纪录片《人间世》的第一集，收视率 4.6，据不完全统计，互联网视频点击总量过千万，专业影评网站给出 9.6 的评分。节目播出后，人民日报、新华社、中央电视台、南方周末等主流媒体纷纷做了报道，称其在医患之间架起一座沟通理解的桥梁。目前《人间世》已经获得了 2016 年广州国际纪录片节“最佳系列纪录片”以及“最佳导演”、纪录片学院奖“评委会大奖”；入选国家新闻出版广电总局 2016 年第四批优秀国产纪录片目录；入选“2016 年中国最具影响力的十大纪录片”。

推荐理由：《人间世——救命》打造了自己的语态，即“新闻内核，纪实表达”。面对纷繁复杂的医患关系，该作品没有回避“医患关系”这个热点社会问题，通过全面、真实、客观的纪录，传递出记者的观点，充分表达了“尊重医学，尊重生命”这一重大主题。同时，通过“沉浸式报道”，走进了医务工作者的内心，同时也获得了患者的信任，生动、鲜活地讲好了一个个和生命有关的故事，可看性颇强。

该片获第二十六届上海新闻奖一等奖。

电视系列

海上丝路看深商

陈红艳　池　薇　敖　誌　王玟玮　连少燕　赵筱尘　刘达奇

（限于篇幅，文字稿略，获奖作品请看光盘。）

（深圳广播电影电视集团深圳卫视《深视新闻》
2016 年 9 月 29 日—2016 年 10 月 10 日）

申报资料实录

作品简介：《海上丝路看深商》是深圳卫视在 2016 年国庆期间推出的 12 集电视系列报道。“一带一路”倡议是中国国家战略发展的重大命题，也是新闻素材的“富矿”，相关报道是近年来热门的选题，如何做出特色和深度是一个难点。《海上丝路看深商》从“一带一路”倡议三年来获得了哪些早期收获的角度出发，紧扣深圳作为“21 世纪海上丝绸之路”重要港口城市的区位特点，以具有强烈现代意识的“深商”为切入口，用“小视角”阐发时代大主题，展现深圳企业在海外拓展打拼的生动故事，重点阐释“一带一路”的“共赢”理念，有别于溯古述今、宏大叙事的常规报道路径。

该系列报道精选南太平洋、东南亚、中亚、中东、欧洲、非洲等地区有代表性的国家，采访对象既有比亚迪、中兴这样的知名大公司，也有 WOOK、正义网络等中小微公司；既有深圳中集、深圳地铁这样的国有企业，又有基伍手机、大族激光等民营公司；既有 IT 等高科技行业，也有不为人所熟悉的现代农业、远洋渔业。

在报道内容选择上，该系列报道除了展现中国企业积极进取、深耕海外市场的热情和韧劲，更适当关照中国企业与其他国家企业竞争合作的现实，摒弃一元化、标签式的宣扬，从而使该报道呈现出比较丰富的视角，更具真实性和启发性，有很强的现实意义。

特别是节目报道中直面外界对中国所谓的“拿走发达国家技术，攫取落后国家资源”的疑虑和偏见，用最真实的“共赢”故事，针对误会解疑释惑。片中坚守在非洲的小伙子、工程师“暖男”、出身农村的女经理，代表了中国人善良、富有责任心以及崇尚个人奋斗的美好品质，用他们的“美丽心灵”作为载体来传播中国声音，在润物无声的情感共鸣中，让“一带一路”倡议包含的“共商、共建、共享”理念抵达各国人民心中。

同时，该系列报道通过采访当地民众、政要专家和企业合作伙伴，用他们的视角来阐释“一带一路”倡议给当地发展所带来的活力和希望，让互利互惠的效果体现得更加真实和立体。实践表明，既有问题意识，也有人文关怀，才能讲好故事、回应偏见，更好地构建中国的话语体系。

社会效果：该系列报道播出后，得到各方积极反馈。大量有海外业务的企业通过网络留言甚至是直接找到栏目组，表示“对节目内容感同身受”、“片中案例能够深入展现行业情况”，有企业因此找到了海外商机，有企业希望栏目组能够介绍节目中的报道对象认识，建立海外合作关系。中央电视台四套《华人世界》主动联系栏目组，将节目内容在央视平台再次播出。深圳市政府、深圳大学的相关部门和院系联系到栏目组，希望栏目组提供节目内容和素材，以此作为资料、教材向企业和学员发放。

推荐理由：该系列报道秉承“小切口、大时代”的创作思路，立足地方、反映现实，以“深商”为样本，展现他们在海外追求各自“中国梦”的故事，并重点诠释“一带一路”互利共赢理念。与央视等国家级媒体在同类型报道上，打出了差异牌，为地方台如何结合本土特色，做好国家战略题材的宣传报道做出了良好示范。该系列报道针对性地阐释和剖析企业“走出去”的真实经历，提供一手资料，有业界专家评价该报道“可作为推进‘一带一路’的教学片”。

“悬崖村”扶贫纪事

朱兴建　白　璐　张　力　范建峰　殷瑞柯　张宇山　汪　洁

（限于篇幅，文字稿略，获奖作品请看光盘。）

（中央电视台新闻频道《朝闻天下》2016 年 5 月 25 日—2016 年 5 月 27 日）

申报资料实录

作品简介：2015 年底，中央扶贫开发工作会议在北京召开，习近平总书记向全党、全国发出了“我们要立下愚公移山志，咬定目标、苦干实干，坚决打赢脱贫攻坚战，确保到 2020 年所有贫困地区和贫困人口一道迈入全面小康社会”的号召。四川大凉山，是全国十四个集中连片贫困地区之一，也是全国最大的彝族聚居区。这里山高路远、土地贫瘠，自然条件极度恶劣，是脱贫攻坚最难啃的硬骨头。在这样的大背景下，2015 年 12 月，央视记者来到凉山州的阿土列尔村，记录下发生在那里的扶贫故事。

阿土列尔村是一个位于悬崖上的村子，要进村就只有攀爬 800 米高的悬崖，普通人来回一趟要走 10 个小时。这里人均土地有 1 亩多，有精准贫困户 37 户，占全村人口的三分之一。为了脱贫，四川省专门选派了“第一书记”开展驻村帮扶。为了真实记录下这里的变化，央视记者和驻村“第一书记”一起克服极度恐高症，排除万难，系着安全绳，冒着生命危险在悬崖上跟踪拍摄，完整记录了从“第一书记”第一次爬悬崖进村，到在村里住下，从一开始面对语言和习俗的隔阂，到打破民族隔阂，一点点走进彝族群众心里，一点点讨论、研究扶贫之路，并最终带领彝族老乡们走上脱贫之路的故事。

在央视记者来到这里之前，别说是媒体，就连本县都很少有人来过，而为了真实全面展现这里的扶贫工作，央视记者五次往返“悬崖村”，山上一间老百姓废弃的土坯房就成了记者“走基层”的住所，他们先是在村里与村民同吃同住近一个月，而后又在昭觉县采访近 50 天，其间还走访了国务院扶贫办、四川省扶贫移民局、四川省发改委、凉山州政府等多个政府机关、部门，采访了大量的官员、专家、学者，深入调研了解贫困的原因、暴露出的问题、解决的办法和未来的规划。他们没有简单地揭示“悬崖村”触目惊心的贫苦，而是老老实实的扎下去，用笨办法，下苦功夫，从前期调研、拍摄，到节目最后播出，前后花了近六个月的时间。“悬崖村”的行路难只是新闻的表象，扶贫攻坚才是新闻应该关注的本质和内涵，央视记者通过客观报道，访真贫、问真苦，为的是努力探讨一种可操作的扶贫办法，记录扶贫攻坚这项伟大工程中基层党员干部与群众的艰辛和不易，为国家的扶贫攻坚提出建设性意见。

社会效果：节目在央视新闻频道《朝闻天下》栏目首播后，立刻被人民网、新华网、中新网等主流媒体转载，凤凰、腾讯、新浪、财经等商业网站也很快转载，法国、美国、香港等国家和地区华人媒体也纷纷转载，推特、脸书也有转发。中央网信办领导看了央视报道后，通过身边工作人员向四川省有关部门表达了愿意促成网络企业捐助当地寄宿制小学的想法。报道在四川、贵州等省的新闻界、文化界和政府部门引起很大反响。同时，有部队、国企和多家社会组织、企业都主动联系央视记者表示愿意帮助当地建设村民出行道路和货物索道。

过去，四川大小凉山地区不乏境内外媒体关注，但多是艾滋病、吸毒、失依儿童这些负能量的内容。然而，央视这次截然不同，展示的是面对恶劣的自然条件，面对极度贫困的现实，以扶贫攻坚“第一书记”为代表的当地汉、彝各族干部群众在“打赢脱贫攻坚这场战役”中的责任与担当，传递的是社会的正能量。扶贫攻坚到了今天，能脱贫或者容易脱贫的地方基本都脱贫了，剩下的一个比一个难，骨头一个比一个硬，如果没有基层党员干部的创新、担当和群众的积极参与，就不可能脱贫，更不可能奔向全面小康。

央视的报道播出后，在社会各界包括境外都引起巨大反响。2016 年 8 月，凉山州、昭觉县统筹财政资金 100 万，为阿土列尔村修建了更加安全稳固的钢梯，替换掉过去的藤梯。目前幼教点也从山下建到了山上，还通了手机 4G 信号，村卫生室正在修建中。看到村里的变化，外出打工的年轻人积极返乡创业，闯出了“悬崖村”的当地白酒品牌。目前，已有旅游企业看中了当地适合发展户外探险体验游的优良旅游资源禀赋，计划投资 3 个亿，在这里修栈道、索道、悬索桥、空中跨峡谷全景玻璃桥等旅游设施，通过开发旅游将带动“悬崖村”及周边村落的脱贫。而“悬崖村”也被列入凉山州委州政府重点扶持的 50 个极度贫困村之一。

推荐理由：习近平总书记强调，消除贫困是人类的共同使命。改革开放 30 多年来，中国走出了一条中国特色减贫道路。当前，中国人民正在为实现全面建成小康社会目标、实现中华民族伟大复兴的中国梦而努力。全面小康是全体中国人民的小康，习近平总书记指出，“全面实现小康，少数民族一个都不能少”。四川大凉山，是全国十四个集中连片贫困地区之一，也是全国最大的彝族聚居区。这里的彝族同胞又是从奴隶社会直接进入到社会主义社会，交通闭塞、教育落后、语言不通，几乎汇集了所有的致贫因素，这里不仅是脱贫攻坚战中最难啃的硬骨头，也是全世界关注的中国扶贫焦点，选择“悬崖村”这样极具代表性的地方记录并报道“扶贫攻坚”——这一中国政府为全世界减贫做出巨大贡献的作为，本身就有深刻的历史和现实意义。

在扶贫路上，也许还有很多像“悬崖村”一样难啃的硬骨头，还有很多扶贫干部需要翻越的悬崖，但是就像《“悬崖村”扶贫纪事》系列报道开篇的标题一样，“明知山无路，偏向此山行”。为了真实记录下这些生动、鲜活的故事，央视记者克服恐惧，冒着生命危险拍摄，通过这组报道不仅让外界看到了扶贫中的种种困难，更看到了困境中扶贫干部和群众的努力与付出。如果镜头里只有苦与难，就如同只看见目前尚未脱贫的7000多万农村贫困人口，却看不见改革开放三十多年来这个国家已经让7亿多农村贫困人口成功脱贫所付出的艰苦努力与事实一样，是不公平的。央视长达半年的持续关注，是真正在脱贫道路上的艰难探索，研究问题、给人以希望，不是三五天的走马观花，也不是今天爬山明天爬山后天还是爬山的重复传播，而是真正持之以恒用之以心，肩负媒体责任和家国情怀的报道。

电视访谈

儿科医生“短缺症”，何药可医？

集　体

（限于篇幅，文字稿略，获奖作品请看光盘。）

（辽宁广播电视台辽宁卫视、新华社瞭望周刊社《瞭望评辨天下》2016年6月12日18时）

申报资料实录

作品简介：本期节目敏锐捕捉社会热点，由儿科医生短缺的现状和令人吃惊的数字讲起，详述儿科医生短缺的各种表现和临床诊疗方面的各种困扰，提出问题：儿科医生究竟有多忙？造成这种困扰的根源何在？为何儿科医生如此短缺？扎堆的儿科诊疗需求，背后反映出怎样的问题？如何才能增加儿科医疗服务人员的供应？如何合理协调患者的诊疗需求？节目深度解析儿科医生短缺的现状以及由此带来的在实际诊疗服务中出现的各种难题和困扰，深度分析造成儿科医生短缺的深层原因，剖析儿科医生和患者的不同处境和诉求，从而探讨能够解决这一问题的合理路径。

在采编过程中，节目特别注意收集公众对“儿科医生荒”的各类评论、反馈，通过街头采访、微博观察团、海外观察团等多种形式，深入一线了解第一手信息，丰富观察视角，聆听较全面的声音。从整体上看，节目内容丰富、信息量大，以儿科医生为何短缺为主线，综合解读所谓“哑巴医学”在诊疗过程中面临难度大、风险高、收入低、工作时间长等特点，指出儿科医生高强度、低回报的工作现状与人才流动之间形成的恶性循环，造成儿科医生短缺症迟迟不能化解，并建议要想吸引到大批儿科医疗人才，必须提高儿科医务工作者的合理待遇，打通其晋升渠道和职业发展空间，同时合理协调患者的就医需求，理性引导患者分散诊疗需求，避免扎堆。

节目在设计中，特别注意结合普通受众的视角，举例分析各地面临的不同情况，让公众对当下中国儿科医生短缺的区域性差异和所面临的不同诊疗难题有所了解，在适当节点合理补充信息量，佐以补充采访，添加不同视角和观点，调节整体节奏，调动了观众的兴趣、联想。

值得一提的是，本期节目所邀请的嘉宾：首都儿科研究所副所长谷庆隆，既是长期工作在儿科医疗服务第一线的医务人员，也是具备一定管理经验的医疗管理人才，既了解一线医生的实际情况，又能从更高层面分析造成这种局面的深层原因，能从临床和管理两方面的实践出发，用通俗易懂的事例讲述鲜活生动的道理，以容易被接受的方式解读实际难题，以客观公正的态度分析这种局面背后医生和患者的不同诉求、不同心理。另一位嘉宾则从普通家长和患儿的角度出发，阐述诊疗实际过程中遭遇的各种问题和矛盾点。两位专家特别善于以形象生动的语言讲述贴近生活的故事，以睿智独到的总结表述观点，对嘉宾的出色遴选令节目的整体制作水平得以提升。

这期节目代表了“瞭望评辨天下”栏目的一贯风格和整体水平，以权威视角选取权威专家做深度阐述，努力寻找权威高度与民生关注的结合部，在呈现上力求体现新闻访谈类节目的生动、平实，以实现“舆论引导”之目的。

初评评语：节目结合社会、经济、文化、心理等各方面因素分析儿科“医生荒”，在当前医疗服务环境下的现实困境和深层影响，探讨能够解决这一问题的合理路径。

推荐理由：本节目紧扣社会热点，聘请高水平的访谈嘉宾，展现因儿科医生短缺而在实际诊疗服务过程中出现的各种问题与困扰，深刻分析问题出现的原因，客观、理性表达医患双方的观点与诉求，探讨解决问题的方法与途径，达到了“有效引导舆论”的目的。

不忘初心　砥砺前行

——访徒步重走长征路第一人罗开富

集　体

（限于篇幅，文字稿略，获奖作品请看光盘。）

（湖州市广播电视台《关注》2016 年 12 月 31 日 19 时 30 分）

申报资料实录

作品简介：习近平总书记在纪念红军长征胜利 80 周年大会上讲述了“半条被子”故事，采访到这个故事的正是湖州籍的《经济日报》原常务副总编辑、徒步重走长征路第一人罗开富。

湖州电视台抓住了“半条被子”这个新闻点，从十一月上旬就开始策划对罗老进行专访。节目组查阅了大量的资料，主创人员专程赶赴北京与罗老进行沟通对接，并派出两组记者远赴四川阿坝和江西赣州寻访当年他走过的旧地发生的新变化。访谈见人，见事，见观点，既生动感人又蕴含深刻内涵，对如何走好今天的长征路起到了很好的启迪作用。

呈现独特性赋予长征故事新意义。罗老接受媒体采访、专访多达几十次，怎么让这次访谈超越以往，呈现其独特性和唯一性？组织和湖州相关的新闻事件、挖掘鲜为人知的细节，赋予故事新的意义至关重要。作品从罗老把“半条被子”的主人捐献的三件红军用过的实物护送至家乡为切入口，通过大量的场景描述及主持人与罗老的交流，展现了许多令人难忘的故事和细节。比如罗老多次提及的“徐解秀老人的眼神”，历经艰难过草地，耿飚将军关心老区建设的情结等等，无不体现共产党人同人民风雨同舟、生死与共的情感和心中常思百姓疾苦的情怀。访谈中对两位向导的寻访也展现了老区发生的变化和对他们人生的改变。一个个故事让观众对“长征精神”的感悟随着访谈主题的推进而渐渐清晰，也激励人们只有患难与共、艰苦奋斗，才能赢得胜利。

呈现时代性挖掘长征精神新内涵。长征精神是中华民族的宝贵财富，挖掘长征精神在新时代的价值和意义是访谈的关键所在。如何挖掘出罗老内心的收获，如何让这些收获变成能与观众产生共鸣的时代强音则是这场访谈的灵魂。主持人抓住罗老的情感推进，阐释了长征精神在罗老心中的含义，那就是百折不挠不畏艰难、紧紧依靠群众的力量、心中常系百姓冷暖。传递了共产党人“不忘初心，砥砺前行”的时代追求，提出了新时期如何弘扬“长征精神”的现实意义，必须立于时代潮头，走好今天的长征路，为主题赋予了更有生命力的内涵。

呈现感染力运用时空交换新手法。首先，节目组数次与罗老商讨，将访谈的地点安排在了湖州红军长征追踪馆，这个馆讲述了红军与罗开富的特殊的经历，在这里，罗老有情结有感悟。其次，编导将80年前红军的故事，32年前罗开富重走长征路的经历，当天他向家乡捐赠三件红军用过的实物，嘱托家乡人民牢记长征精神这几个不同的时间点及信息放在了同一轴线，在时空交换中体现了历史、情感的流动，在思绪跨越中体现了时代传承的意义。整场访谈不是单一的对话和讲述，场内场外，有沟通，有碰撞，有寻访，有感悟，有悬念，有高潮，布局巧妙，结构丰满。

节目在电视和传媒湖州网、爱湖州手机客户端播出和发布后，社会反响强烈。有网友留言说：“为家乡人罗开富感到骄傲，也让我们再次体会到长征精神是一笔宝贵的财富。”有观众表示：“和孩子一起看完，觉得是一次心灵的洗礼，我们这一代人也要走好自己的长征路。”节目播出半个月后，中共中央政治局常委、书记处书记刘云山受总书记的委托去看望了罗老，罗老激动地致电给我们；“长征精神将永远在我们中华民族复兴的路上”。

初评评语：2016年10月20日，习近平总书记在纪念红军长征胜利80周年大会上深情讲述了“半条被子”的故事。湖州电视台抓住这个新闻点，找到了挖掘这个故事，三十二年前徒步重走长征路第一人，湖州籍高级记者，《经济日报》原常务副总编罗开富，并对他进行了专访。通过罗老的所见所闻所感所思，生动地讲述了什么是长征精神，新时期如何传承精神，作品凸显唯一性和独特性，体现了深远的时代意义和现实主题。

记者历时四十天，分赴北京、四川阿坝、江西赣州等地进行前期的沟通及采访，积累了700多分钟的素材。访谈从当天的新闻事件切入，主持人围绕“弘扬长征精神，不忘共产党人初心”这条主线，听罗老讲述，与罗老对话，用十多个鲜活的故事剖析了 “初心”的内涵，诠释了“前行”的意义，结构紧凑，制作精良，高潮迭起，生动感人。

节目播出后，反响强烈。1月18日，中共中央政治局常委、书记处书记刘云山受总书记委托去看望了罗老，罗老激动地致电给我们，长征精神将永远在我们中华民族复兴的路上。

推荐理由：在纪念红军长征胜利80周年的特殊时刻，选取徒步长征第一人罗开富作为访谈对象，进行跨越时空的历史对话，具有特殊意义。访谈结构紧凑、制作精良、感情充沛、生动感人，以独特切入点和视角弘扬了伟大的长征精神。

2016年7月15日《国际时讯》

集　体

（限于篇幅，文字稿略，获奖作品请看光盘。）

（中央电视台新闻频道2016年7月15日22时）

申报资料实录

作品简介：《国际时讯》是中央电视台新闻频道唯一一档日播国际新闻栏目，周一至周五晚间22点时段播出。

2016年7月15日的《国际时讯》，头条版块关注“导致80多人丧生的法国尼斯恐袭事件”，从北京时间清晨事件发生到晚间时段节目播出，栏目在有限时间内，用14分钟的篇幅对事件进行梳理，全方位解读袭击带来的“欧洲伤痛”。

报道层层递进，逻辑清晰：

现场！用目击者视频还原事发过程，带观众最大限度接近现场；

悬疑！梳理重重疑点和线索，一步步剖析备受关注的嫌疑人身份；

深度！解读法国甚至欧洲为何袭击频发，指出“欧洲伤痛”的深层次原因；

立场！我外交部发言人表态，重申中国对于恐袭的立场；

时效！报道段落内，不断插入最新动态。

整个段落，流畅，生动，深入，收视曲线呈现强拉升趋势。

揭秘版块，关注伊拉克战争调查报告。栏目深度挖掘，搜集大量揭秘内容，披露布莱尔为了给伊战找借口而捏造伊拉克儿童死亡率的确凿证据。在西方国家不断对我国发起舆论战的情况下，栏目抓住这一线索，放大报道，有力揭批西方国家的非正义战争，强化本台立场和态度。

科技新知版块，栏目报道了飞机领域的新科技，飞机用“电”不用“油”，将在航空领域掀起一场革命。

社会热点版块，本台记者探访巴西里约贫民窟，当地的治安情况到底怎么样？那里的人如何生活？记者实地探访，从人物故事切入，生动讲述了贫民窟的故事。

当天27分钟的节目，有现场、有深度、有观点、有态度、有科技新知、有社会热点，取得了不错的收视效果和社会影响力。

初评评语：《国际时讯》本期节目具备较强的专业性。从内容方面来看，重点突出、观点明确、内容丰富、细节生动、揭秘性和独家性强。从编排方面来看，节奏紧凑，详略得当，话题转换流畅自然。此外，本期节目具备较强的传播力和影响力，有力地引导了社会舆论。

推荐理由：这期《国际时讯》节目具备较强的专业性，从编排来看，节奏紧凑，详略得当，话题转换流畅自然。节目头条关注“导致80多人丧生的法国尼斯恐袭事件”，栏目在有限时间内，用14分钟篇幅对发生了一天的事件进行系统梳理，全方位解读袭击带来的“欧洲伤痛”。从内容方面来看，节目重点突出、观点明确、内容丰富、细节生动、揭秘性和独家性强。总体来看，这期节目具备较强的传播力和影响力，有力地引导了社会舆论。

网络评论

中国女排，最是精神动人心

朱德泉

见 http：//www.dzwww.com/dzwpl/mspl/201608/t20160819_14799542.htm

（大众网 2016 年 8 月 19 日）

申报资料实录

作品简介：北京时间 2016 年 8 月 19 日上午，中国女排以 3：1 的战绩淘汰劲旅荷兰队，挺进里约奥运会女排决赛。作者在赛后第一时间迅速对女排精神进行解读和阐释，指出“女排精神又回来了”，“奖牌成色诚可贵，最是精神动人心”。女排精神是中国精神的重要组成部分，该文重点阐释了女排精神的时代价值——在一个利益诉求愈发多元、物质条件不断充盈的时代，在一个崇尚自我不断强化的社会，在中国梦的奋进征途中，依然需要女排精神。无论是获得更好的教育、更稳定的工作、更满意的收入、更可靠的社会保障，还是更高水平的医疗卫生服务、更舒适的居住条件、更优美的环境，我们所有对美好生活的向往和获得感都需要自强不息，吃常人不能吃的苦、做常人不能做的事！

该文先后在大众网主站及“两微一端”等融媒体平台发布，获得新华网、央视网、中国经济网、中国青年网、搜狐、新浪等多家网媒广泛转载，成为弘扬新时期女排精神，激发网民爱国主义的自豪感和自信心的“领头羊”评论。

初评评语：超前预判，敢开第一声。该文是里约奥运会期间，中国女排最终夺冠前，早于国内主流媒体 3 天率先诠释女排精神时代价值的时评文章。定位准确，体现大格局。该文看似体育评论，实则又超越体育范畴，从“在一个利益诉求愈发多元的时代”和“在中国梦的奋进征途中”的大背景下立意谋篇，指出一个人、一个国家、一个民族都需要精神的传承和支撑。文笔洗练，感染力强。该文属于小评论，文字简洁，准确把握“时度效”，在不同利益诉求的网民共性感知中落小、落实，在共鸣中凝聚共识，起到很好的舆论引领作用。

推荐理由：重大事件评论及时反应，把握“时度效”，文字简洁、准确、有力，在共鸣中凝聚共识，起到网络舆论引导作用。

展现大国风范　不妨多一份理解和宽容

哲　言

见 http：//opinion.zjol.com.cn/qjcp/ttsp/201608/t20160821_1861324.shtml

（浙江在线 2016 年 8 月 21 日）

申报资料实录

作品简介：在 G20 杭州峰会开幕前夕，杭州加强了城市安保力量，对一些道路、区域实施了车辆限行、行人限流等措施。与此同时，社会上出现了一些声音，认为峰会安保加强是一种“扰民”行为。对此，本网在第一时间编发了该评论。

评论首先肯定了峰会安保的确会对部分市民的生活产生影响，不同声音同时出现在网络上也是一种舆论监督。然后继续摆事实讲道理，将目光放眼全球，用国内外历届大型会议、活动的安保措施，以及越来越严峻的反恐形势，解释了杭州峰会安保的必要性及合理性。最后，呼吁杭州市民，对峰会安保多一份理解和宽容，展现大国风范。

文章提出，杭州即将与世界“触手可及”，杭州的城市竞争力、杭州人的生活品质和获得感都将同步提升，开放包容的胸怀是杭州的最大底气。峰会当前，多一份理解，少一份抱怨，多一份宽容，少一份责难，是应有的大国心态。

初评评语：文章观点鲜明、论述新颖、文采斐然。在峰会开幕前最关键的时刻，该评论的迅速推出，有效地遏制了网络上不和谐声音的传播，展现了政府对继续加强峰会安保的决心，并震慑了不法分子。

文章推出及时，逻辑清晰，有理有据。该篇评论发布后在互联网上引起广泛关注，被澎湃新闻等百余家媒体转载，阅读量达 3000 万，并得到浙江省委书记夏宝龙的批示肯定。

推荐理由：关键时刻，发出关键的声音，有效地引导了舆论，为 G20 峰会顺利召开营造了积极向上的舆论环境。

无人区·52载守边人

郑春平　朱俊骏　鹿　伟　马晶晶

<table>
<tr><td>作品网址</td><td colspan="2">http：//news.xdkb.net/2016-07/27/content_1038006.htm</td></tr>
<tr><td rowspan="2">代表作一</td><td>标题</td><td>《无人区·52载守边人》（图文报道）</td></tr>
<tr><td>网址</td><td>http：//news.xdkb.net/2016-07/27/content_1038006.htm</td></tr>
<tr><td rowspan="2">代表作二</td><td>标题</td><td>《无人区·52载守边人》（H5作品，方便网友在手机客户端传播）</td></tr>
<tr><td>网址</td><td>http：//adweb.myzaker.com/h/zandangbinderen/</td></tr>
<tr><td rowspan="2">代表作三</td><td>标题</td><td>《无人区·52载守边人》（视频报道。H5作品嵌入航拍视频）</td></tr>
<tr><td>网址</td><td>http：//news.xdkb.net/2016-07/27/content_1038006.htm</td></tr>
</table>

（现代快报网2016年7月27日首发）

申报资料实录

作品简介：2016年7月，现代快报记者奔赴新疆萨尔布拉克草原，采访一位在无人区戍边长达52年的老人。

现代快报记者采访扎实细致，白天，顶着草原上的大太阳，跟着老魏叔一起放羊、巡边；夜晚，记者和老两口同住、同生活。大家被太阳晒脱了皮，被蚊子咬得满身是包。

通过10天的深入采访，现代快报网推出了一则网络新闻H5作品《无人区·52载守边人》，讲述了76岁老人魏德友在中哈边境无人区义务守边52年的故事。

这则H5作品融合了音乐、图片、文字、视频等多种传播元素，采用了GIF动图、位移、画廊、渐变动画换图等多种表现手法。

H5作品被人民日报、新华社、央视新闻、新浪、网易、腾讯等客户端、微博、网站转载，总阅读量超1700万次，全网老魏叔话题量超过1.2亿次。在网上，很多网友评论说，老魏叔长达半世纪的坚守，才是爱国的正确打开方式，他是真正的“网红”。而老魏叔坚韧的信念，和一诺无悔的人生价值观，更是众多网友点赞追捧的因素之一。

H5作品推出后，央视新闻联播报道了老魏叔的事迹。2016年8月9日，焦点访谈也针对现代快报的网络作品，做了一期专题，探讨这位七旬老人何以成网红。

这则H5作品还被做成视频，在北京、上海、广州、南京、乌鲁木齐等城市的公交、地铁和楼宇大屏上播放。

现代快报这一网络报道被中宣部评价为一次“现象级传播”，并得到了中央领导的肯定和表扬。2016年10月28日，魏德友被中宣部授予“时代楷模”荣誉称号。

初评评语：在各种所谓的“网红”充斥屏幕的当下，为什么一位从来没有走出过草原无人区的七旬老人，能够引发千万网友的刷屏致敬，并称这才是真正的正能量网红，原因就来自这则网络H5作品从形式到内容的全面创新。

首先是内容真实感人。记者在无人区与老人同吃同住、深入扎实的采访，掌握了大量的一手素材，打动人心、震撼人心的画面和细节也由此而来。

其次，作品的呈现形式坚持原汁原味，不喊口号、不贴标签、不人为拔高，于平淡中彰显真情。

第三，传播形式精准。在产品形态和传播平台的选择上，瞄准了拥有6.5亿用户的手机端，并继而拓展到公交地铁和户外大屏，真正实现了“用户在哪里，我们的传播就在哪里”。

在各种信息纷芜繁杂的网络局势下，这则网络作品无疑为主流话语占据传播主渠道提供了借鉴意义，值得推荐。

推荐理由：该作品体现真情实感，在把握正面人物报道时的事实呈现与情感提升的关系处理上恰到好处，不刻意拔高，不故作煽情，以事实说话，通过细节来打动人，鼓舞人，并感染人。对于社会主义核心价值观体现和正能量的弘扬具有积极的正面引导作用。在技术手段上，借助H5的技术形式将传统的摄影图片加以有效组织并成功实现传播效果的最大化。

从家出发：习近平总书记的“家国情怀”

余荣华　李建广　岳小乔　赵雅娇　熊　捷

作品网址	http：//rmrbimg2.people.cn/html/items/wap-share-rmrb/#/index/home/0/normal/polymer/0_topic_100/topic	
代表作一	标题	《从家出发：习近平总书记的“家国情怀”》
	网址	http：//rmrbimg2.people.cn/html/items/wap-share-rmrb/#/index/home/3/normal/detail/%201965237659436032_cms_1965237659436032/normal
代表作二	标题	人民日报：培厚家庭文明的“累土”
	网址	http：//rmrbimg2.people.cn/html/items/wap-share-rmrb/#/index/home/0/normal/polymer/0_topic_100/topic/detail/normal/3917_cms_2145159176832000
代表作三	标题	习近平点赞的“焦门家风”，为何历久弥新
	网址	http：//rmrbimg2.people.cn/html/items/wap-share-rmrb/#/index/home/0/normal/polymer/0_topic_100/topic/detail/normal/3919_cms_2145170151326720

（人民日报客户端 2016 年 12 月 24 日）

申报资料实录

作品简介：党的十八大以来，习近平总书记多次强调家风建设。他的一系列重要论述继承了中华民族优秀家风文化，弘扬了党的家风建设传统，赋予了家风建设新的时代内涵。2016 年 12 月 12 日，习近平总书记亲切会见第一届全国文明家庭代表，并发表重要讲话，为推进家庭文明建设提供了重要遵循。人民日报客户端精心策划、迅速推出重磅新媒体产品《从家出发：习近平总书记的“家国情怀”》网络专题及原创文章。

专题汇集习近平总书记关于家风建设的重要论述以及权威解读文章、评论文章等。其中专题同名原创文章《从家出发：习近平总书记的“家国情怀”》，通过习近平及其家庭的故事，记录下总书记一贯以来对家庭、家教、家风的重视，展现他对国家的责任感与使命感，进而倡导全社会以此为榜样，注重家庭建设，培育好家风。稿件在12月14日推出后，获得众多新闻网站、客户端和微博微信账号转发，众多网友留言予以积极评价，产生了良好的社会效果。

初评评语：这个专题及同名主题文章是对移动新媒体时代重大主题报道的一次有益探索。在主题上，该专题聚焦家庭文明建设，既展示了习近平个人的良好家风和思想境界，更体现出总书记将“家国两相依”的情怀落实在治国理政的思想和实践中，意义重大，关注度高。《从家出发：习近平总书记的“家国情怀”》的写作，以总书记讲话精神实质为文章“骨架”，以跨越数十年的大量生动感人细节为“血肉”，符合新媒体传播的“人格化”特点，选材精当，写作精良，娓娓道来，感染力强，见人见事见真情，因此打动了万千网友，获得广泛好评。

推荐理由：该作品主题重大、意义深远，充分反映了习近平重视家风建设，赋予家风建设的时代新内涵，彰显出共产党人的风骨。专题作品组织精心、形式多样、结构清晰、逻辑严密、语言生动、感染力强，体现新闻性、可视性、艺术性与人文关怀的高度统一。专题推出后，网络影响力大，并获“好新闻一等奖”。

网络访谈

中国方案　G动全球

罗　琴　魏驱虎　唐晓艳　兰　军　曹煊一　张士昌

见 http：//news.cctv.com/special/zgfa/index.shtml

（央视网 2016 年 9 月 4 日）

申报资料实录

作品简介：央视网 G20 峰会特别策划访谈类节目《中国方案　G动全球》，央视网聚焦“构建创新、活力、联动、包容的世界经济”主题，借助视频交互和移动直播技术，通过电视与新媒体融合、线上与线下联动、国内与国际共振，将“20 国 20 人”的概念引入节目，聚焦“四大地标城市探访　G20 观察成员在线”，打造了宣传解读习近平总书记峰会开幕式重要讲话的“互动场”。

节目邀请专家现场权威解读习近平主旨讲话、探讨 G20 本身议题、背景、故事、案例，还参与到 20 国“观察成员”代表的话题讨论，运用宏观视野和知识储备，与观察成员代表形成区隔和互补。

选取 G20 成员国中的 10 个国家代表进入演播室现场，组成现场的“观察成员”团；另外的国家“观察成员”团则散布在北京、上海、深圳、杭州的移动直播探营中，前方记者现场访谈；演播室和四地共同构成参与 G20 峰会“观察成员”的“20 国 20 人”概念。

同时，选取北京、上海、深圳、杭州四大地标城市的典型场景，记者以探营、访谈形式参与直播报道，如进入北京外国语大学感受包容和谐的全球文化，探访上海自贸区了解其金融创新与贸易活力，走进深圳华强北 HAX 硬件孵化器探究创新源泉与一体化发展，呈现杭州 G20 峰会现场的全球联通、共享成长。

直播总时长 3 个半小时，期间直播实时观看人数突破 300 万，直播回放视频播放量突破 1000 万人次，受到网友的广泛好评。

初评评语：节目体现开放的峰会主题，通过网络化手段，通过电视与新媒体融合、线上与线下联动、国内与国际共振，打造了宣传解读习近平总书记峰会开幕式重要讲话的“互动场”。跨文化全球互动，打造G20峰会“20国20人”的“观察成员”团，通过会议式的表达形式，第一时间“点赞”中国方案，进一步扩大G20峰会的影响力，收获海内外用户广泛好评。

推荐理由：跨文化的全球互动、视频交互与移动直播技术的深度结合，使得报道跨越时空，在内容和形式上都体现了G20杭州峰会“创新、活力、联动、包容”的主旨。

“中国扶贫第一村”赤溪村的幸福嬗变

何晶茹　王　喆　黄玉琦　李　慧

见 http：//ft.people.com.cn/fangtanDetail.do?pid=14617

（人民网 2016 年 6 月 22 日）

申报资料实录

作品简介： 1. 周密策划，紧跟时事热点，挖掘新闻背后故事。福建赤溪村有“中国扶贫第一村”之称。习近平任宁德地委书记时，高度重视这里的扶贫工作。2016 年 2 月 19 日，习近平总书记通过人民网与福建赤溪村的干部群众视频连线，对大家脱贫致富给予肯定。赤溪村又一次引发社会的广泛关注，四个月过去了，如何落实习总书记的嘱托？对于赤溪村未来的发展有何规划？人民网通过长期周密策划，邀请赤溪村脱贫攻坚的亲历者和推动者做客人民网接受专访。

2. 嘉宾为新闻事件的当事人，权威有发言权。福建《闽东日报》原总编辑王绍据 30 多年前发往人民日报社编辑部的一封读者来信被刊登后引起了中央的高度重视，从而拉开了新时期扶贫开发工作的序幕。“中国扶贫第一村”赤溪村村党支部书记杜家住，赤溪村脱贫攻坚的第一推动者和实施者，福建品品香茶叶有限公司董事长林振传响应习总书记精准扶贫、产业扶贫精神的实际推动者。嘉宾均为新闻事件的亲历者和推动者，感触最深，有故事，也最有发言权，极大提升了访谈的影响力和传播效果。

3. 访谈问题设置针对性强，访谈内容有故事、有观点，更有深度。问题设置围绕主题开展并有所引申，针对性强。回顾福建赤溪村脱贫攻坚历程，分享扶贫攻坚的背后故事，总结经验得失，规划未来发展方向，既有对福建赤溪村脱贫攻坚的个体分析，也有对中国整个农村脱贫攻坚总体趋势的关照，力争为中国特色扶贫开发道路提供可供遵循的经验和借鉴，使得访谈内容不仅有故事、有观点，更有深度。

4. 人民日报社高度重视，社长杨振武专门会见访谈嘉宾，人民网总编辑余清楚撰写新闻侧记。访谈结束后，人民日报社社长杨振武专门会见了访谈嘉宾福建《闽东日报》原总编辑王绍据、“中国扶贫第一村”赤溪村村党支部书记杜家住，杨振武鼓励赤溪村不仅仅要擦亮“中国扶贫第一村”的品牌，还要奋勇争先，努力成为中国扶贫开发、脱贫致富的先行者和领头羊。人民网总编辑撰写《王绍据、杜家住做客人民网：朗朗笑声赤溪来》新闻侧记引发多家媒体广泛转载。

5. 全方位、多媒体、多渠道推广，网友积极参与引发强烈反响。图片、视频、文字全媒体展示，访谈页面、新闻报道、论坛互动延伸触角，通过微博微信等新媒体进行全方位推广。人民网据访谈编发的新闻，被中新网、网易、福建宁德网等多家媒体转载，预告贴、图文直播页面、编发新闻浏览量25万余次，访谈页面被网友点赞150余万，网友相关贴文近500条，引发强烈反响。

初评评语： 这场访谈是习近平总书记通过人民网与福建赤溪村的干部群众视频连线后4个月的回访。赤溪村在中国扶贫事业发展史上具有特别的意义，被称为“中国扶贫第一村”，可以说从赤溪拉开了中国新时代扶贫开发工作的序幕。

人民网周密策划，邀请了赤溪村脱贫攻坚的亲历者和推动者接受专访，既有对福建赤溪村脱贫攻坚的个体分析，也有对中国整个农村脱贫攻坚总体趋势的关照，力争为中国特色扶贫开发道路提供可供遵循的经验和借鉴。

推荐理由： 该作品选取样本典型，访谈有观点有深度，互动性强，为中国特色扶贫开发提供了有益借鉴，是一件优秀的访谈作品。

网页设计

快听！习近平通过人民日报客户端向你发来元宵节问候

集 体

见 http：//rmrbimg2.people.cn/html/201602/wap-xjpsc-test/

（人民日报客户端 2016 年 2 月 19 日）

申报资料实录

作品简介： 2016 年 2 月 19 日，习近平总书记到人民日报社新媒体中心调研时，人民日报客户端策划推出“习近平总书记通过人民日报客户端送出元宵节祝福”的融媒体产品。该产品设计为“总书记来电”的创意 H5 形式，提前完成了页面框架制作，由总书记参与制作，在现场录制音频，并亲自点击上线发布。

初评评语： 该 H5 页面上线后，产生巨大反响，被网友广泛转发、主动传播。网络点击量超过 2.5 亿，被认为是一次主流媒体融合发展成效的集中体现，拉近了总书记与广大网友和各界群众的距离。直至 2017 年元宵节，仍有网友主动传播该 H5 页面。

推荐理由： 该作品小巧灵动，创意新颖，“总书记来电”这种形式很有亲和力，有效拉近了总书记与网民的距离，巨大的网络点击量也印证了广泛显著的传播效果。

新闻论文

把牢主阵地　传播正能量

——江苏卫视节目创新创优实践与思考

卜　宇

近年来，江苏广播电视总台（以下简称“江苏总台”）围绕“责任塑造形象，品质成就未来”的办台理念，坚持弘扬社会主义核心价值观、传播正能量、提升品质品位，按照“好主题 + 好品质 + 好影响”的原则，强化卫视节目创新创优，走在全国前列，获得主管部门、专家的高度肯定，赢得了受众的广泛欢迎。

一、强化卫视节目创新创优的整体思路

当前，传媒行业正经历前所未有的深刻变革，媒体格局日新月异。同时，中央对文化建设提出了新的更高要求。广播电视要承担好主流媒体的责任，传播好主流声音，必须有强烈的责任意识、得力的创新举措，顺势而为，积极应对。为此，江苏卫视持续强化节目创新创优力度，主要基于三个方面的考虑：

一是自觉贯彻习近平总书记重要讲话精神。习近平总书记在全国宣传思想工作会议上的讲话中强调，必须坚持巩固壮大主流思想舆论，弘扬主旋律，传播正能量，激发全社会团结奋进的强大力量；[①]在文艺工作座谈会上的讲话中强调，广大文艺工作者要认识自己所担负的历史使命和责任，坚持以人民为中心的创作导向，努力创作更多无愧于时代的优秀作品，弘扬中国精神、凝聚中国力量，鼓舞全国各族人民朝气蓬勃地迈向未来。[②]江苏卫视是江苏总台面向全国传播的主平台，必须认真贯彻落实习近平总书记系列重要讲话精神，生产出群众喜闻乐见、思想精深、艺术精湛、制作精良的优秀作品，更好地传播社会主义核心价值观、传播正能量，切实履行好主流媒体的责任和担当。

二是主动适应传媒格局深刻变革。互联网、移动互联网、微博微信等迅

速发展和广泛应用，从根本上改变了原有的传播秩序和舆论格局，以手机为主的移动终端已经成为信息传播的主要平台，传统媒体面临日益严峻的“边缘化”挑战。江苏卫视作为主流媒体，必须强化媒体融合意识，大力度创新内容、形式和载体，提升呈现效果，才能维护传统电视受众，拓展新媒体受众，在新的传播格局中巩固和提升主流地位。

三是积极顺应广大受众需求变化。随着经济社会快速发展和人民生活水平持续提高，群众精神文化需求越来越高，变化越来越多，呈现高品位、高质量、个性化发展趋势。江苏卫视必须强化受众意识，顺应受众需求变化，持续推进节目创新创优，才能不断为受众所接受，获取生存发展的条件。

卫视节目创新创优要有鲜明的价值取向，必须将“责任塑造形象，品质成就未来”的办台理念贯穿始终。“责任塑造形象”，就是要以强烈的媒体责任感努力塑造江苏广电的美好形象。在节目创新创优中，江苏卫视坚持传播主流意识形态和主流价值观，把增进社会光明和美好作为基本取向，努力做到既让党委政府满意，又让受众满意。“品质成就未来”，就是要以高品位、高质量的节目内容和呈现效果来吸引更多受众，开拓江苏广电更加美好的未来。在节目创新创优中，江苏卫视努力通过高品位、高格调的优质节目来持续吸引更多受众。为了让卫视节目的创新创优取得更好的效果，在具体的实践中，我们坚持以开放的心态、开阔的视野、全球的眼光，努力做到“三个关注”：一是密切关注世界广播电视发展动态，跟踪借鉴它们在节目策划、制作、新技术应用等方面的经验做法，紧跟国际潮流。二是密切关注新媒体发展和新技术应用，借鉴吸收新媒体的呈现方式和互动特色，加快传统媒体与新兴媒体融合发展。三是密切关注中央台和全国同行的创新做法，努力领行业之先，确保传播影响力始终居于全国前列。

二、大力度推出访谈、谈话、益智类节目，有效传播正能量

目前，大多数省级卫视黄金时段的节目都以综艺为主，类型比较单一，泛娱乐化的现象不同程度存在。江苏总台对卫视频道黄金时段的节目进行了大力度调整，拓展节目类型，避免过度娱乐化，取得了显著成效。

（一）正确稳妥把握主题，不断丰富节目类型

江苏卫视高度重视导向和主题把握，通过建立机制，加强把关，确保品牌节目导向正确，积极传播正能量。

为了更好地弘扬社会主义核心价值观，江苏卫视推出了纪实访谈节目《人

间真情》，从 2015 年 1 月 7 日播出，每周一集，以“感知生活温度，寻找人间真情”为定位，以全景纪录、深度访谈的形式，讲述普通百姓的梦想和感人故事。题材包括正义、坚忍、梦想、真爱、亲情等各个方面，受访嘉宾基本是平凡生活中的普通人。节目通过深度挖掘平凡而又伟大的人性闪光点，弘扬真善美，激发观众共鸣。此外，节目还注重讲述英雄楷模的故事，如针对网上质疑邱少云的声音，2015 年 6 月推出《人间真情之不能忘却的英雄》，通过让大学生寻访邱少云故乡，调查还原英雄牺牲真相，让人们感受到英雄的伟大和信仰的力量，更好地弘扬民族精神。

江苏卫视还策划推出大型谈话类节目《世界青年说》，邀请多个国家的青年代表，围绕当下中国年轻人最关心的议题展开讨论，力求以全球性眼光探求答案，打造全球青年思想碰撞的论坛，在不同文化的交流中搭建共通的桥梁，向青年人传递积极、健康、向上的观点和态度。

益智类节目在传播科学、增进知识、拓展视野、激发学习热情等方面发挥着独特作用。这也是江苏卫视倡导的节目类型。常态节目方面，《芝麻开门》和《一站到底》在全国益智类节目中一直保持领先地位。为了让这两档节目获得更持久的生命力，我们根据受众需求变化和节目发展规律，对两档节目进行了多次改版创新，同时增强了国际性，获得了更广泛的受众欢迎。季播节目方面，我们推出国内首档脑力科学真人秀节目《最强大脑》，以“让智慧飞扬起来，让科学流行起来”为宗旨，集结国内优秀的脑力高手，以科学方式分析选手能力，辅以脑神经专家提供专业指导，赢得口碑、市场的双丰收。2015 年年初推出的《最强大脑》第二季节目，从嘉宾、道具、技能等各个方面都进行了全新的升级，视觉呈现更加震撼，取得了更加出色的传播效果。

（二）不断优化节目结构，持续提升品质品位

江苏总台紧扣传播社会主义核心价值观、传播正能量的主线，认真谋划、周密部署，主动调整了江苏卫视黄金时段的节目编排。周一和周二安排两档品牌益智节目《一站到底》和《芝麻开门》，周三推出民生访谈节目《人间真情》，周四推出大型谈话类节目《世界青年说》和电影评论观点秀节目《一票难求》。周末将《非诚勿扰》由原来的周六、周日双播压缩为周六单播，周五、周日主推季播项目。目前非娱乐类节目数量已占江苏卫视全周黄金时段节目数量近 50%。经过这一轮大调整，江苏卫视节目结构得到优化，节目类型不断丰富，品质品位得到提升，传播正能量更加积极有效。

（三）创新创优成效显著，传播力影响力持续扩大

江苏卫视在节目制作上坚持把握好导向和主题，坚持精良制作、品质至上，取得了突出成效。

一是获得主管部门的高度肯定。《人间真情》和《最强大脑》获得国家新闻出版广电总局《监听监看周报》表扬，认为有创新、有亮点。总局《监听监看清样》2015年第22期（4月27日）还专门刊登《江苏卫视〈最强大脑〉：用综艺形态传播科学精神》一文对节目加以肯定。在国家新闻出版广电总局举办的“中国梦主题节目创新创优研讨会”上，总局副局长田进肯定“《最强大脑》通过电视手段和现代节目形态的创新呈现，让科学从幕后走到台前”。《一站到底》获得总局评选的2012年度全国广播电视创新创优栏目奖，《最强大脑》获得2014年度全国广播电视创新创优栏目奖。

二是获得专家的充分肯定。在第27届中国电视金鹰奖评选中，《最强大脑》从159档节目中脱颖而出，荣获最佳电视文艺节目作品奖。

三是获得良好的口碑。《人间真情》赢得“感动”与“正能量”口碑。《芝麻开门》巧妙引入普通人的“心愿”以及“为他人而战”的概念，深受观众喜爱。《一站到底》引发全民答题热，节目在青少年群体中有很强的影响力，成为家长和青少年眼中的电视版“百科全书”。《最强大脑》更是获得很好的关注度和美誉度，引起社会各界热烈的讨论，让科技节目流行时尚起来，再次激发了大家对科学知识的兴趣和热情。

四是获得优异的收视成绩。《芝麻开门》和《一站到底》开播以来，尽管面临诸多季播节目的竞争，收视率始终保持在省级卫视各类节目前列。《芝麻开门》是常态栏目中的常青树，有着稳定的收视率和庞大的收视群体。《一站到底》长期在周间保持优势，占据当日收视榜首位置，而假期特别节目，如“诸神之战”等收视率通常都在1%以上。《最强大脑》更是取得了收视率上的突破，据央视-索福瑞71城数据，第一季收视率高达1.88%，成为周五晚间最具竞争力的节目；第二季整体收视更跃上一个台阶，超过2.0%，取得了广泛的传播效果。五是获得广泛的网络影响力。面对新的传播格局，江苏卫视在节目策划、制作和传播中充分考虑新媒体受众需求，加大新技术应用力度，加强与新媒体互动，扩大了在新媒体领域的影响力。《芝麻开门》《一站到底》《最强大脑》《世界青年说》等实现台网联动播出，获得很高的网络点击率。同时，节目内容本身融合了跨平台因素，如《芝麻开门》和《最强大脑》的App，参与人数都高达百万级别。《最强大脑》第二季节目中，更是探索了微信、微博等即时互动方式，让节目更适应年轻观众的收看习惯，吸引了众多网友参与。

三、大力度推出专题片、纪实片，强化引领引导

除了黄金时段，江苏卫视晚间其他时段的内容也进行了调整，加大专题片、纪实片等节目的播出比重，更好地弘扬主旋律，传播正能量。

为了加强对热点问题的引导，江苏卫视于2012年10月率先推出大型专家访谈栏目《时代问答》，定位“时代热点、权威解读”，邀请“马克思主义理论研究与建设工程”首席专家正面回应社会热点，生动呈现理论界、学术界的最新成果，解读中央精神，传播主流声音，更好地形成共识、凝聚力量。例如围绕中国梦主题，推出特别节目《中国心　中国梦》；围绕宣传十八届三中全会精神，推出特别节目《改革再出发》；围绕“四个全面”战略布局，推出《中国大战略》。该节目获得第23届中国新闻奖一等奖，同名图书获全国党员教育培训创新教材奖。

为了更好地唱响爱国主义主旋律，江苏卫视摄制了36集大型全媒体新闻纪实节目《你所不知道的中国》。该节目调集全台200余名精干力量，组成16个摄制组分赴全国各地采访拍摄，走访市县超过200个，采访对象800余人。摄制组围绕“中国骄傲”这一主题，以行走中国的形式，历时四个多月，寻访中华大地上令人震撼的“世界之最”“中国之最”，特别是改革开放以来各地在经济、社会、科技、文化、教育、民生、生态建设等领域取得的辉煌成就，并走近这些辉煌成就的创造者和建设者们，请他们讲述成就背后鲜为人知的故事，激发广大观众爱祖国、爱家乡的美好情感。《你所不知道的中国》于2014年9月28日18：00在江苏卫视正式播出，江苏新闻广播、江苏交通广播、江苏网络电视台、“荔枝新闻”客户端、手机电视、IPTV、凤凰网等全媒体多终端同步播出，迅速形成舆论热点，引起社会广泛关注。两位中央领导和江苏省委主要领导、分管领导批示肯定，中宣部专门召开评估会总结推广经验做法。《你所不知道的中国》在海外传播上也取得了重大进展，目前已在我国香港、澳门、台湾地区，东南亚、美国、加拿大和非洲撒哈拉以南的20个国家和地区的电视媒体播出。

四、大力度推出公益广告，营造良好舆论氛围

公益广告是传播社会主义核心价值观、传播正能量的重要载体，也是媒体承担社会责任、塑造良好形象的内在需要。近年来，江苏总台按照中央部署，创作播出了多系列、多主题、形式多样、内容丰富的公益广告，营造了良好的舆论氛围。

2013年至今，江苏总台上星及地面频道播出公益广告总时长年均超过5万分钟，平均每频道每天播出16分钟以上；各广播频率累计播出公益广告总时长年均超过7万分钟，平均每频率每天播出20分钟左右。各套节目公益广告的播出量均超过国家新闻出版广电总局要求，电视播出时长占商业广告时长的5%，广播播出时长占商业广告时长的20.7%。江苏总台的公益广告播出总量大，黄金时段播出量占比高，全年公益广告播出的版面价值折合人民币约8亿元。其中，江苏卫视即使在商业广告播出的旺季，公益广告播出量依然达到广告播出总量的3.4%，黄金时段播出条数确保不少于每天4条。

江苏卫视制播的公益广告主要有四种类型：一是围绕十八届三中四中五中全会精神、习近平总书记系列重要讲话精神、“四个全面”战略布局、社会主义核心价值观、中国梦等重大主题，制作播出系列公益广告，配合重大主题报道，迅速形成浓厚的舆论氛围。二是围绕春节、清明、端午、国庆等节庆假日和重大纪念日提前策划制作宣传片，烘托浓烈的节日气氛。三是联合相关部门，制作结合社会热点、呼应群众需求的宣传片，如“法律援助”“无偿献血”“禁毒”“防范二手烟”等，宣传普及相关知识，呼吁大众爱心互助。四是围绕弘扬正气、倡导文明和关爱的主题制作播出系列公益广告，如“讲文明树新风”“未成年人文明礼仪”等，引导激励人们自觉践行社会主义核心价值观，产生了良好的宣传效果。

我们认为，广告也是重要的内容载体，同样承载着社会责任，也要有品质、传播正能量，不仅要大力提升节目的品质品位，也要进一步提升广告的品质品位。2013年，在国家相关政策下达之前，江苏总台主动清理二类广告近2亿元，调整广告结构，优化传播环境，提升了频道频率品质，体现了媒体责任，得到受众和客户的认可。

在雅安地震、“东方之星”客轮翻船等突发事件报道中，江苏总台主动调整版面，取消播出所有娱乐节目，撤掉与气氛不合的广告，充分彰显主流媒体责任，受到社会广泛好评，获得上级主管部门和领导高度肯定。

五、 几点思考和体会

在推动江苏卫视节目创新创优的过程中，我们有以下思考和体会：

第一，越是在舆论环境复杂的情况下，越要绷紧导向这根弦。当前舆论环境错综复杂，各种思潮交流交融交锋频繁，杂音、噪音也比较多。在这种形势下，作为主流媒体，更要坚持正确导向，把牢主阵地，形成自己的“主心骨”，多做凝聚力量、形成共识的事情，做到守土有责、守土负责、守土尽责。要始终绷紧导向这根弦，自觉与以习近平同志为总书记的党中央保持一致，在大是大非问题上头脑清醒、立场坚定，在重大事件和热点问题上及时发声、正确引导，绝不受杂音、噪音干扰，更不能给错误思想言论提供空间。

第二，越是在竞争压力大的情况下，越要坚持把社会效益放在首位。当前省级卫视处于激烈的竞争之中，泛娱乐化、唯收视率的现象比较突出。我们强调，作为主流媒体，不能把自己简单地看成经营单位，不能在压力之下动作变形、弱化媒体的责任担当、牺牲社会效益、触碰价值底线，不能为了吸引眼球往低俗、庸俗、媚俗的路子上走，这样的收视率再高我们也不能要。我们始终坚持把社会效益放在首位，坚持传播社会主义核心价值观，坚持传播正能量，坚持高品位高品质，努力实现社会效益和经济效益相统一。我们也追求收视率，但不唯收视率，我们追求的是有品质、正能量的绿色收视率，是通过创意策划和高品质赢得的收视率，是在良好的公信力、美誉度和品牌价值基础之上获得的收视率和影响力。

第三，越是在社会多元化的情况下，越要坚持打造过硬队伍。在当前社会多元的环境下，越来越多的人把工作看作一种讨生活的方式，看作一个饭碗。作为媒体人，我们不能把工作仅仅看作一个不错的饭碗，不能仅仅顾着自己。媒体人有媒体人的使命、媒体人的责任、媒体人的担当，我们心里要装着社会良知、装着党的事业。这一切对我们提出了独特的要求，要求我们在两方面过硬：一是素养过硬。要在政治上清醒坚定，有政治敏锐性和辨别力，有强烈的责任意识、阵地意识，有良好的把关能力。在卫视节目审片中，总台领导会邀请主创团队参与，对主题把握、品质品位、环节设计等提出具体要求，对不符合要求的内容坚决调整，使主创团队充分认识到低俗、庸俗的内容不可能通过审片，有效提升了主创团队的把关意识和能力。二是能力过硬。素养好是硬要求，能力强、有作为，同样也是硬要求。卫视是总台参与全国竞争的主平台，卫视团队在业务能力上必须做到全国一流。我们通过多种方式加强员工培训，既注重请进来，基本上每个星期都会邀请国内外一流师资和培训团队来总台授课；又注重走出去，选送中高层管理人员和核心骨干人才赴我国香港地区和美国、英国、韩国等国家进行专业培训，进一步拓展员工的全球视野，学习先进理念，提高业务能力，紧跟国际潮流，推动卫视和其他单位（部门）的内容生产更好地与国际接轨。

---

①《习近平：意识形态工作是党的一项极端重要的工作》，http：//news.xinhuanet.com/politics/2013-08/20/ c_117021464.htm

②《习近平：文艺不能在市场经济大潮中迷失方向》，http：//news.xinhuanet.com/politics/2014-10/15/c_1112840544.htm

（作者系江苏广播电视总台党委书记、台长，江苏省广播电视集团董事长）

（《中国广播电视学刊》2016 年 1 月 1 日第 20—22 页转第 53 页）

申报资料实录

作品简介：弘扬主旋律、传播正能量，是习近平总书记对宣传思想工作提出的明确要求。江苏广电总台坚决贯彻落实习总书记要求，坚持弘扬社会主义核心价值观，坚持传播正能量，按照“好主题＋好品质＋好影响”的原则，强化卫视节目创新创优，获得主管部门、专家的高度肯定，赢得受众的广泛欢迎，有效发挥了主流媒体的引领引导作用。

作为江苏广电总台的负责人，作者立足于江苏卫视节目创新创优的实践和探索，结合对媒体工作的长期观察和深度思考，撰写了本篇论文。

本文从自觉贯彻习近平总书记重要讲话精神、主动适应传媒格局深刻变革、积极顺应广大受众需求变化三个方面出发，明确卫视节目创新创优的整体思路。从大力度推出访谈、谈话、益智类节目，大力度推出专题片、纪实片，以及大力度推出公益广告三个方面，阐述了江苏卫视在节目创新创优、有效传播正能量方面的具体做法。在此基础上，针对当前行业中存在的一些困惑和问题，提出了三方面的认识：越是在舆论环境复杂的情况下，越要绷紧导向这根弦；越是在竞争压力大的情况下，越要坚持把社会效益放在首位；越是在社会多元化的情况下，越要坚持打造过硬队伍。

社会效果：该论文系统阐述了卫视节目创新创优的价值取向、整体思路、操作策略，并澄清了困扰媒体人的几个重要问题。在这一思路指导下，江苏卫视的节目创新创优成效显著，多档节目入选“广播电视创新创优栏目”，荣获中国新闻奖、星光奖、金鹰奖、亚洲电视大奖等国内外重要奖项，取得了广泛的社会影响力和网络影响力，有力地证明高品质、正能量的节目，同样可以取得好的传播效果，对唯收视率、泛娱乐化、重经济效益轻社会效益等行业不良现象也是有力的回击。该论文对省级卫视有效履行主流媒体责任、发挥引领引导作用，具有较强的参考和借鉴意义。

推荐理由：在新的传播环境下，面对中央的新精神新要求和行业格局的新变化新态势，作为主流媒体的省级卫视如何强化责任担当，传播好正能量，是一个亟待研究的重要课题。该文立足实践，以清晰的逻辑、丰富的案例、深度的思考，有力回应了这一问题，充分地说明省级广电完全可以在坚持传播正能量的前提下，办成真正赢得受众欢迎的媒体，在新的传播环境下不断巩固提升主流地位，对省级广电的发展具有很强的针对性和指导性。

适应传播新趋势　构建引导新格局

王　晖

针对新闻舆论工作面临的新形势新挑战，习近平总书记在党的新闻舆论工作座谈会上指出："做好党的新闻舆论工作，要遵循新闻传播规律，创新方法手段，不断提高能力和水平。""要适应分众化、差异化传播趋势，加快构建舆论引导新格局。"时隔两个月，在网络安全和信息化工作座谈会上，总书记又强调："建设网络良好生态，发挥网络引导舆论、反映民意的作用。""加强网络内容建设，做强网上正面宣传，培育积极健康、向上向善的网络文化，用社会主义核心价值观和人类优秀文明成果滋养人心、滋养社会，做到正能量充沛、主旋律高昂，为广大网民特别是青少年营造一个风清气正的网络空间。"

这一系列新阐述、新论断，体现了党中央对新闻舆论工作的高度重视，对新闻传播规律和媒体发展趋势的深刻洞察，为新闻舆论工作顺应时代潮流、提高能力水平，指出了着力点和突破口。

近年来，江西日报社所属媒体适应互联网时代分众化、差异化传播趋势，不断创新、突出特色、精准定位，通过生动形式、多样手段来传播正能量，高扬主旋律，形成全方位、多层次、多声部的主流媒体矩阵，构建舆论引导新格局。

增强主动性：让设置的报道议题成为社会舆论关注的话题

新闻舆论是社会舆论的风向标。新兴媒体的裂变式发展，改变了传统的舆论引导和传播格局，舆论生态更加复杂，给舆论引导带来全方位、深层次的挑战。作为新闻媒体应主动设置议题、善于设置议题，让该热的热起来、该说的话说到位，并使设置的议题成为社会舆论关注的话题，而不是被社会舆论牵着鼻子走，这样才能凝聚社会共识，担负起引导舆论的重任。

随着时代的发展变迁，社会道德问题已经成为一个关系大局、关乎民心、关联民生的重大课题。为了弘扬社会主义核心价值观，凝聚向上向善的力量，江西日报社所属的中国江西网，坚持不懈地关注赣鄱大地上涌现的凡人善举，已成功挖掘和报道了"第四届全国道德模范""感动中国年度人物"龚全珍，"爱岗敬业的最美政委"柯善梅，"用生命书写赤诚"的公安部二级英模熊国伟，

“江西民间打拐英雄”魏继中，“敬业奉献”地质专家杨衍忠，“援非天使”郭璐萍等全国重大典型人物，江西“励志奶奶”张红英、铜鼓“坚韧女孩”王金红、“最美考生”柳艳兵、易政勇等 20 余位草根先进典型人物，基本实现了每个月发掘推送出一个走向全国的网络典型人物。

中国江西网的做法得到了多位中央领导同志的批示和充分肯定。中央网信办向全国各省、自治区、直辖市互联网信息办及中央新闻网站发布指令，要求中央新闻网站和全国各省、自治区、直辖市互联网信息办管辖范围内的所有网站，在首页显著位置突出转载中国江西网制作的《网聚正能量、共筑中国梦——中国江西网重大典型人物报道》专题。新华社向全国播发了聚焦中国江西网经验做法的通稿，称在发掘推送网络先进典型人物方面，“这家中部省份的网络媒体可谓成绩斐然”；人民日报、中央电视台、中央人民广播电台、经济日报、光明日报等中央主要新闻媒体都对此做法进行了集中报道。

为了有效引导民间舆论场，江西日报社除了充分发挥媒体的作用外，还发挥立体传播的优势，通过报告会、座谈会、演讲、征文等形式组合起来开展典型人物宣传。同时积极开展群众性的典型评选活动，与有关部门一起举办了“江西十大法治人物（事件）”评选、全省“十大爱心人物”评选、“江西经济影响力年度人物”评选等活动，扩大典型宣传的覆盖面和群众参与度。

对社会上诚信缺失、丧失道德底线的行为，则通过媒体予以揭露和曝光。一直以来，对于拒不执行法院判决的“老赖”，社会各界深恶痛绝，但苦于没有一个合适的表达渠道和平台。如何最大限度地“褒扬诚信，惩戒失信”，是全社会关注的热点。于是，由江西省高级人民法院和江西日报社主管，江西省高院执行局、中国江西网和省内 18 家金融机构联手打造的“法媒银 · 失信被执行人曝光台”于 2015 年 12 月 4 日上线。此举在全国开创了法院、媒体、银行联手共同打击“老赖”的先河。“曝光台”上线后，引来了人民日报、中央电视台等中央媒体的关注报道。截至今年 2 月 25 日，全省共有 444 名被执行人在该曝光台的威慑下，主动到法院履行还款义务，或做出还款承诺，执行标的额达 2682.47 万元。最高人民法院院长周强对此批示予以高度肯定。这种主动设置议题、有效引导社会舆论的做法，既提高了社会共识度，又起到了成风化人、凝心聚力的效果。

提高针对性：从“我报道什么你看什么”转变为“你需要什么我报道什么”

新闻舆论只有接地气才会有人气，面对新的媒介生态，不适应不行，连眼球都抓不住，其他什么都谈不上。现在受众的需求越来越多样，思想观念越来越多元，一套话语满足不了所有人，一个腔调难以唱遍天下。没有对受众需求的精准把握，就无法实现对舆论的精确引导。作为主流媒体应密切关注舆情的变化，深入了解群众的所思所想所盼，从“我报道什么你看什么”转变为“你需要什么我报道什么”，从而提高新闻舆论的传播力、引导力、影响力、公信力。

江西日报社大江舆情研究中心建立了省内最大的涉赣舆情数据中心，对网络舆情进行准确研判、科学应对和有效引导。江西日报社还搭建了网络听诉问政全媒体直播平台，中共江西省委书记强卫等6位省领导以及17位厅局主要领导曾先后通过平台的网络视频直播与群众在线交流。听诉问政平台先面向群众征集意见建议，共收到群众意见、建议、投诉、问题4740条，然后，挑选出具有典型性和普遍性的问题由省领导和有关厅局领导通过听诉问政平台现场予以回答，随后又在媒体上公布现场在线交流所受理问题办理结果，在群众中引起强烈反响。

获得中国新闻奖名专栏的《江报直播室》，采取报纸编辑、记者主持新闻话题访谈的形式，请受众作为访谈嘉宾，网上实时直播、报纸刊发主要内容。每期都通过发预告消息、公布网址等方式，征集受众所关注的话题，吸引受众积极参与，实时观看，踊跃提问。通过报与网的融合，使党报的覆盖面和影响力得到了进一步的延伸和增强。

我们还根据党报多年形成的权威性、准确性和公信力强的特点以及与党政部门联系密切的优势，报纸和网站联合开办了《党报帮你办》栏目，专门为受众解疑释惑、排忧解难。由于所选取的事情都具有典型性和代表性，往往是解决一个问题，受益的一大片，因而得到受众的广泛关注。

当然，“你需要什么我报道什么”并不是一味迎合，更不是靠耸人听闻的标题、火爆低俗的文字来吸引受众，否则就会被非理性的声音牵着鼻子跑，就谈不上坚持正确的舆论导向。相反，对那些社会舆论关注度高，似是而非的话题，要积极主动回应，承担起“澄清谬误、明辨是非”的职责和使命。今年春节前夕，名为“想说又说不出口”的网民在某网站发帖《有点想分手了……》，并配发图片，称自己是上海女孩，春节前去“男朋友”家乡江西过年，被第一顿饭“吓一跳”而逃离。这则“上海女孩逃离江西农村”的网文，瞬间便刷爆朋友圈，十几天内原帖的点击量已达到34万，评论1.6万多条，成为春节期间网络最热话题之一。这则网文所涉及的事实，既没有具体地点，也没有当事人的单位与姓名，且有些过程不合情理，引起了不少网民的质疑。事实到底如何？我们派出记者会同有关部门进行了解调查。2月20日，江西日报社通过所属的全部媒体主动回应：“上海女孩逃离江西农村”事件从头至尾均为虚假内容。自称“上海女孩”的发帖者不是上海人，而是某省一位已为人妇的母亲，她春节前压根没来过江西。积极主动的回应，使这个在网上被炒得沸沸扬扬的话题真相大白，起到了澄清谬误、以正视听的作用。

注重广泛性：以媒体融合把党的新闻舆论的“引力波”传得更广更远

媒体融合发展是传媒领域一场重大而深刻的变革。网络和数字技术裂变式发展，带来媒体格局的深刻调整和舆论生态的重大变化，新兴媒体发展之快、覆盖之广超乎想象。传统媒体只有与新兴媒体融合发展，才能适应时代的需求。目前，我国有 7 亿网民，受众在哪里，新闻舆论的触角就要伸向哪里。谁能适应网络发展、占领网络舆论阵地，谁就能赢得受众。

江西日报社以前只有报纸、杂志两种媒介，年总期发量最高时也只有 120 万。现在已形成了报纸、杂志、网站、微博、微信、户外、手机报、移动客户端等 8 种媒介形态、端口载体达 63 个的媒体矩阵，覆盖用户总数超过 2000 万。融合发展，使过去媒体单一的表现手段得到了极大的丰富，既有报纸的内容，又有电台的功能，还兼具电视台的长处，这就是融合的魅力、融合的力量。融合不仅增强了传播内容的吸引力、感染力，也极大地拓展了党报集团媒体的覆盖面和影响力。

江西日报社以产品为杠杆推动媒体融合发展，构筑多媒体、多平台的传播矩阵，打造多样化、个性化、对象化融合产品，把原创内容、权威报道、深度解读、言论评论等优势向新兴媒体延伸，实现传统媒体与新兴媒体优势互补、共同发展，扩大传播的覆盖面，实现传播效果的叠加。

为此，江西日报社实行“一岗双责”，即传统媒体的记者同时也是新媒体记者。在采写见报稿的同时，首先要为江西日报社各大微博、微信、手机报客户端等新兴媒体供稿，使新闻在第一时间发布。为确保“一岗双责”落到实处，报社按照快讯类、视频类、深度报道类对记者实行考核，每月按发稿数量对记者发稿计分并进行排名，在此基础上，还根据稿件质量评出 A、B、C 三类稿件，再给予奖励。此举极大地调动了一线记者的积极性，他们看到自己报道在快速、及时、滚动、互动中迅速传播，找到了移动互联网时代新闻人的成就感和价值感。

今年全国两会期间，江西日报社派出全媒体报道团队进行报道，充分利用多媒体、多平台的传播矩阵，为读者第一时间奉上全方位、多维度的立体“新闻盛宴”，凸显全媒体传播的强大力量。4 月 12 日，由中央网信办主办的《网络传播》发布了“中国省级网站传播力排行榜2016年3月榜”，中国江西网排名全国第七，跻身“中国地方新闻网站十强”行列。作为全国推行“一省一报”5个试点省份之一，江西手机报短彩信版总用户数已达400万，移动客户端版下载用户200万，今年总用户数将达到1000万。

目前，江西日报社正在着手建立采编“中央厨房”，重构采编流程，有效整合资源、打通渠道，实现“一次采集、多种生成、滚动发布、多元呈现、多媒传播”，推动媒体融合由相“加”阶段迈向相“融”阶段。实践证明，传统媒体和新兴媒体的深度融合使媒体核心竞争力发生巨变，既延长了新闻生产链条，突破了传统媒体在时间、空间、影像表现方面受到的局限，又继承了传统媒体的权威性、公信力和强烈的策划意识等长处，使新闻产品的传播媒介具有丰富性和可选择性，还节约了资源，提高了时效，把党的新闻舆论的“引力波”传得更广更远。

（《新闻战线》2016年6月1日5—7页）

申报资料实录

作品简介：针对新闻舆论工作面临的新形势新挑战，论文以习近平总书记在党的新闻舆论工作座谈会和网络安全和信息化工作座谈会重要讲话为指针，以江西日报社所属媒体近年来的实践，从增强主动性：让设置的报道议题成为社会舆论关注的话题；提高针对性：从“我报道什么你看什么”转变为“你需要什么我报道什么”；注重广泛性：以媒体融合把党的新闻舆论的“引力波”传得更广更远等三个方面，阐述了如何适应传播新趋势，构建引导新格局的路径与方法。

社会效果：文章发表后，在业界引起较大反响，众多网站予以转载。尤其是文中阐述的“法媒银·失信被执行人曝光台”做法，在中央宣传部、中央政法委贯彻落实《关于进一步把社会主义核心价值观融入法制建设的指导意见》全国电视电话会议上，作为典型经验进行发言介绍。

推荐理由：这篇论文就如何适应传播新趋势，构建引导新格局这一当前我国新闻舆论工作所面临的重大问题以从理念、路径、办法等方面进行了深入的阐述。文章既有理论高度和思想深度，又有具体操作方式，使得本文具有较强的说服力、针对性和实用性。尤其对加深对习近平总书记有关新闻舆论工作讲话精神的理解具有很强的现实意义。

移动互联时代的对外话语创新

刘洪涛　凌淼丰

2016年2月19日，习近平总书记在党的新闻舆论工作座谈会上强调，要加强国际传播能力建设，增强国际话语权，集中讲好中国故事。[①]这是对我国外宣工作的再动员。近年来，尤其是随着移动互联时代的到来，我国对外宣传的理念、方式与手段都有较大改进，可是，外宣工作的成效依然备受国内外的指摘，似乎“宣传”一词所代表的“落后”理念就是中国对外传播力不彰的罪魁祸首。但正如中国公共外交协会研究部主任姚遥所说：“‘宣传’无罪，‘宣传腔’有罪！”[②]的确，具有主观意图的“宣传”活动在世界各国和各个领域都普遍存在，“宣传”本身无可厚非，是“假大空套”的“宣传腔”玷污了“宣传”一词。如果不对“宣传腔”进行修正，不对陈词滥调背后的陈旧思维进行革故鼎新，从而大力推进相对迟滞的话语创新，即使将“对外宣传”的提法变为看似更容易被接受的“对外传播”甚或“公共外交”，都难逃再次被玷污的命运。因此，移动互联时代的国际传播能力建设，基于效果和平台搭建的话语创新是关键，也最为迫切。

一、兼具中国特色和国际表达，善用具体鲜活的故事和数据解读当代中国

1. 话语模式国际化

伴随着对国际传播的日益重视以及移动互联网对传播生态的重构，中国媒体的报道规模不断攀升，覆盖范围不断扩大，但中国媒体的话语权弱势暂时仍没有得以根本扭转。其中的缘由，“更主要是传媒的语态守旧，徘徊于世界传播话语体系之外，话语竞争力较弱，影响不大。”[③]当前，中国的社会话语都已呈现出国际化的特征，对外传播的话语模式若还坚持“高、硬、冷”的“中国特色”，自然难以实现传通，更不必奢求被理解和认同。因此，必须改变“自说自话”的话语模式，坚决淘汰不合时宜的过时话语，以国际化的话语体系为参照系，结合平台语境，积极创新对外话语模式，为传统话语赋予新含义，寻找本土新闻与国际实际的契合点，用“国际表达”有效传达中国特色的传播内容。

当然，进行话语模式的国际化创新，一定要把握好中国性与国际性的辩

证统一。“既要坚持以我为主、为我所用，摒弃不科学、不适用的话语，又要有开放、学习、借鉴、包容的心态，搭建好与国际交流的话语平台。这样，才能使我们的话语体系更具有感染力、亲和力、影响力、说服力和发展壮大的潜力。”④

2. 话语选择具体化

中国对外传播的话语选择多流于表面化、仪式化、笼统化、概念化、抽象化的表态范式，导致被贴上“空话、套话、大话”的标签。对外话语创新的动力就源自对传统话语选择惯性制约的突破。创新的方式就是化“表面”为“深刻”，化“笼统”为“具体”，化“概念”为“实例”。首先，用具体的“子概念”代替笼统的“母概念”。也就是“尽量多用有针对性的具体而微的表达，即‘子概念’表达，追求表达的具体、细腻、传神，少用空话、套话、大话，少用结构复杂的长句、复句。”⑤其次，用鲜活的故事代替空洞的表态。千篇一律、似曾相识的表态虽减少了发言的风险，但也丧失了改变甚至树立新形象的机遇。故事的感染力可通过人类情感的共通性产生对外传播的吸引力和影响力。对外传播的话语选择要会讲故事、擅讲故事、讲好故事。再次，用具体的数据图表代替抽象的概念。充分运用大数据，建构具体、翔实、深刻的新话语。运用数据讲故事的能力，本身就是大数据新闻的题中之义。

二、深入研究社交媒体话语特点，善用多媒体微内容开展“微发布”

1. 话语运用社交化

移动互联时代催生了社交媒体，以社交媒体为载体的短平快、年轻化、网络化话语方式迅速得以普及。在移动互联化生存的背景下，做好国际传播这篇大文章，必须深入研究社交媒体的话语特点，并从中汲取养分，推动传统外宣媒体的对外话语创新。打通社交媒体和传统媒体平台，在传播链条上完全融入移动社交，使运用社交语言，通过社交“对话”传播事实和观念成为常态，把主流声音、专家观点以及网民意见融合，有效实现政策话语、精英话语、公众话语等话语体系的互动，在社交化的互动中，动态提升对外传播效果。

2. 话语表达微型化

移动互联网激活了人们的碎片时间，也直接催生了以微博、微信为代表的新兴媒介，使微内容、微动漫、微视频成为信息接收的主要方式。因此，对外话语创新要高度重视微型化的传播变局，在传统的“团式”“整发布”之外，多运用“链式”“微发布”，提升核心关键信息的受众接触率。例如，2013 年 12 月 1 日 21：31，“@ 月球车玉兔”新浪微博账号在我国自主研发的月球探测器——嫦娥三号发射前4小时正式开通，以第一人称的口吻，用拟人化的语气，实时发布中国首辆月球车“玉兔号”的情况。短短4个月，截至2014年4月24日，该账号发布279条微博，俘获65万名粉丝。这次成功的对外传播实践充分说明：适合新媒体传播、融通中外的话语方式，完全可以被不同理念和立场的受众接受和认同，让国家叙事直接进入受众的“心灵”。[⑥]

三、融合中国道路与平民主体，善用自然活泼的生活语言阐释宏大主题

1. 话语主体平民化

对外传播是国家传播，它所要传达的必然是国家理念。因此，“中国梦”“中国发展”“中国品牌”“中国制度”“中国道路”等是中国对外传播必不可少的重要议题。但要传播好这些议题，尤其是在国际传播领域，不能忽视其中的平民主体。这是中外之间集体主义与个人主义差异所决定的。因此，必须以平民为主体来凸显宏大主题，即在话语主体上进行平民化转型，把居高临下、干巴生涩的话语方式变为沾满泥巴、生动鲜活的话语方式，把宏观博大、高瞻远瞩的理论体系变为微观可视、具体可感的个体故事。[⑦]

2. 话语风格生活化

对外传播也属政治传播，因此，我国的外宣中充满政治话语。但只有“当政治语言与生活语言大体接近，共识才能在官方与民间的贯通中建立，也才能成为推动我们国家更快迈向现代化的根本力量”[⑧]。对外传播亦同此理。要让不同文化和制度背景下的受众接受并认同，对外话语风格必须向生活语言转型，为深刻的思想穿上朴素、简约的生活化外衣。老子曰：“大道至简，衍化至繁。”移动互联时代的对外话语创新，不可忽视目标受众的思维和语言习惯，“把深邃的理论转化为通俗易懂的语言，用群众听得懂的语言讲群众听得懂的道理”[⑨]。将宏观抽象的至繁概念化作受众耳熟能详的生活化表达，消解受众的接受障碍。

四、平衡多方信源与不同观点，善用坦诚有爱的态度实现舆论正向引导

1. 话语角度平衡化

传播学中有一个“两面提示”策略，它是提高传播效果的一项重要策略。它能对原来持抵制态度者产生较好的说服效果，且在说服之后能产生“免疫功能”，从而增强说服效果的持续性和稳定性。面对信息来源多元的国外受众，“两面提示”策略在对外传播中具有重要的应用价值，在话语角度上引用多

方信源和不同观点，甚至针对反向信息进行解释澄清，既展示了媒体的“客观”形象，也对反向素材进行了免疫处理，在平衡中实现有效引导。

2. 话语姿态公开化

实现舆论引导的关键是媒体的公信力，而回避问题，报喜不报忧是媒体公信力的致命杀伤因素。因此，对外传播媒体要塑造自身的公信力，必须在话语创新时秉持公开化、透明化的原则，以坦诚并富有人情味的态度回应舆论关切。仍以月球车“玉兔号”为例，其在探月过程中，遭遇了技术故障。按惯常思维，这是负面和不光彩的，但是，玉兔报道团队不但没有极力回避，反而化被动为主动，利用这次故障，成功塑造了“玉兔”坚强勇敢的形象。2014 年 1 月 25 日，“@ 月球车玉兔”微博以“啊……我坏了”的惊呼宣布了自己出现故障的消息，国内外舆论一片惋惜、祝福之声。美国 CNN 当天甚至直接翻译了玉兔微博上“晚安地球，晚安人类”等多段文字，“在 Facebook 上弄哭了各国小朋友”。[⑩]2 月 13 日早上，“月球车玉兔”醒来之后在其微博上又送出一句轻声的问候：“Hi，有人吗？”单这条微博就获得 11 万转发，7 万评论和 8 万个“赞”。玉兔的话语感动了全世界，巧妙化解了一场危机。美国《外交政策》称，“玉兔巧妙的社交媒体运作，对多年来试图说服持怀疑态度的公众接受太空探索却无果的中国太空计划来说，是一次意外的成功”。面对危机不再沉默不语或极力掩饰，面对批评和质疑保持包容、淡定的心态，同时借力于高效、及时的新媒体传播平台，采用网络语态和讲故事、人格化等策略进行“双微”发布，与传统的新闻发布会相互补充，“玉兔”案例为我国政府、企业在社交媒体时代进行有效的危机传播开辟了一条新的路径。[⑨]

---

①《习近平：坚持正确方向创新方法手段　提高新闻舆论传播力引导力》，http：//news.xinhuanet.com/2016-02/19/c_1118102868.htm

②姚遥：《新中国对外宣传史：建构现代中国的国际话语权》，第 15 页，清华大学出版社 2014 年版。

③麦尚文、何又华：《“语态革命”：媒体话语创新的路径选择》，《对外传播》2010 年第 12 期。

④⑨姚桓：《原有理论和话语体系已经过时》，《青年记者》2013 年第 1 期（上）。

⑤薛中军：《当代美国新闻报道话语特征管窥》，《上海大学学报（社会科学版）》2010 年第 4 期。

⑥⑩《解码“玉兔”——实践者和研究者眼中的国际传播语态创新》，《中国记者》2014 年第 5 期。

⑦刘洪涛：《受众视角下的军事广播融合发展策略》，《中国广播》2015 年第 10 期。
⑧陈宝生：《要注意重建话语结构》，《青年记者》2013 年第 1 期（上）。
⑨史安斌、刘滢：《打造融通中外的多层次新闻话语体系——从“月球车玉兔”集成报道看新闻传播的模态创新》，《对外传播》2014 年第 3 期。

（《中国广播电视学刊》2016 年 6 月 1 日，国际传播 88—90 页）

申报资料实录

作品简介： 2016 年 2 月 19 日，习近平总书记在党的新闻舆论工作座谈会上强调“要加强国际传播能力建设，增强国际话语权，集中讲好中国故事”后，作者便结合学习研究体会，紧贴中国对外宣传存在的问题和移动互联的传播背景，提出对外话语创新之策：话语模式国际化；话语选择具体化；话语运用社交化；话语表达微型化；话语主体平民化；话语风格生活化；话语角度平衡化；话语姿态公开化，不断提高中国对外宣传的传播力和引导力。

社会效果： 论文刊登后，引起部分对外传播业者的共鸣。中国国际广播电台等业界同行和 1 位高校教师主动联络作者，探讨话语创新问题。

推荐理由： 该论文有以下特点：一是研究时效强。在习近平总书记讲话发表后即着手研究，并迅速拿出了研究成果，反映了作者较高的研究敏锐性。作为从业者，能带着问题真学习真研究，难能可贵。二是问题抓得准。我国对外宣传投入产出不成正比，“宣传”及其代表的理念承担了大部分“罪责”，但作者却清醒指出，“宣传”无罪，“宣传腔”有罪，如果不对“宣传腔”进行修正，大力推进相对迟滞的话语创新，就难以改变外宣的现状。把话语创新作为研究的关切点，反映了作者良好的抓问题能力。三是对策提得实。作者从话语模式、话语选择、话语运用、话语表达等八个方面提出话语创新的对策，既有理论阐释，也有实践总结，具有很强的针对性、启发性和实用性。

习近平“四个坚持”的背景、逻辑及战略意义

曾海艳　吴雪华

当前，国内外意识形态斗争尤为激烈，新闻舆论队伍承担的责任也越来越重。如何建设好这支队伍，为具有中国特色的社会主义建设事业保驾护航显得尤为重要。2016年11月第17个中国记者节，习近平总书记从方向、导向、志向、取向等四个方面对全国新闻记者提出了四点希望：坚持正确的政治方向，做政治坚定的新闻工作者；坚持正确的舆论导向，做引领时代的新闻工作者；坚持正确的新闻志向，做业务精湛的新闻工作者；坚持正确的工作取向，做作风优良的新闻工作者。习近平总书记关于新闻舆论队伍建设的“四个坚持”是针对我国新闻舆论工作和队伍状况而提出的，是马克思主义新闻观的创新结果，具有非常深刻的背景和严密的思想逻辑，对我国新闻传播事业的发展具有重大的战略意义。

一、“四个坚持”提出的背景

习近平总书记在谋划和领导中国特色社会主义建设的探索与实践中，站在全局和战略的高度，审时度势，对新闻记者提出“四个坚持”，具有深刻的理论背景、政治背景和社会背景。

（一）党性与人民性的一致性、统一性是“四个坚持”的理论背景

“人民性”和“党性”原来是两个使用领域不同的概念。“人民性”最早出现于俄罗斯的文学领域，后被马克思移植到了新闻学领域，但与现在的含义有所不同。明确提出报刊“党性”的是列宁在1905年发表的《党的组织和党的出版物》，认为“出版物应当成为党的出版物”，“社会主义无产阶级应当提出党的出版物的原则，发展这个原则，并且尽可能以完备和完整的形式实现这个原则”，并呼吁“无党性的写作者”应当立即离开党的出版物。中国共产党继承和发展了新闻的党性与人民性思想，将党性原则作为党报党刊遵循的根本原则，并提出党性来源于人民性，创造性地把二者巧妙而精致地融合在一起，使马克思主义新闻学理论得到了新飞跃。十八大以后，习近平总书记又将“人民性”与“党性”并列，强调“党性和人民性从来都是一

致的、统一的”，人民性从此成为马克思主义新闻观的又一个核心概念。党性与人民性的一致性、统一性理论，是习近平新闻舆论思想的核心，也是其关于新闻舆论队伍“四个坚持”的理论基础。习近平同志在一系列讲话中都强调和阐释了人民至上、党性和人民性相统一相一致等观点，为正确认识新闻舆论工作的性质、宗旨、任务以及党性和人民性的辩证关系确立了科学的基点。新闻舆论工作要对党负责，又要对人民负责，要做到让党放心，又要让人民满意。新闻工作者的立场、思想、业务水平等方面都影响着新闻舆论工作的成败。因此，“四个坚持”是在党性与人民性相一致和统一理论的指导下做好新闻舆论队伍建设工作的基本遵循。

（二）“四个全面”战略布局是“四个坚持”的政治背景

2014年，习近平总书记在执政两周年之后提出了有关国家社会发展的“四个全面”战略思想，即全面建成小康社会、全面深化改革、全面依法治国和全面从严治党，把十八大提出的小康社会、深化改革、依法治国、从严治党有机地联系和科学地统筹起来，并根据当前世情国情党情的新变化，注入新的内涵，提出更高的要求。这是我们党在新时期新阶段治国理政的新要求，推动着中国改革开放和中国特色的社会主义建设迈上新台阶。同时，习近平总书记认为，新闻舆论工作“事关旗帜和道路，事关贯彻落实党的理论和路线方针政策，事关顺利推进党和国家各项事业，事关全党全国各族人民凝聚力和向心力，事关党和国家前途命运”，是“党的一项重要工作，是治国理政、定国安邦的大事”。新闻舆论队伍必须自觉在思想上政治上行动上同党中央保持高度一致，切实承担起新闻舆论工作的职责使命，坚持正确政治方向和舆论导向，坚持党管媒体原则，树立以人民为中心的工作导向，以改革创新精神不断提高舆论引导水平，弘扬主旋律、传播正能量，为协调推进“四个全面”战略布局提供有力思想舆论支持和营造良好舆论氛围。

（三）日益复杂的国内外意识形态斗争形势是“四个坚持”的社会背景

中国共产党是靠宣传启蒙民众起家的，在革命战争和建设时期都牢牢把握着新闻宣传和舆论阵地，用马克思主义思想武装、号召和凝聚广大人民群众，新闻宣传和舆论工作在社会主义建立和发展过程中有着极为重要的作用。当下中国的发展已经成为全世界关注的焦点，也自然成为国际舆论的热点。伴随中国的崛起，我国社会进入转型期，各种社会矛盾和利益冲突多样并有加剧的趋势，加之西方国家长期的“和平演变”和一些外来思想文化的影响，使公众的思想和价值观变得愈发复杂，对新闻宣传和舆论工作提出了新的更高的要求。与此同时，随着市场经济的发展和文化体制改革的深入，大部分媒体已经实行事业单位企业化管理，一些人有意无意地把市场经济意识运用到新闻工作中，开展或明或暗的市场化的新闻宣传，如有偿新闻、新闻低俗化等，甚至出现利用媒介引导舆论干涉国家决策与管理的事件，严重损害党、国家以及媒体的形象。在国内外意识形态斗争日益激烈的新形势下，越是众声喧哗、嘴舌繁杂，新闻舆论队伍越是要增强政治定力，提高政治敏锐性和政治鉴别力，把握住正确舆论导向，越是舆论汹涌，越是要把中国特色社会主义旗帜高高地举起来，坚持正确的舆论导向，引领舆论。“四个坚持”为新闻舆论工作者在新时期、新形势下做好党的新闻舆论工作提供了根本遵循。

二、“四个坚持”的思想逻辑

习近平总书记关于新闻舆论队伍建设的“四个坚持”，对 “我是谁”“我现在哪里”“我要到哪里去”三个根本问题进行了深入的思考和回应，层次分明，紧密相关，有着严密的思想逻辑。

（一）坚持正确的政治方向，做政治坚定的新闻工作者，包含着对新闻舆论工作者的身份确认，源自对“我是谁”的清醒认识

习近平新闻舆论思想中一个重要的命题和核心观点就是“党媒必须姓党”。他用“五个事关”来阐述新闻舆论工作的性质地位，认为新闻舆论工作的性质地位决定了新闻舆论工作是党的一项重要工作，是治国理政、定国安邦的大事。新闻队伍要承担起党和人民赋予的职责和使命也必须“姓党”。坚持正确的政治方向，做政治坚定的新闻工作者，包含着对新闻舆论工作者“姓党”的明确定位：坚持党和人民立场，无论时代如何变化，形势如何发展，都必须与党和人民同呼吸、共命运，具有政治定力；坚持马克思主义新闻观，自觉接受党的领导，以人民为中心，全心全意为人民服务；坚持中国特色社会主义，在大是大非问题面前旗帜鲜明、方寸不乱，号召人民同心同德，凝聚在党的周围，为实现中国梦而共同奋斗。

（二）坚持正确的舆论导向，做引领时代的新闻工作者，明确了新闻记者的角色与地位，回答了“我现在哪里”的问题

新闻舆论一方面通过信息传递影响人，凝聚人心，另一方面通过价值判断引导人，赢得人心。可以说，新闻舆论是左右人心的关键力量，涉及民心向背。好的舆论可以鼓舞人心、汇聚力量，不好的舆论会涣散人心、瓦解斗志。中国共产党正是依靠人民群众，才实现从无到有、由弱到强，不断地从胜利走向胜利，“民心所向”是中国共产党执政合法性的重要基础。

新闻舆论队伍是中国共产党引导舆论、凝聚人心最重要的一支队伍，要提高新闻舆论传播力、引导力、影响力、公信力，首先要明确自身在党和国家事业中的地位和角色，准确把握“我现在哪里”的问题。在中国共产党领导中国革命和建设90多年的历程中，新闻舆论工作者一直站在新闻舆论工作最前线，与党和人民同呼吸、与时代共进步，积极宣传党的主张、深入反映群众呼声、主动开展决策调研，发挥了十分重要的作用。十八大以后，新闻舆论战线认真贯彻党中央的决策部署和工作要求，突出宣传党的十八大和十八届三中、四中、五中、六中全会精神，全面反映中国特色社会主义建设事业的进展成效，深入宣传广大干部群众团结奋斗的精神风貌，在新的历史起点上唱响了主旋律，传播了正能量，有力激发了全党全国各族人民团结奋斗的信心和力量。

（三）坚持正确的新闻志向和工作取向，做业务精湛和作风优良的新闻工作者，这是一个关乎新闻工作者队伍建设和发展方向的问题，指出了新闻舆论工作“将要到哪里去”

新闻舆论工作是一件常干常新的工作，要求新闻舆论工作者与时俱进，业务精良。传播技术的发展，新闻舆论工作的平台和载体、新闻舆论的范围和内涵，都发生了深刻变化，给从业人员带来巨大的挑战，对新闻舆论管理等方面都提出了更高要求。新闻舆论工作者要不断提升专业素质和能力，积极适应现代复杂的信息环境，熟练掌握现代传播技术，深入把握传播规律，用受众喜欢的新语态、新形式开展新闻舆论工作，不断提升新闻舆论的传播力、影响力。当然，无论媒介如何变化，传播手段如何丰富，有思想、有温度、有品质的作品往往是那些以人民为中心，心系人民，讴歌人民的作品。这就要求新闻舆论工作者坚持以人民为中心的工作志向，深入基层，走进人民群众，察实情，说实话，动真情，把“走转改”落到实处。这是我们党的宗旨的必然要求，也是新闻传播规律的必然要求。

三、“四个坚持”具有重大的战略意义

习近平总书记的“四个坚持”不但指出了中国新闻舆论队伍建设的方向和目标，更调动了新闻舆论工作者自身的积极性，使其明确成长成才的途径和方法，努力实现自身全面发展，对加强新闻舆论工作队伍建设，促进新形势下的新闻舆论工作具有重大的战略意义。

（一）“四个坚持”是新闻舆论队伍建设的指南

习近平总书记提出的“四个坚持”既包含了对新闻舆论队伍性质、立场

的根本要求，也包含了新闻舆论队伍角色、身份的准确定位，既包含了对新闻舆论工作者个体素质能力发展的新要求，也包含了对新闻舆论工作者个体价值取向的新指引。当前媒介形式、舆论环境、传播对象、传播技术日新月异，要求新闻舆论工作随之发展与创新，这必然要求新闻舆论队伍的建设也要及时跟上。“四个坚持”对加强新闻舆论队伍建设提出了诸多具体的要求，不仅适应新闻舆论环境复杂多变的必然要求，也是贯彻落实新时期党的新闻舆论工作政策的新实践。

（二）“四个坚持”是做好新闻舆论工作的重要保障

国家统计数据显示，截至 2012 年 11 月 5 日，我国持有新闻记者证的新闻采编人员共 248101 人，其中报纸、期刊记者 105942 人，广播、电视、通讯社等媒体记者 142159 人。（中国新闻出版网 2013 年 1 月 8 日）新闻记者已经成为支撑我国新闻舆论事业的主力军，发挥着重要作用。重视新闻记者、依靠新闻记者、培养高素质新闻记者等工作，一直是党和国家以及各级政府工作的重中之重。习近平总书记强调宣传部门的负责人也要加强学习和实践，成为熟练掌握新闻舆论业务的能手，“要加快培养造就一支政治坚定、业务精湛、作风优良、党和人民放心的新闻舆论工作队伍”，从工作能力、作风建设、责任意识等方面阐释了新形势下对新闻舆论工作者的新要求。在全面推进深化改革、全力推进“四个全面”布局的关键时期，新闻舆论工作队伍建设是决定新闻舆论工作成效、保证新闻舆论工作健康发展的关键，成为推动改革和发展的最强音。因此，“四个坚持”提出了新闻舆论队伍建设的指导思想和工作指南，其根本目的是不断提高我国新闻舆论队伍整体水平，保障新闻舆论工作健康快速发展。

（三）“四个坚持”是马克思主义新闻观的创新发展

建党 90 多年以来，中国共产党在不同历史时期都具有不同的目标任务，新闻舆论工作都随之进行一定的调整和适应，被深深地烙上了时代特征。党的十八大以后，习近平同志站在牢牢把握新闻舆论工作阵地和话语权的战略高度，根据新的历史阶段新闻舆论领域的新特点，提出了“四个坚持”队伍建设思想。这是以习近平总书记为核心的党中央继往开来，在继承和发扬党的优良传统的基础上，在全面深化文化领域改革的总体要求下，以新时期的新闻舆论实践为基础而提出的。“四个坚持”蕴涵着的一系列新思想、新理念、新要求，是做好新形势下新闻舆论工作的基本遵循，也是马克思主义新闻观的创新发展。

（《新闻潮》2016 年 12 月 1 日特稿 4—5 转 13 页）

申报资料实录

作品简介：本文认为2016年11月7日习近平在会见中国记协第九届理事会全体代表和中国新闻奖、长江韬奋奖获奖者代表时提出希望广大新闻记者要做到的“四个坚持”是一个逻辑严密的思想体系。“四个坚持”的理论背景是党性与人民性的一致性、统一性理论；政治背景“四个全面”战略布局；社会背景是国内外意识形态斗争日益复杂。“四个坚持”是对新闻舆论队伍“我是谁”、“我现在哪里”、“我要到哪里去”三个根本问题进行了深入的思考和回应，有着严密的思想逻辑，是马克思主义新闻观的创新成果，也是我国新闻舆论队伍建设的指导思想和工作指南，对我国新闻传播事业的发展具有重大的战略意义。

社会效果：论文的选题是当前中国新闻舆论工作领域关注的热点问题之一，时效性很强，在大力加强新闻舆论工作队伍建设的形势下具有非常重要的现实意义。同时，论文立意高，从历史和现实的角度阐释了“四个坚持”背景、逻辑和意义，具有较高学术价值，为中国新闻舆论工作队伍建设提供了依据和指南。

推荐理由：本文从学术的角度对“四个坚持”进行梳理和论述，揭示了“四个坚持”的背景、逻辑和意义，是马克思主义新观研究的创新成果；逻辑严密，观点清晰，条理清楚，对习近平同志会见中国记协第九届理事会全体代表和中国新闻奖、长江韬奋奖获奖者代表时的重要讲话研究很到位，是理解和把握习近平总书记系列重要讲话精神的一部力作。

党报经济新闻怎样找到“平衡感”

——兼论对经济新闻专业性的理解和把握

周咏南　邓　崴

在新闻实践中，经济新闻常常面临“外行看不懂，内行不愿看”的尴尬——一头是有人抱怨“太专业”，一头是有人觉得“不够专业”，要写出一条内行外行都满意的经济新闻，并不容易。作为党报的经济新闻来说，解决“外行看不懂，内行不愿看”问题的迫切性比经济专业类媒体更甚——作为综合性大众媒体，报道不能拒普通人于千里之外，让人“看不懂”；同时，作为党委机关报，如果报道让从事实际工作的内行“不愿看”，又如何发挥指导工作的作用？

对党报经济新闻来说，更有事关舆论导向的考量。“学术无禁区，宣传有纪律”，在一些专业报刊上可以传播的客观经济现象、一些从纯专业角度言之有理的观点，未必都适合在党报上报道。党报的经济新闻，其导向要求是一条不可偏离的红线。

党报经济新闻该如何理解专业性？该如何体现专业性？如何将专业性和工作上的指导性、传播上的大众性很好地结合起来，从而提高经济报道的专业水平？我们认为，应该注意处理好三对关系。

一、专业性和政治性的关系：逻辑上一致，本质上统一

经济新闻的专业性体现的是经济逻辑，政治性体现的是政治逻辑。党报自身的特殊属性决定了所刊载的所有经济新闻，没有超然于政治之上的，没有可以不问导向的。党报的经济报道和政治报道、社会报道等各类报道一样，都必须讲导向、讲政治，哪怕是一条单纯的经济信息，一旦刊载于党报，至少被赋予了“这是一条值得刊登、值得关注的信息”的导向意味。

权威人士指出，“在社会主义市场经济条件下，宏观调控本质上是预期管理。”新闻媒体尤其是党报对市场预期引导应当发挥重要作用。引导预期首先是一项政治任务，也是党委政府经济工作的重要内容，但引导预期不等于只讲成绩、回避问题。要提高舆论引导的可信度，对经济问题应该实事求

是地从专业的层面开展讨论，在各抒己见、平等交流中凝聚共识、稳定预期。

应当看到，党报经济新闻以中国特色社会主义市场经济建设为报道对象，这决定了其专业性和政治性在逻辑上是一致的，在本质上是统一的。离开了政治性，党报经济新闻的专业性就是无本之木；离开了专业性，党报经济新闻的政治性就是空头政治。

十八大以来，中央提出了一系列新理念新思想新战略。这是中国特色社会主义政治经济学的最新发展，不仅有很强的政治性，也包含了“大量充满时代气息的新知识、新经验、新信息、新要求”。对这些，新闻工作者不能只知其然而不知其所以然。要通过对习总书记系列重要讲话系统认真的学习，来提高自己的政治经济学素养，掌握其立场、思维和方法，学会用中国特色社会主义政治经济学来诠释、分析当代中国丰富多彩的发展实践。

近年来，针对经济新常态下的新问题、新矛盾，浙江省委省政府推出了以五水共治、浙商回归、三改一拆、四换三名、一打三整治、市场主体升级、小微企业三年成长计划、七大万亿产业、特色小镇等为主要内容的“转型升级组合拳”，对破解经济发展中的素质性、结构性、体制性矛盾，加快经济转型升级发挥了显著作用。这套组合拳，是习近平同志当年在浙江工作时提出的“八八战略”这一总纲和浙江进入经济新常态的发展现实相结合的产物，是中国特色社会主义政治经济学在浙江的具体实践。作为省委机关报，《浙江日报》在组织相关重大主题报道时，强调用经济新常态、供给侧结构性改革等新理念新思想新战略来全面反映、深入阐释浙江贯彻落实十八大以来治国理政新理念新思想新战略而进行的探索实践，既凸显了思想高度，又体现了浙江特色。

党报经济新闻在用经济专业框架去分析发展现实时，特别要注意的是不要盲目援引西方经济学的概念、公式、原理作为观察、解释当代中国经济现象的“万能钥匙”。

以当下的供给侧结构性改革报道为例，中央在提出这个概念后，受到了国内外广泛关注。但一些媒体在解读我国的“供给侧结构性改革”时，用西方国家的“供给学派”的理论来进行诠释，拿今天的中国和20世纪七八十年代的西方发达国家进行简单类比，这就导致了误判和误导。

20世纪70年代，西方发达国家面临滞胀，“供给学派”应运而生，主张以供给管理取代需求管理，实行降低税收、放松管制、减少福利等政策。而我国的“供给侧结构性改革”，正如习近平总书记在省部级主要领导干部学习贯彻党的十八届五中全会精神专题研讨班上讲话时所指出的：“我们讲的供给侧结构性改革，既强调供给又关注需求，既突出发展社会生产力又注重完善生产关系，既发挥市场在资源配置中的决定性作用又更好发挥政府作用，既着眼当前又立足长远。从政治经济学的角度看，供给侧结构性改革的根本，是使我国供给能力更好满足广大人民日益增长、不断升级和个性化的物质文化和生态环境需要，从而实现社会主义生产目的。”显然，这和西方国家“供给学派”讲的不是一回事。

2015 年 11 月 10 日召开的中央财经领导小组第十一次会议提出着力加强供给侧结构性改革后，《浙江日报》当年 11 月 16 日开始，就陆续组织刊登了《供给改革，浙商新路径》《发力消费供给端》(11 月 17 日)，《加快发力供给侧结构性改革》(11 月 20 日)，《供给侧改革，点中要穴》(11 月 23 日)，《有效投资，供给侧改革的开山斧》《以生产性服务业助推供给升级》(11 月 24 日) 等评论和报道，对供给侧改革的内涵以及浙江如何进行供给侧改革进行了多角度的阐释。针对一些人的认识误区，2015 年 12 月 31 日刊登了《发力供给侧要避免四个误区》，旗帜鲜明指出，发力供给侧改革要防止四大误区：认为供给侧改革就是刺激供给、将供给侧与需求侧对立起来认为需求管理已经失效、没有看到供给侧改革可能会伴随痛苦的结构调整以及用西方供给学派的观点来理解中国的供给侧改革。这篇评论在新闻媒体中较早地划清了西方供给学派和中国供给侧结构性改革的界限，具有很强的现实针对性。

二、专业性和新闻性的关系：服从于新闻性，服务于新闻性

经济新闻不同于工作总结，也不是学术论文。它不需要完整反映某项经济工作的方方面面，一般也不要求对经济专业问题进行深入的专业理论阐述。从受众角度来说，他们对经济新闻的第一功能诉求是新闻性。对经济新闻来说，在专业性与新闻性这对矛盾中，新闻性是矛盾的主要方面，具备专业性的未必具有新闻性，专业性要服从于新闻性、服务于新闻性。同时，新闻性也不能脱离专业性而存在，否则就称不上是经济新闻，高水平的经济新闻更离不开相当水准的专业性来作为报道思想和品质的支撑。

刊载于大众媒体的经济新闻，要在专业性和新闻性之间求得适当的平衡，用专业性去提升新闻性，实现专业性和新闻性的统一。记者在选择经济新闻的报道题材时，首先要考虑的是新闻性问题——对大多数人来说，这件事情本身是否足够重要，是否具有普遍意义，能否引起大家的阅读兴趣……在确定具备一定新闻性之后，再考虑如何借助专业的认知框架、分析工具对其进

行客观反映、深入解读，以达到正确反映事物本质规律的目的。

《浙江日报》近年来开设了一个经济评论栏目“浙富论”，专门针对浙江经济发展中的重要现实问题、大家关心的经济热点问题评点分析、建言献策。在评论对象选择上，坚持把题材的新闻性作为第一条件，坚持用专业性的阐释和分析去充实、丰富新闻性。比如，在浙江经济运行的季报、年报出炉之际，第一时间组织专家作者撰写评论分析文章，从专业角度分析数据代表的意义，更好地挖掘经济数据的新闻价值；在省委省政府重大经济决策出台之前及之后，组织相关人士进行吹风、解读，组织有代表性的经济界人士来反馈看法和实施效果；对一些事关浙江经济发展的重大问题进行前瞻性的预测分析……这个栏目开栏以来，刊发评论已有数百篇，得到了省内决策层、经济界以及关心经济的各界人士的广泛关注，一些文章还被地方党委政府领导作为参阅件批示转发，较好地发挥了党报的“咨政”功能。

党报经济新闻虽然肩负“指导工作”的功能，但不能因此陷入某个行业的专业工作中，而是要从对个别行业的深入调研中总结出对面上经济工作具有普遍指导意义的道理来，这才是专业性和新闻性的统一。2013年，《浙江日报》记者到舟山调研身处困境的船舶产业。当地有关部门开始建议记者不要来了，因为“行业不景气，没什么好报的”。但经过深入采访，记者从一位船厂老总的一句话“我们造船人向来是苦日子长好日子短”中得到启发，提出了一个超越造船业本身、具有普遍意义的问题：市场经济有其枯荣周期是客观规律，作为企业重要的是如何穿越市场周期、为下一次高峰的到来做好准备。围绕这一主题，记者采写了《穿越峰谷向大洋——来自舟山造船业的调查》。因其揭示的主题对经济下行中各行各业的企业具有普遍借鉴意义，这篇报道后来获得浙江新闻奖一等奖。

三、专业性和可读性的关系：话题接地气，内容故事化

经济新闻欲为受众所喜闻乐见，必须把专业性和可读性很好地统一起来。对面向大众的党报经济新闻来说，专业性要通过可读性来实现。党报经济新闻在提升自己专业性的过程中，应注意避免运用过多的经济术语、概念、数据来体现自己的专业性，还是要多讲大白话。这和一些专业财经报刊的要求不一样，财经报刊主要面向经济专业人士，其报道题材、话语方式和文风并不一定都适用于党报。

党报经济新闻要发挥好引导舆论的功能，一条行之有效的办法就是将报道题材具象化、生活化、故事化。

对抽象的观点、枯燥的数据，应当努力将其和受众熟悉的日常事物、生活经验联系起来。比如农产品安全问题，仅仅报道农产品抽检合格率高是远远不够的，要有针对性地回答人们生活中的疑问。《浙江日报》曾策划了一组题为“舌尖上的真相”的报道，如《现在的大米为何不生虫》《番茄为何没过去好吃了》《黄鳝是如何长成的》《自己种菜就一定安全吗》《豆芽，想吃却不敢买？》等从专业角度科学引导大众正确认识农产品安全问题，话题接地气，内容也可读，纾解了百姓对农产品安全的焦虑。农业部门的同志告诉我们，很多专家现在都不愿意在媒体谈论农产品安全问题，因为被一些记者一知半解甚至断章取义的报道弄怕了，但欢迎这样有专业精神、专业水准的记者来采访。

2015 年 3 月，一条关于国人到日本抢购马桶盖的微信文章刷爆了朋友圈，当时虽然“供给侧结构性改革”这一提法尚未见诸中央文件，但《浙江日报》敏锐意识到了这一文章走红背后所戳中的中国经济“痛点”——小小一只“马桶盖”，引发人们对中国产品增加有效供给的呼唤。由此联想到，面对消费升级的新态势，“浙江制造”的差距在哪里？如何加快迈向中高端？为此策划一组“迈向中高端”主题报道，包括“华交会上看浙江制造”“寻找浙江好产品”等子系列，从人们身边的毛巾、保温杯、剪刀、油烟机等这些“浙江制造”的“代表作”入手，将适应需求端新变化、增加有效供给的大道理诠释得形象生动，不但受到有关部门、经济界人士的好评，也收获了普通读者的纷纷点赞。

对大家关心的新闻热点、事件，要深入挖掘新闻当事人背后的故事。只要有人的地方就有故事，经济新闻应当有故事，新闻媒体应当讲好这些故事。以讲故事为特色的“华尔街日报体”正是发源于以经济报道见长的《华尔街日报》，党报更要讲好改革与发展中的“中国故事”。

浙江经济的活力在于有千千万万富有创业创新精神的浙商，《浙江日报》一直把浙商群体当作经济报道的重要对象，近年来开设了聚焦新一代年轻浙商的“新常态・新生代”栏目，聚焦“千人计划”海归人才的“他从海上来”栏目，聚焦讲诚信、重责任浙商的“最美浙江人・浙商好故事”栏目……这一个个可读性强的人物故事，犹如一朵朵浪花，从不同侧面反映了创业创新、转型升级的钱江大潮。

（《中国记者》2016 年 7 月 1 日论坛 16—18 页）

申报资料实录

作品简介：党报经济新闻该如何理解、体现专业性，如何将专业性和工作上的指导性、传播上的大众性结合起来？作者运用马克思主义新闻观和中国特色社会主义政治经济学的理论框架，结合浙江日报报道案例分析认为，应该注意处理好专业性与政治性、新闻性、可读性的三对关系。专业性和政治性逻辑上一致、本质上统一；专业性要服从于新闻性、服务于新闻性；要用接地气的话题、故事化的内容实现专业性和可读性的统一。

社会效果：这篇论文针对党报新闻实践遇到的普遍问题，从理论上进行了辨析，对党报经济报道准确把握自身属性和定位，提升报道水平，改进报道效果具有现实指导意义。该文在《中国记者》刊发后，得到业内同行的积极评价，还在中宣部举行的经济报道研讨会上被列为交流论文。

推荐理由：该文针对党报经济报道采编实践中存在的实际问题，从党报经济报道指导工作、大众传播、专业新闻这三重属性出发，对党报经济报道如何处理好专业性与政治性、新闻性、可读性的关系进行了具有创新性的理论阐述，文中的实践案例也紧密结合经济新常态下的党报新闻采编实践，具有理论和实践的双重指导意义，发表后在业内反响较好。

我国媒体重大涉华议题报道国际影响力探析及建议

——新华社与美联社南海仲裁案近期 Twitter 报道对比分析

蒋玉鼎

2016 年 7 月 12 日前后，国际各大媒体集中播发南海仲裁案相关报道，一些西方媒体趁机发布不实消息和荒谬言论，误导海外舆论。与此同时，新华社、《人民日报》、中央电视台、《中国日报》等我国媒体积极发声，与西方媒体针锋相对，展开舆论斗争。其中，中美两国主流媒体的典型代表——新华社与美联社在 Twitter 的交锋尤为精彩、激烈，本文对比分析如下。

一、新华社与美联社报道的基本情况

综合考虑事态进展、两家媒体发稿情况以及研究的有效性、可操作性，本文选取 7 月 12 日所在的一周，及前后各四周（即 2016 年 6 月 13 日至 8 月 14 日，共九周，以 Twitter 页面时间为准）作为调查时段，以英文报道中对南海的主流称谓"SouthChinaSea"为关键词，检索新华社与美联社 Twitter 英文主账号播发的报道，获得有效样本 348 条，其中新华社 316 条，美联社 32 条。

（一）发稿节奏。

调查时段内，两家媒体发稿最多的一天都是 7 月 12 日，发稿最多的一周都是 7 月 11—17 日，相关数据详见表 1。

表 1 新华社与美联社南海仲裁案近期 Twitter 报道的发稿情况

数据类别发稿账号	发稿总数	日均发稿	单日最高	单日最低	周均发稿	单周最高	单周最低
新华社账号 China Xinhua News @XHNews	316	5.0	39	0	35.1	121	1
美联社账号 The Associated Press @AP	32	0.5	7	0	3.6	9	1

统计显示，随着南海仲裁案的事态发展，新华社的报道数量也随之变化，临近裁决公布前显著增加，至裁决公布时达到顶峰，之后迅速减少，在亮明

中国立场、阐述中国主张后不再多言。美联社的情况则很不一样，裁决公布前报道较少，公布后突然激增，并连续三周保持相当的热度，炒作所谓裁决、迫使我接受的企图昭然若揭。

（二）呈现形式。

统计显示，新华社与美联社最为偏爱的报道形式均为图片，调查时段内，新华社共发布 259 条图片报道，占全部报道的 82.0%；美联社发布 18 条图片报道，占比 56.3%。视频报道方面，新华社共发布 50 条，占比 15.8%；美联社仅发布 1 条，占比 3.1%。文字报道仍然是美联社倚重的形式，调查时段内共发布 13 条，与图片报道的数量相差不多，占比 40.6%；新华社仅发布 3 条文字报道，占比 0.9%。此外，新华社还推出了漫画、投票等形式新颖的报道。

二、新华社与美联社报道的效果评估

在 Twitter 平台，评估报道效果最重要的指标有两项：转推数与点赞数，前者是衡量报道传播力的首要指标，后者是衡量报道影响力的首要指标。

统计显示，调查时段内，就单条推文的平均数据而言，新华社报道获得的点赞数更多，更具影响力，美联社报道被转推更多，更具传播力。其中新华社被转推最多的报道为“所谓裁决非法无效，中国不接受不承认”，获点赞最多的报道为“非法无效：南海仲裁案所谓裁决毫无根据”。美联社被转推最多与获点赞最多的为同一条报道“突发：中国称若受到威胁，将在南海划设防空识别区”。

2015 年 4 月一项研究显示，在 Twitter 平台，美联社单条推文的平均转推数为 107 次，新华社单条推文的平均转推数为 21.7 次。[1] 从本次调查的结果来看，新华社报道的影响力已显著增强，虽然平均传播力与美联社相比仍有一定差距，但对受众的影响力已大于美联社，且一些推文获得的转推与点赞次数很高，远超美联社。考虑到二者粉丝数量的差距（同一时点，新华社的粉丝数量为 546.9 万，美联社的粉丝数量为 848.3 万），新华社报道取得这一成绩实属不易。

实践证明，近两年，新华社的国际传播能力建设成效明显，特别是在海外社交平台，南海问题等重大涉华议题报道的影响力，已经可以与美联社等西方主流媒体分庭抗礼。我国媒体正在国际舆论场发出越来越响亮的中国声音。

表2　新华社与美联社南海仲裁案近期 Twitter 报道转推数与点赞数统计

数据类别 发稿账号	平均转推数	平均点赞数	最高转推数	最高点赞数	最低转推数	最低点赞数
新华社账号 China Xinhua News @XHNews	51.9	98.8	410	826	5	26
美联社账号 The Associated Press @AP	101.0	61.0	389	202	21	14

三、新华社与美联社报道的观点对抗

新华社与美联社的相关报道在事实选择、角度切入、观点呈现等方面存在巨大差异。主要体现在以下七个方面：

（一）关于南海的主权问题。

“南海诸岛自古以来就是中国领土”是新华社所有南海仲裁案报道的基本前提和核心观点。多篇报道从法理与历史角度进行论述，并多方提出证据，清晰传递了中国维护在南海的领土主权和海洋权益的坚定决心。

在美联社的报道中，几乎每次提到南海主权，都会说中国声称拥有南海绝大部分海域，但菲律宾等其他五方也对其中的一些海域进行了主权声索。尽管个别文章会引述中国官方表态称“南海诸岛自古以来就是中国领土”，但更多报道用了大量篇幅引述裁决内容，否认历史，质疑中国对南海的主权。

（二）关于仲裁庭及其裁决。

关于海牙临时仲裁庭及其对南海仲裁案的裁决，新华社报道逻辑清晰、观点鲜明，主要集中在五个方面：一是南海争端的实质是南海部分岛礁的领土主权归属及海洋划界问题，并不涉及《联合国海洋法公约》的解释或适用；二是仲裁庭是临时设立的“草台班子”，与联合国、国际法院等权威机构没有关系；三是仲裁庭由柳井俊二一手搭建，成员合法性、可信度存疑；四是所谓裁决非法、无效，中国不接受不承认；五是仲裁无助于解决南海领土争端，将威胁南海地区和平稳定。

美联社在报道中绝口不提海牙临时仲裁庭的真实性质，反而偷换概念，将其等同于联合国机构。尽管承认裁决加剧了南海地区的紧张局势，且美国也曾拒绝执行国际法院作出的终审判决，美联社仍坚称中国应当接受裁决，否则就是藐视国际法。

（三）关于中国在南海的角色。

新华社多篇报道反复强调，中国坚持通过和平方式解决南海争端，是维护地区和平的重要力量。在南海地区举行的军演是例行演习，不针对任何第三方，呼吁国际社会客观看待。不过，如果安全受到严重威胁，中国也将像其他大国一样，划设防空识别区，以确保地区和平稳定。一些报道强调了中国对南海资源的合理开发与保护，详细介绍了三沙市的动植物保护措施，塑造了中国积极保护环境的负责任大国形象。

在美联社的报道中，中国不仅不顾劝阻执意在珊瑚礁上建造人工岛屿，让南海生态环境遭到严重破坏，还在争议海域进行实弹演习。裁决公布后，甚至可能在南海划设防空识别区。此外，出现在美联社报道中的中国公民，也都是咄咄逼人的好战分子，他们摔碎苹果手机、围堵肯德基餐厅，声称“中国应当采取军事措施保卫自己”。

（四）关于美日等域外势力。

南海争端本来是各声索方之间的事务，理应由直接相关方自己解决，间接相关方以及非相关方不该干预。对此，新华社报道不仅清晰、及时传递国家领导人、外交部的强硬表态，也援引多国政要、专家的观点，表示域外势力不应插手南海问题。强调南海从来不存在“航行自由”问题，美国以维护“航行自由”为借口频繁在南海举行军演，实际上加剧了地区局势紧张。

在美联社的报道中，美国的无理插手却变成了打抱不平的“义举”，是“帮助弱小的东南亚国家斥责中国”。美国不仅在裁决公布前就呼吁各方保持冷静克制，裁决公布后又表示不会选边站队，并积极斡旋，希望中菲两国尽快恢复和谈。甚至美、日、澳三国外长抛出的荒谬的所谓联合声明，也是“填补了东盟国家因内部不团结造成的空白”。至于美军在南海的挑衅行为，自然是为了“维护航行自由”。

（五）对菲律宾的评价与态度。

菲律宾单方面提起仲裁，威胁南海和平稳定，新华社通过呈现各方表态予以批判，敦促其尽快回到协商谈判的轨道上，并善意提醒其从伊拉克战争中汲取教训，对美国保持警惕。对于新任总统杜特尔特拟派前总统拉莫斯作为特使访华等积极信号，及我方的真诚回应，新华社报道也迅速呈现。即便进展没有预想中顺利，仍大度表示“南海问题不影响中菲经贸投资领域合作”。

在美联社的报道中，菲律宾的形象要积极得多，接受所谓裁决、“不会违反国际法”。至于杜特尔特对中国的友好表态，美联社似乎并不满意，引述专家观点称“提前亮出底牌会让菲律宾丧失主动权”。

（六）关于解决方案。

对于南海问题，中国一直致力于和平，致力于合作，新华社报道充分阐释了这一点。不仅及时突出国家领导人、外交部官员的表态，还大量引用海外专家观点，阐明和平谈判、友好磋商才是解决南海问题的最佳途径。同时，强调对话应以双边谈判形式在直接有关的主权国家之间进行，只有域内国家才有权制定南海地区的规则。

美联社则认为，中国坚持的双边谈判只是分散东盟力量、拒绝美国干预的策略。双边谈判中，弱小的东盟国家根本不是中国的对手，各方应该接受仲裁结果。

（七）对东盟其他国家的态度。

新华社报道明确表示“南海问题不是中国和东盟之间的问题，而是和东盟个别国家之间的问题”“中国与东盟将共同致力于维护南海和平稳定”。

对于东盟不同国家对仲裁案及南海问题的态度分歧较大的现实，美联社非常不满，指责东盟作为一个整体不够团结。此外，美联社将柬埔寨称为中国的“亲密盟友”，认为老挝也站在中国一边。

四、对进一步提升我国主流媒体重大涉华议题海外社交平台报道传播效果的建议

南海仲裁案报道中，新华社在 Twitter 等海外社交平台播发了大量专业、权威、及时的报道，有效对冲西方媒体的奇谈怪论，在国际舆论场发出响亮的中国声音。结合本次报道的经验，建议在今后的重大涉华议题乃至国际热点报道中，我国媒体从以下方面继续优化，进一步提升报道的传播效果。

（一）加强议题设置，下先手棋，抢制高点。

美联社等西方媒体的南海仲裁案报道充满对中国的无端指责和恶意攻击，通过曲解事实、割裂历史、片面报道等手段，极力抹黑中国。美联社刻意回避南海诸岛自古以来就是中国领土的事实，蓄意歪曲中国和平解决南海争端的善意。同时极力渲染中国的军事举措，包括可能划设防空识别区、将与俄罗斯举行联合军演等。本次调研中，美联社转推数前十的报道有五条都是此类，引发海外受众担忧。

因此，在今后的同类报道中，我国媒体应继续采取新华社本次南海仲裁案报道的策略，强化议题设置，把舆论走向引导到我方议题上来，引导到于我有利的方向上来。提出中国观点，表明中国立场，揭示西方媒体刻意回避的事实，发出与西方媒体不同的声音，抢占海外舆论引导的主动权。

（二）积极回应海外关切，对西方媒体和受众重点关注的内容进行有针对性的报道。

美联社报道及其传播情况显示，中国在南海的军事举措备受海外舆论关注。新华社组织播发的大量报道，则对相关问题进行了一一回应。如美联社7月12日发布“突发：中国称若受到威胁，将在南海划设防空识别区”，新华社则于7月13日发布“中国：是否在南海划设防空识别区取决于受威胁程度”；美联社称中国在南海举行明火军演是“秀肌肉”，新华社则强调只是“例行演习”，呼吁各方“客观看待”。

此外，对于美国声称中国应接受仲裁结果，否则就是不遵守国际法，新华社则以“践踏国际法的美国无资格指责他国”进行回应。对于美、日、澳三国外长抛出联合声明，无理要求中国“遵守”所谓裁决，新华社表明希望三国“以正确态度看待和处理南海问题”。

上述报道有理有节，与美联社针锋相对，有效化解负面舆论、放大正面效果，有力配合我外交斗争，在今后的报道中应当更多尝试。

（三）推出更多符合海外受众兴趣的报道，增强报道的故事性、可读性。

讲故事是吸引受众最有效的方式，在年轻用户比例较高的海外社交平台更是如此。即便是政治性很强的南海仲裁案报道，也能通过生动的故事表达观点、呈现主题。

美联社运用这一手法在多篇报道中塑造了令人印象深刻的菲律宾、越南渔民形象。例如，五名越南渔民渔船被击沉，在海上漂浮七小时后才获救。尽管这些渔民很可能是进入了中国管辖海域非法捕鱼，但在美联社的报道中，他们俨然是无辜而可怜的弱势一方。

新华社也播发了“南海渔民被菲律宾关押的395天”等故事性较强的报道，细节饱满、真实感人，但数量较少，占全部报道的比例不高。

建议在今后的同类报道中，我国媒体多在细节上下功夫，挖掘更多精彩故事并巧妙融入报道，以春风化雨、润物无声的方式吸引、感染海外受众。

（四）进一步丰富报道展现形式，发布更多漫画、视频等，提升报道的趣味性与吸引力。

新华社在近期的南海仲裁案Twitter报道中积极创新，推出漫画、投票等形式的报道，获得良好反响。其中，由复兴路上工作室制作的漫画组图“对所谓南海仲裁案感到迷惑？漫画来解释为何是一场闹剧”，以熊猫、狐狸、眼镜猴等动物形象象征不同国家、机构，生动、幽默地揭示了南海仲裁案的本质，转推数、收藏数均在新华社相关报道前五之列。

投票和直播都是 Twitter 近两年推出的新功能。投票能够显著增强报道的互动性，体现媒体与受众平等交流的姿态；直播现场感强，令 Twitter 的视频报道更具时效性，新华社都作过有益尝试。

（五）注重运用相关技巧，为优质内容锦上添花。

对于社交平台而言，一些发布技巧会显著影响报道的传播效果，若运用得当，可能事半功倍。如添加主题标签、设置固定栏目、置顶重要报道等，新华社已广泛运用。但还有一些重要技巧，我国媒体在报道中重视不够，建议今后多加注意。

比如，社交平台最显著的特色在于交互性、即时性，而从新华社账号的情况看来，即时性体现较好，交互性明显不足。鲜有回复受众留言，关注的账号也很少，只是有时在报道中提及相关的个人或机构账号，颇有点“高冷”的风范。

再如，若社交平台账号内容发布过于频繁、相似度过高，则容易招致受众厌烦，直接造成受众流失。在本次南海仲裁案报道中，新华社发布了数量众多的报道，形成了一定的规模与声势。但从另一方面看，一些报道内容同质化严重，推送时点间隔很近，造成传播效果不够理想。综合分析相关数据，对比其他媒体的发稿情况，建议我国媒体在今后类似报道中，把握好同一主题报道的发布频率。

---

[1] 中国传媒大学互联网信息研究院 . 新华社全面布局海外社交平台传递“中国声音”争夺国际舆论话语权 [R].2015，4

（作者单位：新华社国家高端智库传播战略研究中心）

（《中国记者》2016 年 12 月 1 日论坛 19—22 页）

申报资料实录

作品简介：近年来，南海问题一直是海内外媒体高度关注的焦点议题，笔者始终密切关注事态走向与媒体报道情况，认真学习相关历史、法理知识与我外交政策。所谓裁决公布后，立即着手研究，在之后三个多月的时间里，下“笨功夫”扎实调研，研读新华社与美联社 Twitter 英文主账号发布的与南海仲裁案相关的每一条推文、每一篇报道，做到对 348 个样本了然于胸，报道的内容分析部分字字有依据，句句有出处。

社会效果：文章在新华社专送社领导的决策参考刊物刊登后，获得社长批示肯定，相关业务部门领导也给予积极评价。在《中国记者》杂志刊发后反响良好，中国传媒大学教授认为，文章数据扎实、分析透彻、总结到位、建议合理，彰显了我国媒体对重大涉华议题报道高超的驾驭能力，并在受邀为小语种国际报道人才授课时予以引用。

推荐理由：作为目前国内唯一一篇以科学方法系统分析、量化研究南海仲裁案对外报道的研究成果，文章具有以下特色：主题重大，角度巧妙。聚焦全球瞩目的重大涉华议题，选取中美主流媒体的典型代表。以媒体属性最强、广受欢迎的社交媒体 Twitter 为研究平台，截取裁决公布前后的时段，以小切口真切反映大主题。方法科学，数据全面。将难以衡量比较的国际传播能力，用核心指标分析的方式量化，精准评估所有相关报道的传播效果，从而体现出相关媒体的国际影响力。逻辑严密，写作精良。以报道简况→效果评估→内容分析→改进建议的结构写作，条理清晰，语言精练，层层推进，环环相扣，结论令人信服。对大量报道文本深入分析后提出建议，针对性和可操作性强，为提升我国媒体的国际舆论斗争能力提供有益参考。

以创新型校对机制防范采编数字化的技术性差错

张小良　卢曦知　李　娇

当前传播格局，以高速、快节奏、海量、多主体、多媒体竞争为标志。为此，主流新闻媒体普遍采用电脑（含智能手机、IPAD）写稿，用数字化采编系统修改、编排、传送，再通过网络传播到手机电脑等各种终端，即“屏幕”对“屏幕”传送。

纸质媒体一般写稿、传稿、修改、编排也在数字化平台上进行，只是最后印在纸上，分发给读者。

采用数字化采编系统，效率提高的同时，差错也呈现新特点。

一、采编数字化后技术性差错呈现新特点

（一）音近字和形近字引发的语义差错增多

手写时代，就有“音近而误”“形近而误”的说法；使用电脑问题更突出。由于录入速度快，用拆分字形输入法时，拆分错误、记错代码都会造成文字形近而误。而拼音类输入法，容易因音近而误，如将“担心”写成“丹心”，将“凸起”写成“突起”等。拼音输入时，若干个读音相同的字在一起，顺手一敲，则一键之差，谬之千里。

（二）联想功能造成差错

电脑存储海量词组供选择，“云计算”也根据用户习惯，罗列相关字词供挑选。这些称为“联想”功能，意在提高录入速度。但在录入过程中，容易因操作失误而选择错误。比如，键入“chaye”拼音，电脑给出词组①茶叶②茶业③查夜④插页，假如正确词组为“茶业”，而第一“联想”是“茶叶”，两组词意义相近，用户容易习惯性敲击空格键选择“茶叶”，而不是使用数字键2来选择“茶业”。比如，2015年11月13日的南方某报，就将“众创”写成“重创”。

麻烦的是，这类差错本身不是错别字或词组不含错别字，常用校对软件很难识别或提示修改。

这些，属于清代段玉裁所说“定本子之是非”范畴。要求根据文本逻辑、语言环境等，判断文本作者要说什么，说得是否正确，核实后修改。这就要

求从记者、部门编辑、主任，到夜班的编辑、值班主任、值班负责人，认真阅读、逐字研判、核实修订；稍有疏漏就出差错。

（三）无意碰触，光标移位导致差错

使用电脑录入文字，显示输入情况的光标跟随字符移动；而光标的移动，鼠标也可操作。笔记本电脑键盘底部有一块触控区，它能代替外接鼠标操作。记者赶稿时，在车上、飞机上，或者其它嘈杂、拥挤、狭窄、颠簸的环境中，无意触碰这区域，就出现光标移位，书写位置出错。

（四）复制粘贴、删减的差错

过去写稿，抄写修改都是手动，速度慢，差错率也低。电脑写稿以键盘鼠标输入为书写工具，快速简单便捷的复制、粘贴、删减广泛使用。有的复制粘贴的文本来源不一样，造成当前文本字体、字号不一；有时张冠李戴，想要的文字，忘记点“复制”键，结果贴了别的文字；没删除干净，也形成差错。

（五）网络传输出错

数字化采编，稿件用有线或无线网络传输，方便快捷；但受信号和传输介质限制，易致文字丢失、符号变形等。新闻媒体稿件传输常用网络社交工具，例如：手机短信、QQ、邮箱、微信等。有的传输工具会对稿件进行压缩，图片可能变形。网络信号不稳则会造成传输中稿件被损坏，出现掉字、掉句，或者文字乱码，图片无法显示。传输过程中还需防范黑客攻击，内容被篡改。

（六）传统纠错机制失效

传统报纸发稿周期为 24 小时，一家媒体将稿件发给另一家媒体后，如发现重大差错，付印前还有机会改。数字化格局下，媒体收到别的媒体新闻稿件，其新媒体就会争分夺秒发出，改稿机会锐减！

对于当今受众，手机既是阅读工具又是取证工具和传播设备。许多人一发现专业媒体技术差错，就当成新闻，通过拍照或截图，在网络上迅速传播。例如，某媒体将“奥巴马”错成“奥马巴”，虽然很快发出改稿，但是第一，个别纸媒疏漏，不等改稿或者没有按改稿纠错；第二，受众已把错误文本传播开，结果依然造成不良影响。

而且，如今受众往往把媒体发布的改稿看成独立文本，不看作原文本的纠错。过去的做法，现在已不能改变差错给受众的消极影响；反而引起关注扩大影响，这意味着传统纠错机制失效。

总之，数字化采编给新闻媒体带来便捷也隐藏漏洞。这些漏洞，有的已造成差错，引起注意；有的尚不为人知，随时可能出现差错，新闻媒体必须从根本上防范。

二、数字化采编对传统校对机制的冲击

当前，新闻媒体校对方式，大致有三种情况：一是设有专门的校对机构，稿件进入编排阶段，由专人分别进行“三校一读”；二是人工 + 校对软件，即最先或最后用电脑校对软件，把拟上版稿件检查一遍，其余按传统人工校对程序运行；三是取消专门的校对机构，把“三校”纳入“三审”过程，借助数字化采编系统和相关软件中集成的敏感词抓取功能、校对功能，加上采编人员把关，完成校对。

前两种属于一类，传统主流媒体目前使用较多。差别在于是否引进校对软件，从笔者了解的近 10 家省级党报情况看，多数使用电脑软件辅助校对。

这类一般按传统校对机制运行，程序严密、差错少，但校稿所花时间长、工序多、人员成本高，面对海量信息，有力不从心之感。

另一类是新媒体，由于发稿量大、节奏快、更新快，相当部分没设专职校对和校对机构。一般把“三校”融于“三审”过程，校对工作由电脑中集成的软件负责发现敏感词，再加上记者、编辑、部门值班主任、值班总负责分层监管，通过他们层层阅读、反复阅读、交叉阅读来实现校对。

两类方法都面临数字化采编挑战。

（一）没有原稿参照，新格局带来校对形势更复杂

清代段玉裁将校雠概括为：校异同，校是非。这六个字也是现代校对基本要义。校异同，即“照本改字，不讹不漏。”突出所校文本与原稿的关系，强调遵循原稿改错；校是非，就是发现并改正原稿差错，“定本子之是非。”[1]

现代新闻媒体传播的文本，因发稿节奏快、压力大，各环节校对功能分工模糊，难以承担“原稿”校对依据的功能。所以，现在许多新闻媒体的编辑校对，接到数字新闻稿时，第一遍既要改文本与作者意图之间的差错，也要边摸索边请示，依据常识改原稿谬误。先“做”一份原稿，作为后面校对工序依据。这样，传统的“两校”合一，哪些改哪些不改？顾此失彼，容易出错。

（二）屏幕对屏幕如何核查，如何“唱校”？

纸质稿的审核、校对，一目了然。采编数字化环境下，校对在网上进行，没有勾画、涂抹的痕迹。虽然采编系统有修改痕迹记录，但没有硬性规定必须用此功能核验校对制度运行状况。这就难以直观判断稿件校对质量，校对无从核验，“三校”面临被架空危险！

传统校对中的“唱校”工序，要求一位校对拿着纸样（即原稿）逐字阅读，另一位拿着校样边听边核对修改，一遍以后对换角色。面对数字化采编系统

固定的工位和屏幕，如何唱校？负责任的校对，仍旧打纸样“唱校”，但有多少新闻媒体这么坚持？

（三）校对重心的偏移

传统校对机制，一般先“校异同”、然后“校是非”；现在要二者并重，没有先后轻重之分。对校对软件的要求，也从“揪错别字”为主，向发现并提防“发表”写成“发飙”这样的“语义差错”转变，强调校对软件既要“校异同”，更要“校是非”，堵塞新漏洞。

（四）校对进入“过渡状态”

一位媒体校对室主任承认，许多新闻媒体的校对，目前处于“过渡状态”：传统机制在用，有些规定又没严格执行；某些电脑校对软件在用，也没纳入校对机制、没有相应规范；校对人员，因为传统媒体不景气，人手和培训也难到位；数字化采编系统使用10多年，校对和采编一直没融为一体；各新闻媒体，也没有建立一套适应当今传播格局，充分发挥人、电脑和网络特长，高效堵漏的新校对机制。

而各类新媒体，仅靠记者、编辑、部门负责人和老总“看”，没有严格校对程序，更易出错！因为“看”和“校”，方法、技术不一样，对人员要求完全不一样。

三、构建适应数字化采编的新闻媒体校对新机制

数字化采编，应该依靠现代计算技术和人工智能（AI），保证信息生产传播准确、安全。应该写、传、编、校一体，实现人与电脑、网络各展所长，取长补短，架构一个人机结合、软硬结合、内外结合，根植于现代计算技术和网络信息技术之上，具有前瞻性的新型校对软件。

人机结合，是指人的分析判断能力与电脑的高速运算能力在校对上结合，二者各做其最擅长的工作；形成合力，筑起天罗地网，使差错无所遁形。

软硬结合，是指高效的电脑校对软件与制定严格、规范的校对制度结合；电脑运行，既查找各种差错，也履行对校对制度的监督职能。

为真正把校对责任落实到相应环节和人身上，系统必须加入制度检查功能。相关人员使用校对软件进行校对，软件自动记录校对行为，这样，打开系统就能清晰掌握校对情况，发现差错责任自然落到人头。

内外结合，电脑既在采编系统内部搜索、查询、比对，也在整个互联网上搜索、查询、比对，充分利用网上信息，为校对判断信息正误提供依据。这样一个开放的系统，还可经常自动搜索固定词组或者排序，利用最新网络

信息技术提升系统功能。

（一）电脑高速计算技术 +“人工智能（AI）”技术和网络信息技术打造新校对软件。

新软件既能校对文字又能校正图片图示图表，能“校异同”，也能“校是非”。特别是针对电脑录入容易出现的语义差错、逻辑差错，文字图片识别等提升功能，而不是主要“揪错别字”。

当今新闻媒体，既不能为抢时效而降低校对要求，又不能因为防堵差错而降低时效。要兼顾两者，必须充分利用电脑强大的计算功能和网络丰富的知识储备。

2016 年 6 月，中国研制的“神威·太湖之光”超级计算机的运算速度已达每秒 9.3 亿亿次；现代高速计算技术为新型校对软件提供了技术支撑，加上我国人工智能（AI）产业正蓬勃发展，二者结合于校对软件领域，将带来校对质量飞跃。

传统校对工作，一是以严密的形式组织人的感官——眼、耳等，加上大脑，以对照原文、对照相关符号等形式，反复比对，找出文本中存在的、不符合作者意图或者不符合基本常识的细微差异。例如“晴天”与“睛天”、“已经发生”和“己经发生”、“拨款”与“拔款”等。

二是组织人的感官加大脑依据现有事实、知识、逻辑和信息，判断稿件是否有误。例如：“某女”出席某会议，她可能在会上讲话，但不会在会上“辞职”，她要辞职也不会这样发稿！因此判断：作者把“致辞”，误写为“辞职”。

在对比、比对、核对上，高速运算的电脑绝对比人做得好，电脑负责这些事，采编、校对就可做人更擅长的“校是非”。比如：“美国总统奥巴马”错为“美国总统奥马巴”，该电脑堵住；而“致辞”写成“辞职”则主要由人判断、校正，因为两种情况皆有可能。电脑要主动利用网络，为编辑、校对下判断提供依据。

（二）新软件关口前移、分类分层校对、交叉检查。

新软件融入数字化采编系统，将校对环节前移，分层校对。记者、编辑、部门主任、值班老总，分别运用软件对稿件分类分层校对，稿件的每个经手人都校对，增加关口，落实校对措施。

这样，记者写稿用的手机、平板电脑、笔记本电脑、台式电脑，都必须安装校对软件。软件词汇覆盖面广，不断纳入新的报道用语；写稿完毕，电脑自动校对；稿件出错，自动提示。

（三）重要稿件实行特殊的校对方法。

重要稿件除了走常规流程，还要采取图文互校、数字辅助校对等方法。

新机制要规定，重要稿件写完后，作者应在文尾单独标明稿件字数、段数。让编辑、校对人员心中有数，杜绝漏字、漏段。特殊稿件还要求作者用手机拍照，短信、微信发送，以便编辑校对利用手机图片与社交媒体传输稿件对比，防范差错或人为破坏。

（四）把传统校对方法及创新，固化到数字化采编校系统，纳入新机制。

例如，有报纸规定：编辑和校对末次校稿时，出声朗读稿件，并用红笔在所读文本每个符号下加点。这样，耳朵听符号声音、眼睛看符号外形、大脑想符号意义，音形义互校、感官互校；加上手指握笔逐字划点，大大降低阅读速度，几方配合，校对效果甚好。这实际是“唱校”的创新，新软件应将其固化。

在新软件中添加语音阅读功能，是人工智能（AI）的一种运用。记者写完稿或者校对校稿时，打开语音功能（戴着耳机），边看边听字句检查正误，有利于防堵语义差错。

（五）自动校对，稿件凡动必校。

新机制要利用电脑强大的计算功能，每天、每次开机，都自动对相应稿件进行校对。做到稿件出入系统必校，出入某些环节必校；稿件进入系统，先行自动校对；稿件修改传入下一环节，必须校对；层层把关，确保安全。

（六）新机制的软件和制度设计都要适应各类新闻媒体需要。

目前，即使新闻媒体使用较多的校对软件也存在问题。比如：宽严失度，功能设计和词汇更新跟不上瞬息万变的社会生活，思路上偏重“揪错别字”，忽略电脑录入技术性差错新特点，可扩展性差，当然也难以赶上记者写稿使用新词汇的步伐。

有报纸购买了正版校对软件，校对却愿意使用盗版。问原因，因为正版的密钥设计使用和管理不便！

所以，在新机制里，不管是软件设计、制度设计还是人机工程，都必须认真听取常年使用它们的新闻采编校人员的意见。由内行挂帅，把他们的诉求尽量落实；用户导向，而不是“我怎么设计，你就怎么使用”。

（七）合力打造高品质新闻媒体专用校对软件，结合新校对制度，建立从根本上防堵技术性差错的新机制。

新传播格局下，一些新闻媒体为抢新闻，稿件校对关口虚设，导致特殊技术性差错频发，令公众质疑新闻媒体权威性和管理水平。

生产技术进步后，质量保障技术和机制跟不上，必然出事故！信息生产概莫能外！

当前，防堵技术性差错，我们既不可能要求所有新闻媒体都像传统媒体一样，设立专人专业校对机构；也不可能像许多新媒体一样，融“三审”“三校”于一体，靠敏感词抓取和采编人员层层看、交叉看、反复看来履行校对职能。

前者的弊端是：新闻媒体数量大，中国已跨越“刘易斯拐点”，劳动力渐趋短缺、成本高、层次多，难以应对海量信息等；后者存在软件水平参差不齐，采编人员没受过专业校对训练，“三校”不落实，靠“看”校对效率低下等问题。

解决问题的根本办法只能是：立足于现代高速计算技术 +“人工智能（AI）”技术和网络信息技术，大胆创新，开发与数字化采编匹配的新校对软件，辅之以新的校对制度。构建起适应当前传播格局的新校对机制，在新闻媒体推广，从源头降低技术性差错发生率。

---

[1] 百度百科 . 校雠 [DB].http：//baike.baidu.com/link ？ url=0gJC4xU0XJbU2GA2p2MYJJoMEA1N71Odozo0vSCMfVq5SFnpi5QDkybZj_D9kju1EtV3GLdWk8ab2kNKaLXhmHf8zm2-7zd2k3m6L9C1yQW.

（作者张小良　《重庆日报》总编辑，
卢曦知、李娇　四川外国语大学新闻传播学院 2015 级硕士研究生）
（《中国记者》2016 年 11 月 1 日封面专题 13—16 页）

申报资料实录

作品简介：本文从采编数字化后技术性差错的新特点和成因入手，就如何构建适应当前传播格局的创新型校对机制、从根本上防范技术性差错，提出独到观点和设想。论文选题新颖，论证充分，层次清晰，理论和实践结合紧密，可操作性强，其新思路、新对策，对新形势下预防报纸技术性差错、提高版面质量有很高的借鉴和参考价值。

社会效果：论文发表后，社会关注度高，新华网、中国论文网、参考网、龙源期刊网、百度学术、道客巴巴等一批知名网站和有影响力平台纷纷转载，产生良好的传播效果和社会影响。

推荐理由：本文选题很有新意和时代感，作者以独特的视觉，对新闻媒体中采编数字化后技术性差错的预防提出新的思路，论证有理有据，逻辑性强，主题突出，见解独到，对提高报纸把关水平和版面质量，具有很强的借鉴价值和指导性。

Таинственные гости в Первомайском
（五一村的神秘来客）

（电视专题）

沈　书　董长青　闫志勇　鄂　艳

（限于篇幅，文字稿略，获奖作品请看光盘。）

（俄罗斯尼基电视频道 2016 年 12 月 29 日 0 时 15 分）

申报资料实录

作品简介：该作品由黑龙江广播电视台采制。

纪录片《五一村的神秘来客》是大型纪录片《中共六大纪事》的国际版，它以莫斯科郊外的五一村为载体，以国外受众最易于接受的方式讲述了 1928 年在五一村召开的中共六大鲜为人知的故事，通过这群神秘客人的经历记录了中共六大召开的背景、过程以及对中国革命产生的重要影响和中俄两国人民的传统友谊。

《五一村的神秘来客》采访拍摄历时一年，足迹遍布国内外几十个城市和乡村，先后五次前往俄罗斯，采访到了几十位国内外权威专家和参加六大相关人员的后代。

社会效果：《五一村的神秘来客》在俄罗斯尼基电视频道播出，同时在俄罗斯“中共六大会址纪念馆”常年循环播放。通过本片回望历史，中俄两国观众对中苏传统友谊有了更深入的了解，对今天中俄友好关系有了更深刻的认识。

俄罗斯尼基电视频道受众为 2500 万人。该片播出后，莫斯科郊外的五一村“中共六大会址纪念馆”成为中俄两国游客最热的参观地之一。

《五一村的神秘来客》在俄罗斯尼基电视频道播出，同时在俄罗斯“中共六大会址纪念馆”常年循环播放。

推荐理由:《五一村的神秘来客》系大型纪录片《中共六大纪事》的国际版，《中共六大纪事》在国内播出受到中宣部和新闻出版广电总局的特别推荐；《五一村的神秘来客》以外国人习惯的讲述方式，以一群神秘来客的故事吸引观众，揭秘了一段神秘的历史，填补了中共党史关于六大的纪录片空白；本片画面精美、制作精良、叙事结构合理、具有极强的可视性；本片在俄罗斯尼基电视频道播出和在俄罗斯“中共六大纪念馆”播出影响大，效果好。

Chinese netizens help boy in US with cancer realize his dream

（文字消息）

赵欣莹

Eight-year-old wishes to be famous in China ‘before I go to heaven’

Thousands of Chinese Internet users are involved in efforts to help an 8-year-old, cancer-stricken boy from the United States to realize his dream.Dorian Murray of Westerly, Rhode Island, has been receiving responses from Chinese netizens in recent days.

Among them are many from Chinese standing on the Great Wall in Beijing and holding signs saying “#D-Strong” and “You are very famous in China.” It is Dorian's dream to be famous in China and to see the Great Wall, which he called “kind of a bridge.People walk on it.”

Dorian has been fighting rhabdomyosarcoma, a pediatric cancer, since he was 4.Although the disease had been brought under control after a series of painful treatments, a medical checkup early this month found that cancer cells had spread to the boy's spinal cord and brain.The family decided to halt treatment.

Dorian then told his father what he wanted before going to heaven.The conversation between the boy and his father was posted on Facebook, where it was shared and commented upon by thousands of Internet users, including many from China.

Some responded with photos taken at the Great Wall, in which they held signs with words of encouragement.Some left messages beneath the post, saying such things as, “I wish you recover soon”, “I will do that for you” and “People in China are delighted to make your dream come true”.

After the post was translated into Chinese and spread on China's social networking platforms, even more people were moved by the boy's story and have taken steps to help fulfill his dream.

After hearing Dorian's story, Xu Jin, a Beijing resident, drove 70 kilometers to the Juyongguan section of the Great Wall in north Beijing on Tuesday.There, Xu took some photos according to Dorian's wish and bought a model of the Great Wall and souvenir medals on which the boy's name is engraved.

Xu has asked a friend to upload the photos to Facebook in the hope that Dorian will see them and find some comfort.

"I just did what a human should do," Xu said. "Let's pray for Dorian."

A Chinese Internet user named Zhang Heng even made a souvenir badge for the boy that depicts Dorian on the Great Wall.

After receiving the regards and greetings, Dorian's father, Christopher Murray, said on Facebook on Monday: "A couple of the first photos to come in! The power of social media! More are coming in! Dorian is going to be so pleased! Keep them coming!"

The father also posted two of the photos, one of which showed Chinese netizens greeting Dorian with a large cardboard sign with encouraging words.

译文:

中国网友助美国癌症男孩圆梦

(文字消息)

来自美国罗德岛的男孩多里安·莫里今年只有 8 岁,却罹患罕见绝症。在生命最后的时光,他的愿望是在中国成为名人。中国网友得知这一消息后,自发开启了一场跨越国界的圆梦行动。

多里安 4 岁时被诊断出患有罕见的腺泡型横纹肌肉瘤。4 年来,他一直接受放疗和化疗。在近日的一次检查中,医生发现癌细胞已扩散至多里安的脊髓和大脑,家人于是决定放弃治疗。

多里安向父亲说出了人生最后的愿望,他想在中国成为名人,想到很多人在上面走的那座“桥”上去看一看。父亲知道,多里安说的“桥”,其实是中国的长城。

多里安的父亲在美国社交平台脸谱上发布了孩子的愿望,希望大家可以帮忙鼓励多里安。故事在网络上引起广泛关注,网友纷纷留言鼓励多里安,其中包括不少中国网友,他们留言说,“希望多里安早日康复”、“我们帮你实现愿望”。

很快，多里安的故事被翻译成中文，在中国的社交平台上传播开来。更多的中国网友和民众被多里安的愿望打动，决定用实际行动来助他圆梦。不少网友自发来到长城，他们手持“多里安坚强”、“你在中国很有名”的标语拍下一张张照片，发布到网上。徐进也是其中之一。1月12日，这位北京市民驱车70公里来到居庸关长城，按照多里安的愿望，她拍了不少长城的照片，还买了长城的模型和一些刻有长城图案的纪念奖章，在上面写下了多里安的名字。

徐进请朋友帮忙，将照片上传到脸谱，希望多里安本人能看到照片，得到些安慰。“我只是做了点力所能及的事，”她说，“让我们一起为多里安祈祷。”网友张恒也用自己的方式表达了对多里安的鼓励和祝福。他制作了一块纪念牌，上面刻有多里安站在长城上的画面。

收到这些问候和祝福之后，多里安的父亲克里斯托弗·莫里在脸谱上发布了一组中国网友发来的照片，并写道：“第一组来自中国的照片已经收到！感谢社交媒体！感谢中国网友！多里安会非常欣慰的！希望有更多的照片！”

（《中国日报》2016年1月14日要闻1版）

申报资料实录

作品简介：该作品由中国日报社采制。

2016年1月初，美国8岁男孩多里安·莫里罹患罕见癌症，将不久于人世。多里安最大的愿望就是到中国游览美丽的长城，以及在中国成为名人。

父亲在美国社交平台脸谱上发布了多里安人生最后的愿望，意外得到大量懂英文的中国网友的积极响应。中国网友纷纷前往长城，在长城上拍下手持“多里安要坚强”（#D−Strong）标志的照片，传给多里安的父亲，帮男孩实现了他的“长城梦”。

中国日报在国内媒体当中最早发掘这一中美网友跨国互动的大爱故事，并及时进行了跟踪报道。同时，中国日报员工也加入到为多里安加油鼓劲的行列，他们手持“多里安要坚强”的标志合影，并在合影下许诺：“你在中国出名的愿望我们帮你实现。明天你的故事将登上《中国日报》头版。”(You are on the front page tomorrow. Wish granted.)

1月14日，这篇关于中国网友帮助多里安圆梦的报道在《中国日报》头版刊发，并在中国日报官方脸谱、中英文微信公众号、中文微博等新媒体平台同步发布。报道被大量中外知名媒体转发、转引，影响力进一步扩大，更多中外网友参与到帮助多里安实现梦想、为他加油打气的行动中来。

社会效果：该报道在《中国日报》刊发后，因中外人民自发、友好的互动和其中包含的强烈人文关怀，引起了境内外媒体的广泛关注。

稿件在刊发后24小时之内就被法新社、BBC等境外知名媒体转引60条次，占据了当日BBC亚洲新闻的头条。BBC在其相关报道《中国网友助圆美国男孩长城梦》(#D-strong: Dying US boy's Great Wall wish fulfilled)中称，“美国癌症男孩在数千名网友的帮助之下，实现了他的梦想”（A dying boy's wish，to become famous in China，is being fulfilled by thousands of people online.），“中国日报的员工也用他们的方式表达了对多里安的支持”（Staff of state-run newspaper China Daily have also shown their support.）。接下来的三天中，该报道又先后被英国《每日邮报》等境外媒体转引250余条次。

BBC在其相关报道《中国网友助圆美国男孩长城梦》（#D-strong：Dying US boy's Great Wall wish fulfilled）中称，“美国癌症男孩在数千名网友的帮助之下，实现了他的梦想”（A dying boy's wish，to become famous in China，is being fulfilled by thousands of people online.），“中国日报的员工也用他们的方式表达了对多里安的支持”（Staff of state-run newspaper China Daily have also shown their support.）。接下来的三天中，该报道又先后被英国《每日邮报》等境外媒体转引250余条次。

推荐理由：在开展对外传播时，我们常常侧重严肃的政策性的话题，但有时，有温度的、能体现国民之间情感的报道能够起到意想不到的传播效果。习近平总书记在不同场合中曾多次提到，国之交在于民相亲。这篇中国网友帮助美国患病小男孩实现梦想的报道正是“民相亲”的生动体现。

这个由中美网友发起的跨国互动的大爱故事，经由中国日报挖掘、报道和推动，不仅获得了欧美主流媒体大量正面的报道，还在美国网友中引起了极大的积极反馈，是讲好中国故事，传播好中国声音的一个优秀案例。

【独家视频】工作 15 个小时出席 19 场活动 习近平总书记的一天

（网络专题）

集　体

作品网址	http：//m.news.cctv.com/2016/11/15/ARTISAOLqzGeSn7cyFsVUHg0161115.shtml	
代表作一	标题	【独家视频】工作 15 个小时出席 19 场活动习近平总书记的一天
	网址	http：//m.news.cctv.com/2016/11/15/ARTISAOLqzGeSn7cyFsVUHg0161115.shtml
代表作二	标题	【独家视频】工作 15 个小时出席 19 场活动习近平总书记的一天
	网址	https：//mp.weixin.qq.com/s/XxVaXF_F1CdNmUqTsR1Zsw
代表作三	标题	【独家视频】工作 15 个小时出席 19 场活动习近平总书记的一天
	网址	http：//weibo.com/2656274875/EhGEj2os2 ？ ref=home&rid=2_0_0_2778223088988654989&type=comment

（央视新闻客户端 2016 年 11 月 15 日）

申报资料实录

作品简介：四年前的 11 月 15 日，习近平当选为中共中央总书记。四年来，以习近平同志为核心的党中央锐意改革，励精图治。

中央电视台新闻中心策划，联合新媒体部、评论部、联播部、视觉艺术部协力，以央视新闻新媒体视频形式，独家呈现 9 月 4 日 G20 峰会总书记的这一天，走进历史，感受他习以为常的工作节奏。

《习总书记的一天》时政微视频英文版于 2016 年 11 月 15 日在 Facebook、Twitter、Youtube 平台推出，单帖获得全球阅读量超过 80 万，海外独立用户访问量超过 63 万，视频观看量 11.2 万，点赞、转发、评论等总互动共 3410 次，巴基斯坦网友 ShujaatAli 留言：“（习近平）见证了中国的繁荣。”巴基斯坦网友 AffanAhmad 留言：“这太令人振奋了。”美国网友 RichardBandych 说："习近平是个好领导人，祝福他。"Twitter 网友 @Ning_Jason 留言："当总书记，尤其是有如此杰出成就的总书记不容易。为我们令人尊敬的习总书记点赞！"

微视频形成全网首屏、首页 24 小时持续推送的"现象级传播"，据不完全统计，视频播放量逾 1.2 亿次，触达用户（阅读量）以数亿计。

初评评语：本项目由央视新闻独家全网呈现 2016 年 9 月 4 日 G20 峰会总书记的一天，走进历史，感受他习以为常的工作节奏。

项目将新闻敏感性、政治觉悟和舆论控场意识高度凝练，广泛采集、大容量包含了习总书记一天的活动内容，采用拍摄、动画、一图评论、后期制作等创作手段，结合 G20 晚会音乐的艺术结晶，真实还原习近平总书记勤政为民、大国外交的风貌，并结合了传统媒体和新媒体多平台的优势，强势发力，《习总书记的一天》时政微视频英文版于 2016 年 11 月 15 日在 Facebook、Twitter、Youtube 平台推出，形成了"现象级传播"，这在主流媒体上既是独家，也是首次。

推荐理由：此作品充分利用融媒体手段，视角独特，全方位展示了总书记一天的工作。视频节奏控制得当，既充分展示了总书记的活动，又把时间控制得恰到好处，同时时间轴的分析方式一目了然，特别贴合现阶段网民的阅读习惯。

《幸存者——见证南京1937》之《沉默的伤痕》

（电视纪录片）

卜　宇　陈　辉　曹海滨　戴　波　徐　媛

（限于篇幅，文字稿略，获奖作品请看光盘。）

（江苏省广播电视总台江苏卫视特别节目 2016 年 12 月 14 日 17 时 50 分）

申报资料实录

作品简介：该作品由江苏省广播电视总台采制。

五集电视纪录片《幸存者——见证南京 1937 》是以具有代表性的、健在的南京大屠杀幸存者为拍摄对象的系列人物纪录片。《沉默的伤痕》为其中一集，讲述张秀红在 1937 年的悲惨遭遇，以及她是如何在沉默 70 年后勇敢发声的感人故事。张秀红，1926 年生，南京大屠杀幸存者、性暴力受害者。1937 年，年仅 11 岁的她被日军残忍强暴，身体和心理留下巨大创伤。长久以来，她缄口不提那段往事。直到 2007 年，她以莫大的勇气站出来面对媒体，讲述受害事实，并远赴日本参加证言集会。

摄制组历时一年挖掘散落海外的相关资料，如在美国耶鲁大学神学院图书馆找到的当年留在南京的西方人士日记和书信，在美国国家档案馆查询远东国际军事法庭判决书原件，其中诸多关于强奸事件的记载和判决为本片提供了强有力的旁证。如在日本大阪找到 2007 年张秀红赴日参加证言集会的视频及照片，同时采访到证言集会的发起者、参与者，力图最大程度上还原主人公的作证经历等。不仅如此，摄制组还辗转多方找到相关领域的海外研究专家，如美国布朗大学女性问题研究专家苏珊妮 · 斯图尔特，强奸问题研究经典之作《违背我们的意愿：男人、女人和强奸》的作者、美国作家苏珊 · 布朗米勒，关注中日问题的纽约市立大学助理教授古贺由起子，专门研究中国近现代历史的日本冈山大学教授石田米子等。他们的观点为本片打开了国际视野，带来了关乎人类、人性的共同思考。

社会效果：2016 年 12 月，第三个南京大屠杀死难者国家公祭日之际，本片通过中央电视台科教频道和江苏卫视向全国观众推出，播出后反映良好。项目还在国家公祭日当日由腾讯视频推出，上线首日点击量突破两百万，跃居纪录片热播榜第二名。

2016 年 12 月 7 日起，五集纪录片《幸存者——见证南京 1937》通过鸥鸟 9 号卫星覆盖欧洲和澳大利亚播出，并通过美国 DIRECTV 直播平台覆盖美国，获得了平均 0.1% 的收视率。该片播出后在海外引起一定的反响和广泛关注。

海外观众观看后表示，这部主题纪录片史料翔实、客观公正，用大量的影像和历史资料还原了侵华日军在南京犯下的暴行。特别值得一提的是，欧美社会对别国的历史向来是漠视的、不愿去了解的，但《幸存者——见证南京 1937》这部纪录片以五名亲历者大量第一手史料的客观呈现、平实而理性的叙述方式，在向世界传播化解仇恨、崇尚和平的过程中，也将起到重要的作用。

推荐理由：南京大屠杀已过去了近 80 年，仅有的 100 多位幸存者都进入风烛残年。他们的珍贵回忆和人生故事，具有不可替代的史料价值、文献价值。以南京大屠杀幸存者为创作对象的纪录片，以往以单片为主，侧重记述幸存者在南京大屠杀中的遭遇。本系列片第一次为南京大屠杀幸存者集体留证，同时也将第一次完整讲述幸存者的人生故事。

不仅如此，反映二战期间日军对妇女所犯罪行的纪录片，绝大多数都将聚光灯对准了慰安妇群体。但事实上，仅在中国，以“侵华日军性暴力受害者”归类的女性就有数十万。对她们来说，即便灾难的发生仅仅只一瞬间，但其一生却永远地被改变。如此庞大的群体却鲜有人愿意站出来发声，针对一般受日军性侵害妇女的记录更是极少。可以说，本片在此类题材方面力开先河。本片无论是选题本身，还是创作过程，抑或是立意和叙事手段方面，都拥有宏阔的世界性视野，具备深远的国际传播价值。出品单位亦将此片作为重点推介对象亮相于 2017 春季戛纳电视节，已引起部分国际买家的关注。

究竟谁在破坏国际法

——菲律宾南海仲裁案事实与法理辨析

（文字评论）

集　体

浩渺南海，水天相接。本是商舟渔船自在穿行的地方，近来却波诡云谲颇不寻常。

7 月 12 日，所谓南海仲裁案结果即将出炉。围绕这毫无合法性可言的一纸裁决，一些人筹谋算计、排兵布阵，企图用它来强化对中国的舆论攻势，将莫须有的罪名强加给中国；一些人颠倒黑白、借题发挥，期望以此抹黑中国的形象，把“不守法”的帽子扣向真正的受害者。

种种急不可耐的喧哗与躁动，无一例外都打出了国际法的旗号，南海问题的真相却被有意忽略了——中菲南海争议究竟源于何处？菲律宾南海仲裁案实质为何？仲裁案所激起的种种波澜，又将给南海的和平稳定带来何种影响？

对于这些问题，7 月 5 日在华盛顿举办的“中美智库对话会”，提供了一个视角——即使是一些来自美国的专家也认为，“中国在南海的权益是历史上形成的”“欧洲和其他国家的知名法律专家都表示，南海仲裁案整个过程都是非法的，菲律宾单方提起仲裁，违反了国际法”。

看来，有关南海仲裁案并非难以搞清。拨开一些人以国际法为名蓄意在南海上空制造的迷雾，还原真相，对于中国而言，是维护国家领土主权的神圣使命；对于世界来说，是主持国际公理正义的必然要求。

（一）

一段时间以来，西方舆论连篇累牍渲染南海问题，然而对于南海问题特别是中菲南海争议的历史经纬、事实真相，自诩“主持公道”的西方舆论却“选择性回避”了。

南海诸岛究竟属谁？历史早就给出了明确答案。南海诸岛自古以来属于中国，历代中国政府通过行政设治、海军巡航、生产经营、海难救助等方式持续对南海诸岛及相关海域进行管辖。二战期间，日本在发动全面侵华战争后，侵占了中国南海诸岛。二战结束后，中国根据《开罗宣言》和《波茨坦公告》所作出的明确规定，收复南海诸岛，在岛上派兵驻守并建立各类军事、民事设施，从法律和事实上恢复对南海诸岛行使主权。

在二战结束后相当长一段时间内，美国通过外交询问、申请测量、通报航行飞越计划等方式，承认中国对南沙群岛的主权。中国还曾在南沙群岛有关岛礁上接待过美国军事人员。同期美国出版的地图和书籍等，如1961年版《哥伦比亚利平科特世界地名辞典》、1963年版《威尔德麦克各国百科全书》、1971年版《世界各国区划百科全书》，均确认中国对南海诸岛的主权。

可以说，中国在南海的主权和相关权益，二战结束后数十年没有任何国家提出异议。因为南沙群岛回归中国，是战后国际秩序和相关领土安排的一部分，受到《联合国宪章》等国际法保护；否认中国对南沙群岛的主权，就是对战后国际秩序的否定，就是对国际法的公然违背。

对于南海诸岛属于中国这一点，菲律宾同样心知肚明。菲律宾固有领土范围是由1898年《美西巴黎和平协议》、1900年《美西关于菲律宾外围岛屿割让的条约》、1930年《关于划定英属北婆罗洲与美属菲律宾之间的边界条约》明确规定的。南沙群岛和黄岩岛根本不在上述条约规定的菲律宾版图内。

但自上世纪60年代末南海地区发现丰富的油气资源后，这片原本安宁的水域频起波澜。在巨大资源利益的诱惑下，菲律宾等国开始非法侵占和蚕食属于中国的南沙岛礁，成为南海问题产生的根源。更有甚者，菲律宾等国还以南沙群岛位于自其本国海岸起200海里范围内为由，企图以海洋管辖权主张来否定中国对南沙群岛的主权。

显而易见，在南海问题上，中国绝不是加害者，而是受害者。如果真的遵从法律，应该谴责的是菲律宾等国公然违背国际法和《联合国宪章》的行径，应该禁止的是一切非法侵犯他国领土主权的行为。

作为南海最大沿岸国，中国从维护南海地区和平与稳定的大局出发，在南海问题产生后的几十年里始终保持了极大克制，从未主动挑起争议，也没有采取任何使争议复杂化、扩大化的行动。中国最先提出并始终坚持“搁置争议，共同开发”，坚持通过谈判协商和平解决争议；按照2002年《南海各方行为宣言》所确定的原则，在平等和相互尊重的基础上，探讨与南海声索国之间建立信任的途径；根据1982年《联合国海洋法公约》在内的国际法原则，切实保障在南海的航行及飞越自由。

在过去的几十年里，南海局势总体保持稳定，有关争议得到妥善管控，东南亚地区实现高速发展，这一地区成为世界上和平、稳定和繁荣之地。这自然得益于中国与东盟相关国家的共同努力，但不可否认的是，作为综合国力较强的一方，中国的克制是南海得以保持和平稳定、繁荣发展的最重要原因。中国政府有权利也有能力收复失地，但是中国并没有这样做，目的就是为了南海的和平稳定，以及沿岸各国人民的共同福祉。

遗憾的是，树欲静而风不止。2012 年 4 月 10 日，菲律宾蓄意挑起“黄岩岛事件”。2013 年 1 月，菲律宾阿基诺三世政府置昔日谈判协商解决南海争议的承诺于不顾，单方面提起有关南海争议的仲裁案。

纵观南海问题演进脉络，2009 年以前，虽然相关国家间存在摩擦，但矛盾却总体保持可控。可是从 2009 年起，南海问题开始步步升级。

为何 2009 年成为中菲南海争议重要分界线？为何菲律宾阿基诺三世政府会在南海问题上选择一系列政治赌博？

（二）

审视菲律宾在南海问题上逐步走向“活跃”的整个过程，不得不说美国的“战略转变”提供了最有解释力的视角。

2009 年 1 月，奥巴马政府就职，美国外交政策出现方向性调整，在“重返亚太”的战略布局下，南海问题迅速成为美国维护地区霸权地位、对中国进行战略牵制的重要抓手。

2010 年 7 月，时任美国国务卿希拉里・克林顿在东盟地区论坛上宣布美国在南海地区“拥有国家利益”。观察人士指出，此举标志着美国对南海问题开始走向事实上的“选边站”和“引导式”路径，克林顿本人更是在事后回忆称，“这是精心选择的措辞”。此次会议被美方视为“检视美国在亚洲领导地位以及反击中国扩张的临界点”。

正如美国卡托研究所国防外交政策研究室副主任卡本特所言，美国想要通过干预中国与邻国的南海争议来达到制衡中国的目的，“最具挑衅的做法是奥巴马政府支持菲律宾及其对南海争议岛礁的声索”。

大量新闻报道显示，菲律宾正式提起南海仲裁案之后，美国的“深度参与”几乎无处不在。美国律师出任菲方法律顾问，全面帮助菲方向仲裁庭提交总计 12 册、长达 3000 页的答复书以回答有关菲方诉求和依据之问题，并一手代理了第一轮口头辩论的文件起草和庭辩。此外，美国多次公开发声，力挺菲律宾非法主张。2014 年 3 月，美菲在华盛顿发表包括所谓以仲裁解决南海国际争端等内容的联合声明；同年 4 月，奥巴马在与菲律宾总统阿基诺三世会谈时再次对菲律宾诉诸国际仲裁表达了公开支持。

人们看到，美国借南海问题无端抹黑中国国际形象，无所不用其极。近年来，国务卿、国防部长、国会议员等各色美国高官在东盟地区论坛、东亚峰会、香格里拉对话会、亚太经合组织会议、七国集团峰会等各种场合，热炒南海问题，试图把“规则破坏者”“现状打破者”“军事扩张者”的帽子强加于中国头上。

人们看到，美国以所谓“航行自由”为借口，以种种手段炫耀武力，实质上推动了南海军事化。美国航空母舰、战略轰炸机多次闯入南海，美国导弹驱逐舰不断抵近中国南海岛礁，美国与盟国在南海的军事演习更是接二连三。美国还敦促东盟国家在南海地区进行联合海上巡逻，支持日本在南海地区进行海上巡逻。

人们看到，美国拉帮结派，迫切希望把南海问题引向多边化、国际化，妄图给中国施加所谓外交压力。美国极力推动在各种地区及全球性多边组织框架下讨论南海问题，企图使东盟在南海问题上统一口径，鼓动日本、澳大利亚、印度、欧盟等与南海问题无关的域外国家和地区关注南海问题。

美国有识之士对于华盛顿在南海问题上制造对抗之举深表忧虑。知名战略学家布热津斯基就曾发出警告，美国在南海必须非常小心，南海问题不应成为美中关系的中心问题。然而，在霸权本性驱使下，美国在南海问题上制造紧张局势、破坏和平稳定的冒险之举依然愈演愈烈。

（三）

事实清楚地表明，菲律宾南海仲裁案完全是一个由美国鼓动操纵、菲律宾挑头、仲裁庭客观上予以配合的针对中国的一个“局”。

这个“局”其实不难看穿，自仲裁闹剧开始后，国际社会“不平则鸣”的正义之声从未停歇。迄今，已有近 70 个国家和地区组织明确表示支持中方在仲裁案上的立场，其中既有东盟国家，也有域外国家，还有阿拉伯国家联盟、上海合作组织等区域组织。即使在西方国家，也有很多国际法专家从专业角度发表严肃、公正的评论，表达对中方法理主张的认同，表明对该案的批评和质疑立场。

为什么中国立场的支持者那么多，越来越多？归根结底，是因为中方不参与、不接受立场有着充分的法理依据，而菲律宾单方面提起南海仲裁案，仲裁庭违法扩权、滥权，才是在真正破坏国际法。

首先，禁止反言是国际法治的一条基本原则，但菲律宾阿基诺三世政府却置自身昔日承诺于不顾，单方面强行提起仲裁，侵犯了中国按照《联合国海洋法公约》规定享有的自主选择争端解决方式的权利。正如联合国国际法委员会前主席、联合国国际法院特别法官布朗利所言："一般国际法上不存在解决争端的义务，以正式法律程序寻求解决的程序取决于当事各方的同意。"争端提交国际仲裁，通常都需经当事国达成和议，尊重当事方意愿才是体现"各国主权平等的一种必然结果"。如今，仲裁庭擅自扩大管辖权限、漠视一国之主权，哪里还有"法的精神"？

其次，菲方不顾基本历史常识，妄称中国人历史上在南海没什么活动和存在，从未拥有对南海诸岛的主权。然而，中国渔民在南沙水域捕鱼作业，已成为南沙群岛主人的历史事实，有多个版本的《更路簿》可以证明；19世纪以来的外国文献，也明确记载了只有中国渔民在岛上生产生活的历史事实。法律的基点本就是"以事实为依据"，如今，昭昭青史仍在，凿凿证据如山，菲方却敢如此颠倒黑白篡改事实，对南海岛礁的有关论述缺失最起码的可信度。这样一个"并不构成争端"的无理诉求，竟然被仲裁庭接受，哪里还有"法的权威"？

再有，仲裁庭不顾中方一贯坚持将南沙群岛视为整体的立场，玩弄"切割"伎俩，歧视性地把中国驻守的南沙有关岛礁从南海诸岛的宏观地理背景中剥离出来。对菲律宾等其他国家非法侵占的岛礁，仲裁庭却只字不提，还将有关领土主权问题包装为所谓的岛礁法律地位问题。如此偷梁换柱、翻云覆雨，哪里还有"法的公信"？

南海仲裁案是否具有合法性和正当性？联合国国际法委员会前主席拉奥·佩马拉朱的判断一针见血：中菲南海争端的实质是关于主权和海域划界，而领土主权问题不属于《联合国海洋法公约》调整的范围，划界问题也可据中国政府声明而排除强制仲裁程序，此案仲裁庭对主权和海域划界问题都没有管辖权。菲律宾诉求的实质是领土问题，因此不属于《联合国海洋法公约》调整的范围。

然而，仲裁庭擅自扩大解释其自身管辖权限。对于领土和海洋划界问题，仲裁庭罔顾中菲早已选择谈判协商作为解决相关争议唯一方式这一前提，罔顾中国早已于2006年根据《联合国海洋法公约》将海洋划界争议排除适用强制争端解决程序这一事实，恶意解读此前中菲对争端解决方式的共同选择，轻易否定国与国之间达成的一致意见，严重侵犯中国作为主权国家和《联合国海洋法公约》缔约国享有的自主权利。其实质，不过是为个别国家滥用仲裁程序制造国际舆论实现政治目的提供配合。

培根在《论司法》中写道，“一次不公的判决比多次不平的举动为祸犹烈。因为这些不平的举动不过弄脏了水流，而不公的判决则把水源败坏了”。菲律宾及仲裁庭滥用强制仲裁程序，让《联合国海洋法公约》失去严肃性，其对《联合国海洋法公约》的破坏性、对国际法治秩序的冲击，不容低估。

事实上，很多西方专业法律人士都对强制仲裁程序被滥用表示担忧和关切。如果今后别国都效仿菲律宾的恶劣先例，只要将领土和海洋划界问题包装成《联合国海洋法公约》解释和适用问题即可提交仲裁，不仅会让 30 多个缔约国所作排除性声明成为一纸空文，也将伤害《联合国海洋法公约》争端解决机制的信誉，破坏《联合国海洋法公约》建立的国际海洋秩序，对现行国际秩序构成重大威胁。

正如英国牛津大学国际公法副教授安东尼奥斯·察纳科普洛斯、英国外交部前法律顾问克里斯·沃默斯利指出，如果仲裁庭允许菲律宾背弃其在《南海各方行为宣言》中的承诺继续推进强制仲裁，这种处理方式或造成“恶法”，会对国际关系的整体稳定造成潜在破坏。

从这个意义上来看，中国为捍卫国际法做针锋相对的斗争，不仅是在捍卫自己的领土主权，更是在切实捍卫国际海洋秩序、维护世界长治久安。

（四）

菲律宾南海仲裁案如此公然违背国际法，为何向来以“国际法官”自居的美国却在装糊涂？美国著名律师布鲁斯·费恩直言，美国的南海政策体现了其“危险的帝国思维”。

这种为所欲为的“帝国思维”，就是霸权主义。美国比任何人都喜欢把国际法挂在嘴边，但历史和现实一再表明，美国对待国际法，总是对人不对己，且每每玩弄法律于股掌之上——如果国际法对美国有利，美国就高高祭起这面大旗；如果国际法可能约束美国的行为，美国就会把它踩在脚下置之不理，甚至将“非法”尊为“合法”，将“合法”抹黑为“非法”。

美国如果真的关心国际法治，为何《联合国海洋法公约》推行几十年了还不愿加入？众所周知，作为规范当代国际海洋关系最重要的法律文件，《联合国海洋法公约》被誉为当今世界的“海洋宪章”，目前大部分国家都已加入《联合国海洋法公约》。美国作为世界上最大的海洋国家之一，却一直没有加入该公约，是安理会“五常”中唯一没有加入该公约的国家。根子就在美国霸权主义的国际法观和傲慢自私的海洋特权思想。

美国口口声声以海洋法治的维护者自居，却为一己之私拒不批准加入公约；口口声声要求别国接受第三方争端解决方式，自己却又拒不接受国际法院这一联合国最主要司法机构就尼加拉瓜诉美国案所作出的判决和命令；口口声声要求其他国家遵守国际法，却对自己和所谓盟友大开违法之门，长期以来对菲律宾非法侵占中国岛礁的行为视而不见。

这种自相矛盾与双重标准，集中体现了美国对待国际法“合则取，不合则弃”的虚伪本质，暴露了其根深蒂固的“帝国思维”。美国现实主义国际关系学者米尔斯海默谈及南海问题时曾说，“中国的邻国有动机在现阶段就把问题解决掉，而不是等到中国强大了，到时候就来不及了”，一句话道出了对中国防范遏制的阴暗心理。

中国正在成长，但一个多世纪里屡遭外敌入侵、强权欺凌的屈辱经历，是中国人民不可磨灭的记忆。在这样的历史记忆中强起来的中国，最懂得遭受欺凌和屈辱的滋味，“己所不欲，勿施于人”；在这样的历史记忆中走过来的中国人民，也决不会答应“屈辱的过去”哪怕在局部重演。

习近平总书记在庆祝中国共产党成立 95 周年大会上指出：“中国人民不信邪也不怕邪，不惹事也不怕事，任何外国不要指望我们会拿自己的核心利益做交易，不要指望我们会吞下损害我国主权、安全、发展利益的苦果。”这道出了全体中国人民的心声。

放眼南海，闪闪发光的航标灯，照亮的应该是和平的方向，驱散的应该是霸权主义的心魔，警醒的应该是被眼前蝇头小利冲昏的头脑。不合法的裁决不过是废纸一张，它否定不了中国在南海的合法权益，改变不了中国人民维护国际法治尊严，与相关国家一道维护南海和平稳定的坚定意志和决心。

（《人民日报》2016 年 7 月 11 日要闻 01 转 03 版）

申报资料实录

作品简介：2016 年 7 月，围绕所谓菲律宾南海仲裁案的外交、法理、舆论斗争进入高潮。言论是人民日报核心优势，在涉及国家核心利益之时，需要“核心优势”重磅出击。7 月 11 日人民日报头版刊发的“国纪平”文章《究竟谁在破坏国际法——菲律宾南海仲裁案事实与法理辨析》气势宏大，观点鲜明，论述有力，是其中一篇代表作。

该文的策划、撰写过程，紧紧把握“时度效”要求，体现“有理有力有节”斗争艺术。文章最终选择在所谓南海仲裁案“最终裁决”公布前一天发表，旨在有效传递中国声音，压缩西方舆论混淆误读中方立场的空间。就内容来看，该文立足于讲透中国在南海的历史性权利，讲透仲裁案不过是场滥用国际法的政治闹剧，同时有力揭批美国这个幕后黑手的战略图谋和不光彩角色，进而阐明中国维护领土主权和海洋权益的合法性、正义性。

社会效果：“国纪平”文章《究竟谁在破坏国际法——菲律宾南海仲裁案事实与法理辨析》发表后，引发国际舆论广泛关注，数十家国外主流媒体转引此文。例如，英国《卫报》网站大篇幅报道国纪平文章观点，还把当日人民日报头版刊登此文的照片一并发出。美国《华盛顿邮报》《洛杉矶时报》《财富》杂志以及《印度教徒报》《土耳其周报》都引述了文中“南海仲裁案是美国给中国设的一个局”的表述。《每日问询者报》等菲律宾媒体同样转载介绍了此文。

推荐理由：《究竟谁在破坏国际法——菲律宾南海仲裁案事实与法理辨析》一文有力驳斥了美菲等政治力量企图损害中国核心利益的不法图谋，表达了中国政府和人民维护主权的坚定立场，放大了国际社会与我有利声音，在关键时刻有力配合了中央外交大局，发挥了引导国内舆论、影响国际舆论的关键作用。

日前在天津“和平杯”京剧票友大赛中赢得“海外名票”殊荣的英国人格法，23年坚持不懈地在中国学京剧，向国外推广京剧。已经55岁的他说，为了京剧我放弃了原来的生活。现在，京剧就是我的生活——

执著“洋猴王”京剧传播狂

（文字通讯）

刘桂芳　郭　金

今年是英国人格法在中国生活的第23个年头。23年来，他在中国只做一件事——学京剧、唱京剧、宣传推广京剧。在日前结束的第13届天津“和平杯”京剧票友大赛中，他赢得“海外名票”称号。格法对京剧艺术深深的爱，令人感动。

痴迷京剧　变“洋猴王”

1993年，格法在英国读三维动画博士学位。因为做动画项目的需要，他研究了非洲、中东、印度、日本等地的舞蹈，尤其是这些舞蹈在表演中身体动作的特点。一次偶然的机会，他看到了一场来自北京的京剧表演，“当时就被深深吸引了，我发现我研究过的那些不同国家、地域的舞蹈动作，在京剧表演里面都有。我还费那么多事情干什么，直接研究京剧不就好了？”就这样，他下定决心来中国学习京剧。他自己也没有想到的是，这一来就是23年。学艺几年后，格法发现了《大闹天宫》这部戏，传奇的孙悟空让格法着了迷。他模仿京剧中美猴王的一招一式、一言一行。他的深眼窝、高鼻梁，西方人的脸，也被自己化妆成“洋猴王”的京剧形象。

格法的英文版京剧《大闹天宫》，搬上舞台后获得国际京剧票友大赛最高奖“金龙奖”，他被称为“洋猴王”。他的猴戏得到过“中国美猴王”六小龄童的赞赏。

尊重京剧　挑战自我

痴迷中国京剧艺术的格法，不愿把自己局限在一个行当中。2012年的第12届天津“和平杯”京剧票友大赛中，他表演《赵氏孤儿》里的“程婴”，是小生。精彩的演出，获得了“评委特别奖”。作为今年第13届“和平杯”的一大看点，很多票友和戏迷都很期待格法的表演。格法大胆尝试了他并不擅长的丑角，《秋江》中“艄公”的精彩表演，让台下掌声、叫好声响成一片。顺利地演完这出戏，走下台后格法庆幸没有出纰漏。“或许观众会因为我是外国人，对我的要求没有那么高，但我自己不能，因为我是这么地爱着京剧。”

推广京剧　坚持不懈

“京剧是种美丽的艺术，几千年的中国历史都能在京剧里看到。但怎么样让外国人看懂京剧、真正地了解京剧，还有很多事需要做。作为一个学习京剧的外国人，我一直梦想去做这方面的事。”格法说，“外国人在中国的传统文化领域能做好的很少。因为中国传统文化很难学啊！太难！很多外国人原本是有兴趣的，但最后都没坚持下来。”

格法非常清楚京剧艺术对外国人具有极大的吸引力，他也知道怎样做能够让外国人学京剧更容易。“你首先要让外国人看得懂。在京剧作品方面，不管是演戏还是电影的形式，要有翻译成英语的介绍。在韵律上其实整个世界是相通的，但唱词是什么意思，这出戏说的是什么故事，需要翻译。现在北京湖广会馆等京剧演出场所，字幕都有英文翻译，但问题是翻译毛病很多。不是专业的人士来做的，让外国人看了更迷糊。”

为了自己推广京剧的梦想，格法曾经做过尝试和努力。“2004年我组织了一个京剧团，带去美国和加拿大。在美国，我们到纽约、费城等城市去，走进30多所大学巡演。白天我们用讲课的方式给美国人讲什么是京剧，接着晚上就演出。第二天再去下一个地方。就这样连续走了一个半月。有些地方的美国人是第一次看到京剧，但立刻就被这种艺术深深吸引，那次巡演非常成功，对京剧在美国人中的推广做了很实际的事。”“我比较适合这样的角色，我在西方生活过，理解西方观众对京剧想了解又困惑的感觉，而我又学习京剧这么多年，可以把我对京剧的了解尽可能告诉他们。”格法认为，他来做推广京剧艺术这件事很合适。“如何用外国人能接受的方式推广京剧，这个问题我研究23年了。我的语言没问题，对中国文化的了解也有一定的基础，我还有自己的专业，就是三维动画。我有能力把京剧艺术好好地推广。这是我最开始学京剧的时候就有的梦想，是我23年来一直没有放弃的梦想。”

传播京剧　期待圆梦

组团去国外演出京剧让格法渐渐成为“京剧传播使者”。但让他无奈的是，因为资金问题这个项目不得不中断。格法说，去年他在洛杉矶看了一场京剧演出，现场99%都是中国人，“这样不远万里的文化推广活动，没有意义。因为这样的演出不能让国外的观众更好地了解京剧，也不能让他们懂得欣赏京剧艺术。我现在特别希望能得到帮助，让我把京剧艺术在全世界范围内做很好地推广，让人们真正看到京剧艺术的魅力所在。”

格法透露，他还创造了一个新的项目——通过京剧教美国小孩中文。“要是在教室里教美国孩子们中文，他们不一定坐得住。在表演京剧的过程中教，他们就会非常喜欢。这个项目我已经得到美国政府的支持，给我投资。每年夏天在俄克拉荷马大学有这样的夏令营，几十个小孩每天通过京剧学习中国话和中国文化，夏令营结束时，孩子们演一台戏，算是汇报演出。”

“和平杯”比赛之后，格法像往常一样，在没有演出邀请的时候，每天骑一辆自行车穿梭在北京的大街小巷，继续他每天听戏、学戏、教戏的生活。对于自己的未来，他只是期望能够得到一个机会，让他内心埋藏了23年的愿望能够实现。“我和京剧的缘分，在我32岁那年就注定了。我今年55岁了，为了京剧我放弃了自己原来的生活。现在，京剧就是我的生活。”

（《欧洲时报》2016年11月22日天津专版P11）

申报资料实录

作品简介：该作品由今晚报社采制。

在第13届天津“和平杯”京剧票友大赛中赢得“海外名票”殊荣的英国人格法，因为痴迷京剧来到中国，23年坚持不懈地在中国学京剧，向国外推广京剧。今晚报记者通过面对面、电话、微信的形式连续采访了这位“洋猴王”，了解到他对中国艺术瑰宝的追求和为此付出艰辛努力的感人故事。已经55岁的他说，“为了京剧我放弃了原来的生活，现在京剧就是我的生活”。格法是外籍京剧爱好者中的典型代表，为向世界传播京剧默默地做出了自己的贡献。作品还介绍了他如何用英语推广京剧的具体思路和举措，为中国文化“走出去”提供了借鉴。

社会效果：该作品2016年11月22日在法国《欧洲时报》权威媒体刊发，并在专版上以头条的形式见报，在欧洲多国的华人世界和当地京剧爱好者中，引起强烈共鸣。《欧洲时报》的编辑部和英国《华商报》总编辑来电中介绍他们在当地接到众多海外票友和读者的咨询和反馈，希望在本国也能举办这样的票友比赛推广京剧艺术，并积极准备到中国参加下一届的京剧票友大赛。该作品对弘扬中国的传统京剧艺术和推广中国文化“走出去”起到积极的推动作用。

该作品2016年11月22日在法国《欧洲时报》权威媒体刊发，并在专版上以头条的形式见报，在欧洲多国的华人世界和当地京剧爱好者中，引起强烈共鸣。

推荐理由：搞好对外传播是中国新闻舆论“走出去”的重要使命。该通讯作品抓住典型人、典型事，以小见大，通过连续采访京剧执著爱好者英国人格法，向欧洲、向世界传播中国优秀文化和传统京剧艺术，并在当地读者和华人中引起积极关注和热情反馈，报道效果显著，为向海外传播中国文化艺术起到积极的推动作用。

战地采访中国赴马里南苏丹维和部队系列报道

（文字组合）

杨祖荣　罗　铮　吕德胜　罗朝文　庞清杰

代表作一：

生死 37 秒

卞龙，中国赴马里维和部队工兵分队立体中队队长。在联马团东部战区中国二级医院一间病房里，他向记者还原了遭袭事件发生当晚的情况。

5 月 31 日晚，工兵分队领导分头在班宿舍组织官兵谈心。20 时 50 分 52 秒，正参加谈心的卞龙，听到对讲机里传来哨兵申亮亮急促的声音：“2 号哨位报告，不明地方车辆强行闯卡，请求支援！”当时，还没有人意识到，这是申亮亮生前留下的最后一句话。

听到报告，作为快反分队队长，卞龙第一时间冲出房门，快反分队随即跟着出动，去武器库取枪支弹药。

几乎在预警信息发出的同时，哨位上，和申亮亮一同执勤的上士司崇昶迅速找到有利位置，向不明车辆开枪射击，阻止其前进。突然，司崇昶发现哨位右侧，不明情况的战友丁福建正跑来。此前，他刚接到通知，过来检修哨位探照灯。“危险，快跑！”司崇昶大声提醒。丁福建刚一转身，望见正向他跑来的卞龙，赶紧提醒他后撤。话还没说完，一声巨响，两人都被震飞。

离 2 号哨位不远的营区监控，记录下了这惊心动魄的一幕。监控视频显示，20 时 50 分 54 秒，恐怖袭击车辆撞上防护墙前翻落地，并迅即燃烧起来。20 时 51 分 29 秒，爆炸发生。

受爆炸冲击，监控视频骤然中断。据官兵事后回忆，爆炸发生瞬间，火球腾空而起，有十几米高，巨大的冲击波和无数碎片瞬间使工兵分队大部分营房和装备受损。申亮亮牺牲，司崇昶重伤。

从申亮亮发出预警到爆炸发生，有 37 秒。“生死瞬间，申亮亮和司崇昶坚守哨位，果断处置，救了我们大家。”工兵分队官兵说，要不是他俩用生命示警，阻止恐袭车辆闯入营区，后果不堪设想。

收到申亮亮的警报后，第二次参加维和任务的工兵分队队长董荣强，意识到有危险，通过对讲机，向分队官兵发出指令："全体卧倒！灯光管制！"这道命令，减少了爆炸冲击波带来的人员伤亡。列兵田宇刚告诉记者，他刚卧倒，一大块汽车破片就在头顶呼啸而过。

爆炸发生后，分队供电、供水等系统全部被摧毁，营区一片漆黑，空气中弥漫着浓浓的烟尘味，爆炸冲击波带来的碎片飞溅四地。

没有恐惧，更没有慌乱。工兵分队官兵迅即按照预案，进入紧急状态，一道道指令相继发出——

"快反班，火力掩护！""医疗组，救治伤员！""报道组，拍照取证！""机要组，上报战况！""给水中队，岗哨救火！"……

工兵分队和邻近的警卫分队官兵紧急出动，各守战位，忙而不乱。工兵分队军医姜兴学、刘波第一时间对重伤的司崇昶紧急救治，把他从死亡线上拉了回来；警卫分队指挥组利用电台，与工兵分队、医疗分队建立通信联络，确认工兵分队遭袭信息，并建立维和部队临时指挥组；远在七八公里之外的我维和医疗分队，派出医疗组，不顾路上风险，第一时间前往事发地接运伤员，后送至中国二级医院，连夜实施救治。

这一夜，中国维和部队官兵几乎没有人合过眼。6 月 1 日清晨，在满目疮痍的营区里，迎着马里新一轮的朝阳，我维和官兵组织了一个简短而又庄严的仪式，向牺牲的申亮亮同志遗体告别。"兄弟，请安息！你的兄弟们会矢志前行，完成联合国维和任务。"这是战友的诚挚心声，也是他们的铿锵誓言。

"疾风知劲草"。恐袭面前，中国维和官兵表现出色，赢得各方高度赞扬。联马团参谋长现场查看后评价，在这么严重的恐怖袭击下，中国维和部队把伤亡降到了最低限度，中国部队的专业素质令人敬佩。

在现场查看遭袭场地、详细了解事件经过后，陆军第 16 集团军副军长吴亚男告诉记者："面对险情，我维和部队官兵行动迅速有效，指挥果断有力，善后及时有序。这也充分说明，在强军目标引领下，我们官兵锤炼了过硬本领，平常训练场上的汗没有白流。"

（《解放军报》2016 年 6 月 6 日要闻 8 版）

代表作二：

用热血兑现铮铮誓言

眼里布满血丝、脸上一层油泥、浑身粘着尘土……

朱巴机场停机坪，等候中国军队工作组的我赴南苏丹维和步兵营教导员鲁成军，以及几名官兵都是相同的模样。对他们而言，过去的一周多，恐怕是一生中最艰难的日子。

7月8日，南苏丹政府军与反政府武装开始在南苏丹总统府、朱巴山和UN House营区附近激烈交火。我维和步兵营迅即进入一级战备，统一指挥尼泊尔营、埃塞俄比亚营、印度营以及尼泊尔防暴队、联合国警察等力量，共同担负整个UN House营区的警戒防卫，负责确保联合国营区或1号难民营的安全。

“当天下午5点左右去健身房进行体能训练，我就听到战友们在议论，今天的情况不对，冲突可能真的来了。没过10分钟，全连紧急集合，连长要我们迅速做好战斗准备，确保一声令下，随时出动。”回忆起那天的情况，我维和步兵营保障连战士厉宏瑞说。

当天是周五，维和营会餐日，炊事班精心烹制了可口的饭菜，可还没等官兵们动筷子，营区外就枪声四起，炮火连连。

“冲出食堂，我就听到子弹在头顶上空嗖嗖乱飞，忽然一发炮弹落入UN House营区里面，弹片打到炊事班的板房上‘啪啪’作响。”厉宏瑞说，从8日下午到深夜，共有数十枚炮弹和火箭弹落在营区附近。

然而，这只是开始。9日、10日两天，政府军和反政府武装的冲突进一步升级，坦克、装甲车、武装直升机等重型武器相继投入战斗。

奉命带队值守2号哨位的步兵一连排长杜希林，这样描述10日的激战——

大概8点，政府军一个排的步兵在2辆坦克和2辆装甲车的配合下，向反政府武装阵地发起进攻，推进到距我们哨位400米左右的时候，反政府武装用火箭筒击毁了政府军1辆坦克、2辆装甲车，并把乘员全部杀死。随后，政府军1辆坦克、2辆装甲车和1辆装有重机枪的皮卡车发起攻击，反政府武装5名士兵进入距离我们大概200米的一幢房屋躲避。政府军用轻、重机枪将那幢房子和里面的人彻底打烂，大量反政府武装人员企图进入位于UN House营区内的1号难民营……

“整整一天，交战双方反复拉锯。傍晚，我们接到通报，3辆坦克2辆装甲车正向我们4号哨位快速突进，紧接着一声巨响就把我掀翻在地。”机械化步兵三班战士田飞衡说。

4号哨位在1号难民营的北门，由我维和步兵营步兵一连三班、保障连作战班和一台步战车守卫。田飞衡所说的巨响，就是105号步战车被一枚火箭弹击中所发出的。战车后部的载员舱内有李磊、杨树朋、陈英、霍亚会、姚道祥、吴乐6名战士。

“倒地后我回头一看，装甲车的后门被炸开，车顶被炸了一个洞，车厢里都是火光和黑烟，我被爆炸的冲击波震得头晕目眩，两次试着站起来都没有成功，大概几秒后才勉强爬了起来。”田飞衡说，杨树朋的伤势很重，但还有意识。当时姚道祥伤得也不轻，弹片打中了腿，但是他一咬牙，和赶来的军医一起把杨树朋拖到了安全的地方，随后一头栽倒。

回忆这一幕，躺在病床上的姚道祥泣不成声：“车里的人都被震晕了，我回过神看到杨树朋的腿上血肉模糊。我大声告诉他，杨班长你要坚持住，我来救你……”

105号步战车被击中后，又有一发火箭弹在4号哨位附近爆炸，枪声也更加密集。我维和步兵营营长王玉安当即命令难民营西门的103号步战车警示射击，4名战士携单兵火箭筒占领有利地形，形成威慑。5分钟内，我维和步兵营教导员鲁成军、步兵一连连长王震火速带人增援、建立防线，将步战车内的6名伤员和在车外受伤的宋晓辉抬上救护车。

“磊磊坚持住，坚持住，马上到医院了，你会没事的。”救护车上，田飞衡不停地和李磊说话，让他保持意识。

“我以为他能活，可救护车走到一半，他突然紧紧抓着我说，田班长，我这辈子就交给党了。说完这句话没一会儿，李磊就没了呼吸。那一刻，我觉得天都塌了……”田飞衡抹着泪水告诉记者。

7月11日9点多，王震赶到联合国营区内的一级医院。但是，等着他的却是噩耗——9时24分，杨树朋因失血过多壮烈牺牲。此刻，已经在哨位值守了一夜的王连长再也控制不住自己的情绪，在抢救室里号啕大哭。

然而，没过多久，王震向战友的遗体三鞠躬后，擦去泪水，重返哨位。因为他知道：只有把维和任务完成好，才是对烈士的最好告慰！

“我们维和步兵营面对的情况很艰难，是联合国营区和1号难民营的第一道防线，也是最后一道防线。”联南苏团部队副司令杨超英说，根据联合国的规定，维和部队不能主动发起攻击。这次南苏丹政府军与反政府武装在营区附近交火，我们的官兵只能坚守，不能离开哨位。一旦武装人员进入联合国营区或1号难民营，后果不堪设想。

“你们表现勇猛，行动果敢，很好地完成了保卫联合国人员、设施和难民的任务，特别是李磊、杨树朋两位烈士献出了年轻的生命。你们用鲜血和生命向全世界展示了中国军人的光辉形象和过硬素质。你们不仅是杨根思部队的骄傲，是20军的骄傲，也是中国人民解放军的骄傲。”7月16日，在看望慰问我维和步兵营官兵时，陆军第20集团军副政委李振领动情地说出了这番话。

正如李振领所言，从7月8日至今，没有一名武装分子，突破我维和步兵营官兵构筑的防线，进入联合国营区和1号难民营。

66年前，在抗美援朝长津湖战役中，已严重负伤的连长杨根思在阵地只剩他一人的情况下，抱起炸药包，拉燃导火索，冲进密集的敌群，与敌人同归于尽；今天，我赴南苏丹维和步兵营官兵，再次以热血和生命，兑现着他们当初加入杨根思部队时，对老连长许下的铮铮誓言——我们不相信有完成不了的任务！我们不相信有克服不了的困难！我们不相信有战胜不了的敌人！

（《解放军报》2016年7月18日要闻8版）

代表作三：

英雄部队英雄辈出

“走出国门，踏上万里之遥的非洲大地……假如有一天我走了，你们不要想起我，这些都是我自己的选择，我自己无悔。”这是李磊生前在日记中写下的一段话。

今年7月，南苏丹政府军与反政府武装在朱巴发生激烈冲突，我赴南苏丹维和步兵营战士李磊、杨树朋在执行守卫难民营任务时遭遇火箭弹袭击，不幸牺牲。两名烈士的事迹不仅深深感动了无数国人，也受到了联合国的高度评价。

和李磊、杨树朋一样，自去年12月轮换部署到位以来，我赴南苏丹维和步兵营全体官兵不畏战火，坚守一线，出色完成各类任务2000多次。

对于这群“特级英雄”杨根思的传人，不久前亲赴维和步兵营进行慰问指导的陆军第20集团军某旅政委练伟如此描述：他们每一天都身处战场，每一次任务都直面生死，每一人都作出了巨大的牺牲和奉献，他们都是当之无愧的英雄。

英雄无畏

南苏丹2011年宣告独立。然而，“年轻”带给这个国家的并不是勃勃生机，反而是战乱不断。

7 月 8 日 17 时 20 分，南苏丹政府军与反政府武装突然在南苏丹总统府、联合国 UN　House 营区附近激烈交火。我维和步兵营立即进入一级战备，启封重武器，各战斗小组和各类战车迅速出动，官兵们冒着枪林弹雨在 UN　House 营区和 1 号难民营外围建立防御。

“上弹夹的声音、金属撞击的声音响成一片，每个人都带足了弹药。”回忆当天的情形，维和步兵营一连副指导员刘秀芬说，获悉武装分子扬言要进攻联合国营区，战士们群情激昂地冲向各自战位。

从 8 日到 10 日，政府军和反政府武装的冲突逐步升级，坦克、装甲车、武装直升机等重型武器相继出现在 UN　House 营区附近。

10 日 18 时 39 分，一枚火箭弹击中正在 1 号难民营 4 号哨位执行任务的 105 号步战车。战车后部的载员舱内有李磊、杨树朋、陈英、霍亚会、姚道祥、吴乐 6 名战士。

105 号步战车遇袭后，紧接着又一枚火箭弹在附近爆炸。尽管情势危急，但附近官兵仍不顾一切地冲了过去——

被火箭弹爆炸冲击波震翻的田飞衡咬着牙爬起来，将战友从车内抬出；

冒着车内弹药爆炸的危险，李东一头扎到车底切断火炮电源；

车外被震昏的宋晓辉一醒过来，就迅速抢救战友；

眼见 30 米外出现 4 名武装分子，魏业伦一个箭步上前，举枪瞄准，将 4 人逼退；

赶来增援的维和步兵营一连连长王震全然不顾头顶呼啸的子弹，战友拉了半天才让他俯下身子；

……

从遇袭事件发生到急救再到把伤员送至 UN　House 营区一级医院，仅用时 24 分钟。得知需要献血，在场官兵齐刷刷地挽起了袖子。

然而，因伤势过重，李磊、杨树朋壮烈牺牲。

7 月 11 日 9 点多，王震赶到 UN　House 营区一级医院。看到战友永远闭上了双眼，已经在哨位值守了一夜的他再也无法控制自己的情绪，在抢救室里泣不成声。但是，没过多久，王震向战友的遗体三鞠躬后，擦去泪水，默默地走向哨位。因为他知道：只有把任务完成好，才是对烈士的最好告慰！

王震就是维和步兵营全体官兵的缩影。尽管心中悲痛万分，但官兵们擦干泪水，继续在炮火硝烟中履行使命。

南苏丹政府军与反政府武装的这次武装冲突是近一段时间最激烈的一次，

造成当地近300人死亡，6万人流离失所，但自始至终，没有1名武装分子越过我维和步兵营防线半步。

英雄无言

“我不是英雄，不要写我，李磊、杨树朋才是英雄……”接受记者采访的每一名我维和步兵营官兵，都无一例外地说出了这句话。可他们“三缄其口”的背后，却是一个个感人的故事。

7月11日，UN House营区外枪声密集、炮火不断。当天我驻南苏丹使馆武官林伟，带领中国援助南苏丹医疗队两名医生，携急缺医药物资赶来协助抢救伤员。13时50分，林伟一行赶到UN House营区北门附近，可北门区域被南苏丹政府军火力封锁，他们无法进入。

为了让战友得到及时救治，我维和步兵营三连连长彭参军率18名官兵前往接应。当时流弹打在北门上当当作响，官兵赶到门口后，立即喊话劝离、鸣枪示警，步战车车载并列机枪进行射击掩护。彭参军带领几名战士冒着危险快速打开大门，将林伟一行护送至UN House营区一级医院。

从7月8日发生战事起，我维和步兵营营长王玉安、教导员鲁成军一直坚守战位。王玉安坐镇指挥中心，统一指挥中国营、尼泊尔营、埃塞俄比亚营、印度营以及尼泊尔防暴队、联合国警察等力量应对事态；鲁成军在哨位靠前指挥，遇袭事件发生时，他距离105号步战车只有50米，鲁成军一边组织抢救伤员，一边调整防卫部署，迅速巩固了防线。从8日到11日的4天，他们俩每天最多只能睡上3个小时。

因为形势吃紧、人手不足，维和步兵营所有官兵的情况和两位主官差不多，有的人甚至连续48个小时没有合眼，一直在岗位上挺着。

那段时间，水和给养的极其短缺也考验着维和步兵营全体官兵。

平时，维和步兵营用水都是派水车出去拉。因为外面交战激烈、政府军封锁了道路，水车只能有限地外出，拉回的水仅够做饭。同样的原因，给养也运不进来，平时一顿饭能有3个菜，政府军与反政府武装冲突期间，一顿饭最多1个菜，而且只能吃储存的肉类，没有蔬菜。

7月16日，当记者来到UN House营区，见到的每一名我维和官兵都是脸上一层油泥、眼里布满血丝、嘴巴干得脱皮……

正是他们无言的付出，保护了联南苏团2000余名工作人员的安全，保护了任务区难民营数千人的安全，保护了交战区避难民众的安全。

英雄无悔

“从来没想过战争离我们这么近，激烈的枪声在耳边响起时心里并没有一丝的害怕，即使子弹从头顶飞过。亲眼看到炮弹在眼前爆炸也没有多么恐惧，当时就一种感受，这才是真正的军人。我的选择我不后悔，身为一名中国人民解放军军人，我骄傲。死，并不可怕。”

我维和步兵营女兵林燕在日记中这样写道。

7 月 10 日，女兵林燕和李盼在我维和步兵营驻地执行警戒任务。哨位附近枪声密集，按照营指挥部要求，林燕、李盼选择背弹面隐蔽观察。子弹在头顶上方嗖嗖飞过，有几枚流弹落在她们脚边，两颗炮弹在她们头顶上空爆炸，黑烟在空中弥漫。

林燕和李盼正准备踏进掩体，一枚火箭弹直奔哨位袭来，两人赶紧卧倒。轰的一声，哨位被炸，一旁的香蕉树被炸得四分五裂，香蕉树边的集装箱被炸出一个直径 20 厘米的大洞。与死神擦肩而过，两名女兵并没有被吓倒，向指挥部上报情况后，继续执行任务。

我赴南苏丹维和步兵营共有 700 名官兵，其中女兵 14 人，最小的今年不到 20 岁。

“她们在家被父母千骄百宠，都是掌上明珠。但选择了维和，选择了南苏丹，她们得到了锤炼，身上已经没有了娇气，有的是胆气。”我维和步兵营教导员鲁成军说。

陆军第 20 集团军某旅政委练伟向记者提供了一组数据：我赴南苏丹维和步兵营官兵中，80 后有 207 人，90 后有 469 人，70% 以上是独生子女。让练伟印象深刻的是，这次南苏丹政府军与反政府武装激烈交火期间，不仅官兵们大义凛然、毫不畏惧，他们的父母也没有给部队打过一个电话，提出让孩子提前回国。

一寸丹心图报国，两行清泪为思亲。执行维和任务 8 个月以来，我赴南苏丹维和步兵营官兵中先后有 19 人孩子出生，15 人亲人去世，但他们或是在心底送上祝福，或是默默擦干眼泪，然后再次踏上执行任务的征程。他们用自己的牺牲奉献为南苏丹人民搭建起一片避风的港湾，为崇高的国际和平事业汇聚起强大的力量。

正如李磊、杨树朋牺牲后，被网友们刷屏的那句话所说：“你之所以看不到黑暗，是因为有人拼命把它挡在了你看不见的地方！”

（《解放军报》2016 年 6 月 4 日要闻 3 版）

申报资料实录

作品简介：该作品由《解放军报》采制。

2016年，申亮亮、李磊、杨树朋3名中国军人在执行联合国维和任务时不幸牺牲。经习主席和中央军委批准，中国军队分别派出工作组赶赴马里和南苏丹。解放军报派出两名记者，作为工作组成员随同前往。当时，马里恐怖袭击频发，南苏丹政府军和反政府武装冲突不断，安全形势十分严峻。两名记者冒着炮火硝烟，深入一线采访，刊发了多篇独家稿件，还原了烈士牺牲的经过，展现了中国维和军人不辱使命、不畏牺牲的英雄气概。

社会效果：这组系列报道引起国内外广泛关注，人民网、新华网以及凤凰网、大公网、文汇网、海外网等境内外媒体转载引用，向国际社会表明了中国军队维护世界和平的坚定决心，彰显了中国的大国风范和担当。在海外执行任务的中国维和军人，不仅备受国际社会关注，也牵动无数国人的心。

推荐理由：这组系列报道，语言平实、细节生动、故事感人，从不同角度展现了中国军人甘为和平洒热血的风采，有助于增进国际社会对中国和中国军队的理解与认同。

中美大学生联合体验长征之旅

（文字系列）

赵宇飞　万　群　李卫红　姜　洪　赵　车　杨　雁　周　清

代表作一：

中美大学生联合体验长征之旅精彩启程

“我是中美大学生联合体验长征之旅的战士，在这次新长征中，我一定服从命令、听从指挥，发扬一不怕苦、二不怕死、追求梦想的红军精神，保证完成各项战斗任务。”

8 月 27 日，贵州日报报业集团一楼多功能厅，来自贵州大学、贵州师范大学、贵州民族大学、贵州医科大学、黔南师范学院及上海对外经贸大学等高校的 14 名中国大学生庄严宣誓。年轻的面庞下神情格外坚定，他们即将奔赴新的征程——中美大学生联合体验长征之旅，他们背上了行装，从这里出发；沿着红军长征的足迹,用实际行动弘扬长征精神,彰显英雄文化、熔铸青春梦想。

巍巍群山、湍湍激流，带着坚定的革命理想和信念，红军在贵州翻山越岭，冲破了一重又一重艰难险阻，以遵义会议、四渡赤水为标志的许多重大历史事件对整个长征乃至中国革命产生了重大而深远的影响。

中国作协副主席、著名作家叶辛是这次体验长征之旅的特邀主持，将和大学生们一起重走长征路。他说：“长征是生命的河流，需要我们用灵魂去感受。我们的旅程，注定了是山也遥远、水也遥远、路也遥远，但是沿着遥远的山、水和路，对比着今日和往昔的巨大变化，我们一定能收获很多。”“一送里格红军，介支个下了山，秋风里格细雨，介支个缠绵绵……”在贵州歌手雷艳甜美的歌声中，红军和老百姓之间的鱼水情深徐徐展现，“《十送红军》有十个小节，而这次活动也正好途径十个地方，每到一个地方我会唱一节。”以《十送红军》给大家壮行，另一位主持人雷艳希望将红军长征的精神以歌曲的形式，伴随同学们全程。

体验长征之旅的中国大学生从贵阳出发。同一时间，此次体验活动的另一队主角——美国大学生正从湖南省通道县出发。当晚19时，中美大学生在黎平汇合。

车门打开时，清风正绕过稻田，霞光中蛙声渐起，宁静的侗家鼓楼前，鱼贯而出的中国大学生与先到达的美国大学生相见甚欢。

“Hello！”

“Hello！ Welcome to GuiZhou。”送上热诚的问候，中国学生拿出早已准备好的礼物——军用水壶、红领巾赠送给美国学生。美国学生也拿出自己制作的T恤作为回礼。中美学生一见如故，笑声打破语言隔阂，成为重走长征路的亲密战友。

曾经，埃德加·斯诺远赴中国，用《西行漫记》记录红军长征峥嵘岁月。长征胜利80年后，中美学生联合重走长征路，用心感受长征历史。

眼前的侗族建筑，让美国学生一脸好奇。贵州师范大学学生卢静主动上前，一番介绍后，得知贵州不仅山川秀美，民族风情浓郁，更是红军长征的转折之地，美国学生的向往之情流露在不约而同的点头中。

“我想要身临其境，感受红军战士面对困难的勇气。”来自汉普顿大学学生米安·哈里斯告诉记者。

80年，斗转星移之间，大地山川在岁月变迁之中脱胎换骨，长征之路上的传奇故事依旧令人神往。

熟读历史的贵州民族大学学生李昂对这一段旅程向往已久：“湘江之战后，红军放弃原定计划，转兵贵州。四渡赤水，强渡乌江，佯攻贵阳，威逼昆明，红军长征在贵州留下了太多传奇故事。这一行，一定能让我触摸到昔日红军长征绝地逢生的精神力量。”

长征胜利80年后，中美大学生联合体验长征之旅，从红军浴火重生的历史中寻找成长的力量。

一场精彩的长征体验之旅已经拉开帷幕。

（《贵州日报》2016年8月28日要闻1版）

代表作二：

中美大学生“行军日记”

扎维尔（汉普顿大学学生）：

中国的大学生朋友们告诉我，今天将有一场精彩的表演，把我们之前听到的故事全部表演出来，我一直很期待。到了现场，看到了很多穿红军服装的演员，女孩子绑着麻花辫，男孩子扛着大刀和机枪，我很感谢他们冒着雨为我们做的表演，真的很精彩。

我明天就要返回美国了，很珍惜和大家在一起的时光，很舍不得。

很久之前，我就期待能够到中国来看一看，“重走长征路”给了我这样一个机会，让我实现了自己的梦想。

我觉得这不仅是两国之间一次文化的交流，更是一次让我终身难忘的旅程。这里的故事非常动人、这里的体验活动十分丰富、这里的人民非常友好。回到美国后，我要和身边的朋友、亲人分享我在贵州的经历，告诉他们我在这里学到的知识、看到的风景和听到的故事，让他们也能够感受到我的快乐和感动。

刘嘉靖（贵州民族大学学生）：

之前我通过教科书和老师的讲述中，对长征是有一个大概的了解的，但那些对于我来说只是书本上的知识或者考试中的“考点”。

通过这次活动，我知道，只有当自己真正走过一次长征路，才能够真正了解长征。

我们体验了红军战士们在长征路上的艰辛，知道了他们是怎样为我们打拼出的一片天地，这些将会对我在未来的学习、工作中起到促进作用。

而且，面对长征路上如此艰苦的环境，他们都坚持下来了，这一定是有一种梦想和信念在指引着他们。那么对于生活在和平年代的我们来说，不也更应该为了自己的梦想而坚持吗?

张蕾（贵州民族大学学生）：

中美大学生联合体验长征之旅活动已经进入尾声了。沿着红军长征足迹一路追寻，感慨很多。

从黎平出发，到镇远古城，再到余庆县，随后进入瓮安，再到遵义，就是这一路的徒步都是一件极其疲惫的事。更别提当年挨饿受冻的红军战士还要一路作战。深刻感受到其中艰辛，原来红军战士的坚忍不拔早已超出了我的想象。

作为大学生，我的人生才刚刚开始，日后的挫折在所难免。一路走来，我有种不再害怕跌倒受伤的感觉。

这一次，我见到了历史书之外的长征，满满的正能量。

艾薇儿（美国圣莫妮卡学院学生）：

赤水河岸上，我体验到了规模很大的快闪活动。这场快闪活动里，有一种鼓舞人心令人敬畏的力量。

作为一个美国人，我相信长征精神依然存在。因为即使已经过去80多年，人们依然会庆祝和赞美毛泽东他们所作出的努力。

走长征路，每天都会有长达数小时的车程，我感觉很累，这更让我体会到了当年红军战士穿着草鞋行军千里的困难。他们为了实现自己的目标展示出的巨大勇气，让我感谢今天所拥有的一切。

（《贵州日报》2016年9月5日要闻1版）

代表作三：

长征精神是全世界的宝贵财富

8月27日，黎平县，美国大学生乔纳森·皮尔斯如愿以偿地开始了他期待已久的体验旅程。

这是一场由贵州省政府新闻办、中共贵州省委党史研究室指导，贵州省旅游发展委员会、贵州省文化厅、遵义市委宣传部、贵州日报报业集团、美国ICN国际卫视主办的中美大学生联合体验长征之旅。

吸引这位远在大洋彼岸的学生踏上这次旅程的，是一个月前他合上的那本书——哈里森·索尔兹伯里的《长征——前所未闻的故事》。

“哈里森说，长征在人类活动史上是无可比拟的。是人类有文字记载以来最令人振奋的大无畏事迹。它将会成为人类坚定无畏的丰碑，永远流传于世。”乔纳森的向往之情溢于言表。

乔纳森将要触摸到的，是中国革命的伟大事件。1934年12月，红军渡过湘江，转兵贵州，在这片山水间迂回穿插，完成中国革命的伟大转折，跳出数十万敌军的围追堵截，走向民族救亡前线，走出中国革命新局面。

而今，长征胜利80年之际，乔纳森等中美大学生沿着红军的足迹，叩问往昔风雨。

这是一次震撼之旅。长征路上，艾薇儿曾泪湿眼眶：“亲自走了长征路，才知道，原来长征胜利，凝聚着无数战士的鲜血。”

余庆县，大乌江镇，迴龙场渡口，平静的江水流淌着81年前那段记忆，枪炮隆隆，杀声震天，红军战士强渡乌江。

81年后，大乌江镇，依旧流传着当年的故事。百姓用表演的方式追忆历史：红军战士列队弯腰，用脊背架起桥梁。“桥梁”上，战士俯身而行。子弹飞来，一个战士倒下，另一战士毅然冲上“桥梁”。

这是一次精神之旅。在中国生活多年的蓝强如此感慨：“原来，中国人信奉的长征精神，内涵竟然如此丰富。”

那是“铁骨战士”钟赤兵无麻药截肢的勇敢；是十二个红花碗里，红军战士的仁义；是遵义会议的实事求是；是四渡赤水的军事智慧；是穿着草鞋直面数十万敌军，却依旧坚信红旗终将漫卷大地的革命信念。

这是一次成长之旅。回顾此次中美大学生联合体验长征之旅，贵州师范大学学生卢静疲惫又坚毅，“我汲取到了成长的力量，有了面对困难和挫折的勇气。”

“天上是飞机大炮，地上是雪山草地、峡谷急流，血与火的考验下，革命先辈视死如归、气吞山河、勇往直前。正如哈里森·索尔兹伯里所说，‘人类的精神一旦被唤起，其威力是无穷无尽的’。日后每遇艰难挫折，我定能遥想当年长征。”

这是一次见证之旅。一路走来，一路惊叹。曾几何时，红军战士走过的穷山恶水，在斗转星移间脱胎换骨，盛世太平，如你所愿。

习水县土城镇，93岁的罗明先老人见证了土城几十年来的变化和发展。“吃得饱、穿得暖、睡得香。在我看来，如今就是最好的生活。”

历史深情呼唤，中美大学生携手重走长征路，用行走去丈量精神的地图，用心灵去感悟伟大的灵魂，用思想去触摸超越的价值，用青春去阅读英雄的史诗。

“长征的意义，已经超越了革命本身。”一路走来，中国作家协会副主席叶辛如此感悟：“长征，已经成为中国乃至世界彪炳史册的精神象征。”

当美国学生在“长征”路上参悟、感动，长征精神早已突破时空与国界。

这一次，我认识了你——长征。

你是20世纪中国共产党人创造的壮丽史诗。

你是中华民族追求独立自主的铿锵脚步。

你是革命理想高于天的坚定信念。

你是大局至上、团结一致的集体主义。

你是冲破教条主义、实事求是的思想勇气。

你是军民一家、血肉相连的鱼水情深。

你是越过国界的精神力量.

你是跨过时空的不朽传奇。

（《贵州日报》2016年9月7日要闻1版）

申报资料实录

作品简介：该作品由《贵州日报》采制。

2016年是中国工农红军长征胜利80周年，同时也是“中美旅游年”，贵州日报报业集团经过一个多月的精心准备，联合美国ICN国际卫视，精心策划组织了以“弘扬长征精神、彰显英雄文化、熔铸青春梦想”为主题的“中美大学生联合体验长征之旅”大型活动。从8月27日起，由两国大学生组成的队伍从黎平出发，途经镇远、余庆、瓮安、湄潭、红花岗、汇川、习水、赤水、仁怀10个市区县，行程历时10天，横穿贵州南北，于9月6日圆满结束。沿途得到当地党委、政府和宣传部门的大力支持，活动从项目策划、人员配置、应急机制、落地执行、内外协调、后勤保障等各个方面达到较为优化的组合。全媒体采编团队按照“走转改”要求，全程跟随报道，出色地完成报道任务。

社会效果：《贵州日报》共见报9个整版，稿件约67条图片约47幅。《贵州都市报》整个活动共计7个版12条报道、《贵州商报》共计刊发14个整版18条报道。《今贵州》客户端共发稿100篇，总阅读量超过70万次，其中单条稿件阅读最高为16.67万次。快闪视频直播，全网视频总点击量50万次。受到全国全社会广泛关注和高度好评，获得中宣部阅评表扬。

省内外各家媒体纷纷转载活动新闻。人民网、新华网、腾讯、新浪、网易等国内知名门户网站，今日头条、一点资讯等知名新闻客户端均进行了传播。土豆、优酷、腾讯、乐视网等视频网站也对活动进行视频报道。在百度关键词搜索中，“中美大学生联合体验长征之旅”，相关信息达32.9万条。

国际传播方面，充分利用美国ICN的传播平台进行传播，其中，视频直播中，ICN电视互联网APP、网站、微信及电视平台每天直播一小时。在视频点播中，美国时间8月27日至9月7日，ICN电视平台、侨声广播电台、ICN电视联播网APP、官网每天播报或更新一集、微信公众号每天及时发布报道，IC官网的官方微博、博客、头条、网易（ICNTV）、豆瓣网、蜂窝网、每日报道均进行宣传报道（附音像视频）。美通社也对活动进行了报道：《中美大学生体验长征之旅结束》《中美大学生重温毛泽东长征的道路》。

推荐理由：第一，选题重大，突出了热点与重点的结合。其一，2016年是红军长征80周年，国际国内给予广泛关注，长征成为新闻热点；其二，重走长征路的区域，是实施扶贫攻坚、西部大开发、生态保护和绿色发展的主战场，报道聚焦国家重大发展战略，切中了国际传播的重中之重。把历史环境和当代环境通过行走串联起来，报道极富历史纵深感地讲述中国故事，对长征精神进行再现，对实施国家重大发展战略新情况、新变化、新经验加以总结，整个报道重大、新鲜、典型，亮点频闪。

第二，话语构建实现了故事性话语、解释性话语、参与式话语的较好结合。其一，作品从聆听红色故事，到长征路上的新发展，通过一系列新闻人物的塑造、新闻故事的讲述，以丰富的细节和情节，使受众在阅读时，极富亲近感，大幅提升了传播效果。其二，通过评论，深入解释和充分传递长征精神的核心价值以及在中国经济社会发展中的重大作用，更加有力地塑造了国家形象，传递了国家价值。其三，通过中美大学生共走长征路的活动策划，报道营造出了与受众相关度极高的互动氛围，引发了受众强烈的兴趣与关切。首次以快闪形式展示“红色文化”，回应了受众的时代特点和审美需求，进一步扩大了报道的传播效果。

第三，以互联网思维，融合多种媒体形式进行全媒体传播。调集了传统媒体、网络媒体、手机移动媒体等媒体形式和航拍机、摄像机等硬件设备，以图文直播，视频直播，图片专辑，长图，H5，行走日记，小视频，综述等多种形式进行传播，形成了“全媒体视野，国际性传播”的传播态势。

从你的时光里走过
——记百年老街中山大道 12 月 28 日重新开街

（广播专题）

集　体

（限于篇幅，文字稿略，获奖作品请听光盘。）

（纽约中国广播网《今天》2016 年 12 月 30 日 10 时）

申报资料实录

作品简介：该作品由湖北广播电视台采制。

这是一篇主题重大、构思巧妙、制作精良、寓意深远的广播作品。12 月 28 号，历时两年封街改造，百年中山大道重新回到武汉市民生活中。这篇专题用优美的文字、精妙的音响、丰富的内涵，为听众勾勒出一条百年老街生生不息、不断带领一座城市迈入新时代的涅槃之路，为境外华人生动展现了故乡变迁。

武汉中山大道是全国第一条以“中山”命名的马路，它印刻了大汉口的百年变迁。专题摒除宏大叙事的固有手法，从最生动的一条条里份、一间间老字号、一个个文化符号入手，在对市民生活百态的刻画中，折射出时代的更迭、城市根脉的传承、文化的繁荣与崛起，拨动了境外华人的心弦，勾起了他们共同的乡情。

采访深入，优美隽永。历时半月的采访中，记者寻访了十多位中山大道变迁的见证者、记录者，他们当中有作家、歌手、文史专家、老字号的经营者，也有普通的里份居民，他们每个人的生活、记忆都与中山大道有着千丝万缕的关系，对中山大道有着厚重深沉的情感，在他们娓娓道来的讲述中，一条承载着武汉人记忆的百年老街被慢慢地勾勒出来。

音响丰富，感染力强。为了使节目的现场感更加凸显，在开街当天，记者从天蒙蒙亮便守在街上，和数万市民共同迎接中山大道的新时代，记录下大量丰富鲜活的现场音响。踩着老汉口人的追忆，记者打捞着旧时光，讲述着新时光。专题按照时间轴铺陈，衔接自然，将一部武汉城市的发展史徐徐展开，极富感染力。

社会效果：讲述武汉故事，凝聚武汉记忆，节目以情动人，引发共鸣，拨动了人们心中最柔软的那根弦，也勾起了境外华人心中共同的思乡之情。通过新媒体的二次传播，在网上掀起转发高潮，众多网友评论从这篇节目中听到了难忘的记忆、难舍的乡情。节目在纽约中国广播网播出后，获得了当地华人听众和业内专家的肯定。

纽约中国广播网特别在新年前，2016 年 12 月 30 日上午十点播出。

推荐理由：1. 采访深入，构思巧妙，写作精美。历时半月采访，寻访见证者、记录者十多位；按照时间轴铺陈，语言优美隽永，衔接自然，极富感染力。

2. 音响丰富，声音典型，制作精良。记录下大量丰富鲜活的现场音响。在声音的起承转合中让人穿越百年时光，置身新的中山大道。

3. 以情动人，引发共鸣，影响深远。通过新媒体的二次传播，在网上掀起转发高潮。

布哈里：尼中都有加强双边合作的强烈意愿

（广播消息）

徐 璟 Saminu Alhassan 陈利明 袁 奇

（限于篇幅，文字稿略，获奖作品请听光盘。）

（中国国际广播电台对尼日利亚和尼日尔豪萨语广播新闻
2016 年 4 月 15 日 16 时）

申报资料实录

作品简介：2016 年是中国和尼日利亚建交 45 周年，尼总统布哈里应邀于 4 月 11 日至 15 日来华进行国事访问。这是他执政以来首次访华，他本人也是中非合作论坛约翰内斯堡峰会后首位访华的非洲国家领导人。主创团队策划了对其进行专访，借助其权威表述，向受众传递中尼、中非双方对于“合作共赢，共同发展”外交理念的重视。该报道同时也为纪念两国建交 45 周年营造了积极的舆论氛围。采编团队克服了采访对象行程紧凑、外事采访申报程序复杂等困难，在尼总统即将结束行程回国之际成功完成了此次独家专访，在对外报道方面为两国间这次重要的外交活动画上了圆满的句号。

社会效果：该报道在国际台豪萨语广播尼日利亚当地时间当日上午 9 点的黄金时间段首播，并在随后的整点新闻中播出 9 次。该报道同时在豪萨语国际在线、脸书 CRI 豪萨专页同步推送发布，覆盖西非尼日利亚、尼日尔两个西非大国共约 8000 万豪萨语人口，受众反馈积极，脸书互动率超 8%，收到良好的传播效果。尼日利亚众议院尼中关系委员会主席优素福 · 巴巴 · 雅库布称赞报道非常及时，使他们第一时间了解了本国总统的访华成果，反映了尼中友谊深厚，历久弥坚；阿布贾大学中国问题研究教授谢里夫博士认为报道全面、及时，便于尼日利亚受众第一时间了解到总统在中国的行程和各项成果。

《布哈里：尼中都有加强双边合作的强烈意愿》落地情况

一、落地情况

该报道在国际台豪萨语广播尼日利亚当地时间当日上午 9 点的黄金时间

段首播，并在随后的整点新闻中播出 9 次。该报道同时在豪萨语国际在线、脸书 CRI 豪萨专页等融媒体渠道同步推送发布，覆盖西非尼日利亚、尼日尔两个西非大国共约 8000 万豪萨语人口，受众反馈积极，脸书互动率超 8%，收到良好的传播效果。

二、受众反馈（摘录）

1. 尼日利亚听众哈利奴·阿布杜拉欣说："我从收音机里听到你们采访布哈里总统的新闻，对其中提到的中国帮助我们设计和修建铁路，还有两个国家的商人到对方国家做生意的内容感到十分的熟悉和亲切。我觉得，尼日利亚同中国的交流与合作比同美国的交往要有成效得多。作为世界最大的发展中国家，中国在经济方面的发展经验值得我们学习，也希望中国的经验能够帮助尼日利亚振兴经济。"

2. 尼日利亚众议院尼中关系委员会主席优素福·巴巴·雅库布在电子邮件中写道："尼中友谊深厚，历久弥坚，各个方面合作都相对突出。中国是世界人口第一大国，尼日利亚是非洲第一人口大国，合作前景广泛。现在尼日利亚每家每户都有'中国制造'的影子。尼日利亚非常渴望同中国加强合作，想学习中国在工业、农业、商业等方面的经验，加快发展尼国经济，促进就业。布哈里总统的访华硕果累累，签订了不少合作协议。中尼在经济商业方面的投资合作让人看到希望，真正能够做到中国投资，尼日利亚本地生产与销售，拉动尼经济发展，创造就业机会，消除贫困。尼希望利用这次机会快速发展交通网络，包括铁路、公路等。这次贵台对布哈里访华的报道使我们第一时间了解总统的访华成果，我们十分感谢媒体的努力，希望中国媒体一如既往为中尼友谊作出贡献。"

豪萨文国际在线受众乌马尔·易卜拉欣·比由在留言中表示："对于布哈里总统加强与中国合作的意图，我是十分支持的，希望双边能积极落实布哈里访华时达成的各项合作协议，真主保佑我们的领导。"

豪萨语广播社交平台脸书账号 CRI　Hausa 关注者、阿布贾大学中国问题研究教授谢里夫博士留言说："布哈里总统访问了中国几个城市，会见中国的多位领导人，双方在商业、采矿、交通网络等方面有良好的投资合作前景。布哈里总统访华夯实了两国友谊。作为亚洲跟非洲最大的两个国家，中国和尼日利亚两国合作前景广阔。中国国际广播电台在 FACEBOOK 上的专访报道还有图片报道我都看了，给总统的提问非常全面，涵盖了政治、经济和两国关系，特别是对总统的专访，让尼日利亚的受众可以第一时间了解到总统在中国的行程和各项成果，也让他们了解到尼中关系的现状，尼日利亚在中尼关系中所处的地位和作用以及自己国家对中国政策的未来走向。让尼民众可以直观地了解到对加深中尼友谊、加强中尼合作起到了积极的作用。希望国际台继续带来更好的报道，特别是关于国家领导人的报道，能够让两国互信互助，打开国门，共同促进民生发展。”

脸书 CRI Hausa 用户阿达南·丹·贝瓦说：“布哈里总统此次访问确实成果显著，希望布哈里总统能落实与中国的合作项目，在国内消除贫困创造就业，带来更多的经济效应。”

尼日尔用户贝洛·萨努西表示：“由衷感谢中国对非洲国家提供的帮助，我们都希望同中国加强合作交流。”

推荐理由：该报道时效性、独家性和权威性兼具。抓住了对象国家最高领导人高访结束的时间节点，通过其权威表述，向对象地区受众介绍了尼中经贸等关系的现状及未来趋势，表达了加强双方合作的愿望，体现了我“合作共赢，共同发展”的对非外交理念，为尼中建交 45 周年的这一重要外事活动营造了积极的舆论氛围。

寻梦蒙达尔纪

（电视专题）

杨　壮　肖永根　郑　晓　李建飞　张思思　杨　帆　罗　辉

（限于篇幅，文字稿略，获奖作品请看光盘。）

（湖南广播电视台国际频道特辟时段 2016 年 12 月 12 日 21 时）

申报资料实录

作品简介：20 世纪 20 年代前后兴起的中国旅法勤工俭学运动，造就了大批杰出人才。周恩来、邓小平、蔡和森等中国共产党老一辈革命家都曾在法国负笈求学，蒙达尔纪是当年中国留法学生最集中的城市。2016 年 8 月下旬，中国旅法勤工俭学蒙达尔纪纪念馆落成开馆，这是法国首个中国旅法勤工俭学纪念馆，它成为中法双方珍藏、挖掘和发扬中法之间这段珍贵历史的新标志。该片以蒙达尔纪为主要故事地，生动展示了老一辈革命家救国救民的寻梦之路，展示了中法友谊的不断深化，以及当今中国改革开放的大气象。拍摄历时 4 个月，行程 8 万里，取景中法两国十几个城市，先后采访了邓小平女儿邓榕等 30 多位革命先辈后代和中法历史研究专家，收集到大量权威史料，580 小时的拍摄最后浓缩成片 33 分钟。该片制作精良，动画和虚拟现实制作场景占全片三分之一，做到了视角独特、镜头唯美、画面丰富、故事性强，兼备厚重历史感和强烈现实性。

社会效果：电视新闻专题片《寻梦蒙达尔纪》以独特视角和生动故事，保留和传播了中法之间一段珍贵的历史，为深化中法友谊、推动双方交流发展，做出了一份特殊贡献。该作品在湖南广播电视台国际频道播出后，通过长城平台亚太五号卫星、美国麒麟电视、天脉聚源平台、精宇卫星、美国艾科斯塔直播卫星平台传输，覆盖美国、加拿大、法国、英国、澳大利亚等全球 76 个国家和地区，海外观众反响热烈。

中国旅法勤工俭学蒙达尔纪纪念馆是我国首个拥有所有权的境外党史纪念馆。该作品的法文字幕版在纪念馆长期循环播出，供法国民众和各国游客观看。据法中友好协会收集反馈的消息：观众好评如潮，所有看过该片的法国官员和民众都称赞不已。法国国家电视台还专程派人与协会接洽，希望联合拍摄此类题材作品。

该作品发掘了一段对中国革命具有重要意义的珍贵历史，出色发挥了国际传播作用，生动展示了中国老一辈革命家万里求索的革命精神，与此同时，增进了中法人民情感沟通，深化了两国文化交流。同意推荐参评中国新闻奖。

推荐理由：该作品发掘了一段对中国革命具有重要意义的珍贵历史，出色发挥了国际传播作用，生动展示了中国老一辈革命家万里求索的革命精神，与此同时，增进了中法人民情感沟通，深化了两国文化交流。同意推荐参评中国新闻奖。

60集“中非人物系列片”《同舟共济一甲子——我的中国、非洲故事》

（电视系列）

集　体

（限于篇幅，文字稿略，获奖作品请看光盘。）

（中央电视台、中国国际电视台法语频道《综合新闻》
2016年5月30日—2016年7月28日）

申报资料实录

作品简介：该作品由中央电视台中国国际电视台法语频道采制。

为配合中国与非洲大陆开启外交关系60周年，中央电视台中国国际电视台法语频道特别策划制作了60集大型人物系列片《同舟共济一甲子——我的中国、非洲故事》。频道记者在短短半年的时间里，在中国和非洲各国，采访了60位见证了中国与非洲60年来合作共赢、共同发展的中国和非洲人物，涵盖的领域包括外交、经济、农业、维和、医疗等，其中包括前外交部长李肇星、赞比亚首任总统卡翁达，坦桑尼亚驻联合国代表萨利姆、中科院院士袁隆平、保护非洲野生动物形象大使、篮球明星姚明等。作为法语频道2016年举全频道之力重点策划制作的系列片，《同舟共济一甲子——我的中国、非洲故事》的策划拍摄得到外交部、商务部、文化部等部委的鼎力协助。

社会效果：该片5月30日起在央视中国国际电视台法语频道、英语频道陆续播出；在刚果（布）国家电视台、赞比亚电视台、坦桑尼亚电视台、马达加斯加国家电视台等播出；通过STARTIMES平台在刚果（金）、卢旺达、几内亚、中非、布隆迪、马达加斯加等多个非洲国家相继播出。

在2016年11月底，法语频道在坦桑尼亚举办了该片首映仪式，坦桑尼亚国家电视台台长Dr Ayub Rioba Chacha在仪式现场称赞说，这一系列片讲述了许多为中非交流做出杰出贡献的人物故事，让观众对中非合作的历史和现状有了更深入的了解。刚果布国家电视台、马达加斯加国家电视台、坦桑尼亚电视台、赞比亚电视台、STARTIMES 平台播出。

推荐理由：该系列人物报道主题围绕近年中非合作成果，以具体人物和故事为线索，策划内容丰富深刻、拍摄制作精良，被非洲多家电视媒体采用，取得良好收视效果。该片荣获 2016 年度 CCTV 年度优秀特别节目三等奖；获得清华大学伊斯雷尔·爱波斯坦对外传播研究中心设立的中非报道奖 2016 年度最佳时事报道奖。同意推荐评选中国新闻奖。

附录一

第二十七届中国新闻奖评选揭晓

中华全国新闻工作者协会主办的第二十七届中国新闻奖评选 11 月 2 日揭晓。来自全国报社、通讯社、电台、电视台和新闻网站的 287 件作品获中国新闻奖，其中特别奖 4 件，一等奖 50 件（含 10 个新闻名专栏），二等奖 90 件，三等奖 143 件。

获本届中国新闻奖特别奖的新华社文字通讯《弄潮儿向涛头立——习近平主席出席二十国集团领导人杭州峰会系列活动纪实》以总书记在 G20 峰会上 80 多个小时的密集活动为切入点，展现中国理念、中国主张、中国方案的“世界回响”，行文高远大气，富于感染力。人民日报文字评论《以信仰之光照亮奋斗之路》回顾历史、观照现实，展现了 95 年来一代代中国共产党人从信仰中获得方向、从信仰中汲取力量，砥砺奋进的伟大历程，作品有深度有分量。新华社《新华全媒头条》专栏以全方位体现传统媒体与新兴媒体“相融”，多件作品传播效果好，成为首个获得中国新闻奖特别奖的“融媒体”作品。

获一等奖的中央电视台纪录片《永远在路上》采访扎实，首次公开讲述多位原省部级以上违法违纪官员的忏悔和反思，彰显十八大以来，党中央全面推进从严治党，刮骨疗毒、正风肃纪的勇气和决心。山西日报文字通讯《别了，白家庄矿》记者通过小切口反映大事件，小人物折射大时代，反映推动供给侧结构性改革的大主题。中央人民广播电台广播消息《速度与激情：“中国标准”动车组成功通过时速 420 公里高速交会试验》等作品采访全面深入、报道生动鲜活，展现了主流媒体对中国改革发展进程的深入观察思考。获新闻名专栏的浙江日报《之江观察》、红网《问政湖南》等栏目紧扣社会热点，创新报道语言，立足小切口，讲好大故事，体现了媒体敢于发声、引领舆论的责任担当，展现了良好的品牌影响力和传播力。

附录二

第二十七届中国新闻奖获奖作品目录

（共 287 件）

奖次	项目	题目	作者（主创人员）	编辑	刊播单位	报送单位
特别奖4件	文字通讯	弄潮儿向涛头立——习近平主席出席二十国集团领导人杭州峰会系列活动纪实	集　体	何　平 张宿堂	新华社	新华社
	文字评论	以信仰之光照亮奋斗之路	集　体	杨振武 李宝善	人民日报	人民日报
	电视消息	习近平在青海考察时强调尊重自然顺应自然保护自然坚决筑牢国家生态安全屏障	集　体		中央电视台	中广联合会
	新闻专栏	新华全媒头条	钱　彤　李柯勇 郝方甲　王清颖 郑晓奕　李　明		新华社	中国报纸副刊研究会
一等奖50件	文字消息	1445 种全新病毒科被发现	金振娅	邢宇皓 雷　柯	光明日报	光明日报
	文字消息	折翼海天，用生命为航母事业铺路	徐双喜　陈国全	柳　刚 王通化	解放军报	军委政治工作部宣传局
	文字评论	供给侧改革需加减法并举	梁发芾	张国华 崔雪茜	甘肃日报	甘肃记协
	文字评论	走向经济治理现代化的中国探索	齐东向	张小影	经济日报	经济日报
	文字通讯	老郭脱贫记	马跃峰	施　娟 谢　雨	人民日报	人民日报
	文字通讯	别了，白家庄矿	张临山　冷　雪	丁伟跃	山西日报	山西记协
	文字系列	铁纪·铁流	丁宗皓　张小龙 王　研　高　爽 张　昕　张晓丽		辽宁日报	辽宁记协

奖次	项目	题目	作者（主创人员）	编辑	刊播单位	报送单位
一等奖50件	文字系列	安徽宿州宋庙小学“要求受助贫困生出钱请吃饭事件”调查	黄　辉　戴　南　周根山		中国纪检监察报	专业报初评委员会
	报纸版面	2016年8月7日《宁夏日报》2—3版	张　靖　何亚男　刘建华		宁夏日报	中国新闻漫画研究会
	报纸副刊	巡视组长——追记李泉新	江仲俞　宋海峰　游　静	任　辛　李滇敏	江西日报	中国报纸副刊研究会
	新闻漫画	投桃报李	孙宝欣	徐辉冠	求是网	中国新闻漫画研究会
	广播消息	惊心动魄160分钟——首次揭秘“长五”推迟发射	张棉棉　丁　飞　马　喆　吴媚苗		中央人民广播电台	中广联合会
	广播消息	速度与激情：“中国标准”动车组成功通过时速420公里高速交会试验	蒋凯香　马松林　殷洁		中国国际广播电台	马松林
	广播评论	以供给侧改革破解老工业基地“双重转型”之困	牟维宁　高　祥　张立波　任季玮		黑龙江广播电视台	黑龙江记协
	广播专题	内蒙古首例保护草原行政公益诉讼案——开启我区草原保护新篇章	常俊青　王　莎　赵殿辉　梁　军　额尔德尼		内蒙古广播电视台	内蒙古记协
	广播系列	“神舟”“天宫”完美对接背后的“吉林科技元素”	姜　新　于显志　张若鹏　张文汇　张昊鹏　李佳星		吉林人民广播电台	吉林记协
	广播访谈	“新愚公”李保国	集　体		河北广播电视台	中广联合会
	广播直播	泰宁泥石流紧急救援	阮　怡　冯媛媛　李泰曦　开　哲　宁水蓉　李宗涛　诸葛仲　吕昱洋		福建省广播影视集团	中广联合会
	广播编排	2016年10月17日《东广早新闻》	集　体		上海广播电视台	中广联合会
	电视消息	中国笔王贝发小笔尖大制造杭州G20元首笔撬动高端市场	廖建斌　闫　全　董寅寅　陈　旭		宁波广电集团	兰州大学
	电视评论	民企也是国家队	李　宁　杨　阳　霍　扬　刘雨轩		黑龙江广播电视台	黑龙江记协

续表

奖次	项目	题目	作者（主创人员）	编辑	刊播单位	报送单位
一等奖50件	电视专题	永远在路上	集　体		中央电视台	中广联合会
	电视专题	“僵尸企业”重生记	陈　琛　伊　力 唐　虎　郑　欣 徐　奇		山东广播电视台	山东记协
	电视系列	新华社特约记者太空日记	景海鹏　陈　冬 李柯勇　郑晓奕 饶力文　魏　骅 肖正强　陈　曦		中国新华新闻电视网	魏　骅
	电视访谈	为85岁爷爷拍照	林　娜　陈　玲 林子健　黄　宇 黄石惠　沈　静		厦门广播电视集团	中广联合会
	电视直播	二十国集团领导人杭州峰会系列直播（时政）	集　体		中央电视台	中广联合会
	电视编排	2016年11月16日《浙江新闻联播》	集　体		浙江广电集团	中广联合会
	网络评论	每一名党员都要牢固树立“核心意识”	宗　国（姜赟）	余清楚	人民网	网信办传播局
	网络专题	中国一点都不能少	苗　苗　郑　琪 刘　冰　徐　丹 李志伟　叶　添		人民日报客户端	苗　苗
	网络专题	您好，马克思	集　体		中国青年网	网信办传播局
	网络访谈	一份延续了68年的忠诚	周　彪　王光煦 王　兴　罗　杰		求是网	网信办传播局
	网页设计	网上重走长征路之“征程”——红军长征全景交互地图	集　体		新华网	网信办传播局
	新闻名专栏	人民眼	张　忠　牛一兵 费伟伟　王斌来 禹伟良　孔祥武		人民日报	中国报纸副刊研究会
	新闻名专栏	长安观察	毛晓刚　张　砥 汤华臻　胡宇齐 崔文佳　范　荣		北京日报	中国报纸副刊研究会

续表

奖次	项目	题目	作者（主创人员）	编辑	刊播单位	报送单位
一等奖50件	新闻名专栏	之江观察	谢正法　张永贵 王玉宝　杜　博		浙江日报	中国报纸副刊研究会
	新闻名专栏	逐梦他乡重庆人	集　体		重庆日报	中国报纸副刊研究会
	新闻名专栏	新闻和报纸摘要	集　体		中央人民广播电台	中广联合会
	新闻名专栏	Studio＋脉动中国	集　体		中国国际广播电台	张　婉
	新闻名专栏	海峡两岸	集　体		中央电视台	中广联合会
	新闻名专栏	新闻大求真	集　体		湖南广播电视台	四川大学
	新闻名专栏	学习进行时	集　体		新华网	网信办传播局
	新闻名专栏	问政湖南	舒　斌　肖　雄 李　洁　肖凤姿		红　网	网信办传播局
	新闻论文	把握好政治家办报的时代要求	杨振武	杨学博	人民日报	人民日报
	新闻论文	始终坚守军报姓党的政治灵魂	李秀宝　孙继炼	朱全平	军事记者	军委政治工作部 宣传局
	国际传播	Putin eyes closer partnership with China 普京接受新华社社长独家专访　表示期待打造更紧密俄中伙伴关系（文字消息）	蔡名照	严文斌 尚　军	新华社	新华社
	国际传播	我们的更路簿——三沙属于中国的历史证据（电视专题）	孔德明　叶　明 杨　全　李柳青 杨昊霖　王文心		海南广播电视总台	海南记协

续表

奖次	项目	题目	作者（主创人员）	编辑	刊播单位	报送单位
一等奖50件	国际传播	锦绣记（海外版）（电视纪录片）	集　体		中央电视台	社科院新闻所
	国际传播	东京审判（电视纪录片）	朱晓茜　陈亦楠 敖　雪　王　硕 俞　洁		上海广播电视台	上海记协
	国际传播	外国漫画家手绘北京（网络专题）	杨明星　许　颖 陈　源　李　嵩 路　松		千龙网	网信办传播局
	国际传播	从广东制造到广东智造（广播专题）	郑　韵 Harry Harding 薛　晖		广东广播电视台	广东记协
二等奖90件	文字消息	武城农民率先持证带“权”进城	杨学莹　张宇鸿 王涛	刘江波 廉卫东	大众日报	山东记协
	文字消息	4亿元科研“替代经费”无奈沉睡	刘天纵　张　茜 彭一苇	周　芳 李剑军	湖北日报	湖北记协
	文字消息	“亲清八条”构建新型政商关系	黄碧云	何仁军 卢辉灿	佛山日报	广东记协
	文字消息	一项研发将淘汰充电器	陈　璟（陈景）	王　鑫	长春日报	吉林记协
	文字消息	让干部放手放胆干事创业	孟　兴	李全馨	天津日报	天津记协
	文字消息	环境执法“牙齿”越来越硬	曹红艳	陈建辉 胡文鹏	经济日报	经济日报
	文字消息	深夜挨户敲门寻找　救下昏迷夫妇	彭　放　杨　芳	岳冠文 邓伟进	长沙晚报	湖南记协
	文字评论	魏则西事件下的污名化狂欢要不得	张　杰	蔡小伟 谢宗贵	福建日报	福建记协
	文字评论	肆无忌惮的权钱“旋转门”	吴黎明	姜　岩 马　震	新华社	新华社
	文字评论	为敢担当的干部担当	刘建斌		宝鸡日报	陕西记协
	文字评论	“农改居”：农民的权益只能增不能减	何兰生	唐园结	农民日报	专业报初评委员会

续表

奖次	项目	题目	作者（主创人员）	编辑	刊播单位	报送单位
二等奖90件	调查性报道	大学女教师患癌被开除事件调查	章　正　马富春	滕兴才	中国青年报	专业报初评委员会
	文字通讯	“网红”手术笔记，折射坚守40年的工匠精神	兰　天　王少君 吴志刚	任　辛	江西日报	江西记协
	文字通讯	有逃必追　一追到底	何　韬	王　珍	中国纪检监察报	专业报初评委员会
	文字通讯	李保国的最后48小时	王思达　周聪聪 朱艳冰	谷　峰 董立龙	河北日报	吉林大学
	调查性报道	拿什么拯救你，一“号”难求	集　体	陆　敏 曾德金	经济参考报	行业报协会
	调查性报道	三十年回望塔元庄	杜飞进　耿建扩	陈　旭 刘文嘉	光明日报	光明日报
	分析性报道	“三无”民企离国家大奖有多远	集　体	廉卫东 张鸣雁	大众日报	山东记协
	调查性报道	产粮大省何以出现“买粮难”	孙志平　李钧德 宋晓东	王运才 高远至	新华社	武汉大学
	文字通讯	我国资本市场开放迈上新台阶	温济聪　杨阳腾	郭存举 李　瞳	经济日报	浙江大学
	文字通讯	“法律诊所”为民除“顽疾”	吉命土干 郑玉明　龙琼燕	黄　娴	云南法制报	云南记协
	调查性报道	一纸推广证　几多“生意经”	陈道龙	林　培	新华日报	江苏记协
	文字系列	求解邻避困境方法论	集　体		南方日报	广东记协
	文字系列	脱贫攻坚日记	集　体		河南日报	河南记协
	文字系列	京城之大，能容得下小小的原子能楼吗？	陈　磊　刘亚东		科技日报	专业报初评委员会

续表

奖次	项目	题目	作者（主创人员）	编辑	刊播单位	报送单位
二等奖90件	文字组合	《家庭医生难聚人气　健康档案多成死档》组合报道	田科武　朱冬松 张小妹　董　鑫 李梦婷　张　颖 毛　羽		北京青年报	北京记协
	报纸版面	2016年2月2日《解放军报》头版1版	孙　阳　曾火伦 罗　辑		解放军报	中国新闻漫画研究会
	报纸版面	2016年9月5日《河南日报》特刊4—5版	集　体		河南日报	中国新闻漫画研究会
	报纸副刊	“狗不咬”乡长	刘克定	龚建星	新民晚报	中国报纸副刊研究会
	报纸副刊	田里的雕像	陈启文	徐　芳	解放日报	中国报纸副刊研究会
	新闻摄影	无罪之后	谢匡时	文若愚	澎湃新闻网	中国新闻摄影学会
	新闻摄影	中国女排时隔12年再夺奥运冠军	集　体		新华社	中国新闻摄影学会
	新闻摄影	触目惊心！2万多吨垃圾跨省非法倾倒苏州太湖边	王小兵	沈　玲 施　惠	苏州新闻网	中国新闻摄影学会
	新闻摄影	G20，华美天城待客来	集　体	金振东	浙江日报	中国新闻摄影学会
	新闻漫画	我们村里的年轻人	邸天行	焦雅琦	洛阳日报	中国新闻漫画研究会
	新闻漫画	各忙各的	丁　安	朱晨凯	宁波日报	中国新闻漫画研究会
	广播消息	工业废料改良盐碱地技术施用获成功　新疆亿亩盐碱地有望变良田	宗晓莉　杨　柳		石河子人民广播电台	新疆兵团记协
	广播消息	钢铁侠创造新奇迹	王　越　李　静 陈志强　朱春媛		青海广播电视台	青海记协
	广播消息	“中蒙俄国际道路货运试运行活动”在天津港启动	王潇颐		天津广播电视台	天津记协
	广播评论	“罗尔捐款门”，到底谁更受伤	陈红艳　陈　凯		广东广播电视台	广东记协

续表

奖次	项目	题目	作者（主创人员）	编辑	刊播单位	报送单位
二等奖90件	广播评论	脱贫攻坚摆不得半点“花架子”	康维佳		中央人民广播电台	中广联合会
	广播评论	简单点、复杂点，一切当以群众利益为出发点	张怡 孙向彤 孟诚洁		上海广播电视台	上海记协
	广播专题	医改“手术刀”该动向哪里？	刘艳美 阮明湘 周韵 滕凌		邵阳广播电视台	湖南记协
	广播专题	三进五台沟	那其灼 唐佳菲 房磊 陈曦		辽宁广播电视台	辽宁记协
	广播专题	“百鸟朝凤”，哀曲还是新生？	孙爽（播音名：大爽）		重庆广播电视集团（总台）	重庆记协
	广播系列	我的东北我的家	集体		中央人民广播电台	中广联合会
	广播系列	“行政之手”拦下营业执照	梁泰 王达		广西人民广播电台	广西记协
	广播访谈	专访“陈满案”平反推动者程世蓉——一棵稻草的力量	李锐		北京人民广播电台	中广联合会
	广播访谈	醍醐：让西藏艺术和藏式美学走出高海拔藏区	高广重 邬雨瞳 罗华 刘晓地 徐文珍		西藏人民广播电台	中广联合会
	广播直播	好花为何这样红	侯莹 李盼盼 王龙鑫		贵州广播电视台	中广联合会
	广播编排	2016年12月20日《全国新闻联播》	集体		中央人民广播电台	中广联合会
	电视消息	“FAST之父”南仁东：22年坚持 铸就大国重器	郭裕娇 曾明 黎露佳 时小千		贵州广播电视台	贵州记协
	电视消息	湖北实施退湖还湖“第一爆”梁子湖的牛山湖成功实施破垸分洪	集体		湖北广播电视台	湖北记协
	电视消息	方家大院的中国年	谢永芳 付忆静 赵洪潭 程小刚		江西广播电视台	湖南大学
	电视评论	收粮商贩王力军的尴尬	任杰 杨晓燕 刘华 宋国峰 田长青		内蒙古广播电视台	内蒙古记协

续表

奖次	项目	题目	作者（主创人员）	编辑	刊播单位	报送单位
二等奖90件	电视评论	谁制造了“毒跑道”	李彬彬　于　浩 王亚丹　李　培 李　慧		中央电视台	中广联合会
	电视专题	亲爱的	郭蓓蓓　李小白 张正蓉　包　俊		重庆广播电视集团（总台）	重庆记协
	电视专题	船长	集　体		青岛市广播电视台	赵亚南
	电视专题	人间世——救命	秦　博　周　全 李振宇　潘德祥 董路翔　黄伊罕 范士广		上海广播电视台	上海记协
	电视系列	海上丝路看深商	陈红艳　池　薇 敖　誌　王玟玮 连少燕　赵筱尘 刘达奇		深圳广播电影 电视集团	广东记协
	电视系列	“悬崖村”扶贫纪事	朱兴建　白　璐 张　力　范建峰 殷瑞柯　张宇山 汪　洁		中央电视台	中广联合会
	电视访谈	儿科医生“短缺症”，何药可医？	集　体		辽宁广播电视台 新华社瞭望周刊社	中广联合会
	电视访谈	不忘初心　砥砺前行——访徒步重走长征路第一人罗开富	集　体		湖州市广播电视台	中广联合会
	电视编排	2016年7月15日《国际时讯》	集　体		中央电视台	中广联合会
	网络评论	中国女排，最是精神动人心	朱德泉	臧海平	大众网	网信办传播局
	网络评论	展现大国风范　不妨多一份理解和宽容	哲　言	王　艺	浙江在线	网信办传播局
	网络专题	无人区·52载守边人	郑春平　朱俊骏 鹿　伟　马晶晶		现代快报网	中国传媒大学

奖次	项目	题目	作者（主创人员）	编辑	刊播单位	报送单位
二等奖90件	网络专题	从家出发：习近平总书记的“家国情怀”	余荣华 李建广 岳小乔 赵雅娇 熊 捷		人民日报客户端	暨南大学
	网络访谈	中国方案 G动全球	罗 琴 魏驱虎 唐晓艳 兰 军 曹煊一 张土昌		央视网	网信办传播局
	网络访谈	“中国扶贫第一村”赤溪村的幸福嬗变	何晶茹 王 喆 黄玉琦 李 慧		人民网	网信办传播局
	网页设计	快听！习近平通过人民日报客户端向你发来元宵节问候	集 体		人民日报客户端	网信办传播局
	新闻论文	把牢主阵地 传播正能量——江苏卫视节目创新创优实践与思考	卜 宇	樊丽萍	中国广播电视学刊	江苏记协
	新闻论文	适应传播新趋势 构建引导新格局	王 晖	冷 梅	新闻战线	江西记协
	新闻论文	移动互联时代的对外话语创新	刘洪涛 凌森丰	樊丽萍	中国广播电视学刊	福建记协
	新闻论文	习近平“四个坚持”的背景、逻辑及战略意义	曾海艳 吴雪华	黄 傲	新闻潮	广西记协
	新闻论文	党报经济新闻怎样找到“平衡感”	周咏南 邓 崴	张 垒	中国记者	浙江记协
	新闻论文	我国媒体重大涉华议题报道国际影响力探析及建议	蒋玉鼐	文 璐	中国记者	新华社新闻研究所
	新闻论文	以创新型校对机制防范采编数字化的技术性差错	张小良 卢曦知 李 娇		中国记者	重庆记协
	国际传播	Таинственные гости в Первомайском（五一村的神秘来客）（电视纪录片）	沈 书 董长青 闫志勇 鄂 艳		俄罗斯尼基电视频道	黑龙江记协
	国际传播	Chinese netizens help boy in US with cancer realize his dream（中国网友助美国癌症男孩圆梦）（文字消息）	赵欣莹	雷 蕾 陈智明	中国日报	中国日报
	国际传播	【独家视频】工作15个小时 出席19场活动 习近平总书记的一天（网络专题）	集 体		央视新闻客户端	网信办传播局

续表

奖次	项目	题目	作者（主创人员）	编辑	刊播单位	报送单位
二等奖90件	国际传播	《幸存者——见证南京1937》之《沉默的伤痕》（电视纪录片）	卜　宇　陈　辉 曹海滨　戴　波 徐　媛		江苏广播电视总台	江苏记协
	国际传播	究竟谁在破坏国际法（文字评论）	集　体	李宝善	人民日报	人民日报
	国际传播	执著“洋猴王”京剧传播狂（文字通讯）	刘桂芳　郭　金	郭　金	欧洲时报	天津记协
	国际传播	战地采访中国赴马里南苏丹维和部队（文字组合）	杨祖荣　罗　铮 吕德胜　罗朝文 庞清杰		解放军报	军委政治工作部 宣传局
	国际传播	中美大学生联合体验长征之旅（文字系列）	赵宇飞　万　群 李卫红　姜　洪 赵　车　杨　雁 周　清		贵州日报	贵州记协
	国际传播	从你的时光里走过——记百年老街中山大道12月28日重新开街（广播专题）	集　体		纽约中国广播网	湖北记协
	国际传播	布哈里：尼中都有加强双边合作的强烈意愿（广播消息）	徐　璟 Saminu Alhassan 陈利明　袁　奇		中国国际广播电台	中广联合会
	国际传播	寻梦蒙达尔纪（电视专题）	杨　壮　肖永根 郑　晓　李建飞 张思思　杨　帆 罗　辉		湖南广播电视台	湖南记协
	国际传播	同舟共济一甲子——我的中国、非洲故事（电视系列）	集　体		中央电视台 中国国际电视台	武汉大学
三等奖143件	文字消息	研究生在陇县当羊倌　瞄的是世界市场空白	杨　楠	王　兵	宝鸡日报	陕西记协
	文字消息	引江济淮为候鸟调整方案	刘　旸　项　磊 刘建昌	张文洲 李　利	新安晚报	安徽记协
	文字消息	封存公章六十枚　办照仅需一小时	白　昕		沈阳晚报	辽宁记协
	文字消息	36年“捡”出一座图书馆	吴晓铃	刘　骞 陈四四	四川日报	四川记协

奖次	项目	题目	作者（主创人员）	编辑	刊播单位	报送单位
三等奖143件	文字消息	一线代表“接力”建言：艰苦岗位津贴免征个税	李　瑾　罗　娟	赵巧萍 陈俊宇	工人日报	专业报初评委员会
	文字消息	纳税失信　306人被取消参选资格	集　体	厉　征	中国税务报	行业报协会
	文字消息	我市公布首批11个“蜗牛奖”事项	叶桂华	刘保华 常国梁	泰州日报	江苏记协
	文字消息	梁平率先在全国试点退出承包经营权	张国勇　罗成友	隆　梅	重庆日报	重庆记协
	文字消息	菲南海仲裁案所谓最终裁决公布　中方强调不接受不承认	刘　芳　甘　春	严文斌 冯　坚	新华社	新华社
	文字消息	普光气田技术输出国外看好国内遇冷	李忠宇　仇国强 薛相才	王洪靓	中原石油报	河南记协
	文字消息	Manila urged to put aside upcoming ruling（消息人士呼吁菲方搁置即将公布的仲裁结果　称中方不会基于裁决重启涉争议谈判）	张陨璧　吴　姣	吴　姣	中国日报	中国日报
	文字消息	海军组织航母编队实际使用武器演习	刘文平　蒲海洋	蔡年迟	人民海军报	军委政治工作部宣传局
	文字评论	城市建设“慎落子”才能“少悔棋”	左中甫	金　耀 储金生	南京日报	左中甫
	文字评论	站在真理和道义的高山上	龚政文　奉清清	龚政文	湖南日报	湖南记协
	文字评论	“不怕敏感问题”正是解决问题的开始	朱悦进	张　齐	羊城晚报	广东记协
	文字评论	不能以极端个案指责社会否定时代	崔文佳	毛晓刚 张　砥	北京日报	北京记协
	文字评论	民主失算与媒体失范	李新烽	王　广 张天悦	中国社会科学报	社科院新闻所
	文字评论	洪水面前，谁都不是旁观者	王钟的	冯雪梅 王素洁	中国青年报	专业报初评委员会
	文字评论	无病呻吟、离经叛道怎能成艺术支点	王　彦	黄　强 郑逸文	文汇报	上海记协

续表

奖次	项目	题目	作者（主创人员）	编辑	刊播单位	报送单位
三等奖143件	文字通讯	名医进社区　为何遭冷遇	刘　丹	刘　杰 刘　皓	贵州商报	贵州记协
	文字通讯	探秘“墨子号”	桂运安	陈　群 吴永红	安徽日报	安徽记协
	调查性报道	让正义不再迟到	李　敏　荆　龙	张先明 刘　曼	人民法院新闻 传媒总社	专业报初评委员会
	文字通讯	一个智能马桶就有35项国家专利	郭培明　邱和军	李雅琴 彭耕耘	泉州晚报	福建记协
	文字通讯	“先投后奖”走通股权奖励路	俞陶然	徐蓓蓓 王仁维	解放日报	上海记协
	文字通讯	《更路簿》：再不保护就来不及了	集　体		海南日报	海南记协
	文字通讯	全球最大小商品城何以三十年兴盛不衰	何百林	方青云	金华日报	浙江记协
	文字通讯	2万户“弃选”最贵自住房引争议	赵莹莹	张建华	北京晚报	北京记协
	文字通讯	湘南有趟“农民免费进城专列”	邓晶琎	孙振华	湖南日报	湖南记协
	文字通讯	10年徒步巡线6万里　守护雪域高原幸福路	赵　慧	刘峪竹 丹增央吉	拉萨晚报	西藏记协
	文字通讯	历史深处的证言：寻访联合国珍藏的“九一八”真相	彭大伟	夏宇华 吴庆才	中国新闻社	专业报初评委员会
	文字通讯	两份账单记录的坚守与感动	阎　晋　张　颖 韩　焱	魏　琪	咸阳日报	陕西记协
	文字通讯	60年，和国家主席的两次握手	陈耀辉　谢晓林 赵赫男	赵乃政 唐　咏	吉林日报	吉林记协
	调查性报道	高校科研经费管理乱象调查	余东明	余　飞	法制日报	专业报初评委员会
	文字通讯	老郭的“引力波”不是科学的引力波	刘　莉	刘亚东 胡兆珀	科技日报	专业报初评委员会

续表

奖次	项目	题目	作者（主创人员）	编辑	刊播单位	报送单位
三等奖143件	文字通讯	（脱贫攻坚）记者手记：羊小平砸缸	姜伟超	刘心惠 王迎春	新华社	新华社
	文字系列	新能源汽车补贴摸底系列调查	朱志宇 张忠岳 封　华 王凌方 万仁美 周　到 杜　娟		中国汽车报	行业报协会
	文字系列	“老新闻·新故事”《西藏日报》创刊60周年全媒体记者基层行	集　体		西藏日报	西藏记协
	文字系列	从“掌子面”到“流水线”	陈　华 刘家伟 王金海 邓崎凡		工人日报	专业报初评委员会
	文字组合	雄关漫道·纪念长征胜利80周年	集　体		解放军报	军委政治工作部宣传局
	文字系列	“潮河情.滦水行”京津冀三地媒体大型联合采访系列报道	集　体		承德晚报	河北记协
	文字连续	权威太原地图竟然错误百出	武俊林 韩　睿		太原晚报	山西记协
	文字系列	“五大任务”之内蒙古年终盘点篇	许晓岚 杨　帆 王连英 李永桃 冯雪玉 阿妮尔 梁　亮		内蒙古日报	内蒙古记协
	文字系列	“亲子连线·这1年”系列报道	集　体		农民日报	李海涛
	报纸版面	2016年12月22日《深圳特区报》国际新闻A14版	曾文经 吴向阳 焦子宇		深圳特区报	中国新闻漫画研究会
	报纸版面	2016年9月16日《经济日报》要闻1版	刘志奇 代　明		经济日报	中国新闻漫画研究会
	报纸版面	2016年3月6日《新华每日电讯》两会特刊6—7版	刘学奎 张　超		新华每日电讯	中国新闻漫画研究会
	报纸副刊	明星婚礼，别办成消费“封神榜”	任艺萍（董阳）	刘　琼 徐　馨	人民日报	中国报纸副刊研究会
	报纸副刊	《百鸟朝凤》：校准中国电影发展方向	赵凤兰	李　蕾 牛梦笛	光明日报	中国报纸副刊研究会

续表

奖次	项目	题目	作者（主创人员）	编辑	刊播单位	报送单位
三等奖143件	新闻摄影	悬崖上的村庄	陈　杰	林沛青	新京报	中国新闻摄影学会
	新闻摄影	蚊子工厂，让蚊子绝后	王　辉	王良珏	南方日报	中国新闻摄影学会
	新闻摄影	送别陈忠实	赵　晨　李　念	宋红梅 杨小兵	陕西日报	中国新闻摄影学会
	新闻摄影	雨·祭	李　响	成　岚	新华网	中国新闻摄影学会
	新闻摄影	涉嫌电信网络诈骗　74名嫌疑人被押解回国	金振强	邱　焰	武汉晚报	中国新闻摄影学会
	新闻摄影	天一阁修书人	张培坚	张　亮	现代金报	中国新闻摄影学会
	新闻漫画	今非昔比	李天跃	赵春青	工人日报	中国新闻漫画研究会
	新闻漫画	团聚过了	姚月法	周　飞	绍兴晚报	中国新闻漫画研究会
	新闻漫画	上发条	罗　杰	刑志刚	中国日报	中国新闻漫画研究会
	广播消息	重温初心再出发	唐佳菲　邱玉玲 那其灼		辽宁广播电视台	辽宁记协
	广播消息	北京现代沧州工厂首车下线	吴思妤　王凌艳 高　茜　徐炜昀		沧州广播电视台	河北记协
	广播消息	芙蓉社区废弃自行车变“帮帮快车”	雷艳飞　黄春元		长沙人民广播电台	湖南记协
	广播消息	中国最高法院宣判“乔丹”商标争议案　损害姓名权的3件“乔丹”商标应予撤销	乔全兴　台林珍 何凌飞		中国国际广播电台	中广联合会
	广播评论	包容开放——共享单车的成都表达	孙　静　詹　伟 石建蓉　许　宁		成都市广播电视台	四川记协
	广播评论	“拾金索酬”的情与理	魏含冰　姜　楠 陈乃东　刘士军		吉林市广播电视台	吉林记协
	广播评论	给水留条“回家”的路	赵　阳　程识行 李景成　冷　霜		武汉广播电视台	湖北记协

续表

奖次	项目	题目	作者（主创人员）	编辑	刊播单位	报送单位
三等奖143件	广播评论	最美校园评选的背后——莫让功利心玷污了孩子	刘建锋 冯 正 杨 婷 赖 婵		宜春市广播电视台	江西记协
	广播专题	李娜倮：用歌声唱出拉祜村寨幸福生活	李建波 罗琼芳 邱培刚		云南广播电视台	云南记协
	广播专题	为了各族群众的健康	贺 飞 马国蕾 邱 锦 兰 天		新疆人民广播电台	新疆记协
	广播专题	一桥飞架，两岸梦圆	韩 天 任广镇 王 婧 刘洪源		黑龙江广播电视台	黑龙江记协
	广播专题	南苏丹平民保护所里的少年足球队	张 超 潘 涛		苏州市广播电视总台	江苏记协
	广播专题	世界首颗量子卫星发射成功量子通信济南领先	丁 宁 李志艳 徐 宁 董 坡		济南广播电视台	山东记协
	广播系列	迎英雄回家	张 鹏 史丽娟 赵军伟 何永超 陈福平 卢光宇 张 媛		许昌人民广播电台	河南记协
	广播系列	吴家庄脱贫记	郭 健 刘世雯 郝建军		山西广播电视台	山西记协
	广播系列	蜕变的塘约	李应发 顾名静 王 红 邹坤亚 徐宝春		安顺市广播电视台	贵州记协
	广播系列	草原奖补保了生态富了牧民	代 兄 王洁滨 高 力		呼伦贝尔广播电视台	内蒙古记协
	广播访谈	不容篡改的命运	赫 然 吕芙蓉 荆红卫 孙召娜 朱 宇 崔晓丹		青岛市广播电视台	中广联合会
	广播访谈	母语之寻	苏雅拉巴图 乌仁图雅		内蒙古广播电视台	中广联合会
	广播访谈	那川那帆——郭川和徐莉佳的心灵“对话”	程 晨 丁 珧		上海广播电视台	中广联合会
	广播直播	突发直播：山东平邑石膏矿垮塌事故被困36天矿工成功获救！	集 体		中央人民广播电台	中广联合会
	广播直播	乌鲁木齐站7月1日试运营现场直播	集 体		新疆人民广播电台	中广联合会

续表

奖次	项目	题目	作者（主创人员）	编辑	刊播单位	报送单位
三等奖143件	广播直播	523中环线重大突发事故特别报道	集 体		上海广播电视台	中广联合会
	广播编排	2016年12月31日《回眸2016，收获温暖和幸福；展望2017，放飞梦想与希望——<北京新闻>岁末特别报道》	王 彦 郑 晨		北京人民广播电台	中广联合会
	电视消息	重庆交大： 破解沙子土壤化密码 沙漠有望变绿洲	毛林涛 蒲 克		重庆广播电视集团（总台）	重庆记协
	电视消息	36天生死营救 平邑矿难4名被困矿工成功升井	高昌洁 高 杰 韩苗苗 孙国栋		山东广播电视台	高 杰
	电视消息	有机种植：为了明天 回到昨天	杨国栋 孙 鹏 顾 芳 张晓光		黑龙江广播电视台	黑龙江记协
	电视评论	记者调查·甜蜜的负担	金石明 王 超 田凌凌 涂 霁 陶国平		江西广播电视台	江西记协
	电视评论	沉重的苹果箱	漆新平 柴宗强 吴林峰 杜 艳		甘肃省广播电影电视总台（集团）	甘肃记协
	电视评论	“限塑令”为何名存实亡	国培源 刘 祺 杨玉卓 武 奕		北京电视台	北京记协
	电视专题	转移——《长征：那些人那些事》	杨 茜 张 帆 邓丽青 王志奇 朱 林		江西广播电视台	江西记协
	电视专题	和平必胜——12·13南京大屠杀死难者国家公祭启示	温庆航 彭 硕 孙文川		南京广播电视台	中国传媒大学
	电视专题	23年，陈满和他背后的那些人	刘美佳 曾晓蕾 张李彬 常 杨 沈晨炜		中央电视台	重庆大学
	电视专题	铁血蓝盔捍国威	杨 壮 范 林 谢伦丁 牟鹏民 游 优 李 欢		湖南广播电视台	清华大学

续表

奖次	项目	题目	作者（主创人员）	编辑	刊播单位	报送单位
三等奖143件	电视专题	191天的牵挂	张大琪 吕忠坤 马晓红 闫士选 张 扬		龙口广播电视台	张大琪
	电视系列	我和总书记面对面	田海波 关 楠 李 钰 陈建军 宋克亮 雷婷婷 祁 鹏 马 佳		宁夏广播电视台	宁夏记协
	电视系列	萨尔布拉克草原上的兵团人家	许 磊 任昱燃 郭惠婷 贺 伟 孟凡磊		兵团广播电视台	新疆兵团记协
	电视系列	初心璀璨	杨 壮 李越胜 肖永根 戴 飞 范 林 李 欣 刘学波		湖南广播电视台	湖南记协
	电视系列	脱贫攻坚在阜平	集 体		河北广播电视台	河北记协
	电视系列	津彩“一带一路”（柬埔寨）	苗立森 高雪纯 毕煌坦		天津广播电视台	天津记协
	电视系列	失控的170号段	宋小勇 邢逸川 孙熙稳 谢 宁 于世强 曾 莹 台 赛		中央电视台	宋小勇
	电视访谈	中关村二小事件：伤不起的互撕	邓 斌 李红根 王 双 俞峰传 亢晓倩 张甜歌		中国教育电视台	中广联合会
	电视访谈	《曹德旺之问 拷问中国制造》之《七十岁 我还很年轻》	集 体		上海广播电视台	中广联合会
	电视编排	2016年12月19日《西藏新闻联播》	集 体		西藏电视台	中广联合会
	电视编排	2016年1月23日《新闻坊》	集 体		上海广播电视	中广联合会
	网络评论	山西屯留：欠公众一个说法	邓 斌	常 钰	果实网	网信办传播局

续表

奖次	项目	题目	作者（主创人员）	编辑	刊播单位	报送单位
三等奖143件	网络专题	一条天路，一个梦想——藏族“愚公”斯那定珠传奇	唐卫彬　钱　彤 王长山　侯文坤 蔺以光　杨牧源		新华网 新华社客户端	侯文坤
	网络专题	办好G20　当好东道主——全媒体直通G20杭州峰会	集　体		新蓝网	网信办传播局
	网络专题	“不忘初心　砥柱中流”2016湖北抗洪救灾实录	集　体		湖北网络广播电视台（长江云）	网信办传播局
	网络专题	先烈不容亵渎　正义从不缺席——加多宝侮辱邱少云案全追踪	李　斌　周秋含 张一叶（张勇） 康延芳　黄　宇 袁佳莹		华龙网	重庆大学
	网络访谈	回家	朱德泉　李　冉 樊思思　亓　翔 刘　琛　王雅淇		大众网	网信办传播局
	网络访谈	Outsiders' perspective: How others see South China Sea（外国人如何看待南海问题）	邢旭东　王雨曦 李秀鹏		中国日报网	网信办传播局
	网络访谈	“不忘初心——纪念建党95周年”系列网络对话	集　体		中国江苏网	崔　欣
	网络访谈	溜索法官	李　斌　周秋含 张一叶（张勇） 康延芳　林　楠 李　力		华龙网	网信办传播局
	网页设计	天津历史风貌街区保护项目首获詹天佑奖	集　体		北方网	网信办传播局
	网页设计	日出东方——庆祝中国共产党成立95周年	集　体		东方网	网信办传播局
	新闻论文	论提升副刊品味的八条路径	吕国英	武艳珍	新闻战线	中国报纸副刊研究会
	新闻论文	微传播语境下的电视新闻创新	周国强	樊丽萍	中国广播电视学刊	湖南记协
	新闻论文	电视问政：构建城市公共治理平台	顾亦兵	杨芳秀	新闻战线	湖北记协

奖次	项目	题目	作者（主创人员）	编辑	刊播单位	报送单位
三等奖143件	新闻论文	摆脱先验性　增强穿透性	胡　旭	武艳珍	新闻战线	安徽记协
	新闻论文	民族地区党媒社论隐喻背后的时代变迁	廖云路	韩　勉	西藏日报	西藏记协
	新闻论文	从聂树斌案报道看舆论监督和正面宣传的统一性	刘良龙	谢丛容	新闻知识	刘良龙
	新闻论文	“讲好中国故事”需要四个转向	李　成	梁益畅	中国记者	新华社
	新闻论文	以供给侧改革思维补好城市台短板	胡舜文	陈富清	中国广播电视学刊	中广联合会
	国际传播	希望之索　峡谷中的致富索道（新闻摄影）	刘曙松	朱兴鑫	中国日报	中国新闻摄影学会
	国际传播	跨越时空的对话——纪念莎士比亚与汤显祖逝世400周年特别节目（广播专题）	刘兴宇　左天驰 徐　帅		中国国际广播电台	北京记协
	国际传播	时隔71年的拥抱（网络专题）	邢玉军　王　磊 樊思思　亓　翔 毛德勋　马凤学		大众网	网信办传播局
	国际传播	“神舟十一号”载人飞船发射直播特别节目（广播直播）	张　意　刘　红 田　巍　赵　洋 黄晓东　马晓叶		中国国际广播电台	中广联合会
	国际传播	缓工四天，待鸟起飞（文字系列）	宦小淮　梁　梁 张肇婷　宋德萍 邵洲波　张士博 王　勤		成都商报	四川记协
	国际传播	Old cup reborn for autistic teen（停产水杯为自闭症少年重生）（新闻特写）	Chris Peterson 许靖烯	李文莎	中国日报	中国日报
	国际传播	澜湄合作助推互联互通纵深发展（广播连续）	欧美华　李景惠 罗燕坤　王姗姗 柳　青　王　竹		西双版纳广播电视台 中国国际广播电台	云南记协

奖次	项目	题目	作者（主创人员）	编辑	刊播单位	报送单位
三等奖143件	国际传播	最燃倒计时！G20，精彩浙江与世界美妙对话（网络专题）	集　体		浙江日报报业集团全媒体平台（浙江新闻客户端、浙江在线网站）	浙江大学
	国际传播	因为爱，他把眷恋留在中国（文字通讯）	集　体	王国锋 杨陶玉	浙江日报	浙江记协
	国际传播	“金孔雀”，请你归航！（文字通讯）	周　猛　张科进 魏　兵	徐双喜	解放军报	军委政治工作部宣传局
	国际传播	中东四国行之：天地是走出来的（电视专题）	马晓霖　李　丽 李　军　谢　红 马文婷　丁半农		宁夏广播电视台	宁夏记协
	国际传播	我的“读册歌”日记（广播专题）	陈　宏　陈国胜		厦门人民广播电台	兰州大学
	国际传播	《中国梦365个故事》之《生命线》（电视专题）	刘　民　吴　群 王　宇　李　森		德国城市视角电视台	北京记协
	国际传播	《中国正在说》之《崛起中大国的国际战略》（电视评论）	李灿宇　曾晓捷 杨　青　郭江山 张　雷		福建广播影视集团	厦门大学
	国际传播	萌“翻”了（新闻摄影）	张　磊	朱　锋	中国日报	中国新闻摄影学会
	国际传播	跨越大洋的绽放（电视专题）	郭　鹏　范维坚 张铭伟　周　诺 李树竹		山东广播电视台	山东记协
	国际传播	在他乡的知音（广播系列）	杨　晨　吴　侯 庄　妍　瞿鹏杰		中国国际广播电台	中广联合会
	国际传播	私人定制哈密瓜（广播专题）	张淑敏　左鸿雁 阿合买提·艾买提 李　芳		中国国际广播电台	新疆记协
	国际传播	走三沙（文字系列）	李潇堃　张陨璧 刘小利　吴　姣		中国日报	中国日报
	国际传播	滥诉、妄裁和霸权难撼中国维护领土主权的决心（文字评论）	余晓葵	郭　林 吴晓杰	光明日报	光明日报

续表

奖次	项目	题目	作者（主创人员）	编辑	刊播单位	报送单位
三等奖143件	国际传播	现场直击：中国游客与华人华侨海牙和平宫前抗议南海仲裁闹剧（文字系列）	沈　晨　梁晓辉　德永健　张　丹　王子谦　安英昭　张　红		中国新闻社	专业报初评委员会
	国际传播	老黄与小鹦的故事（广播专题）	王　洋　高桥惠子　王淑君　顾　萧		中国国际广播电台	中广联合会

附录三

第二十七届中国新闻奖评选细则

（第二十七届中国新闻奖评选委员会2017年8月23日审议通过）

根据《中国新闻奖评选办法》（以下简称《评选办法》），结合本届评选会实际，制定本评选细则。

一、评选原则

（一）坚持公开、公平、公正，坚持评选标准。中国新闻奖评选要统筹兼顾中央媒体与地方媒体，平面媒体与广电媒体、网络媒体，发达地区与欠发达地区的参评作品；关注少数民族语言文字作品；国际传播奖项评选要兼顾不同媒体、不同体裁的作品。

（二）坚持评选程序，在认真全面审看（听）所有参评材料、充分讨论评议的基础上，以无记名投票方式评选。

（三）坚持专业评选与社会参与相结合，评选时参考参评材料在网上公示后社会公众的评议意见。

（四）在坚持评选标准前提下，要关注体现“走转改”精神、努力改进文风的作品；在同等条件下，优先考虑短、实、新的作品。

二、总体要求

（一）实到评委超过全体评委人数4/5，方可召开评选会。

（二）评选会由评委会主任或主任委托的副主任主持。

（三）评委中途离会不能参加投票的，按实到评委投票。离会评委不能委托其他评委代为投票。

（四）按设奖数额投票，可少投，不能多投；选票如有多投的，则该选票上多投的项目作废；每轮投票结束，在规定得票范围内，按得票数从高到低依次取齐规定数额的参评作品。

（五）评委在小组评选会和评委会全体会议讨论时，除评选会主持人要求解释清楚的问题外，不得宣传、介绍、点评本推荐（报送）单位推荐（报送）

的参评作品。如有违反，主持人要制止并给予批评。

（六）从所在单位没有参评作品的评委中产生监票人，负责监督评委投票和工作人员计票工作。

三、设奖数额

设奖数额不超过300个。其中，一等奖不超过53个（包括10个新闻名专栏）；二等奖不超过91个；三等奖不超过156个。10个新闻名专栏中，中央媒体和地方媒体各占50%；报纸通讯社类和广播电视类专栏各占40%，网络媒体专栏占20%。

特殊情况下（各项评选条件都很优秀，只是因字数、时长限制等硬性规定所限），经评委会决定，可设不超过4个特别奖（与一等奖同样待遇），其中报纸、通讯社、广电、网络类作品各不超过1个。如因评出特别奖而突破设奖总额，则减少该获奖作品所在项目相应设奖数额；如未超过，则不减。

四、评选程序

（一）审议参评资格

根据《评选办法》规定，评选委员会听取并审议中国记协评奖办公室关于参评作品和相关申报材料的审核处理情况、公示情况以及对相关举报进行核查处理的报告，确认参评作品资格。

（二）小组推荐程序

评委分九个小组推荐各项目候选建议作品。

第一组负责推荐文字类消息、通讯与深度报道、新闻版面、新闻漫画项目的候选建议作品；

第二组负责推荐文字类评论、系列（连续、组合）报道、新闻摄影、报纸副刊项目的候选建议作品；

第三组负责推荐广播类消息、评论、新闻专题项目的候选建议作品；

第四组负责推荐广播类系列（连续、组合）报道、新闻访谈、新闻现场直播、新闻节目编排项目的候选建议作品；

第五组负责推荐电视类消息、系列（连续、组合）报道项目的候选建议作品；

第六组负责推荐电视类新闻专题项目的候选建议作品；

第七组负责推荐电视类评论、新闻访谈、新闻现场直播、新闻节目编排项目的候选建议作品；

第八组负责推荐新闻名专栏、新闻论文和网络类新闻评论、新闻专题、新闻访谈、网页设计项目的候选建议作品；

第九组负责推荐国际传播奖项的候选建议作品。

各小组指定 2 位所在单位没有参评作品的评委担任监票人，负责监督小组评委投票和工作人员计票。

1. 筛选作品。各小组按照《评选办法》规定的评选标准，在认真审看（听）、讨论、评议参评作品的基础上，以无记名投票方式，淘汰不超过 20% 的各项目参评作品。

入围作品按简单多数筛选，如最后 1 个名额出现 2 件并列作品，则 2 件作品都进入下一轮评选程序；如最后 1 个名额出现并列作品超过 2 件，则对这些并列作品进行最多两轮票决，得赞成票多的作品入选。

2. 召开评委会主任会议，统筹协调各小组作品筛选情况，确定需要统筹协调的原则和要求。

3. 推荐候选建议作品。每小组按照评委会主任会议精神，确认并审看（听）筛选出的参评作品，在充分讨论、评议的基础上，以无记名投票方式分别按规定数额推荐出一、二、三等奖候选建议作品。

各项目（不含新闻名专栏）一等奖候选建议作品数按不超过设奖数额的 200% 掌握、二等奖候选建议作品数按不超过设奖数额的 120% 掌握；三等奖候选建议作品数按不超过设奖数额，根据得票数从高向低依次取齐。不同媒体的新闻名专栏候选建议作品按设奖比例掌握，下同。

如某项参评作品数额达不到候选建议作品数，可不受该比例限制，按照评选标准评出不超过设奖数额的作品。评不出的，可以空缺。全体评委评选获奖作品时，如遇同类情况，按此规定执行。

一等奖候选建议作品须达到小组实到评委 2/3 赞成票，二、三等奖候选建议作品须超过小组实到评委 1/2 赞成票。

如达到规定票数的作品多于该项目该等级候选建议作品数，按得票顺序从高向低依次取齐。如最后 1 个名额出现并列作品（达到规定票数且票数相同，下同），则对这些并列作品再进行票决，得票多者入选。如票决后达到规定票数的作品仍出现并列，则全部入选。

如达到规定票数的作品少于该项目该等级候选建议作品数的 90%，则按缺额数加 1 的数量（“1”是指补齐缺额数后，排在其后的首位落选作品，下同），从该项目该等级落选作品中按得票顺序从高向低依次取齐后（如“缺额数加 1”出现并列作品，则全部进入票决，下同），对选取的作品再票决，达到规定票数者入选。如此轮票决后，达到规定票数的作品数仍少于该项目该等级设定的候选建议作品数额，空缺数额不补。

各项目一、二、三等奖候选建议作品名单按投票轮次和得票数从高到低排序。

4. 确定候选作品。召开评委会主任会议，统筹协调各小组推荐的一、二、三等奖候选建议作品，确定候选作品或处理原则。

（三）评委会全体会议评选

1. 全体评委听取各小组报告本小组候选作品情况，审看（听）候选作品，并进行充分讨论评议。

2. 无记名投票评选获奖作品，其中一等奖（包括特别奖、新闻名专栏）须达到实到评委 2/3 赞成票，二、三等奖须超过实到评委 1/2 赞成票。中国新闻奖一、二等奖空缺数额计入下一等次该项目设奖数额。最多进行三轮投票，如三轮投票后，达到规定票数的作品数仍少于设奖数额，其缺额不补。

如投票后达到规定获奖票数，只是由于数额等限制而落选的一、二等奖候选作品，可自动成为下一等级获奖作品并排在获奖作品前列。未达到规定票数而落选的一、二等奖候选作品，分别自动列入二、三等奖候选作品并排在候选作品前列。其中落选作品多于 1 件的，按得票数从高到低排序。

3. 如达到规定获奖票数的各项目各等级作品多于该项目该等级设奖数额，按得票顺序从高向低依次取齐。如最后 1 个获奖名额出现并列，须经全体评委对这些并列作品再票决，过半数的获奖。

如各项目各等级获奖作品数少于该项目该等级设奖数额的 90%（如有小数点则四舍五入），可按该项目该等级设奖数缺额加 1 的数量，在该项目该等级落选作品中按得票顺序从高向低依次取齐后，对选取的作品再票决。

4. 除国际传播奖项，在文字类、广播类、电视类的消息、评论、通讯（专题）、系列（连续、组合）报道 4 个主项中，每个刊播单位获一等奖（不包括特别奖）不超过 1 个。如同一刊播单位有 2 个（含 2 个）以上一等奖候选作品达到规定票数，取得票多的 1 个；如得票相同则需再票决，得票多者入选，落选的可自动进入二等奖并排在获奖作品前列。由此产生的一等奖缺额，取该项目一等奖落选作品中排在第一的作品再票决，达到实到评委 2/3 赞成票即入选，如未达到规定票数，则缺额不补。

5. 在全部一、二、三等奖获奖作品中，文字类、广播类、电视类、网络类、论文类和国际传播奖项超长作品每类不超过 2 个。如达到规定票数者超过设定数额，取票数多者。

6. 各项目一、二、三等奖获奖作品名单按投票轮次和得票数从高到低排序。

五、投票方式

评委统一采用纸质选票进行投票。

六、后续工作

（一）评选结束后，评选结果同评委名单、评选细则一并在新华网、中华新闻传媒网（中国记协网）和《中国新闻出版广电报》上公示。网上公示时间不少于10个工作日。

（二）评奖办公室对公示期间收到的事实性举报进行核查，并按照《评选办法》规定提出处理意见，报告评委会主任会议决定。评议意见将转获奖作品推荐单位、获奖者，在今后工作中参考。

（三）评选结果将在公示及相关工作结束，并报经中宣部审定后揭晓。

七、评选纪律

评委及评奖办公室工作人员要严格履行所签署的《中国新闻奖评选工作保密协议》（以下简称《保密协议》），未经中国记协评奖办公室授权，不得发布、告知他人有关评选工作内容和信息，如有违反，按照《保密协议》约定条款执行。对于评委有接受钱物行为、拉票行为的举报，一经查实即取消其评委资格并通报所在单位，今后不得再参与新闻界各项评选活动；对违纪违规的工作人员给予相应处罚。

八、本评选细则经第二十七届中国新闻奖评选委员会通过后施行。评选细则未尽事宜，委托评委会主任会议讨论决定。

附录四

第二十七届中国新闻奖评委名单

主任（1位）	
张研农	中国记协主席
副主任（7位）	
胡孝汉	中国记协党组书记、常务副主席
田　进	国家新闻出版广电总局党组成员、副局长
王一彪	人民日报社副总编辑
刘思扬	新华社副社长
张小国	中宣部新闻局局长
谢登科	中央网信办网络新闻信息传播局副局长
张晓辉	中央军委政治工作部宣传局干事（正师职）
委员（82位）	
王冬梅	中国记协党组成员、书记处书记
潘　岗	中国记协党组成员、书记处书记
张百新	中国记协党组成员、书记处书记
季星星	中国记协党组成员、书记处书记
沈卫星	光明日报社副总编辑
丁　士	经济日报社副总编辑
康　兵	中国日报社副总编辑
王　求	中国广播电影电视社会组织联合会副会长
姚　军	中国行业报协会会长
徐祖根	中国新闻摄影学会会长
张耀宁	中国新闻漫画研究会会长

曾凡华	中国报纸副刊研究会会长
马年华	中国青年报副总编辑
范三成	北京记协常务副主席兼秘书长
王　宏	天津记协副主席、天津日报社总编辑
相金科	河北记协主席
袁升德	山西记协主席
张兴茂	内蒙古记协副主席、内蒙古广播电视台总编辑
孙　刚	辽宁记协副主席
李新民	吉林记协主席
戚泥莲	黑龙江记协秘书长
宋　超	上海记协主席
刘守华	江苏记协常务副主席
冯卫民	浙江记协副主席
王　甄	安徽记协副主席、安徽日报社总编辑
叶得盛	福建记协常务副主席、省委外宣办常务副主任
李　旭	江西记协副主席、江西省委宣传部新闻处处长
姜克俭	山东记协副主席兼秘书长
王仁海	河南记协副主席、河南广播电视台总编辑
蔡华东	湖北记协副主席
孔和平	湖南记协主席、省委宣传部副部长、省政府新闻办主任
李保恒	广东记协副主席
常辅棠	海南记协主席
李启瑞	广西记协主席
丁道谊	重庆记协专职副主席
程朝阳	四川记协副主席
肖凯林	贵州记协副主席、贵州广播电视台台长
何　侃	云南记协驻会副主席

张先群	西藏自治区党委宣传部副部长、记协副主席
薛保勤	陕西记协主席
张瑞民	甘肃记协主席
李志雄	青海记协专职副主席
李安宁	宁夏记协主席
许新江	新疆记协副主席、新疆日报社总编辑
张　晓	新疆生产建设兵团党委宣传部副部长
范　明	中央人民广播电台总编室高级编辑
刘爱民	中央电视台新闻中心时政新闻部高级编辑
林少文	中国国际广播电台英语中心译审
张　锋	解放军报社理论宣传部高级编辑
王国明	中国工商报社专刊二部高级记者
彭　丹	中国医药报要闻部主任编辑
牛予冬	天津广播电视台广播宣传管理部高级记者
张君琳	河北广播电视台总编室高级编辑
郭　杰	内蒙古广播电视台广播新闻中心编辑部高级编辑
崔　楠	辽宁广播电视台新闻中心地方部高级记者
傅多强	吉林日报社政法部高级记者
汤伟军	浙江广播电视集团交通之声高级记者
陈荣富	福建日报社高级编辑
王　健	山东广播电视台广播新闻频道高级编辑
胡　芳	湖北广播电视台电视新闻中心高级记者
任　波	湖南广播电视台广播传媒中心高级记者
李　木	海南广播电视总台广播新闻中心播音指导
薛向群	陕西日报传媒集团政治要闻部高级记者
杜晓华	甘肃省广播电影电视总台电视新闻中心高级编辑
周玉明	青海广播电视台总编室高级编辑

寇大峰	宁夏广播电视台高级编辑
廖洪伟	新疆人民广播电台总编室高级记者
钱莲生	中国社会科学院新闻与传播研究所编辑室主任
陆绍阳	北京大学新闻与传播学院院长
陆　地	北京大学新闻与传播学院教授、博导、视听传播研究中心主任
周　勇	中国人民大学新闻学院副院长
胡智锋	北京师范大学艺术与传媒学院院长
王晓红	中国传媒大学传播学部副部长、教授
雷跃捷	中国传媒大学传播研究院教授
王天铮	中国政法大学光明新闻传播学院传播学研究所所长
张红军	南京大学新闻传播学院教授
黄鸣刚	浙江传媒学院新闻与传播学院副院长
吴生华	浙江传媒学院新闻与传播学院教授
张晋升	暨南大学新闻与传播学院副院长
彭伟步	暨南大学新闻与传播学院教授
陈雪奇	四川大学文学与新闻学院教授
周然毅	《中国广播电视学刊》常务副总编辑

附录五

第二十七届中国新闻奖审核委员会名单

主　任

唐绪军　中国社会科学院新闻与传播研究所所长

副主任

曹焕荣　中宣部新闻阅评小组组长

殷陆君　中国记协国内部主任

罗　华　人民网副总编辑

委　员

车玉明　新华社国内部总编室副总编辑

唐润华　新华社新闻研究所外文研究室高级编辑

周　华　光明日报研究室主编

李　宏　中央人民广播电台广播学会秘书长

赵　微　中央电视台新闻中心新闻评论部高级编辑

尹　力　中国国际广播电台原副总编辑

黄　廓　中国国际广播电台英语环球资深翻译

林京华　中国日报社发稿部主编

王胜春　中国青年报社新闻研究与信息部主任

张益俊　国际商报社总编辑

王　秋　北京人民广播电台总编辑

安　兴　山西广播电视台高级编辑

伊秀丽　吉林日报社副总编辑

赵复铭　上海广播电视台监听监视组组长

刘小峥　江苏省广播电视总台高级编辑

庞　承　浙江日报报业集团社长助理

高　亢　河南日报报业集团大河网总经理

钟国伟　湖北广播电视台高级编辑

陈英才　海南广播电视总台海口记者站副站长

林　琳　重庆广播电视集团（总台）广播文艺频率总监

张平原　贵州广播电视台高级记者
李　彤　昆明广播电视台总编室视听数据分析科长
范惠萍　陕西日报高级记者
张振宇　中国甘肃网总编辑
殷　乐　中国社会科学院新闻与传播研究所媒介研究室主任
陈开和　北京大学新闻与传播学院院长助理
高贵武　中国人民大学新闻学院广播电视系主任
李　智　中国传媒大学电视学院副教授
刘卫东　天津师范大学新闻传播研究所所长
李建伟　河南大学新闻与传播学院教授
甘险峰　暨南大学新闻与传播学院教授
陈建云　复旦大学新闻学院新闻系主任
庄永志　南京大学新闻传播学院广电系主任
肖　珺　武汉大学新闻与传播学院网络系副主任
沈爱国　浙江大学传媒与国际文化学院新闻系主任
朱　天　四川大学研究生院副院长
刘晓程　兰州大学新闻与传播学院副教授

第二十七届中国新闻奖评选委员会工作人员名单

评选办公室主任

殷陆君　中国记协国内部主任

评选组

柳婷婷　中国记协国内部副主任

高　淼　中国记协国内部业务学术处干部

许海舟　中国记协国内部业务学术处干部

杨丰遥　中国记协国内部业务学术处干部

热依拉　中国政法大学光明新闻传播学院学生

联络组

朱　东　中国记协国内部副巡视员

贾　贺　中国记协国内部综合处副处长

李　晓　中国记协国内部综合处干部

韩京梅　中国记协国内部业务学术处干部

梁国壮　中国记协国内部业务学术处干部

王桂玲　中国记协办公室调研员

唐　锐　中国记协办公室调研员

梁　宇　中国记协办公室舆情信息处干部

白楚玄　中国政法大学光明新闻传播学院学生

曹　达　中国政法大学光明新闻传播学院学生

陈思宇　中国政法大学光明新闻传播学院学生

郭　丹　中国政法大学光明新闻传播学院学生

侯大明　中国政法大学光明新闻传播学院学生

景剑霄　中国政法大学光明新闻传播学院学生

于　璐　中国政法大学光明新闻传播学院学生

王芳萍　中国政法大学光明新闻传播学院学生

魏　月　中国政法大学光明新闻传播学院学生

张晓秋　中国政法大学光明新闻传播学院学生

会务组

侯兵臣　中国记协办公室调研员

孙玉荣　中国记协机关服务中心工作人员

技术组

刘占芹　中国记协新闻培训中心综合处副处长

郭纬宙　中国记协机关党委办公室干部

冯振宇　中国记协新闻培训中心工作人员